을 유 세 계 문 학 전 집 · 3 0

폴란드 기병
(하)

El JINETE POLACO

폴란드 기병

El jinete polaco

(하)

안토니오 무뇨스 몰리나 지음 · 권미선 옮김

❖ 을유문화사

옮긴이 권미선

고려대학교 서어서문학과를 졸업하고 스페인 마드리드 국립대학에서 문학 석 · 박사 학위를 받았다. 현재 경희대학교 스페인어과 교수로 재직 중이다. 주요 논문으로 「황금세기 피카레스크 소설 장르에 관한 연구」, 「'돈키호테'에 나타난 소설의 개념과 소설론」 등이 있으며, 옮긴 책으로는 『영혼의 집』, 『달콤 쌉싸름한 초콜릿』, 『소외』, 『정본 이솝 우화』 등 다수가 있다.

을유세계문학전집 30
폴란드 기병(하)

초판 제1쇄 인쇄 · 2010년 1월 25일 | 초판 제1쇄 발행 · 2010년 1월 30일
지은이 · 안토니오 무뇨스 몰리나 | 옮긴이 · 권미선 | 펴낸이 · 정지영 | 펴낸곳 · (주)을유문화사
창립일 · 1945년 12월 1일 | 주소 · 서울특별시 종로구 수송동 46-1
전화 · 734-3515, 733-8152~3 | FAX · 732-9154 | E-Mail · eulyoo@chol.com
ISBN 978-89-324-0360-1 04870 978-89-324-0330-4(세트) | 값 13,000원

차례

제2부

폭우 속의 기병(계속)

제9장

교실에서 그 얘기를 한 사람은 파본 파체코였다. 그는 먼저 프락시스가 빨간 머리 외국 여자와 '섬싱'이 있다는 소문을 냈다. 그러고는 썩은 미소를 지으며 전문가답게 무시하는 말투로 여자가 별로라고 했다. 어느 화요일 밤, 근처 마을의 별 볼일 없는 한 나이트클럽에서 그를 봤다고 했다. 목 뒷덜미가 햇빛에 갈라져 시뻘겋고 촌스러운 남자들과 도마뱀 같은 간호사들, 바람기 많은 하녀들, 위스키를 마시고 순한 미국 담배를 피우고 스테이지에서 우스꽝스럽고 볼썽사나운 짓을 하며 바람을 피우는 유부남들이 드나드는 그런 곳이었다. 그런 남자들은 자기네가 원하는 것처럼 그렇게 젊지 못했으며, 파소 도블레나 추고, 테이블보 아래에 화로를 켠 채 삽으로 불씨나 살리는 그런 세대였다. 그런 곳에 프락시스가 있었다고, 파본 파체코가 말했다. 너희들도 봤어야 해. 시를 낭송할 때 짓는 수도사 같은 표정을 하고, 암홍색 번들거리는 긴 의자에 앉아 빨간 머리 여자에게 기대고 있었어. 프락시스가 그 여자에게 얼마나 푹 빠졌던지, 아는 척도 하지 않았어. 아니면 미친 척을 했거나, 라고 말했다. 화요일 밤, 거의 아무도 없을 때 그들은 나이트클럽의 가장 어두운 구석에 숨어 있었다. 미장이들과, 건축과 자동차 외판원들, 또는 가전제품의 붐을 타고 부자가 된 옛날 점원들만 있었다. 그들이 사람들의 눈을 피하고 싶어 한다는 건 분명했다. 여자는 확실히 미성년자이기 때문에 파본 파체코가 봐도 이상할 건 없었다. 그가 보기에도 열일곱 살 이상은 들어 보이지 않았다. 가슴도 밋밋했고, 얼굴에 주근깨도 많았다. 프락시스 같은 어수룩한 작자나 좋아할 타입이었다. 하지만 우리는 그의 말을 거의 믿지 않았다. 한편으로는 우리가 성 경험이나, 마리화나를 피우며 난장판을 벌이는 파티, 아스피린을 코카콜라에 섞어 먹는다는 그의 사기를 이제 믿지 않아서이기도 했고, 또 한편으로는 프락시스가 학기 내내 여자와 함께 있는 모습을 거의 본 적이 없기 때문이었다. 어느 월요일 아침, 고등학교 선생님 분위기를 물씬 풍기는 짧은 머리에 둥근 금테 안경을 쓴 갈색 머리 여자와 함께 학교에 왔을 때만 예외였다. 여성스럽고 가슴이 풍만하고 살림을 잘하는 여자들과 달리, 바지를 입고 담배를 피우는 비교적 젊은 여자들 부류였다. "그 여자는 그와 결혼하려고 했어." 파본 파체코가 결론지었다. "하지만 빨간 머리 여자와 침대에 있다가 들켜서 뺑 차인 거야. 여자들은 잘못 길들이면 그런 사달이 난다니까. 여자들은 얼굴에 침을 뱉는다니까."

나디아는 처음에 그 나이트클럽을 거의 기억하지 못한다. 그의 차를 타고 그런 비슷한 장소에 많이 갔었다고 말한다. 가끔 차의 트렁크나, 좌석 아래에는 아주 희한한 장소에서 그가 건네주거나 건네받았던 불온 문서 뭉치들이 들어 있었다. 과자 상자 안에 숨긴 전단인가 신문 뭉치 때문에 모든 일이 시작되었다고 그녀가 나에게 말한다. 제법 쌀쌀했던 12월의 어느 화창한 토요일, 그녀는 시장에 가기 위해 집을 나섰다. 산티아고 골목으로 해서 누에바 거리로 내려가고 있는데, 그가 차를 타고 나타나 지저분한 차창을 내리고는, 어디로 가는 길이냐며 물은 후 데려다 주겠다고 했다. 저번 날처럼 환한 미소를 띠고 있었지만, 왠지 상당히 초조해 보였다. 그는 끊임없이 줄담배를 피우고 있었으며, 신호등에 걸릴 때마다 불안해했다. 그녀의 가슴과 허벅지도 몰래 훔쳐보지 않았고, 시장에 도착해 차에서 내릴 때는 주변을 슬쩍 둘러보며 차가 제대로 잠겼는지 확인하기도 했다. 매우 낡았지만 하나밖에 없는 차이다 보니, 유럽을 그렇게 많이 돌아다니고 난 다음에는 꽤 정이 들었다고 설명했다. 큰 장이 서는 토요일 아침이면 마히나의 먹을거리 시장은 도떼기시장처럼 사람들로 북적이며 정신이 없었다. 시장 주변 골목들에는 과일 도매 가게와 추로스*를 파는 가게, 술집들이 있었고, 좌판을 벌여 놓고 채소와 양념, 화분, 플라스틱 통, 나일론 테이블보, 깨지지 않는 코닝 그릇을 파는 떠돌이 상인들이 있었다. 그리고 그 시절에는 삼봄바라는 북[鼓]과 성탄 인형들도 팔았다. 쇠기둥과 대리석 진열대들이 잔뜩 늘어선 커다란 시장 내부로 들어가면, 거리의 빛이 어둠으로 바뀌었고, 바깥의 고함 소리가 원형 천장에 울려 발소리와 목소리들이 크게 웅얼거리는 소리로 바뀌었다. "자네들은 프리모 데 리베라와 프랑코의 업적을 많이 얘기하지." 차모로 중위가 농장에서 말했다. "그렇다면 그 시장은 공화국이 자네들을 위해 만든 것일세"라고.

생선과 신선한 채소, 후추, 햄, 내장, 추로스의 기름 연기 냄새가 진동했다. 그리고 오전이 끝나 갈 무렵에는 모든 게 뒤섞여 진동하던 냄새가 약간 썩은 것 같은 고약한 냄새로 바뀌었다. 그는 무슬림 메디나의 골목길로 안내하듯 그녀의 팔을 붙잡고 군중들 사이를 헤치고 지나갔다. 그녀는 미국 슈퍼마켓의 하얀 불빛과 밋밋한 색깔들, 리놀륨과 플라스틱 바닥을 떠올렸다. 이곳에서는 감각들이 자극을 받아 행복해서 아찔해지는 기분이 들었다. 진열대 위에 놓인 시뻘건 고기, 양파와 근대 다발의 축축하고 짙은 초록색, 꽃양배추의 강렬한 흰색, 생선 비늘의 광택, 방금 도끼에 잘린 양 머리의 피, 깔때기로 병에 기름을 따를 때 금빛으로 떨어지는 모습, 올리브 항아리들에서 풍기는 식초와 라벤더 냄새. 특히 색깔들과 냄새들, 생선 장수와 달걀 장수들의 시끄럽게 떠드는 소리, 떠돌이 장사꾼들의 물건 파는 소리, 더러워서 제대로 보이지도 않는 채광창 아래, 원형 천장의 기둥들 사이에서 길을 잃은 새들이 날개를 퍼덕거리는 소리가 동시에 어지럽게 뒤섞였다. 나 역시 가지고 있는 그 기억을 그녀가 나에게 들려준다. 그리고 나는 마치 단체 사진에 얼굴 하나를 더 추가해 붙이듯, 그 당시 내 기억에 남아 있던 인물들의 갤러리 안에 그녀를 포함시키려 한다. 프락시스가 그녀를 데리고 시장에 왔던 날 아침, 나도 그곳에 있어 그녀를 볼 수 있었고, 그러곤 그녀를 잊어버렸다는 걸 이제는 알고 있기 때문이다. 나는 아버지의 하얀 재킷을 입고 여자들의 목소리에 멍해져, 채소 진열대 뒤에 서 있었다. 나는 저울에 감자와 양파, 꽃양배추의 무게를 재고 있었다. 물건 하나하나의 가격도 정확히 받지 못했고, 아버지처럼 재빨리 거스름돈도 주지 못했다. 절반은 돈도 내지 않고 그냥 갔을 거다. 아버지가 나에게 말했다. 사람들은 빠릿빠릿하지 못한 네 얼굴을 보고 너를 이용한다. 아버지는 몸이 좋지 않았다. 허리가 아파 침대 밖으로 나올 수가 없었다. 누워 있는 아버지를 보는 게 너무나도 이상해, 우리가 대들보 방에 살았던 시절이 떠올랐다. 그때 사촌 라파엘이 침대 머리맡에 앉아, 약상자로 종이 동물들을 만들어 줬다. 하지만 나는 그녀가 얘기를 중단하는 걸 원치 않는다. 나는 그녀에게 계속 얘기하라고, 그날 프라시스를 만나 무슨 일이 있었는지 말하라고 한다. 그녀가 나와 함께했던 여자들을 물어볼 때와 똑같다. 나는 처음에는 그녀에게 대답도 하려고 하지 않았다. 나 역시 질투가 나지만 알고 싶었다. 그는 자기를 호세 마누엘이라 부르지 말고, 마누라고 불러 달라고 했다. 하지만 그녀에게는 그 이름이 이상하고, 지나치게 친근한 것 같았다. 그녀는 사물들을 가리키면, 그는 스페인 이름들을 얘기해 주며 그녀가 물건 사는 것을 도와주었다. 그녀가 낯익은 얼굴을 봤다고 말한다. 그녀는 길거리에서, 콘수엘로거나, 자기 집에서 가까운 카르멘 단지에서 몇 번 본 적이 있는 얼굴을 기억해 냈다. 그녀와 비슷한 또래의 남자아이였다. 그는 항상 남색 점퍼에 청바지와 목이 긴 스웨터 차림으로 입에 담배를 물고 피웠으며, 양손을 바지 호주머니에 집어넣고 다녔다. 이마 위로 아주 새까만 곱슬머리 몇 가닥을 내리고 다녔다. 낯선 도시를 홀로 거니는 사람들이 흔히 그러듯, 그녀는 낯선 사람들의 얼굴을 유난히 자세히 바라보았다. 그래서 그들을 다시 보게 되면 그들을 어디서 처음으로 봤는지 기억을 더듬느라 애썼다. 그녀는 상인들이 입는 하얀 재킷을 입은 나를 느닷없이 시장 좌판에서 보고 아주 이상했다고 말한다. 하지만 마리나를 찾아 카르멘 단지를 헤매고 다닐 때의 의지할 데 없는 어두운 분위기는 그대로였다고 말한다. 나는 마리나를 만나지 못해 좌절하다가도, 그녀가 갑자기 나타나면 금방 얼굴을 시뻘겋게 붉히며 비겁하고 우스꽝스럽게 숨어 버렸다. 나디아는 프락시스가 나에게 인사했다고 말한다. 그는 내가 최근 일주일 동안 왜 학교에 가지 않았는지 이유를 알기 때문에, 어느 정도는 친근하면서도 결속된 이미지를 풍기며 말했을 거라 생각된다. 그러고 나서 그녀는 그에게 내가 누구인지 물었다. 좋은 학생이야, 농부의 아들인데 아버지가 편찮으셔서 요즘 학교에 오질 못했어. 하지만 내가 학기말 시험을 연기시켜 주었지. 농장에서 날이 어두워지고 있었다. 우리는 채소를 뽑아 다듬는 일을 마쳤고, 차가운 물기가 남아 있는 자루들과 바구니들을 저수지 옆에 나란히 갖다 놓았다. 페페 아저씨와 라파엘 아저씨는 이미 담배를 말았으며, 나는 땅에서 갓 뽑은 감자와 양파에서 흙 터는 일을 돕느라 손이 얼어 시뻘게져 있었다. 아버지는 채소를 싣기 위해 큰 광주리를 암말 위에 올려놓고 가서, 저수지 있는 데에 내려놓으라고 나에게 시켰다. 그러고는 꽃양배추가 들어 있는 아주 커다란 자루를 들어 암말 위에 올려놓으려고 부들부들 떨며 들어 올리다가, 그만 허리에서 뚝 소리가 나며 앞으로 꼬꾸라졌다. 그와 동시에 한 번도 들어 보지 못한 무시무시한 비명을 지르기 시작했다. 마치 인간이 아니라 짐승이 다친 것 같았다. 아버지는 얼굴이 시뻘게져 이를 악물고 있었다. 페페 아저씨와 라파엘 아저씨가 담배를 내동댕이치며 허겁지겁 달려왔고, 나는 무서워 죽을 것 같아 꼼짝도 하지 못했다. 아버지가 무거운 자루에 짓눌려, 말발굽 옆에서 고통스러워하며 몸을 비틀고 진흙 위로 꼬꾸라지는 모습을 지켜보면서 놀라서 온몸이 마비되었다. 나는 도로로 나가, 올리브 열매를 싣기 위해 올리브 밭으로 돌아가는 랜드로버를 멈춰 세워 아버지를 마히나로 데려갔다. 아버지는 두 눈을 감은 채 이를 드러내 보이며 비명을 멈추지 않았다. 나는 진흙이 말라붙은 더러운 얼굴을 손으로 만졌으며, 아버지는 내 팔을 아프게 꽉 붙잡고 계속 비명을 지르며 몸을 뒤틀었다. 나는 아버지가 돌아가실 거라고, 고통이 번개처럼 너무나도 잔인하게 그를 내리쳤다고 생각했다. 그러고는 늘 그렇듯 상상이 현재를 빠져나가 미래를 향해 날아갔다. 양복에 검은 상장을 차고 장례식장에 있는 내 모습이 보였다. 나 혼자 식구들을 부양하기 위해 평생 땅을 파며 일해야 할 운명에 놓였는데, 나는 우리 아버지의 고통과 죽음보다, 앞이 깜깜한 나의 미래가 더욱 중요했다. "척추가 닳았습니다." 그날 밤 수련의가 아버지에게 주사를 놓은 후, 메디나 박사가 말했다. 아버지는 이미 잠들어 비명을 지르지 않았지만 그의 비명 소리는 겁에 질린 내 상상력 안에서, 여전히 집 전체로 메아리쳐럼 울려 퍼졌다. 지금도 눈을 감으면 그 소리가 들리는데, 나는 그 엄청난 고통과 그 엄청난 수치심, 그 엄청난 죄책감을 견딜 수가 없다. 메디나 박사는 아버지가 깨어나지 않을 거라 확신하며 그의 옆에서 큰 소리로 말했다. 어머니는 앞치마로 양손을 비비며, 울어서 눈이 퉁퉁 부어 있었다. "이분은 어렸을 때부터 짐승처럼 일만 했습니다. 아주 건강하긴 하지만 견딜 수가 없었던 겁니다. 그리고 척추가 닳아 버린 건 어찌할 방법이 없습니다. 유일한 치료법은 들에서 계속 일하지 않는 겁니다. 아니면 적어도 무거운 건 들지 못하도록 해야 합니다. 특히 혼자 일하러 나가면 안 됩니다. 당장 내일이나, 아니면 5년 후에 쇼크가 일어날 수 있습니다. 하지만 반드시 다시 일어날 겁니다. 그런데 쇼크가 다시 찾아왔을 때 혼자 있다면 어떻게 될지 상상해 보십시오."

나는 이제 마히나를 떠날 수 없었다. 나는 이제 특파원도, 통역사도, 볼리비아의 게릴라도, 록 그룹의 드러머도, 실험 소설이나 부조리 연극의 작가도 될 수 없었다. 사실, 이제는 오후에 마르토스에도, 마시스테 살롱에 당구를 치러 갈 수도 없었고, 교실에서 마리나도 볼 수 없었다. 꼭두새벽에 어머니가 깨우면, 부엌의 불가에서 얼른 아침 식사를 마친 후 물건을 팔 때 입는 하얀 재킷을 접어 팔 아래 끼고 황량한 거리에서 추위에 떨며 시장으로 향했다. 정오에 집으로 돌아오면 내가 번 돈을 보여 주기 위해 아버지의 방으로 들어갔다. 30두로짜리 지폐 몇 장과 동전 몇 개밖에 되지 않았다. 평소 아버지 수입의 절반도 되지 않았다. "여자들은 눈에다가 물건을 집어넣어 줘야 한다. 그들에게는 농담을 걸어서 물건을 사도록 기분을 맞춰 줘야 해. 그리고 까딱하면 너를 속일 수도 있으니 특히 조심해야 하고." 하지만 나는 지겹고 창피해서 죽을 것만 같았다. 나는 진열대 뒤에 조용히 서 있었고, 아버지의 가게는, 아버지가 있을 때는 장바구니를 들고 온 여자들로 늘 북적거렸는데, 지금은 거의 황량했다. 여자들은 다른 장사꾼들에게 가거나, 아니면 나에게서는 아주 조금만 샀다. 내가 가장 창피했던 것은 수업이 없어 마리나가 자기 엄마와 함께 시장에 오는 토요일 아침에 나를 볼 수도 있다는 생각이었다. 그녀의 어머니는 머리를 금발로 물들였으며, 밝은 색상의 옷을 입고 다녔다. 그녀와 같은 또래인 우리 집안이나 동네의 여자들은 이미 잃어버린, 뒤늦은 청춘을 간직한 모습이었다. 나는 멀리서 마리나가 보인 듯싶으면, 진열대 뒤로 숨어 버리고 싶은 마음이 굴뚝같았다. 오후 3, 4시경, 친구들이 마르토스에서 이미 음악을 듣고 있을 시간이면 나는 점심 식사를 마치고 들일할 때 입는 옷으로 갈아입은 후 암말을 끌고 농장으로 향했다. 나는 길 아래로 내려가면서 말 위에 올라, *Riders on the Storm, Hotel Hell, The House of the Rising Sun, Brown Sugar*의 노래 가사를 중얼거렸다. 하지만 시속 백 킬로로 샌프란시스코로 향하는 황량한 사막을 가는 것이 아니었다. 늙은 암말을 타고 마히나의 농장과 밭들 사이로 난 오솔길을 가고 있었다. 그리고 그 길이 끝나면 벌써 페페 아저씨와 라파엘 아저씨가 기다리고 있을 오두막집이 나왔다. 그리고 가끔은 차모로 중위도 함께 기다리고 있었다. 그리고 다음 날 다시 시장에서 좌판을 펼치고 나의 비밀스러운 고행을 계속하려면 어두워질 때까지 쉬지 않고 일해야 했다. 내가 간절히 원하고, 내가 누려도 마땅한 삶을 자비라고는 전혀 모르는 운명이 나를 거부하는 느낌이었다. 다른 아이들은 아무렇지도 않게 그 삶을 누리기 때문에 나는 그 아이들이 더욱 멀게만 느껴졌고, 나는 절대 누릴 수 없는 특권을 그 아이들이 누려 나보다 훨씬 행복하다고 생각했다.

하지만 계속 얘기해. 내가 나디아에게 말한다. 왜 항상 내 이야기만 하게 하는 거야. 그녀의 존재가 몇 분 동안 나의 존재와 교차되었다가 다시 멀어져 간다. 우리 두 사람은 각자 서로에 대해 모르는 채, 아주 가까이에서, 거의 스칠 정도로 가까이 만날 수 있는 우연도 일어나지 않았다. 과일들이 놓인 진열대 뒤에 서 있는 하얀 재킷을 입은 소년과, 장바구니를 들고 나이가 두 배는 더 들어 보이는 남자와 함께 있는 긴 빨간 머리의 소녀 사이에는 보이지 않는 심연의 거리가 놓여 있었다. 남자는 그녀에게 아름다운 스페인 단어들을 가르쳐 주고는, 시장에서 나가자 그녀의 손에서 장바구니를 뺏어 차 트렁크에 싣는다. 그곳에는 신문지에 싸서 노끈으로 묶은 종이 상자 하나가 들어 있다. 그녀는 그가 뭔가를 불신한다는 느낌을 받는다. 그의 조심스러운 행동에 무대 본능이 섞여 있다는 의심이 든다. 때문에 그는 항상 그녀에게 나지막한 목소리로 말하고, 몇 가지 세부 사항은 설명하지 않은 채 비밀스러운 여행과 경험들을 얘기한다. 그래서 그가 더 이상 얘기하지 않고 조심하는 게 오히려 더 큰 비밀이 있을 것 같은, 털어놓기에는 너무나도 큰 비밀이 있을 것 같은 암시를 풍긴다. 바로 그 순간, 12월 아침의 화창한 햇볕 아래, 마히나 시장 옆에서 그게 뭔지 모르기 때문에 그녀는 더욱 불안해진다. 프락시스는, 호세 마누엘은 종이 상자를 묶은 노끈의 매듭을 확인한 후 열쇠로 트렁크를 닫기 전에 사방을 둘러본다. 그러고는 거짓말이 아니라고 하기에는 지나칠 정도로 자연스럽게 차 안으로 들어가, 시동을 걸기 위해 그녀가 앉을 때까지 기다린다. 그녀는 그를 마누라고 불러야 할지 아직 결정하지 못했으며, 앞으로도 못할 것 같았다. 믿을 수 없을 정도로 닭장들을 높이 실은 나귀가 지나갈 때까지 기다리는 동안, 그는 담배를 피우며 손가락으로 핸들을 두드린다. 그녀가 무슨 걱정이 있냐, 무슨 일이 있냐고 물어도 아무 대답도 하지 않은 채 빙긋이 웃기만 한다. 이제 그녀는 그가 그날 아침 면도도 하지 않았고, 와이셔츠의 손목과 깃이 약간 시커멓다는 걸 알아본다. 그는 잠을 자지 못했다. 어쩌면 아예 잠자리에 들지 않았을 수도 있다. 그들은 코레데라 거리와 헤네랄오르두냐 광장, 메소네스 거리, 누에바 거리를 지나간다. 하지만 그는 그녀를 단지로 데려다 주기 위해 산티아고 병원에서 오른쪽으로 커브를 틀지 않고, 도시 출구를 향해 직진한다. 그리고 그녀는 전날 밤처럼 잠깐 다시 깜짝 놀란다. 하지만 지금은 낮이고, 그 남자가 두렵지도 않았다. 그녀는 그를 마지막으로 만났을 때부터 그를 많이 생각하고 있었다. 물론 그가 미치도록 그리운 것은 아니었다. 그녀는 자기가 마히나에서 지겨워지기 시작했다는 것을, 가끔은 아버지가 생각에 잠겨 아무 말도 하지 않는 게 짜증 난다는 것을 알았다. 이제 아버지는 일주일에 두세 번 찾아오는 남색 우비와 플라스틱 베레모를 쓴 남자하고만 말했다. 그리고 지난 며칠 동안은 그녀가 자기도 모르게 학교 쪽 거리와 조명이 켜진 분수가 있는 공원 쪽으로 걸어가고 있었다. 심지어 어느 오후에는, 6시쯤 콘수엘로 호텔에 들어가서 유리창 옆에 있는 의자에 앉아 코카콜라를 마시기도 했다. 요란한 종소리가 울려 퍼지면서 책과 노트 필기가 들어 있는 파일, 체육 가방을 든 학생들이 쏟아져 나오기 시작했다. 그러고는 선생님들이 나와 교문 앞에서 헤어지며 지친 얼굴로 인도를 걸어갔다. 하지만 그는 보이지 않았다. 그날 오후 수업이 없을 수도 있었다. 학교 창문들의 불빛들이 하나둘 꺼져 갔으며, 수위는 교문을 닫은 후 열쇠 꾸러미를 외투 호주머니에 집어넣고 멀어져 갔다. 그녀는 그의 차를 여러 번 봤다고 믿었다. 하지만 그 도시에는 그 차와 같은 모델과 색깔이 많았기 때문에 확신할 수 없었다. 그리고 그날 아침, 그를 우연히 만난 순간, 그녀는 생각보다 훨씬 많이 놀랐다. 그녀는 자기가 그의 얼굴과 확실히 쉿소리가 나는 목소리를 제대로 기억하지 못하고 있었다는 걸 알았다. 핸들 위에 놓인 초조해 보이는 큼지막한 손을 다시 보는 게 좋았다. 그리고 면바지와 독한 담배, 차 안에 깔린 플라스틱 시트 냄새를 맡는 것도 좋았다. 물론 그녀는 먼젓번처럼 여전히 무심하게 굴지만 그날 아침에는 의자에 좀 더 편하게 앉아 한시라도 빨리 점심 식사를 준비하기 위해 집으로 돌아가야 한다는 생각은 아직 하지 않는다. 그들은 아파트들과 수영장, 예수회 학교 건물의 담장, 주유소를 뒤로한다. 그가 갑자기 속도를 줄이면서 샛길로 핸들을 꺾어, 나무들 사이에 차를 세운다.

엔진이 멈추고 그가 핸들 위로 팔꿈치를 기댄 채 그녀를 돌아본다. 그녀는 그가 뭔가를 얘기하려 한다고, 비밀을 털어놓으려 한다고, 그날 아침 면도도 하지 않고, 옷도 갈아입지 않은 이유를 말하려 한다고 확신한다. 그가 담배에 불을 붙이고, 그녀는 그가 손을 떨고 있다고 믿는다.

"너에게 부탁할 게 하나 있어. 해서는 안 되는 부탁이지만 다른 방법을 찾으려고 밤새도록 곰곰이 생각해 봤어도 찾질 못했구나. 너 이외에는 부탁할 사람이 아무도 없어. 그게 그러니까, 설명하려면 약간 어려운데, 내가 위험에 빠진 것 같아. 따지고 보면 네가 한 번도 스페인에서 살아 본 적이 없어 이해하기 힘들 거야. 처칠이 말했듯이 너의 나라에서는 새벽 5시에 누군가 문을 두드리면 그게 우유 장수지만. 상당히 논란이 있지만 꽤 훌륭한 예란다. 문제는, 어젯밤 내가 이 근처 마을에서 뭔가를 건네받아야 해서 약간 늦게 집에 들어갔어. 그런데 마히나에 있는 비밀경찰 두 명 중 하나가 문 앞에 있는 걸 봤어. 다른 때 같았으면 자연스럽게 행동했을 거야. 나는 요주의 인물이어서 그들이 나를 알고, 가끔은 나를 감시한단다. 심지어 재수가 없으면 그들이 나를 체포해서 며칠 가둘 수도 있단다. 하지만 어제는 달랐다. 내가 차에 싣고 있던, 저 상자 안에 들어 있는 서류들이 무지하게 중요한 거였거든. 그래서 안전상의 이유로 나에게 그것들을 건네준 사람들에게 되돌려 줄 수도, 경찰에 잡히는 위험을 감수할 수도 없었다. 그러니 내가 어떻게 밤을 보냈을지 상상해 봐라. 나는 이곳으로 와서 숨어 있으면서 한숨도 자지 못했다. 죽을 것 같은 추위를 견디면서 뒷좌석에 웅크린 채 15분도 자지 못했다. 서류들을 태워 버릴까도 생각했지만, 그게 더 엄청난 재난이지. 내가 너한테 하려는 부탁은 아주 간단하다. 너를 위험에 빠뜨린다고 생각했다면 절대 부탁하지 않았을 거다. 마히나에서는 아무도 너를 몰라. 그리고 우리가 함께 있는 걸 기억하는 사람도 많지 않을 거야. 그 상자를 너희 집에서 며칠 동안만 보관해 주렴. 정원 뒤에 빈 물탱크가 있다고 들었던 걸로 기억하고 있는데. 네 아버지에게 들키지 않도록 거기에 보관해 줘. 위험이 지나고 나면 너에게 알려 줄게. 알겠니? 아니면 너희가 말하듯 오케이?"

그는 프락시스와 같은 글쓰기인 부르주아 문학의 이념적인 속임수를 우리에게 설명할 때처럼 친절한 척, 교육적인 척하면서 억지로 웃었다. 파본 파체코는 그가 프락시스라는 말을 할 때마다 숫자를 세며 막대기를 하나씩 더 그었다. 그녀는 위험할 수도 있다는 생각에, 자기 옆에서 담배를 피우며 미소를 머금으면서 목숨을 걸고 있는 남자와 가까워졌다는 생각에 흥분해서 고개를 끄덕였다. 그는 자기에게 비밀을 털어놓을 정도로 자기를 신뢰하고 있었다. 이제부터 그의 목숨은 그녀의 손에 달려 있으며, 비밀 회합과 추격전이 늘 따라다니는 운명에 그녀를 합류시켰다. 하지만 한밤중의 깜깜한 방이 아니라, 화창한 겨울 아침에, 그것도 환한 대낮에 그랬다. 그녀는 자기가 체포되었는데도 털어놓지 않는 모습을 상상해 보았다. 그가 불온 문서들이 잔뜩 든 가방을 건네주며 그녀를 여행 보냈다. 그녀는 감옥으로 그를 면회 가서, 눈썹은 잘려 나가고 며칠 동안 면도도 하지 않고 두들겨 맞아서 시퍼렇게 멍든 그를 만났다. 그들은 다시 도시로 돌아왔고, 이제는 일상의 평안함 속에서, 백미러를 통해 보는 차 안에서, 신호등이 켜졌을 때 그들 옆에 멈춰 서서 건너편 차창 너머로 자기네를 훔쳐보는 운전자들 속에서 위협을 느꼈다. 그들은 단지 근처 공터에 있는 폐허의 담장 아래 몸을 숨기며 차에서 내렸다. 그가 커다란 비닐 봉지에 상자를 담아 그녀에게 걱정하지 말라고, 그와는 연락할 생각을 하지 말라고, 학교 근처에는 오지 말라고 당부했다. 그녀는 상자가 너무 가벼운 게 오히려 놀라웠다. 그녀는 뒷좌석에서 시장 봐 온 비닐봉지들을 꺼낸 후, 양손에 비닐봉지들을 든 채 미소를 머금으며 그의 앞에 섰다. 그녀는 진지한 작별이 필요하다고 생각하면서 그에게 무슨 말을 해야 좋을지 몰랐다. 그가 쾅 하고 트렁크를 닫고 뒷문을 닫은 후 주변을 두리번거렸다. 바람이 불어 머리가 헝클어졌으며 키가 훤칠하게 컸다. 그리고 굴착기들이 드문드문 도랑을 파 놓은 황량한 평원에서 거의 영웅처럼 보였다. 그가 시계를 들여다보며, 곧 핸들 앞에 앉을 것처럼 굴었다. 하지만 그녀가 있는 곳으로 몇 발짝 다가와 멈춰 서더니, 그녀의 양어깨에 손을 얹고 안심하면서도 자랑스러운 듯 그녀를 자기 쪽으로 끌어당겼다. 그는 오른손으로 그녀의 목 뒷덜미를 더듬거리며 손가락 끝으로 머리카락이 시작되는 곳을 찾았다. 그러는 동안 그녀는 거부하지도, 가만히 있지도 않았다. 그녀에게 그의 입김이 닿았다. 12월의 추운 공기 속에 아주 가깝고 따뜻한 입김이었다. 그는 고개를 한쪽으로 기울이며 그녀의 입에 거칠게 키스했다. 그녀의 입술 사이로 혀를 마구 밀어 넣고 게걸스럽게, 서둘러 키스했다.

그러고 나선 후회라도 하는 듯 그녀를 바라보며 멀어졌다. 오히려 거절을 당하지 않아, 아니면 자기보다 훨씬 빠르고 능숙하게 키스를 받아 줘서 당혹스러워하는 것 같았다. 그는 차 안으로 들어가 시동을 걸고는, 안녕이라고 말하듯 차창 밖으로 왼손을 꺼내며, 고개를 돌려 반대 방향으로 출발했다.

나는 그녀의 옆에 누워 있다. 내가 그녀의 키스 장면을 목격이라도 한 듯 속이 쓰리고, 두 눈을 감았는데도 그녀가 어른거린다. 그 당시의 그녀는 가죽 점퍼의 어깨까지 내려오는 긴 생머리를 하고, 양손에 비닐봉지 한 개씩을 든 채 카르멘 단지의 조용한 거리에서 나를 등지고 걸어가고 있다. 그때까지 입안에 축축하게 남아 있는 남자의 혀를 느끼면서, 몇 년 후 내가 보게 될 진지하면서도 조심스러운 표정을 지으며 뒤로, 내 쪽으로 고개도 돌리지 않고 손마디가 아릴 정도로 비닐 끈을 꽉 쥔 채 가고 있다. 그녀는 비닐봉지들을 바닥에 내려놓고 열쇠를 찾아 담장을 연다. 이제 그녀의 심장이 더욱 빠르게 박동 친다. 아버지가 종이 상자를 보고 물어볼 때, 얼른 거짓말로 둘러대지 못할까 봐 걱정한다. 그녀는 정원의 자갈과 햇볕을 쬐고 있던 도둑고양이들이 도망치면서 휘몰아친 낙엽들을 밟으며 지나간다. 다이닝 룸의 창문 뒤로 아버지가 보이지 않는다. 그녀는 아버지가 집에 없기를 바라지만 안심하지는 않는다. 그녀는 쇼핑한 봉지를 현관 계단 앞에 내려놓고, 다른 봉지는 손에 든 채 벽에 바짝 붙어서 집을 한 바퀴 빙 돈다. 그녀가 물탱크의 문을 연다. 참을 수 없을 정도로 요란하게 삐거덕거리며 열리더니, 등 뒤에서 들린 소리 때문에 자지러지게 놀란다. 그녀가 돌아보자 요란한 소리를 내며 도망친 도둑고양이다. 그녀는 밖에서 보이지 않도록 봉지를 숨겨 놓고, 열쇠로 잠근 다음 자물쇠를 확인한다. 그러고는 다시 현관문 쪽으로 돌아와, 현관 안으로 들어가면서 영어로 '대디' 하며 아버지를 부른다. 그제야 그녀는 그게 지나치게 유치한 표현이라는 걸 깨달으며, 이제 다시는 사용하지 않겠다고 다짐하면서도 언제 그만둬야 할지 결정하지 못한다. 하지만 그는 그녀에게 대답하지 않는다. 그의 외투는 현관 앞 옷걸이에 걸려 있지 않았다. 그녀는 기병의 영인본을 바라보며, 그 기병 역시 비밀을 간직하고 있는 듯한 얼굴이라는 생각이 처음으로 든다. 아버지가 한 시간 후에 돌아왔을 때는 이미 점심 준비를 마치고, 아버지를 위해 드라이 마티니 칵테일 한 잔을 준비한 후이다. 하지만 그때부터 그들 공동생활의 변하지 않는 행동들, 즉 서로 만나거나 헤어질 때 볼에 키스하는 다정함과 대화를 나누며 서로 그윽하게 바라보는 모습, 그녀가 아버지에게 술상을 봐줄 때나 음식을 서빙하거나 스탠드가 있는 나지막한 테이블에서 꽉 찬 재떨이를 치우는 섬세함에는 이제 두 사람도 느끼는 시치미와 배신, 침묵이 어느 정도 포함되어 있다. 그런데도 두 사람 모두 오랜 세월이 흐른 후에야 그때의 일을 언급할 것이다. 집에는 누군가 잘못 전화를 걸었을 때만 울리는 전화기가 한 대 있었다. 그리고 그때까지 전화기의 존재조차 눈여겨보지 않았던 그녀가, 이제는 금세라도 전화벨이 울릴 것 같은 예감이 들어 계속 바라본다. 그녀는 물탱크에 숨겨 둔 종이 상자를 생각하며, 희생자의 시체가 발각될까 봐 안절부절못하는 추리 소설의 살인범들을 떠올린다. 밤에는 아버지가 돌아오는 소리를 듣고도 잠들지 못하고 어둠 속에서 뒤척거리며, 담요가 더워 숨 막혀 한다. 램프를 밝히고, 마지못해 책을 펼쳤다가 금세 덮는다. 정원 뒤쪽으로 몰래 나가 랜턴 불빛 아래서 상자의 내용물을 확인하고 싶은 유혹을 느낀다. 미국에서 아버지가 읽어 준 카예하 출판사의 이야기 속 보물들처럼, 치명적인 저주를 받아 보관되어 있는 신기하고도 무시무시한 물건일 거라 상상한다. 가끔은 자기 입안에서 거친 남자의 맛을 느낀다. 가끔 그녀에게 키스했던 남자아이들이 남겼던 맛과는 다르다. 훨씬 강렬하고, 욕망과 위험의 농도가 짙고, 장난은 제외하고 욕망만을 확인시켜 주는 충만한 느낌이었다. 어느 날 아침, 그녀는 학교 쪽으로 올라가고 싶다는 욕망을 이기지 못한다. 그녀는 침묵에 잠긴 건물과 굳게 닫힌 교문 앞에서 크리스마스 방학이 시작됐다는 걸 깨닫는다. 누에바 거리에는 밤이면 쇠 빛깔이 나는 큼지막한 방울들을 장식해 불을 밝혀 놓은 왜전나무가 한 그루 있다. 그리고 경찰서 발코니 위에는 국기 색깔로 깜빡이는 전구들을 매단 커다란 광고판이 걸려 있다. 얼어붙을 것 같은 해 질 녘이면 올리브 수확꾼들과 랜드로버들, 바퀴가 진흙투성이인 경운기들, 올리브 열매가 잔뜩 담긴 광주리와 자루들을 실은 나귀들이 줄지어 걸어오며 안개를 뚫고 들에서 돌아온다. 12월 말경에는 자루의 거친 천 냄새와 축축하게 젖은 고약한 옷 냄새, 기름을 짜는 방앗간의 원추형으로 생긴 커다란 돌들에 짓이겨진 올리브 냄새가 도시를 지배한다. 방앗간은 산더미처럼 쌓여 있는 올리브 열매들을 조명등으로 비추며 자정이 지난 시간까지 열려 있다. 남자들의 거친 고함 소리와 짐을 옮기는 짐승들의 울음소리, 랜드로버의 모터 소리들이 끊이지 않고 요란하게 들려왔다. 그녀는 도시 끝 쪽에 있는 거리를 걸으면서 진흙투성이의 낡은 옷을 입고 들판에서 돌아오는 올리브 수확꾼 일행과 마주친다. 그들의 얼굴은 지쳐 있었으며, 어쩌면 그녀는 그 얼굴들 중에서 내 얼굴을 봤을 수도 있다. 그리고 그녀는 프락시스와 함께 시장에 갔던 날 아침을 떠올린다. 나는 라파엘 아저씨, 페페 아저씨, 차모로 중위로 이뤄진 아버지의 패거리와 함께 집으로 돌아간다. 나는 영어 노래 가사를 외우기에는, 심지어 미래의 삶들을 상상하기에는 너무 지쳐 있다. 내가 저녁 식사 때 먹을 냄비가 불 위에서 끓고 있는 부엌으로 들어가자, 어머니와 레오노르 외할머니가 아버지가 이제는 많이 좋아졌다며, 그런데 그 경솔한 사람이 혼자 농장에 나갔다며, 일하러 가고 싶어 아주 죽으려고 한다며, 메디나 박사가 준 약을 오늘은 먹지 않았다며, 내게 말한다. 아버지가 너무 오랫동안 돌아오지 않고 있는데, 그녀들은 아주 걱정이라면서 혹시라도 아버지가 쇼크를 일으켜 짐승처럼 땅바닥에 쓰러져 있는지, 가 보라고 한다. 나는 마음이 급했다. 친구들을 찾으러 나가고 싶고, 운이 좋아 마리나를 볼 수 있는지 누에바 거리와 카르멘 단지를 둘러보고 싶은 마음뿐이다. 나는 차가운 물로 허겁지겁 세수한다. 얼굴 피부가 새까매졌고, 면도하지 않은 지 며칠째 돼서 훨씬 나이 들어 보였다. 그리고 하루 종일 몽둥이를 들고 올리브 나무 가지를 두드리느라 손이 억세졌으며, 신장과 양팔이 참을 수 없을 정도로 아팠다. 하지만 나는 쉬고 싶지도 않았다. 나 때문이라면 저녁도 먹고 싶지 않았다. 나는 계단을 두 칸씩 올라가 마지막 층에 있는 내 방으로 올라간다. 깨끗한 옷으로 갈아입는 동안 음반의 볼륨을 있는 대로 크게 켜 놓고, 짐 모리슨의 야성적인 목소리를 듣는다. *Break On Through To the Other Side*. 그리고 음악이 나에게 활력을 되찾아 준다. 음악이 나를 피로와 현실에서 벗어나게 해 준다. 마치 그 음악을 듣는 순간, 거친 강물 속으로 뛰어드는 것과 같다. 그때 나는 노커 소리를 듣는다. 산 로렌소 광장으로 울려 퍼진 경적 소리가 아버지를 싣고 온 자동차의 경적 소리일까 봐 덜컥 겁이 난다. 나는 계단을 내려다보며, 안도하면서 아버지의 목소리를 듣는다. 고통으로 허물어지기 전과 똑같은, 늘 예전과 같은 강하고 단호한 목소리이다. 다시 나는 추방당한 사람으로, 그 누구와의 연고도 없고, 뿌리도 없는 방랑자가 된다. 나는 마누엘 외할아버지의 얘기는 들은 척도 하지 않고 텔레비전만 보면서 조용히 저녁을 먹는다. 외할아버지는 올해 수확한 올리브가 너무 적다고 불평하며, 매년 하는 똑같은 말로 전설적으로 어마어마하게 수확했던 옛 시절을 떠올린다. 그때는 올리브 나무 가지가 부러졌으며, 올리브 열매는 부활절 때까지 매달려 있었다고 말한다. 전쟁 전에는 비가 내렸다 하면 지금처럼이 아니라 제대로 시원하게 내렸다고 한다. 지금은 달나라에 그렇게 많이 들락거리고 폭죽으로 하늘을 들쑤셔 놓는 바람에, 계절의 흐름이 망가졌다고 한다. 외할아버지는 늘 똑같은 거짓말과 똑같은 기억으로 절망 가득한 말만 되뇐다. 마치 그 기억들 속에서는 시간이 흘러가지 않아, 내가 한시라도 빨리 도망치지 않으면 그 시간 속에 머무는 순환적인 기억에 얽매여 살 것 같다. 나는 디저트도 먹지 않은 채 식탁에서 일어나고, 아버지가 나무라듯 나를 바라본다. 내일 당장 머리를 자르러 가라며, 늦지 않게 돌아오라며, 새벽 일찍 일어나야 한다며 잔소리를 늘어놓는다. 나는 아버지에게 대답도 하지 않고 밖으로 나가면서 문을 쾅 닫는다. 나를 부르는 소리가 들리지만, 돌아가고 싶은 마음은 없다. 나는 무감각하게 겁에 질린 채 나지막한 목소리로 루 리드의 억양을 흉내 내며, 뉴욕의 거리를 걸어가듯 포소 거리를 올라간다. 사실, 나는 그가 말하는 내용의 절반도 이해하지 못한다. 어쩌면 나디아의 곁을 지나쳤을 수도 있지만 그녀는 보지 못한다. 그녀도 누군가를 찾고 있었으며, 의심의 여지 없이 나와 똑같은 결심으로 불행에 매력을 느끼고 있었는지, 나는 모른다.

연말의 겨울밤에는 누에바 거리와 레알 거리의 쇼윈도들이 아주 늦게까지 조명을 밝히고, 헤네랄오르두냐 광장 아케이드의 확성기에서는 캐럴 송들이 울려 퍼졌다. 반짝이는 전구들을 장식한 아카시아 나무들. 시계탑 위에 걸린 동방 박사의 별, 포장한 선물들을 들고 분주히 서둘러 가는 여자들. 물에 젖은 아스팔트와 돌길들 위로 반사된 불빛들. 장난감 가게들도 없이, 전구들을 밝혀놓은 조명도 없이, 굳게 닫힌 문들과 우중충한 술집들만 있는 옆 골목들의 시커먼 추위. 삐딱하게 쓴 베레모와 허공으로 날리는 치마들. 그 술집들에는 늘 술에 절어 사는 취객들이 싸구려 백포도주나 독주와 같은 옛날 술들을 마시고 있었다. 나는 친구들을 찾고 있었다. 마시스테 살롱에도 가 보고, 마르토스에도 올라가 보았지만 그들은 극장에 갔는지 그날 밤에는 아무도 보이지 않았다. 나는 북적거리는 사람들과 캐럴 송 사이를 뚫고 누에바 거리를 걷고 있었다. 나는 감옥 마당에 나온 죄수처럼 갇혀 지내는 그 도시와 내 눈앞에 보이는 얼굴들을 증오하면서 걸어갔다. 어느 방향으로 가든 발걸음을 세면서 걸어갔으며, 물약이나 아주까리기름을 한 숟가락 집어삼킨 듯 역겨운 행복으로 위장한 얼굴들을 참을 수 없어 증오하면서 갔다. 나는 마리나를 찾고 있었다. 어쩌면 그녀는 방학을 보내러 다른 도시로 갔을 수도 있다. 나는 황량한 라몬 이카할 대로로 올라가기 위해 누에바 거리의 마지막 불들이 켜져 있는 곳까지 갔고, 용기를 내서 카르멘 단지의 그녀 집까지 가 보았다. 그곳에는 불도 켜져 있지 않았고, 개들도 짖지 않았다. 우리는 같은 도시에서 보낸, 같은 겨울을 떠올리고 있다. 마치 나디아의 삶과 내 삶이, 우리 두 사람의 삶의 일부는 한 개지만, 절망감은 두 배로 불어난 것 같다. 그리고 각자는 상대방의 기억을, 환영처럼 나타났다가 사라진 누군가를 찾아다녔던 일을, 군중 한복판에서의 고독을, 조명이 제대로 되어 있지 않은 거리들을, 사춘기 시절의 엄청난 불행이 참을 수 없을 정도로 판을 치며 황량한 경계들을 향해 질주했던 도주를 말하고 있다.

마리나와 마찬가지로, 그도 새 학기가 시작되었을 때 마히나로 돌아왔다. 그녀는 책을 읽고 싶은 마음도, 음악을 듣고 싶은 마음도 없이 자기 방 침대에 누워 있었다. 그때 다이닝 룸에서 전화벨 소리가 울려 그녀가 벌떡 일어났고, 아버지가 그녀를 불렀다. 너한테 온 전화다. 아버지가 그녀에게 수화기를 건네주며 말했다. 그는 읽고 있던 신문을 테이블 위에 내려놓고 신중하게 나갔지만, 그녀는 현관문 닫는 소리가 들릴 때까지 그 사실을 알지 못했다. 그녀가 커다란 비닐봉지를 들고 나갈 때까지도 그는 돌아오지 않았다. 그녀는 진정하기 위해, 그가 기다리고 있을 아파트가 위치한 거리의 이름과 번지수, 글자를 계속 머릿속으로 되뇌었다. 그녀가 벨을 누르자 발소리가 들려왔다. 어쩌면 그가 그녀보다 훨씬 더 긴장하고 불안해하며, 작고 오목한 구멍으로 내다보았을지도 몰랐다. 그는 흠이 있다고 하기에는 지나치게 경험이 많은 것처럼 굴어야 했을 것이다. 하지만 나는 나디아가 계속해서 말하기를 원치 않는다. 심지어 눈에 보이는 확실한 사실을, 그날 오후에 시작해 6월 중순까지 수없이 반복되었을 그 일을 상상하고 싶지 않다. 첫 포옹의 떨림과, 이제는 의심의 여지 없이 침실로 향하는 가운데 서로 조급해하며 뻗었을 손길과 혀뿐만이 아니다. 유일하게 정치적이지 않은 비밀스러운 만남의 음탕하고 괴로운 놀이도, 그가 그녀에게 들려주었던 뻔한 노래들도, 번지르르한 말과 거짓말로 타락한 모든 꿈들도 떠올리고 싶지 않아서이다. 나는 해 질 녘이나, 잠들지 못한 새벽녘의 희미한 불빛 아래 나를 찾고 있는 벌거벗은 그녀를 바라보며, 다른 남자들도 그녀와 함께 있었다는 분명한 사실이 참을 수 없다. 그녀가 나를 받아들일 때처럼, 허벅지를 벌리고 양팔을 벌리며 그들을 향해 미소 짓는 모습도 참을 수 없

다. 아직 사랑이 존재하지 않았던 시간까지 그 영역을 넓히려 한
다는 사실을, 그리고 과거까지도 그처럼 무섭게 질투할 수 있다는
사실을 지금까지는 전혀 알지 못했다.

제10장

한 가지 행동, 그는 살집이 없어 푹 꺼진, 흰 털이 수북하고 까칠한 가슴 위로 그녀의 손을 꼭 잡아 얹으며 말했다. 힘겹고 느리게 내쉬는 호흡으로 가슴이 들썩거렸다. 딸이 손잡이를 돌려 침대의 머리맡을 올려 주자 그가 딸 쪽으로 얼굴을 돌렸다. 그는 거의 임종을 앞둔 쇠약한 상태로 모든 걸 초월한 듯 차분하게, 17년 전 딸에게 말했어야 했거나, 아니면 말하고 싶었던, 그때는 입을 다물고 싶었던 얘기를 꺼냈다. 말하지 않겠다고 작정해서가 아니었다. 그의 모든 습관들 가운데 가장 뿌리 깊은 습관이 침묵이어서 그랬다. 또 가끔은 말이 행동이고, 난폭한 결정이고, 어처구니없는 제스처였다. 그는 자기가 말하고 행동한 것에서가 아니라, 침묵을 지키며 행동하지 않았던 것에서 자신의 인생 대부분을 요약할 수 있을 것이다. 이제는 시간도 많이 부족하고 아주 늦었기 때문에, 큰 목소리로 말한다는 것은 말을 상상하거나 꿈꾸는 것과 같았다. 그는 가끔 숨이 막혀 자주 끊기는 고백을 길고도 희미하게 했다. 몇몇 군데가 잉크로 얼룩져 제대로 철자를 읽기 어려운 필사본처럼, 그의 고백은 헛소리와 뒤섞여 혼동되었다. 그리고 그의 이야기와 이제 곧 죽음에 굴복할 이미 죽은 그의 모습에서, 그가 살았던 이전의 모든 삶들과, 그가 살았던 삶 하나하나가 목소리들의 지류처럼 흘러갔다. 영광스러운 스페인 군인 가문의 모범적인 후손. 아프리카 전쟁 막바지에 대위로 초고속 승진한 젊은 장교. 샌드허스트 군사 학교 졸업. 귀족 작위가 있는 장군의 사위. 세우타에서 가장 매력 있고 눈에 띄는 군인 딸의 남편. 사람들 앞에서는 술도 거의 마시지 않고, 담배도 절대 피우지 않고, 근무 시간 이외에는 병영의 도서관에서 학문적인 백과사전만을 탐독하는 서른두 살의 엄격한 소령. 자기네 편을 배신한 변절자. 스페인 내전의 초창기 몇 달 동안 마히나의 공화파 신문들의 영웅. 오란에서 멕시코, 그리고 마지막으로 미국으로 떠난 망명가. 뉴욕의 평범한 대학교 도서관의 사서. 자기보다 10년은 어리지만 그래도 나이 많은 직장 동료를 별다른 확신 없이 유혹한 남자. 그 직장 동료는 일찍 이혼한 후, 오랜 기간 성적으로 참으며 살았던 우울한 성격의 가톨릭 신자였다. 어느 날 밤 그녀는 혼란스러운 상태에서 그에게 몸을 맡겼고, 거의 마흔의 나이에 임신이 되었다. 카페에서 그녀는 남자에게 임신 사실을 털어놓으며 눈물을 닦은 손수건을 깨물었다. 오후에 퇴근하면서 가끔씩 들러 한잔하던 카페였다. 그는 미국에서 낳은 외동딸이 손녀딸처럼 보일 수도 있는 이미 늙은 아버지이자 남편이었으며, 마히나 외곽에서 1년이 안 되는 기간 동안 전원주택을 빌린, 아직은 깔끔하고 건강한 정년퇴직자였다. 그의 변하지 않는 이름은, 그가 태어났을 때 그에게 운명을 지워 주기 위해 부모님이 지어 준 이름은, 서로 어울리지 않는 수많은 정체성들을 아우르고 살았다. 그 누구의 삶이라도 너무 길어서 그 안에 여러 삶들이 들어갈 수 있단다. 그가 나디아에게 말했다. 하지만 지금, 마지막 순간에 와 보니, 병원 침대에 누워 있는 지저분한 노인밖엔 되지 않는구나. 입을 벌린 채 허겁지겁 공기를 들이마시며 낮은 목소리로 말하고, 게으른 남자가 잠이 들었다가 꿈속에서 자신이 일어나 거리로 나가 맑은 정신으로 굳게 마음을 먹고 출근했다고 믿는 것처럼 말들이 중간중간에 끊기는데도, 자기는 계속 말하고 있다고 믿는 노인에 불과했다.

딸은 손을 잡힌 채 그의 말을 듣기 위해 애달파 하며 그에게 몸을 기울였다. 하지만 그의 입술에서 흘러나오는 우물거리는 말을, 멀리 있는 환자들의 비명 소리와 확성기에서 계속 들려오는 영어 이름들의 메아리 속에서 발음되는 스페인 단어들을 항상 이해할 수는 없었다. 그는 '한 가지 행동'이라고 말했다. 아니면 그렇게 말했다고 꿈꿨다. 진정한 한 가지 행동, 최소한의 행동, 가장 낯선 행동이 세상의 회전을 바꿔 놓고, 태양을 멈추게 하고, 예리코의 벽을 무너뜨릴 수 있다고 말했다. 그는 말하다가 지쳐서 입을 다물었고, 그가 헛소리하는 가운데 말들은 계속 새어 나왔다. 드디어 그의 의지에 복종한 한결같은 말들이다. 거창한 몸짓은 아니다. 원형 천장 아래로 울려 퍼지는 잔인한 말이 아니라, 보다 단순한 뭔가이다. 물의 화학 작용이거나 물건이 수직으로 떨어질 때처럼, 군인 일개 부대에 버럭 소리를 질러 명령 한마디로 모두가 기하학적인 모양으로 일사불란하게 부동자세를 취하는 단순한 행동이다. 오랜 세월 명령에 복종하며 살다가 10초도 안 되는 짧은 순간에, 이제는 더 이상 복종하지 않겠다고 결심한 남자이다. 그는 그렇게 결정했을 뿐 아니라, 행동으로도 옮겼다. 불안과 공포를 느끼며 행동했지만, 그와 동시에 확고한 신념을 갖고 행동했다. 아니면 여자 앞에서 꼼짝도 하지 않던 손을 중풍 환자처럼 내민 남자이다. 그가 그녀의 손을 꽉 움켜쥐었다. 이렇게, 지금 내가 당신의 손을 움켜쥐고 있는 것처럼. 그것이 가장 크고, 유일한 미스터리였다. 그리고 그만이 유일하게 그 미스터리를 마히나에서 발견했고, 그때부터는 여태껏 살아왔던 그가 전혀 아니었다. 그는 꿈도 꾸지 않았고, 원하지도 않았고, 상상도 하지 않았던 행동들의 미스터리이다. 이미 규율로 적혀 있고, 행동 지침서에 자세히 나와 있는 행동들의 미스터리가 아니라, 화재가 나서 경보기가 울리듯 현실 한복판에서 불쑥 튀어나온 행동들의, 들어 보지도, 기다리지도 않았던, 사물의 본질을 영원히 뒤바꿔 놓는 행동들의 미스터리이다. 그의 손에서 땀이 났고, 그녀가 손을 빼도 가만히 있었다. 그는 창문으로 들어오는 빛을 가리려는 듯 손바닥을 펼쳐 얼굴 앞에 갖다 댔다. 동굴 벽을 얼룩지게 했던 만 년 전 붉은 진흙이 묻은, 활짝 편 손바닥이다. 그것은 영원히 남을 행동이며, 인간을 잉태한 사랑이거나, 무관심이거나, 증오가 일으킨 경련이다. 내가 너를 잉태했듯이. 그가 말했다. 그러고는 한순간, 20년 전의 절대 불멸의 진지한 얼굴로 그녀에게 다시 미소를 머금었다. 행동이다. 말도 아니고, 비참한 소원도 아니고, 꿈이나 책, 영화도 아니다. 빵 한 조각을 깨문 개미의 행동이고, 땅에서 결실을 수확한 누군가의 노동이고, 참호를 뛰어넘으면서도 자신이 영웅이라는 사실을 모르는 남자의 겁에 질린 용기이고, 광물이 포함되어 영원할 것 같은 표정을 절대 반복하지 않는 두려움이다. 그게 나에게는 중요했다. 그 이상은 아무것도 없었다. 그게 너에게 하고 싶었던 말이다. 그리고 그것까지도 이제는 부질없구나. 하지만 나는 상관없다. 너는 나를 이해하지 못할 것이다. 며칠 안에 죽을 사람이 아니면 아무도 이해하지 못할 것이다. 그래도 어쩌면 너는 이해할 수도 있을 것이다. 너는 항상 내가 느끼는 것을 느꼈고, 그것도 나와 동시에 느꼈잖니. 내가 결심하고, 죽는 날까지 평생 지켜온 그 유일한 행동은, 유일하게 진실했던 행동은, 나의 삶을 영원히, 180도로 뒤바꿔 놓은 행동은, 그 행동은 내 명령에 불복종한 맹신적인 중위에게 총을 쏜 것이었다. 그가 입을 앙다문 채 이를 가는 소리가 들리고 아래턱이 떨리는 게 느껴질 정도로 가까운 거리에서 내 눈을 똑바로 바라보는 동안, 나는 망설임이나 후회 없이 그를 쏘아 죽였다.

모든 것이 하룻밤에, 단 1분 만에 박살이 났다. 시간에 선을 그은 것처럼, 유리 표면 위의 머리카락 한 올이나, 성벽의 보이지 않는 균열처럼 처음에는 아주 미세한 균열에 불과했다. 군기로 확실히 밀폐된 요새에서, 하루, 하루, 아침, 저녁으로 게으름이나 의심 없이, 활동하는 데 불편도 없고 의미도 없는 제스처들의 자질

구레한 리스트에 복종하며 살았다. 그리고 그런 삶의 방식에서도 긴장감은 전혀 늦추지 않았다. 병영의 담장 너머에서 일어나는 실제 삶의 굴곡이나 불안과는 전혀 관계없는 삶이었다. 그곳에서 사람들은 구령을 붙이지도 않았고, 군복을 입지도 않았으며, 인도의 카스트 제도처럼 복잡한 서열에 따라 자기네 좌석과 계단도 있지 않았다. 그 안에는 적어도 두 남자가 존재했다. 그가 상상하는 바에 의하면, 한 남자는 기가 막히게 인간을 복제한 완벽한 로봇이었다. 반짝거리며 바라보는 눈과 머리카락, 피부도 똑같은 복제 인간이었다. 사환인 라파엘 모레노 병사보다 훨씬 더 충직한 동료였다. 빌바오 대령이 말하듯 멋진 군인의 모델이었다. 몸 안의 민감한 장치들, 그러니까 폐와 심장, 내장을 본뜬 장치들을 숨겨 놓고 미스터리한 재료들로 만들어진 인물이었다. 어쩌면 다른 인간들에게서는 진짜였을지도 모르는 정신과 감정, 행동들까지, 용기와 복종, 미덕, 자존심, 조국과 가족, 자식에 대한 사랑, 상관을 존중하는 마음, 동료들을 대하는 솔직함, 부하들을 대하는 공정함과 권위, 혼탁한 실제 세계에서, 민간인의 삶에서, 즉 외부 세계에서 온 모든 것을 불신하는 마음까지 그대로 복제한 인간이었다. 그가 아침에 일어나면, 사환이 문을 열고 커피 쟁반을 들고 들어오기 위해 허락을 구하기 전에 복제 인간이 출두한다. 복제 인간은 세면대 거울 앞에서 눈에 띄는 형태를 취하고, 차가운 물과 비누, 면도칼이 닿으면 필름에 새겨진 얼굴처럼 모습을 드러낸다. 아무도 보지 못한 또 다른 얼굴의 하얀 타원형 위로 조금씩 형체들을 띠면서 모습을 드러낸다. 하지만 아직도 불완전한 부분이, 나약한 제스처나 입가의 무기력함, 방금 꿈에서 깨어난 눈치고는 지나치게 집요한 광채가 남아 있다. 그를 감시해야 했다. 밖으로 나가기 전에 완벽한지 확인해야 했다. 일본 배우가 화장과 가면, 의상의 세세한 부분까지 일일이 체크하듯. 그리고 8시 정각에 갈라스 소령은 복도를 지나, 소리가 요란한 군화 뒤축으로 대리석 바닥을 울리면서 연병장 쪽 계단을 내려갔다. 복제 인간은 아무도, 그의 주인조차 눈치채지 못할 정도로 이미 완벽한 정체성을 얻었고, 수비대 군인들은 그가 지나가면 부동자세를 취했고, 부하들은 서둘러 담배를 버리고 군화 끈을 묶으며, 약간 겁에 질린 표정으로 군화의 광채를 확인했다.

아버님만 늘 그 복제 인간을 믿지 못했다. 그가 나디아에게 말했다. 그러니까 그에게도 아버지가 있었던 것이다. 어쩌면 늙은 말년과 세기 초 상상도 할 수 없었던 어린 시절 그의 얼굴이 그의 아버지를 닮았을 것이다. 나의 아버지는, 그러니까 네 외할아버지는 내가 내성적이고 건강도 나쁜 데다, 말 타는 것도 싫어하고, 행렬을 보면서 지루해하고, 환호의 총성을 듣고 울었기 때문에 나를 믿지 못했다. 그가 말했다. 그러고는 내가 군인 기숙사에 입소해 역사와 지리, 수학뿐만 아니라, 체육에서도 높은 점수를 받았을 때도 계속 불신했다. 학기 마지막 날, 사관생도 제복의 가슴 위로, 바른 행실로 받은 메달들을 달고 상장을 받아 교단에서 내려오면 그가 나를 꼭 끌어안아 줬다. 하지만 가끔은 아버지의 자부심으로 촉촉해진 두 눈에서, 그가 기사도 정신으로 꾹 참고 있는 감정 속에서 군인다운 과묵함을 느낄 수 있었다. 흠잡을 데 없는 나의 행동 안에 숨겨져 있는 뭔가를, 조만간 언젠가는, 밤새도록 보초를 서고 새벽녘에 잠깐 눈을 붙였다가 모든 것을 그르친 보초처럼 자기가 가장 방심한 순간, 드러나게 될 부끄러운 성향을 의심하는 눈길이었다. 그는 상당히 집요하게 나를 바라보았다. 나는 아버지를 보고 있지 않아도, 아버지가 나를 보고 있다는 걸 알았다. 그것도 놀라서 던지는 질문을 두 눈에 가득 담은 채. 그렇게 그는 행렬을 지켜보는 사관 학교의 귀빈석에서, 우리 집 다이닝 룸에서 술병과 술잔들 너머로 나를 지켜보았다. 그가 직접 나에게 중위 집무실을 건네주었고, 그가 다른 학생들과 마찬가지로 힘차게 했을 악수를 나누기 전에 우리는 서로를 바라보며 부동자세를 취했다. 그때 그의 두 눈은 그 어느 때보다 잔인하게, 두렵게, 나를 뜯어보았다. 마치 그가 정해 주고, 시키는 대로 하는 사람으로 변하기 위해 내가 내 인생의 모든 에피소드들을 하나하나 실천해 감에 따라, 곧 들이닥칠 대참사의 위험이 커지기라도 하는 듯했다. 그는 절대적으로 상상력이 부족했고, 그 상상력을 열렬한 기대감으로 대신했기 때문에 그게 뭔지 상상도 하지 못했다. 그는 자신의 두려움을 정당화해 줄 이유가 아무것도 없다는 것을 믿지 못했다. 그런데도 바로 그 이유가 없다는 게, 그에게는 이미 뭔가를 알리는 전조와도 같았다. 그 출처를 의심할 수도 없었기 때문에 대책을 강구할 수도 없고, 끔찍한 일이 벌어졌을 때를 대비해 해독제를 준비할 수도 없었기 때문에 더욱 절망했다. 그를 더욱더 경계하게 한 것은, 내 복종에 빈틈이 없고, 내 언행과 심지어 내 군복까지 완벽하게 깨끗하다는 거였다. 틀림없이 그는 그런 완벽한 겉모습 속에 뭔가 불길한 게 숨어 있다고, 뭔가 시커먼 혼란이 들어 있어 그것의 보균자인 내가, 그의 아들이, 갈라스 장군의 장남이 그것을 숨기기 위해 모든 능력과 영혼의 간계함까지 바치고 있다고 생각했다. "너는 네 동료들과 한 번도 술에 취하지 않니? 여자들을 만나지 않니? ……당연히 그럴 것이다. 나한테는 거짓말하지 마라. 나도 남자고 너처럼 젊었을 때가 있었다. 내가 너한테 유일하게 바라는 것은 위생 조치를 취하라는 거다. 네가 변태는 아니겠지? 애인을 찾아야 한다. 지금 당장 그러라는 말은 아니다. 아직 네가 젊기 때문에, 단지 생각해 보라는 거다. 서두르지 말고, 눈여겨보고, 많이 따져 보라는 거다. 여기 여자들은 많다. 그러니 여자를 선택하고 나면 존중해 주어라. 하지만 그렇다고 해서 가끔은 스트레스를 풀지 말라는 말이 아니다. 그게 인생의 법칙이다. 육체적으로 필요한 기능이지. 정상적인 신체 구조를 가진 남자에게는, 건강한 신체를 위해 반드시 필요하다. 너는 내 말을 이해하지. 물론, 일탈도 있다는 것을 우리 모두 알고 있다. 그리고 다른 여느 곳들과 마찬가지로, 불행히 군대도 그렇다는 것을 알고 있다. 하지만 그건 내가 하려는 말이 아니다. 단지 약간은 기분 전환을 하라는 거다. 토요일 밤에는 동료들과 어울리라는 거다. 외출증이 없을 때면 한번씩 기분 좋게 모여서 떠들며 어울리는 것도 나쁘지 않다. 하지만 퇴각 나팔을 울리는 시계처럼 네 이력서에 모든 게 빈틈없이 정확하고 오점이 하나 없다는 것은 나쁘단다, 아들아……."

그는 자기도 모르는 사이에 그렁그렁한 아버지의 목소리를 흉내 냈다. 그는 자기가 하는 말을 들었는데, 딸이 자기 목소리도 알아듣지 못할 정도로 반세기도 더 전에 죽은 남자의 목소리가 자기 목소리로 윤회한 것 같았다. 마찬가지로, 잊고 있던 아버지의 얼굴도 이제 절뚝거리는 그의 기억 속으로 돌아와 거울 앞에 모습을 드러낸 것 같았다. 그가 면도를 마치고 나면 딸이 그의 앞에 거울을 갖다주었다. 이제 그의 입김이 거울을 더 이상 흐리게 하지 못할 때도 사람들은 그 거울을 그의 입 앞에 가져다줄 것이다. 하지만 다행히 갈라스 장군은 생전에 자신의 예언이 모두 들어맞았다는 것을 알지 못했다. 아들이 자신의 군인 경력을 없애고, 영원히 그의 이름을, 그리고 그와 함께 모든 조상들의 영광을 얼룩지게 할 끔찍하고도 수치스러운 일이 터졌다는 것은 알지 못했다. 갈라스 집안의 대위들과 대령들, 여단장들의 사진과 유화 초상화들이 그의 집 벽에 잔뜩 걸려 있었다. 갈라스 장군은 살아 있을 때처럼 최악을 두려워하면서도, 그와 동시에 자긍심을 느끼며 죽었다. 그는 아들이 소령으로 승진한 후 며칠 만에 죽었다. 그때는 이미 그의 대를 이어 줄 사내 손자도 있었고, 다른 손자도 태어나려면 몇 달밖에 남지 않았다. 그리고 이제는 계집아이라도 상관없었다. 아내의 배 속에서 자라고 있는 그 물체. 갈라스 소령은 가끔 마히나에 틀어박혀 지내면서 보고서를 작성하거나, 아니면 자기 방 침대에 드러누워 손가락에 담배를 끼우고 남몰래 게으름을 피우면서 책을 읽을 때면 그런 생각을 했었다. 이름도 없고, 성도 없고, 아직 인간의 형체도 띠지 않은 태아였다. 투명하고 부드러운 두개골과 피막 아래로 파란 핏줄이 나뭇가지 모양으로 부정확하게 뻗은, 바다 속 짐승처럼 물기가 많은 태아였다. 낙지처럼, 큼지막하고 멍청한 눈을 가진 물고기처럼 어둠 속에서 박동 치고, 오목 들어간 곳에서 자라는 태아였다. 이상하고 섬뜩한 태아였다. 하지만 잠자리를 했는데도 기억조차 하지 못할 정도로 무의미했던 어느 날 밤, 하등 동물의 맹목적인 짝짓기처럼 감정도, 느낌도 없이 저지른 행위로 잉태된 태아였다. 그의 피를 물려받았고, 그가 없었다면 존재하지도 않았을 생명이었다. 그건 부인할 수 없었다. 해 뜨기 전, 마히나의 병영에서, 그의 불명예와 영웅주의가 펼쳐질 그날의 이미 숨이 탁 막히는 서곡 속에서, 갈라스 소령은 공포심으로 온몸에 전율을 느끼며 깨어났다. 낙지와 같은 수중 생명체가 자기를 쳐다보고 있는 꿈을 꾸었다. 그리고 깨어났어도 기분은 별로 나아지지 않았다. 그는 태아를 기억하고 싶지 않아도, 자신의 복제 인간에게 아내에게 편지를 써서 사진과 함께 보내고, 아내의 건강에도 각별히 관심을 보이고, 계속해서 도시에 적당한 집을 물색 중이라며 거짓말하라고 시켰어도, 그 태아는 계속해서 존재했다. 어쩌면 7월의 불볕더위가 지나갈 때까지 기다리는 게 더 나을지도 모른다고 쓰도록 지시했다. 마히나의 여름은 찜통이었고, 군인 병원조차 없었다. 그는 아직 일어나지 않았다. 과달키비르 계곡 쪽으로 난 창문을 열어 두었지만, 창문으로는 바람 한 점 들어오지 않았다. 밤새도록 후끈한 바람 한 점 불지 않았고, 휴경지와 올리브 밭 위를 내리비추는 달빛이 단단한 석회암을 더욱 뜨겁게 달궈 놓았다. 그는 평소와 달리 벌거벗은 몸으로 계속 누워 있었다. 태아를 생각하며, 두 눈을 뜬 채 아주 높은 천장을 뚫어져라 바라보았다. 태아는 부풀어 올라 땀을 흘리는 몸을 연상시키며, 그의 꿈속에서만 있었던 게 아니라 현실에서도 실제로 존재했다. 태아가 3개월쯤 되었을 때 그가 다행스럽게 생각하며 벗어난 커다란 부부 침대에서 태아는 몸을 뒤척이고 있을 것이다. 배 위에 손을 얹으면 태아의 움직임과 갑작스러운 발길질, 파충류처럼 물결치는 움직임을 느낄 수 있었다. 청진기로 들으면 아주 빠르고 불규칙한 심장 박동 소리를 더욱 또렷하고 확실하게 들을 수 있었다. 전력 질주나, 바짝 긴장해 손가락으로 쇠판을 두드리는 것과 같은, 작은 발걸음 같은 소리를 들을 수 있었다. 마치 그 물건이 아주 멀리서부터 낮이나 밤이나 지치지 않고 조금씩 자기에게 다가오는 것 같았다. 그림 속의 기병처럼. 그 도시에서 그녀는 태아가 자라는 걸 느끼며, 그 태아가 곧 이 세상에 도착해 벌이게 될 축복받은 도살 행위를 기다리고 있었다. 그녀는 침대 위에서 양무릎을 구부린 채 허벅지를 벌리고 있을 것이고, 피범벅이 된 장갑을 낀 의사의 손길과 도살자처럼 소매를 걷어붙인 팔, 피와 찌꺼기들 사이에서 튀어나온 시뻘겋고 지저분한 태아, 등불 아래서 발을 위로 하고 거꾸로 매달린 태아가 떠올랐다. 그 불빛으로 번들거리는 땀과 출혈로 흘린 방대한 양의 시커멓고 뻘건 피가 더욱 과장되게 보일 것이다. 그는 단숨에 벌떡 일어나 바닥에 엎드렸다. 그러고는 얼른 손바닥을 펴고 발끝을 뻗어 상체를 일으키며, 바닥에는 절대 배를 닿게 하지 않으면서 큰 목소리로 팔 굽혀 펴기의 수를 셌다. 친정 식구들의 황홀해하는 포옹. 대위 계급장을 달고 하얀 가운을 입은 의사가 아직 이마에 땀이 송골송골 맺힌 채 건네는 축하 인사. 부대의 축하 인사. 장교 휴게실에서 갓 태어난 아기를 위해 드는 건배. 원하는 사람이면 누구든 집어 들 수 있도록 내민 시가 상자. 심지어 웨이터들에게도 권할 것이다. 물론 그들은 그렇게 하기 전에 허락을 받을 것이다. "소령님의 허락을 받고서, 날이 날이니만큼." 그리고 그는, 그의 복제 인간은 악수를 하고, 등에 요란한 격려 인사를 받으며, 그 얼굴들을 보면서 막 이 세상에 태어난 아들의 얼굴도 언젠가 그들을 닮게 될 거라고, 그 아들에게도 똑같은 삶과 똑같은 부정부패가 기다리고 있을 거라고 생각했다. 그리고 바로 자기만이, 아기의 아버지만이, 자기를 대신하는 로봇만이 아기의 존재와 확실하게 바보 같은 짓인지 불행인지의 공범이고 잘못이 있다고 생각했다.

하지만 모든 게 너무 멀리 있었다. 창문을 열어 놓은 쾌적하고 상쾌한 밤에, 달빛을 받은 하얗고도 푸르스름한 계곡에서 자물쇠를 걸어 잠그고 침대에 누워 상상만 하는 것은 아주 쉬웠다. 시에라 산맥의 산언덕에서 흔들리는 작은 불빛과 불이 붙은 그루터기들처럼, 올리브 나무들 사이의 길로 깜빡이는 불빛을 반짝이며 가는 외로운 자동차의 라이트처럼, 강 옆을 지나 마히나 산의 오르막길을 오를 때보다 더 천천히 지나가는 야간열차의 기적 소리처럼, 그에게는 모든 것이 무한대로 멀리 있었다. 대위의 보고를 받고 부대인들은 검열한 후 천천히 뒤돌아서, 빌바오 대령이 기다리고 있는 외진 곳으로 천천히 걸어가 그 앞에서 부동자세를 취하고, 그에게 각하, 대령님, 부대에는 별 이상이 없습니다, 라고 보고하기 위해 8시가 조금 지나 병영 마당으로 내려가야 할 사람은 다른 사람, 그러니까 로봇이 될 것이다. 그는 투명 망토처럼 로봇의 그림자 안에 움츠리고 있었다. 그날 아침에는 아무것도 바뀔 게 없다, 절대로, 나는 그렇게 생각했다. 그가 나디아에게 말했다. 태양이 하늘 한복판에서 멈춰 서지 않을 거라는 것과, 길을 가는 데 갑자기 옆 건물이 무너져 내릴 거라는 건 어느 누구도 생각하지 않듯, 그 역시 모든 것이 똑같이 반복될 거라고 확신하기 위해 별달리 생각할 필요가 없었다. 7시 15분 정각에, 그가 막 면도를 마쳤을 때, 사환이 뜨거운 커피와 방금 구두약을 칠한 구두를 가지고 들어왔다. 그리고 7시 30분에 전날 오후 차모로 일병이 건네준 군복과 무기들을 꼼꼼히 살피고 확인했다. 8시 10분 전에는 매일 피우는 예닐곱 개비의 담배들 중 첫 번째 담배를 창문에 기대어 피운 후 수직으로 뻗은 절벽 위로 꽁초를 내던졌다. 그 절벽 위로, 병영의 남쪽 담벼락이 세워져 있었다. 8시 30분에는 아침 식사를 마친 후 장교 바에서 두 번째 커피를 마셨으며, 그가 들어섰을 때 갑자기 드리워진 침묵이나 매일 보는 똑같은 얼굴들에 드러난 비겁한 적대심은 모르는 척했다. 9시에는 부대의 사무실 문을 힘차게 밀고 들어가, 서류들이 잔뜩 쌓여 있는 책상들 옆에 서 있는 행정 하사관들과 서기관들을 거들떠보지도 않은 채 자기 집무실로 향했다. 9시 5분에는 대통령 초상화 아래 있는 책상 앞에 서서, 공화국 대통령의 구근처럼 생긴 서글픈 얼굴을 쳐다보았다. 그는 열쇠로 서랍을 열고, 그 전날 오후에 넣어 두었던 쓰다 만 편지를 다시 시작하려고 했다. 하지만 그날 아침 로봇은 쓰기를 거부했고, 땀이 나 축축해진 손에서는 펜이 자꾸 미끄러졌다.

그는 아무 일도 일어나지 않을 거라고 생각했다. 토요일 아침의 나른함과 더위. 공동 사무실과 그의 사무실을 분리해 주는 투명한 유리 칸막이 너머로 들리는 타자 소리. 그가 사인해야 할 서류들과 허가증들. 예정된 시간에 울려 퍼지는 나팔 소리들. 마지못해 명령을 내리는 하사관들의 고함 소리. 연병장 자갈 위로 박자를 맞춰 걸어가는 군화 소리와, 바닥에 닿거나 군인들의 어깨에 닿을 때 들리는 장총 소리. 요 근래 감지되어 오던 변화나 혼란의 징후에 대해서는 생각조차 엄하게 금지되어 있었다. 장교 휴게실에서는 사람들이 수시로 모였고, 여름 재킷 아래로 권총을 숨겨 확실하게 무장하고 뒷문을 통해 병영으로 들어오는 민간인들의 방문도 있었다. 그가 나타나면 식당에서는 갑자기 대화가 끊겼고, 곧 총파업이 있을 거라는 소문도 돌았고, 계곡의 농장들에서는 수확한 것을 태우고 반란이 있었다는 소문도 돌았다. 그는 누군가 감히 의견을 물어 오면, 애써 무시하면서 모두 정치적인 거라고 대답했다. 군인의 중립성을 모르는 한가한 사람들이 지어낸 유언비어라고, 새벽 2시나 3시경에 빌바오 대령에게 대답했다. 대령은 군대의 개입이 있을 경우 그가 어떤 입장을 취할 것인지 억지로 묻기 위해 새벽 3시에 그를 호출했다. 하지만 대령도 변해 있었다. 이제 대령은 군복을 풀어 헤치고 양손을 뒷짐 지고 고개를 가슴 위로 죽 늘어뜨린 채 사무실 안을 돌아다니지 않았다. 이제는 사기꾼 같은 불편한 기분이 들게 했던 실패한 아버지와 같은 인자

한 표정으로 그를 쳐다보지도 않았다. 아침에 전체 사열이 있었을 때, 그가 새로운 소식을 전하기 위해 부동자세를 취했을 때, 빌바오 대령은 그의 눈을 애써 피하며 그의 경례에 힘없이 답했다. 그러고 나서는 곧장 자기 집무실로 들어가 그 안에 처박혀 있었다. 그리고 보좌관은 대령이 전화 통화를 하고 있다느니, 공손하게 예의를 갖춰야 하는 손님이 있다느니 하면서, 몇 번이나 갈라스 소령을 들여보내지 않았다.

그는 편지를 다시 서랍 안에 넣어 두었다. 그 편지가 마지막 편지이며, 절대 끝내지 못할 편지라는 사실은 미처 알지 못했다. 그는 평소 습관과 달리, 두 번째 담배를 피워 물었다. 그는 더위에, 연기에, 타자 소리에, 선풍기 날개 소리에 멍해져, 태아를 보았던 꿈을 떠올리며 창고의 질서와 청결 상태를 점검하기 위해 갑자기 부엌으로 내려가 보기로 마음먹었다. 평소의 위선적인 행동을 멈추고 게으름에 몸을 맡겨, 복제 인간이나 로봇이 당혹감과 공포로 꼼짝 못하고 경계를 늦추도록 허락해서는 안 되었다. 유리창 뒤로 흐릿한 물체가 모습을 드러냈고, 문손잡이가 돌아가는 게 보였다. 그는 담배를 짓이겨 재떨이에 내려놓고, 양 팔꿈치를 테이블 끝에 기댄 채 일어섰다. 키가 작고 근시인 차모로 일병이었다. 그는 동그란 싸구려 안경을 쓰고 옆구리에 서류철을 끼고 있었다. 행동과 군복을 입은 모습에서 농사꾼의 촌티가 흐르는, 군기가 제대로 잡힌 촌스러운 일병이었다. 믿을 놈이 못 됩니다, 라고 메스타야 중위가 그에게 말했다. 일병의 사물함에서 무정부주의 선전 책자가 나왔지만 그는 어느 누구보다 타자를 빨리 쳤으며, 사무병뿐만 아니라 장교들까지 통틀어 오타도 거의 내지 않았다. 갈라스 소령은 막연히 그가 마음에 들었다. 하지만 그는 하인에게 신뢰를 드러내 보일 수 없듯, 부하에게도 즉흥적으로 대할 수 없기 때문에 가급적 내색은 하지 않았다. 차모로 일병이 병영에 있는 군인들과 식량 배급과 관련된 분명히 상상력이 많이 가미되어 있을 상세한 보고서를 그에게 가져왔다. 그는 서류를 보는 척하고는 사인했다. 그것도 그가 하는 가짜 업무들 중 하나였으며, 두 번째로 신경 쓰는 부분이었다. 하지만 세상의 균형을 잡기 위해서는 무시할 수 없는 일이었다. 알파벳순으로 몇 번이나 베낀 이름들, 정확하기는 하지만 고기나 콩, 기름의 분량은 가짜로 기입했을 수도 있다. 물건 한 개 한 개의 가격이 센트까지 정확히 적혀 있었고, 합계도 정확했다. 차렷 자세로 서 있는 군인들의 일렬종대처럼 겉으로는 규율과 용기가 있어 보이는, 완벽하지만 허울 좋은 합계였다. 하지만 그날 아침 차모로 일병은 서류들을 서류철 안에 집어넣은 후 곧바로 나가지 않았다. 그는 소령 앞에서 한참 동안 머뭇거렸고, 소령도 그것을 감지하기는 했지만 모르는 척했다. 일병이 나가려는 기색도 없이 안절부절못하며 양손으로 모자만 빙빙 돌리고 있어, 소령이 냉정하게 그를 처다보고 말했다. 나가 보게, 차모로. 그는 논쟁의 여지도 없이 일병의 존재를 묵살하는, 무심하면서도 권위가 서린 목소리로 말했다. 방을 나서는 하인에게는 그처럼 예의 비르게 명해야 했다. 그러면 그 명령은 하인을 투명 인간으로 만들듯, 1분 후면 하인은 이미 그 자리에 없었다. 하지만 차모로는 움직이지 않고 그대로 있었다. 그의 옷깃이 더러웠으며 땀 냄새와 가난한 냄새가 났다. "소령님." 그가 말했다. "소령님의 양해를 구하고 드릴 말씀이 있습니다. 어쩌면 소령님께서는 제 오지랖이 넓다고 생각하실 수도 있습니다. 때문에 소령님께서 저를 체포하시거나 마구간으로 보내도, 그것은 소령님의 권한입니다. 하지만 제발 그전에 제 말을 좀 들어주십시오. 소령님은 남의 일에는 신경을 쓰시지 않기 때문에, 죄송합니다, 모르시는 일이 많습니다. 하지만 아무리 원치 않아도 들어서는 안 되거나, 다른 사람들이 몰랐으면 하는 일을 듣게 됩니다. 저는 모나스테리오 대위와 메스타야 중위가 도서관에서 소령님에 대해 하는 말을 들었습니다. 이런 말을 하는 건 나쁘지만 꽤 이상했습니다. 그들은 자기네끼리만 있다고 믿는 듯했습니다. 하지만 저는 어제 오후, 그들의 말을 들었습니다. 그들은 멜리야에서 암호로 보낸 전보인지 뭔지에 대해 말하고 있었습니다. 그러고는 진실의 시간이 되었을 때 유일하게 확신할 수 없는 사람이 소령님이라고, 그리고 필요하다면 전면에 내세워야 한다고 말했습니다. 그리고 소령님, 이런 말씀을 드리기는 민망하지만, 어젯밤 장교 휴게실에서 어떤 일이 있었는지 소령님은 보시지 못했습니다. 그들은 라디오에서 아프리카 부대에 대해 하는 말을 듣고는 건배를 들었습니다. 어쩌면 그 소리가 소령님의 방까지 들렸을지도 모릅니다. 제 친구인 웨이터가 모나스테리오 대위가 권총을 꺼내, 소령님이 잠든 사이에 체포하러 올라가야 한다고 했다고 귀띔해 주었습니다. 개가 죽으면 광견병도 끝나 버려, 라고 그가 말했답니다, 소령님."

그는 아무 말도 하지 않았다. 얼굴 표정도 바뀌지 않았고, 질문도 하지 않았다. 차모로 일병은 그의 침묵이 당혹스럽기도 했고, 더위 때문에 숨이 막힐 것 같았지만, 더러운 손수건으로 감히 이마도 닦지 못한 채 신발 끝만 바라보며, 서류철을 옆구리에 끼고 양손으로 땀범벅인 모자를 들고 계속 그의 앞에서 차렷 자세로 서 있었다. 그는 틀림없이 소령을 무적이라 생각했거나, 아니면 소령이 단념하고 체포되거나 자살할 거라고, 아니면 비밀리에 모반자들과 한패가 될 거라고 생각했을 것이다. 타자 소리와 선풍기 돌아가는 소리만 들리는 짧은 침묵이 있은 후 소령이 그에게 말했다. "나가 보네, 차모로." 일병은 너무 당황해서 사무실을 나오는 바람에, 경례를 붙이는 것도 깜빡 잊었다. 한 시간 후 일병은 소령이 뭔가 결심한 듯, 나란히 줄지어 있는 사무실 책상들 사이로 침착하게 걸어 나가는 모습을 보고, 소령이 옆을 지나가면서 자기를 쳐다볼 거라 믿었다. 하지만 갈라스 소령은 마치 아무것도 보이지 않고 들리지 않는 듯 고개를 빳빳하게 치켜들고 나갔다. 냉정하고 자부심 강한 시선과 흠잡을 데 없는 여름 군복, 허리에 찬 권총, 반짝이는 구두가 평소와 다름없었다. 그가 지나가고 난 다음에는 왁스 칠한 부드러운 가죽과 애프터셰이브 로션 냄새가 남았다. 뭔가 하려고 하는군. 차모로 일병은 그토록 에너지가 넘치고 확고한 행동에 뭔가 확실한 결정이 숨어 있다고 확신했다. 내가 말한 내용을 대령에게 보고하러 가는 걸 거야. 그리고 몇 시간 안에 메스타야 중위와 모나스테리오 대위는 부대 깃발들이 보관된 진열실에서 체포될 거야. 하지만 식사 나팔이 울려 퍼지고 군인들이 운동장에 정렬해 있을 때까지 아무 일도 일어나지 않았다. 그리고 차모로 일병은 멀리서도 갈라스 소령을 보지 못했다. 그날 오후, 그는 모든 외출 허가가 취소되었다는 사실을 알고 깜짝 놀랐다. 그리고 그의 친구 라파엘 모레노는 소령을 보지 못했으며, 그의 방문이 열쇠로 잠긴 채 닫혀 있다고 말했다.

방문은 밤 10시 30분에 열렸다. 갈라스 소령에게는 방 안에 있었던 여섯 시간이 그가 살았던 32년만큼이나 길게 느껴졌다. 창문의 덧문까지 꼭꼭 걸어 잠그고, 밀가루와 같은 숨 막히는 금빛 어둠 속에서 7월 오후의 침묵과 거짓말 같은 묵직한 낮잠의 침묵, 땀에 푹 젖은 채 자고 싶은 고상하지 못한 욕망이 그를 짓눌러 내렸다. 나는 아무것도 하지 않을 거야. 그가 큰 목소리로 말했다. 아무 일도 일어나지 않을 거야. 그는 한 사람에 의해 반복된 습관들이 모두 합치면 빙하처럼 그 충격이 실로 어마어마하다는 사실을 그날 오후 배웠다. 두려움은 없었다. 원한이 되어 자기 자신에게 돌아온, 목표도 없고, 정확한 대상도 없는 분노만 느껴졌다. 그는 책 한 권과 권총집이 놓여 있는 테이블에 팔을 괸 채 담배를 피우고 있었고, 그의 앞쪽 벽에는 폴란드 기병의 영인본이 걸려 있었다. 침착한 젊은 얼굴. 가볍게 승마 수업을 받는 듯한 차가운 미소. 허리를 잡고 있는 왼손. 한 가지 행동이면 끝났다. 손가락으로 권총집의 가죽끈을 푼 뒤, 테이블 위로 손을 뻗어 개머리판을 감싸며 부드럽게 권총을 들어 총구를 이마에 갖다 대고, 총성이 천장까지 울려 퍼질 때까지 검지로 방아쇠를 조금씩 잡아당기면 끝났다. 그는 실패한 군인 영웅들의 모습을 떠올려 보았다. 명예롭게 죽을 수 있는 방 안의 장교들을 떠올려 보았다. 그는 아버지의 검정 권총집을 떠올렸다. 진열장 위에 잊힌 채 비어 있을 때가 더욱 섬뜩했다. 군인이 모든 것을 잃어버리고, 명예롭게 살아갈 명분과 희망이 없어졌을 때 군인답게 보여 줄 수 있는 마지막 행동이었다. 수치스러운 의식을 통해 훈장들을 모두 빼앗기고 사형당할 처지에 놓인 장교들은 천으로 눈을 가리는 것을 거부하고 총살대원들에게 직접 명할 수 있는 권리를 요구했다. 갈라스 소령은 한 줄로 늘어선 총들 앞에서 두려움에 떨며 꼿꼿하게 서 있는 자신을 상상했다. 아니면 책에서처럼 그 방 안에 틀어박힌 채, 이마가 아니라 입을 벌리고 총구를 겨냥하고 있는 자신을 상상했다. 이마에 총을 쏘면 생존 가능성이나, 힘들고 구차하게 고통받을 가능성이 남아 있을 수도 있기 때문이었다. 자살은 어설픈 짓입니다. 마히나의 의사인 메디나 박사가 그에게 말했었다. 자살한 사람들 대부분은 피를 몽땅 흘린 짐승처럼 수치스럽게 죽습니다.

말들이다. 그는 반세기가 지난 후 나디아에게 경멸하듯 말했다. 드디어 그는 자신의 진짜 죽음과 맞설 준비를 하며, 아이러니하고도 거의 동정에 가까운 마음으로 이미 예전의 자기라고 확신할 수 없었던 젊은 장교를 떠올렸다. 문학과 비겁함. 체념하고 받아들였던 7월의 더위처럼 너무나도 강력했던 유혹. 로봇 혹은 복제 인간이 복종이라는 나약한 소명감을 충실히 이해하는 동안, 그는 가짜 삶의 그늘 속에 숨어 있었다. 그리고 외부의 사건들은 빙하가 떠

밀려 가거나, 암이 퍼지거나, 아니면 태반 안의 태아가 자라면서 인간의 모습을 취해 가듯 가차 없이 계속해서 숙명적으로 이어졌다. 7월의 눈먼 오후가 밤을 향해 전진하듯. 그리고 정오에, 안개가 짙은 하늘에서 거의 푸른빛을 잃은 공기의 진동으로 거대해진 마히나의 산이 또다시 정확한 부피와 모습을 띠어 갔다. 그는 자기가 중풍 환자 같다는 사실을 깨달았다고 얘기했다. 열쇠로 방문을 걸어 잠그고 틀어박혀 있던 잠깐의 휴전은 시간도, 다른 사람들의 움직임도 멈추게 하지 못한다는 사실을 깨달았다. 그러고는 자신의 의지를 허공에서만 사용할 줄 알았다는 분명한 사실이 그를 난생처음으로 당혹스럽게 했다. 나는 중풍 환자였단다. 그가 다시 반복해서 말했다. 지금처럼 꼼짝도 하지 못하는 중풍 환자였다. 복도를 지나가는 발소리들과 무기 소리, 지지직거리는 소리와 간간이 들리는 군가들과 뒤섞인 혼란스러운 라디오 방송 내용, 승리를 알리는 군가들과 같은 요란한 소리를 듣고 있었다. 차고에서 시동을 거는 트럭의 엔진 소리, 연병장에서 들려오는 고함 소리를 듣고 있었다. 나는 지금처럼 내 앞에 총과 책을 두고, 손가락에서 타들어 가는 담배를 들고, 무기력하게 테이블에 앉아 있었다. 그의 손목시계에서는 일분일초가 요란한 소리를 내며 흘러가고, 헤네랄오르두냐 광장에서는 탑의 종들이 9시를 알리고 있었다. 가까이 다가오는 발소리와 뒤이어 그의 방문을 두드리는 소리가 들려왔다. 그는 어둠 속에서 꼼짝도 하지 않은 채 기병의 얼굴을 보고 있었다. 그리고 그 역시 기병에게 관찰당하고 있었다. 이제는 공범 의식도 없이, 차분하게 비웃고 있었다. 병영 내부와 마히나

거리에 있는 수백, 수천 명의 사람들이 현실이라는 급박하게 돌아가는 기계 속에서 능력 있는 곤충들처럼 분주히 움직이고 있었다. 그런데 그만은 꼼짝도 하지 않고, 중풍 환자가 되어 담배만 피우고 있었다. 죽음에 대한 위험이나 모반자들에 대한 분노 때문에 폐인이 된 것은 아니었다. 자기가 여태껏 믿어 왔던 사람이, 수없이 상상해 왔던 사람이 아니라는 사실을 느닷없이 깨달았기 때문이었다. 이제 자기는 계속 의지를 갖고 맹목적으로 노력하며 일어섰던 누군가도, 나지막하고 차가운 목소리와 강렬한 시선 이외에는 아무 무기도 없이 명령하고 지휘하는 특권을 누렸던 누군가도 아니었다.

그가 뭘 해야 할지 제대로 모르는 채, 결심이나 자존심과는 전혀 상관없이 무기력감에 쫓겨 일어났을 때는 이미 날이 어두워진 후였다. 그는 옷을 벗고, 샤워기의 미지근한 물줄기 아래서 두 눈을 감았다. 그러고는 그 마지막 행동에 자기 삶의 이유가 들어 있는 듯, 꼼꼼히 몸을 닦고 면도한 후 수염 한 올 남아 있지 않은 것을 확인하기 위해 얼굴을 살펴보았다. 하지만 건물 끝 쪽으로 걸어가 두 눈을 뜨는 순간 허공으로 떨어질 것을 아는 사람처럼, 앞으로 자기가 할 행동에 대해서는 단 한순간도, 전혀 생각하지 않았다. 그는 깨끗한 군복을 입고, 군화와 혁대, 쇠 버클에 빛을 내고, 조심스럽게 권총을 장전한 뒤 허리에 찼다. 그러고는 거울 앞에서 세식 모자를 쓰고 아무도 없는 복도를 지나, 연병장으로 이어지는 바깥쪽 복도로 나갔다. 한밤중에 지진으로 깨어난 도시의 건물들처럼 창문마다 전깃불이 모두 환하게 밝혀져 있었다. 군인들은 철모를 쓰고 완전 무장한 채 두서없이 부대별로 모여 있었다. 그리고 병사들과 하사관들은 고래고래 소리를 지르며 명령을 내리고 있었다. 어딘가에서는 쉬지 않고 북을 울려 댔고, 옛날 군가가 최대한의 볼륨으로 울려 퍼지고 있었다. 머리 위로 철모를 삐뚤게 쓰고 양손에 총을 들고 있던 차모로 일병이 멀리서 갈라스 소령을 보았다. 소령은 빌바오 대령의 집무실이 있는, 불이 밝혀진 탑 쪽으로 걸어가고 있었다. 그는 시선을 앞으로 고정한 채 천천히 팔을 저으며 침착하게 걷고 있었다. 마치 운동장에서 벌어지는 일들이 보이지 않고, 사람들의 고함 소리도, 짐승처럼 울부짖는 소리도, 차고에서 엔진을 데우는 요란한 트럭 소리도 들리지 않는 것 같았다. 잔인할 정도로 샛노란 스포트라이트의 불빛을 받은 갈라스 소령의 외로운 모습이 오히려 나약함과 집착이라는 처절한 분위기를 더욱 짙게 자아냈다. 그가 내딛는 발걸음 하나하나가 위업(偉業)이었고, 그가 최면에 걸려 있거나 꿈을 꾸며 걸어가고 있으며, 사실은 움직이고 있지 않다고 느껴졌다. 대령의 집무실로 들어가기 전에, 보좌관이 문 앞에서 부동자세를 취하며 대령이 지금은 아무도 맞이할 수 없다고 말했다. 그곳에서 보좌관은 혼동의 여지가 없이 찢어지는 군인 목소리가 울려 나오는 라디오 위로 고개를 숙이고 있었다. 소령은 그를 물러나게 하려는 동작을 취하지 않았다. 그냥 그를 쳐다만 보자, 보좌관이 알아서 옆으로 비켜났다. 문은 그가 밀었다는 의식도 없이 그냥 열렸다. 대령의 책상 위에는 절반 정도 남은 코냑 병과, 소령이 들어오기 전부터 이미 울리고 있던 검은색 커다란 전화기가 보였다. 하지만 몇 초 간격으로 계속 울려 대는 귀가 따가운 전화벨 소리가 대령에게는 들리지 않는 것 같았다. 대령은 뭔가를 보고 있는 듯, 아니면 다른 것을 보고 있는 듯했다. 군복 단추가 풀려 있었고, 양쪽 겨드랑이 는 땀으로 시커먼 얼룩이 져 있었으며, 이마 위로는 물기에 젖은 백발 머리가 흘러 내려와 있었고, 숨 쉴 때마다 코냑 냄새가 진동 했다. 1초 동안은 전화기가 조용해진 것 같았다. 그러고는 금세 또다시 요란한 단조음이 더욱 화를 내며 절망적으로 울려 대기 시 작했다. 하지만 대령은 전화기도, 갈라스 소령도 보지 않았다. 대 령은 코냑 병만 뚫어져라 바라보며, 책상 위의 서류들 위로 흘리 면서 빈 잔에 코냑을 따랐다. 그리고 자줏빛 불안한 손이 잔을 입 술 가까이 가져갔을 때는, 풀어 헤친 군복의 옷깃 위로 코냑을 흘 렸다. "대령님." 그가 말했다. "대령님." 절반쯤 잠이 든 사람에게 말하는 톤으로 말했다. 전화기는 더 이상 울리지 않았다. 빌바오 대령이 침묵을 놀라워하며 그를 바라보았다. 책상 위의 서류들부 터 시작해서 병과 잔, 그리고 갈라스 소령의 얼굴을 차례로 보듯 그의 눈이 아주 천천히 움직였다. 한순간, 여느 때와 다름없이, 무 능력하고 어리석은 아버지의 부끄러운 마음으로 그에게 미소를 지어 보였다. 그러고는 다시 천천히 고개를 가슴 위로 떨어뜨리고 는, 손으로 빈 잔을 찾아 더듬거리다가 잔을 엎고 말았다. "한잔하 게, 갈라스." 대령이 장님처럼 손을 허우적거리며 자기 잔을 찾지 못한 채 밀했다. "자기들끼리 죽이다가 한 놈도 남지 않게 내버려 두게." 전화기가 미친 듯이, 지치지도 않고 단조롭게 다시 울리기 시작했다. 연병장에서는 북소리가 들려왔다. 빌바오 대령이 손으로 확 뿌리쳐, 뜻하지 않게 전화기가 내려졌고, 수화기를 통해 머나먼 금속성 목소리가 들리더니 곧바로 뚜뚜 소리가 들려왔다. 갈라스 소령이 집무실을 나왔을 때는 이미 보좌관 사무실에 아무도 없었다. 그는 보좌관이 자리를 뜨면서 켜 놓은 라디오의 코드를 뽑았다. 불 켜진 복도에도, 사무실에도 아무도 없었다. 대리석 계단에는 그 이외에는 아무도 없었다. 그는 자기 군화의 발소리가 총성처럼 울려 퍼지는 소리를 들으며 계단을 내려갔다. 지금은 출구 쪽 아치 앞에 정렬하라며, 행동 개시를 알리는 북소리와 군인들의 일사불란한 발소리에 장교들의 명령과 평소 잘 지껄여 대는 욕설이 묻혀 있었다. 그는 움직이는 성벽을 향해 걸어가는 느낌이었다. 대위가 멈춰 서라고 소리를 지르자 보병 대대가 멈춰 섰다. 어깨에 검을 멘 메스타야 중위가 며칠 전 병가를 냈던 대위가 지휘하는 중대 앞에 서 있었다. 대열을 이끄는 사람은 모나스테리오 대위였다. 지금은 자갈 위로 갈라스 소령의 발소리만 들려왔다. 스포트라이트의 불빛을 받은 수백 개의 얼굴들이, 서로 비슷하게 생긴 얼굴들이 가까이 다가오는 그를 바라보았다. "모나스테리오 대위!" 그가 또렷하게 큰 소리로 말했다. 그가 소리를 지르는 건 누구도 들어 본 적이 없었다. 모나스테리오 대위가 계속 다가오는 그를 향해 천천히 돌아섰다. 소령은 양팔을 허리 옆으로 흔들었으며, 얼굴 절반은 모자챙의 그림자에 가려 있었고, 군화 굽 소리는 정확한 리듬으로 자갈 위에 울려 퍼졌다. "충성, 소령님. 별 이상 없습니다." 땀범벅이 된 뚱뚱한 모나스테리오 대위가 첫 줄에 서 있는 모든 장교들과 하사관들의 눈빛과 똑같이 비겁함과 증오심 가득한 눈빛으로 그를 응시하며 부동자세를 취했다. 갈라스 소령은 그들 전체를 앞에 두고 혼자 당당하게 서 있었다. 거만함과 권총 한 자루 이외에는 아무런 보호막도 없었다. 그는 참호 위를 뛰어오르는 순간, 주변에서 정신없이 날아드는 총알 소리를 듣는 기분을 떠올렸다. "모나스테리오 대위." 그가 말했다. "바른 정렬 시키고 쉬어 자세를 취하게 한 후 해산시켜." 모나스테리오 대위가 손을 떨어뜨리며, 절망적으로 도움을 청하듯 다른 장교들 쪽으로 고개를 돌렸다. 촘촘한 대열을 이루며 꼼짝 않고 서 있는 군인들의 모습은 목소리들이 부딪혀 튕겨 나가는 성벽처럼 두꺼웠다. 메스타야 중위가 대열에서 몇 발자국 앞으로 걸어 나와, 모나스테리오 대위가 있는 곳까지 나왔다. 중위는 지나치게 젊고, 지나치게 오만했으며, 이제는 부패할 시간도, 그것을 배울 시간도 없을 것이다. 갈라스 소령에 대한 맹목적인 존경심은, 뒤늦은 사춘기 시절 사랑의 감정이 순식간에 극에서 극을 오가듯 극도의 증오심으로 바뀌었다. "아무도 해산을 명할 수는 없습니다." 그가 말했다. 소리를 지르며 대들려는 노력으로 목소리가 갈라졌다. "차렷 자세를 취하게, 중위." 갈라스 소령이 너무 나지막하게 말해서 메스타야 중위와 모나스테리오 대위만 그의 목소리를 들었다. 메스타야 중위가 다리를 좀 더 벌리며 팔짱을 끼었다. "나는 배신자의 명령에는 복종하지 않소." 갈라스 소령은 권총집을 여는 동안 중위의 눈을 바라보았다. 중위는 이를 악물고 있었으며, 아래턱이 공포로 살짝 떨리고 있었다. 갈라스 소령은 권총을 꺼내 안전장치를 푼 뒤, 자기에게 시선을 고정한 채 꼼짝도 하지 않고 기하학적인 모형으로 정렬해 있는 얼굴들을 바라보았다. 그러고는 메스타야 중위에게 차렷 자세를 취하라고 다시 나지막한 목소리로 말했다. 하지만 다리는 계속 벌어져 있었고, 팔짱 낀 팔은 도전하듯 가슴 위에 그대로 얹혀 있었다. 중위는 자기를 향해 올라오고 있는 권총은 단 한 번도 쳐다보지 않았다. 그는 총을 맞은 순간, 몇 초 동안 그대로 서 있었다. 대열에서는 잔잔한 호수 위에 돌이 떨어진 것처럼 움직임이 일파만파로 번지며 모두 깜짝 놀랐다. 중위가 배를 끌어안더니, 두려움보다는 놀란 표정으로 갈라스 소령을 바라보며 앉은 채 꼬꾸라졌다. 그의 죽음이 지속된 기나긴 몇 분 동안 아무도 움직이지 않았고, 그에게 가까이 가지도 않았다. 두 시간 후 군대는 트럭을 타고, 병영을 에워싸고 있는 사람들 사이를 뚫고 출발했다. 그들은 4월 14일로로 올라가 누에바 거리와 헤네랄 오르두냐 광장을 지났고, 그곳에서는 트럭들의 모터 소리가, 라이트 앞에서 갈라지며 뒤로 물러나는 낫과 몽둥이, 쇠스랑, 붉은 깃발로 무장한 군중들의 함성 소리를 기대감과 어쩌면 두려움의 침묵 속에 잠재웠다. 트럭들은 산타 마리아 광장의 시청 현판 앞에서 멈춰 섰다. 그곳 발코니에는 사람들이 나와 있었고, 모든 불들이 켜져 있었다. 갈라스 소령은 모나스테리오 대위의 두 눈을 차갑게 응시하면서 얼른 보병 대열을 이룬 뒤 보고하라고 명했다. 소령은 차렷 자세로 움직이지 않고, 긴장해 있는 내열들을 시간과 현실이 존재하지 않는 듯 천천히 검열했다. 그는 군인들을 등진 채 손가락 끝으로 제식 모자의 각도를 바로잡고 권총집의 단추를 채웠다. 그는 혼자서 등을 꼿꼿이 세우고 시청 계단을 향해 올라가는 동안 침묵이 이상하게 느껴졌다. 그리고 그 침묵이 자기 척추를 관통할 총알의 서곡처럼 느껴졌다. 나는 죽을 거라고 확신했었다. 그가 나디아에게 말했다. 나는 두려움 없이, 간절한 마음으로 죽음을 기다리고 있었단다. 새벽 6시경, 빌바오 대령은 술에 취해 불면의 밤을 보낸 후 병영에 혼자 남아 있었다. 그는 자식들 중 한 명에게 보내는 편지의 서두를 쓰고는, 군복 단추를 채우고 허리띠를 졸라맨 후 입에다 총을 한 방 쏘았다.

제11장

　노래가 흘러나오고 있고, 나는 그 노래가 어디서부터 들려오는지, 그 노래의 제목이 뭔지 모른다. 누구의 노래인지, 또 얼마나 오랫동안 그 노래를 들어 보지 못했는지도 모르지만, 밤에 운전하면서 라디오의 다이얼을 돌리다가 우연히 갈라지는 듯하면서도 친근한 목소리를 듣게 되었다. 나는 금세 베이스의 리듬을 알아보고, 가사를 따라 부르기 시작한다. 그러면서 그 노래는 바의 주크박스나 마히나의 거리, 미래의 나디아 집에서 울려 퍼지기 시작한다. 음악이 한꺼번에 되찾아 준 수많은 시간과 공간들 속에서 울려 퍼지더니 몇 초 후에는 가수가 기억났고, 제목을 통해 아직 날짜까지는 정확하지 않지만 6월의 어느 날 오후가 어렴풋이 되살아난다. 그러나 강렬하게 흥분했던 느낌이나 상실감, 다가올 여름에 대한 무거운 느낌은 아니다. 행복이라는 똑같은 재질로 만들어졌지만, 위로가 되지 않는 고통과 장미 향, 마스카라와 초록색 눈 화장을 한 눈, 까무잡잡한 맨다리, 가녀린 발목, 꿈에서 애무한 육

체, 길거리나 학교 운동장에서 멀리 어렴풋이 보았던 육체, 벤치
나 수업이 끝난 후 혼란 속에서 막연하게 욕망하며 스치고 지나쳤
던 육체가 되살아난다. 나중에는 그 육체가 자세히 떠오르면서 잠
도 이루지 못했었다. 브래지어 끈이 살짝 비치는 블라우스, 검은
머리카락이 흩어져 내려온 살짝 숙인 고개, 하얗고 단단하고 뜨거
운 살이 살짝 떨리는 블라우스의 파인 부분이 생각나면서 잠을 이
루지 못했었다. 오티스 레딩. 이제야 생각난다. 그리고 노래 제목
은 *My Girl*이다. 나는 5월 말이나 6월 초, 어느 일요일 늦은 오후
에, 누에바 거리가 끝나는 부분에서 산티아고 병원의 파란 원형
지붕을 빛나게 하는 붉은 석양을 바라보며 그 노래를 휘파람으로
불면서 가고 있다. 친구들은 어두침침한 마시스테 살롱에서 당구
를 치게 내버려 두고, 나는 그라다스 거리로 나와, 마리나를 만날
지도 모른다는 강렬한 예감을 느끼며 헤네랄오르두냐 광장 쪽으
로 걸어간다. 친구들은 나의 이상한 행동에 익숙해지고 내 침묵에
지루해져, 이제는 이상하게 생각하지도 않는다. 마르틴은 내가 발
라드 가수의 얼굴이라며 놀리고, 펠릭스는 내가 이제 그들 곁에
있지 않은 것 같다고 말한다. 하지만 나도 어쩔 수가 없다. 그것도
지금은 더더욱 어쩔 수가 없다. 수업이 끝나 이제는 시험 기간에
만 학교에서 마리나를 볼 수 있다. 나는 가급적 그녀 근처에 앉으
려 노력했고, 가끔은 같은 자리에 앉으려고 노력했다. 그리고 몇
번은 그녀의 뒤에 앉기도 했다. 나는 그녀의 짧은 치마 아래의 까
부삽삽하고 딘단한 허버지와 살짝 풀어 헤친 블라우스를 본다. 나
는 그녀가 커닝하도록 내버려 둔다. 아니면 그녀가 모르는 답들을

나지막한 목소리로 말해 준다. 심지어 지난주 금요일 어느 날 아침에는 영어 시험을 준비하기 위해, 우리가 함께 빈 교실에 있었다. 그녀는 노래로 배운 나의 미국식 영어 발음을 신기해했다. 그녀는 미소를 머금은 채 내 입술을 바라보며, 영광스럽게도 그녀 자신의 입술을 움직였다. 그녀를 그렇게 가까이 두고, 약간 시큼한 그녀의 냄새를 맡고, 루주를 칠한 입술 사이로 살짝 드러난 촉촉한 혀와 입을 보면서 현기증과 비슷한 흥분을 느끼기 시작했다. 배 속이 텅 빈 것 같고, 양쪽 무릎이 풀리는 것 같았다. 그리고 나에게 일어나고 있는 확실한 증거를 그녀가 눈치챌까 봐 두려워, 나는 다리를 꼰 채 책상 끝 쪽으로 약간 떨어져 앉았다. 하지만 그녀의 다리와 맞닥뜨리는 바람에 상황은 더욱 나빠졌다. 우리는 몸을 뒤로 빼지 않고 더 가까이 있게 되었다. 그리고 그 순간, 나는 향수와 샴푸 냄새, 목욕 비누 냄새보다 더 그윽한, 어떻게 정의를 내려야 할지, 명명해야 할지 모르는 다른 냄새를 맡았다. 파본 파체코가 알려 준 말도 안 되는 단어가 내 옆에 있었다 해도 소용이 없었다. 내 손이 그녀의 허벅지 위로 올라가 팽팽한 팬티 끈 안으로 들어가면 어떻게 될지, 남몰래 애간장을 태우며 나 혼자 수줍게 상상했다. 마리나는 그 후 내 인생에서 내가 사랑했던 모든 여자들과 마찬가지로 놀라움과 수음(手淫), 문학이 똑같은 비율로 만들어진, 그때까지는 손에 닿을 수 없는 존재와도 같았다. 단 한 여자, 마지막 여자를 제외하고는. 그런 마리나가 나를 흥분시키며 살을 가진 진짜 여자로 바뀌었다. 애무하며 꼭 움켜쥘 수 있는 가슴과 금빛 색깔과 시적인 이름을 가진 향수에서 나는 냄새가 아니라, 나처럼 물리적으로 존재할뿐더러 확실히 몸에서 나는 냄새와 분비물로 축축해진 팬티를 입은 여자로 바뀌었다. 내가 계속 그녀의 곁으로 다가갔다면 만질 수 있고, 키스할 수 있고, 깨물 수 있는 육체였다. 그리고 그녀를 와락 끌어안기 위해, 얼굴을 그녀의 가슴에 파묻기 위해, 손을 그녀의 허벅지 사이로 파묻기 위해, 그녀의 초록색 큰 눈의 눈길 속에 빠지기 위해, 내 입술을 그녀의 입술 위로 포개고, 책과 노트 필기들을 내던져 버릴 수도 있었다. 그녀의 두 눈은 여름 오후의 푸른 초목과 물 위로 드리워진 그늘처럼 촉촉하고 푸른 초록빛이었다. 그녀의 까무잡잡한 피부와 대조를 이뤄 더욱 반짝이는 투명한 초록빛이었다. 수영장과 돈으로 만들어진 부드러운 갈색 피부와 검은 머리카락, 짙은 초록빛 눈 화장. 모든 것이 너무나도 한순간이었다. 종이 두 번 울리는 사이나 전화벨이 두 번 울리는 사이와 같은, 손에 닿을 수 없는 시간이었다. 뛰어내리기 전에 너무 아찔해서, 결국 뛰어내리지 못하는 기분이었다. 그 순간이 끝나면 모든 게 다시 불가능해지고, 나는 다시 비겁함과 불행으로 초토화될 것이다. 마리나의 입술에서는 아직 미소가 이어졌지만 눈의 표정은 바뀌었다. 이제는 나를 새롭게 보지 않고, 예전과 똑같이 바라보았다. 열일곱 살짜리 여자아이가 제 또래의 남자아이를 바라보듯, 성적인 매력이 전혀 없는 자연스러움으로, 어쩌면 동정심으로 바라보았다. 이제 그녀의 다리는 책상 아래서 내 다리와 떨어져 있었다. 전원주택에 사는 의사 딸의 비음 섞인 목소리는 심드렁하게 영어 단어들을 발음하면서, 졸업하면 뭘 할 건지, 방학 때는 어디로 갈 건지, 어떤 전공을 택했는지 묻고 있었다. 틀림없이 우리가 다시는 만나지 못하게 될 미래를 말할 때는, 그녀의 말에 그리움이 묻어 있는 것 같기도 했다. 그래서 나는 그녀가 많이 보고 싶을 거라고, 학교에서 매일 아침 그녀를 보지 못할 거라는 생각을 참을 수 없을 거라고 말할까도 생각했다. 하지만 상상하는 것들이 모두 목소리로 나오는 것도, 현실로 이뤄지는 것도 아니었다. 그리고 그때 복도에서 영어 시험을 알리는 종소리가 울려, 나는 그녀와 함께 침묵을 지키며 밖으로 나왔다. 나는 그녀에게 마르토스에서 맥주 한잔하자고 용기를 내서 말하려 했지만, 아무 말도 하지 못했다. 당연히 너무나도 쉬운 일이었다. 하지만 그녀가 싫다고 거절할지 모른다는 두려움과 확신 때문이 아니라, 내가 미치도록 간절히 바라는 일들이 일어날 수도 있다는 가능성을 생각할 수가 없어서였다.

   그리고 나는 지금 당구공이 시원하게 튕겨 나가는 소리와 실내 축구를 하는 요란한 소리를 뒤로하고, 몽유병 환자처럼 마시스테 살롱을 떠난다. 그리고 오후의 빛과 아카시아 향, 헤네랄오르두냐 광장의 물 냄새에 마리나의 눈빛에 대한 추억과 열려 있는 발코니 아래를 지나갈 때나 차의 라디오에서 들려오는 오티스 레딩의 목소리에 대한 추억이 더해진다. 곧 그녀를 만날 것 같은 경솔한 자신감이 생겼으며, 친구들과 함께 몇 분이라도 더 있으면 그녀를 영원히 잃을 것 같은 느낌이었다. 나는 광장 아케이드에 새로 생긴 사진 가게의 쇼윈도를 바라보며, 눈을 덮은 앞머리와 귀를 덮은 머리카락을 만족스러운 듯 확인한다. 청바지와 운동화, 검은 남방을 입은 내 모습이 날씬하고 날렵하게 보인다. 멀리서 보면 좀 더 마른 얼굴과 검정 선글라스가 아쉽기는 했지만, 거의 쇼윈도의 달나라에 가 있는 루 리드를 닮았다. 왜 그랬는지 이유는 기억나지 않지만, 그날 나는 평소보다 돈이 많았다. 나는 라파엘 아저씨와 함께 전쟁에 나갔다는, 다리 짧은 남자의 좌판에서 순한 담배 몇 개비를 산다. 그리고 담배 한 개비를 코 밑으로 천천히 갖다 대며 냄새를 맡는다. 너무나도 부드러운 종이와 미국산 담배의 강렬하면서도 부드러운 냄새를 맡는다. 얼마나 어지러운데. 이미 파본 파체코가 말했었다. 좋은 삶은 비싼 거야. 싸구려 인생도 있지만 그건 삶이 아니지. 나는 담배를 입에 물고, 다시 쇼윈도를 바라본다. 그러고는 우리 아버지를 아는 누군가 나를 볼까 봐 두려워하며 주변을 두리번거린다. 나는 아직 윈스턴에 불을 붙이지 않은 채 누에바 거리를 올라간다. 그것은 아주 값비싼 쾌락이고, 컨트롤해야 하기 때문이다. 한 걸음 내딛을 때마다 그녀에게 가까이 가는 것 같은 흥분과 두려움으로 설렌다. 몇 분만 있으면 그녀를 만나게 될 것이다. 그녀는 혼자 떠날 것이며, 나를 찾아 나왔다고, 주말 내내 내 전화를 기다리고 있었노라 말할 것이다. 나는 어른처럼 거침없이, 함께 맥주를 마시고 음악을 들으러 가자고 제안할 것이다. 그리고 마르토스의 주크박스에서 *Take a Walk on the Wild Side*가 나오면 낮은 목소리로 가사를 번역해 주며, 그녀가 이미 나에게 키스하고 있다는 사실도 느끼지 못할 정도로 그녀의 얼굴을 가까이 들여다볼 것이다. 상상력은 나를 앞질러 갔으며, 나는 얼마 전 발레시아노스 아이스크림 가게가 문을 연 메소네스 거리를 여전히 걸어가고 있다. 내 영혼에서 이성을 잃고 열망하는 부분이 이미 미래로 접어들어, 내가 즐겨 하는 거짓말들 중 하나를 세부적으로 완성시키면서 벌써 마리나의 집 담장과 그녀를 보고 있다. 그 거짓말들은 나 이외에는 아무에게도 말하지 않았다. 우리는 전화로 미리 약속했고, 나는 전화 부스에서 그녀의 집 전화번호를 실수하지 않고 눌렀다. 나는 느긋하게 *My Girl*을 휘파람으로 부르며 카르멘 단지에 도착했고, 그녀의 집 대문 벨을 누르자마자 그녀가 아주 짧은 미니스커트 차림에 눈 주위엔 짙은 초록색 화장을 하고 정원으로 나왔다. 여자들이 데이트하러 나올 때 많은 것을 약속하는 시선과 걸음걸이가 느껴졌다. 나는 너무나도 오랜 세월, 너무나도 많은 여자들과 너무나도 많은 모습들, 목표들, 아무 소득도 없는 열망들을 헛되이 원했다. 그것들은 상상력에 의해 쫓겨났고, 상상력에 의해 영양분을 공급받아 못 쓰게 되었다. 환멸과 고통, 야유로 허물어졌고, 우연히 그대로 되돌아온 노래들과 과거의 나를 향한 혼란스러운 동정만으로 찢어 버리지 못한 일기장 안에서 되살아났다. 그것들은 절대 행동으로 옮길 수 없고, 이제는 감정이 사라졌다고 말한 후에도 아주 뒤늦게까지 남아 있는 의지의 유령들처럼 지속되는, 번복할 수 없는 결정들이었다.

하지만 그날 일요일의 해 질 녘에는 그전까지 존재하지 않던 뭔가가 있었다. 졸업이 다가옴에 따라 점점 커져 가는 조급함과 상실감이 있었다. 사물들의 견고함이 얇아졌고, 색깔들은 여름빛을 받아 훨씬 생생해졌고 냄새들은 더욱 강렬해졌다. 시간은 낯설 정도로 가볍게 흘러갔고, 수업도 훨씬 짧아졌으며, 하루도 훨씬 짧아졌고, 심지어 노래까지도 짧아진 것 같았다. 주크박스의 투입구에 동전을 넣으면 채 3분도 지나지 않아 노래가 끝났고, 그리고 그와 함께 상상의 날개를 펼치고 있던 사랑과, 기타와 드럼의 격렬한 절정, 너무나도 많은 긍정적인 대답들과 도주, 누군가, 또는 뭔가를 만족시키기에는 지나치게 성급했던 일들도 끝이 났다. 그리고 그렇게 허무하게 멈춰 선 다급한 상황에서 계속 반복되는 기나긴 여행들과 노래들, 시험들, 마리나와의 덧없는 만남들, 달력에서 지워진 날들 속에서, 여태껏 살아왔던 우리의 인생이 이제막 바뀌려는 순간에 와 있고, 우리 앞에는 이제 돌이킬 수 없게 확실히 정해진 미래와 길들이 펼쳐져 있다는 사실을 천천히, 처음으로 배웠다. 그날, 그 일요일 오후였다. 아이스크림 가게는 열려 있었고, 밝은 색 옷을 입은 여자들과 하얀 석회를 바른 집들과 햇살을 받아 금빛을 띤 탑들 위로 엽서에서처럼 푸른 마히나의 하늘이 있었는데, 몇 가지는 이제 마지막이 될 거라는 뜻밖의 사실을 발견했다. 다음 주에는 학교에서 마지막 시험을 치를 것이고, 여름이 지나고 10월 장날의 미지근한 날들이 끝나면 우리는 다시 교실로 돌아가지 않을 것이다. 우리는 머나먼 도시들에서 다른 삶을 살게 될 것이고, 시간은 이제 지겨울 정도로 영원처럼 꾸준히 맴돌지 않을 것이다. 학기와 수확, 들일, 심지어 우리가 기억력을 가지거나 철이 들기 전부터 과닫키비르 계곡에서 봐 왔던 노란빛과 황토빛, 초록빛, 푸른빛 풍경들까지도 더 이상은 순환하지 않을 것이다. 우리가 그토록 좋아하는, 빠른 속도로 도로를 질주하며 블루스 리듬의 음악을 들을 때처럼, 이제부터 시간은 미래와 허공을 향해 직선으로 뻗어 있을 것이다. 내가 마리나를 찾아 산티아고 병원과 카르멘 단지를 향해 늘 걸었던 일도, 이제 마지막으로 한 번 더 가고 있는 느낌이었다. 나는 가까운 미래를, 마드리드의 삶을 생각하고 있었다. 누에바 거리 끝에서, 도시가 끝나는 미스터리가 없는 도로를 바라보고 있었다. 그리고 나와 펠릭스가 어릴 때 함께 푸엔테 데 라스 리사스 거리의 제방에서 무한대로 펼쳐진 계곡과 마히나의 산 정상들을 바라보았을 때처럼, 두려움과 설렘이 되돌아왔다. 마누엘 외할아버지가 피곤과 배고픔으로 거의 죽음을 무릅쓰고 걸어갔던 그 푸른 산 너머에, 페페 아저씨가 나귀를 타고 전쟁에서 돌아왔던 그 산 너머에, 다른 평원들이, 우리 도시보다 훨씬 큰 도시들이 있다는 것을 알고 있었다. 그리고 그 너머로, 우리는 알지 못하는 강들과 더 높은 산들, 지구 색처럼 짙푸른 바다가 있다는 걸 알고 있었다. 그날 오후 나는 마리나를 찾아가면서, 이미 마드리드 거리를 혼자 헤매고 있는 나를 보았다. 어두컴컴한 밤에 두 눈을 감고 높이 날아오르며, 짙은 어둠 속에 촛불처럼 흔들리며 집집마다 반짝이는 불빛과 이름 없는 도시들의 마지막 골목길을 밝히는 전구들, 쇠처럼 반짝이는 달빛이 내리비추는 숲으로 뒤덮인 군도들을 내려다보는 꿈을 꾸는 것 같았다.

일요일인 네나 주머니에는 돈도 두둑했고, 나는 스스로를 고독하고 대담한 사람이라고 상상했다. 주크박스에 두세 곡 좋은 노래들이 있었기 때문에, 나는 우리가 가끔 들르던 바에서 쿠바 리브레 한 잔을 시키고, 재니스 조플린의 *Summertime*을 듣고 있었다. 유리창 옆, 바 끝 쪽에 앉아 건너편 단지의 집들과 학교에 가기 위해 매일 아침 마리나가 지나다니는 거리를 바라보고 있었다. 서글픈 분위기의 지저분한 바였다. 도시에서 사람들의 왕래가 거의 드문 지역에 계속 문을 열어 놓고 있지만 아무도 들어오지 않는, 설명이 불가능한 그런 바들 중 하나였다. 하지만 나는 그곳에서 재니스 조플린을 듣는 게 좋았다. 그 주크박스의 마놀로 에스코바르와 포르물라 V, 포리나 데 바다호스의 노래들 사이에서 격렬하게 타들어 가는 듯한 그의 목소리는 정말이지 희귀했다. 심지어 안토니오 몰리나의 「나는 광부라네」라는 아주 옛날 노래도 있었다. 호셀리토의 노래들처럼, 그 음악만 울렸다 하면 나는 털어놓을 수 없는 슬픔과 행복에 젖어 들었다. 호셀리토의 노래들은 정말 부끄럽고도 화가 났다. 특히 나는 혼자 있는 것을 좋아했고, 우리 동네에서 한참 떨어진 그 동네에서는 아무도 나를 알아보지 못한다는 게 좋았다. 그리고 쿠바 리브레와 미국 담배, 음악의 도움을 받아 미스터리하고도 제멋대로인 나의 미래를 펼쳐 보는 것도 좋았다. 나는 아연 바에 팔꿈치를 기대고 앉아 술을 마시고 담배를 피우는 남자가 된다. 나는 이방인과 같은 중립적인 호기심으로 창문을 내다보다가, 바를 가로질러 오렌지 빛과 분홍빛을 발산하는 기계 쪽으로 가서, 입에 담배를 문 채 다른 영어 노래를 고른다. 나는 공범 의식을 느끼며, 좋아서 소리를 지를 듯 죽어서도 분노하는 재니스 조플린이 고마웠다. 그리고 그 분노가 마히나에,

그 바에, 그리고 내 삶에 도착한 게 고마웠다. 아주 오래전, 더 이상 사람들이 듣지 않게 된 다른 세상으로부터 얼마나 많은 우연들이 겹쳐 이곳까지 오게 되었는지 누가 알겠는가. 내가 노래로 듣는 대부분의 목소리들은 죽은 자들의 것이며, 그 목소리들이 나에게 건네주는 눈부신 자유에 대한 약속들은 아주 오래전에 소멸되었다는 사실을 알지 못했다. 지미 헨드릭스, 재니스 조플린, 짐 모리슨, 오티스 레딩은 그들의 노래가 우리의 기억을 되살려 주고 있을 때 이미 죽은 사람들이었다. 에릭 버튼과 루 리드는 헤로인과 알코올로 폐인이 되어, 살아 있어도 죽은 사람과 다를 바 없다고 했다. 우리가 가장 좋아했던 비틀스의 노래는 머나먼 과거에 속해 있었는데, 그 과거는 우리가 기예르모 사우티에르 카사세카의 소설들과 안토니오 몰리나의 노래들을 얘기로만 들었을 때도 이미 존재했었다. 안토니오 몰리나의 노래들은 참을 수 없는 달콤함으로 나에게 계속 배신감을 안겨 주었다. 우리는 세상에 뒤늦게 도착했지만, 우리는 그것을 알지 못했다. 우리는 이미 끝난 파티에 참석하기 위해 욕심을 내며 준비한 것이다. 나는 두 눈을 지그시 감고 고급 담배의 연기를 들이마시며, 쿠바 리브레의 효과와 재니스 조플린이 예고했던, 그리고 그의 불행으로 거짓말이 드러났던 머나먼 여름을 느껴 보았다. 그의 죽음이 방황과 여행, 장발의 머리와 기타, 섹스로 점철된 뜨거운 낙원처럼 내 앞에 펼쳐졌다. 마드리드든, 뉴욕이든, 샌프란시스코든, 내가 바에 팔꿈치를 끼고 재니스 조플린을 듣고 있으면 마리나가 나타날 것 같았다. 그러면 잔잔한 경험과 알코올의 파괴력이 나를 그녀에게 밀어붙일 것이다. 수줍음을 타는 밋밋한 연애가 아니라 결혼과 안정, 자식들이 아니라 욕망이라는 거칠고 자유분방한 갈채를 향해 나를 밀어붙일 것이다. 우리는 세상을 사랑했고, 지금도 사랑하고 있다, 라고 짐 모리슨의 노래가 말하고 있고, 그 노래는 세상 종말의 예언처럼 나를 움츠러들게 했다.

　나는 남은 쿠바 리브레를 마저 들이켰다. 값을 물어보고, 수중에 있는 돈을 계산하고 나서 한 잔 더 주문했다. 나는 세 번째로 *Summertime*을 틀고 바의 자리로 돌아와, 길 건너편에 서 있는 마리나를 보았다. 그녀 생각을 너무 많이 하다 보니, 정작 그녀를 봤을 때는 제대로 알아보지도 못할 정도로 얼굴이 확실하게 기억나지 않았다. 머리를 위로 올려 묶어서 얼굴이 달라 보였다. 광대뼈도 더 넓어 보였고, 눈도 더 커 보였다. 다른 여자 같기도 하고, 그녀 그대로인 것 같기도 했다. 며칠 동안 치마만 입고 다니다가 바지로 갈아입었을 때 나타나는 그런 변화는, 사랑하는 마음에 뜻하지 않은 기대감까지 부추겼다. 한 여자 안에 수많은 여자가 들어 있다는 탐욕스러운 예감이 들었고, 프리즘을 통해 다양한 모습과 시신을 보면 단조로움이나 싫증을 느끼지 않고 관심을 가질 수 있기 때문에 누구든 그런 모습을 더 원하고 자기 것으로 만들고 싶어 할 거라는 생각이 들었다. 나는 멀리서도 그녀의 화장이 상당히 짙으며, 그녀가 누군가를 기다리고 있고, 학교에서보다 훨씬 성숙해 보인다는 걸 알았다. 그녀는 핸드백을 어깨에 메고 인도에 얌전히 서 있었다. 내 욕망 속의 인물처럼, 여전히 찬란한 6월의 석양에 봉긋 솟아오른 가슴과 단단한 엉덩이, 맨살이 드러난 허벅지로 느닷없이 나타난, 내 손이 닿을 수 없는 인물이었다. 나는 그녀가 너무 좋아, 저번 날 오전처럼 온몸이 마비되었다. 내가 텅 빈 교실에서 불규칙 영어 동사를 외우며 그녀 앞에서 멍청하게 앉아 있었을 때, 그녀의 강렬한 체취가 나한테까지 전파되었었다. 그런데도 나는 그녀의 시선을 맞받아치지도, 무릎을 조금 더 들이밀지도 못했다. 내가 알코올과 음악의 도움을 받아 어렵게 만들어 낸 인물은 허수아비가 불에 타듯 순식간에 사라져 버렸다. 나는 다시 내가 되어 있었다. 즉 아무도 아니었다. 나는 한밤중에 당신을 쫓아다니는 사람이야. 내가 카르멘 단지 주변을 서성거리고 돌아다닐 때, 마르틴이 나를 놀리며 부르던 노래였다. 그녀는 내가 있는 곳을 보았지만 나를 보지는 못했다. 어쩌면 바의 유리창에서 자기 자신을 보고 있는지도 몰랐다. 나는 쿠바 리브레를 조금 더 들이켰고, 알코올에 매달려 절망에 빠진 성숙한 남자는 이미 어지러웠다. 거의 술에 취해 투명 인간이 되었으며, 지금 트럼펫이 울려 퍼지듯 달콤하면서도 단호하게 들리는 오티스 레딩의 목소리를 떠올리며 어두침침한 바에서 마리나를 감시하고 있었다. 그곳은 이미 어두컴컴한 밤이었다. 마치 여자의 도착과 함께, 한창 무르익은 데이트를 예고하는 듯했다. *My Girl*.

그녀는 금세 혼자가 아니었다. 몇 번 본 적이 있는, 나보다 서너 살은 더 들어 보이는 키가 훤칠한 작자가 도착했다. 하지만 얼굴에 여드름투성이고 대책 없이 수줍음만 타는 나의 사춘기와는 상당히 거리가 멀어 보이는 작자였다. 미소를 띠고 있었으며, 나와는 달리 단호하고 야무진 강한 인상이었다. 레오노르 외할머니가 말하듯, 나는 몸과 얼굴이 만들어지다가 말았다. 나는 그들이 키스하는 모습을 보았다. 다행히 입이 아니라, 대학을 다니다가 방학을 맞아 고향으로 돌아온 사람처럼 양 볼에 한 번씩 입을 맞췄다. 그 작자는 그라나다나 마드리드에서 공부하고 있을 게 분명했다. 아니면 이미 대학을 마치고 멋진 차나 오토바이를 몰고 다닐 수도 있다. 그래서 마리나를 허리와 배, 가슴 쪽으로 꽉 부둥켜안고, 긴 검은 머리카락을 바람에 흩날리게 하며 태울 수도 있다. 최소한 그들은 손은 잡지 않았다. 나는 라몬이카할 거리로 올라가는 그들을 보았을 때, 어떻게 생각하고 결정을 내릴 겨를도 없이, 얼른 쿠바 리브레 값을 지불하고 그들을 쫓아 밖으로 나왔다. 이제 나는 짐 모리슨의 노래에 등장하는 스파이가 되었다. 아니면 최고의 적과 함께 자기를 속인 양심 없는 여자를 쫓아, 어두침침한 골목이나 클럽을 돌아다니는 센티멘털하고 무자비한 총잡이가 되었고, 총잡이는 벽에 기댄 채 건너편 인도에서 걸어갔다. 조심해서만이 아니라, 미국산 고급 담배를 피우고 쿠바 리브레를 마시는 습관이 들지 않아서였다. 나는 그들과 떨어져서 걸어갔지만, 그들이 돌아보면 나를 알아보지 못할 정도로 멀리 있지는 않았다. 하지만 나는 약간 취해서 투명 인간이 되어 있었기 때문에, 그다지 신경 쓰지 않았다. 나는 짐 모리슨의 목소리를 흉내 내며 중얼거렸다. 나는 러브 하우스의 스파이이지. 나는 지금 당신이 꾸고 있는 꿈을 알고 있지. 나는 당신의 가장 비밀스럽고 은밀한 두려움을 알고 있지. 당신이 갈망하며 듣고 싶어 하는 말을 알고 있지.

나는 모든 것을 알고 있지. 나는 차츰 일요일 저녁의 비탄에 젖어들었다. 그 도시, 그 동네의 인적 드문 넓은 거리들에서는, 굳게 닫힌 차고들, 아파트 단지들, 자동차들이 전시된 쇼윈도들 사이에서는 그 비탄이 더욱 강렬해졌다. 끝나지 않을 것 같았던 어린 시절의 일요일 속에 침전되어 있던 비탄으로, 지겨움과 공허함, 월요일 첫 수업에 대한 두려움으로 이뤄졌고, 그 비탄은 시시각각 해가 저물고 밤이 다가올수록 더욱 심해졌다. 이제는 대로 위 가로등에 불이 들어왔고, 신호등 불빛이 깜빡거렸다. 마리나와 그녀의 옆에서 걸어가고 있는 침입자가 반델비라 공원에 들어섰을 때는 늦은 오후의 희미한 빛 사이로 조명이 밝혀진 분수의 물들이 빛을 뿜어내고 있었다. 그리고 습한 바람이 내 쪽으로 불어왔다. 나는 울타리와 나무들 사이에서 그들을 잃어버렸다. 그들이 벤치에 앉아 키스하고 있을까 봐, 아니면 내가 모르는 사이에 공원을 벗어났을까 봐 두려웠다. 하지만 그렇지 않았다. 나는 그들을 아주 가까이에서 보았다. 그들은 분수를 둥그렇게 에워싼 작은 광장에서 나를 등지고 앉아 있었다. 그 작자의 한쪽 팔이 마리나의 어깨 위에 올라가 있었고, 그의 손이 아무렇지도 않은 듯, 그다지 신경 쓰지 않는 듯 머리카락이 시작되는 그녀의 목 뒤를 만지작거리고 있었고, 그녀는 옆으로 앉아 그에게 웃으면서 뭔가를 얘기하고 있었다. 정말이지 개자식이고, 망할 놈이었다. 그 작자는 그녀의 순진함과 어린 나이를 이용해, 제멋대로 그녀를 가지고 놀고 있었다. 그녀가 머리를 헝클어뜨리고 비명을 지르면서 그를 거부했다. 그러면 내가 개입했다. 내가 그의 얼굴을 때리고, 사타구니를 무릎으로 걸어찼다. 그러면 그 작자가 치사하게 내 눈에 모래를 뿌리고, 그 주변에서 서성거리고 있던 그놈의 친구들이 떼로 몰려와 그와 합류해서는 나에게 욕설을 퍼부으며 주먹을 날리기 시작했다. 나는 호랑이처럼 버텨 냈다. 물어뜯고, 때리고, 할퀴다가 의식을 잃고 땅바닥에 쓰러졌다. 다시 눈을 떴을 때는 마리나가 퉁퉁 부어오른 내 얼굴을 물수건으로 닦아 주었고, 애정과 눈물, 후회와 고마움으로 반짝이는 초록빛 눈으로 나를 껴안았다. 몇 분 후 그녀가 일어나 어깨와 궁둥이를 요란하게 흔들면서, 거의 춤을 추다시피 분수 쪽으로 몇 발짝 걸어갔다. 완전히 헤픈 여자잖아. 나는 화가 났고, 나 자신이 부끄러워 중얼거렸다. 그녀가 그 작자 쪽을 돌아보았고, 하마터면 나를 볼 뻔했다. 나는 비밀리에, 위엄도 없이 엉거주춤하게 얼른 나무 뒤로 숨어, 푸른색과 초록색, 노란색으로 뿜어 대는 물줄기를 뒤로한 그녀의 옆 라인을 보았다. 분수의 물줄기가 허망한 빛으로 그녀의 얼굴을 비추고 있었다. 나는 다시 그에게 다가가는 그녀를 보았다. 꽤 굽이 높은 구두 위에서 뒤뚱거리며 걷고 있었다. 당시 여자들이 잘 신고 다니던, 고무바닥이 두툼한 구두였다. 마치 노래를 부르는 듯 그녀가 양손을 앞으로 뻗었다. 나를 아프게 하고 비웃기 위해 물소리 사이로 그녀의 웃음소리가 들려왔다. 나는 화장한 그녀의 광대뼈 광채를 보았고, 그녀의 눈 표정이 뭘 얘기하는지 알고 있었다. 어떤 여자도 나를 그렇게 바라본 적이 없었으며, 그 시선이 원래 나에게 향하는 건데 다른 남자의 눈이 그것을 가로챘다는 생각이 들었다.

그가 일어서면서 그녀를 껴안았다. 그녀가 그의 어깨에 머리를 살짝 기댄 채 두 사람은 허리를 꼭 껴안고 걸어갔다. 나는 그녀의 곱실거리는 머리카락이 내 얼굴에 와 닿은 듯, 그녀를 껴안고 가는 사람이 나라도 되는 듯 그녀의 향을 맡으면서 상상했다. 나는 그녀를 다시는 쳐다보지도 않을 거라고 결심했다. 내일 프락시스의 문학 시험에 가면 그녀와 멀리 떨어진 자리에 앉을 생각이었다. 그리고 그녀가 자기 옆에 와서 앉으라고 하면 단호하게 싫다고 거절할 생각이었다. 나는 지금 당장 돌아갈 것이다. 내 친구들을 찾으러 갈 것이다. 그리고 그들과 함께 정신과 기억을 잃을 때까지 마실 것이다. 나는 입에 담배를 문 채 비틀거리며, 환멸과 시니컬해진 사랑으로 아무것도, 아무도 기대하지 않고, 아무도 모르는 곳으로 떠나겠다고 결심하며 집으로 돌아갈 것이다. 그들은 공원을 나섰고, 이미 어두워졌다. 그들은 학교 쪽 인도를 따라 아주 천천히 걸어갔고, 신호등이 푸른색으로 바뀌길 기다리며 키스했다. 도둑질하는 사람처럼 그때까지 야비하게 숨어 있던 나는, 그들이 길을 건너 마르토스로 들어갈 것이며, 내게는 그들을 쫓아 들어가지 않을 의지가 없다는 걸 알았다. 나는 사랑받지 못한다는 괴로운 자책감에 시달리면서 고통의 절정에, 소설 같은 이야기와 베케르의 시, 마조히스트의 노래 후렴구의 수렁에 빠져 허우적대고 있었다. 나는 마르토스로 들어가는 그들을 보았고, 길 건너편 학교 담장 옆에서 두 개비 남은 미국 담배 중 하나를 피우며 빙빙 맴돌면서 몇 분 동안 기다렸다. 나는 비인간적인 행동이나, 아니면 내 인생을 뒤바꿔 놓을 영웅적인 행동이라도 하려는 듯 비장하게 길을 건넜다. 나는 술보다는 말에 더 취해 있었다. 바 뒤에 있던 마르토스의 주인이 신뢰하는 고객을 대하듯 나에게 인사를 건넸다. 나도 그 사람처럼 할 것이다. 배에 올라타 항구들의 여자와 술 속에서 망각을 찾을 것이다. 나는 주크박스가 있는 은밀한 구석 쪽을 보지 않았다. 그곳에서는 지금 끔찍할 정도로 센티멘털한 노래가 흘러나오고 있었다. 그것이 니노 브라보의 노래인지, 마리 트리니의 노래인지는 모르겠다. 틀림없이 그 작자가 그녀를 위해 틀었을 것이다. 틀림없이 그 두 사람이 좋아하는 음악일 것이다. 그것도 음악이라고 한다면. 마리나가 영어 노래의 단점은 알아듣지 못하는 거라며 가끔 나에게 말했었다. 멍청하기는. 마치 그게 부족하기라도 한 듯 그때 생각났다. 나는 마음을 단단히 먹고 쿠바 리브레를 한 잔 더 주문했다. 그날 밤 스탠드바에는 사람들이 많았다. 손을 꼭 잡고 안주를 먹고 베르무트를 마시는 연인들과 담배 연기에 휘감겨 깔깔거리며 웃는 요란한 패거리들이 있었다. 하지만 구석에는, 기계 가까이에는 그들 두 사람만 있었다. 어른들의 못된 짓은 노련하게 다 할 것 같은 혐오스럽게 생긴 그 작자와 너무나도 화장이 짙어 광대뼈가 기름처럼 번들거리는 마리나가 있었다. 그녀는 다리를 요염하게 꼬고, 손가락 끝으로 담배를 들고 얼음이 든 잔을 마시고 있었다. 나는 잠시 잠깐 사랑 밖에서 그녀를 보았다. 나는 몇 초 동안 그녀에 대한 사랑을 멈췄다. 그녀가 내 쪽을 쳐다보았지만 나를 보지는 못했다. 그 작자가 일어나 주크박스 쪽으로 다가갔다. 어깨가 넓고 키가 꽤 컸다. 양손으로 허리를 잡고 있었다. 빌어먹을 날라리 같으니. 그는 노래 제목들이 적혀 있는 조명이 켜진 패널 위로 몸을 숙이고 동전 한 개를 집어넣었다. 이제 뭘 트는지 봐야겠군. 나는 혼자 속으로 말했다. 그가 마리나 옆으로 돌아왔고, 그녀가 매니큐어 바른 손을 뻗어 그를 자기 쪽으로 끌어당겼다. 그 순간 데미스 루소스의 끔찍한 노래가 흘러나오기 시작했다. 귀를 찢는 *We Shall Dance*였다. 하지만 그녀가 어깨를 흔들면서 멜로디를 따라 부르며, 자기가 마음씨 착하고 멍청하고 행복한 코러스라도 되는 듯 고개를 한쪽으로 흔드는 걸 보니, 그 노래를 무지 좋아하는 게 분명했다. 자기가 그 노래에서 꽃무늬 튜닉을 걸치고 배가 남산만 한 뚱보의 노래 박자를 맞추는 코러스라도 되는 것처럼 굴었다. 이제는 질투도 거의 나지 않았다. 그녀를 향한, 그 작자를 향한, 데미스 루소스를 향한, 그리고 그 누구보다 그런 노래와 그런 혐오스러운 바람둥이 타입을 좋아하는 여자를 사랑하고 감시하는 나 자신을 향한 분노가 느껴졌다. 나는 친구들과 어울려 그 근처를 배회하지도 않고 마르토스의 바에서 혼자 술에 취해 가고 있었다. 친구들은 다 이유가 있어 나를 놀리는 거였고, 내가 서글프게 털어놓는 이야기들과 미리 앞서서 절망하는 분위기를 피해 도망 다니는 거였다.

하지만 나는 밖으로 나가지도, 아무것도 하지 않았다. 그냥 술만 마시며, 그 음악과 내 주변에서 술에 젖은 안개처럼 들리는 어설픈 웃음소리에 고통받고 있었다. 나는 마지막 담배에 불을 붙이고, 마르토스의 가장 어두운 구석에서 껴안고 있는 두 사람을 연기 사이로 흘끗 훔쳐보았다. 그러다가 갑자기 자지러지게 놀랐다.

그들이 나가려 하고 있었다. 마리나가 일어나 치마 매무새를 만지고 있었다. 그들은 내 곁을 지나갈 테고, 내가 그들을 보지 못한 척하기란 불가능하다. 틀림없이 나는 얼굴을 붉힐 테고, 수치심과 부끄러움으로 시뻘게질 것이다. 도망칠 시간이 없었다. 하지만 그들은 밖으로 나가지 않았다. 그 작자가 정원과 아쿠아리오스 나이트클럽으로 이어지는 유리문을 열고, 그녀가 먼저 나가도록 잡고 있었다. 그런 얄은 수작으로 누굴 속이려고. 나이트클럽에서는 드럼과 베이스의 리듬이 울려 퍼지고 있었다. 늦었다. 10시가 넘었으며, 나는 그 문을 넘지 않을 생각이었다. 입장료를 낼 돈도 없거니와, 의자에서 내려가 스탠드바를 잡지 않고서는 제대로 서 있을 자신도 없었다. 반짝이는 관들이 아래서부터 조명을 비추는 식물들이 있는 작은 정원으로 들어가, 창녀촌 문턱을 넘어서듯 벌벌 떨면서 난생처음 나이트클럽의 푹신한 문을 밀고 있는 나 자신이 보였다. 처음에는 아무것도 보이지 않았다. 나에게 입장료를 내라는 사람도 없었다. 시뻘건 어둠 속에서, 나는 부드러운 가슴 조직들에 싸여 있는 심장처럼 마구 두드려 대는 강렬한 리듬에 휘감겨 있었다. 트럼펫이 울려 퍼지기 시작했을 때, 그때 흘러나오는 노래를 알고 있었다. *My Girl*. 하지만 오티스 레딩이 아니라, 롤링 스톤스가 부르고 있었다. 새빨간 커버를 씌운 긴 의자들과 거울들, 나를 어지럽게 하며 빙글빙글 돌아가는 불빛들, 야광 색을 내뿜는 하얀 와이셔츠들, 거의 움직이지도 않고 꼭 껴안은 채 천천히 움직이는 몸들을 보았다. 나는 발아래에 있는 물결 모양의 바닥을 보지 못한 채 몇 발짝을 내딛었다. 초록색이었다가 이내 붉은색으로 바뀐 조명 아래서, 1초도 안 되는 시간에 마리나와 다른 남자의 그림자와 뒤섞인 그녀의 그림자, 그녀의 목을 두른 팔들, 상대방 남자에게 딱 달라붙어 아주 천천히 움직이는 엉덩이, 뒤로 젖힌 머리와 감은 두 눈을 보았다. 한 목소리가 나를 불러 세웠다. "아이고, 이게 웬일이야? 하느님 맙소사, 이거 내 친구 만물박사님 아니야! 내일 시험공부는 안 하고 지금 뭐 하고 계신 건가?" 테이블 아래서 흘러나오는 불빛으로 뿌연 별실 같은 방에 파본 파체코가 갱스터처럼 느긋하게 폼을 잡고, 왕좌와 같은 푹신한 벽에 기대앉아 있었다. 그는 가슴이 크고 얼굴이 마른, 나이를 알 수 없는 여자 둘을 양쪽 팔로 껴안고 있었다. 병든 사춘기인 것 같으면서도 타락한 원숙기에 접어든 분위기의 여자들이었다. 그런 분위기는 분명 애매모호한 불빛과 지나친 화장, 두 눈에서 뿜어 나오는 열정적이면서도 공허한 광채 때문일 것이다. 그들과 함께 누군가, 남자 한 명이 더 있었다. 하지만 그는 어둠 속에 절반쯤 숨어 있었다. 담배 뭉치와 담배 종이를 재빠르고 은밀하게 만지작거리는 두 손만 보였다. "우리랑 합석해, 만물박사, 친구들을 소개해줄게." 나는 얼굴들이 제대로 보이지 않았고, 이름도 제대로 들리지 않았다. 땅바닥에서부터 올라오는 노란 불빛으로 얼굴들이 일그러져 있었다. 단지 그 여자들 중 한 명이 브래지어를 하지 않고, 담배를 말고 있는 것처럼 보이는 남자의 강하면서도 창백한 양팔 아래에 각기 뱀 문신이 새겨져 있다는 것만 눈여겨보았다. "용병이야." 파본 파체코가 나에게 그를 소개시켜 주면서 자랑스럽게 말했다. "멜리야에서 방금 도착한 용병 나리시지." 두 여자는 나를 바라보며 자기들끼리 입을 가리고 웃으며, 파본 파체코를 손바닥으로 때리고 꼬집었다. 그의 양손이 한꺼번에 가슴이 파인 곳으로 들어갔다. 그녀들 중 한 명이 말했다. "하지만 얼굴은 어린 애 같은데." 나는 그녀가 내 얘기를 하고 있다는 걸 한참 후에야 알고 얼굴을 붉혔다. 하지만 그때부터 일어난 일은 이제 거의 기억나지 않는다. 로버타 플랙이 *Killing Me Softly with His Song*을 부르는 게 들리기 시작했고, 나는 쓸데없이 시치미를 떼며 마리나와 그녀를 껴안고 있는 작자를 바라보았다. 그는 그녀의 목에 얼굴을 파묻은 채 양 손바닥을 활짝 펴서 그녀의 엉덩이를 꽉 잡고 있었다. 나는 부드럽게 죽는 게 아니라, 잔인하게 천천히 죽어 가는 것 같았다. 파본 파체코의 지치지 않는 손가락들이 두 여자의 치마와 블라우스 밑을 더듬는 동안, 그 여자들은 계속 손바닥으로 그의 무릎을 때리며 시뻘겋게 칠한 큰 입을 더 크게 벌리고 웃었다. 나는 주문했는지 기억도 나지 않는 쿠바 리브레를 손에 들고 있었다. 어찌 됐든 나는 술값도 낼 수 없었다. 그리고 팔 아래 문신을 새긴 용병이 한쪽 끝은 아주 널찍하고, 다른 쪽 끝은 아주 가느다란 거친 담배 한 대를 나에게 건넸다. 제대로 타들어 가지도 않았고, 끈끈한 연기가 많이 나왔다. 파본 파체코가 "이건 그렇게 피우는 게 아니야. 셀타스 담배가 아니란 말이야." 그가 말하더니 내 입에서 담배를 뺏어, 어떻게 피워야 하는지 가르쳐 주었다. 영화에서 중국인들이 아편 파이프를 들이마시듯 한참 들이마신 후 아주 오랫동안 연기를 물고 있다가, 두 눈을 감은 채 손을 오므려 그 안에 연기를 가두면서 아주 천천히 내뱉어야 했다. 하지만 나는 이제 아무것도 주의 깊게 볼 수 없었다. 음악과 달콤한 연기, 왁자지껄한 웃음, 알코올, 냄새들, 어둠이 왕창 들러붙은 기분이었다. 나는 이유도 없이 웃겨 죽을 것 같았고, 내 눈앞에서 망가진 이를 드러내 보이는 못생긴 두 여자들의 입이 점점 커지는 것 같았다. 흔들리는 흰 가슴 위로 희미하게 드러난 파란 핏줄이 눈에 띄었으며, 입안은 담배와 진으로 텁텁했다. 담배를 빨 때마다 샌드페이퍼로 목구멍을 문지르는 기분이었다. 나는 목이 탁 막혔고, 영어로 빨리 말했으며, 두 여자들은 웃었고, 내가 발음하는 단어들은 한밤중에 마히나를 떠나 방향도 없이 무작정 시속 2백 킬로미터로 질주하는 차 안에서 누군가 창문을 열고 들고 있는 담배 불꽃처럼 어지럽게 뒤쪽으로 멀어져 갔다. 나는 갑자기 양손에 땀이 났고 이마에는 식은땀이 맺혔으며, 눈에 시뻘건 핏발이 선 권투 선수가 장갑으로 내 이마를 마구 두드리는 듯 빠르고 격렬한 음악이 울려 퍼졌다. 파본 파체코와 용병, 그리고 두 여자 중 한 명이 스테이지로 뛰어나가 귀신 들린 사람들처럼 춤을 추었다. 이제는 로버타 플랙도 들리지 않았고, 마리나도 보이지 않았다. 그리고 다른 여자가 나에게 말을 걸고 있는데, 그녀가 하는 말은 이해가 되기도 전에 순식간에 사라져 버렸다. 그녀는 도수 있는 볼록 튀어나온 흉측한 안경을 쓰고 있었다. 나는 그때까지도 그 안경을 보지 못했다. 아니면 그녀가 그때 막 안경을 썼을 수도 있다. 그녀는 자기도 책 읽는 걸 아주 좋아하지만 그런 삶에는 시간이 없다고 했다. 어떤 삶인데요. 내가 물었다. 하지만 밖으로 나가 시원한 공기를 쐬지 않으면 죽을 것 같았다. 바로 그 자리에서, 테이블과 잔들 위로, 빨갛고 노란 조명들이 점점이 찍힌 번쩍거리는 요란한 꽃무늬가 그려진 카펫 위로 토할 것 같았다. 일어나야 하는데 힘이 없었다. 하지만 나는 이미 일어나 비틀거리며 걸어 나가고 있었다. 음악의 리듬에 따라 어둠 속에서 뒤엉켜 움직이는 몸들 사이로, 아무 생각 없이 휘청거리며 걸어갔다. 그 몸들은 농장의 분뇨 더미 위로 가끔 모습을 드러내는 벌레들과 같았다. 나는 역겨워 죽을 것만 같았다. 나는 닥치는 대로 상상했고, 그 장면이 눈앞에 어른거렸다. 한순간은 남자의 팔에 안겨 몸을 비트는 마리나가 보였다. 나는 조명이 밝혀진, 우물 벽처럼 벽이 꽤 높은 직사각형 모양의 정원을 지나갔고, 그 후 내 손은 마르토스의 스탠드바를 쭉 스치고 지나 문고리를 돌렸다. 나는 밤의 차가운 공기 속에 혼자 길을 잃고 헤매고 있었다. 내가 어디에 있는지, 발걸음을 어디로 돌려야 할지도 모르는 채, 길 한복판에 가랑이를 벌리고 서서, 내 앞으로 길게 늘어진 그림자를 보고 있었다. 그리고 마지막 남은 정신으로 헤네랄오르두냐 광장에서 울려 퍼지는 열두 번의 종소리를 들었다. 그 후에도 나는 종소리를 들었고, 다시 세어 보았다. 그런데 그때는 다섯 번밖에 울리지 않았다. 하지만 나는 추위에 떨고 있었고, 이미 마르토스의 문 앞에 있지 않았다. 나는 알아보기 힘든 장소에 와 있었고, 까칠한 나무 문에 목을 기댄 채 얼음장같이 차갑고 밋밋한 돌계단에 앉아 있었다. 골목길의 전구들, 희미한 바람에 흔들리는 나무 잎사귀 소리, 꽤 높은 탑 두 개와 홈통들이 있는 치마가 있는 집 나는 산 로렌소 광장의 우리 집 대문에 기대고 있었다. 방금 아침 5시를 알렸으며, 내가 그곳까지 어떻게 왔는지, 얼마나 오랫동안 계단에서 추위에 떨고 있었는지 알지 못했다. 지난 다섯 시간이 기억에서 지워져 버렸으며, 마지막으로 기억나는 것은 12시를 알리는 종소리와 아버지가 나를 기다리고 있을지도 모른다는 두려움이었다. 나는 발소리와 자물쇠 여는 소리, 문의 경첩이 삐거덕 하고 열리는 소리를 들었다. 노란 불빛이 광장의 다져진 땅 위로 나의 그림자를 만들어 냈다. 백발에 키가 상당히 큰 아버지가 내 앞에 있었다. 팔에는 물건을 팔 때 입는 재킷이 들려 있었고, 그는 시장에 가기 위해 방금 일어나, 믿을 수 없다는 표정으로 경멸하듯 나를 바라보고 있었다. 수치심으로 놀라움을 참지 못하는 것 같았다.

제12장

나디아가 깔깔대며 웃기 시작한다. 처음에는 당혹스러워하더니, 이내 과거에 대한 그의 질투를 기분 좋아한다. 그의 질투가 그녀의 질투와 비슷하게 닮았기 때문이다. 그녀는 갈색 눈을 지그시 감고, 손가락 끝으로 입술을 살짝 어루만진다. 뭔가를 자세히 기억하고 싶거나, 쇠처럼 맑은 그녀의 목소리처럼 정확한 단어를 찾아내고 싶을 때면 짓는 표정이다. 그녀는 침묵 속에 미소를 띠며 입술을 꽉 다물고, 턱을 약간 앞으로 내민 채 침을 삼킨다. 그는 이미 그 제스처를 알고 있고, 그 제스처가 조용한 독백을 알리는 거라는 걸 알고 있다. 맨어깨까지 내려온 숱 많은 단발머리 사이로 생각에 잠긴 가녀린 얼굴을 가까이에서 보자, 그녀가 열일곱이었을 때 이마를 드러내고 가운데 가르마를 탄 긴 생머리였을 때는 어땠을까, 아버지의 잃어버린 나라와 숨겨진 일생을 발견하기 위해 마히나까시 왔딘, 절반은 미국인이었던 여자아이의 생김새가 지금 그녀의 생김새와 얼마나 닮았을까 궁금했다. 몇 달 후 그녀는 그들 부녀 사이에 단단하게 묶여 있던 끈이 미국에서 올 때부터 느슨해졌으며, 시간을 거슬러 올라갈 수 없듯이 그 관계의 회복도 불가능하다는 사실을 확인했다. 아버지는 확실하게 느꼈지만, 딸은 제대로 느끼지 못한 채 그 순간을 향해 달려가고 있었다. 아버지는 사막에서 성채를 지키는 파수꾼처럼 첫 번째 적이 멀리서 어렴풋이 모습을 드러내기 한참 전부터 포위하기 시작하며 몇 년째 그 순간만을 기다려 왔다. 그들 두 사람의 삶이 갈라질 그 순간을. 누군가, 그에게서 딸을 뺏어 갈 남자가 나타나서가 아니라, 딸이 자기도 모르는 사이에 이미 변해 버린 성숙한 여인의 흔적을 보여서였다. 그가, 그녀의 아버지가 죽음을 향해 늙어 가며, 한 번도 경험해 보지 않은 듯 그 죽음 속에서 길을 잃고 헤매고 있을 때, 그녀는 세상에서 당당하고 젊게 살아갈 것이다.

하지만 그 당시 그녀는 절망적이면서도 말이 없는 아버지의 강렬한 사랑을 상상할 수가 없었다. 그녀는 오랜 세월이 흐른 후, 뉴저지의 양로원에서 그 강렬한 사랑을 발견했다. 차분히 기다리던 죽음이 하루하루 가까이 다가오는 동안, 마침내 그는 그녀가 태어나기 전부터 살아왔던 삶을 그녀에게 들려주었고, 그들은 다시 서로를 알게 되었다. 그들은 마히나에서 함께 보냈던 그때 딱 한 번의 겨울 이후 서로 만나지 않고 살았다. 그녀가 팔짱을 끼고 공항들과 호텔 로비들, 조명을 밝힌 마드리드의 거리들을 활보하고 다녔던 키가 크고 에너지가 넘치던 남자는 이제 밋밋한 은퇴자처럼 보였다. 오히려 낡은 재킷을 걸치고 돋보기를 쓰고 손이 닿을 위치에 잔을 갖다 놓고, 미리 늙어 버린 것 같은 다른 노인과 함께 나지막한 목소리로 지루한 대화를 나누는 이기주의자처럼 보였다. 외풍이 무서워 4월까지도 외투와 목도리를 벗지 않는다는 뚱뚱한 사진사였다. 그녀는 뭔가를 캐묻듯 자기를 바라보는 짙은 눈썹 아래로 그림자를 드리우는 아버지의 맑은 두 눈이 불편했다. 그녀는 한시라도 빨리 외출하기 위해 점심 식사를 일찍 챙겼고, 후다닥 설거지를 해치웠으며, 부엌과 다이닝 룸을 대충 정리했다. 몇 번은 재떨이 비우는 것도 잊고 서둘러 외출했다. 그렇다고 그전에 입술을 칠하고 눈 화장을 안 한 건 아니었다. 매부리코 위로 안경이 흘러내린 채 손에 책이나 잔을 들고 소파에 앉아 있던 아버지는 말없이 외출하는 그녀를 바라보거나, 아니면 제대로 시치미를 떼지 못한 채 평소의 미소를 띠며 무겁게 잘 다녀오라고 인사했다. 그리고 무슨 일이 있어도 그 미소가 그들을 말없이 묶어 주었다. 작년 겨울과 다를 바 없었던 어느 날 밤까지는. 그때 그녀는 평소보다 약간 늦게 돌아와, 자기가 어디에 있었는지 그에게 말하지 않았고, 그도 아무 질문을 하지 않았다. 그는 그녀를 바라보는 것만으로도, 그녀가 사춘기에 접어들면서부터 기다리고 두려워했던 그 모든 것을 알게 되었다. 지금 그녀가 낯선 어른이 되어 화장하고, 매일 오후에 그렇게 나가듯 언젠가는 영원히 떠나 버릴 것이다. 엉덩이와 가슴의 변화 때문이 아니라, 아버지는 절대 알지 못할 비밀을 그녀가 갖게 되어서였다. 그리고 그로 인해 그는 놀랄 정도로 무기력하고 힘든 노년으로 접어들었다.

2시 반이면 이미 거리에 나와 있었어요. 나디아가 말한다. 데이트 시간을 몇 분이라도 늘리기 위해 점심을 거를 때가 많았다. 길 건너편이나, 동료들과 어울려 맥주 한잔 마시러 가는 바 안에서 그를 보겠다는 희망으로 학교를 향해 올라가기도 했었다. 하지만 길거리에서는 그를 봐도 가까이 다가가지 않았다. 그에게 안녕이라는 말조차 건네지 않았다. 안전을 위한 규칙이었다. 아니면 어설프게 바람을 피우는 사람의 조심성이었다. 하지만 그녀는, 특히 처음에는 그 규칙을 지키는 게 상관없었다. 그녀는 다른 사람들과 뒤섞여 있는 그를 보는 게 좋았다. 특별했고 비밀스러운 자기만의 남자라는 기분이 들었다. 그는 다른 사람들보다 키가 컸으며, 새치가 섞인 곱슬머리였고, 큼지막한 손을 움직이며 일상적인 수다를 열띠게 얘기했다. 심지어 어느 날 오후에는, 하교 시간에 학교를 나서는 학생들과 정반대 방향에서 걸어오다가, 그가 누군가와 얘기하고 오면서 그녀에게 시선을 돌리며 얼굴을 붉히는 것을 본 적도 있었다. 그녀는 자기네가 정치 활동 못지않은 은밀한 모험을, 도시 북쪽의 새 건물에 그가 세를 든 아파트의 닫힌 문 뒤에서 은밀한 사생활을 공유하고 있다고 생각하는 걸 좋아했다. 그의 아파트는 아직 아스팔트도 깔리지 않은 지저분하고 이름도 없는 거리에 있었는데, 그곳에서 그들은 사람들의 눈에 쉽게 띄지 않았다. 그녀는 열쇠를 가지고 다녔다. 밤에는 매트리스 아래나, 얼마 전 구입한 화장 가방 안에 숨겨 두었다. 그녀는 엘리베이터를 타고 올라가, 방금 칠한 페인트 냄새와 나무 냄새가 나는 복도를 걸어가면서 손바닥 안에 열쇠를 숨기고 꽉 움켜쥐었다. 그가 아직 도착하지 않았으면 소파에 누워 그를 기다리며, 엘리베이터 소리와 이웃 사람들의 발소리를 초조하게 들으면서 그의 독한 담배를 피워 물었다. 열쇠 구멍에서 그의 열쇠 소리가 들리면, 그녀는 문이 열리는 순간 현관에서 그를 맞기 위해 얼른 담배를 끄고 벌떡 일어났다. 새치가 섞인 곱슬머리와 면 재킷, 검정 가방을 바닥으로 내던질 때 느껴지는 피곤한 분위기. 그녀를 바라보는 그의 눈길의 지치지 않는 놀라움과 열망. 그녀의 얼굴과 입에 분필 냄새와 니코틴 냄새를 남겨 놓으며 양손으로 그녀의 허리를 부둥켜안는 지치지 않는 놀라움과 열망. 그녀는 그가 자기를 부드럽게, 절대적으로 좋아한다고 확신하고 싶었다. 그곳에 오기 1년 전, 그녀는 미국에서 자기에게 키스하고, 애무하고, 차 뒷좌석에서 그녀 위로 몸을 내던지던 또래의 젊은이들과 데이트했었다. 그때 그들은 시간이 없는 듯, 그녀가 보이지 않는 듯 굴었다. 그들은 긴장하며 서둘러 애무하는 여자가 그녀가 됐든, 다른 여자가 됐든 전혀 개의치 않는다는 듯 굴었다. 그리고 그건 그녀도 마찬가지였다. 자기 몸이 아닌 것 같은, 허망함과 실망감으로 금세 지워져 버리는 추상적인 호기심이 그녀를 마구 부추겼었다. 그는 그녀를 껴안으면서 그녀의 이름을 부르고, 그녀의 두 눈을 바라보았다. "이 시간에는 오면 안 되는데. 분명 누군가 너를 봤을 거야." 하지만 그는 이미 욕망에 허물어져 무릎을 꿇은 뒤였다. 옷을 벗기는 순간 탐욕스럽게 드러나는 육체를, 첫날 밤 선 채로 자기에게 다가왔던 그 눈부신 벌거벗은 몸을, 바닥에 떨어진 청바지와 팬티, 블라우스, 빨간색 털양말에서 매번 손 타지 않은 깨끗한 여자처럼 모습을 드러내는 그 몸을 아무 조건도 없이, 아무 한계도 없이 누릴 수 있으리라고는 전혀 생각도 못했었다. 그는 침대 옆 작은 테이블 위에 놓인 시계를 흘끗 쳐다보았다. 아무리 늦어도 3시 15분에는 일어나야 했다. 그녀가 피곤에 지쳐 베개를 껴안은 채 침대에서 꼼짝도 하지 않는 동안, 그는 얼른 샤워하고 마지못해 옷을 입었다. 3시 25분에는 다시 짙은 색 면 재킷을 입고 가방을 들고, 집을 나섰다. 그리고 6시에 학교에서 돌아오면, 그녀가 벌거벗은 채 담요를 덮고 잠들어 있을 때가 많았다. 아니면 그의 문고판 책들 중 한 권을 읽고 있거나, 그가 좋아하는 남미와 프랑스 노래들을 좋아해 보려고 노력하고 있었다. 그녀는 게으름을 피우며 미소를 머금었다. 웃을 때는 항상 이가 드러났다. 붉고 둥근 입술 사이로 튼튼하고 하얀 이가 드러났다. 그녀는 속눈썹 아래로 반짝이는 두 눈을 지그시 감았으며, 양쪽 입가에는 주름 두 개가 잡혔다. 그녀의 얼굴은 사랑을 받아들일 준비가 되어 있는, 장난기 넘치는 건강한 표정을 띠었다. 틀림없이 그는 그때까지 모르고 있던 솔직한 모습이었으며, 그래서 항상 마음이 놓이지 않는 모습이었다. 일찍 해가 지는 늦겨울의 오후에 블라인드를 내리고, 그는 그녀에게 느림을 가르쳐 주었다. 그의 집에는 어둠을 조절해 줄 커튼이 없었기 때문에, 어쩌면 그녀를 위해 그 느림을 만들어 내면서, 그와 동시에 가르쳐 줬을 수도 있었다. 침대 근처, 바닥에 스탠드를 켜 놓고, 전축에는 자크 브렐의 노래를 틀어 놓고, 나디아의 귓가에 대고 가사를 따라 부르는 목소리로 가르쳐 주었다. 나디아는 흠잡을 데 없는 억양이라고 상상했다. 그는 그녀의 입술에 담배를 물려

주고, 그녀의 어깨와 목, 주근깨가 내려앉은 광대뼈에 입을 맞추면서 가사를 번역해 주었다. *Ne me quitte pas.* 그러고는 다시 천천히 애무하기 시작했다. 그는 조심스럽고 문학적이고 신실하게, 프랑스 노래들의 가사와 네루다의 시들을 낭송하면서 마치 모든 경험과 놀라움을 그녀에게 몽땅 쏟아 부으려는 듯했다. 그러다가도 갑자기 변덕을 일으켜 조용히 서글픈 모습을 띠었다가도, 느닷없이 잔인하면서도 격렬하게 자신을 드러냈다. 마침내 그는 베개를 베고 비스듬히 누워 다시 담배를 피우면서, 누가 시키지 않았는데도, 솔직하게 털어놓으면서도 여전히 미스터리한 뉘앙스를 풍기며 자기네 관계가 불가능하다면서 헤어져야 한다는 암시를 풍겼다. 그러면서 고되고 영웅적인 위험들이 많았던 과거와, 하룻밤에 만났다가 헤어진 기억에 남는 여자들을 얘기했다. 그녀가 시계를 보고 옷을 입기 시작하면 그가 호안 마누엘 세라트의 노래를 전축 위에 올려놓았다. "당신은 천천히 일어날 겁니다. 10시가 되기 조금 전에……."

"영화 같았어요." 나디아가 그가 아닌, 자기 자신을 비웃으며 말한다. "그가 좋아했던, 그런데 나는 한 번도 본 적이 없는 프랑스 영화 같았어요." 세월이 흐르면서 그녀는 좀 더 조심성 있고 현명해졌다. 이제는 예전처럼 자기 혼자 고통을 견뎌 내는 저항력을 믿지 않았다. 하지만 그녀의 아이러니는 확실하게 튼튼해졌고, 당시의 제스처도 전혀 잃어버리지 않았다. 베개를 꼭 껴안고 침대 위에 앉는 버릇과, 자기가 찾고자 하는 단어나 정확한 표현이 떠오르지 않으면 손가락 끝으로 입술을 만지작거리며 생각에 잠기는 버릇, 즐거이 피우는 게으름, 해맑은 목소리로 웃기 전에 눈부터 반짝이며 갑작스레 짓는 미소. 그녀는 마누엘이 한참 동안 아무 말도 없이 웃고 있지 않으며, 다른 남자에 대해 더 이상 얘기하지 않는다는 것을 알았다. 그녀가 뜨거운 배와 허벅지로 그를 꽉 눌렀다. "자기는 우리 아버지를 연상시켜요." 그녀가 말한다. "아버지도 질투를 느끼면 말이 없어졌어요. 자기처럼 알고 싶어 하지도 않았어요. 나한테 나쁜 일이 일어날까 봐 질투도 나고, 두렵기도 했던 거지요. 결국 따지고 보면 아버지는 고리타분한 스페인 남자였고, 딸의 정조를 지켜 주고 싶어 했지요. 물론 아버지는 그렇게 말하지 않았지만 말이에요. 아마 아버지였다면 청춘 혹은 순수함이라고 말했을 거예요. 아버지는 나 혼자서는 스스로를 지키지 못할 거라 확신했어요. 그리고 그건 당신도 마찬가지고요. 당신은 내가 나보다 스무 살이나 많은 바람둥이에게 속아 넘어갔다고 생각하고 있어요. 그래서 내가 자기한테 말하니까 나를 구해 주고 싶은 거예요. 중세 기사의 명마와 같은 타임머신에 올라타고 내가 넘어가기 직전에 나를 구해 내고 싶은 거예요. 하지만 나는 아무도 속이지 않았어요. 호세 마누엘인지, 당신이 말하는 프락시스는 더더욱 아니에요. 뭔가 거짓말이 있었다면, 그건 내가 직접 지어내서 내가 나에게 얘기하고 믿었던 거짓말이에요. 왜냐면 내가 그렇게 믿고 싶었기 때문이에요. 왜냐면 내가 그러고 싶었고, 흥분했기 때문이에요. 그는 투명한 사람인데, 어떻게 나를 속일 수 있었겠어요. 물론 그는 정반대로 생각하고 있었지만 말이에요.

그는 나에게 진실을 말해 주지 않은 채 자기 애인과 자기 원칙을 배신했다며 죄책감을 느끼고 있었어요. 그는 매주 주말이면 마드리드로 떠나면서, 나에게는 그곳에 다른 여자가 있다고 말하지 않았어요. 월요일에 돌아오면 내가 그의 얼굴 표정을 보고도 아무것도 모르는 것처럼 말이에요. 하지만 나는 상관없었어요. 적어도 처음에는 그랬어요. 나는 그를 소유하고 싶었고, 그를 소유했어요. 그가 나를 다른 여자와 비교하면 내가 이길 거라 확신했어요. 그가 내 곁에 계속 있는 게 사랑이 아니라 허영이라도 상관없었어요. 나는 그의 아파트에 가서 그를 기다렸고, 열쇠로 문을 따고 들어가 그의 서류들과 책들을 보았어요. 수백 권의 책이 벽 쪽 바닥에 쌓여 있었어요. 하지만 나에게는 두세 권만 빼놓고는, 거의 모든 제목들과 작가들의 이름들이 낯설고 지겨웠어요. 내가 약간 바보가 된 기분이었지요. 마치 살면서 책 한 권도 읽어 보지 않은 것 같았어요. 아니면 적어도 그에게 절대적으로 필요한 그 책들 중 어느 것도 그가 좋아하는 영화와 음반들에다 갖다 붙일 수 있는 그런 형용사는 해당되지 않는다고 생각했지요. 나는 서랍들도 뒤져 보았어요. 물론, 그는 그러지 못하게 했지만 내가 얼마나 호기심이 많은지는 당신도 잘 알잖아요. 심지어 옷장 바닥에 숨겨 놓은, 액자까지 해 넣은 여자의 사진도 찾아냈어요. 어쩌면 내가 떠난 뒤 침대 옆 작은 테이블 위에 다시 올려놓았을 수도 있어요. 살집이 있고 약간 서글퍼 보이는 얼굴이었어요. 자기도 이미 잘 알잖아. 단벌미리에 둥근 안경을 쓰고. 아내가 아니라 동거녀라고 하더군요. 마침내 그가 그 여자 애기를 꺼냈을 때, 정중하게 그 단어를 사용하더라고요. 나에게 그녀를 모욕하지 말라고 설득하듯이 말이에요. 우리는 결혼하지 않았지만 바로 그 때문에 그녀에 대한 나의 약속은 더욱 진실되고 강한 거야. 그가 마지막으로 나한테 그렇게 말하더군요. 하지만 나는 너무 좋았어요. 물론 그가 알고 있던 그런 이유 때문은 아니었지만 말이에요. 나는 그가 한밤중에 느닷없이 전화하는 것도 좋았고, 나를 데리고 마히나 밖의 국도에 있는 스탠드바로 한잔하러 나가는 것도 좋았어요. 아니면 그의 동료들과 어울려 농장으로 저녁 식사를 하러 가는 것도 좋았고요. 때로는 그가 촛불의 불빛 아래서 나를 망명한 공화국 군인의 딸이라며 그들에게 소개해 줬지요. 그러면 나는 우리 아버지뿐만 아니라, 그도 자랑스럽게 느껴졌어요. 그리고 그 사람들에게는 내가 외국 여자가 아닌 동포라는 생각이 들었어요. 왜냐면 나도 그들을 도와주니까요. 물론, 그는 내가 연루될까 봐 걱정돼서 나한테는 절대 허락하지 않았지만 말이에요. 그는 굉장히 심각해지면서 내가 자기를 모를수록 나한테는 훨씬 유리하다고 말했어요. 하지만 그는 대부분의 남자들처럼 연기에는 워낙 소질이 없었어요. 그래서 나는 조금씩 짜증이 나기 시작했지요. 그가 나한테 거짓말을 해서가 아니라, 제대로 하질 못해서였어요. 그는 느닷없이 책임감이나 죄책감이 들면, 나와 함께 있지 않으려고 회의가 있다고 둘러댔어요. 그리고 위험하다면서 아파트에 오지 말라며 별의별 미스터리한 분위기를 풍기면서 전화했어요. 그리고 부활절 방학이 끝나고 돌아오면 며칠 동안은 아주 심각했어요. 미칠 듯이 나를 품에 안았다가도, 곧바로 부끄러워하며 나를 밀쳐 냈어요.

당신네 남자들의 허영이 어느 정도 수준에 이르지 못하면 그러듯 말이에요. 나는 그에게 무슨 생각을 하고 있느냐고 물었고, 그는 내게 등을 보인 채 아무 생각도 하지 않는다고 했어요. 어쩌면 다음 날이면 이미 예전으로 돌아와, 차를 타고 밖으로 나가 강가의 레스토랑으로 저녁 식사를 하러 가기도 했지요. 하지만 그는 대화를 나누다가도 다시 심각한 표정을 지었어요. 내가 이해하지 못하는 문제들 때문에 괴로워하듯이 말이에요. 어쩌면 줄곧 시간이 흘러가도 아무도 아무 말도 하지 않는 스웨덴 영화나 프랑스 영화를 찍는다고 상상했는지도 몰라요. 그러면 나는 그에게 뺨을 갈기고, 제발 나한테 하려는 말을 속 시원하게 털어놓으라고 말하고 싶은 마음이 굴뚝같았어요. 하지만 그러지 않았어요. 나는 모르는 척 시치미를 뗐고, 그는 희생자 같은 얼굴이나, 아니면 괴로워하는 개자식 같은 표정을 지으며 밤새도록 그러고 있었어요. 그러면 나는 그가 나랑 헤어지지 않은 거는, 드러내 놓고 관계를 끊을 필요 없이 모든 게 자연스럽게 끝날 수 있도록 학기가 끝나기를 기다리기 때문이라고 이해했어요. 그는 나를 다치게 하고 싶지 않았어요, 그건 확실해요. 그걸 원하는 사람은 아무도 없어요. 사람을 끔찍하게 만드는 느낌을 순화하기 위해서는 거짓말 하나로도 충분하듯이 말이에요."

그런데 그때부터는 그녀가 그를 진정으로 필요로 하기 시작했다. 몸이 절박하고 다급하게 그를 원했으며, 자기가 어떤 소용돌이 속에서 살고 있는지 가늠할 정도로 정신이 맑아졌다. 불만족스러운 느낌이 들면서, 이내 고통스러워지고 격렬해졌다. 그를 생각하지 않을 수 없게 되었으며, 집 청소와 방 정리, 장보기, 음식 준비, 갈수록 힘들어지는 아버지와의 대화 같은 매일매일 반복되는 습관이나 의무적인 일도 할 수 없게 되었다. 아버지에게 드러내놓고 책임을 전가할 수는 없다고 해도, 고통스럽게도 그녀에게는 아버지가 무기력한 인물이 되어 갔다. 이제는 그녀가 자정이 넘어서야 집으로 돌아와, 불도 켜지 않은 채 복도를 지나 자기 방으로 들어갔다. 그리고 그는 그녀를 기다리며 깨어 있었어도, 다음 날에는 아무것도 묻지 않았다. 어느 날 오후, 그녀는 문을 걸어 잠그고 자기 방에 누워 있었다. 호세 마누엘이 자기를 만나러 오지 말라며, 전화로 주의를 준 날이었다. 그녀는 아버지가 나지막한 목소리로 그 뚱뚱한 사진사와 얘기를 나누는 소리를 들었다. 그는 남색 우비와 플라스틱 모자 대신 이제는 흉측한 춘추복을 입고 다녔다. 그녀는 데이트가 취소되어 짜증이 나고 화나는 마음을 그들 탓으로 돌리고 있었다. 그녀는 그의 비겁함을 비웃으면서, 이제는 만족할 수 없는 욕망을 불러일으키면서, 그의 눈에서 거부를 받아들이지 못하는 남자의 무능력함을 보면서 그에게 냉정하게 말하는 자신의 모습을 상상했다. 그녀는 그의 허영심과 말만 번지르르한 것, 그가 그녀의 혼을 빼놓았다고 믿으며 자기 자신을 만족스럽게 듣는 것, 그의 이론적인 집착, 프락시스의 증거를 상상하며 괴로우면서도 즐거웠다. 그러고는 이따금, 그녀가 부득이 사랑을 주도하게 될 경우, 그는 안절부절못했으며 심지어 두려워하기까지 했다. 전화벨이 울렸고, 그녀는 그가 처음으로 전화를 걸었을 때처럼 순간적으로 벌떡 일어났다. 하지만 이제는 서둘러 나가지 않았다. 아버지가 문을 노크할 때까지 기다리면서 거울을 바라보았다. 마치 자고 있던 것처럼 약간 뜸을 들이다가 대답했다. 다이닝 룸에서 사진사 라미로에게 미소를 지어 보이고, 전화를 받기 전에 상냥하게 오후 인사를 건넸다. 사진사가 일어서려는 동작을 취했는데, 그 순간 무릎에서 성서처럼 보이는 아주 커다란 책 한 권과 아주 오래된 여자 사진 한 장이 떨어졌다. "……그래서 저는 그 편지의 내용이 솔로몬의 「아가」에서 인용한 말이라는 걸 알았습니다." 그녀가 그날 밤의 데이트를 허락하고 있는 동안, 사진사가 아버지에게 하는 말을 들었다. 그날 밤은 아파트가 아니라, 살바도르 성당 뒤쪽의 전망대에 있는 노동자들이 다니는 어두침침한 술집에서 만나기로 했다. 카르니세리토의 포스터들과 까칠한 포도주 양동이들, 눈금 새긴 병들이 놓인 선반이 있는 곳이었다. 그 선반의 칙칙한 라디오에서는 10년 전이나 15년 전쯤에 방송되었을 법한 플라멩코 프로그램들이 흘러나오고 있었다. 문에는 간판이 없었지만 술집 이름이 좀 거칠었다. 나디아는 기억을 하지 못한다. 주인의 별명이었는데, 거친 별명이었어요. 말이 입가에서 맴돌았다. 마타모로스(무어인들을 죽인다), 라고 그녀가 말한다. 하지만 그녀는 그게 아니라는 걸 안다. 마누엘이 그 별명을 기억해 낸다. 아오르카모로스(무어인들을 목 졸라 죽인다). 그러고는 두 사람은 박장대소하며 웃는다. 그 역시 친구들과 함께 돈을 거둬, 싸구려 백포도주 한 병을 살 만큼의 돈이 모이면 그곳에 몇 번 간 적이 있었다. 그들은 얼굴이 벌게진 미장이들과 머리카락이 눌러붙은 경망스러운 취객들 사이에서, 지저분한 커튼 뒤쪽 구석 테이블에서 팔에 책을 끼고 머리를 맞대고 앉아 있는 턱수염이 난 몇몇 사람들을 보며 이상하다는 생각이 들었었다.

그녀가 손가락에 뭔가 혐오스럽게 끈적거리는 느낌을 느끼며 커튼을 젖혔을 때 그는 아직 그곳에 도착하지 않았다. 바람이 전망대의 시커먼 나무들을 뒤흔들던 어느 겨울날 밤, 그곳에 맨 처음 왔을 때, 그녀에게는 그곳이 억압적인 장소처럼 여겨졌었다. 하지만 따뜻하고 포근한 곳이기도 했다. 「누구를 위하여 종은 울리나」에서 게리 쿠퍼를 도와주던, 베레모를 푹 눌러쓴 짙은 눈썹과 기름기 번들거리는 구릿빛 피부의 게릴라들을 연상시키며 자기를 뚫어져라 바라보던 어두침침한 얼굴들이 있는, 거의 소설과 같은 곳이기도 했다. 이제는 그 술집이 역겹고 처참하게까지 여겨졌고, 그런 곳을 선택한 그에게 화가 났고, 그리고 그런 그의 말을 들은 자기 자신에게도 화가 났다. 라디오에서는 후아니토 발데라마가 「이민자」를 노래 부르고 있었다. 안주 튀김 냄새와 셀타스 담배 냄새, 땀에 전 옷 냄새, 시큼한 포도주에 전 나무 냄새가 났다. 여자들은 오지 않는 그런 곳에서 사람들이 그렇게 어린 외국 여자를 보고 어떻게 생각했을까, 마누엘은 생각한다. 그곳에는 얼굴들과 목소리들, 심지어 라디오 소리와 전구 불빛에서까지 고리타분한 혼탁함이, 어쩌면 그녀는 우리처럼 그렇게 잔인하게 느끼지 못했을 수도 있는 해묵은 가난의 시대착오가 담겨 있었다. 대학을 갓 졸업한 작자들과 그들의 부모님 세대가 자주 드나들던 누에바 거리의 바와 몬테레이를 거쳐 도망친 사람들에게는 그곳이 프롤레타리아 냄새가 나면서도 이국적인 곳이었다. 그녀는 아무것도 보지 않은 채 잠시 스탠드바 쪽만을 바라보며 잔뜩 겁에 질려 단단히 마음먹고 안으로 들어갔다. 그녀가 예약된 자리를 향해 걸어가는 동안, 그녀를 따라오던 술 취한 눈동자들은 커튼과 그녀가 앉은 테이블의 나무 못지않게 끈적거렸다. 그녀는 적의 도착을 감시하기라도 하듯, 축축한 석회 벽에 등을 기댄 채 문 앞에 앉았다. 그는 미안하다고 사과하며 늦게 도착했다. 재킷을 팔에 두르고, 책들과 시험지들로 배가 불룩하게 부어오른 검은 가방을 들고 왔다. 벌써 학기말 시험이 시작되었으며, 체제는 믿지 않지만 채점 때문에 며칠 밤을 꼬박 새웠다고 했다. 체제가 엄격하다고, 특히 부당하다고 생각하지만 선생들의 일상과, 게다가 노트를 베끼고 이름과 날짜들을 달달 외워서 반복하는 데 익숙한 학생들의 일상은 어떻게 바꿀 재간이 없다고 했다. 다음 주 월요일에는 마지막 학년 아이들의 시험이 있는데, 그는 아이들이 책을 볼 수 있도록 허락하고 개인적인 의견을 드러낼 수 있게 할 작정이었다. 그는 몸을 앞으로 쭉 빼고 양 팔꿈치를 테이블에 기댄 채 사기꾼 같은 빠른 동작으로 나디아 앞에서 손을 움직이고 있었다. 마치 교실에 와 있는 듯했다. 하지만 나는 말을 멈추지 않아, 라고 그는 그녀의 시선을 불편해하며, 그녀의 무관심한 침묵을 눈치 보며 말했다. 이제 그녀의 시선은 그림자의 변덕스러움을 밝히기 위해 뻗어 오는 손길처럼 그를 꿰뚫고 있었다. 그는 담배에 불을 붙이고 손바닥을 치며 술집 주인의 이름을 불렀다. 그는 그녀에게 뭘 마실 거냐고 물으면서 비겁한 미소를 지었다. 아무것도. 그는 그 지역의 포도주를 반병 주문했다. 그가 아주 심각해지더니, 마침내 그녀의 두 눈을 빤히 바라보았다. 곧 무슨 얘기를 듣게 될지 미리 알고 있다 해도, 그게 덜 고통스러운 건 아니었다. 하지만 그녀도 진부한 연출에 동참했기 때문에 훨씬 치욕적이었다. 그 연출에서는 그 남자뿐만 아니라, 다른 남자들이, 모든 언어로, 모든 장소에서, 무수히 하고 또 했던 말들이 아닌 말은 단 한마디도 없었다. 남자들의 비겁한 말이고, 솔직함을 가장한 사기이자 고문이고, 원치 않는 동정 어린 말이고, 후회와 위로의 말이고, 어찌 됐든 미래에는 의리를 지키겠다는 말이었다. 그게 그녀가 그의 말을 듣고 있는 동안 알아들은 내용이었다. 서로 연결되는 문장이 아니라 단절된 치졸한 말들, 바늘처럼 아프게 찌르는 말들, 부드러우면서도 독성이 강한 일반적인 말들이었다. 그리고 그 말들 뒤에는 현실에서 벗어나려는 마음과 아연 블록 못지않은 묵직한 고통이 있었다. 그리고 그것은 그 고통의 원인을 진부하게 만들었으며, 그녀 앞에서 양손을 움직이거나, 아니면 안절부절못하고 검지 손톱으로 테이블의 거친 표면을 짓눌러 내리는 이제는 예의 바르고 이상한 남자 역시 진부하게 만들었다. 커튼 건너편에서는 술 취한 사람들의 느릿한 목소리와 플라멩코 노랫소리가 들려왔고, 그녀와 몇 발자국 떨어진 밖에서는 초여름의 조용한 석양이 지속되었다. 연한 푸른빛을 띤 온화한 대기와 살바도르 문양이 찍힌 성벽과 청동 원형 지붕 위로 제비들이 요란하게 날아가는 동안, 그는 함께 아파한다는 톤으로 자기가 아버지라도 되는 듯 그녀에게 말하고 있었다. 그녀는 더 이상 변명하고 속죄하고 거짓말하고 죄책감 어린 얼굴을 계속 보고 싶지 않았다. 그녀는 그가 자기에게 계속 떠들어 대고 있는 말들을 듣고 싶지 않았다. 마치 그게 마지막이라도 되는 듯, 지워지지 않는 기억과 의무, 흥분, 솔직함, 동질성, 동거녀를 고백이라도 하는 듯했고, 이따금 앞으로 살게 될 삶도 언급했다. 그녀는 정신을 똑바로 차리고 무시한다고 해도 고통이 줄지 않는 다는 것을, 그리고 체면이라는 본능이 아무리 고통을 숨기려 해 도, 그 고통을 계속 견뎌 낼 수 없다는 것을 알았다. 그들은 술집 에서 나왔고, 그녀는 그가 차로 집까지 데려다 주겠다는 것을 거 절했다. 그녀가 그에게 종이 상자를 건네받았던 12월의 그날처럼, 그들은 서로 마주 보고 서 있었다. 그는 진심으로 두려운 듯 손으 로 그녀의 얼굴을 어루만지면서 무수히 함께 들었던 노래의 후렴 구를 반복했다. *"On n'oublie rien de rien, on n'oublie rien du tout* (사람들은 아무것도 잊지 못하네, 사람들은 어느 것 하나 잊 지 못하네)." "꺼져 버려." 나디아가 잠시나마 자존심을 되찾은 듯 기분 나쁘고 화난 표정으로 그를 밀쳐 내면서 말했다. 그러고는 그를 다시 쳐다보았을 때, 그의 두 눈에서 자기 자신에 대한 공포 내지 연민의 표정을 보았다. 마치 그녀에게 애원하기라도 하듯, 마치 버림받은 사람은 자기라도 되는 듯 고통을 참지 못하겠다는 표정이었다.

그녀는 두 번 다시 그를 만나지 않았다. 그녀는 마드리드 번호 판을 단 세아트 850이 천천히 자기 옆을 지나 산타 마리아 광장 쪽으로 벌어서는 모습을 바라보았다. 그러고는 돌길 위에 시선을 고정한 채, 양쪽 엄지로 청바지의 벨트를 잡고 계속해서 걸어갔다. 그녀는 쉬지도 않고, 지치지도 않고, 아무것도 보지 않고, 아무것도 생각하지 않으며 도시 전체를 가로질러 카르멘 단지에 도착했다. 그녀는 입에서 나오는 대로 스페인어와 영어 욕설들을 나지막하게 퍼부으며 걸어갔다. 리드미컬하고 아무렇지도 않게 최면에 걸린 듯, 그녀 앞에서 흰색 운동화의 앞 축이 자기 의지와는 상관없이 걸어가고 있는 것 같았다. 발걸음은 그녀가 보지 못했던 거리들과 돌길이 깔린 광장들로, 조명이 환하게 밝혀진 쇼윈도와 어두침침한 문들 옆으로, 사람들과 자동차 엔진 소리, 스탠드바 옆을 지나면서 까르르 터지는 웃음소리와 목소리들의 안개 뒤로 들리는 노랫소리들 사이를 지나갔다. 그녀는 방에서 얼굴을 베개에 파묻고 양팔로 침대 양쪽을 붙잡은 채 누워, 혼자 계속 걸어 다녔던 6월의 향긋했던 날 밤을 떠올렸다. 그녀는 아버지가 이미 잠들었을 거라 생각하고 담배를 찾아 다이닝 룸으로 나갔다. 아버지가 앵글로색슨계처럼 엄격한 게, 겉으로는 냉정해 보이는 게 싫었다. 그녀는 새벽에 거울을 들여다보았다. 잠을 자지 못해 눈은 가늘게 늘어졌고, 눈 주변은 시뻘겠으며, 어금니가 아픈 것처럼 신장이 격렬하게 쑤셔 댔다. 그녀는 못생기고 창백했다. 하룻밤 사이에 몇 년은 훌쩍 늙어 보였다. 그녀는 다시 자기 자신을 되찾으며 분노를 참을 수가 없었다. 벌을 주지 않고서는 그 거짓말을 용납할 수가 없었다. 그녀는 다음 날 오후가 돼서야 정신을 차렸다. 공허하고 조용한 토요일 오후였는데, 아버지는 집에 없었던 걸로 기억한다. 그녀는 뜨거운 물에 한참 동안 몸을 담갔다. 그녀는 한 손을 물 아래로 집어넣었다가 허벅지 위로 올렸다. 사타구니가 아플 때까지 손을 허벅지 사이에 끼고 꽉 눌렀을 때는 이미 그녀를 애무하고 있는 손은 그의 손이 되었다. 그녀는 머리를 빗고, 그가 좋아하는 팬티와 브래지어를 입고, 옷을 입기 전에 심사숙고하며 화장했다. 눈에는 아이섀도를 거의 바르지 않았고, 입술에도 립글로스만 살짝 발랐다. 그녀는 화려한 색상의 치마와 블라우스, 낮은 굽의 구두를 골랐다. 그를 다시 유혹하려는 게 아니라 도전하고 싶었다. 그녀는 17년 후에야 완전히 소유하게 될 자기 자신을 미리 의식하며, 얼마 안 되는 짧은 시간에 앞으로 살아갈 여러 연령대의 삶을 경험했다. 핸드백은 가지고 나가지 않았다. 손바닥 안에서 아파트 열쇠가 찔러 댔다. 그녀는 문을 열기 전에 벨을 눌렀다. 문을 밀고 들어갔을 때도 그를 만날 수 있다는 가능성을 아직 제외하지는 않았다. 그녀는 작은 현관의 불을 켜지 않고 그를 불러 보았다. 그녀의 목소리가 울려 퍼지는 걸로 봐서, 그는 집에 없으며, 확실히 돌아오지 않을 거라는 걸 알았다. 그녀는 그림도 없고, 스탠드도 없는 복도와 다이닝 룸, 블라인드가 내려진 침실을 둘러보았다. 침실 바닥에 전축이 있었고, 침대 옆 작은 테이블 위에 쌓여 있는 책들과 그 위에 놓인 재떨이에는 꽁초들이 잔뜩 들어 있었다. 욕실에서는 타월 냄새와 뚜껑이 열린 애프터셰이브 로션 냄새가 강하게 났다. 모든 것이 5, 6일 전 마지막으로 봤을 때 그대로였다. 아무 변화도 없었기 때문에, 오히려 움직이지 않는 물체들 속에서 더욱 확고한 변화가 느껴졌다. 장소나 얼굴은 겉모습이 변하지 않은 채 낯설고 적대적이 될 수도 있었다. 그녀는 엘리베이터 소리나 발소리, 부엌에서 돌아가는 냉장고 모터 소리가 들릴 때마다 가슴이 벌렁거리며 눈이 바짝 마른 채 최면에 걸린 듯 방들을 돌아다녔다. 그녀는 옷장에서 단발머리에 둥근 안경을 쓴 여자의 사진을 찾아보았지만 이미 없었다. 면 재킷이 옷걸이에서 살짝 흔들렸고, 그녀는 호주머니들을 뒤져 마드리드 전철 표 한 장과 볼펜 뚜껑, 거의 비어 있는 두카도스 담뱃갑을 찾아냈다. 그녀는 담배 한 대에 불을 붙였다가 현기증이 일자, 그의 냄새가 강하게 배어 있는 베개를 접어서 베고 침대 위에 드러누웠다. 그녀는 나는 아무것도 느끼지 않아, 나는 이곳에 없어, 나는 그를 기다리러 온 게 아니야, 라고 생각하며 나지막한 목소리로 계속 중얼거렸다. 그녀가 신발을 벗고 무릎을 구부리자 넓은 치마가 허벅지 사이에 꼈다. 아주 빨리 되찾은 정력을 당당해하며, 헝클어진 머리로 벌거벗은 채 다가오는 그의 모습이 보였다. 우쭐해하며, 그녀에 대해 놀라워하며, 침대 위로 무릎을 꿇은 채 그녀를 타고 올라오는 모습이 보였다. 그동안 전축에서는 아주 느린 음악이 낮은 볼륨으로 흘러나왔고, 한쪽 구석에서는 몸의 땀을 기름처럼 번들거리고 광택이 흐르는 것처럼 보이게 하는 촛불이 타고 있었다. 이제는 녹아내린 초가 병마개를 뒤덮었고, 자크 브렐의 음반 위로 먼지가 가볍게 한 층 덮여 있었고, 땀을 흘린 기분 나쁜 흔적이 그가 바꾸지 않은 시트 위에 남아 있었다.

그녀는 이틀째 잠을 자지 못했다. 눈을 감고 얼굴을 벽 쪽으로 돌리고, 배를 양 무릎에 기대고, 주먹을 불끈 쥐어 가슴 위로 올려놓고, 거리의 소음에 귀를 기울였다. 여름의 이른 오후에 멀찌감치서 조용하고 묵직한 소리가 들려왔다. 그녀는 울지 않으려고 노력했다. 잔인할 정도로 꼼짝도 하지 않고, 기다려 보겠다고 집착했다. 1분, 1초, 그녀는 고통과 똑같이, 불면증만이 줄 수 있는 엄청나게 느린 시간에 짓눌려 있었다. 그녀는 독 기운으로 점차 몸이 마비되어 가거나, 아니면 최면제 주사를 맞은 듯 자기가 점차, 조금씩 잠들어 가고 있다는 걸 알았다. 그녀는 블라인드 사이로 들어오는 빛을 조금씩 구별하며 어둠 속에서 깨어났다. 밤이 되었고, 거리의 가로등에는 이미 불이 켜져 있었다. "당신은 천천히 일어날 겁니다. 10시가 되기 조금 전에……." 그녀는 떠올렸다. 몸이 묵직했고, 잠들기 전에 술과 담배를 잔뜩 한 듯 머리가 깨질 것처럼 아팠다. 재떨이의 꽁초 냄새가 역겨웠다. 그녀는 천장에 매달린 황량한 불을 켜고, 현기증을 꾹 참으면서 양쪽 팔꿈치를 무릎 위에 올려놓고 손으로 얼굴을 감싸며, 마치 자기 자신을 흔들며 자장가를 불러 주듯 머리를 양쪽으로 흔들며 침대 위에서 한참 동안 앉아 있었다. 그녀는 발가락을 꼰 채 돌바닥과 자신의 맨발을 바라보았다. 일어나서 신발을 신고 엘리베이터의 버튼을 눌러 거리로 내려가는 게, 절대 불가능한 동작들의 연속처럼 느껴졌다. 그런데 그때 벨 소리가 들려왔고, 그녀는 양손을 얼른 얼굴에서 떼었다. 자존심을 지키겠다는 의도를 한순간 물거품으로 만든 두려움과 기쁨이 마구 뒤섞였다. 하지만 그는 아니었다. 그일 리가 없었다. 그라면 자기 집의 벨을 누를 리 없었다. 그녀는 기다리기로 했다. 누군가 잘못 누른 게 분명했다. 누군지는 모르겠지만 다시 벨을 눌렀고, 이제는 수없이, 나급히게 화를 내듯 계속 눌러 댔다. 그러고는 주먹으로 문을 두드리기까지 했다. 그녀는 돌바닥

위를 걷는 자기 발소리와 관절이 딱딱 부딪치는 소리를 들으면서 맨발로 복도를 걸어 나갔다. 이제는 문을 세게 두드려서 나무 문이 흔들렸는데, 주먹으로 두드리는 소리만 들리는 게 아니었다. 뭔가 훨씬 딱딱하고 날카로운 것으로 때리는 소리도 들렸다. 묵직한 쇠 같았다. 그녀는 구멍의 뚜껑을 들어 보았지만 아무것도 보이지 않았다. 아주 나지막이 중얼거리는 목소리가 찰나와 같은 짧은 순간에 그녀의 이름을 부르는 그의 목소리처럼 들려왔다. 복도의 불빛이 꺼졌다. 다시 불이 켜졌을 때는 구멍 속으로 눈이 툭 튀어나오고 콧수염이 길쭉한 작고 볼록한 얼굴이 보였다. 소리를 지르는 순간, 입이 무지막지하게 벌어졌다. "문 열어." 그녀는 확실하게 들었다. 그리고 문 두드리는 소리가 더욱 거세게 들려왔다. "경찰이다." 그녀는 등이 벽에 닿을 때까지 어둠 속에서 뒤로 물러났다. 갑자기 오줌을 지릴 것 같은 강렬한 느낌과 함께 온몸이, 손과 턱, 무릎이 어떻게 제어할 수 없이 부들부들 떨렸다. 공포로 몸이 졸아들기라도 한 듯 그녀는 벽에 기댄 채 몸을 웅크렸다. 그녀가 기대고 있는 벽과 마찬가지로 그녀의 목덜미 위에서도 두드려 대는 소리가 흔들렸다. 그러고는 자물쇠를 날카롭게 후벼 파는 소리가 들리더니 문이 거칠게 열리면서 복도의 불빛이 현관으로 쏟아져 들어왔을 때, 경찰들은 한쪽 구석에서 몸을 웅크리고 앉아 있는 그녀를 발견했다. 얼굴을 덮은 헝클어진 머리카락 사이로 놀라서 휘둥그레져 광채가 뿜어져 나오는 눈으로 그들을 바라보고 있었다.

우리는 그 비밀경찰 자식들이 어떤 놈들인지 잊어버리고 있었어. 마누엘이 말한다. 아니면 기억하고 싶지 않았든가. 그들은 젊고, 능력 있고, 거칠고, 일부러 못되고 고약한 짓만 하며 돌아다녔다. 그들의 와이셔츠 색깔과 넥타이 크기, 그들이 가지고 다니는 권총의 크기만큼이나 눈에 거슬렸다. 그들 중 한 명이, 좀 더 나이 많고 잔인해 보이는 남자가 쌓아 놓은 책들을 걷어차고, 땅바닥에 떨어진 서류와 음반들을 발로 짓이기면서 방들을 돌아다니는 동안, 좀 더 마르고 어쩌면 훨씬 젊을지도 모르는 밤색 머리카락에 약간 더 짧은 구레나룻을 기른 남자가 그녀의 한쪽 팔을 아프게 꽉 붙잡고 소파 쪽으로 데리고 갔다. 그는 그녀를 계속 바라보며 겨드랑이 아래 있는 권총집에 권총을 집어넣으면서 그에 대해 물었다. "협조해 주면 당신은 해코지하지 않을 겁니다. 내 동료가 약간 거칠어요. 그러니까 그의 성질을 건드리지 않는 게 좋을 겁니다. 지금은 당신에게 아무런 유감이 없습니다. 그러니까 남자 친구가 어디 있는지, 우리에게 말하는 게 좋을 겁니다. 많이 놀랐죠? 그렇죠? 담배 한 대 드릴까요?" 다른 남자가 침실에서 나왔을 때 그가 담배에 불을 붙여 주고 있었다. 분노로 잔뜩 부풀어 오른 가슴 위로 조끼 단추들이 금세라도 터질 것 같았다. 그는 권총을 들고 있던 한쪽 손을 앞으로 내밀었다. 총신 쪽을 잡고 있었다. 그녀는 개머리판으로 맞을 거라는 느낌이 들자 소파 위로 몸을 웅크렸으며, 입에서는 거의 피 맛까지 느껴졌다. 하지만 그들은 나에게는 아무 짓도 할 수 없어, 라고 생각했다. 나는 스페인 사람이 아니야. 그녀는 악몽을 꾸는 와중에 '나는 꿈을 꾸고 있어'라고 말하는데도 위험이 사라지지 않는 그런 기분이었다. 외과 의사의 손가락처럼 하얗고 잔인한 손가락들이 그녀를 꽉 잡고 아래턱을 짓이기며 턱을 오므렸다. 그녀의 고개를 들게 하고는, 그녀의 입술이 콧수염의 시커먼 털과 닿을 정도로 가까이에서 자기를 쳐다보게 했다. 침에서는 고급 담배 냄새가 났고, 피부에서는 샤워 콜로뉴 냄새가 났다. 그가 그녀에게 침을 뱉듯이 말했다. 그녀는 그렇게 음란한 스페인 단어들은 한 번도 들어 본 적이 없었으며, 그 말은 경찰의 축축한 입과 번쩍이는 권총처럼 무시무시했다. 그녀의 얼굴을 치켜든 엄지와 검지가 이제는 그녀의 입술을 비틀었으며, 남자는 계속해서 그녀의 눈을 응시했다. 그는 징그럽게 웃으면서 지저분한 질문들을 퍼부었고, 그녀가 그때까지 한 번도 들어보지 못한 욕설과 칼처럼 아프게 찌르는 협박들을 늘어놓았다. "그 작자는 아무것도 아니야. 빨갱이 주제에 미성년자나 타락시키는 놈이라니까. 그러고는 내빼 버렸지. 내가 너를 봤다고 해도 기억나지는 않아. 그러니까 너는 갈보에다가 멍청하기까지 해." "이제 그 여자는 놔둬요. 형님이 그 여자의 아버지도 아니잖아요." 다른 경찰이 그녀를 도와 일으켜 세워 주고는, 그녀의 입술에 다시 담배를 물려 주었다. 그는 경찰서로 향하는 차 뒷좌석에서 그녀 옆에 앉아 있었다. 그녀는 호세 마누엘이 아니라, 아버지를 생각했다. 그녀는 강렬한 죄책감에 휩쓸려, 카르멘 단지의 집에서 자기를 기다리고 있을 아버지를 막연하게 그려 보았다. 그는 그녀와 마찬가지로 탑의 시계 종소리를 세면서 잠들지 못한 채 잠자리에 들었을 것이다. 그녀가 생각했던 것처럼 그들은 돗자리와 쇠창

살이 달리고 작은 창문이 있는 작고 우중충한 감방으로 그녀를 데려가지 않았다. 그들은 그녀를 빛이 아주 새하얀 램프 아래로 책상 한 개와 쇠 서류함, 나무 의자 한 개가 방 한가운데 놓여 있는 사무실로 데려가선 그녀에게 의자에 앉으라며 명했다. 벽에는 프랑코의 사진과 마히나의 수호 성녀인 가베야르 성모의 컬러 사진이 나온 달력이 붙어 있었다. 그들은 그녀를 아주 오랫동안 혼자 내버려 두었다. 그리고 그녀의 등 뒤로 다시 문이 열리면서 들어온 경찰은 구레나룻이 조금 더 길고 콧수염이 좀 더 짙은 경찰이었다. 넥타이가 헐렁하게 매여 있었으며, 소매를 걷어붙이고 있었다. 그는 바지 멜빵을 메고 있었는데, 겨드랑이 아래의 권총집은 벗지 않았지만 권총은 들어 있지 않았다. 그는 팔꿈치 한쪽을 의자 등에 기댄 채 그녀 옆에 서 있었다. 그러고는 똑같은 욕설과 협박을 기계적으로 반복했다. 하지만 이번에는 나지막한 목소리로 거의 귀에 대고 속삭이듯 했다. 마치 그녀에게 비밀을 털어놓듯, 입에 침이 잔뜩 고이는 제안을 하듯 말했다. 체포된 사람들에게 평소 사용하는 듯한 먼젓번과 같은 행동으로, 그는 엄지와 검지로 그녀의 아랫입술을 비틀면서 턱을 꽉 잡아 자기 쪽으로 고개를 들게 했다. 목소리가 다시 커지고 거칠어졌다. "네가 아무리 미국 년이라도, 지금 당장 불지 않으면 죽지 않고서는 여기서 단 한 발짝도 나가지 못해." 그가 그녀의 얼굴을 놓았어도, 그녀는 계속 그의 시선을 맞받아쳤다. 이제는 두려움이 체념이나 맹목적인 무관심으로 바뀌었다. 그때 문이 열리면서 다른 경찰이 안으로 들어오지는 않고 자기 동료에게 손짓만 했다. "노인네가 왔습니다." 그가 말하는 소리가 들렸다. "지금 당장 그녀를 데려오라는데요." "노인네? 이 시간에? 빌어먹을. 잠이나 자러 가라고 해. 이제 막 입을 열려고 하는데." "얼마나 노발대발인지 몰라요. 아주 다른 사람 같다니까요. 미친 사람처럼 날뛰면서 우리를 처벌하겠다고 협박까지 했습니다."

좀 더 몸집 좋은 경찰이 마지못해 그녀의 손목을 잡고, 유리문들이 닫힌 복도를 지나 계단을 올라가게 했다. 짙은 색 옛날 가구들이 있는 집무실에 예순이 조금 넘어 보이는 남자가 있었다. 곱실거리는 잿빛 머리와 네모난 얼굴, 아랫입술이 두껍게 처진 남자가 그녀에게 자기 앞으로 와서 앉으라고 권하며, 자기 둘만 있게 해 달라고 경찰에게 말했다. "하지만 부서장님, 이제 막 무너지려던 찰나였습니다. 우리가 바로 현장에서 그녀를 덮쳤거든요." 플로렌시오 페레스 부서장이 마침내 성질을 부리며, 테이블 위를 주먹으로 내리쳤다. "자네는 입 다물고 복종하기나 해. 말하고 싶으면 그전에 나한테 허락을 구하고." 목소리에는 균열 하나, 입술에는 가벼운 떨림 하나 없었다. 경찰은 과장되게 어깨를 움츠리며 무시하는 표정을 지었다. 하지만 나갈 때는 그의 두 눈이 부서장의 두 눈과 마주쳤고, 감히 문을 쾅 닫고 나가지는 못했다. "아가씨, 걱정하지 말아요. 아가씨한테는 아무 일도 없을 겁니다. 저 사람들이 젊어서 경솔합니다. 하지만 내 나이에는 존중을 받지 못하면 참질 못하지요. 아가씨는 지금 당장 집으로 돌아가도 좋습니다. 아주 많이 늦었군요. 아버님께서 아가씨를 걱정하고 계실 겁니다." 그가 일어섰는데, 앉아 있을 때 생각했던 것보다 훨씬 작았다. 그는 약간 과장되고 고리타분한 매너를 선보였다. 문 앞에서는 그녀에게 먼저 나가라고 양보했고, 복도를 따라 내려가면서는 부드럽게 그녀의 팔을 잡아 주었다. 형사들이 있는 사무실 앞을 나란히 지나갈 때는 양어깨를 세우고 턱을 치켜들었다. 헤네랄 오르두냐 광장은 날씨가 선선했으며, 동상 발치에 있는 분수와 경찰서 건물 앞에서 얘기를 나누고 있는 택시 기사들의 목소리가 울려 퍼졌다. 여전히 나디아의 팔짱을 끼고 있던 플로렌시오 페레스 부서장이 그들 중 한 명 곁으로 다가갔다. 키가 크고 선이 굵은 남자로, 어깨가 상당히 넓고 머리가 크고 벗어졌다. "훌리안, 부탁인데 이 아가씨를 집까지 모셔다 드리게. 카르멘 단지에 있네. 집 주소는 아가씨가 직접 알려 줄 거네." 부서장이 직접 뒷문을 열어 주었고, 그녀가 지나갈 때는 약간 몸까지 숙여서, 그녀는 그가 자기 손에 입이라도 맞출 줄 알았다. "아가씨, 오늘 일은 미안하게 됐어요. 아버지한테 안부 전해 주세요." 의심의 여지도, 가짜로 들리는 말 한마디도, 양보도 없었다. "저희 아버지를 아세요?" 그녀가 택시에 올라 물었다. "우리는 아주 오래전에 알았습니다. 하지만 아버님은 나를 기억하지 못할 겁니다." 커다란 검은 택시가 시동을 걸었고, 플로렌시오 페레스 부서장은 택시가 메소네스 거리 골목 뒤로 사라질 때까지 계속 바라보고 있었다. 그는 경찰서 현관 불빛 아래서 담배 한 잎 흘리지 않고 담배를 제대로 말아, 고무풀을 댄 쪽을 혓바닥 끝에 영광스럽게 올려놓고 자기네 집을 향해 걸어가면서 피우기 시작했다. 그는 양손을 뒷짐 진 채 고개를 높이 치켜들고 코로 연기를 내뿜으며 총총걸음으로 걸어갔다. 침대에서 아내 옆으로 드러누울 때 어떤 거짓말을 둘러댈지, 다음 날 친구 차모로에게 그 모든 얘기를 어떻게 해야 할지를 궁리하면서 걸어 갔다.

제13장

　내 삶에서 가장 길고도 끔찍한 방학이었으며, 여름이 지났는데도 방학은 끝이 나지 않았다. 프랑코 장군 휘하의 정신 나간 장관이 새 학기가 10월이 아닌 1월에 시작하도록 결정을 내리는 바람에, 우리는 끝날 것 같지 않은 석 달 뒤로 마히나의 탈출을 미뤄야 했다. 세라노만 기다리지 않았다. 그는 학기가 끝나는 것도 기다리지 않았다. 그는 5월 중순경부터 학교도 다니지 않고 머리를 잘라, 자기 아버지를 애먹였다. 그러고는 6월에 바텐더를 하며 외국 여자들을 꾀고, 록 그룹의 밴드를 하겠다며 히치하이킹으로 해안가의 어느 도시론가 떠나 버렸다. 마르틴과 나는 그와 합류하겠다는 막연한 목표를 세웠지만 그의 아버지나 우리 아버지가 절대 허락하지 않아, 아무 날 밤이나 리나레스 역에서 화물차에 올라타 도망치겠다는 계획은, 7월의 더위가 늘어지고 우리가 지겨운 방학의 매너리즘에 직응히면서 전차 사그라졌다. 마르틴은 자기네 집 창고에서 음반을 들으면서 화학 실험을 하며 세월을 보냈고,

나는 아침마다 농장에 가서 채소를 시장으로 올려 보낸 다음 밤이 돼서야 집으로 돌아왔다. 페페 아저씨와 라파엘 아저씨, 차모로 중위가 우리를 도와주러 가끔 들렀다. 여름에만 동상 때문에 고생하지 않는 라파엘 아저씨는 적지 않은 돈을 깨서, 튼튼하고 큼지막하고 아주 순한 밤색 나귀 한 마리를 샀다. 그는 나귀를 쓰다듬으며 아들을 대하듯 했으며, 나귀가 자기네 집의 기쁨이라고 확신했다. 어떤 뻔뻔한 놈이 자신의 순진함을 이용해 팔아넘기는 바람에 곧바로 죽은 예전의 나귀와는 같지 않다고 했다. 7월의 어느 일요일 아침 일찍, 우리는 선선할 때를 이용해 무화과 열매와 토마토를 몇 바구니 이미 수확한 후 무화과나무 그늘에서 점심 식사를 하고 있었다. 그때 차모로 중위가 갈라스 소령과 그의 딸이 도시를 떠났으며, 어쩌면 스페인을 떠났을 거라고 우리에게 얘기해 주었다. "불행한 나라야." 그는 페페 아저씨와 라파엘 아저씨가 상당히 감탄스럽게 생각하는 목소리로 말했다. "항상 좋은 머리들은 결국 망명을 떠나고." "그리고 여기는 우리처럼 물렁한 사람들이나 남아 있고." 라파엘 아저씨가 탄원 기도에 답이라도 하듯 중얼거렸다. "이제 이놈도 곧 우리 곁을 떠날 텐데." 차모로 중위가 나를 가리키며 말했다. "자, 녀석아, 우리한테 영어로 말해 봐라." 나는 쑥스러웠지만 쉽게 외국어를 말하는 나의 능력을 은근히 과시하며 그들에게 *Riders on the Storm*의 가사를 가능한 한 빨리 읊어 주었다. 그들은 식사하다 말고, 입을 벌린 채 나를 바라보았다. "타고난 재주야." 페페 아저씨가 말했다. "정말 엄청난 재주지." "우리말을 하는 거와 똑같잖아. 우리는 스페인어로도 제대로 말하지 못하는데." 라파엘 아저씨가 서글피 고개를 끄덕였다. "그게 똑같은 거는 아니지. 애가 공부할 수 있도록 애 아버지가 얼마나 희생했는데. 그런데 우리는 애 나이에 학교에 다녔던 짧은 시간도 제대로 기억나지 않잖아. 그때 삶이 얼마나 힘들었는지, 자네들은 잊어버린 건가?" 차모로 중위가 말했다. "그래도 자네는 최소한 글은 제대로 읽기라도 하지. 게다가 타자까지 칠 줄 알잖아. 하지만 제기랄, 나는 신문만 봤다 하면 글자들이 죄다 모여버린다니까. 이제는 전부 시커멓게 보여서 금세 졸려. 그래서 누구든지 나를 속이잖아. 사람들이 나한테 이런다니까. 라파엘, 읽고 사인해. 그러면 나는 읽은 척하고 아무것도 이해하지 못한 채 사인해." 라파엘 아저씨는 나귀를 마구간 그늘에 묶어 두고 건초더미와 밀을 잔뜩 섞어 먹였다. 등이 휠까 봐 짐도 많이 싣지 않았고, 가끔은 막 아들을 얻은 아버지처럼 일을 하다가 그만두고 나귀를 보러 가기도 했다. 9월의 어느 날 오후, 그는 포도를 실으러 포도밭에 갔다가, 포도를 수확하는 동안 나귀를 떡갈나무 기둥에 묶어 두었다. 그런데 갑자기 폭풍우가 불어닥쳐, 번개가 떡갈나무를 두 동강 내고 나귀를 시커멓게 태워 버렸다. 라파엘 아저씨가 강하게 휘몰아치는 우박을 뚫고 뛰어왔을 때는 마구와 굽새만 남아 있었다. 그 바람에 라파엘 아저씨는 감기에 걸려 폐렴으로 번졌고, 몇 주 후 고열과 슬픔으로 돌아가셨다. 장례식 때 검은 양복에 검은 모자를 쓰고, 오른팔에 큼지막한 검은 상장을 두른 페페 아저씨는 뼈만 앙상하고 길쭉한 뺨에 눈물을 흘리며, 하염없이 이 말만 되풀이했다. "성자였어. 우리 라파엘 형은 성자였어."

밤이 되면 나는 암말을 마구간에 넣어 두고 뒤뜰에서 씻은 다음, 그라나다 문 근처에 있는 술집으로 마르틴과 펠릭스를 만나러 갔다. 그곳은 '아랍 동굴'이라 불렸는데, 계곡 전체가 내려다보이는 테라스가 있었다. 벼를 베고 난 그루터기는 불이 붙은 듯 누렇게 이글거렸으며, 시에라 산맥에 있는 마을들의 불빛이 머나먼 별들처럼 깜빡거리는 게 내려다보였다. 그곳 주크박스에 있는 거의 모든 음반들은 레드 제플린의 *Whole Lotta Love* 한 곡만 빼고 상당히 나쁜 곡들뿐이었다. 하지만 그곳에서는 아주 값싼 포도주를 팔았으며, 테라스는 시원했고, 농장의 도랑에서는 졸졸 흐르는 물소리가 들렸고, 무화과나무와 석류나무에서는 바람이 불었다. 우리는 세라노를 그리워했다. 우리는, 특히 마르틴과 나는 그를 부러워했으며, 마음속으로는 그를 따라나서지 못한 것을 부끄러워했다. 펠릭스는 오전 9시부터 오후 8시까지 점심때 이외에는 휴식 시간도 없이, 라틴어와 그리스어 과외를 했다. 그의 아버지가 10년째 침대에서 누워 있었고, 그의 어머니는 양쪽 다리가 너무 쑤셔서 이제는 바닥과 계단 청소하는 일을 계속할 수 없었다. 그래도 그녀는 바닥을 닦는 대걸레가 발명되어 일이 예전처럼 그렇게 힘들지 않다고 했다. 펠릭스는 역경과 가난을 편안하게 받아들이는 것 같았다. 내가 그를 처음 만났던 여섯 살 때부터 그가 불평하는 소리를 들은 적이 단 한 번도 없었다. 그래도 모든 사람들을 약간 멀게 느껴지게 하는, 은밀하고도 차분한 미소는 절대 잊지 않았다. 하지만 그는 나처럼 빼딱하지는 않았다. 그는 라틴어와 언어학, 클래식 음악에 대한 열정으로 견고해진, 평화롭고도 완벽하게 자기만의 것이 된 왕국에서 살았다. 나에게는 그 세 가지 지식이 전혀 이해되지 않았다. 나는 그가 한 번도 사랑해 보지 않았다는 게 당혹스러웠다. 그가 슬픔과 과도한 흥분을 모른다고 털어놓았을 때, 나는 그 말을 믿을 수가 없었다. 그 역시 10월에 떠나기로 되어 있었다. 하지만 마르틴처럼 그라나다도 아니고, 나처럼 마드리드도 아니었다. 훨씬 가까운 곳에 있는, 주도의 대학교에 가기로 되어 있었다. 그게 보다 저렴하고 부모님과도 가깝게 있을 수 있다며 깊이 생각한 듯 말했다. 학기가 1월에 시작할 거라는 것을 알았을 때 그는 우리 중에서 유일하게 좌절하지 않았다. 그는 호기심으로, 동정하는 것 같기도 하고 놀리는 것 같은 시선으로 마리나에 대한 나의 사랑을 물었다. 무슨 느낌인지. 왜 다른 여자가 아닌 그 여자를 선택했는지 물었다. 나는 그에게 설명하려고 하면서, 어릴 때 내가 이야기를 하면서 지어냈던 그 시절을 떠올렸다. 하지만 나는 친구들이 마리나를 거론하는 걸 원치 않았다. 그녀는 매년 여름 그러듯 휴양지인 베니도름으로 떠났지만, 이제는 10월에 돌아오지 않을 것이다. 그리고 그녀가 떠나기 전에, 나는 누에바 거리에서 내가 혐오하는 그 작자의 팔짱을 끼고 산책하다가 몬테레이의 테라스에서 그의 손을 잡고 앉아 있는 그녀를 보았다. 그때 그녀는 어처구니없는 애교를 피우고 있었으며, 행복한 신혼부부라도 되는 듯 가정적인 모습을 보여 주었다.

나는 그날 밤 12시에서 새벽 5시 사이에 어디 있었는지 도무지 기억이 나지 않았다. 아버지가 일주일 동안 나에게 말도 걸지 않았지만, 그때는 별로 걱정도 하지 않았다. 다음 날, 문학 시험에 들어가기 위해 프락시스를 기다리고 있는 동안, 파본 파체코가 공범자를 대하듯 나에게 한쪽 눈을 윙크했다. 나는 얼굴을 붉히며 가급적 그의 근처엔 가지 않으려고 했다. 그리고 프락시스는 모습을 보이지 않았다. 사람들 말로는 그가 중병이 들어 마드리드에 있다고 했고, 다른 선생님이 와서 문학 시험을 대신 보았다. 나는 거의 공부를 하지 않았는데도 꽤 높은 점수로 학기를 마쳤다. 확실하게 장학금은 탈 수 있었다. 나는 이제 카르멘 단지를 헤매고 다니지 않았는데, 어느 날 밤 마르틴, 펠릭스와 함께 학교 근처의 거리를 올라갔을 때는 우리의 마지막 학기가 끝난 이후로 몇 달이 아닌, 몇 년이 흐른 것 같은 약간 서글픈 느낌이 들기도 했다. 어느 날 밤에는 마드리드의 버스가 도착하는 걸 보고 목구멍이 바짝 타들어 가는 듯한 간절하면서도 두려운 감정이 복받쳐 올라왔다. 나도 이제 떠날 것이며, 마드리드와 대학은 열정과 여행들로 이뤄진 내 인생의 첫걸음이 될 것이다. 나 자신에게도 그 마음을 털어놓지 못했지만, 나는 무서워서 죽을 것만 같았다. 우리 집 부엌에서 마누엘 외할아버지는 뉴스에 나온 대재난을 보고 한숨을 내쉬며 말했다. 그때 이미 일흔 살인데도 그는 여전히 들에서 씩씩하게 일했다. "세상에는 나쁜 게 너무나도 많다." 그는 우주 탐사에 대한 다큐멘터리를 보면서 모두 거짓말이라고 확신했다. "좋아"라고 양보했다. 그러고는 "그들이 달에 도착했다고 치자. 하지만 그들이 어디로 들어갔는지 설명할 수 있겠니?" 투르 드 프랑스 방송 중에는 흥분해서 노발대발이었다. 인생에서 한창때인 장정들이 뭔가 보탬이 되는 일은 하지 않고, 멍청하게 자전거나 타면서 힘을 낭비한다고 난리였다. 그는 점심 식사 때 평소보다 많이 포도주를 마셔 얼굴이 시뻘게졌고, 옆에 앉은 레오노르 외할머니가 그의 옆구리를 꼬집을 때까지 쉬지 않고 말했다. "마누엘, 혀가 남아나질 않겠어요. 어떻게 포도주 한 잔 마시고 그렇게 사기 치는 말들이 청산유수로 나오는지. 이제는 당신 말을 막을 사람이 없네요."

그해, 10월 장날에 마히나의 카르니세리토는 투우를 하지 못했다. 그는 흰색 메르세데스를 타고 가다가, 마드리드 국도에서 별다른 위험 없이 직진하려다가 나무를 들이받고 말았다. 차는 그 혼자 타고 갔지만, 농장이나 우리 집에서는 나쁜 여자들과 술, 한량인 친구들의 영향을 얘기했다. 나이 들면서 눈물이 헤퍼져서인지, 외할아버지는 푸른 눈에 눈물을 글썽거리며 아주 심각하게 말했다. "네가 누구랑 어울려 다니는지 말해 봐라. 그러면 네가 누구인지 내가 말해 주마." 그러고는 나를 바라보았고, 나는 그가 이어서 무슨 말을 할지 금방 알았다. "착한 아이와 연극이 비슷하다는 거 모르지." 레오노르 외할머니는 그를 콱 꼬집었고, 어머니와 여동생은 웃음을 참기 위해 입을 가리면서, 그와 동시에 합창으로 대답했다. "나쁜 친구들 때문에 망한다는 거!" 로렌시토 케사다가 「싱글라두라」에 마히나 투우사의 장례식이 멋진 투우 장면을 연상시켰다는 글을 실었다. 산 이시도로 성당의 돈 에스타니슬라오 신부가 장례식을 주관했으며, 불운하게 생을 마감한 투우사의 망토와 투우 칼을 올려놓은 관이 성당에서 나올 때는 ― 우리의 지역 리포터에게는 비참하게 영광스러운 날들이었다. 그때는 그의 서명이 적힌 기사가 신문 1면에 실렸는데, 악의 때문인지 아니면 부주의 때문인지, 이름의 약자들만 실렸다 ─ 마히나의 종들이 일제히 동시에 울려 퍼졌고, 카르니세리토가 죽음과 함께 말년에 투우로 얻지 못했던 귀들을 모두 되찾기라도 하려는 듯 폭죽이 정신없이 터졌다. 성금을 모아 동상을 세우기로 의견의 일치를 보았고, 시청에서는 그를 기리기 위한 시 경연 대회를 공모했다. 모두 놀랍게도, 도시의 유명 작가들은 아무도 상을 타지 못했고(케사다의 의견으로는, 우리 도시가 시인들의 온상지였다) 이름을 끝까지 알아내지 못한 누군가가 그 상을 탔다. 하지만 작가 미상의 소네트가 심판관 전원의 만장일치로 우승을 거머쥐었으며, 그 시는 훗날 동상의 발아래, 가짜 대리석 석판에 새겨졌다. 마지막 두 소절이 가장 유명한 시구였다.

마히나에서 스페인을 밝혀 주네
눈이 멀 정도로 광채를 내뿜는 그대의 위업으로.

「싱글라두라」에서 로렌시토 케사다는 서명이 없는 미스터리한 시를 수많은 인문학적 수수께끼들과 비교했다.『라사리요』와 '작가 미상의 로망스'의 작가에 대한 수수께끼와 무명 군인의 정체성에 대한 수수께끼, 이집트 피라미드를 건축한 외국인일 가능성이 높은 건축가들의 정체성에 대한 수수께끼와 비교했다. 1월, 내 생일날, 마드리드에서 아버지가 작가 미상의 소네트와 로렌시토 케사다의 글이 아주 흐릿하게 나온 카르니세리토 동상 개막식 장면 사진과 함께 실린 신문을 나에게 보여 주었다. 그 개막식 행사에는 연설도 없었고, 밴드도 없었다. 아버지는 관계 당국의 불찰 때문인지, 아니면 카레로 블랑코 제독의 죽음으로 인한 불만이 아직도 지속돼서 그랬는지 모르겠다고 했다. 동상은 전신상인데 그렇게 크지 않았으며, 아버지는 카르니세리토와 전혀 닮은 구석이 없다면서, 그 동상을 세운 장소도 못마땅해했다. 마히나의 거의 변두리에 있는 작은 공원에 세워진 것이었다. 도시 북쪽에 있는, 이미 흔해 빠진 넓은 아스팔트 교차로들 중 어딘가에 처박혀 있는 곳이었다.

  나는 마드리드에 온 지 겨우 며칠밖에 되지 않았다. 스페인 광장에서 꽤 가까운 곳에 위치한 산 베르나르디노 거리의 소박하고 깨끗한 하숙집에서 묵었다. 그새 내가 떠난 지 오랜 세월이 흐르기라도 한 듯 마히나가 생각났다. 창피해서 입 밖으로 꺼내기는 뭣하지만, 혼자 버려진 느낌과 그리움이 들었다. 특히 해 질 녘에 학교 교재를 펼쳐 두고 있는데, 창문 너머로 식구들의 얘기 소리와 음식 냄새가 올라오는 축축한 안뜰 벽을 바라볼 때면 더욱 그랬다. 나는 구레나룻과 콧수염을 길게 길렀는데, 아버지가 오셨을 때는 양쪽 뺨이 이미 수염으로 덥수룩했다. 약간 숱이 모자라는 들쑥날쑥한 수염은 체 게바라의 수염과 비슷하기도 했다. 아버지가 하숙집으로 전화를 걸어, 내 생일날 나와 함께 지내기 위해 갈 거라며 고래고래 소리 지르고 말할 때는 면도할 생각이었다. 그

전날 밤, 나는 거울 앞에서 한 손에는 거품이 묻은 솔을 들고, 다른 한 손에는 칼을 들고 있다가, 용기를 내서 면도를 하지 않겠노라 결심했다. 아버지는 도착해서 나를 한참 동안 껴안은 후 양쪽 뺨에 한 번씩 입을 맞춰 주었다. 그러고는 떨어져서 내가 마르지는 않았는지, 다크서클이 생기지는 않았는지 바라보았는데, 수염에 대해서는 아무 말도 하지 않았다. 아버지는 여러 종류의 햄과 어머니가 직접 만든 도넛들이 들어 있는 큼지막한 보따리 하나를 가지고 와서, 내 장롱 아래에 집어넣고 직접 열쇠까지 채웠다. 마드리드에는 철면피가 너무 많고, 내가 멍청하다는 거였다. 그래서 사기를 당하거나 도둑맞지 않으려면 두 눈을 부릅뜨고 다녀야 한다고 했다.

아버지는 방을 둘러보고, 작지만 편안하다고 말했다. 공기가 탁한 게 단점이지만, 그가 젊었을 때 마드리드에 올 때마다 묵었던 여관방들보다는 훨씬 낫다고 했다. 그는 욕실을 매우 감명 깊게 보았다. 그도 능력이 되면 마히나의 우리 집에 그런 비슷한 것을 설치하겠다고 말했다. 아버지가 급행열차를 타고 아주 일찍 오는 바람에, 나는 잠이 들어 아토차 역으로 마중 나가지 못했다. 아버지는 이등칸에서 밤을 보낸 피곤이나 수면 부족에도 끄떡없는 모습으로, 매일 새벽 채소 시장에 나갈 때처럼 장정과 같은 강인함과 젊은 분위기를 풍기며 하숙집에 나타났다. 그는 장례식에 참석할 때처럼 회색 외투에 넥타이를 정성껏 매고, 걸을 때 삐걱거리는 검은색 큰 구두를 신고 왔다. "아이고, 이놈아, 지금이 몇 시인데 아직까지 눈을 붙이고 있어." 나는 아버지를 모시고, 아래층에 있는 카페로 아침 식사를 하러 갔다. 아버지는 내가 주문한 음식이 뭐냐고 물었다. 크루아상을 처음 본 거였다. 그는 부뉴엘로스를 주문했고, 나는 마드리드에서는 그것을 추로스라고 부른다며 정정해 주었다. 아버지는 무슨 일이 있어도, 마히나의 부뉴엘로스와는 비교도 되지 않는다고 했다. 우리는 빨간색 작은 플라스틱 테이블을 사이에 두고 서로 마주 보고 앉았다. 카페에 자주 오는 손님들과 비교해 그가 촌스럽고, 어쩌면 어울리지 않는다는 생각이 들었다. 그는 어깨가 지나치게 넓은 회색 외투를 입고 있었으며, 자신감이 없어 행동은 겉돌았고, 손가락은 지나치게 넓었고, 갈라지고 시커멓고 큼지막한 손은 느릿하면서도 어설프게 힘을 준 채 빨간색 플라스틱 테이블 위에 얹혀 있었다. 그는 마흔다섯이란 나이에, 이미 머리는 하얗게 세었지만 결혼사진에서처럼 아직은 꽤 건강하고, 곱슬머리고, 광채가 났다. 그는 미소를 머금으며 종이 냅킨으로 입술을 닦고 나서, 내가 나이프와 포크로 크루아상을 자르는 모습을 바라보며 뿌듯해하는 것 같았다. "저것 보란 말이야. 그새 열여덟이라니, 네가 태어났을 때가 엊그제 같은데. 대들보 방이 얼마나 추웠던지. 네가 얼마나 부실했는지, 우리는 네가 곧 죽을 거라 생각했단다. 불쌍한 네 어머니는, 너도 어떤지 잘 알잖니, 네가 너무 작다고 생각하고는 엉엉 울었단다. 산파가 촛불 아래서 너를 씻길 때가 눈앞에 선하구나. 바람이 하도 불어서 전신주들이 쓰러졌었다. 우리는 지붕이 날아가는 줄 알았다. 엄청난 한파가 몰아닥친 해였지. 마히나의 올리브 나무들이 절반은 얼어 죽었으니까. 우리 집 암소는 우유가 나오지 않아, 송아지가 굶어 죽었단다."

　나는 아버지가 큰 목소리로 기억을 떠올리는 건 단 한 번도 들어 보지 못했다. 그가 얘기한 내용은 어머니와 레오노르 외할머니가 마르고 닳도록 해서 거의 모두 외우고 있을 정도로 익히 잘 아는 것이었다. 하지만 나는 아버지가 그 기억들을 소중하게 간직하고 있을 거라고는, 아니면 두 눈에 애정과 수줍음을 가득 담은 채 그 기억들을 떠올릴 거라고는 생각하지 않았다. 그렇다 해도 아버지와 가까워진 느낌이 든 건 아니었다. 당혹스러워진 나는 본능적으로 뒤로 물러나, 그를 보지 않기 위해 어색해하며 고개를 푹 숙이고 그가 말하도록 내버려 두었다. 비는 내리지 않았지만 구름이 잔뜩 낀 어느 일요일 아침이었으며, 자동차 매연으로 시커메진 마드리드 건물들은 하늘과 같은 잿빛 색상을 띠고 있었다. 나는 마히나의 새하얀 벽들과 옛 궁전들의 모래 빛 돌에 비친 태양의 광채를 떠올렸다. 우리는 스페인 광장으로 내려갔고, 아버지는 마드리드 타워의 높이를 감상하기 위해 내 어깨를 잡은 채 고개를 위로 들어 올렸다. 그는 만족스러워하며 지하철을 타고 온 얘기를 자세히 들려주었다. 솔역에서 갈아탄 후 지나치지 않으려고 정거장 이름들을 얼마나 눈여겨보면서 왔는지, 지하철을 타고 내릴 때 얼마나 조심했는지, 도둑맞지 않기 위해 호주머니 안에 든 지갑을 얼마나 조심해서 챙겼는지를 얘기했다. 나는 농장과 올리브의 수확에 관심이 있는 척 물어보았다. 매년 그러듯, 이제는 여느 때처럼 비가 잘 내리지 않아 수확이 형편없다고 했다. 아버지는 스페인 광장에서 올리브 나무들을 보고 깜짝 놀랐다. 그는 고향 사람을 만나 인사라도 나누듯, 놀라워하며 반갑게 나무들 가까이 다가가 나뭇가지 한 개를 만져 보았다. 그는 둥그렇고 뾰족한 속이파리 한 개를 뽑아 손바닥 위에 올려놓고는 실망한 표정을 지으며 살펴보았다. 휘발유 매연과 사람들이 너무 가까이 있어 독살당한 병든 올리브였다. 살충제가 나오기 전에는 올리브 나무들을 사람들이 사는 곳에서 멀리 떨어진 곳에서만 경작할 수 있었다. "애들도 나랑 똑같구나." 아버지가 돈키호테와 산초 동상을 바라보다가 올리브 잎사귀의 싹을 연못으로 던지며 말했다. "사람들이 많은 곳에 가면 기가 죽는다니까." 아버지는 산초 판사의 모습을 마음에 들어 했다. "차모로 중위랑 좀 닮지 않았니? 배가 똑같잖니." 오에스테 공원에서 아주 차가운 바람이 불어왔다. 아버지는 외투 단추를 채우고 양손을 문지른 후, 내가 청바지와 남색 파카만으로는 틀림없이 감기에 걸릴 거라고 말했다. "적어도 목은 따뜻하게 둘렀구나." 그 말은 내 머리가 지나치게 길다는 것을 돌려서 하는 말이었다.

우리는 그란 비아로 올라갔다. 그 시간에는 거의 아무도 없었고 차도 별로 다니지 않아, 더 넓고 황량해 보였다. 높은 곳을 향해, 카야오의 높은 건물들과 극장의 거대한 차양들을 향해 무한대로 펼쳐진 것 같았다. "농장을 팔까 생각 중이다." 아버지가 한참 침묵을 지킨 후에 말했다. 그를 쳐다본 순간, 세상의 계단이 뒤바뀐 기분이었다. 내가 아버지보다 훨씬 컸다. 하지만 마드리드의 거대함이 특히 그를 왜소하게 만들었다. 그때까지 나는 아버지를 마히나에서만, 어릴 때의 시선으로, 그를 위대하게 만든 곳에서만 보았던 것이다. "나 혼자서는 그렇게 많은 일을 할 힘이 없구나. 게다가 의사는 언제라도 고통이 다시 찾아올지 모른다고 했으니." 내가 그를 버리고 떠난 것에 대해서는, 나를 나무라지 않았다. 아버지는 확실하게 세월이 변한 것을 우울해하며 받아들였고, 이제는 자기가 젊지 않고, 내 미래는 자기가 상상했던 것과 같지 않을 거라는 사실을 받아들였다. 하지만 나는 아버지에게 뭐라고 얘기해야 할지, 아버지와 하루 종일, 그날 밤 11시에 기차역에서 헤어질 때까지, 그 길고 공허한 일요일을 단둘이 어떻게 보내야 할지 막막했다. 아버지는 지치지 않고 잘 걸었다. 내가 레티로 공원까지 걸어가자고 제안했던 것이다. 아버지는 카야오 전철역 입구 옆에 멈춰 서서 마드리드 지도를 보더니, 호주머니에서 주소가 적힌 종이 한 장을 꺼냈다. "어디, 이 주소까지 네가 데려다 줄 수 있는지 보자꾸나. 사촌 라파엘을 찾아가 볼 생각이다."

나는 많이 헤매지 않고 지하철과 버스를 갈아탔으며, 두 시간 후에는 아스팔트가 깔리지 않은 레가네스 동네의 광장에 버스가 우리를 내려 주었다. 이제는 집 찾는 일만 남았다. "너는 걱정하지 마라. 네가 갈 줄 모르면 물어서 가면 된다. 물어서 로마까지 찾아갈 수 있는 법이니까." 사촌 라파엘은 10층짜리 아파트에서 살고 있었다. 그 근처에는 도랑들과 석면 슬레이트 관들이 잔뜩 쌓여 있었고, 굴삭기들이 파다가 방치해 놓은 밭들이 널려 있었다. 진흙 수렁 한복판에는 마구간 아래 구유통이 있는 우리 농장의 움막과 비슷한 집이 한 채 있었다. 하지만 지붕은 죄다 꺼져 내렸고,

창틀은 뜯겨 있었다. "7층 B. 여기다." 아버지는 그렇게 말하고 나서 어깨를 들썩이며 넥타이를 매만졌다. 아버지는 엘리베이터를 타고 올라오면서 무서워했는데, 내 앞에선 시치미를 떼고 있다는 걸 알았다. 사촌 라파엘의 아파트는 작았고, 겨울 아침 빛에도 어두컴컴했다. 집 안에서는 음식 냄새가 났으며, 벽에는 작은 전구 두 개가 달린 플라스틱 차양 아래, 나사렛 예수의 사진이 걸려 있었다. 그와 아버지는 서로 꼭 끌어안았고, 잠시 후 헝클어진 머리에 지저분한 앞치마를 두르고 낡은 슬리퍼에 털양말을 신은 그의 아내가 부엌에서 나왔다. 그녀는 우리 두 사람에게 볼 키스를 하며 인사한 후, 아니스 술과 마히나의 도넛을 먹겠느냐고 물었다. 키가 크고 장발인 사내아이가 테라스에서 안쪽 방으로 순식간에 스쳐 지나갔고, 사촌 라파엘이 그를 불러 우리에게 인사하라고 명했다. "자, 얼른 와라, 네 친척들에게 인사해라." 그는 대략 내 또래였지만 나보다 머리가 훨씬 길고 여드름도 더 많이 났다. 그는 우리를 쳐다보지도 않은 채 얼굴만 들이밀었다가 곧바로 사라졌다. 그러고는 곧바로 닫힌 문 뒤로 슬레이드의 거친 노래가 들려왔다. 다이닝 룸에는 아버지와 내가 앉아 있는 비닐 소파 위로 사슴이 그려진 태피스트리가 걸려 있었고, 그 옆으로 라파엘 아저씨의 사진 액자가 걸려 있었다. "형, 우리 아버님은 정말 안되셨어. 얼마나 좋은 분이셨는데. 사진을 보고 있으면 나한테 말을 거실 것 같아."

사촌 라파엘은 기계적으로 집안 식구 전체의 안부를 묻고, 내가 시작한 공부에 관심을 보였다. 내가 필요한 게 있으면 뭐가 됐건,

자기가 어디에 사는지 알고 있으니 언제든 찾아오라고 했다. 그러고는 자기 아들은 공부를 싫어하며, 허구한 날 방에 틀어박혀 사람을 귀머거리로 만들 음악만 듣고 있다고 한탄했다. 우리가 대들보 방에서 살았을 때, 그가 아버지를 보러 왔다가 약상자를 오려 동물 모양들을 만들어 줬던 거 기억나냐며 나에게 물었다. "참, 두고 봐야 해, 형. 요놈이 얼마나 작았는데. 그런데 이제 어른이 다되었으니." 그들은 어릴 때 농장 도랑에서 개구리 잡아먹던 일을 회상했다. 그때는 너무나도 배를 많이 곯아, 개구리 고기가 유일하게 맛볼 수 있는 고기였다. "그리고 네 아버지는 달라도 뭐가 달랐다. 그래서 지금 여기 이렇게 성공했잖니. 도랑에다가 허브를 키워서 나중에 프랑코와 한편인 무어인들에게 차를 만들어 먹으라고 갖다 팔았단다. 그리고 그걸 팔아 번 돈으로 우리 두 사람은 잡지에 나오는 극단들을 보러 다녔지." 그는 마히나의 억양을 그대로 유지하고 있었다. 두세 살 나이 차가 나는데도 그는 아버지를 모델처럼, 거의 영웅처럼 바라보던 열정으로 바라보았다. "형, 내가 왔을 때 형도 마드리드로 왔어야 했어. 밭일과 그 많은 희생은 뒤로하고 말이야. 나를 봐. 여덟 시간 근무에 시간 외 수당은 별도고, 휴가가 있고, 크리스마스와 7월 18일 수당도 있고, 비가 오는지 안 오는지 보기 위해 하늘을 쳐다볼 필요도 없고 말이야." 하지만 그의 목소리에는, 아버지보다 더 울적해 보이는 그의 얼굴에는, 그의 집 안 복도와 가구들, 구름이 잔뜩 낀 일요일 날씨와 같은 서글픔이 배어 있었다. 입 밖에 꺼내기를 꺼려 하는 병의 증상을 늘 생각하고 있는 사람과 같은 초기 증상들이 배어 있었다.

그는 우리의 말에 계속 귀를 기울이면서도 생각에 잠겨 있었고, 아들의 방에서 들리는 음악의 볼륨을 언짢아했다. 그러고는 곧이어 아니스 술을 조금 더 따라 주더니, 나중에는 맥주와 튀긴 감자, 마히나의 올리브 열매를 으깨서 라벤더를 뿌린 음식을 권했다. 우리는 남아서 점심 식사를 하고 가야 했으며, 아버지는 그날 밤 재미도 없는 시장과 농장으로 돌아가지 말고, 며칠 더 그의 집에 머물다 가라고 했다. 그가 우리에게 레가네스 전역을 구경시켜 줄 테며, 고향 사람들이 운영하는 바로 데리고 갈 것이고, 버스로 마드리드 전체를 구경하며 돌아다닐 수도 있다고 했다. 그가 버스 회사의 기사라는 게 괜히 하는 말은 아니라고 했다. "형, 여기 사람들이 돈을 얼마나 많이 벌었는지 모를 거야. 돈 후안 마르치와 오르두냐 장군의 가족들은 그냥 웃어넘겨. 여기 이 아파트 단지를 봤어? 이게 불과 얼마 전까지만 해도 밭이었어. 밭 주인들에게 얼마나 많은 돈을 보상해 줬는지, 형은 상상도 하지 못할 거야. 하지만 이 기계들이 앞에 있는 것을 몽땅 쓸어내 버리는 걸 보면 묘한 느낌이 든다니까."

우리는 마히나식으로 양념한 닭고기를 넣은 밥 요리를 푸짐하게 먹었다. 그러고 나서 수호 성녀의 판화와 카르니세리토의 큼지막한 사진, 헤네랄오르두냐 광장이 나온 관광용 컬러 포스터가 걸린, 고향 사람이 운영한다는 바로 커피를 마시러 갔다. 사촌 라파엘이 버스 정류장까지 배웅 나왔을 때는 이미 해가 저물어 가고 있었디. 그는 버스 기사에게 우리가 자기 가족이라고 말한 후, 우리에게는 마드리드로 돌아가는 표를 내지 않아도 된다며 자랑스럽게 말했다. 우리가 떠나길 기다리는 동안, 그는 서글프면서도 생기 있는 표정으로 계속해서 말했다. 그의 아버지 사진과 닮아 보이는 불행하게 착한 분위기로. 나는 그 사진에서 사진사 라미로의 사인을 눈여겨보았다. "형, 내가 저번 날 그 사람을 스페인 광장에서 본 거 모르지? 그에게 인사하려고 다가갔는데, 나를 못 알아보더라고. 관광객들과 연인들을 찍어 주던 그 큼지막한 기계들 중 한 개를 가지고 있더라고. 장날에 우리가 오토바이 타고 찍었던 사진 기억나?" 버스 문이 닫혔고, 사촌 라파엘은 우리가 보이지 않을 때까지 손을 흔들어 작별 인사를 하며 정류장에 남아 있었다. 아버지는 자리에서 자꾸 움직였다. 시계를 들여다보며 제시간에 기차역에 도착할 수 있을지 안절부절못했다. 6시였으며, 기차가 떠날 때까지는 다섯 시간이나 남아 있었다. 하지만 아버지는 애를 태웠으며, 늦게 도착할지도 모른다는 두려움을 어떻게 해야 할지 몰랐다. 버스에서 나는 건너편 자리에 앉아 창문에 비친 아버지의 옆모습을 바라보았다. 창문으로는 콘크리트 건축 현장과 그 동네의 심오한 야경이 미끄러지듯 지나갔다. 반대편 방향에서 오는 가로등들과 어둠 속에서 반짝이는 아스팔트 위로 깜빡거리는 신호등들, 꽤 높은 아파트들의 불이 밝혀진 창문들을 골똘히 바라보는 아버지의 동작 하나하나에서, 시계를 들여다보는 모습에서, 아니면 외투의 어깨를 고쳐 입는 모습에서 불안해하면서도 체면을 지키려고 애쓴다는 걸 알 수 있었다. 한번은 우리가 쿠바 전쟁에 대한 다큐멘터리를 텔레비전으로 보고 있었다. 그때 증기선으로 가기 위해 걸쳐 놓은 널빤지 옆으로, 아바나 제방에 모여 있던 줄무늬 군복을 입은 남자들의 사진이 나왔었다. "너는 저 사람들이 모두 보이니?" 그가 나에게 물었다. 나는 아버지가 페드로 엑스포시토 외증조부를 얘기하려는 줄 알았다. "저기 있는 사람들은 모두 죽었다." 마이크를 통해 기차 출발을 알렸을 때는 이미 아토차 역에 도착한 지 한 시간이 넘었을 때였다. 아버지는 아무리 신경을 써도 기차가 자기를 버리고 출발할지 모른다는 두려움을 애써 억누르며, 바짝 긴장한 채 발 디딤판 옆에서 나를 껴안고 키스했다. 그러고는 손으로 헝클어진 내 머리를 어루만진 후 나에게 식사 잘하고, 공부 열심히 하고, 아침 일찍 일어나고, 정치에 개입하지 말라고 당부했다. 그러고는 지갑을 열어 천 페세타짜리 지폐 두 장을 꺼내 주었다. 아버지는 기꺼이 돈을 내밀었지만, 생각에 잠겨 천천히 건네주는 표정이나 심각한 얼굴로 봐서, 내가 자기의 뜻과 달리 마드리드에 있는 것이며 그 돈을 벌기 위해 많은 고생을 했다는 암시를 풍기는 것 같았다. 그는 기적 소리가 울리자마자 힘차게 발 디딤판을 딛고 올라갔다. 이제는 기차를 놓칠 일이 없을 거라 확신하며, 손잡이를 붙잡고 나에게 딱 한 가지만 부탁하겠다고 했다. "제발 부탁이니, 그 수염 좀 깎아라." 나는 기차가 멀어질 때 창문 밖으로 고개를 내민 머리들 사이에서 아버지의 하얀 머리를 계속 눈여겨보았다. 그러고 나서 나는 아버지가 없는 게 안도가 되면서도, 약간 후회가 되어 어둠과 추위, 마드리드의 머나먼 불빛으로 나왔다.

제3부

폴란드 기병

제1장

이렇게 오랫동안 말을 많이 말해 본 적도 없다. 당신이 나를 바라보거나, 아니면 불을 끄고 나서 몸을 웅크리며 다가와 말을 멈추지 말라고 하면 나는 당신에게 큰 목소리로 말한다. 하지만 나는 당신이 잠들었을 때도, 당신의 숨소리가 들릴 때도 계속해서 당신에게 말하고 있다. 아침에 일어나, 당신이 신문을 사러 나가고 없으면 깜짝 놀란다. 그러면 이내 다시 잠들려다가도, 곧 침대에서 기지개를 펴며, 시트와 이불만이 아니라 당신의 열기를 느낀다. 그러면 나는 아직 잠들어 있으면서도 거의 깨어 있는 상태로 있는 게, 외부의 상황들을 꿈과 혼동하는 게 좋았다. 열쇠 구멍으로 들어오는 열쇠 소리와 조심스럽게 걸어 다니는 당신 발소리, 싱크대에서 들려오는 물소리, 찻잔 부딪치는 소리와 주서기 소리가 들려오고, 토스트와 커피 냄새가 난다. 나는 눈을 뜨고 복도 건너편 쪽으로, 문이 반쯤 열린 부엌에서 등을 돌리고 있는 당신을 본다. 손가락을 펴서 머리를 매만져 한쪽으로 묶고, 곰곰이 생각에 잠긴 채 찻잔과 주스 컵들, 커피포트를 쟁반 위로 올려놓는 당신의 옆모습을 본다. 당신은 아무것도 부족하지 않는다는 것을 확신하지 못하는 듯 아주 골똘히 생각에 잠겨 있다. 당신은 내가 아직 자고 있을 거라 믿으며 침실 문을 넘어선다. 나는 당신이 음반을 올려놓을 거라는 걸 안다. 당신은 아레사 프랭클린이나 샘 쿡, 비틀스와 함께 하루를 시작하는 걸 좋아한다. 물론, 가끔은 미켈데 몰리나나 콘차 피케르, 바흐의 허무하면서도 청초한 음악도 틀지만. 당신이 떨어뜨릴까 봐 두려워하며 쟁반을 들고 오는 동안, 나는 이미 깨어나 당신에게 다시 말한다. 나는 게으름을 피우며 당신에게 꿈 이야기를 들려주면서, 내 커피 잔에 아주 뜨거운 우유를 붓고 나에게 묻지도 않은 채 설탕 두 스푼을 타는 당신을 지켜본다. 그러면서 우리가 단 며칠 만에 서로의 습관을 꿰뚫었다는 사실을 깨달으며, 이상하면서도 고마운 마음이 든다. 그렇게 계속해서 많은 얘기를 떠드는 나의 목소리를 듣는다는 게 참 이상하다. 그렇게 생각에 잠겨, 그렇게 천천히, 당신을 통해 정확히 알게된 나 자신과 내 삶에 대해 큰 목소리로 말한다는 게 이상하다. 지금까지는 한 번도 그래 본 적이 없다. 왜냐면 아무도 당신처럼 나에게 그렇듯 많은 질문을 하지 않았으니까.

오히려 나는 가만히 있으면서 다른 사람들의 얘기를 듣고 다른 사람들을 바라보고, 다른 사람들을 관찰하는 걸 좋아했다. 나는 지어내거나, 아니면 거짓말하기 위해, 다른 사람들의 목소리 안에 나 자신을 감추기 위해, 내 목소리를 이용해 다른 사람들이 나에게 듣기 원하는 말을, 아니면 내가 적절하다고 생각하는 말을 했다. 나는 사랑이 담긴 말을 뱉어 내며, 그 말이 진실인지는 확인하지도 않았다. 하지만 그 말을 하는 동안은 진실이라고 믿으려 노력했다. 나는 나란 사람 밖에서, 말들이 무성한 숲에서 살고 있었다. 나는 고독을 견디지 못하고 누군가를 성급히 찾기 위해 나 자신을 떠났다. 친구든 여자든, 누구라도 상관없었다. 집을 나설 때처럼 말들 속에서 길을 잃고 헤매기 위해 나 자신을 떠났다. 바의 웃음소리와 음악 소리는 내 의식을 멍하게 만들었다. 그곳에서는 통역실 안에 갇혀 헤드폰에서 정신없이 울려 대는 말들을 쫓을 때처럼, 이유도 없이 나를 쫓아다니는 말들을 내 주변에서 들을 수 있었다. 대화문이나 연설문의 파편들, 네댓 개의 언어로 동시에 발음되는 수백, 수천, 수백만 개의 단어들. 그 말들은 그 어느 것도 나와 상관없었고, 어떤 종류의 진실도 담겨 있지 않았다. 나는 더 이상 그 말들을 듣지 않고, 내가 도망쳐 나왔던 침묵으로 되돌아갔다. 그 말들이 나를 좌절시켰지만 그 말들이 사라지면 나는 살아갈 수도 없다. 혼자 내버려진 사실을 깨달은 장님처럼 그 말들을 듣지 않으면 두려워졌다. 나는 음반을 올려놓고, 라디오를 켜고, 옆집에서 들려오는 목소리들을 듣기 위해 가만히 있었다. 나는 내 그림자와 장황하게 대화하며 나에게 명령과 충고들을 했다. 더 이상 그 여자를 만나지 마. 그만 마셔. 쓰레기봉투 버리는 거 잊지 마. 일어나, 9시 20분 전이야. 방금 식당 안으로 들어온 금발 여자를 놓치지 마. 아니면 펠릭스와 전화 통화하는 장면을 상상하며 말했다. 나는 절대 종이에 옮겨 적지 않은 편지들을 그에게 썼다. 나는 다른 목소리를 내서 누군가와 이야기했고, 그러면 그의 억양이 나에게 전이되었다. 하지만 나에게는 늘 있는 일이었다. 다른 사람들의 의견이나 심리 상태는 매번 똑같이 금세 나에게 전이되었다. 때문에 나는 반대 입장에서 말하는 사람에게 넘어가지 않고서는 토론을 지속할 수도 없고, 언어를 배우는 것도, 목소리를 흉내 내는 것도 전혀 어렵지 않았다. 펠릭스는 내가 복화술사로 벌어먹고 살아도 된다고 한다. 그것은 마치 움직이지 않고 다른 나라를 여행하는 것과 같다. 그것은 영혼과 기억, 정체성까지 바꾸는 것과 같다. 그리고 나의 정체성은 내가 잠깐 방심하는 사이에 내게서 얼른 도망친다. 나는 일인칭 단수 형태로 남아 있을 줄을 모른다. 그리고 일인칭 복수도 거의 사용해 보지 않았다. 사기 친다는 느낌 없이, 아니면 도망친다는 느낌 없이, 내가 말하는 내용과 대화 상대방을 지어내지 않고, 지금에야 나와 우리라는 말을 사용할 수 있다는 생각이 든다. 하지만 나는 절대 그래본 적이 없어, 지금이 최고야, 라는 말이 두렵다. 연인들은 그 말을 반복해서 사용하는 걸 좋아한다. 틀림없이 당신과 나도 다른 사람들에게 그 말을 했을 것이다. 나는 지금까지 그 어느 누구도 당신만큼 사랑하지는 않았다. 나는 지금이 그 어느 때보다 행복하다. 지금처럼 이렇게 즐거워 본 적이 없다. 나는 당신을 만났을 때는 그 말을 증오했었다. 나는 대충 담배를 끊듯이 사랑을 치유하겠다고 작정했었다. 나는 사랑의 권위와 허망함, 존재하지 않는 존재감에 반항했다. 갖가지 언어로 어지러울 정도로 사랑을 얘기하는 모든 노래들과 모든 책들, 모든 영화들. 모든 연인들은 절대 그래 본 적이 없어, 라고 말하며 영원을 맹세한다. 모든 사람들이 사랑을 기다리거나, 아니면 사랑하는 척하거나, 사랑을 하거나, 사랑을 그리워하거나, 사랑 때문에 미친 듯이 고통을 받는다. 사람들은 아무것도 아닌 것을 가지고, 책을 읽은 것만으로도, 아니면 사랑 노래를 듣는 것만으로도 고통을 받는다. 사랑하지 않을 때면 사랑을 얻기 위해 죽으려 하고, 사랑을 쟁취하기 위해 돈을 쓰고 거짓말하고 자존심도 내팽개치면서 고통을 받는다. 권태와 환멸, 또는 단순히 도망치고 싶다는 마음 때문에 고통을 받는다. 사랑을 얻은 후에는 침대에서 혼자 있고 싶은 마음 때문에 숨 막혀 죽을 듯한 고통을 받는다. 애무하는 척, 오르가슴에 이른 척하면서 고통을 받는다. 그 단어가 대체 뭐란 말인가. 그 단어는 금지시켜야 할 것이다. 물론, 개처럼 끙끙거리며 적나라하게 그것을 부르는 볼레로도 있지만. 어둠 속에서 무관심이나 혐오스러움을 시치미 떼며. 무슨 말을 해야 할지 몰라, 아니면 입을 열면 하품을 참을 수 없을 것 같아 침묵을 지키며 침대에서 담배나 피우면서. 아니면 더 최악은 솔직함이라는 바셀린으로 비참했던 순간을 고상하게 포장하기 위해 그 순간을 냉철하게 말하면서. 포르노 비디오에서 배운 자세나 말들을 반복하면서. 웬만한 변태 장면을 따라하면서. 다른 사람들이 들으면 창피해 얼굴을 붉힐 끔찍한 애칭들을 써 가면서. 두 눈을 감은 채 다른 몸을 끌어안으며 다른 이름을 부르고 있다고 상상하면서.

나는 밖으로 나가지 않기 위해 열쇠로 방문을 꼭꼭 걸어 잠근 수도사처럼, 굳게 마음먹고 미친 듯이 거부했다. 욕망이 나의 사지를 절단했고, 나는 의무와 가장 야비한 편이만을 맹목적으로 지켜 내기 위해 나 자신에게 강요했다. 나 못지않게 외로운 사람들이 벌 떼처럼 모여 사는 곳에서, 6시 이후에는 거리가 텅 비는 비가 많이 내리는 도시에서, 혼자 사는 남자의 버릇을 강요했다. 신문을 읽으며 버스를 타고 돌아온 집. 누구와도 스치지 않고 절대 눈을 마주치지 않는 법을 배우는 꽤 힘든 재주. 아파트의 지나친 난방. 파출부 아주머니가 일주일에 한 번씩 와서 청소하지만 밀림의 잡초처럼 한 시간이 다르게 수북해지는 무질서. 욕실 한쪽 구석에 걸린 더러운 타월. 싱크대에 잔뜩 쌓인 접시들. 전자레인지에 얼른 데워 텔레비전 앞에서 순식간에 먹어 치우는 저녁 식사. 갈수록 점점 더 짙어지다가 10시나 11시쯤 되면, 특히 흥미로운 영화나, 쉽게 체념하고 볼 만한 영화가 없으면 더욱 참아 내기 어려운 침묵. 자명종을 맞추는 신중함. 그리고 그날 하루 최고의 보상으로 일찍 잠자리에 들었고, 술을 많이 마시지 않았고, 누구한테도 고통을 받지 않았고, 자기가 받은 고통 때문에 아무도 나를 원망하지 않았다는 만족감. 반쯤 피우다 만 담배. 곧 내팽개쳐 버린 책, 물잔, 신경 안정제 캡슐, 흥분 없이, 하지만 두려움으로부터 무사히 이성적으로 살아남기 위해 세운 전략들. 자기도 모르게 갑각류처럼 되어 가는 듯한 외롭고 야비해지는 느낌. 바퀴벌레처럼 한쪽 구석에 도사리고 숨어 있는 느낌. 일에 전념하는 것을 방해하는 게 아니라, 오히려 이롭게 하는 체념과 상실감이 뒤섞인 중립적인 느낌. 왜냐면 일이야말로 상상이 가능한 유일하게 진실된 미래이고, 월말마다 확실한 이익을 챙겨 주고, 매일 줄줄이 꿰어 있는 음모와 허영, 권태, 원한을 안겨 주기 때문이다.

나는 극소수의 사람들하고만 얘기하고, 이방인처럼 행동하는데 익숙해졌다. 이제 스페인에 대한 그리움은 거의 사라져, 휴가 때 돌아가면 모든 사람들이 사방에서 담배를 피워 대며 늘 고래고래 소리 지르면서 말하는 우악스럽고 요란한 나라와 맞닥뜨려, 일주일 만에 돌아가고 싶은 마음이 간절했다. 마히나에 가면 늙은 부모님과 갈수록 노쇠하고 굼뜨게 움직이는 조부모님, 우울한 지방에서 반항했던 흔적도 없이 늘 틀 속에만 갇혀 지내며 비대해지고 머리카락이 빠지는 친구들을 보면서 서글퍼 죽을 것만 같았다. 친구들은 이제 나와는 아무 상관 없는 자식과 직업, 친구들을 가지고 있었으며, 매번 불신을 드러내며 나를 맞이했다. 마치 마음 속으로는 나 혼자 탈영했다고 드러내 놓고 원망하는 것 같았다. 우리 함께 도망치자고 약속해 놓고선, 나 혼자 끝까지 밀고 나간 데 대한 책임을 묻는 것 같았다. 내가 그들보다 더 용감해서가 아니라, 나를 몰아세웠던 물살이 훨씬 강력하고 역류가 없어서였다. 그들은 내가 자기네 결혼식에 참석하지 않았다고, 마히나의 억양을 잃어버렸다고 나를 원망하며, 내 일과 내가 몇 년째 살고 있는 유럽의 여러 도시들에 대해 질문했다. 그리고 나는 내 대답으로 그들의 기분이 상할까 봐 두려웠다. 나는 반대 입장에서 생각해 보았다. 내가 마히나에서 갇혀 지내고, 어쩔 수 없이 나이 많은 가장이 되었고, 내 친구들 중 누군가 1년에 한 번씩 베를린이나 브뤼셀에서 돌아오는 장면을 상상해 보았다. 우리가 열여섯 살 때 상상했던 것처럼, 그 친구는 지금 국제기관에서 통역으로 일하고 있지만 어쩌면 아주 곧 개인 회사를 차려 안정된 직장을 버릴지도 모르며, 정해진 시간 없이 여기저기를 떠돌아다니며 살면서 1주일이나 2주일 정도 통역하고 나머지 한 달 내내 빈둥거리며 살아가고 있다고 상상해 보았다. 내가 얼마나 안도하며 마히나를 떠나, 마드리드에서 비행기에 올라탔던가. 하지만 나는 이제야 깨달았다. 저번 날 시카고 근교에 있는, 마술에 걸린 집과 같은 호텔에서 내가 생각보다 더 많이 두려워하고 있다는 사실을 깨달았다. 마치 한계에 다다른 기분이었다. 몇 발짝만 내딛으면 이제 방법도 없으며, 내가 영원히 이방인이 될 테고, 내가 계속 있을 확실한 이유 하나 없는 이 세상에선 아무 데도 갈 곳이 없을 것 같았다. 나는 그런 종류의 사람들을 많이 알고 있다. 박해도 없고, 약속된 땅도 없는 디아스포라 속에서 사는 별도의 종족이다. 그들은 자기네가 어디에 있는지 절대 확신하지 못하며, 몇 년 전부터 정착해 살고 있는 나라에 전혀 적응하지 못하고, 자기네 나라로 돌아가서야 자기네가 너무나도 오랫동안 밖에서 지냈음을 깨닫는다. 모국어의 일상적인 코드를 잃어버리고, 예를 들어, 텔레비전 뉴스나 신문에 나오는 농담들을 이해하지 못한다는 것을 깨닫고 다시 떠난다. 그들은 체념하고, 이제 돌아간다는 것이 무의미하다는 걸 안다. 그들은 자기네의 기억이 쇠퇴했으며, 이제 자취도 남기지 않고 그림자도 없는 자신의 일부는 장차 유령처럼 살아갈 거라는 걸 안다. 하지만 나는 당신에게 맹세코, 그렇게 되기를 원했다. 나는 말들을 못 쓰게 만들었고, 사춘기가 끝난 훨씬 뒤에도 계속 그랬다. 노마디즘과 고독이 특권적인 단어들이고 고급 문학으로 장식된 단어들이기 때문에, 내가 그 두 단어를 사랑한다고 믿었다. 내가 나 자신에게 했던 수많은 거짓말들 중에 유일하게 확실한 것은 계속 머무는 것에 대한 두려움이었다. 공기가 닿는 순간 굳어지는 군침을 흘리면서 의존과 습관, 일상적인 버릇들의 치명적인 독, 사랑, 바, 직장, 반복하는 즐거움의 끈들이 나를 친친 동여맬까 봐 두려웠다. 물건들과 가구, 가전제품, 자식, 아니면 애완동물들의 수가 늘어나는 걸 보면서 집 안에 갇힐까 봐 두려웠다. 나는 선택했다기보다는, 선택에 대한 모든 가능성을 알지 못한 채 잃어버렸기 때문에 결국 그것들에 얽매일까 봐 두려웠다.

　　나는 물건과 책, 사진, 음반, 스크랩한 파일들, 삭막한 방과 심지어 호주머니 안에서 아무 목적 없이 냄새를 풍기는 해충 퇴치제, 입지도 않을 옷들로 그득한 옷장들, 답장을 받지도 못하면서 절대 버리지도 못하는 불필요한 편지들, 이제는 읽지도 않을 책들, 라벨과 케이스를 잃어버린 음악 테이프들, 사람을 몰아세우는 무기력한 사물들, 괴물 같은 여행용 가방들, 오래전에 방치된 집 열쇠들, 뒷면에 전화번호가 적힌 지하철 표, 가게 명함들, 기한이 만료된 여권들을 가지고 있다는 게 화가 났다. 그것은 다시 무성하게 자라지 않도록 쉬지 않고 낫을 휘둘러 대야 하는 밀림과도 같다. 그깃들은 애드벌룬을 다시 대기 중으로 띄우기 위해 쥘 베른의 비행사들이 하는 것과 똑같이, 불필요한 무게와 습관,

물건들, 입던 옷, 불필요한 책들, 심지어 기억까지 버리면서 모두 내팽개치고 한시라도 빨리 떠나야 하는, 흰개미들이 갉아 먹은 집과도 같다. 가벼운 트렁크 한 개와 비행기 표 한 장, 손바닥 안에 들어가는 워크맨, 여권, 신용 카드면 충분했다. 더는 아무것도, 아무도 필요 없다. 심지어 현재의 내가 아닌 나 자신이나 과거의 나도 필요 없다. 내가 모든 것으로부터 자유롭고 가벼워져, 거의 날아갈 듯이 흥분해서 신이 나 택시에 올라 공항이나 기차역으로 향하는 동안 메마르고 투명한 파충류 껍질처럼 버려진 집에 계속 머물고 있는 사람은 필요 없다. 자유로운 나는 늦게 도착할까 봐 두려워 시계를 확인한다. 내 시계뿐만 아니라 택시 기사가 운전석에 걸어 둔 시계와, 스쳐 지나갈 때 보이는 공공건물이나 거리의 디지털 전광판 시계들을 확인한다. 나는 시간에 쫓겨 일분일초를 계산하며, 헤드폰에서 단어들이 둥둥 떠다니는 소리를 조바심 내고 들으며 다른 언어 구문으로 나열하기 위해 그 단어들을 붙잡을 때처럼, 시간이 알알이 흩어지는 기분이다. 단어 한 개라도, 동사 한 개라도, 핵심 단어 한 개라도 놓칠까 봐, 판독되지 않고 썰물처럼 밀어닥치는 말들을 제어할 방법을 찾지 못할까 봐, 유리로 된 통역실이 계속 물이 차오르는 수조처럼 범람해 사람을 침몰시키는 말들을 제어하지 못할까 봐 두려웠다. 통역실 밖으로 나가 담배 한 대에 불을 붙인 후에도, 거리를 혼자 거닐거나 지하철을 타고 갈 때도 말들은 계속해서 들려온다. 그러면 나도 모르게 주변에서 울려 퍼지는 말들을 통역하고 있고, 나중에 있게 될 징후처럼 그 말들을 사용하게 된다. 나는 내 방의 침묵 속에서, 꿈으로 이어지는 비몽사몽 속에서 그 말들을 듣는다. 그리고 가끔, 내가 하루 종일 일하고 나서 잠이 들면, 내가 통역실에서 나가지 않는 꿈을 꾼다. 그러면 그 말들이 나를 밀치고, 휘어 감고, 활자들과 카피된 연설문들, 내가 읽고 번역해 가면서 써내려가는 책들의 수렁 속으로 끌려 들어가는 꿈을 꾼다. 나는 여행할 때 워크맨으로 음악을 듣고 있지 않으면 나 자신에게 말하며, 나라를 고르듯 언어를 골라 머릿속으로 정확한 억양을 구사한다. 그것은 늘 낯선 사람들 속에서 살아갈 수 있는 장점이다. 자기가 원하면 진흙 덩어리처럼 말랑말랑해질 수도 있고, 자기 인생을 만들어 냄과 동시에 들려주고, 고치고, 지우고, 자기에게 속하지 않는 기억과 말하는 방법을 부여할 수도 있고, 몇 달과 몇 년을 통째로 지워 버릴 수도 있고, 도시들과 여자들의 이야기들을 지워 버릴 수도 있다. 그게 너무 쉬워서, 나는 그게 위험하다는 사실을 깨닫지 못했다. 왜냐면 거짓말은 일단 한번 만들어지면 저 혼자 행동하고, 어쩔 수 없이 진실을 갉아먹어 들어가는 산(酸)과 같기 때문이다. 특히 이야기의 확실한 근거가 없이 애매모호할 때는 더욱 그렇다. 그래서 내 삶에는 기억도, 아무것도 떠오르지 않는 해[年]와 도시들이 있는 것이다. 당신에게는 불가능해 보일지 모르지만, 옛날에 마히나에서 하룻밤의 다섯 시간이 통째로 날아갔을 때처럼 백지로 남은 공간이 있는 것이다. 술을 지나치게 마시면 마지막 날 밤의 시간이 사라지고, 말이 입술에 붙기까지 한참이 걸리고, 평소에 있던 계단들이 사라져 버린다. 그러면 덜컥 두려움과 경계심이 들면서 이유도 없는 죄책감이, 꼭 필요한 뭔가를 잊었거나 하지 않았다는 의심이, 조만간 엄청난 재난을 몰고 올 하찮은 실수를 저질렀다는 의심이 든다.

　몇 주 전 그때는 두려움이었다. 당신과 함께하지 않은 머나먼 과거는 두려움이었다. 두려움은 한결같고 배타적인 열정이며, 다른 열정들을, 욕망의 열정과 특히 고독의 열정을 엮은 톤과 색깔과 조직이었다. 공기처럼 에워싸면서도 보이지 않는 두려움이었다. 가끔은 정확한 형태도, 냄새도, 촉각도, 맛도 없이, 또 가끔은 다른 모든 사물들에 덧붙인 본질처럼 느껴지는 독과도 같았다. 거의 절대 지나치게 씁쓸하지도 않고, 역겹지도 않게 쉽게 소화할 수 있는 습관처럼, 니코틴처럼, 알코올처럼, 그리고 아주 가끔은 극소량의 코카인 백색 가루처럼, 육체와 심리 상태의 화학 작용을 원활하게 해 주는 담즙처럼 되어 버린 두려움이었다. 불면증에 걸렸을 때 침대 옆 작은 테이블 위에 놓인 조명을 비추는 자명종의 디지털 초침에, 심장의 박동과 맥박에 박차를 가하는 두려움이었다. 스탠드바의 알루미늄과 레스토랑의 식탁보를 손가락으로 두드리면서 어색하게 짓는 미소처럼 입술을 오므리게 하고, 눈동자에 특별한 광택을 주고, 눈물샘에 지나칠 정도로 강렬한 붉은 광채를 주는 두려움이었다. 담뱃갑까지 기어 올라가거나, 아니면 담뱃갑을 찾아 재킷을 더듬는 손길을 이끄는 두려움이었다. 이제는 문을 연 바가 없는 청교도 국가에서 아주 밤늦은 시간에 담배가 떨어졌을 때의, 여행을 떠나기 직전에 비행기 표나 여권을 잃어버렸을 때의, 택시를 잡지 못하거나, 호텔 방이나 오피스텔 방으로 함께 올라갈 누군가를 찾지 못할 때의 두려움이었다. 요란하게 울려 대는 전화벨과 전화벨이 지나치게 오랫동안 침묵을 지킬 때의 두려움이었다. 알 수 없는 이유로 직장을 잃고, 천천히 몰락해 다시 가난해져, 비닐 식탁보가 깔린 싸구려 식당에서 깨지지 않는 코닝 접시에 담긴 희멀건 수프를 먹고 복도에서 고약한 고린내가 진동하는 싸구려 하숙집으로 돌아갈지도 모른다는 두려움이었다. 비행기가 이륙할 때나 바다를 횡단하는 야간 비행에서 갑자기 빨간불이 들어올지도 모른다는 두려움이었다. 국도에서 눈앞으로 달려오는, 와이퍼가 작동하고 있는 앞 유리 전면을 가득 메우며 라이트로 눈을 멀게 하는 트럭들에 대한 두려움이었다. 강도범, 난폭한 경찰, 현관 한구석에 찌그러져 있는 플라스틱 주삿바늘, 부탄가스통, 사법적인 실수, 우체통에 꽂혀 있는 국가 기관의 인장이 찍힌 편지들에 대한 두려움이었다. 사랑으로 인한 무분별한 비참함, 고독으로 인한 비참함에 대한 두려움이었다. 늘, 어디를 가든, 매번 공적이든 사적인 상황에서 밀려드는 두려움이었다. 눈을 감고 있는 낯선 여자 위에서 숨을 쉴 때 성병에, 폐암에 걸릴지도 모른다는 두려움이었다. 미시간 호수에서 불어오는 바람에, 악몽을 꾼 밤에 가슴을 짓누르는 아픔에, 노년에, 노쇠에, 느린 죽음에, 거울에 비친 자기 얼굴에, 술에 취하는 바람에 비틀거리는 자기 그림자에 대한 두려움이었다. 소파에서 잠이 들거나 몸을 웅크리고 있다가, '비상구'라는 빨간 등이 켜진 복도 끝에 있는 동물처럼 몸집이 점점 비대해지는 조용하면서도 유순한 두려움이었다. 두려움에 대한 두려움이었다. 오랫동안 혼자 지낸 사람만이 알 수 있는 광기에 대한 두려움이었다. 금방 시들어 버릴지도 모른다는 두려움이었다. 층계에서 계단 한 개가 빠져 있을지도 모른다는 두려움이었다. 문을 열었을 때 내 앞에 모습을 드러낸 침입자에 대한 두려움이었다. 한데 그건 현관 거울에 비친 내 모습이었다.

나는 그렇게 병이 들어, 두려움 속에 죽어 가면서 살았다. 내 살갗에서, 내 심장과 폐의 은밀한 조직에서 청진기로 두려움을 들으면서, 두려움으로 생생하고 건강하게 살았다. 대중들 속에서, 근사한 저녁 식사에 초대받아 온 손님들 사이에서, 자기네 부류를 알아보는 게이들과 중독 환자들과 같은 민감한 비밀들 속에서 두려움을 인식하며 살아왔다. 두려움은 무슨 협회의 규율이나, 말로 이뤄진 쓸모없고 함정이 많은 소리 아래서 모든 사람들이 조용히 말하는 공동 언어와도 같다. 두려움은 바다 속 고고학(考古學)과도 같다. 그 두려움을 배우고, 연도를 알아볼 수 있는 바다 속 깊은 곳에 묻힌 동상들의 파편처럼, 무의식과 꿈속에 보관된 유물들이다. 나는 내 인생 대부분을 잊어버렸고, 이제는 두려움이라는 골격만 남아 있다. 대학에서 위장한 사회적인 인물들과 회색 말〔馬〕들*에 대한 두려움. 군대 장교들과 용병들, 무기들에 대한 두려움. 교육받는 동안 발을 제대로 맞추지 못할지도 모른다는 두려움. 스물세 살에 뺨을 얻어맞는 일로 어린 시절을 떠올리게 되는 두려움. 덩치가 크고 잔인한 아이들에 대한, 고아원과 사회 보호 기관에 사는 고아들에 대한 어릴 때의 두려움. 그 아이들은 머리를 빡빡 밀었으며, 마 슬리퍼를 신고 어른들의 재킷을 입고, 전쟁 후 약이 바짝 오른 얼굴 위로 눈썹까지 베레모를 푹 눌러쓴 채 무시무시하게 무리를 지어 푸엔테 데 라스 리사스 거리를 내려왔다. 그들은 어린애도 아니고 어른도 아니었으며, 거칠고 절망만 있을 뿐이었다. 사람들은 그들을 '고라스'(모자들)라 불렀다. 그들이 가까이 오고 있다는 소리가 들리면 펠릭스와 나는 서둘러 달려가 우리 집 안으로 숨었다. 왜냐면 그들이 호주머니에 주머니칼과 끝이 뾰족한 자갈을 넣어 가지고 다니다가, 주인 없는 개들과 우리처럼 비겁한 아이들, 콧물을 들이켜며 아무한테도 해코지하지 않는 바지가 흘러 내려간 바보들에게 정확히 돌을 던져 치명상을 입혔기 때문이다. 바보들은 오로지 잔인하고 즉흥적인 상황의 희생자가 되기 위해서만 존재하는 것 같았다. 푹 꺼진 입과 대머리가 양파 모양으로 생긴 프리모. 그는 주머니가 너덜거리는 큼지막한 바바리를 입고 다니며, 자기에게 돌팔매질을 하고 놀리면서 쫓아가면 갓난아기처럼 엉엉 울었다. 줄 달린 안경을 쓰고 다니며, 덩치가 크고 뚱뚱하고 다운 증후군 환자처럼 생긴 마놀로. 그는 필요 이상으로 여자아이들에게 치근대는 걸 좋아했지만 자기 엄마의 심부름은 아주 잘했다. 양 눈썹이 한군데로 모여 있고, 빨간 잇몸이 엄청나게 커다랗던 후아니토. 그는 항상 서둘러 걸었으며, 모든 여자아이들 앞에서는 공손히 인사하면서 침을 질질 흘리며 완벽하게 순결한 말들로 알랑거렸다. 귀머거리에 벙어리인 마티아스는 온전한 비보라기보다는 약간 멍청했다. 그는 사진사 라미로의 조수로 30년 동안 일한 후 작은 마차 안에 틀어박혀 지내면서 혼합된 건초들을 배달하는 일로 제법 제대로 밥벌이를 했다. 그리고 샘 건너편, 알토사노에서 살던 또 다른 후아니토는 사람들이 면전에 두고 아무렇지도 않게 '추녀'라고 부르던 여자의 아들이었다. 그녀는 정말이지 끔찍할 정도로 못생긴 데다가 불행하기까지 했다. 그녀의 남편은 자식 여섯 명을 남겨 둔 채 바르셀로나로 떠났는데, 그 자식들 중 막내가 바보 후아니토였다. 나는 가끔 후아니토와 놀았다. 그는 우리 동네에서 나를 때리지 않고, 만화책이나 구슬로 나를 속이지 않은 거의 유일한 아이였다. 그리고 내가 가까이 오는 걸 보면 개처럼 순진하게 좋아서 팔짝 뛰며 난리였다. 나는 최근 마히나에 갔을 때 그를 보았다. 작년이었던 것 같다. 그때 몇 주 있을 생각으로 갔다가 나흘 만에 돌아왔다. 현재 그는 헤네랄오르두냐 광장 아케이드의 좌판에서 해바라기 씨와 아이들의 군것질거리를 팔고 있다. 그는 걸음걸이도 옛날과 똑같았으며, 짐승과 같은 절망과 애정이 가득 담긴 눈으로 바라보았다. 어릴 때의 얼굴 그대로였다. 수염조차 나지 않았다. 내가 담배를 사기 위해 다가갔을 때, 이제는 나를 알아보지 못하는 그의 눈이 내 마음을 뭉클하게 했다. 그가 나를 잊어서가 아니었다. 그는 내가 탈영했거나, 아니면 25년 전에 쫓겨난 시간 속에 여전히 머물러 있고, 그에게는 우리의 유년 시절이 아직 끝나지 않았기 때문이다.

하지만 나는 당신에게 계속 두려움에 대해, 어쩌면 두려움의 이유, 즉 핵심이 될 수도 있는 것에 대해 말하고 싶다. 나 자신과 욕망, 감정에 대한 불안이고, 내가 질질 끌려다녔던 성급함이고, 점점 커져만 가는 맹목적인 조급함이다. 그리고 그 조급함에 내 의지나 의식이 참여하지 않은 것은 아니다. 마치 퇴근 시간에 시내의 거리를 거닐 때와 같다. 할 일이 없어도 군중들의 리듬에 맞추기 위해 발걸음을 재촉하게 되는 것이다. 에너지처럼 느껴지는 속도감에 취해 휩쓸리면서 자유롭게 추락할 때의 현기증과도 같다. 절대 멈출 수 없고, 헤드폰으로 들은 말은 단 한마디도 놓칠 수 없고, 밤늦은 특정 시간에는 혼자 있지도 못하고, 직장이나 공항의 티케팅하는 곳에는 절대 늦게 도착하지 못하고, 1분과 1분 사이의 작은 틈새는 보지도 않은 채 1분에 바로 다음 1분을 더하고, 한 잔 뒤에 또 한 잔을 더하고, 앞의 여행이 끝나자마자 또 다른 여행을 떠나고, 침묵의 위협을 받는 대화에서는 얼른 대답하고, 한밤중 바에서 나와 택시를 잡아타고 잠시 후 곧 문을 닫을 다른 바로 와서 조바심 내며 서둘러 밤을 끝내고 싶어 하면서도 밤이 끝나지 않을까 봐 두려워하는 마음이다. 내가 지난 몇 년 동안 어떻게 살아왔는지, 그 몇 년의 흔적이 나에게 아무것도 남지 않은 채 어떻게 모두 잃어버릴 수 있었는지 모르겠다. 형체가 없는 얼굴들과 징확히 이름을 대지 못하는 장소들, 흔들린 사진들, 뒤죽박죽 서로 뒤엉킨 여자들과 도시들만 남아 있다. 기차나 택시 창문 너머로 바라보듯 모든 것이 항상 멀어져 갔다. 영화에서 달력의 낱장들이 뜯겨 바람에 흩어지고, 신문의 1면이 넘어간 2분 후에는 세내가 바뀌고, 한 남자가 연속적으로, 항상 네 명이나 다섯 명의 여자를 사랑하고, 매번 그 여자들과 똑같은 열정적인 에피소드와 실망, 똑같은 실수를 반복하는 것과 같다. 마치 다양한 모습들 뒤로, 마음 깊은 곳에서는 자기가 일부 만들어 낸 여자를 늘 사랑하고 있는 것처럼. 그는 오리엔테 광장에서 프랑코의 시신과 작별하기 위해 몰려든 장례 행렬을 보았고, 처음으로 선거를 했으며, 정성 껏 턱수염을 면도했고, 어느 날 아침 파리에서 직장에 가기 위해 밖으로 나갔다. 그는 신문을 펼친 순간, 삼각 모자를 쓰고 콧수염을 기르고 의기양양하게 권총 든 손을 들어 올린 한 군병 대원의 사진을 발견하고 분노와 수치심으로 죽을 것만 같았다. 그는 뒤늦게 가장 친한 친구의 결혼식에 초대받았다. 그는 가끔 영원히 머물겠다는 마음가짐으로 자기 나라로 돌아갔다가, 갈수록 더욱 이상하고 역겨워지는 느낌을 얻고 돌아왔다. 교통 혼잡과 바마다 있는 슬롯머신들, 사람들이 터질 듯이 북적거리는 거리에서 고무망치를 두들겨 대는 참을 수 없는 소음, 양심도 없는 탐욕, 떠나기 전에 알았던 많은 사람들의 얼굴을 변형시킨 비굴한 미소 때문에 당혹스러웠다. 물론 이제는 알고 있다. 그것은 일 때문에 가게 되는 각 나라에서도 매일 발견한다. 그가 원하지 않는 게 있다면 이방인이 되는 거다. 얼른 돌아가지 않으면 몇 년 후에는 어쩔 수 없이 이방인이 될 수밖에 없으며, 자기가 아무리 조국을 부인하고, 또 아무리 원한다 해도 한 개의 언어와 한 개의 조국만을 가지고 있으며, 한 개의 도시와 한 개의 풍경만을 가지고 있다는 사실이다. 호텔이나 아무도 자기를 알아보지 못하는 병원에서 혼자 죽어가는 게 어떨지, 아니면 자기 집에서 심장 발작을 일으킨 뒤에 옆집 사람들이 고약한 냄새를 맡고 경찰에 신고할 때까지 일주일 내

내 켜진 텔레비전 앞에서 썩어 가는 사람처럼 죽는 장면을 당신도 상상해 봐. 나는 그 장면을 무수히 많이 떠올려 봤어.

브뤼셀에 이런 얘기를 함께 나누던 친구 하나가 있었다. 그는 나보다 훨씬 똑똑했으며, 나보다 훨씬 먼 곳에서 왔다. 그는 뉴욕을 지나 콜롬비아에서부터 왔다. 이름이 도날드 페르난데스였으며, 소량의 코카인을 밀거래하며 먹고살았다. 하지만 불쌍한 위인으로, 마히나의 바보들보다 더 다치기 쉽고 순진했다. 그는 화가가 되기 위해 유럽으로 건너왔지만, 예술가의 길은 낙타가 바늘구멍을 통과하는 것만큼이나 치명적이고 힘들었다. 그래서 그는 아메리카로 돌아가 몇 달 후 뉴욕의 한 전화국에 직장을 구했으며, 나에게 전화를 걸어 이제 곧 첫 전시회를 열게 되었다고 했다. 그는 브롱크스에서 살면서 계속 소량의 마약을 거래했다. 당신도 상상해 봐. 둥근 안경을 쓰고, 개를 보고 화들짝 놀라는 비쩍 마른 불쌍한 작자를. 나는 그가 개미처럼 사람들에게 짓밟혀 흔적도 없이 사라질까 봐 두려웠다. 그가 전시회 팸플릿을 보내왔다. 팸플릿 전체는 그가 상상해서 그린 아프리카의 풍경이었다. 그가 영혼의 윤회를 믿었고, 자신의 기원이 케냐나 자이르의 어느 부족이거나, 아니면 용맹한 사자라는 산화 작용을 일으키는 꿈을 꾸었기 때문이었다. 하지만 그때 이후로 그의 소식을 전혀 듣지 못했다. 그 당시 나는 이사해서 전화도 바꿨고, 통역 회사를 차리기 위해 일을 시작했다. 그래서 예전보다 더 자주 여행을 다녔기 때문에, 그가 나를 찾기도 어려웠을 것이다. 하지만 그는 용케도 나를 찾아냈다. 어떻게 찾아냈는지는 모르겠다. 어느 날 밤, 마드리드에서 돌아와 자동 응답기의 테이프를 돌렸을 때, 아주 감이 멀게 들리는 그의 목소리가 들려왔다. 메시지는 나흘 전의 것으로, 나이로비의 한 호텔에서 전화한 것이었다. "마누엘, 나 도날드야. 드디어 내가 아프리카에 왔어." 하지만 그는 전화번호도 남기지 않았고, 나는 여행에 지쳐 너무 졸린 나머지 전화번호를 알아낼 기운도 없었다. 그리고 다음 날에는 잊어버렸다. 그러고는 몇 주 후 콜롬비아에서 사는 그의 누이로부터 전화를 받을 때까지, 친구 도날드 페르난데스는 다시 떠올리지 않았다. 그가 나와 얘기하고 싶어 했지만 하지 못했다고 그녀는 말했다. 그래서 그가 자기 대신 말해 달라고 부탁했다는 거였다. "오빠는 선생님이 자기에게 아주 소중한 분이셨다는 걸 선생님이 알아주셨으면 했어요." 그는 전화국에서 적당히 월급을 받았고, 마침내 그의 그림에 관심을 가질 만한 사람이 나타나려 했으며, 맨해튼으로 이사할 계획도 가지고 있었다. 그리고 그는 코카인을 거래하는 암시장과의 힘 빠지는 거래도 거의 그만두었다. 그런데 그가 늘 두려워했던 대로, 어느 날 갑자기 모든 것이 박살 나고 말았다. 그는 직장에서 해고되었고, 마약 거래상들에게 두들겨 맞았다. 아마 그들이 그의 둥근 안경을 벗겨 짓이긴 후 때렸을 것이다. 그는 집세를 내지 못했고 결국에는 쫓겨나, 지하철 터널에서 노숙하며 구걸을 시작했다. 피부에 아주 이상한 반점들이 생겼는데, 나중에 자기가 에이즈에 걸렸다는 사실을 알게 되었다. 그가 워낙 내성적이고 보수적이어서, 나는 그가 동성애자라는 사실을 전혀 눈치채지 못했다. 그는 힘든 겨울을 기적적으로 살아남아, 봄에, 그의 여동생이 설명하지 않아 어떻게 가능했는지는 모르겠지만, 나이로비행 비행기 표 한 장을 살 수 있는 돈을 누군가로부터 구했다. 그는 그곳에서 죽고 싶어 했으며, 죽기 전에 나와 얘기하려고 했던 것이다. 하지만 나는 그를 상대도 하지 않았다. 나는 그가 자주 벌이는 미친 짓들 중 하나라고 건성으로 생각하고는, 전화번호를 알아낼 생각도 하지 않았다. 내가 메시지를 들었을 때는 그가 이미 죽었을 가능성도 있었지만. 그의 여동생은 그가 호텔 밖으로 나갔고, 그의 시신이 야생 동물 보호 구역에서 발견되었다고 했다. 그는 미소를 머금고 나무 기둥에 기댄 채 앉아 있었는데, 그가 가방과 여권을 호텔 방에 놔두고 왔기 때문에 경찰이 그의 신원을 확인하는 데만 일주일 이상이 걸렸다. 카르타헤나 데 인디아스의 정원이 딸린 집에서 살던 사내아이가 30년 후 나이로비 시체 안치소에서 그렇게 끝나리라고, 누가 감히 상상이라도 할 수 있었겠는가. 아무리 생각해도 도저히 믿어지지 않았다. 하지만 내가 지금 당신과 함께 있고, 평생 알고 지낸 사이처럼 당신에게 얘기하고 있다는 사실 역시 믿어지지 않는다. 마치 우리가 만날 수 있는 가능성이 전혀 불가능하지 않기라도 한 듯. 나는 지금도 놀라움에서 벗어나지 못했으며, 놀라움에서 벗어나길 거부한다. 나는 익숙해지고 싶지 않다. 나는 여생을 지금과 똑같이 이렇게 살고 싶다. 아무것도 하지 않고, 내가 가진 것 이상은 바라지도 않고, 당신 이외에는 더 이상 아무도 바라지 않으면서 살고 싶다. 당신이 존재하고, 당신이 나를 선택하고, 내가 눈을 떴을 때 매일 아침 당신이 내 곁에 있다는 사실에 감사하며 살고 싶다. 당신이 상상 속에서 빚어진 사람이 아니라, 바로 손에 잡히는 살아 있는 사람이라는 사실에, 당신이 나보다 더 사실 같아서 더 나 자신과 같다는 사실에 감사하며 살고 싶다. 당신이 계속 나에게 질문을 던져, 내가 늘 입 다물고 있었던 사실과 내가 기억도 하지 못했던 사실을 털어놓으며 살고 싶다. 당신은 고통과 행복으로 빚어져 나약하면서도 현명하다. 매 시간이 더디게 흘러가는 날들처럼 지속되고, 우리가 작별의 슬픔으로 물어뜯기지 않도록 시간을 멈춰 세우고 싶다.

제2장

직선으로 곧게 뻗은 도로가 평원을 정확히 둘로 갈라놓고, 평평하게 구름 낀 지평선을 수직으로 갈라놓았다. 구름이 낀 게 아니라 아예 잿빛이다. 거의 흰색에 가까울 정도의 창백한 잿빛으로, 이곳에서는 하늘이 그렇게 낮아 보이지 않기 때문에, 브뤼셀의 잿빛처럼 억압적이지는 않지만 지저분하다. 물론 늦은 아침인지, 늦은 오후인지 빛으로 분간할 수 없기는 매한가지지만. 죽고 싶은 마음이 들게 한다. 그곳에 있는 모든 얼굴들이, 흑인과 거지들의 얼굴을 제외하고는 공항의 얼굴들이 그렇다. 하지만 공항에는 흑인이 거의 없고, 물론 거지도 없다. 전쟁에 대한 두려움 때문에 거의 아무도 없다. 비행기는 절반이 텅 비어 있고, 코카인과 허영에 눈먼 포스트모던 건축가가 비몽사몽간에 착안한 대성당의 원형 천장과 같은 알루미늄과 아크릴 원형 천장 아래, 컨베이어 벨트에서 주인 없는 트렁크 몇 개만 돌아가고 있다. 그 포스트모던 건축가는 내일 노스웨스턴 대학교에서 아메리카에서의 스페인의 흔적이나 뭐 그 비슷한 주제로 심포지엄을 여는 사치스러운 무능력자와도 같다. 그는 뉴욕에서 나와 같은 비행기에 탑승해야 했지만 흔적도 없다. 어젯밤 그는 「발퀴레」를 보다가 잠이 들어, 아직 깨어나지 않았을 수도 있다. 몸이 부서질 정도로 피곤한 남자는 바그너라는 수 톤짜리의 묵직한 문화와 지겨움에 푹 파묻혔을 것이다. 물론, 그의 부재로 영사관의 운전기사도 빛이 났다. 그렇게 해서 가슴에 친절한 팻말을 들고 입가에 환영한다는 어색한 미소를 머금고 서 있는 사람도 보이지 않았고, 확성기에서 울려 퍼지는 인간들의 말소리조차 들리지 않았다. 발소리도 수 헥타르가 깔린 회색 카펫에 파묻혀 들리지 않았다. 배경 음악과 세면대의 물탱크 소리, 합창과 바이올린 연주 소리로 부드러워진 *Proud Mary*만 들렸을 뿐이다. 이 작자들은 전 세계 노동자들의 노래인 「인터내셔널가」조차 흐물흐물한 꽃분홍빛 생크림으로 만들어 놓을 사람들이다.

하지만 적어도 한숨 돌릴 여유는 있다. 나는 학교 화장실에서처럼 문을 닫고 담배 한 대를 피운다. 어쩌면 연기 탐색기가 작동해 빨간불이 들어오면서 경보기가 울릴 수도 있다. 깨지기 쉬운 정적이다. 입술에서 천천히 흘러나오는 푸르스름하고 잿빛인 소용돌이무늬들. 하지 못하게 해서 더욱 짜릿하게 느껴지는 희열. 갑자기 옆 칸에서 꽤 깊은 한숨을 내쉬는 누군가의 검은색 구두와 양말이 보인다. 북극과도 같은 침묵 속에서, 허공 속에서. 공항 세면대의 침묵 속에서, 그리고 어쩌면 정신 병원의 침묵 속에서. 플라스틱 칸막이 건너편에서 화장지 조각을 잘라 소리를 내며 코를 풀면서 *O mein Gott* (맙소사)라고 중얼거리는 낯선 사람이 갑자기 무시무시하게 두려워진다. 그는 마치 자위라도 하는 듯 신음을 토해 낸다. 어쩌면 그럴 수도 있다. 대체 누가 이런 곳에서 그런 생각을 할까. 하지만 그 사람 역시 불과 몇 센티미터도 떨어져 있지 않은 곳에, 절대 만날 일이 없는 누군가 있다는 것을 알고 두려움을 느꼈을 수도 있다. 어두운 밤 밀림에 웅크리고 있는 짐승의 두려움이거나, 아니면 깨끗하고 조용한 공항 화장실에 들어가 있는 검은색 구두와 양말을 신은 여행자의 두려움이다. 폐쇄 공포증. 피곤으로 일그러진 얼굴에 와 닿는 수돗물. 양손에 담겨 있는 물비누와 물. 닫힌 문들이 비치는 벽 전체의 거울에 비친 얼굴. 그 문들 아래로 발 몇 개가 보인다. 영화에서 커튼 뒤에 도둑이 숨어 있고, 주인공이 도둑의 구두 끝을 보았을 때처럼. 머리가 나쁘기는. 매번 똑같단 말이야. 여행용 가방. 하마터면 잊어버릴 뻔했다. 모니터 위로 나타났다가 사라지는 비행 스케줄 표와 항공사와 도시 이름들. 바닥의 무빙 워킹 위에서 몇 명 안 되는 여행객들이 꼼짝도 하지 않은 채 가고 있는 끝도 없는 복도에 걸린 프랑스 향수 광고판과 열대 지방 섬들의 광고판들. 길을 잃지 않도록 조심해야 한다. 시카고 공항에서 길을 잃어버리면 몇 주가 걸려도 찾아내지 못한다. 다시 '짐 찾는 곳'이라는 불이 들어온 표지판과 표시 화살을 찾으며 미칠 것 같다. 스페인 영사관이 구조대를 보내야 할 것이다. 다행이다. 마침내 트렁크가 그대로 나왔다. Exit. 택시 정류장에는 아무도 없다. 무지하게 큼지막한 노란 택시들이 장례 행렬 분위기를 잔뜩 풍기며 줄지어 서 있다. 첫 번째 택시 옆에 까무잡잡하고 광택이 나는 얼굴 하나가 있다. 약간 푸르스름한 얼굴의 올리브 종족이다. 옛날 학교 다닐 때 백과사전에서 나왔듯, 인간 종족은 다섯 가지로 분류된다. 백인, 흑인, 황인, 구릿빛 인종, 올리브 빛 인종. 눈이 크고 상당히 생기가 있으며, 암소의 시선처럼 그윽하고 느릿한 눈빛을 가지고 있다. 얼마나 오랫동안 보지 못했는지는 모르겠지만, 하여간 꽤 오랜만에 보는 확실한 인간의 눈이다. 머리카락은 까만 곱슬머리인데 기름으로 떡이 져 있고, 입에 담배가 물려 있다. 그리고 그것 자체가 경이로운 일이다. 그는 담배를 피울 뿐만 아니라, 쾌적하고 한가롭게 피우고 있기 때문에 가서 아는 척하며 고마워해야 할 것 같다. 흘낏흘낏 훔쳐보거나 기웃거리지 않고 당당하게 피우고 있다. 그의 얼굴이 보여 주듯 이방인다운 뻔뻔함으로. 그는 새하얀 미소를 큼지막하게 지으며 가방을 번쩍 들어 차 트렁크에 집어넣은 후 석관을 닫듯 닫았다. 그는 주소를 이해하지 못했다. 주소가 적힌 명함을 보여 줘도, 그는 뒷덜미를 긁으며 생각하는 표정으로 고개를 끄덕인다. 마침내 미소를 띤다. 분명 아무 개념도 없을 테지만 용기를 내서 택시에 시동을 걸고 공항에서 멀어져 간다. 콘크리트 교량들과 고속도로 교차로들이 있는 평원으로 줄이 늘어선다. 그곳에는 착시 현상처럼 불안해 보일 정도로 차들이 느리게 가고 있다. 그곳이 시카고다. 신호등이 있을 때마다 택시 기사는 힌두어처럼 보이지만 우르두어나 벵골어일 게 분명한 글자들로 타이틀이 적힌 신문을 핸들 위에 펼쳐 놓는다. 그 언어들은 어떤 소리일까. 그 언어로는 일반 사물이나 특별한 사물을 어떻게 명할까. 계기판 옆으로 그의 사진과 꽤 긴 이름이 적힌, 물론 발음은 절대 불가능하다, 택시 기사 자격증 팻말이 붙어 있다. 그는 운전할 때와 마찬가지로 망설이는 듯하면서도 거칠게 영어를 말한다. 그는 주소를 이해하지 못한 채 길을 잃어버렸는지 바라본다. 그가 절대 들어 본 적도 없는 곳에 도착하기도 전에 날이 저문다. 에번스턴, 일리노이, 미시간 호숫가에 있는 사립 대학가 변두리이다.

그가 브레이크를 밟는다. 트레일러 견인차에 가서 받힐 뻔했다. 그는 한숨을 내쉬고, 다시 신문을 펼쳐 든다. 그의 뒤에서 기다리고 있던 훨씬 큰 트럭 한 대가 대형 유람선의 기적 소리처럼, 뉴욕 소방차의 기적 소리처럼 요란하게 클랙슨을 울려 댈 때까지 그는 신호등이 파란색으로 바뀌었다는 것을 깨닫지 못한다. 소방차들은 화재를 진압하러 가는 일 이외에도 엄청난 재난을 일으키러 가는 것처럼 보인다. 시카고 변두리에서 가난하고 비참한 조국을 그리워하며 한숨짓는 벵골인과 함께 심장이 오그라든 채 트럭 바퀴에 깔려 죽는다면 어처구니없을 것 같다. "집이 꽤 머네요"라고 그가 말하고는 백미러로 바라본다. 그는 애도를 받듯 담배 한 대를 받아 들고, 도넛 모양을 만들며 위풍당당하게 담배 연기를 내뿜는다. 그러고는 자기가 독일의 슈투트가르트에서 아주 좋은 직장에 다녔다고 말한다. 하지만 그의 부모가 미국에 살고 있는 사촌과 결혼시키는 바람에, 결혼하러 이곳까지 왔다가 눌러앉게 되었다고 말한다. 그 눈은 세상을 어떻게 바라볼까. 자기가 태어나, 돌아가지 못할 게 뻔한 나라에 대해 어떤 기억을 가지고 있을까.

그는 강어귀에 알을 낳기 위해 바다를 건너온 연어처럼 사촌 누이와 결혼하기 위해 슈투트가르트에서 시카고까지 왔고, 지금은 택시를 몰고 있다. 그는 말하기 전에 잠시 생각에 잠기며 입술을 깨물었다. 그는 단어를 통역해야 했는데, 몇몇 단어들은 독일어로 나왔다. 그가 13시간 혹은 14시간을 운전대 앞에 앉아 고속도로들만 펼쳐진 평원과 잔디밭 사이로 붉은 벽돌집들이 있는 외곽 지역, 거대한 철물점들, 옥수수 밭처럼, 잿빛 하늘처럼 날이 어두워져 가고 있는 끝이 없는 주차장들로 둘러싸인 햄버거 가게들을 돌며 일을 마친 후 돌아갈 집은 어떨까. 물론 날이 어두워져 가고 있는지, 아니면 오전 10시인지는 구분이 가지 않지만. 시계를 봐도 별 도움은 되지 않는다. 비행 압력으로 귀가 멍한 것처럼 시간 개념 역시 시차 때문에 무뎌져 있다. 시침은 뉴욕의 시간을 가리키고 있지만 의식 속에서는, 심지어 몸의 습관에서는 유럽의 시간이 계속 남아 있다. 화폐 가치를 계산하듯 자동으로 계산이 된다. 지금 마드리드는 밤 11시고, 그라나다에서는 펠릭스가 아이들을 재우고 롤라와 함께 텔레비전으로 영화를 보고 있으며, 브뤼셀에서는 비가 내리고 있고, 거리에는 아무도 없으며, 회의실에서는 농업 관세나 콘돔 생산 법령에 대한 회의가 끝없이 늘어지고 있다. 졸린 통역사들은 통역실 유리 너머를 바라보며 헤드폰으로는 다른 생각을 하면서 들려오는 황당한 단어들에 대응하는 말들을 즉각 찾아낸다. 그리고 시카고 외곽에서는, 한 시간 전부터 택시가 지나쳐 간 거리들이 모두 똑같은 거리에서는 잔디와 나무들, 붉은 벽돌, 불 켜진 창문들 이외에 아무도 없다. 슈투트가르트를 그리위하는 한 벵골인이 셔츠 차림에 야구 모자를 거꾸로 쓰고 조깅하는 한 남자에게 아무리 봐도 존재하지 않는 홈스테드 호텔을 물어본다. 그 작자는 날씨가 추운데도 땀을 흘리고 있다. 헤라클레스와 같은 근육질의 가슴을 가진 그는 차창 밖으로 흘러나오는 담배 연기를 역겨워하며 못마땅한 듯 택시 기사의 얼굴을 바라보면서 오른손을 뻗어 뭔가를 가리킨다. 호수 쪽으로 가야 한다. 햄버거 가게들과 철물점들, 망가진 폐차 더미들이 늘어선 긴 거리를 통과한다. 그 외에도 정원이 딸린 붉은 벽돌집들과 나무들, 커튼 뒤로 불이 켜진 창문들, 잔디에 박혀 있는 깃대, 우체통에 묶여 있는 노란 리본들, 가난한 집들의 현관 위에 매달린 깃발들, 아무도 없는 보도들, 티셔츠에 야구 모자를 거꾸로 쓰고 신호등을 기다리면서도 리듬을 잃지 않기 위해 제자리에서 뜀뛰기를 하며 파란불이 켜질 때만 길을 건너는 사람들. 그들은 차가 오지 않아도 그렇게 한다. 참 별세상도 다 있다. 마침내 택시 기사가 거칠게 차를 멈춰 세우는 바람에, 머리가 보호막 플라스틱에 가서 부딪혔다. 그가 커다란 미소를 띠며 뭔가를 가리킨다. 오른쪽으로 붉은 벽돌 건물이 있다. 정원이 딸린 단층집들 사이에서 꽤 높은 건물이다. 그가 '홈스테드 호텔'이라고 끔찍한 영어로 자랑스럽게 발음한다. 그는 도대체 어느 마을에서 태어났기에, 어릴 때 식민 개척자들의 말도 배우지 못한 걸까.

허옇게 칠한 포치의 흔들의자에서 다람쥐 한 마리가 곡예를 하고 있다. 조심하세요. 택시 기사가 떠나기 전에 주의를 준다. 광견

병이 옮을 수도 있어요. 또 다른 대단한 가능성이다. 월트 디즈니 영화에서처럼 달콤하고 촉촉한 눈망울을 가진 다람쥐한테 물려 에번스턴 병원에서 사망할 가능성은, 심지어 트레일러와 정면충돌하는 것보다 더 엄청나다. 다람쥐는 도망치지 않고 빤히 쳐다보며 흔들의자에서 몸을 흔들고 있다. 어쩌면 아마존의 박쥐처럼 목을 향해 뛰어오르기 일보 직전일 수도 있다. 그리고 호텔 로비에도 아무도 없는 것 같다. 침묵이 흐른 지 1분 혹은 2분 만에 늙은 대머리 흑인이 모습을 드러낸다. 트렁크도 들지 못하고 발도 땅에서 제대로 떼지 못하는데도 불구하고, 자기가 들고 가겠다며 우기는 거인의 폐허와 같은 노쇠한 벨보이다. 그는 어마어마하게 커다랗고 노랗고 까만, 주인 얼굴처럼 질겨 보이는 고색창연하고 장엄한 구두를 신고 있다. 그 신발을 신고 코튼 클럽에서 요란하게 춤을 췄을 것이다. 그는 팁을 받은 대가로 헐떡거리며 트렁크를 내려놓고, 리셉션 카운터를 가리킨다. 그곳에는 각각의 봉투에 열쇠 두 개씩 담긴, 이름이 적힌 봉투 두 개가 놓여 있다. 한 개는 현관문 열쇠고, 또 한 개는 룸 열쇠였다. 보아하니, 염세주의자들의 호텔이나 셀프 호텔인 것 같다. 흑인은 곧 죽을 사람의 얼굴을 하고 대나무 위자 위에 털썩 주저앉으며, 우렁찬 목소리로 블루스를 흥얼거린다. 한편, 꽤 기다란 다리 끝 쪽에 붙어 있는 그의 신발은 로비 한가운데서 반짝반짝 빛이 난다. 엘리베이터에는 아무도, 아무 소리도, 아무 기척도 없다. 심지어 '비상구' 빨간 표지판이 끝에서 멀찌감치 반짝이는 카펫이 깔린 복도에도 발소리는 들리지 않는다. '비상구'가 앵글로색슨 계의 자살 클럽이나, 안락사 찬성

단체의 이름이 아니던가? 펠릭스라면 어원적으로 확실하게 매듭 지으려 했을 것이다. exit, exitus, 출구. 펠릭스라면 트렁크를 확실하게 풀어 정리하고, 옷을 옷장 안에 넣어 두었을 것이다. 그러고는 텔레비전을 켜고 타키투스*의 책이나, 언어학 관련 서적을 들고 침대 위로 편안하게 드러누웠을 것이다. 하여간 그 친구의 머리는 도대체 얼마나 좋은 걸까. 그 친구라면 절대 한쪽 구석에 다가 트렁크와 가방을 내팽개쳐 두지도 않았을 테고, 이름은 얘기 하지 않고 전화번호만 고스란히 읊어 댄 후 메시지를 남기라고 정중하게 권하는 똑같은 여자 목소리가 들린 후 삑 소리가 들리면서 빈 테이프가 돌아가는 소리를 다시 듣게 되리라는 걸 알면서도, 경험상 부질없는 짓이라는 걸 알면서도, 또다시 서둘러 뉴욕의 전화번호를 누르지도 않았을 것이다. 하지만 펠릭스라면 마드리드 에서 단 하룻밤을 함께 보낸 여자를 찾아 바다를 건너지도, 또 대륙 절반을 건너오지도 않았을 것이다. 그리고 사실은 그녀를 찾아 온 게 아니라, 시카고에서 열리는 국제회의에서 통역으로 일하기 때문이라는 구차한 변명도 자신에게 둘러대지 않았을 것이다. 사실, 지나는 길에 뉴욕에서 만나는 것도 별로 힘들지 않은 일이었다. 그녀가 떠나기 전에 자기 전화번호를 적어 놓은 민다나오 호텔의 메모지를 이제는 볼 필요도 없다. 그 번호를 하도 누르다 보니, 검지가 본능적으로 그 번호를 알고 있었고, 실망한 기억은 녹음된 말들 하나하나와 이상한 목소리 톤을 미리 예견하고 있었다. 이 사람은 도대체 어떻게 발음하는 걸까. 지금 자동 응답기에서 자동으로 돌아가고 있는 수화기와 녹음테이프 앞에서 얼마나 완벽하고 당당하게 자기 말을 뱉어 놓는 걸까. 그 목소리는 이제 날이 어두워 아무도 살지 않는 아파트의 유령 소리처럼 냉장고 모터가 그렁대며 돌아가는 소리와 가구들이 삐걱거리는 소리, 내려진 블라인드 사이로 거리에서 들려오는 소리들과 함께 울려 퍼지고 있다. 「발퀴레」와 아메리카에서의 스페인의 흔적을 좋아하는 머리 텅 빈 얼간이가 그토록 좋아하는 그 도시의 어느 곳에, 어디에 있는 걸까. 이미 전화벨 못지않게, 메시지가 수도 없이 울려 퍼졌을 그 방은 어떻게 생겼을까. 어떤 책들이, 어떤 그림과 음반들이, 어떤 사진들이 걸려 있을까. 어쩌면 녹음에 이름도 없이 전화번호만 남긴 여자의 사진이 걸려 있을 수도 있다. 앨리슨. 남성용 재킷 가슴 깃의 작은 플라스틱 이름표에는 성도 없이 이름만 적혀 있었다. 금발. 너털웃음과 같은 환한 미소. 국회 의사당 복도에 잠겨, 이제는 기억도 나지 않는 얼굴. 잠시 후 그 얼굴은 형광 불빛으로 창백해진 유령들과 같은 사람들 사이에서 사라졌다가, 이제는 샐러드와 소스에 절인 닭고기, 탄산음료가 담긴 그릇들이 놓인 플라스틱 쟁반을 들고 있는 똑같은 유령들이 돌아다니는 식당에서 우연히 다시 모습을 드러낸다. 그들은 미리 만들어진 세상에서 가장 조심스러운 미소를 머금고 있으며, 옷깃 위에는 플라스틱 이름표를 달고, 손가락은 수술용 핀셋 못지않게 깨끗하고, 팔꿈치만 살짝 스쳐도 미안하다고 사과한다. 인간 종족은 다섯 개가 아니라 여섯이고, 여섯 번째 인간 종족은 의회에 참석하는 인간들의 창백한 혼혈 종족이다. 그들은 옷깃 위에 명찰을 달고 팔 아래 검은색 플라스틱 파일을 끼고 다니기 때문에, 귀에 박힌 신기하게 생긴 유리구슬처럼 쉽게 식별된다. 여러 언어들이 수면제를 탄 듯 중얼거리는 목소리들의 바벨과 지겨움 속에서 갑자기 활짝 펼쳐진 깃발처럼 환한 미소를 띠며 빨갛게 칠한 입술이 눈에 띄었다. 금발 여자로, 한눈에 들어왔다. 그녀는 너무나도 활달했고, 자신감이 가득 차 있어 키도 훨씬 커 보였다. 향수는 이미 처음에, 그녀가 복도에 나타났을 때 알아보았다. 향수가 아니라 샤워 콜로뉴였다. 욕실에서 방금 샤워를 마치고 벌거벗은 그녀가 거울 앞에서 입술을 빨갛게 칠하고 있을 장면이 떠올랐다. 그녀는 행불행이 그대로 드러나는 몸과 얼굴이었기 때문에, 그 당시 마드리드에서 가장 얇고 붉은 입술이고, 가장 노란 금발이고, 가장 행복한 육체였다. 말도 아니고, 심리 상태도 아니다. 어떤 사람은 행복하다고 느끼면서도, 거울 앞에서 자기 얼굴이 불행하다는 걸 알 수 있다. 그리고 어떤 사람은 일리노이, 에번스턴의 홈스테드 호텔 방의 전화기 옆에서 좌절감으로 죽어 가다가, 이를 닦기 위해 욕실로 들어가 자기도 모르게 행복해지고 싶다는 집착을 자기 얼굴에서 발견할 수 있다. 아니면 적어도 야유라도, 자기 자신에 대한 야유라도, 중부 유럽 소설 속 상황과 같은 그런 상황에 대한 야유라도 발견할 수 있다. 공포 소설의 무난한 도입 부분과 같은 조용한 호텔, 길을 잃은 여행객, 자동 메시지를 연거푸 반복하는 전화기, 창문 너머로, 저 끝, 7층 아래로 뒤뜰과 동물 우리들, 타이어 하치장, 그리고 멀찌감치 보이는 호수의 안개에 싸여 넘실거리는 수면과 혼동되는 나지막한 잿빛 하늘. 그리고 검푸른 광맥들과 함께 더욱더 잿빛을 띠기 시작하는, 어느 겨울날 오후의 발트 해처럼 우중충한 하늘.

　한시라도 빨리 행동으로 옮겨야 한다. 절대 옷이 구겨지도록 내
버려 둬서도, 트렁크가 더 이상 뒤죽박죽이 되도록 내버려 둬서
도, 텔레비전 광고와 퀴즈 게임을 보기 위해 침대에 드러누워서
도, 담배를 찾기 위해 침대 옆 작은 테이블 쪽으로 가끔 고개를 돌
려서도, 다시 전화기를 올리려는 순간 손을 멈춰서도 안 된다. 특
히 큰 목소리로 말하는 건 절대 금지다. 고독과 침묵 속에서는 자
기 목소리가 자기 얼굴 못지않게 이상하게 보이기 때문이다. 방
법, 활동, 침대 옆 작은 테이블 위에 놓인 책과 워크맨, 서랍 안에
들어 있는 수면제, 화장대 위에 놓인 글렌피딕 술병. 몸을 따뜻하
게 데워 주기 위해 딱 한 모금만. 많이 마시지도 않는다. 옷장의
옷, 옷걸이에 걸린 양복, 욕실 선반에 놓인 면도 크림과 일회용 면
도칼, 칫솔, 빗, 치약. 특히 정리 정돈. 다시 얼굴에 바를 로션. 깨
끗한 와이셔츠, 털 스웨터, 뒤로 넘긴 젖은 머리카락, 가슴 아파하
며 꼼꼼하게 검사한 빗, 어유, 역겹군. 노화, 첫 징후들, 빗과 세면
대 위로 떨어진 머리카락, 을씨년스러운 샤워 커튼, 배신하는 기
억. 커튼이 살짝 젖히고, 금발의 앨리슨이 촉촉한 물줄기 아래 두
눈을 지그시 감고 있다. 마스카라로 얼룩진 눈 주변, 단발머리가
보이지 않아 낯설면서도 거침이 없고 어른스러운 얼굴, 흔들거리
는 가슴과 오므라든 젖꼭지, 훨씬 넓은 이마. 그녀가 약간 부끄러
워하며 허벅지를 꼭 여민다. 비누를 들고 있는 손이 갈색 음부를
본능적으로 가린다. 지하 주차장처럼 안락한 마드리드의 호텔에

서 새벽 5시나 6시에 순진하면서도 거의 무기력했던 그 모습이 그녀를 더욱 도발적으로 보이게 했다. 그 호텔은 빅토리아 시대의 저택과도 같은 이 호텔과 같지 않았다. 수가 놓인 흰색 이불 커버, 백 년 전의 시카고 풍경이 새겨진 전원적인 판화, 흠잡을 데 없는 신사 양반이 암에 걸려 기침하듯 공기가 부글거리는 구리 수도꼭지가 달린 큼지막한 욕조, 호수의 바람이 불어와 휘파람 소리를 내며 부딪히는 나무틀이 갈라진 창문. 바람은 크레우스 곶의 야생 올리브 나무들을 비틀며 불어오는 산 너머 바람처럼, 카디스 만의 아프리카에서 불어오는 바람처럼, 일분일초 더욱 강해진다. 지평선과 호수는 안개 너머로 모습을 감추고, 성난 파도 소리와 지나가는 배의 기적 소리가 들려온다. 유리창이 흔들리고, 문틀이 삐걱거린다. 하지만 전화기는 여전히 침묵을 지키며, 여전히 사람 목소리가 들리지 않는다. 이제 밤이 되었고, 룸서비스가 전화를 받지 않으니 뭐든 저녁 요기를 하러 나가야 할 것이다. 핵폭발 경계경보가 울려 서두르다 보니, 흑인 벨보이와 유일한 손님을 잊어버렸는지도 모른다. 하지만 흑인 벨보이도 이미 로비에 없다. 그도 마지막 순간에 구석기 시대의 큼지막한 구두를 끌고 대피소로 달려갔을 수도 있다. 그의 나이와 상태로 봐서는 이제 매한가지일 테지만. 리셉션 카운터 위에 열쇠들이 들어 있는 다른 봉투가 여전히 있는 걸 보면, 「발퀴레」와 MoMA의 광팬은 아직 도착하지 않은 게 분명하다. 그는 리투아니아나 말레이시아 택시 기사 덕분에 거대한 공동묘지와 같은 외곽 지역과 고속도로들에서 헤매고 있을 것이다. 아니면 핵폭발 경보를 제때 알고, 미래 생존자들을 관중으로 앞에 두고 그 유명한 흔적에 대해 연설하고 있을 수도 있다. 로비 오른쪽으로 19세기 초 분위기의 살롱이 있다. 네오클래식풍의 벽난로와 천장의 흰색 몰딩, 마호가니 가구들, 뚜껑이 올라간 피아노, 건반 위로 펼쳐져 있는 악보. 슈베르트의 「죽음과 소녀」이다. 호텔의 살롱이 아니라, 방심한, 어쩌면 희생자일 수도 있는 손님이 도착하기 몇 분 전에 집주인들이 막 외출한 집의 응접실과 같다. 심지어 벽난로 위로, 곱실거리는 앞머리를 살짝 내리고 앞가슴을 꽉 조인 소녀의 둥근 사진 액자도 놓여 있다. 폐병에 걸린 소녀가 백 년도 더 전에 슈베르트를 연주했으며, 그 이후 피아노는 벙어리가 되어 있었다. 폭풍우가 휘몰아치는 밤에는 피아노를 치는 사람이 없어도 다시 소리가 울려 퍼진다…….

바람이 세차게 불어 사람이 신문지처럼 날아갈 정도이다. 전선줄과 기왓장이 떨어질 수도 있기 때문에 조심해야 하며, 거리가 황량하다. 가로수 건너편의 굳게 닫힌 창문들에는 불이 켜져 있고, 그 안에서는 앵글로색슨 가정의 안락한 모습을 엿볼 수 있다. 그리고 깃대들 위에는 깃발들이 펄럭이며, 배의 돛처럼 철썩 소리를 내고 있다. 네오고딕 양식의 교회나 시청일 게 분명한 파르테논처럼 생긴 건물과 쇼핑센터, 조명은 켜져 있지만 거의 텅 비어 있는 맥도널드 가게, 모두 깃발들이 달려 있다. 크기나 파란색에서 텔레비전 연속극에 등장하는 경찰차와 똑같이 생긴 차 한 대가 인도 옆으로 유유히 다가오다가, 그런 날 밤에 도시를 산책하는 것처럼 보이는 정신 나간 유일한 사람 옆으로 거의 멈춰 설 것 같다. 침착해, 쳐다보지 마, 아무 일도 없는 듯이 걸어가. 네 얼굴이 아무리 험악하다 해도 강간범이나 도둑이나 아랍인의 얼굴은 아니야. 프랑코 독재 시절, 골목을 도는 순간 무장 경찰의 지프가 나타나, 라이트 불빛으로 앞에 있는 사람의 그림자를 비출 때처럼 처신해야 해. 그는 손가락으로 주머니 안에 들어 있는 여권을 찾으며, 바짝 올린 재킷의 깃 뒤로 고개를 높이 치켜든다. 아스팔트 위로 빨간 불빛과 파란 불빛이 어지럽게 반짝이며, 흑인 경찰이 닫혀 있는 무기 가게의 진열대 창구 너머를 조사하듯 안을 들여다보고 있다. 기어를 바꾸는 소리가 들리고, 순찰차가 속도를 내더니 사거리에서 흔히 들을 수 있는 끽 소리와 함께 커브를 튼다. 영화 음악까지 들리고, 곧 어둠 속으로 크레디트 타이틀이 올라갈 것 같다. 그런데 그때 베니건스라는 아일랜드 주점의 네온 간판이 눈에 띈다. 이런 곳에서는 동화 속처럼 숲을 지나가다가 집 한 채를 발견하는 것과 같다. 창문 유리가 습기에 차서 뿌옜으며, 안은 따듯하고 목소리와 연기로 가득하다. 길고 짙은 색 나무 바에서는 맥주가 쏟아져 나오는 금빛 수도꼭지들이 달려 있다. 그리고 주크박스에서는 아레사 프랭클린의 노래가 최대의 볼륨으로 나오고 있고, 술을 마시는 사람들은 얼굴이 벌겋게 취해 있다. 바닥도 나무로 되어 있으며, 담배꽁초와 톱밥들이 지저분하게 떨어져 있다. 한 여자가 의자에 등을 꼿꼿하게 세우고 앉아, 위스키 잔을 들고 입에서 담배를 떼지 않은 채 큰 소리로 웃고 있다. 이곳에는 낯 두꺼운 중동 사람들과, 어두워지면서 집에 들어가려고 하지 않는 사람들, 핵 대피소에 피신해 있으라는 공식 통보에 유일하게 도전장을 내민 사람들이 모두 피신해 와 있는 것 같다. 바에 팔꿈치를 괴고 앉아 있으니, 고향 땅을 꼿꼿이 딛고 서 있는 것처럼 너무나도 고마운 느낌이 든다. 진하고 미지근한 거품이 잔뜩 올라온 흑맥주와, 시장기를 느끼게 하는 동시에 달래 주는 큼지막한 햄버거가 나왔다. 그 후에는 여행 중 모든 것이 호의적으로 느껴지는 갑작스러운 심경의 변화가 일었다. 술 취한 사람들의 얼굴과 억양, 자동적으로 그들이 어디 태생인지 알아보고 싶은 본능, 작은 얼음 조각들이 담긴 위스키 잔을 앞에 두고 한가로이 있는 몽롱함, 외국어로 대화를 나누는 아주 오래된 즐거움. 화장실 입구 쪽, 담배 자판기 옆에 공중전화가 있고, 맥주와 위스키가 과감하게 한 번 더 전화를 걸어 보라며 부추긴다. 동전도 필요 없고, 틈새에 신용카드를 집어넣으면 된다. 검지로 네모나고 작은 쇠 버튼들을 한 개씩 누른다. 신호 음이 울리기 전에 잠깐의 침묵이 흐른다. 처음에는 좀 더 긴 신호 음이 울리고, 잠시 후 두 번째 신호 음이 뉴욕 아파트의 침묵을 깬다. 또 다른 침묵. 앨리슨이 부엌에서 전화벨을 들을 수도 있으며, 전화기가 있는 곳까지 오려면 두세 번 더 울려야 할 것이다. 두 번 더 울렸다. 그녀가 잠들었을지도 모르며, 너무 깊이 잠들어 깨어나지 못하거나, 아니면 지금 막 엘리베이터에서 내려 문 쪽으로 달려오고 있으며, 전화를 받기 1초 전에 전화벨이 끊길까 봐 두려워할 수도 있다. 하지만 다시 자동 응답기의 테이프 돌아가는 소리가 들려오면서, 영어 수업의 제1과에서처럼 너무나도 단정하게 숫자들을 읊는 차분하고 모욕적인 기계 음이 다시 들려온다. 메시지를 남기라는 신호 음이 들리고, 여느 때와 똑같은 침묵에 헛되이 귀를 기울인다. 1분 30초의 침묵 후, 남자의 목소리는 테이프에 한마디도 남기지 않았고, 자동 응답기의 빨간 불빛이 꺼지면서 날카로운 신호 음이 들려온다.

　하지만 그녀가 없는 것은 중요하지 않다. 더욱이 잊어버리는 일은 쉽다. 가장 쉬운 일이다. 틀림없이 그녀가 잊은 게 분명하다. 두 달 전, 그녀는 마드리드에서 낯선 남자와 하룻밤을 보낸 후 다음 날 아침 미국으로 돌아가 다시 기억하지 않았을 것이다. 아니면 기억을 했다 해도, 다시는 그를 만나지 않을 거라 확신하며, 진부하게 다시 만날 위험은 없을 거라 안도하며 기억했을 것이다. 그것은 순식간에 일어난 기적과도 같았으며, 기적은 다시 반복되지 않는다. 심지어 그런 기적은 일어나지도 않았고, 헛것을 본 것일 수도 있다. 하지만 그렇다면 왜 전화번호 적은 메모를 침대 옆 작은 테이블 위에 남겨 놓은 것일까. 왜 마지막 말은 남겨 놓은 것일까. 그는 거의 선잠이 든 상태에서 그 말을 들었다. "잊어버리지 말아요." 그리고 아침 8시에 호텔 방이 이미 환해진 상태에서 그들이 아직 잠들지 않았을 때, 막 빨갛게 칠한 입술에 손가락을 갖다 대며 작별 인사를 고한 행동은 또 뭐란 말인가. 어쩌면 그게 훨씬 나을 수도 있다. 미래도, 과거도, 기대도, 기억도 없는 게. 연인들이 자기네에 대해 억지로 지어내는 집착도, 서로를 소유한다는 허영도, 이전의 사랑들은 모두 광적으로 거부하는 것도, 개종해서 새 종교에 격정적으로 매달리기 위해 저버린 종교의 사원들을 불태우는 것도, 동상들을 녹이듯 기억을 백지로 만들려는 욕심도 없는 게 나았다. 단지 고마움과 마음속으로 우쭐한 마음만 들 뿐이다. 정신이 조금만 맑아져도, 그 여자가 갑자기 사라져 버린 바람에 더욱 절박하게 바라게 되었다는 것은 충분히 깨달을 수 있다. 하지만 다른 여자들에 대한 욕구까지 사라지게 할 정도는 아니었다. 작은 얼음 조각들이 담긴 잔을 바에 내려놓고 얼음 통을 이용해 위스키를 따르는 아일랜드 여종업원. 걸상 위에서 약간 몸을 흔들며 유난히 길쭉한 윈스턴 담배를 입에 물고 눈을 반짝이며 혼자 술을 마시는 여자. 순간적으로 욕망을 느끼게 하는 낯선 여자들이며, 나중에 특히 고독과 알코올이 개입되면 호텔 방에서 애타게 상상할 여자들이다. 신호등을 건널 때 길거리에서 눈에 띄는 시선들. 페디큐어를 바른 맨발을 양탄자 위로 내딛으며 구두 가게의 쇼윈도 뒤로 순간 스치고 지나가는 시선들. 택시를 타고 지나가는 짙은 선글라스를 쓴 금발 여자들. 다리를 꼬고 버스를 타고 가는 여자들. 호텔 로비에서 누군가를 기다리고 있는 여자들. 넓은 초록색 바바리를 입고 옷깃에 플라스틱 명함을 달고, 마드리드의 국회 의사당 복도에서 금세라도 웃으며 나타날 것 같은 여자들. 늘 관심을 기울이고 읽으면 앨리슨이라는 이름을 읽을 수 있다. 그녀가 뉴욕을 떠났을 수도, 아파트로 이사했을 수도 있다. 미국 사람들은 당혹스러울 정도로 너무나도 쉽게 집과 직장을 바꿔버리니까.

새벽 1시에 자동 응답기가 똑같이 예의 바른 목소리로, 앨리슨이란 이름의 스펠링처럼 완벽하게 외우고 있는 숫자들을 똑같이 반복한다. 하지만 이제는 침묵이 감돈 1분 30초 동안 미시간 호수의 바람 소리와 홈스테드 호텔의 덜컹거리는 창유리 소리, 심지어 텔레비전에서 「요한의 묵시록」 구절들을 낭송하며 곧 있을 전쟁에서 군대의 신이 도와줄 거라고 미국에 호언장담하고 있는 목사의 목소리도 테이프에 녹음되었을 것이다. 글렌피딕 위스키를 담은 납작한 술병과 침대 옆 작은 테이블 위에 놓인 담배들, 혹시 몰라 자동 응답기에 홈스테드 호텔의 전화번호를 남기기 위해 다시 전화를 걸고 싶은 유혹. 하지만 군대의 신들에게 보호를 청하며 성서를 돌격대의 소총처럼 사용하는 그 작자를 계속 보지 않으려면 텔레비전을 끄고, 밤새도록 바람에 덜컹거릴 블라인드를 내리고, 수면제와 어둠에 도움을 청하는 게 나을 듯싶다. 틀림없이 내일이면 코카인과 바그너로 개종한 작자가 나타나 심포지엄이 어디서 열릴지, 호텔 종업원들의 얼굴이 어떤지, 심지어 몇몇 투숙객들의 얼굴이 어떤지 발견하게 될 것이다. 어쩌면 전화벨이 울려, 테이프에 녹음된 목소리가 아닌 진짜 목소리가, 용서를 구하며 지금 뭐 하고 있는지를 묻는 앨리슨의 목소리가 들릴 수도 있다. 당신이 뉴욕까지 오는 데 한참 걸리면 내가 직접 날아가 그 호텔의 7층에서 당신을 만날게요. 미시간 호수 위로 폭풍우가 휘몰아치는 밤에 세상 끝 등대처럼 보이는 그 호텔로요. 바람이 불고, 기분이 묘하고, 외롭고, 잠이 오지 않는 밤이다. 간신히 잠들었는데도 여전히 깨어 있는 꿈을 꾸는 밤이다. 방과 꺼져 있는 텔레비전을 보며, 유리창이 덜커덩거리는 소리와 기왓장들을 뽑아내고 전신주를 쓰러뜨릴 듯 휘몰아치는 바람 소리를 듣지 않기 위해 담요를 뒤집어쓴다. 지금 당장만이 아니다. 오래전에도 그랬다. 꿈 속에서 나타났다가 깨어난 순간, 대낮의 환한 빛과 호수의 평온으로 폭풍우와 텅 빈 호텔, 불면증은 악몽이었다는 기분이 들게 하고 또 잊어버리게 하는 시간과 도시에 있었다.

.

제3장

내가 누구였는지, 뭘 했는지 당신에게 들려주고 싶다. 그리고 내 삶의 절반이 기억에서 지워져 버린 것 같기도 하고, 스스로 나 자신의 기억에서 부재하기 때문에 그 기억은 다른 사람이 나에게 들려준 것 같기도 하다. 나는 내가 있던 곳을 확실하게 보지만 그 장소들 속에서 나 자신을 보지 못하거나, 알아보지 못한다. 나는 중립적인 카메라의 시선이며, 말과 그 말들을 구분하기 위한 민감한 커넥션을 이어 주는 숙련된 시스템을 느끼는 귀이고, 다른 목소리들의 메아리와 그림자처럼 행동하는 데 익숙한 목소리이다. 당신이 얼굴도 제대로 눈여겨보지 않고 처음에는 그냥 지나쳤던 그 낯선 남자이고, 홈스테드 호텔에서 어느 날 아침 햇살에 잠에서 깨어나, 몇 분이 지나서야 자기가 어디에 있는지 알고 어젯밤의 폭풍우가 유년 시절의 공포에서 물려받은 악몽이 아니라는 것을 일게 된 이방인이다. 그는 빛에 눈이 시려, 좀 더 자고 싶은 마음에 게으름을 피우다가 빛에 모욕을 느끼며 일어나 전화기를 보고, 다시 자동 응답기를 듣지 않기 위해 절대 전화를 걸지 않겠다고 다짐한다. 그는 로비로 내려가고, 아무도 보이지 않는다. 피아노가 있는 살롱에는 커피 기계와 미지근한 우유 단지, 설탕 봉투, 컵, 플라스틱 수저, 그리고 당연히 사카린과 신중한 디카페인 봉투도 놓여 있다. 그가 아침 식사를 하는 동안, 눈에 띄지 않게 그의 방을 정리하고 있을 유령들이 친절하게 그곳에 가져다 놓은 것들이다. 20분 후에 그가 방으로 돌아갔을 때는 침대가 이미 정리되어 있고, 재떨이는 비어 있고, 그가 아무렇게나 던져 놓은 치약과 칫솔이 세면대 선반 유리컵 안에 단정하게 꽂혀 있을 것이다.

만일 펠릭스에게 그 얘기를 한다면 그는 절대 믿지 않을 것이다. 나는 나에게 일어나는 일들을 거의 동시에 상상 속에서 펠릭스에게 들려주기를 좋아한다. 그가 내 이야기를 완전히 믿지 않아, 몇 년 전부터 컴퓨터 안에 저장해 놓는 자신의 비밀 일기장에 기입하지 않을 가능성도 있다. 하지만 그 일이 나에게 직접 일어난 일이라 해도, 나 역시 믿지 못하겠다. 당신을 만나기까지 있었던 수많은 우연들과 두려움, 메마른 불행들, 습관화된 실망을 믿지 못하겠다. 그리고 이 모든 게 바로 지금이나, 얼마 전 미시간 호수 바로 옆에 있던 그 황당한 장소의 그 당시가 아니라, 정착할 마음 없이 스페인으로 돌아갔던 그 몇 달 전에 미리 예견되었다는 사실도 믿지 못하겠다. 그때 커브 길에서 트럭의 라이트 불빛이 내 눈을 멀게 했을 때, 나는 브레이크를 밟았지만 속도는 줄지 않았다. 나는 죽을 수도 있다는 마음의 준비를 하며 두 눈을 꼭 감았고, 내 양손은 절망에 가까운 몸부림으로 자동적으로 핸들을 틀었다. 나는 어둠 이외에는 아무것도 보지 못했고, 주변을 다시 둘러보았을 때는 서리가 내려앉아 꽁꽁 얼어붙은 땅 한복판에 있었다. 자동차의 라디오를 통해 17년 전 마지막으로 들었던 오티스 레딩의 노래가 들리는 가운데 나는 계속 살아 있었다. 이제는 당신이 나를 바라보고, 내 이름을 부르고, 내가 잊고 지냈던 일들을 떠오르게 하기 때문에 내가 누구인지 안다. 하지만 홈스테드 호텔이나 당신의 존재도 모르는 채 서른다섯이 되기 전에 죽을 뻔했던, 한밤중의 몽유병 환자처럼 마드리드로 가던 때를 생각하면 그 누구의 삶도 기억나지 않는 것 같다. 아니면 누군가의 이력서를 보는 것 같다. 당신과 함께 즐겁게 얘기하면서, 사실 그렇게 많은 시간이 흐르지 않았다는 사실을 발견하기 위해 날짜들을 확인하는 게 당혹스럽다. 두 달 이상이 되지 않았으며, 모든 것이 사라지게 하는 데는 찰나와 같은 순간으로도 충분할 수 있다. 바로 이 순간, 바로 지금의 당신 얼굴, 내가 당신에게 펠릭스를 얘기하며 그를 얼른 만나고 싶어 하는 내 마음을 들려주는 동안 당신이 나를 바라보고 있는 모습, 그 모든 것이 사라져 버릴 수도 있다. 11월의 어느 토요일 오후, 나는 브뤼셀에서 마드리드에 막 도착해 민다나오 호텔 방에 투숙했다. 월요일 아침, 9시 정각에 국회 의사당에서 내 일이 시작될 때까지 남아 있는 이틀 밤과 끔찍한 일요일을 어떻게 지낼까 궁리하고 있었다. 나는 침대에 앉아, 한참 동안 초록색 커튼과 텔레비전의 만화 영화를 바라보며 차분하게 있었다. 최소한 지난 몇 주보다는 훨씬 차분했다. 볼레로의 가사 내용처럼 이미 지나간 사랑이 우리에게 남겨 놓은 침묵을 즐기고 있었다. 나는 잠이 부족했으며, 나른함과 수면제의 효능을 믿고 있었다. 계속 그대로 있으면 채 5분도 지나지 않아 건물이, 아니면 적어도 그 방의 밋밋한 천장이 내 위로 쏟아져 내릴지도 모른다고 마음먹었다. 그래서 나는 수첩에서 펠릭스의 전화번호를 찾았고, 그와 통화가 되었을 때는 전화 너머로 아이들이 내지르는 소리와 정신없이 도망쳐 다니는 소리가 들려왔다. 나는 1년에 두어 번 정도 상상도 할 수 없는 곳에서 그에게 전화를 건다. 하지만 그는 항상 전화를 기다리고 있었다는 듯 얼른 수화기를 들어 똑같은 목소리 톤으로 말한다. 그러는 동안 전화 너머에서는 우리가 마히나의 고등학교에서 함께 공부할 때부터 다른 어떤 곡보다 좋아했던 노래와 그의 자식들 소리가 변함없이 들려온다. 나는 시계를 보고, 차마르틴 역에 도착해 야간열차를 탈 수 있는 시간을 계산해 보았다. 나는 오히려 초라해 보이는 호텔 세탁소 봉투에 갈아입을 옷을 챙겨 넣었다. 그러고는 다음 날 아침 8시에 졸려 비틀거리며 추위 때문에 바들바들 떨면서, 신문을 읽을 수 있는 문을 연 카페테리아를 찾아 그라나다 역 근처의 거리들을 배회하고 돌아다녔다. 나는 갈아입은 옷 봉투를 들고, 제대로 알지도 못하는 도시에 홀로 와 있었다. 그 도시에는 미친 사람 두세 명과 거지 몇 명만이 일어나 돌아다니고 있었다. 성당 입구에 좋은 자리를 차지하기 위해 샐러리맨처럼 새벽 일찍 출근하는 거지들이었다. 당연히 운동복 차림의 남자들도 몇 있었다.

그리고 루주를 바르고 굽이 휘어진 높은 구두를 신고, 노끈으로 묶은 커다란 트렁크를 질질 끌고 가는 노파도 있었다. 그녀가 달팽이처럼 천천히 걸었기 때문에 나는 인도에서 그녀를 앞질러 가다가, 동정심과 죄책감이 들어 그녀를 도와줄까 하는 생각이 들었다. 그 불쌍한 여자가 비인간적으로 커다란 트렁크를 잡아당기면서 혼자 헐떡이며 가고 있었다. 하지만 나는 곧바로 후회하고, 그녀가 나를 부를까 봐 두려워하며 얼른 멀어져 갔다. 젊은이, 제발 부탁인데 좀 들어 주게. 어쩌면 그녀가 나에게 트렁크를 들어다 달라고 하면, 그녀의 느린 걸음걸이로 도시 전체를 활보하고 돌아다녀야 할 수도 있다. 나는 그런 일을 여러 번 당했고, 펠릭스는 내가 그런 이야기를 하면 웃겨 죽으려고 한다. 그는 내가 정신 줄을 놓아 버린 미친 사람들과 가장 이상한 사람들의 호의를 끌어당기는 자석 같다고 말한다. 그리고 나쁜 것은 내가 조금만 방심했다 하면, 바로 그들과 같은 상황에 놓일 거라는 거였다. 나는 여든이 되어 낯선 도시에서 트렁크를 질질 끌고 가는 나 자신을 보고 있다. 8월의 어느 날 아침, 마드리드의 어느 후미진 골목길에서 한 장이라도 팔아 치울 가능성이 전혀 없어 보이는 양탄자들을 잔뜩 짊어지고 가는 아프리카 사람을 만나고 나서 바에 들어가 동네 사람들의 잔인한 농담을 순순히 받아들이고 있다 보면, 곧 내가 그 아프리카 사람이라는 상상을 하게 되고 내가 불쌍해서 죽을 것만 같다. 아니면 내가 그 사람이 되어, 예를 들면, 카메룬의 어느 도시에서 양탄자들을 팔기 위해 애쓰고 있을 모습이 상상된다. 그러면 나는 그에게 커피 한 잔을 사 주고 그의 양탄자들을 모두 사 주고 싶은 마음이 든다. 심지어는 그 남자가 혼자이며, 인종 차별주의자들에게 둘러싸여 있다고 느끼지 않도록 그의 친구가 되어 주고 싶어진다.

그날 아침, 나는 일요일에 가정집을 방문하기에 적당한 11시나 12시까지 어떻게 시간을 보내야 할지 궁리하면서 대충 그런 식으로 텅 빈 도시를 배회하고 다녔다. 선물들이 잔뜩 들어 있는 봉투를 들고 쇼윈도를 구경하며 다녔다. 펠릭스의 아들들에게는 불빛이 돌아가면서 나오는 우주선을, 펠릭스에게는 면세로 구입한 맥아 술 한 병, 롤라에게는 향수를 준비했다. 나에게 어떤 장소에 간다는 것은 그곳을 떠날 때 흥분되는 것만큼이나 낙담이 되는 거였다. 때문에 나는 양탄자가 아닌, 권태로움으로 죽을 것 같은 몇 시간을 잔뜩 짊어지고 긴장해서 축 늘어진 채 돌아다녔다. 시간은 늘 나에게 맞지 않는 옷과 같았다. 항상 시간이 모자라 어쩔 줄 몰라 하며 다니거나, 아니면 느닷없이 남아돌아 뭘 어떻게 해야 할지 주체할 줄을 몰랐다. 나는 몇 개나 되는지도 모르는 신문들을 읽었고, 아침 식사도 여러 번 했으며, 미사를 가기 위해 아침 일찍 일어난 가족들을 보았고, 운동복 윗도리 아래로 풍성한 배를 드러내 놓고 큼지막한 추로스들을 잔뜩 사 가지고 가는 남자들도 보았다. 그러고는 평소 습관대로 내가 그곳에서 뭘 하고 있는지, 나 자신에게 물었다. 나는 늘 그 질문을 나 자신에게 던지지만, 어디든지 나를 따라다니는 수다스러운 노이로제 환자는 만족스러운 대답을 주지 못한다. 나는 그 어느 때보다 두 달 후,

바람이 거세게 휘몰아치는 날 밤 「죽음과 소녀」를 연주하는 유령 아가씨에게서 눈을 떼지 못한 채 아침 식사를 하는 홈스테드 호텔에서도, 그리고 나중에 대학 살롱에서 우리를 위해 베풀어 준 파티에서도 나 자신에게 그 질문을 했었다. 그때 나는 드디어 심포지엄을 주관한 눈에 보이는 사람들에게 구출되어, 한 손에 셰리주 잔을 들고 웃으며, 다양한 교수들과 대학 관계자들과 날씨에 대해 말하고 있는 나 자신을 발견했다. 그들은 오이 샌드위치처럼 셀로판지에 싸여 있는 미소를 머금고, 앵글로색슨계가 주관하는 '파티'에서나 볼 수 있는 발레 걸음걸이로 이 그룹에서 저 그룹으로 돌아다녔다. 결국 나는 현기증이 났고, 대화를 나누는 그룹들 사이에서 혼자가 되었다. 나는 잔 바닥을 유심히 바라보았고, 나를 혼자 내버려 두지 않기 위해 내 그림자가 다가와 나지막한 목소리로 나에게 질문했다. 너 여기서 뭐 하고 있는 거야. 너는 여기 있는 사람들하고 아무 상관도 없어. 그 말은 우리 아버지가 나를 나쁜 친구들과 떼어 놓기 위해 늘 하던 말이었다. 대체 나는 유럽 의회의 통역실에서, 시카고나 프랑크푸르트 공항에서 뭘 하고 있단 말인가. 나는 그라나다에서 아침 일찍부터 마시고 싶지 않은 커피를 마시고, 구역질 나는 담배를 피우고, 시계를 쳐다보고, 시간을 재고, 틀림없이 밤새도록 한잠도 자지 않아 세상이 원망스러운 택시 기사의 넋두리를 아주 깍듯하게 들으면서, 노숙자처럼 헤매고 돌아다니며 뭘 하고 있단 말인가. 택시 기사는 12시가 나 되어 펠릭스가 살고 있는 건물 바로 옆에 나를 내려주었다. 그리고 나는 방문 판매원처럼 벨을 눌러야 할지 아직 결심도 하지 못하고 있다. 방문 판매원들은 같은 느낌의 죄책감과 불행에 나를 자주 빠져들게 하는 또 다른 그룹이다. 바닥 광택제나 민간요법 책을 사지 않으려고 성질을 부려야 할 때면 가슴이 미어지는 것 같다. 나는 엘리베이터에서 나왔고, 펠릭스는 벌써 현관 입구에 나와 있었다. 그는 말하는 모습이나 옷을 입는 모습처럼 절대 변하지 않는 미소를 띠고서,「루이사 페르난다」*라는 환영 노래를 불러 주었다. 우리 두 사람 모두 상당히 내성적이기 때문에 우리는 흥분하지 않고 서로를 끌어안았다. 그리고 그가 왜 이렇게 한참 걸렸느냐고 나에게 물었다. 그의 집 안으로 들어선 순간, 적어도 몇 시간 동안은 그 장소와 완전히 동떨어진 느낌은 갖지 않을 거라는 따뜻한 느낌이 들기 시작했다. 물론, 너무나도 활력에 차 있고 정리 정돈이 잘되어 있는 방들과 벽에 걸린 그림들, 가구들, 커튼들, 책들로 가득한 서재, 펠릭스의 음반들이 진열되어 있는 책장들이 들어찬 방들이 조금 거북하기는 했다. 그리고 펠릭스는 모든 것이 약간 압박을 주는 듯한 농도와 깨끗한 냄새, 옷장에 잘 개켜 있는 옷, 화장실의 온화한 방향제 냄새를 풍기며, 그 한가운데, 내 앞의 소파에 앉아서 광채가 나는 나지막한 유리 테이블 위에 맥주를 내려놓았다. 지난 10년이나 15년 동안의 내 기억에서 늘 똑같았던 모습인 친구 펠릭스는 약간 살이 좀 쪘을 뿐, 헤어스타일도 그대로이고, 건장하면서 덩치 큰 모습도 그대로이다. 하지만 얼굴에는 아이 같은 표정이 살짝 담겨 있었고, 틀림없이 그의 어머니가 짜 줬을 털 카디건을 입고, 슬리퍼를 신고 있었다. 그는 우리가 어릴 때 오후에 푸엔테 데 라스 리사스 거리의 계단에 앉아 기름 바른 빵 한 조각이나 딱딱한 초콜릿 한 덩어리로 간식을 먹을 때처럼 아주 풍요롭고도 편안하게 등을 기대고 앉아 있었다. 그가 나에게 말했다. 우리가 편하게 식사할 수 있도록 롤라가 아이들을 친정집에 맡기러 갔어. 너는 아이들이 익숙하지 않잖아. 틀림없이 아이들 때문에 신경이 쓰일 거야. 그가 약간의 거리와 신중함을 두고 말하는 것처럼 느껴졌다. 그가 일어나 음반을 올려놓았고, 다시 돌아와 앉았을 때는 멜로디가 흘러나오기 시작했다. 그는 내 눈을 쳐다보지 않은 채 나의 맥주잔을 채워 주었다.

최근에 나는 그의 우정을 소홀히 했다는 생각이 들어 후회가 되기도 하고, 두렵기도 했다. 어쩌면 그와 나는 먼 거리와 게으름으로 조금씩 멀어져 가는 오랜 공범 의식이 영원히 지속될 거라 생각하며 지나치게 서로를 믿었을 수도 있다. 우리는 지금 서로에 대해 얼마나 알고 있을까. 우리 두 사람의 인생은 어떻게 연관되어 있을까. 그는 대학에서 언어학을 가르치며, 그리스어와 라틴어를 읽고, 컴퓨터를 프로그램화하기 위해 무슨 코드인지, 구문상의 미스터리를 연구하고 있다. 그리고 대충 열정적이라고 할 수 있을 정도로 그가 유일하게 열심히 하는 것 두 가지는 그의 암호화된 일기장과 바로크 시대의 작곡가들이다. 그는 크리스마스와 부활절은 마히나에서 보내고, 매년 여름 바닷가의 작은 별장을 빌린다. 나는 그를 한참 동안 바라보면서, 그가 나와 너무 많이 다르다고 느꼈다. 나는 우리가 무슨 공통점이 있는지, 왜 거의 30년 전부터 그가 나의 가장 친한 친구인지 늘 나 자신에게 묻는다. 틀림없이 그날 아침, 그도 나와 똑같은 질문을 했을 것이다. 하지만 맥주와 음악이 천천히 우리의 흥을 돋워 주었고, 우리는 암호 같은 말들과 끔찍한 별명들, 마히나의 표현들, 로렌시토 케사다가 「싱글라두라」에 여전히 쓰고 있는 말도 안 되는 헛소리들을 떠올리고 웃으면서 서로를 곁눈질로 훔쳐보았다. 기억을 떠올리기 위해서는 한두 개의 동작이나 한 문장의 억양으로도 충분했다. 롤라가 돌아왔을 때 이미 우리 두 사람은 웃음과 맥주로 두 눈을 반짝이고 있었다. 펠릭스가 마히나의 카르니세리토에게 바치는 작가 미상의 소네트를 외워서 막 나에게 읊어 주었던 것이다. 이제 나는 그 사람이 거의 기억도 나지 않았다. 집 안 전체에 우리가 듣고 있던 음악과 비슷하게 투명해 보이는 일요일 아침의 깨끗한 빛이 감돌았다. 헨델의 오보에 연주곡이라고 펠릭스가 설명했다. 그를 섬세하고 활기찬 행복감으로 충만하게 하는 음악이었다. 그리고 나에게는 우리가 마시고 있던 약간 이른 감이 있는 맥주나 웃음소리와 똑같은 영향을 미쳤다. 펠릭스는 부엌의 아일랜드 식탁에서 애피타이저를 준비하고 있었고, 롤라는 팔짱을 낀 채 미소를 머금고, 벽에 기대고 있는 우리 두 사람을 바라보았다. 그녀는 손에 담배를 들고 친절하면서도 약간 용서한다는 톤으로 나에게 물었다. 지금은 어디서 살아요. 누구랑 살아요. 우리와 함께 며칠 있다가 갈 거예요. 내가 그날 밤 바로 떠날 거라고 대답하자, 펠릭스가 잔들의 위치와, 준비하고 있던 타파스*가 담긴 작은 접시들을 꼼꼼히 살피고 있다가 고개를 돌려 나를 쳐다보지도 않은 채 말했다.

"너는 절대 변하지 않을 거야. 너는 한 장소에 도착하는 순간, 바로 그곳을 떠날 궁리만 하는 것 같아."

이제는 의심의 여지가 없었다. 그는 나에게 섭섭했지만 나에게 그런 내색은 절대 하지 않을 것이다. 우리는 늘 하던 농담들을 반복했으며, 그들은 나에게 아이들과 직장 이야기를 들려주었고, 내 일에 대해 물었다. 펠릭스는 내 얘기를 듣고 있지 않은 듯 나를 한참 동안 바라보았다. 마치 내 눈에서, 나의 피곤한 얼굴에서, 긴장해 있는 나의 손동작에서 그가 말로는 표현하지 않은 질문에 대한 대답을, 그리고 내가 말로는 절대 설명해 주지 않을 이야기들을 찾고 있는 것 같았다. 그리고 나는 그제야 마음속으로 경계하며 그의 눈을 통해 나를 바라보기 시작했다. 그건 나도 어쩔 수가 없다. 나는 나 자신에게조차 낯선 사람이 되어, 다른 사람의 관점에서 나를 관찰하는 사람이다. 하지만 펠릭스처럼 나를 잘 아는 누군가가 아니라, 낯선 사람, 그리고 자동적으로 자기 판단이 가차 없이 옳다고 생각하는 낯선 사람 아무나의 관점에서 나를 관찰하는 사람이다. 나는 불안해하며 양손을 재빨리 움직이고 있으며, 내가 그들의 시선을 한참 동안 바라보지 못하고, 담배한 대를 끄자마자 몇 분 후 또다시 담배에 불을 붙이고, 맥주잔을 연거푸 자주 비운다는 사실을 갑자기 깨달았다. 하지만 펠릭스의 관심은 나를 원망하려는 게 아니라, 그의 모든 행동들처럼, 치즈를 지르거나, 자기가 녹음하고 있는 테이프에 음악가의 이름과 제목을 적어 놓는 것처럼 꾸준하고 섬세한 것이었다. 나는 그가 뭔가를 하고 있는 것을 보며, 우리가 학교 책상에 있었을 때를 떠올린다. 그때 그는 혀끝으로 입술을 적시며 줄 처진 공책에 뭔가를 적고 있었다. 절대적이고 차분한 집중이었다. 그는 그렇게 자신의 인생을 구축해 왔다. 내가 그를 안 이후로 조금도 변한 적이 없었지만, 복수를 키우는 의지처럼 목적이 변하지 않고 집착하는 그런 건 아니었다. 그런 의지가 불우했던 그의 어린 시절을 나쁘게 물들이고 정당화할 수도 있었다. 그의 아버지는 불치병으로 불구가 되어 침대에서 꼼짝도 못했고, 어머니는 바닥을 청소했고, 그와 동생들은 구호물자로 온 옷들을 입어야 했다. 그는 그것에 대해서는 절대 언급하지 않았고, 그가 뭔가에 반항하는 모습도 본 적이 없었다. 거의 우리 모두가 호들갑스럽게 반항하며 재미있어 하던 시절에도 그는 반항하지 않았다. 하지만 그는 실패도 하지 않았고, 굴복도 하지 않았다. 그는 25년 전이나 작년 여름이나 똑같았다. 그리고 그녀는, 그의 옆에 있는 그녀를 볼 때면 차분함과 영속성의 인상을 받는다. 그들 두 사람은 그렇게 태어나, 서로를 지켜 주고 향상시켜 주는 본능과 같은 것을 계속 따르는 듯싶었다. 그들은 당신과 나처럼 방황하며 쓸데없는 사랑을 하느라 몇 년을 낭비하지도 않았다. 그들은 절망이나 불화를 모르는 것 같았다. 그들은 함께 살았으며, 아이들을 낳아 기르고, 직장에 다니고, 아이들을 재운 후 텔레비전 영화를 본다. 그리고 틀림없이 나중에는 서로를 원하고 서로에게 몸을 내줄 것이다. 나는 그들이 서로 바라보는 모습을 보았고, 우연히 몸이 닿으면 서로 어떻게 미소를 짓는지 유심히 관찰했다. 친구 부부들 앞에서 과시하기 위해 평소 신혼부부들이 잘 짓는 도리스 데이 같은 멍청하게 행복한 모습이 아니다. 서로에게 마마, 파파라고 부르는 소리를 들으면 토할 것 같다. 당신에게 맹세한다. 하지만 그들은 한평생 뭔가를 하면서 보낸 사람답게 정숙하고도 경험이 있는 사람처럼 보인다. 그리고 그것도 아주 잘하는 사람처럼 보인다. 시간을 두고 그 효율성을 시험해 본, 관계에 아주 익숙한 남녀와 같다. 당신과 나는 두려움을 가지고 있다. 우리는 아직 열흘 밤도 함께 보내지 않았으며, 시간이 우리에게 무슨 짓을 할지 두려워하고 있다. 그리고 우리에게 매 시간은 우연이 안겨 준 선물과도 같다. 우리는 허망하지 않은 것이나, 아니면 확실히 우리의 것이라고 느끼는 것은 그 어느 것도 소유하지 않았다. 하지만 그들은 그렇지 않다. 우리가 영원히 지속되는 것에 대해서는 모두 부족하다고 느끼는 것처럼, 그들에게는 불확신의 의미가 부족하다는 생각이 든다. 그들은 작년에 지금의 이 아파트로 이사했다. 먼젓번 아파트는 아이들이 있어 매우 좁았던 것이다. 그들은 대출을 받고 할부로 새 가구들을 구입했어도, 숨 막혀 하거나 발목을 붙잡혀 산다고 느끼지 않는다. 롤라가 점심 식사를 준비하는 동안 펠릭스가 나에게 집을 구경시켜 주었다. 나는 우리 집을, 지난 10년 동안 띄엄띄엄 살았던 아파트를 떠올렸다. 라디오 카세트 한 개와 책 몇 권, 테이프 몇 개, 이사 올 때 누군가 빌려 주었지만 돌려주지 않은 트렁크 한 개와 여행용 가방 한 개 이외에는 다른 소유물이 없었다. 벽에 걸린 그림도 없고, 진열장에는 사진을 끼워 놓은 액자도 없고, 문 앞에 내 이름이 달린 문패도 없는 호텔

방과 같은, 모든 존재에 반감을 드러내는 장소들, 독신들과 기껏해야 개를 데리고 사는 부부들만 사는 건물들, 얇은 벽 뒤로 누군가의 소리가 들려오지만 티베트 사원처럼 멀리 거리를 둔 채 사는 건물들, 누군가 텔레비전을 보다가 심장 마비로 죽어도, 오스트레일리아의 사막에서 길을 잃기라도 한 듯 시신을 찾는 데 한참 시간이 걸리는 그런 곳에서만 살았다.

로렌시토 케사다라면 여기 나의 성전이 있습니다, 라고 말했을 거야. 펠릭스가 말했다. 그의 방에는 벽 한 면이 책과 음반들로 가득 차 있고, 하얀 집들과 삼나무들이 늘어선 정원이 있는 언덕이 내다보이는 창문이 있고, 그만 사용하는 전축과, 전망대에서부터 마히나와 과달키비르 계곡을 그린 수채화들, 깨끗하게 치워져 있는 넓은 책상, 매일 오후 일기를 쓰는 컴퓨터, 헤네랄오르두냐 광장의 옛날 사진이 있는 '시스테마 메트리코'의 달력이 있었다. 그는 마드리드, 벼룩시장의 한 좌판에서 그 수채화들을 발견하고 아주 적은 돈으로 구매했다. 물론 그림을 판 사람은 그 수채화들이 1930년대에 꽤 유명했던 화가의 그림이라고 장담했다. 색채가 많이 낡아 원래의 도시 모습이 아니라, 외지에서 오랜 세월 보낸 사람이 기억을 떠올리는 것과 같은 도시의 모습이었다. 대화는 제대로 이어지지 않았으며, 우리는 말없이 있었다. 나는 맥주 한 잔을 들이켜거나, 아니면 재떨이를 찾아 주변을 둘러보았다. 펠릭스가 재떨이를 건네줄 때 그와 시선을 마주쳤는데, 그가 나에게 뭔가를 묻고 싶어 하는 것 같았다. 하지만 농담이, 별다른 성과 없는 말장난이 얼른 우리를 구해 주었다. 거의 침묵을 피하기 위한 알리바이와도 같았다. 그가 시작했는지, 내가 시작했는지, 어쨌든 우리는 다시 얘기를 시작했고, 서로에 대한 관심은 예의상 취하는 제스처라는 걸 알았다. 점심 식사 동안에는 롤라의 존재가 우리를 안심시켜 주었고, 우리는 침묵을 크게 드러내지 않은 채 조용히 있을 수 있다는 위안을 느끼며 텔레비전 뉴스를 보았다. 잿빛 곱슬머리에다 투명한 안경테를 쓰고 말이 무지하게 빠른 남자를 인터뷰하고 있었다. 펠릭스가 포크를 내려놓더니 식탁을 한 번 내리치고 크게 웃기 시작했다. "하지만 저 사람을 봐봐. 거짓말 같아. 그가 누구인지 모르겠어?" 나는 다른 데 정신을 팔고 있었는데, 다시 화면을 보았을 때는 사막을 배경으로 전투 장갑차의 행렬이 보였다. "정말이지, 그를 못 알아봤어? 세상에, 프라시스잖아. 고등학교 때 문학 수업을 가르치던 선생 말이야! 그가 대의원이래. 무슨 사무총장인가 하는 사람이 방금 그를 임명했대! 그는 또한 '서방의 파수꾼'이라는 소명감도 가지고 있대." 나는 기억하지 못했고, 5분 만에 다시 금방 잊어버렸다. 두 달 후인 바로 지금, 그 남자가 내 인생의 일부를 차지하게 될 줄 내가 어떻게 알았겠는가. 그리고 펠릭스의 집에서 보낸 일요일과 나의 은밀한 질투, 내 역마살의 무게가 한 시점의 끝을 장식하는 에피소드이면서, 그와 동시에 엄청난 재난의 가장자리를 장식하는 서곡이라는 걸 내가 어떻게 알았겠는가. 나는 친구를 찾아 밤새 기차를 타고 달려왔으며, 오후 시간이 흘러갈수록 그 친구를 찾지 못했다는 실망감이 커져만 갔다. 그의 잘못 때문이 아니라,

내가 아주 멀리 있다는 느낌을 떨치지 못하고 점차 불안의 증후들을 보이며 시계를 쳐다보고, 서두르지 않고 역에 도착하기 위해 남아 있는 시간을 계산하고, 이제 다른 곳에 있고 싶은 마음과 그것을 펠릭스가 눈치채지 못했으면 하는 바람이 있기 때문이었다. 우리는 내가 선물로 가져간 맥아 술을 반병 이상 천천히 마셨으며, 해 질 녘이 되었을 때는 약간 취해 있었다. 우리는 그의 아이들을 데리러 나갔고, 그가 아이들을 픽업하기 전에 근처의 바에서 맥주 한 잔 더 하자고 제안했다. 그는 길거리에서 만나는 거의 모든 사람들에게 인사를 건넸고, 웨이터는 그를 이름으로 불렀다. 펠릭스가 맥주를 두 잔째 마시고는 바에 팔꿈치를 괴고 목소리도 제대로 알아듣지 못할 정도로 진지해져서 나에게 말했다. "너에게 무슨 일이 있는지는 모르겠다. 하지만 너는 이상해. 나한테는 숨길 수 없어. 너는 예민해서 뭔가 급해. 오늘 아침에 도착해서는 언제 떠나야 할지 안절부절못하고 있어. 롤라도 그걸 느꼈어. 어쩌면 네가 광고에서만 해가 뜨는 나라들에서 너무 오래 살아 그런 건지도 모르겠다. 내가 너라면 돌아오겠다. 이제는 네 사업을 한다고 하지 않았니? 너는 브뤼셀이나 여기서도 똑같이 일할 수 있어. 게다가 다른 얘기도 있어. 너에게 이런 얘기를 하기가 창피하지만, 나는 거의 아무하고도 얘기하지 않고, 거의 아무하고도 웃지 않아. 나는 우리 동네 지주 모임의 회장이야. 4대 회장으로 방금 임명되었는데, 3년 임기야. 너한테는 이런 말 하지 말아야 하겠지만 나는 네가 그리워. 너는 밖에서 살고 별로 주목해서 보지 않으니까, 어쩌면 모를 수도 있어. 하지만 우리가 알고 있는 사람들이 많이 변하고 있어. 얼마 전 텔레비전에서 본 적이 있는, 외계인이 등장하는 영화와도 같아. 외계인들이 어떤 마을에 도착해선 광선이 발사되는 총으로 그들을 정복하는 대신, 사람들의 영혼을 빼앗아 가는 거야. 아내나 친구랑 있어도 처음에는 아무것도 눈치채지 못해. 하지만 아내나 친구의 눈이 퀭하고, 걷는 게 약간 부자연스럽다는 걸 눈치채게 되지. 그건 이미 아내나 친구가 외계인이 되어 버린 거야. 아직 정상인 누군가 깜빡 졸았다가 다시 눈을 떴을 때는 이미 다른 사람이 되어 있지. 물론 말하는 것도 똑같고, 얼굴도 그대로이지만 말이야. 오늘 아침, 내가 너를 보았을 때 너 역시 변했을지도 모른다는 두려움이 들었어. 이제는 조금 더 안심이 돼. 하지만 나는 나 자신도 믿지 않아. 곧 돌아올 거지?"

거의 매번 그러듯 늦고 말았다. 밤 10시 30분에 나는 이미 펠릭스와 롤라와 작별 인사를 나누고, 24시간 전에 마드리드에서 그랬던 것과 똑같이 택시를 타고 도시를 다시 가로질러 갔다. 나는 신분증과 여권, 신용 카드를 찾아 호주머니를 더듬거리며, 내 시계를 믿지 않고 택시 기사에게 시간을 물어보았다. 역에 도착해 보니 복도에는 사람들이 아주 조금밖에 없는 데다, 마드리드행 급행열차가 아직 플랫폼에도 들어오지 않아 시계에서 가리키는 시간보다 훨씬 일찍 온 것 같았다. 아무래도 기다려야 할 것 같았다. 하지만 이미 11시가 거의 다 되었고, 너무 이상했다. 매표소는 계속 닫혀 있었고, 신문 가판대와 바도 닫혀 있었다. 그제야 끔찍한 일이 벌어졌다는 걸 알았다. 누가 나에게 스페인 기차를 믿으라고 했던가. 모자를 목 뒷덜미까지 푹 눌러쓰고 입에 담배를 물고 있던 직원이 나에게 말했다. 그는 나를 바보처럼 바라보며, 기관사들의 파업을 어떻게 전혀 모를 수 있느냐고 물었다. 하지만 나는 가야만 했다. 국회 의사당에 아침 9시까지 있어야 했으며, 택시는 비싸서 타고 갈 수가 없어 그라나다에서 24시간 영업하는 렌터카 사무실을 찾을 수 있다면 차를 렌트하는 게 나았다. 나는 전화가 있는 바를 찾아 역 앞 대로를 따라 올라가다가, 트렁크를 질질 끌고 가는 여자와 마주쳤다. 머리가 더욱 헝클어져 있었고, 더 늙었으며, 굽은 더욱 휘어져 있었다. 그녀는 혼자 말하면서 걸어오다가 나를 보자 멈춰 서서 나에게 가까이 오라는 손짓을 보냈다. 그게 나의 운명이다. 나는 그냥 지나칠 용기가 없어 멈춰 섰다. 물론 무슨 일이 있어도 트렁크는 절대 들어 주지 않을 거라고 나 혼자 맹세했다. "여보세요, 실례합니다. 마라냐스 언덕이 어디 있는지 말해 주실 수 있나요? 이 거리들이 어떻게 되었는지 모르겠어요. 거리들을 바꿔 놓았거나, 아니면 없애 버린 게 분명해요. 나는 마라냐스 언덕에 살지만 그곳이 어디에 있는지 기억이 나질 않아요. 그리고 더 기가 막힌 것은 내 집이 어떤 건지, 그것도 기억나지 않는다는 거예요. 그러니 나를 아는 누군가를 찾지 못한다면 나는 길거리에서 잠을 자야 할 거요. 당신 얼굴이 낯이 익어요. 혹, 나를 모르세요?" 내가 그녀에게서 도망친 이후에도 그녀는 계속 혼자 말하고 있었다. 나는 다시 돌아보고 싶지 않았지만 그녀의 얼굴은 잊히지 않았다. 그녀가 레오노르 외할머니와 약간 닮았다는 생각이 들었다. 그리고 사실 자정 이후, 마드리드 국도에서 포드 피에스타를 운전하고 가는 동안 그녀에게서 떠오른 얼굴은 외할머니의 얼굴이었다. 나는 힘든 고비를 몇 차례 넘긴 후 간신히 차를 렌트했다. 나는 그 여자가 마라냐스 언덕까지 데려다 줄 누군가를 찾았을지를 계속 나 자신에게 물었다.

나는 출발 전에 커피 두어 잔을 마셨지만 졸렸다. 눈꺼풀이 무거웠고, 앞에서 오는 자동차들의 라이트 불빛과 국도의 하얀 선들이 나에게 최면을 걸었다. 목뒤의 척추와 목의 근육이 뻐근했으며, 머리를 기대는 게 두려웠다. 나는 몸을 꼿꼿이 세우고 핸들을 꽉 잡고, 자포자기와 위험스러운 기분으로 액셀러레이터를 밟았다. 어둠 속에서 나를 향해 빠른 속도로 다가왔다가 이내 백미러 뒤로 사라지는 하얀 선을 뚫어져라 바라보았다. 매 분이 더욱 빨리 흘러갔고, 달이 뜨지 않은 밤은 어두운 언덕 사이에서, 재빨리 스치고 지나가는 줄지어 늘어선 올리브 나무들 사이에서 점점 더 멀어졌다. 졸음의 위협이 호시탐탐 나를 노리는 이미지들보다 더 덧없이 스치고 지나쳤다. 그라나다 역 근처를 배회하는 트렁크를 든 여자. 레오노르 외할머니의 백발 머리. 해 질 녘 검은 숄 안에 벽돌을 숨긴 채 포소 거리를 올라가고 있는 미친 여자. 골목길의 불빛들. 지금 내 앞에 보이는 똑같은 불빛들. 도로 옆에 버려진 들판의 집들. 반세기 후 내가 시속 120킬로미터로 가로질러 간 밤이 모습과 매우 유사한 산길을 한밤중에 걸어가고 있는 마누엘 외할아버지. 가끔 꿈속에서 보았던 기병. 전쟁터에서 돌아오고 있는 페페 아저씨. 어머니가 생일 선물로 사 준 책 표지에 그려진 미하일 스트로고프. 나는 졸고 있다는 걸 알았다. 내 앞에서 트럭의 후미등 불빛을 보았기 때문에 얼른 머리를 흔들고는 속도를 낮췄다. 트럭을 추월할 시간이 있었다. 나는 기어를 바꿨고, 발바닥에 모터의 떨림이 느껴졌다. 트럭을 추월하는 동안 나는 날아오르는 꿈을 꿀 때처럼 시간과 현실 밖에서, 삶과 죽음 사이에 매달려 있는 기분이었다. 나는 다시 펠릭스의 집에 가지 못할 것이고, 다음 날 아침 동시 통역사로 일하기 위해 마드리드로 가지 못할 것이다. 나는 자동차를 운전하는 남자의 실루엣이고, 그 자동차 건너편에서 오는 다른 차의 라이트 불빛을 받은 실루엣일 뿐이었다. 그 실루엣은 라디오의 목소리와 노래들을 듣고 있으며, 이 방송에서 저 방송으로 채널을 바꾸며 스위치의 옅은 초록 불빛과 바늘을 바라보고 있었다. 마치 밤의 모든 목소리들을 지나쳐 오기라도 한 듯 부모님의 집에 있던 수놓인 커튼을 단 진지한 기계가 떠올랐다. 벽돌을 쌓아 만든 선반 위, 아주 높은 곳에 있었기 때문에 스위치에 닿기 위해 나는 밥을 먹을 때 앉던 소파 위로 올라가야 했다. 그리고 빗소리와 말발굽 소리도 들려왔으며, '13번 차'라는 라디오 연속극이 시작되고 있었다. 아니면 비가 내리고 멀리서 천둥이 치는 한밤중에 기병이 말을 몰고 있었다. 점점 더 빨리 이 방송에서 저 방송으로 바뀌었으며, 손가락의 가벼운 놀림으로 노래들이 순식간에 사라져 버렸고, 불빛들이 내 눈을 멀게 했다. 오른쪽으로 나가는 길을 알리는 표지판에는 마히나, 54킬로미터라고 적혀 있었다. 하지만 그 표지판은 이

내 뒤로 물러났고, 나는 맑은 정신으로 흥분한 채 운전하고 있었다. 코카인을 복용했을 때와, 처음으로 밀려든 졸음을 간신히 뿌리쳤을 때 정신이 맑아 오는 것처럼 위험하게 정신이 맑았다. 이제 나는 기억이 나지만, 당신에게 제대로 설명할 수 있을지 자신이 없다. 그것은 비겁함과 두려움이 뒤섞인 것이었으며, 내 앞에 직선으로 뻗은 도로처럼 어지럽고 텅 비어 있는 아무 목적도 없는 흥분이었다. 그때 새벽 3시경 나는 데스페냐페로스를 지나가고 있었고, 바늘은 만차 지방의 밋밋한 평원에서 130킬로미터를 가리키고 있었다. 이제 곧 날이 밝아 올 거라고 생각했지만, 그것은 도시의 불빛이었다. 나는 오티스 레딩의 노래가 흘러나오는 방송을 발견하고, 아직 그 제목을 기억하지 못한 채 큰 소리로 가사를 따라 불렀다. 나는 왼쪽으로 커브 길이 있음을 알리는 표지판에 다가가면서 본능적으로 액셀러레이터에서 발을 뗐고, 그때 트럭의 라이트를 보면서 한순간 진짜 확실하고도 두려움으로 가득 차 내가 옆으로 비켜나지 않으면 트럭 바퀴에 깔려 죽을 거라는 걸 깨달았다. 하지만 나는 브레이크를 밟았고, 내 속도는 줄어들지 않았다. 노란 라이트 불빛이 내 눈을 시리게 했고, 트럭의 새하얀 입이 앞 유리 전면을 가득 메웠다. 나는 클랙슨 소리에 온몸에 전율을 느꼈다. 1초도 안 되는 찰나와 같은 순간에 차분하고도 절대적으로 맑은 정신이 들면서 죽는다는 슬픔을 지워 주었다. 어쩌면 내가 두 눈을 감고 핸들을 튼 것 같기도 했다. 차체가 정신없이 흔들리던 게 멈추고 내가 다시 눈을 떴을 때는, 차가 멈춰 서 있었다. 하지만 라디오는 여전히 계속 켜져 있었고, 커브

길로 접어들면서 듣기 시작했던 노래가 여전히 흘러나오고 있었다. 더욱 이상한 것은 내가 여전히 살아 있다는 게 아니라, 마치 마지막 순간에 지난 모든 세월이 전혀 흘러가지 않은 듯 오티스 레딩이 *My Girl*을 계속 부르고 있다는 거였다.

제4장

그는 자신의 운(運)과 교통 소음, 매연, 골목마다 휘몰아치는 진눈깨비 바람을 증오하며 에스키모인처럼 꼭꼭 껴입고 렉싱턴 대로를 따라 올라간다. 시카고보다 훨씬 추워서, 그는 털장갑과 목도리, 빨간색과 검은색 체크무늬 외투를 입고 양말을 두 켤레나 껴입었다. 이곳에서는 그를 아는 사람이 아무도 없기 때문에 털모자와 귀마개도 샀다. 그래도 소용없다. 그는 여전히 추워 죽을 것 같았고, 호텔에서 텔레비전이나 보고 있을 걸 하는 후회도 들었다. 입에서는 하수구와 아스팔트 틈새로 올라오는 수증기만큼이나 짙은 입김이 나왔으며, 코는 빨개졌고 코끝에는 고드름이 맺혔다. 돌아가신 라파엘 아저씨와 똑같았다. 그가 죽은 지 그토록 오랜 세월이 지나, 뉴욕에서 누군가 그를 떠올릴 거라는 걸 누가 알았겠는가. 테루엘 전투보다 더 추웠다. 신문지와 누더기를 잔뜩 껴입고 비닐 조각을 두른 거지들이 러시아에서 후퇴하는 나폴레옹의 마지막 군대처럼, 시베리아로 떠나는 유배자들처럼 몸을 더욱 웅크린 채 천천히 걸어가고 있다. 작년 겨울 내 친구 도날드 페르난데스가 심장이 없는 이 거리들을 이렇게 걸어 다녔을 것이다. 그가 미국 시민권을 받고서 얼마나 자랑스러워했는데. 보도 옆으로는 사람들이 밟고 지나다니고, 자동차 바퀴들이 짓이기고 지나간 지저분한 눈 더미들이 쌓여 있다. 깜빡 방심했다가는 신호등을 건너다가 미끄러질 수 있고, 여기 사람들은 들소 떼처럼 쳐다보지도 않고 그냥 밟고 지나갈 수도 있다. 도날드가 그런 얘기를 했었다. 멈춰 서면 사람들이 짓밟아서, 넘어지면 더 이상 일어날 수 없다고. 하지만 생각해 봐. 종이컵에 들어 있는 작은 구리 동전들을 흔들며 동냥하는 미친 흑인들처럼 가끔 모든 경계심을 잊고 큰 목소리로 말실수를 한다고 해도, 흔히 말하듯, 이제 드디어 너는 뉴욕에 와 있는 거다. 이제 너는 다시 세상의 정상에서, 로마의 자랑스러운 유적지인 클로아카 막시마에서 우뚝 선 것이고, 서른다섯 번째인지 35주년인지 네 생일을 맞아 인생을 불평하는 거라고. 너를 통역 삼아 자기 연설문을 영어로 반복하게 하기 위해, 마드리드에서부터 지구 상에서 가장 타락한 곳으로 너를 불러들인 역동적인 판관이 틀림없이 그렇게 말했을 거다. 그는 아주 재밌는 작자였는데, 맨해튼에 오고 나서 훨씬 젊어졌다. 그는 시카고에서 마드리드행 직항 비행기를 타지 않고, 뉴욕에서 며칠 더 머무르기 위해 어쩔 수 없는 약속을 만들어 냈다. 바그너는 미시간 호수 위로 휘몰아친 폭풍우 못지않게, 메트로폴리탄에서도 여전히 가차 없이 으르렁거렸으며, 그는 그것을 놓치고 싶어 하지 않았다. 특히 이제는 메트로폴리탄이라 말하지 않고 자연스럽게 메트라고 한다. 그는 모든 약자들의 의미와 골목골목까지 지리를 꿰뚫고, 자연스럽게 MoMA와 쌍둥이 빌딩에 대해 말한다. 그리고 호텔 입구를 말할 때 홀이라 하지 않고 로비라고 한다. 뉴욕 상류층의 언어와 상점, 레스토랑, 클럽, 재즈 클럽, 소호 갤러리의 이름도 확실하게 알고 있다. 그는 잠시도 멈추지 않았다. 심지어 이제는 빌리지가 예전의 빌리지가 아니라고, 전문가처럼 확신하기도 한다. 그리고 그는 미국에서의 스페인의 흔적 덕분에 거의 모든 웨이터들과 벨보이들, 택시 기사들이 자기 말을 이해한다는 걸 깨달았기 때문에 통역이 없어도 된다고 결심했다. 그래서 마누엘은 이제 새보다 자유롭고 개보다 외로워져, 에스키모인 복장을 하고 렉싱턴 대로의 지저분한 벽돌 절벽들 아래에서 서글퍼 하며 지켜워하고 있다. 그는 뉴욕으로 돌아온 걸 후회하며, 어디에 있는지도 모르는, 절대 아무도 없는 집에 계속 전화를 거는 무의미한 행위로 다시 돌아온 걸 후회한다.

그는 호텔을 나서기 전에 다시 전화를 걸었고, 심지어 이번에는 용기를 내서 자동 응답기에 전화번호와 룸 번호를 남겼다. 마치 멜랑콜리한 경고처럼. 앨리슨, 나예요. 여전히 치근거리는 사람이오. 오늘 오후, 6시 반에 마드리드로 떠나요. 만나자고 청하는 것 같아도 이제는 작별 인사일 수밖에 없었다. 심지어 그것조차 되지 않을 수도 있었다. 만나지도 않은 사람과 작별 인사를 할 수는 없으므로. 그는 뉴욕과 겨울인 모든 도시들을 저주하며 걸어간다. 그는 자기 자신과 자기 그림자와 싸우며 걸어간다. 그는 강한 미국 억양이 담긴 영어로 *I wanna fly away*라고 생각하며, 루 리드를 떠올린다. 노래를 부를 때면 혼자 이런 거리를 거닐고 있는 것 같다. 그리고 그의 그림자가 그에게 스페인어로 대답한다. 네가 원하는 것은 기적을 울리며 떠나는 거야. 그는 볼레로도, 스페인 노래도, 상당히 룸펜인 룸바도 역겨워 보이지 않게, 뻔뻔할 정도의 해박한 지식으로, 노래 가사를 외우고 있다. 그는 이것을 위해 그토록 많이 여행하고, 세상을 구경하고, 언어를 배웠다. 그리고 창문 너머 뉴욕에서 보이는 거라고는 유일하게 주차장의 철제 골격뿐인 호텔 방에서 버림받은 느낌을 느끼며 우울하게 시들어 가고, 행복한 커플을 위한 천박한 퀴즈 게임과 우연히 라틴 채널에 잡힌 아르헨티나 제국에 대한 영화와 미겔 리헤로나 보기 위해서였다. 그는 여행자보다 더 외로웠다. 바로 그게 네가 원하는 거잖아. 그림자가 그를 비웃는다. 늘 다른 사람들의 말을 사냥개처럼 쫓아다니는, 말에 미친 여행자. 통속적인 영화와 노래의 감정에 취한 여행자. 영화와 노래에 부드럽게 살해당한 여행자. 나 죽고 싶으니 독을 줘. 그것은 채널들이 혼동되는 라디오 한 대를 머릿속에 넣어 가지고 다니는 격이다. 루 리드, 후아니토 발데마라, 안토니오 몰리나. 내가 태어난 아름다운 스페인이여, 안녕. 4월의 장미처럼 즐겁고 우아한 나의 아름다운 땅이여. 5번가와 센트럴 파크 골목에서 그림자가 그를 그리움으로 무안 주기 위해 노래를 부른다. 그러자 진눈깨비가 더욱 세차게 휘몰아치고, 양심이 없는 그림자는 아르만도 만사네로의 목소리를 혐오스러울 정도로 달콤하게 속삭인다. 나는 어제 오후 비가 내리는 걸 보았네. 사람들이 뛰어가는 걸 보았네. 그런데 너는 없었지. 비도 내리지 않고, 오후도 아니다. 물론 모두 매한가지지만. 어두침침하고, 재빨리 흘러가는 구름들이 아주 나지막하게 떠 있어 마천루들의 꼭대기 층을 가렸으며, 거리 끝으로 보이는 모습을 흐릿하게 지운다. 그리고 사람들은 12시인데도 벌써 지친 얼굴이며, 5시 정각에 구름이 나오면 곧 재갈을 풀어 놓을 듯한 화난 얼굴로 서둘러 갈 것이다. 그리고 정말 고무장화를 신고 차양이 쳐진 대피소로 달려가는 여자들도 있다. 물론, 당신은 없다. 그는 그녀를 만나게 되면, 아니면 트렁크와 가방을 다 싼 후 마지막 순간에 그 말을 할 생각이었다. 그는 다시 마음이 약해져서 전화를 걸고 마침내 집에 있는 그녀를 발견하게 된다. 그는 자기가 그녀에게 말하는 모습을, 아니면 그녀에게 장문의 편지를 쓰는 모습을 상상한다. 그럴 생각이었지만, 그녀의 주소를 몰랐다. 회의적인 그림자는 설령 그가 주소를 안다 해도 그녀에게 편지는 쓰지 않았을 거라며 비아냥거린다. 내가 너를 모를까 봐. 너는 그녀에게 전화를 걸 수 있었는데도 전화하지 않았어. 처음에는 체면 때문에 그랬고, 나중에는 게을러서거나, 아니면 그녀를 잊어 가고 있어서 그랬어. 이제는 턱까지 내려오는 단발머리와 빨갛게 칠한 입술, 입고 있던 옷, 그러니까 짙은 초록색 바바리와 남자 양복 같은 회색 줄무늬 정장, 옷깃이 꽤 넓은 겉옷만 기억날 뿐이다. 점심 식사 중 그녀가 그쪽으로 몸을 숙였을 때 수놓인 브래지어 끝이 살짝 보이면서 상큼하면서도 시큼한 샤워 콜로뉴 냄새가 났었다. 그런데 지금, 아메리카에서, 그의 귓가에 대고 속삭이는 아이러니한 그림자에도 불구하고, 그녀가 더욱 강렬하게 기억나고 사무칠 정도로 그립다. 요 며칠 그녀와 함께 지냈어도 괜찮았을 텐데. 내가 너를 잘 아는데, 너는 불완전하거나 권태로운 징후들을 찾아 맥 빠진 환자처럼 너 자신에게 청진기를 들이대기 시작했을 거야. 네가 처방을 내리면 실망할지도 모른다는 두려움이 사랑에 대한 공포로 바뀌었을 거야. 그리고 바로 지금은 비밀로 바뀌었을 테고. 너는 가능한 한 멀리, 바다 건너편으로 떠나고 싶어 했을 거야. 고통이 아닌 불편한 열정으로부터, 전화 통화로부터, 수없이 읽게 될 편지들로부터, 세상이 단 한 개의 존재로 축소되는 것으로부터, 곧 참지 못할 정돈되고 평범한 삶으로부터 도망치면서 말이지. 정말 끔찍하지. 그림자가 안도하며 그에게 말한다. 그의 최악의 습관들을 지켜 주는 친구처럼. 차라리 외로워도 편안한 게 나아. 주머니에 비행기 표가 들어 있는 게 낫다니까. 펠릭스를 봐. 그는 네가 열네 살 때부터 얘기해 오던 지각 변동은 모른다잖아. 펠릭스는 틀림없이 네가 온갖 정성을 쏟은 격정적이고 미스터리한 여자들의 리스트를 몽땅 합친 것보다, 롤라와 더 많이 즐겁게 지냈을 거야. 너는 거의 항상 헛짓만 한 거지. 네가 살면서 여자들에게, 그 어떤 정성보다 더 많은 에너지와 흥분, 고통을 쏟아 부었는데도 말이지.

다행히 눈은 내리지 않았다. 센트럴 파크에서는 숲 냄새와 축축한 흙냄새, 물에 젖은 낙엽 냄새가 흘러나왔으며, 지금 그는 부자 동네의 보도를 따라 북쪽으로 힘차게 올라간다. 현관 앞에는 술 달린 제복을 입은 수위들이 제식 모자 아래로 그의 귀마개처럼 민망한 귀마개를 쓰고 있다. 그는 거리의 번호와, 리무진에서 내려 간접 조명이 은은하게 비추는 흰색 몰딩과 마호가니 대(臺)를 두른 현관 쪽으로 서둘러 들어가는 털 코트를 휘어 감은 여자들을 눈여겨보며 가고 있다. 세상에서 가장 비싼 향수가 금빛 흔적을 남겨 놓듯 그녀들은 허공에 흔적을 남겨 놓는다. 한순간, 그는 앨리슨의 샤워 콜로뉴 냄새가 났다고 생각하며, 그녀의 얼굴을 떠올린다. 하지만 그것은 불가능하다. 그것은 후각이 헛것을 냄새 맡은 것과 같다. 그리고 그때 처음으로, 어쩌면 이제는 그녀를 영영 만나지 못할 가능성이 훨씬 크다는 것을 깨달으며 자기 옆을 지나치는 낯선 얼굴들에게서 증오를 느낀다. 그가 이스트 64번가에 도착했을 때는 이미 기운이 빠진 상태였다. 한 시간 이상 쉬지 않고 걸었으며 배도 고팠다. 위로가 되지 않는 배고픔으로, 항상 적대적인 도시들이 그에게 안겨 주는, 의지할 데 없는 느낌과 뒤섞인 배고픔이다. 그리고 백만장자들만 사는 요새와 같은 부자 동네에는 바도 없고, 고약한 기름 냄새와 연기를 풍기며 햄버거를 파는 곳도 없다. 거지도 없고, 쓰레기 더미로 가득한 쇼핑카를 끌면서 비닐 넝마를 휘두르는 노숙자도 없고, 지하도도 없고, 온두라스 합참 의장과 같은 제복을 입은 수위들과 깨끗하고 넓은 보도들만 있다. 앨리슨. 그가 말한다. 앨리슨, 앨리슨. 마치 그가 진심으로 그녀를 사랑하는 것 같다. 그녀의 이름을 반복해서 부르면 그녀가 꼭꼭 숨어 있는 뉴욕 끝에서부터, 아니면 미국 끝에서부터 얼른 달려올 것 같았다. 하지만 이상한 것은 그녀를 찾을 수 없는 게 아니라, 그녀를 만난 후 모든 가능성을 뒤엎고 금세 그렇게 친해졌다는 것이다. 페페 아저씨가 말했듯이, 세상 사람과 말이다. 뉴욕의 전화 안내 책자에 알파벳순으로 나와 있는 이름들의 수만 생각해도 어지러운데, 수천 개의 언어를 구사하는 수백만 명의 여자와 남자들이 있는데, 너무나도 간절히 원할 때 그런 사람을 찾을 방법이 없는데. 그러니 하룻밤의 행운에 감사하고, 더는 절망하지 말고 유럽으로 돌아가 마드리드에 정착해 아파트 살 돈을 모으고, 마흔 고개로 접어드는 나이에 익숙해지는 게 나았다. 정말이지 곧 끔찍해질 것이다. 그리고 그런 게 인생이다. 하지만 아직 머리카락이 빠지지 않고 배가 나오지 않은 걸 고마워해. 그림자가 말한다. 마약과 술, 종교에 빠지지 않고, 주머니가 튀어나온 바지를 입지 않고, 메이커가 있는 스웨터도 입지 않고, 사무실도 없고, 정치적인 직책도 없는 걸 고마워해. 네가 마약을 포장할 은색 종이를 주머니에 넣어 다니지 않는 것도, 부권(父權)에 얽매이지 않는 것도, 부부와 간통에 집착하지 않는 것도, 교통사고로 불구가 되지 않은 것도, 절대 존재하지도 않는 영광스러운 과거 때문에 그리움으로 바보가 되지 않은 것도, 사무실이라는 올가미에서 자유로운 것도, 수많은 실연에서 치명적인 상처 없이 살아남은 것도 고마워해.

하지만 그는 배가 고파 죽을 것 같았다. 다리가 후들거리고, 날씨가 너무 춥다 보니 코가 떨어져 나갈 듯이 아렸다. 미리 털모자와 귀마개를 사서, 그나마 다행이었다. 사람들이 웃든 말든, 나만 따뜻하면 되지. 추운 겨울날 학교에 갈 때, 그의 어머니가 눈만 빠끔히 내놓고 얼굴 전체를 가리는 모자를 씌워 주면서 하던 말이었다. 그는 그 모자를 쓰면 범죄자처럼 보여서 끔찍이도 싫었다. 그는 66번가 코너에 도착한 후에도, 기계처럼 집요하게 계속 북쪽을 향해 걸어간다. 하지만 늦지 않으려면 돌아가야 한다. 아버지라면 비행기를 놓칠까 봐 벌써부터 걱정하고 있었을 것이다. 그리고 그 역시 걱정되었다. 평생 살면서 아버지를 닮지 않으려고 무던히도 애썼는데, 어느 날 보니, 자기가 아버지에게서 제일 좋은 점이 아닌, 가장 참을 수 없는 집착만 물려받았다는 사실을 깨달았다. 돌아간다고 해도 거의 두 시간은 더 걸어야 했다. 그러고 나서 그는 호텔 카페에 있는, 제일 큰 샌드위치와 아주 짙은 흰색 거품이 올라온 탁하면서도 시커먼 맥주 한 잔을 마시고 싶었다. 조금만 마셔도 금세 취해, 비행기 안에서 푹 잠든 채 갈 수 있는 아주 훌륭한 음료였다. 이제 곧 떠날 거라는 확신으로 흥분되었다. 펠릭스에게만 믿고 말할 수 있는 음식이 갑자기 미룰 수 없을 정도로 먹고 싶어졌다. 펠릭스를 포함한 그 누구라도 촌스럽다며 야단칠 게 뻔한 음식이다. 기름을 바른 토스트 한 쪽과 하몽을 넣은 바게트 빵 조각, 설탕을 뿌린 추로스 반 개, 카페 라테. 하지만 여기 사람들이 점심 먹을 때 마시는 물 탄 커피가 아닌, 아주 진하게 볶은 정말 제대로 된 카페 라테와 그의 어머니가 요리한 콜레스테롤 덩어리인 토끼 고기를 넣은 밥 요리가 먹고 싶었다. 그리워서, 추워서, 배가 고파서 거의 눈물이 날 지경이었다. 올리브 밭이나 농장에 들어갈 때 갑자기 밀려들던 배고픔이 느껴졌다. 그리고 그때 그의 앞쪽에 있는 골목에서, 이탈리아풍의 저택처럼 보이는 나지막한 건물이 눈에 띄었다. 그는 그곳이 박물관임을 알자, 그 즉시 그 안에 난방 장치와 세면대, 어쩌면 카페테리아까지 있을지도 모른다는 생각을 한다. 그래서 시계를 보고 남은 시간을 계산한 후 계단을 올라 입장권을 산다. 박물관 이름은 프릭 컬렉션으로, 그에게는 마드리드에 있는 페리코 치코테의 주류 박물관과도 같았다. 그리 오래되지 않은 얼마 전에 누군가 그 박물관 얘기를 했던 게 이제야 기억나기는 하지만. 어쩌면 바로크 음악이나 라틴 시, 언어학만큼이나 그림에도 해박한 지식을 가진 펠릭스일 수도 있다. 하지만 그는 잘난 척하지 않으려고 철저히 자신의 해박한 지식을 시치미 떼었다. 그는 부끄러워하며 자기가 알고 있는 것을 숨겼다. 가끔 어느 장소에 들어갔다가, 자기가 너무 키 큰 걸 부끄러워하는 것과 같았다. 정말이지 안은 후텁지근했다. 그는 다행이라 생각하며 장갑과 털모자, 귀마개를 벗는다. 화장실 방향을 가리키는 화살표도 있다. 하지만 옷 보관소에서 카페테리아는 없다고 그에게 알려 주었다. 그곳이 따뜻하고, 조용하고, 어두침침해, 배고픔은 잦아들었지만 운이 없었다. 그는 대리석이 깔린 복도를 따라 걸어간다. 박물관에 와 있다는 인상을 받지 못한다. 오히려 누군가의 집에 몰래 숨어 들어온 기분이다. 벽에는 희미한 조명을 받은 조그마한 그림들이 걸려 있고, 바깥에서는 교통 소음도, 바람 소리도 들려오지 않는다. 몇 분이 지나자 침묵이 홈스테드 호텔의 비현실적인 강도를 띤다. 하지만 이곳의 침묵은 위협적이지 않고 호의적이다. 반들거리는 나무 바닥 위를 조심스럽게 걷는 발소리와 소곤거리는 목소리들, 옆방에서 들려오는 보이지 않는 누군가의 웃음소리, 대리석 잔 위로 떨어지는 물소리가 들린다. 원형 유리창으로 뒤덮인 안뜰은 담배를 피우며 양손에 카탈로그를 펼쳐 들고 있는 고적한 여자 한 명과 잿빛 명료함이 있다. 지켜워하는 경비들이 복도 끝에서 나지막한 목소리로 얘기하며, 웃음소리가 크게 들리지 않도록 입을 가리고 있다. 박물관 같지가 않다. 그는 펠릭스에게 얘기해 줄 생각이다. 모든 경비원들이 야유하는 듯하면서도 한통속인 얼굴들이다. 특히 낯선 사람을 보면 자기네가 경비라는 사실을 감추며, 웃고 싶은 마음을 참지 못하는 듯 얼굴이 심각해지면서 굳어졌다. 사무실 책상과 서재, 대리석 벽난로가 설치된 큰 방이 하나 있다. 벽난로 위에는 집주인의 전신 초상화가 걸려 있다. 수염이 하얗고 조끼와 함께 정장을 입은 남자가 높은 곳에서부터 나를 바라보고 있다. 내 앞에서 자신의 궁전과 그림 컬렉션을 자랑하면서도, 마치 내가 그곳에 있는 걸 마음에 들어 하지 않는 것 같다. 그는 2세기 전 남자들과 여자들의 창백한 얼굴들을 보며, 자기가 지금 죽은 사람들의 초상화를 보고 있다고, 거의 모든 그림들과 거의 모든 책들, 심지어 그가 가장 좋아하는 영화들까지도 유일하게 그들에 대해, 죽은 사람들에 대해 다루고 있다는 사실을 두려움을 갖고 생각한다. 그는 애국심이 없지 않은 마음으로, 약간 놀라워하며 고야와 벨라스케스, 무리요의 진지한 자화상을 발견한다. 이 그림들이 이곳에 도착하기 위해 거쳐왔을 장소들을 놀라워한다. 상상만 해도 어지럽다. 그는 그곳을 떠나고 싶어진다. 늦을 수도 있고 침묵이 약간 두렵기도 했다. 그림자까지도 입을 다물고 있다. 마치 침묵이 그림 내부에서부터 그를 향해 오는 것 같았고, 그곳에서부터 죽은 자들이 차분한 시선으로 자기를 쳐다보는 것 같았다. 시간과 장소. 수족관의 유리처럼 사람들을 둘러싸고 있는 실체 없는 공간. 출발 시간에 가까워져 가는 손목시계의 시곗바늘과 뉴욕의 거리들과 무관한 시간. 박물관의 홀들과 복도들에서, 대리석 잔 위로 물이 흐르는 안뜰의 잿빛 명료함 속에서, 흙에 지워진 이름 없는 사람들의 얼굴들에서 얼어붙은 수년과 수 세기. 그 모습들이 서글픈 미소를 띤 채 그림의 어두운 배경을 뚫어져라 바라보며 우뚝 서 있다. 그는 자기가 곧 죽게 될 것이며, 마누엘 외할아버지가 한숨을 쉬며 말했듯이 우리 인간은 아무것도 아니라는 생각이 들게 해서 박물관이 싫다. 주인공들이 늙은 얼굴을 주름으로 분장하고 손을 떠는 영화를 볼 때도 마찬가지다. 영화가 아무리 형편없어도 서글퍼진다. 물론, 배우들은 자기네가 연출하려는 나이보다 훨씬 젊어 보이고, 흰머리가 염색한 거라는 게 티가 나기는 하지만. 먼저 여행 왔을 때 그는 메트로폴리탄 박물관에서 이집트 은거울에 비친 자신의 흐릿한 얼굴을 보고, 5천 년 전 그 거울에 비친 얼굴들이 어땠을지 자신에게 물으며 눈길을 뗐다. 죽은 사람들의 조합. 죽은 사람들의 카탈로그. 돌에 새겨지거나 유화로 그려지거나, 아니면 사진으로 보관된 죽은 사람들의 모습. 나는 자식이 없고, 이제는 없을 가능성이 높다. 백 년 후에는 내 얼굴의 흔적이 기억에도, 그 누구의 얼굴에도 남아 있지 않을 것이다. 하지만 우리 어머니는 내가 페드로 외증조부를 많이 닮았다고 한다. 외할아버지와 외할머니, 그리고 어머니가 돌아가시고 나면 그 사실은 아무도 모를 것이다.

진정하고, 자 여기서 나가자. 그림자가 개입한다. 아니면 덩치 큰 펠릭스가 몇 잔 마시고 비틀거릴 때처럼 말한다. 이스터 섬의 동상처럼 바닥으로 쓰러질 것 같다. '막스, 너무 엄청나게 그러지 마.'* 하지만 그는 아직 떠나지 않았고, 막 사람들이 버리고 떠난 저택의 방들을 둘러보듯, 이 방 저 방 돌아다닌다. 피곤과 배고픔, 오랜 시간의 고독으로 멍해진 채, 박물관과 공항, 슈퍼에서 몽유병 환자처럼 얼이 나간 채 돌아다닌다. 그리고 그때, 처음에는 별다른 주의 없이 흘낏 쳐다보았다가, 나중에는 발걸음을 멈추고 어두컴컴한 그림 한 편을 보게 된다. 외국의 거리에서 마히나의 누군가의 얼굴을 알아보고, 그럴 리 없다는 것을 깨닫기까지 1초 정도 걸릴 때처럼. 곧 세상 어느 그림과도 비슷하지 않다는 인상을 받는다. 젊은 남자가 타타르족의 모자를 쓰고, 넓고 나지막한 탑인지 성인지 어렵사리 모습이 구분되는 언덕 앞에서 한밤중에 백마를 몰고 달리는 그림이다. 그는 제목을 보기 위해 가까이 다가간다. 렘브란트.「폴란드 기병」. 하지만 어두운 빛을 내뿜는 캔버스 표면에 빛이 반사되어, 다시 뒤로 물러난다. 왜 그런지 이유는 정확히 설명할 수 없지만, 그가 살면서 보았던 그림들 중에서 가장 묘한 그림이다. 아주 묘하면서, 오래되지 않은 얼마 전 잊어버린 꿈에서 보았던 것처럼 왠지 익숙한 그림이다. 하지만 몇 달 후에 보게 될 뭔가를 미리 꿈꾸지는 않는다. 그는 알아보지 못하면서도, 뭔가 이상한 느낌이 든다. 그런데 그 비슷한 확신과 함께 상실감과 행복한 느낌은 들지 않는다. 목에 뭔가가 걸리면서, 몇 곡 되지 않는 곡들이 완벽한 충족감을 안겨 주는 그런 행복한 느낌과 상실감은 갑자기 찾아오는 게 아니다. 마치 시간과 현실은 상관없는 것 같았다. 마치 1월의 꽁꽁 얼어붙은 그날 아침, 뉴욕에서 혼자 있는 것 같지 않았다. 그는 유럽의 황량한 도시를 향해 날아가기 일보 직전이고, 서른다섯 살이 되기 일보 직전이고, 이제는 제대로 인식도 하지 못한 채 옆 아파트에서 사는 낯선 사람의 삶 정도만큼 자기 삶을 수긍하기 일보 직전이다. 그는 확신했다. 그 기병을 꿈꾼 적이 있었다. 마누엘 외할아버지가 들려준 이야기들처럼, 그 기병은 그에게 행복감과 두려움을 안겨 주었다. 겨울 동틀 무렵 시에라 산에서 내려온 켄타우로스들. 그림에서 보이는 산처럼 어두운 산들을 지나 포로수용소에서 마히나로 돌아오던 이야기. 산 후안 날 밤 멀리서 불타던 모닥불. 기병 뒤에서 환하게 타오르는 불이 있기 때문인 것 같다. 땅 위에서 깊이 울려 퍼지는 말발굽 소리. 그는 떠나려 했지만, 몇 발짝 갔다가 다시 돌아와 계속 바라보고 있다. 뭔가 기억날 것 같은 긴장감이 감돌아 참을 수가 없다. 어디서 봤더라. 언제였더라. 몇 년 동안 그 비슷한 일이 있었던 게 기억난다. 그는 바구니나 대나무 상자를 보면 섬뜩했다. 그러면 곧 자기를 찌르는 휘어진 칼들과 자기한테서 뿜어져 나오는 피얼룩이 상상되었다. 그러다가 어느 날 밤, 비몽사몽 중에 텔레비전을 보다가 그 이미지가 꿈에 대한 기억이 아니라, 어릴 때 보았던 영화의 한 장면이라는 사실을 갑자기 깨달았다. 지금도 상연되고 있는 「벵골의 호랑이」였으며, 브뤼셀의 오피스텔에서 온갖 두려움이 그를 깨웠었다. 하지만 그 당시의 모든 순수함과 행복과 함께 잠에서 깨어났다. 산 정상에 보이는 탑인지, 카르파토의 성인지, 절대 되돌아올 수 없는 성인 영화나 책 표지를 떠올릴 수도 있다. 기병이 구리 노커를 두드렸는데, 메아리 이외에는 아무도 대답하지 않았을 수도 있다. 아니면 말을 타고 가다가 탑을 보고 피신처를 구하거나, 몇 시간 휴식이라도 취할 생각을 미리 포기했을 수도 있다. 그는 자신의 여행을 멈추고 싶어 하지 않는다. 말에서 내려와 타타르 모자도, 등에 메고 가는 화살통도, 안장에 매달고 가는 활도 벗으려 하지 않는다. 어느 전쟁에서 싸울지, 어느 격렬한 사냥에 몸을 내던질지, 차르의 메신저인 미하일 스트로고프가 절대 멈춰 서지 않고 지나갔던 무한대의 스텝과 같은 어느 스텝에 가기 위한 것인지 누가 알겠는가. 미하일 스트로고프는 비밀 임무 수행 중에 기차에서 금발 여인을 만났다. 그는 그렇게 그냥 헤어졌다가 나중에 다시 만났지만, 타타르 야만인들이 불에 달군 검으로 그의 두 눈을 지져 더 이상 그녀를 볼 수 없게 되었을 때 그녀의 도움으로 목숨을 구했다.

시계가 그를 재촉한다. 떠나야 한다. 그는 폴란드 기병에게 등을 돌렸다가, 어쩌면 이제 다시는 보지 못할지도 모른다는 생각에 전시실 문턱에서 마지막으로 돌아선다. 하지만 그렇게 꽤 떨어진 거리에서는 불빛이 공허한 스크린처럼 그림을 비추며, 몇 초 전의 감동은 다시 반복되지 않는다. 그 그림은 다시 그가 아직 보지 못했을 때의 그림으로 돌아갔으며, 순식간에 이전 상태로 돌아갔다는 게, 섹스를 끝낸 후의 실망감과 지난밤의 흥분 위로 환한 빛이 내리쬘 때의 불신감과 약간 흡사하다. 그는 밖으로 나오면서, 홀로 망명 와 있는 동포에게 그러듯 무리요의 자화상에 작별 인사를 고한다. 그러고는 다시 목도리와 털모자, 귀마개, 장갑을 착용한다. 벌써 2시가 되었다. 거리는 덜 추웠으며, 이스트 강에는 단도로 사람을 찌르는 것 같은 고약한 바람이 불지 않는다. 눈이 내리기 시작한다. 그는 모자를 눈썹까지 내리고, 재킷의 깃을 올리고, 목도리와 입김으로 축축해진 털실로 입을 막는다. 털실이 코끝을 스치며 옛날 겨울의 안락함이 떠오른다. 나지막하게 뜬 하얀 구름들이 뉴욕을 지평선이 보이는 도시로 바꿔 놓는다. 런던과 닮았다. 하지만 희미한 안개 사이로, 센트럴 파크의 나무들 위로, 이제는 중량감이 나가지 않는 마천루들의 실루엣과 환하게 밝힌 불빛들이 보인다. 곧 떠난다고 생각하니, 벌써 그리운 마음이 약간 들기도 한다. 그리고 그 그리움은 나중에 입김을 불어 택시 유리창을 닦을 때 더욱 강렬해진다. 그는 택시를 타고 호텔로 돌아오면서 거리를 오가는 겨울옷 입은 사람들을 바라본다. 평소 잘 믿지 못하는 습관 때문에 별다른 신념 없이 상상하며 보고 있다. 짙은 초록색 바바리를 입은 금발의 앨리슨이 지나가는 걸 보았다고 생각한다. 그녀는 극소수의 뉴욕 사람들만 걷는 특유의 방식으로 걸어가고 있다. 전혀 서두르지 않고 회의적으로, 아니면 아무 생각 없이 천천히. 자기 멋대로 살다가 마지막 순간에 웃으면서 나타나는 사람처럼. 당신이 지금이라도 나타난다면, 당신이 추워서 어깨를 움츠리고 양손을 호주머니에 깊숙이 찔러 넣고 얼굴에는 금발가 뒤엉킨 채 호텔 차양 아래서 기다리고 있다면, 내가 로비로 들어섰을 때 당신이 나를 기다리며 앉아 있던 소파에서 일어나, 몇 년 전부터 내가 좋아하는 여자들이 나에게 가까이 다가오길 바랐던 것처럼 내 쪽으로 걸어온다면. 하지만 호텔 차양 아래에는 수위 말고 아무도 없다. 그는 발을 동동 구르며 발의 추위를 떨쳐 내려고 안간힘을 쓴다. 로비의 소파에는 성실한 일본인들과 북구 사람들, 피부가 분홍색이고 입으로 되새김질을 하며 덩치가 집채만한 뚱뚱한 남자와 여자가 지겨워하고 있다. 그에게는 아무 메시지도 없다. 리셉션의 콜롬비아인지 쿠바 여자가 절대 박살 나지 않을 미소를 띠고 말한다. 그녀의 무관심에 점차 기분이 나빠진다. 생경한 금빛 조명을 받은 음란한 조화처럼 기분이 언짢아진다. 그녀는 환하게 웃으며 없다고 대답하기 전에 메모장을 들춰 보지도 않았고, 컴퓨터도 두드려 보지 않았다. 그가 귀마개와 모자를 벗고 어깨 위의 눈을 털며 들어오는 걸 보자마자, 그녀는 그를 위아래로 훑어보고 나선 없습니다, 라고 밝은 주홍색 재킷 정장을 입고 등을 꼿꼿이 세운 뒤 깔끔하게 대답한다. 마치 그에게는 누군가 메시지를 남길 리 없다는 듯이, 그에게는 그런 존재감이 느껴진다는 듯이. 그럼에도 불구하고 그는 그녀에게 깍듯이 고맙다는 말을 건넨다. 심지어 불완전한 스페인 미소로 훌륭한 콜롬비아 미소에 응답한다. 하지만 여자는 그에게 열쇠를 직접 건네주는 대신, 다른 손님을 향해 미소를 띠고 돌아보면서 그는 무시하듯 카운터 위에 열쇠를 내려놓는다. 틀림없이 그 손님에게는 메시지나, 재무 컨설팅과 관련된 암호화된 전보, 연애편지, 사업 약속이 있을 것이다. 그 남자는 그보다 키도 훨씬 크고, 옷도 근사하게 입었다. 그는 상원 의원의 튜닉 같은 외투를 입고 가죽 가방을 들었으며, 대리석 카운터 위에서 반짝이는 골드 신용 카드처럼 완벽하게 각이 잡힌 모습이다. 멋진 각, 직선으로 내딛는 발걸음, 기하학적인 동작들. 그는 엘리베이터 쪽을 향해 걸어가면서 생각한다. 거리와 자동차들처럼 직각으로 걷는 키가 큰 금발 인간들. 사람들이 자기에게 복종할 거라는 강한 확신에 차 있는 남자들과 여자들. 그들은 자동문 앞에서 단 한순간 의심도 하지 않고, 앞도 보지 않고 당당하게 걸어간다. 그들은 오른쪽으로 걸어가며 아무도 그 통행 규칙을 어겨 자기네와 부딪치지 않을 거라고 생각한다. 그래서 만일 그런 일이 일어난다면, 누군가 부주의한 사람이 속도를 덜 내서 걷거나, 쇼윈도를 보다가 방심해서 왼쪽으로 가게 되면 'excuse me'를 중얼거리며 악의는 담겨 있지 않지만 가차 없이 그를 공격한다. 팔꿈치 끝이나 가방 끝으로 갈비뼈를 쿡 찌르며, 얼음장같이 차가운 눈으로 바라본다. 펠릭스가 들려주었던 영화에 나오는 외계인들처럼. 그들은 인간의 모습을 하고 우리처럼 말을 하는데, 단지 휑하고 공허한 눈빛으로만 구별된다. 아니면 목 뒤 머리카락 아래로 눈이 숨겨져 있거나, 뻣뻣한 새끼손가락이 한 개 더 있어 구별이 된다. 그들은 아무도 모르게 조금씩, 조금씩 세상을 점령해 나간다. 그들의 정체를 알게 된 사람들은 제거되거나 최면에 걸려 그들처럼 되어 버린다. 뉴욕 전체에서 오염되지 않은 사람은 남자 한 명밖에 남지 않는다. 그처럼 혼자 쫓겨 다니는 여자 이외에는 아무도 믿을 수가 없다. 하지만 그녀가 어디 있는지는 모른다. 그녀와 약속했지만 그녀는 모습을 드러내지 않는다. 그녀의 자동 응답기에 수십 통의 메시지를 남겨 놓았지만 아무 소식도 없다. 그에게 알릴 겨를도 없이 도망쳐야만 했을 것이다. 어쩌면 침입자들에게, 육체를 훔쳐 가는 도둑들에게 습격을 받고 죽었을지도 모른다. 펠릭스가 그 영화를 그렇게 이야기해 주었다. 그는 자기를 에워싸고 있는 앵글로색슨계와 일본 사람들 사이에서 엘리베이터 거울에 비친 자신을 바라보며, 자기가 그들과 같지 않다는 것을 그들도 눈치챘을까, 스스로에게 묻는다. 그들은 두 층 사이에서 엘리베이터를 멈춰 세우고, 붕어눈을 꿈쩍도 하지 않은 채 자기를 바라보며 에워싸고, 그들 중 한 명이 가방을 열어 자기에게 수면제를 주사 놓기 전에 'excuse me'라고 말할까. 하지만 사람들이 들려주는 엉뚱한 이야기를 늘 생각하는 사람에게는 그 상상력이 황당하거나 유치하지 않다. 사람들이 그를 쳐다보고 있다. 키가 작은 일본 사람들은 아래에서 올려다보고, 키가 장대만큼 큰 앵글로색슨계는 그를 위에서 내려다보고 있다. 사람들이 그를 보는 가운데, 엘리베이터 문이 열렸다. 아무도 나가지 않는다. 4층 버튼을 누른 사람은 그였고, 다른 사람들은 그가 나가기를 기다린다. 그는 그 사실을 깨닫고 얼굴을 붉히며 'excuse me'를 외친다. 그는 나가려는 순간, 자동문이 저절로 닫혀 한쪽 발이나 팔이 낄까 봐 두려워하며 사람들 사이를 헤집고 나간다. 다른 사람들이 자기네끼리 신호를 보내면서 멍청한 스페인 사람이 자기네에게 일으킨 피해를 안타까워하며 고개를 내두르는 것 같다.

그는 안도하며 방으로 들어가 담배에 불을 붙였다가 얼른 끈다. 한시라도 빨리 떠나야 한다. 그는 지난 며칠 동안 뉴욕에서 가장 친근한 풍경이었던 주차장 바닥을 창문 너머로 바라보며, 밤잠을 설치게 했던 피스톤 소리나 수압 소리 비슷한 소리가 계속 윙윙거리는 걸 듣는다. 트렁크와 가방은 이미 준비되었고, 돈을 세고, 여권과 비행기 표를 확인한다. 하지만 어휴, 깜짝이야. 주머니들이 너무 많아 그것들을 찾느라 거의 1분가량 걸린 것이다. 그는 전화기를 들었다가, 신호 음도 채 듣지 않고 다시 내려놓는다. 시간이 없다. 시간이 있다고 해도 마찬가지다. 그곳을 떠나는 게 그가 유일하게 바라는 일이다. 엘리베이터에서는 벨보이가 트렁크의 무게를 가늠하며 바라보면서도 그를 도와줄 생각은 하지 않는다. 리셉션의 아가씨는 그가 열쇠를 건네자 미소를 머금는다. 그를 더 이상 보지 않게 되어 자기 자신에게 축하라도 하는 것 같다. 혼자 다니는 여행에서는 가상의 적들에게 둘러싸여 있어 늘 마찬가지다. 하지만 카페테리아에서 주문을 받으러 온 여종업원은 카리브 해안 스페인어의 억양을 가진 뚱뚱하고 친절한 부인이다. 그녀가 뭘 주문할 거냐며 다정하게 물어, 그녀를 껴안고 싶은 마음까지 들 정도였다. 그는 식사를 기다리는 동안 흐릿한 유리창 너머로 길거리와 눈을 바라본다. 그는 자기 멋대로 살다 보니 어쩔 수 없이 낯선 사람들의 호의에 좌지우지되었으며, 잠시나마 여종업원에게 대접을 받은 걸로 그나마 마음이 차분해졌다. 그는 깜짝 놀라 시계를 보고, 어찌 됐든 사람들이 자기가 주문한 요리를 잊어버렸을까 봐 스탠드바 쪽을 바라본다. 로비와 카페테리아가 분리되는 유리문에 누군가를 초조하게 찾는 듯한 여자 한 명이 서 있다. 막 거리에서 들어온 듯 얼굴이 땀으로 범벅이 된 것 같기도 하고, 아니면 눈에 젖은 것 같기도 하다. 그녀는 한 손에는 밤색 모자를 들고 짙은 초록색 바바리를 입고 있다. 그녀가 그를 알아보기 전에, 그는 몇 초 동안 꼼짝도 하지 못한 채 그녀를 바라보고 있다. 어딘지 그녀의 얼굴이 변해 있지만, 그게 뭔지는 모르겠다. 단지 그는 아직 꼼짝도 못하고 있는데, 그녀가 그를 알아보고 테이블들 사이를 걸어올 때 그는 앨리슨을 봤다는 생각만 확실하게 들었다. 그녀가 빨갛게 칠한 입술로 그에게 미소를 짓는다. 그녀의 입과 눈동자뿐만 아니라, 그녀의 얼굴 전체와 옷 색깔, 걸음걸이, 겨울 냄새, 머리카락, 차가운 뺨의 샤워 콜로뉴 냄새, 그를 포옹하는 그녀의 몸 전체에서 나는 냄새가 함께 어우러진 미소이다. 그러는 동안 카리브 출신의 여종업원은 양손에 쟁반을 든 채 당혹스러워하면서도 즐거운 표정으로 그들 옆에 서 있다.

제5장

　백미러를 통해 내 눈을 보고 있었던 걸로 기억된다. 나는 까칠한 턱수염을 만지고 있었으며 내 얼굴은 반가면과 같은 타원형이었다. 맨 먼저 도로를 등진 채 불 켜진 차 안에서 무기력하게 있었다. 안개가 자욱이 깔린 가운데 마을의 불빛들이 멀리서 반짝이고 있었고, 도로에서는 트럭들이 경적을 울리며 다가오고 있었다. 하늘에는 서리가 깔린 듯 은하수가 반짝이다가 나중에는 조금씩 떨고 있었다. 내가 그 어느 때보다 크게 떨고 있었다. 처음에는 턱을 꽉 깨문 채 이상하고도 기계적인 이빨 소리를 참을 수 있었다. 재봉틀 소리가 났다. 나는 손을 부들부들 떨지 않으려고 양손으로 핸들을 꽉 움켜쥐었다. 하지만 떨림이 온몸으로 물결치듯 번져 갔고, 차의 난방이 작동을 멈춰 발바닥에서부터 추위가 올라왔다. 마치 부인이라도 하듯 고개를 양쪽으로 흔드는 나의 얼굴이 보였다. 나는 손마디가 아파 올 때까지 핸들을 꽉 붙잡고 있었으며, 팔의 떨림은 점점 더 거칠어졌다. 나는 고개가 흔들리는 걸 보지 않기 위해 눈을 꼭 감았다. 어둠 속에서 트럭의 라이트 불빛에 눈이 멀었기 때문에 나는 얼른 눈을 떠야 했다. 담배를 찾았지만 제대로 잡지 못했다. 손톱을 필터에 꽉 박으면서 담배 한 개비를 끄집어냈지만 입술까지 가져가기가 힘들었다. 간신히 담배를 입에 물었을 때는 담배에 불붙일 생각도 하지 못했고, 라이터 불꽃을 담배에 가까이 갖다 대는 것조차 인내와 정확성을 요구해 너무 힘들었다. 라디오에서는 아무렇지도 않게 누군가 말하고 있었다. 내가 존재하지도 않는 듯, 내가 죽을 고비를 넘기지 않은 듯 어떤 여자가 말하고 있었다. 앞 서랍에 납작한 위스키 통이 들어 있었다. 입술과 입천장이 바짝 타들어 갔고, 니코틴과 침이 섞일 때는 토할 것 같았다. 나는 차 문을 열고, 몸을 절반쯤 엎드린 채 바깥으로 기어 나갔다. 얼어붙은 땅 냄새가 났으며, 나는 담배를 입에 그대로 문 채 떨림이 더욱 고통스러운 자세로 몸을 비틀며 연기에 숨막혀 했다. 하지만 필터가 입술에 달라붙어 뱉을 수도 없었다. 나는 끈끈한 뭔가를 떼어 내듯 담배를 집어던지고, 흙더미 위에서 꺼져 가는 불씨를 바라보았다. 이제 떨림은 조금 부드러워졌지만 여전히 계속되었다. 그리고 차갑고 조용한 공기 덕분에 훨씬 나아졌다. 내가 죽었다 해도, 그날 밤 일어날 일들은 그다지 많이 변하지 않았을 것이다. 라디오에서 말하는 여자는 계속 노래를 소개할 테고, 외할아버지와 외할머니는 코를 쌕쌕 골며 침대에서 주무실 테고, 어머니는 악몽을 꾸기 때문에 잠을 자면서 계속 뒤척일 테고, 아버지는 마히나 근교의 도매 시장에 도착해 새 용달차에 채소 상자들을 싣고 있을 것이다. 나는 이런 일들은 생각도 하지 않았다. 그런데 내가 시속 백 킬로미터 이상으로 트럭의 라이트를 향해 돌진할 때, 화로가 놓인 테이블 주변에 모여 있는 부모님과 외할아버지, 외할머니, 동생이 또렷하게 보였다. 그러면서 입에 쓰디쓴 맛이 느껴졌다. 죽음의 맛을 미리 맛본 게 분명했다. 나중에, 차가 가드레일을 부수고 논두렁 아래로 튕겨 나가는 동안 나는 핸들을 꽉 붙잡은 채, 내가 언제 밖으로 튕겨 나가 가슴이 주저앉고 머리가 앞 유리에 처박힐 것인지 남아 있는 정신을 부둥켜안고 냉정하게 나 자신에게 물었다. 나의 일부분은 라디오를 듣고 있었고, 목 언저리에서 안전벨트가 느껴졌다. 어쩌면 죽는 순간에 이런 일이 일어날지도 몰랐다. 정체성이 분리되면서 놀라움과 차분함, 완벽하게 아득해지는 느낌, 깨무는 듯한 육체적인 고통이 느껴졌다. 한 사람이었다가 잃게 될 모든 것에 대한 의식이, 철폐된 시간과 그와 동시에 현실의 확고한 모습처럼 산산이 부서지며 끔찍하게 망가진 몇 초의 시간이 느껴졌다.

하지만 가장 분명하게 기억나는 것은 차분했다는 느낌이다. 사고와 두려움, 그라나다에서 펠릭스와 함께 보냈던 몇 시간, 데스페냐페로스 터널을 나오면서 자살하려는 듯 아찔할 정도로 액셀러레이터를 밟았던 일, 모두 머나먼 과거를 향해 뒷걸음질 쳤다. 썰물이 미친 듯 몰려드는 밤에 바다가 밀려 들어오듯 너무나도 강렬했다. 내 의식과 내 주변으로 형체도, 욕망도 없는 텅 빈 침묵만이, 의지도 없는 정적만이 남아 있다. 목숨을 구했다는 두려움이나 놀라움과는 무관했다. 떨림이 그쳤고, 나는 목소리들도, 음악

소리도 참을 수 없어 라디오를 껐다. 그리고 키를 돌려 시동을 걸었다. 차갑게 식은 모터에 시동이 걸리는 데는 약간 시간이 걸렸다. 도랑 위에서 부르르 떠는 차의 움직임이 죽은 몸처럼 느껴졌다. 다시 도로로 나가, 내 앞으로 커브를 틀며 나타났다가 사라지는 흰색 라인과 트럭들의 라이트와 빨간 불빛들을 보는 순간, 온몸에 전율이 느껴지면서 위험에 대한 본능이 다시 고개를 들었던 것과 마찬가지로, 나는 차체의 떨림과는 무관했다. 죽음에 대한 두려움은 없었다. 나는 이미 죽었다. 하지만 나 이외에는 아무도 그 사실을 알지 못했다. 나는 마드리드에서, 새벽 6시에 죽은 사람이었다. 나는 렌트한 차를 호텔 주차장에 놔두고, 손에 세탁소 봉투를 들고 엘리베이터를 타고 방으로 올라가, 샤워하러 들어가기 전에 전화로 아침 식사를 주문했다. 살아 있는 사람들의 습관을 일일이 꿰뚫고 있는, 노련하고 영악한 죽은 사람이다. 적진에 있는 스파이와 똑같다. 몸을 말린 후 목욕 타월을 허리춤에 묶고, 바퀴가 달린 테이블을 밀고 온 웨이터에게 문을 열어 주며, 의심받지 않도록 그에게 줘야 할 정확한 액수의 팁을 알고 있다. 하지만 그것은 차분함이 아니었다. 정신이 마취된 것이었다. 내가 진정으로 그곳에 존재하지 않는다는, 내 감각들은 사물들과 관련되어 있지 않고, 가장 깨지기 쉬운 겉모습하고만 관련되어 있다는 집착이었다. 사물들과 색상, 감촉, 맛, 목소리, 인간의 모습에서 영원히 추방된 느낌이었다. 아직도 어두웠다. 나는 자리에 누우며 눈을 감았다. 삼빡 잠이 들었다가도 깜짝 놀라서 깨어났다. 내가 늦었거나, 다시 운전하다가 트럭에 부딪혀 죽는 줄 알고 깜짝 놀라 깨어났다. 나는 마드리드 위로 동이 트는 모습을 바라보며, 그 빛도, 그 도시도 나와는 아무 상관이 없다고 생각했다. 내가 죽어서 보지 못한다 해도, 그 모습은 여전히 그대로이기 때문이다. 나는 그 방으로 다시 돌아오지 못할 수도 있었다. 그래도 내 눈앞에 보이듯, 거의 모두 그대로일 것이다. 가장 믿을 수 없는 사실은 죽는다는 게 아니라, 다음 날 아침에도 매일 떠오르는 거울 해가 똑같이 거리를 비추고, 차들이 지나다니고, 사람들이 바에서 아침을 먹는다는 것이다. 마치 그를 바라보는 사람은 아직 살아 있기라도 한 듯, 마치 자기네는 죽음에 끄떡없기라도 한 듯.

화창하게 푸르고 빛나는, 꽤 추운 11월 아침이었다. 먼 곳까지 선명하게 보이고, 눈동자에 맺힌 유리창까지 정확하게 보이는 마드리드의 찬란한 추위였다. 이제 평생 떠나지 못할 외국의 어느 도시에서 누군가 처음으로 맞는 아침과도 같았다. 나는 모든 것에 무관한 채 고분고분하게, 죽은 사람이 되어, 9시 정각에 국회 의사당에 지정된 내 통역실에 있었다. 나는 마이크와 버튼들, 푹신한 헤드폰을 확인하고, 나를 아는 사람은 아무도 만나지 않기를 바라며 담배를 피우기 위해 복도로 나왔다. 나는 두세 가지 일상적인 인사말도 하기가 어려웠다. 죽은 사람들은 말하지 않는다. 입술을 움직이지만 입에서는 아무 소리도 흘러나오지 않는다. 죽은 사람들은 자기 통역실로 들어가 해저선의 조종실 앞에 있듯 자리를 잡고 앉아, 바다 속 심연에서 펼쳐지는 쇼를 구경하듯 유리창 너머의 회의실을 바라본다. 줄줄이 늘어서 있는 회의실 의자들에는 똑같이 생긴 머리 모양들이 하나씩 들어차기 시작하고, 무대 끝에서 끝으로 펼쳐진 테이블에는 고만고만하게 생긴 모습들이, 멀리서 보면 특히 더 그랬다, 들어차기 시작한다. 짙은 색 넥타이와 회색 양복을 입은 남자들, 머리가 부스스한 중년 여성들, 선글라스와 어깨 너머로 쳐다보는 모습이 멀리서도 한눈에 알아볼 수 있는 경호원들, 파란 유니폼을 입은 젊은 도우미들. 구석마다 놓인 큼지막한 화환들. 무대 아래에 있는 사진사들과 텔레비전 카메라들. 수없이 터지는 플래시 불빛들. 그러고 나서 곧 침묵이 감돌았다. 시작을 알리는 육상 경기의 신호를 기다리는 침묵과도 같다. 헤드폰에서 윙윙거리는 소리, 첫말들. 아직은 느리고, 의례적이고, 예측 가능한 말들이다. 내가 도착했을 때 건네받은 파일에 들어 있는 말들을 거의 그대로 전하는 말들이다. 말이 소리로 변하는 순간, 얼른 포착해 찰나와 같은 순간에 다른 언어로 재빨리 바꿔야 하는 긴박감. 한 단어를, 핵심 단어 한 개라도 놓칠지 모른다는 두려움. 왜냐면 그때는 그 뒤로 밀려오는 말들이 폭포수가 쏟아지듯 그냥 범람해, 다시 순서대로 복구하기가 불가능하기 때문이다. 백미러에 비친 어두운 도로의 흰색 라인처럼 일단 한번 흘러나온 다음에는 이내 사라져 버리는 안개와 같은 말들이다. 추상적이고, 허망하고, 수천 번도 더 반복되는 말들이다. 회의실 마이크에서 울리는 동시에, 각기 다른 서너 개의 언어로 바뀌어, 내 귀와 단조로운 얼굴이나 졸린 얼굴로 연단을 바라보고 있는 남자들과 여자들, 각 개인의 귀에서 반복되는 말들이다. 거리를 배회하는 얼굴처럼 외부의 빛과는 전혀 무관한, 공항의 불빛만큼이나 창백한 말들이다. 하지만 그 목소리들도, 말들도, 바나나 가게에서 들을 수 있는 말들과는 비슷하지 않다. 그 말들은 단조롭고, 문명화되었고, 금속성이고, 30분쯤 뒤에는 에어컨의 소음처럼 중립적인 상태에서 이미 그 소리와 의미들이 자기네끼리 혼동된다. 그러고 나서 그 소리가 전부는 아니지만, 로비와 카페테리아에서는 약간 바뀐다. 조금 더 높이 울리며, 심지어 서로 다른 소리를 구분할 수도 있고, 그 말을 발음하는 사람들의 얼굴과 눈의 표정과 그 말들을 연관시킬 수도 있다. 누군가 버스 뒷좌석에 앉은 낯선 두 사람의 대화가 들려 고개를 돌려 보았을 때, 그들의 얼굴과 목소리가 거의 항상 일치하지 않는다는 사실을 발견할 때와 같다. 등 뒤에서 본 여자의 모습과 걷는 모습이 궁금해, 정면에서 보려고 앞질러 갔을 때 일치하지 않는 것처럼.

나는 강당 위쪽 통역실에 고립되어 있고, 강당에는 국제 관광 포럼이 개최되고 있다. 대륙들이 파란 얼룩처럼 보이는 캡슐 안의 우주 비행사에게는 인간 개개인의 삶이 멀게만 느껴지듯, 나는 그날 아침 죽었으므로 그 어느 때보다 투명 인간이고 타인처럼 느껴졌다. 나는 종이나 자판도 보지 않고 타자기를 두드리는 사람처럼 통역했다. 나의 목소리가 다른 목소리로 더빙되는 동안, 나의 눈은 멀리 있는 여자들을 선별하고 있었다. 도우미들의 흐릿한 얼굴 윤곽과 갈색이나 금발의 단발머리들이 불빛 아래 반짝였으며, 내 상상력이 더욱 자세하고 정확하게 그린 옆얼굴들과 의자 위에 꼬고 있는 다리들을 선별하고 있었다. 나는 욕망도 없이 찾으며, 선별하고 있었다. 헤드폰으로 여자의 목소리를 들으며 그 목소리의 얼굴을 알아맞혀 보려고 했다. 나는 국제단체 기관에 속한 사람들의 얼굴이 너무 다양하면서도 일관적인 것에 당혹스러워하며, 쉬는 시간에 복도와 로비를 서성거렸다. 나는 모든 사람들을, 특히 여자들의 얼굴을 주목했다. 재킷 정장 차림에 가죽 가방과 부스스한 단발머리를 한 여자들. 키가 크고 하얀 북유럽 여자들. 이마에 빨간 점이 있고, 몸에 두르는 길고 가벼운 사리의 허리춤에 워크맨을 매단 인도 여자들. 엉덩이가 납작하고 광대뼈가 넓은 남미 여자들. 목에 스카프를 두르고 바늘처럼 뾰족한 하이힐을 신은 다리가 길고, 짙은 색 스타킹을 신고 살라망카 지역의 비음이 섞인 상냥한 억양을 지닌 도우미들. 무시하는 듯한 표정으로 입에 담배를 물고 있는 어깨가 넓은 여자 사진사들. 나는 그녀들의 눈을 바라보았고, 그녀들은 나를 쳐다보지도 않은 채 내 옆을 지나거나, 아니면 잠시 나에게 시선을 멈추며 지나갔다. 내 생각에는 그게 내 삶에서 유일하게 죽지 않고 지속되는 일인 것 같다. 여자들을 바라보고, 여자들의 향을 냄새 맡고, 여자들이 어떤 옷을 입고, 어떤 구두를 신고, 어떻게 잔을 들고, 어떻게 담배를 물고, 어떻게 다리를 꼬고, 어떻게 팔꿈치를 바의 스탠드바에 괴고, 어떤 색깔을 손톱에 바르고, 어떤 색깔로 머리를 염색하는지 관찰하는 게 유일한 일인 것 같다. 버스에서 나는 내 근처에 앉아서 가는 여자들을 바라본다. 버스 기사가 문을 닫고 정류장을 출발하려는 순간 올라타는 여자들, 거리를 걸어가는 여자들, 컬러 잡지의 표지와 광고에 나온 여자들, 사무실 건물의 엘리베이터에 타기 위해 아짐 일찍 서두르는 여자들. 신호등에 걸렸을 때 내 차 옆에서 멈춰 선 택시의 창문 너머로 나른하게 바라보는 여자들. 마네킹의 옷을 갈아입히기 위해 맨발로 가게 쇼윈도에 들어가는 여자들. 비행기 트랩을 오를 때 나를 보고 진짜 반갑기라도 한 듯 미소를 머금는 여자들을 바라본다.

나는 짙은 초록색 바바리를 입고, 짧은 금발이 헝클어진 여자를 보았다. 나는 한 명도 빼놓지 않고 모든 여자들을 바라보듯, 그녀 역시 관심 있게 바라보았다. 나는 그 여자들 중 한 명이 내 천생배필이 아닐까, 늘 나 자신에게 물으며 바라보았다. 그날 아침에도 포기하지 않고 여자들을 바라보며 고르는 버릇은 너무나도 본능적이었다. 3분짜리 노래만큼도 지속되지 않는 열정적인 사랑이고, 탄력 있는 다리나 잔인한 입에 갑자기 미쳐 날뛸 것 같은 흥분이었다. 하지만 내가 그녀를 그렇게 유심히 쳐다보았다거나, 첫눈에 사랑했다고는 확신이 서지 않는다. 그녀는 다른 여자들보다 월등히 눈에 띄거나 키가 크지도 않았고, 내가 열한 살이나 열두 살 이후로 좋아하는 타입인 약간 우울한 얼굴도 아니었다. 하지만 나른하게 걷는 모습이 멀리서도 한눈에 띄었다. 그녀가 언론실을 서둘러 나가는 모습을 보았기 때문에, 그녀의 행동이 굼뜬 건 아니었다. 그녀가 내 쪽으로 걸어올 때는, 어딘가에 늦게 도착하면서도 여유 있는 모습이었다. 15분 정도 늦게 도착한다고 해서 그 장소가 사라지지 않고, 일부러 누군가를 땅 위에 버려두고 가겠다는 고약한 심보로 기차가 30초 먼저 출발하지 않을 거라고 확신하며 안심하는 듯했다. 등 뒤로 남자들의 뜨거운 시선을 달고 다니는 여자는 아니었다. 적어도 그때는 아니었다. 한 번만 봐도 영원히 잊지 못할 정도로 이마에 강력한 메시지를 달고 다니지도 않았다. 그녀는 제멋대로, 엇박자로 걸었다. 고개를 푹 숙인 채 양손을 바지 주머니에 푹 찔러 넣고, 등 뒤로 바바리 끝을 나풀거리며 걸었다. 마치 서둘러 움직여 나풀거리는 것 같았다. 어쩌면 유일하게 기억나는 것은 그녀가 나를 보고 나서, 나와 눈이 마주치기 전부터 나를 한참 바라보며 왔다는 것이다. 그녀는 사진사와 얘기를 하고 있었으며, 그가 얘기한 뭔가 때문에 미소를 머금고 있었다. 그것이 이후의 가장 정확한 기억이다. 미소를 머금은 붉은 입술과, 자기와 함께 가고 있는 남자 쪽을 돌아보며 웃느라 얼굴 전체가 변형되어 있었다. 그녀는 사진사의 말에 귀를 기울이면서도, 시선은 내 쪽을 바라보고 있었다. 짙은 눈썹 아래로 쾌활해 보이는 갈색 눈이었다. 그녀가 나와 스치는 순간, 나는 플라스틱 명찰에 적힌 그녀의 이름, 앨리슨을 읽었다. 마치 우리가 서로 아는 사이인지를 물을 듯이 그녀는 계속 나를 바라보았다. 몇 시간 후에는 카페테리아에서 그녀의 미소가 나를 선택했다. 나는 양손으로 플라스틱 쟁반을 들고 식탁들 사이를 걸으며 빈자리를 찾는 그녀를 보았다. 빈자리를 찾기란 불가능했다. 입을 벌리지 않고 턱을 오물거리며 무균 핀셋처럼 나이프와 포크를 움직이면서 예의 바르고 깍듯하게 식사하는 회의 참석자들로 식당은 만원이었다. 그리고 그녀는 늦게 도착했다. 셀프서비스 식당이 문을 닫기 1분 전에 맨 마지막으로 도착했다. 하지만 나에게는 주도면밀할 정도로 적대적으로 돌아가는 상황들이 그녀에게는 순순히 돌아갔다. 그래서 그녀가 앉을 장소를 찾자마자, 내 앞에서 식사하고 있던 스웨덴의 한 여행사 임원이 일어섰다. 그녀는 양손으로 쟁반만 들고 온 게 아니었다. 한쪽 팔에는 검은색 짧은 숄과 바바리도 접혀서 들려 있었고, 다른 팔에는 복사물들로 가득한 언론사 파일이 들려 있었다. 그리고 작은 카세트 한 개와 잡지 한 권이 바바리가 접혀 있는 사이로 불안한 균형을 이루며 끼여 있었다. 하지만 아무것도 떨어지지는 않았다. 나 같으면 모두 엉망진창으로 만들어, 회의 참석자들이 식사를 멈추고 바라보는 동안, 부끄러워 얼굴을 붉히며 발아래 떨어진 접시들과 깨진 병들을 물끄러미 바라보고 있었을 것이다. 나는 얼른 일어나, 도와줘도 되겠냐며 영어로 물었다. 그녀는 쟁반을 놓지 않은 채, 이미 팔꿈치의 압력에서 빠져나가고 있는 파일과 바바리를 가리켰다. 내가 그녀 쪽으로 몸을 숙였을 때, 그녀에게서 샤워 콜로뉴 냄새와 카민 냄새가 났고, 그녀가 어깨에 패드가 들어간 회색 줄무늬 상의 아래로 검은색 브래지어 말곤 아무것도 입지 않았다는 게 보였다. 조금 전에는 흰색 남방에 넥타이를 매고 있지 않았나? 나는 이미 그녀를 주목해서 봤다는 사실을 주지시키기 위해 그녀의 이름을 말했고, 그녀가 매우 놀라워했다. 그러고는 나의 이름과 직업을 물었다. 그녀의 발음에서 정확하게 그녀의 출신을 알 수 없게 하는 뭔가 모호한 부분이 있었지만, 그녀는 동부 해안 쪽 미국식 억양으로 영어를 구사했다. 그녀는 임시직으로 근무하며 특화된 고급 여행의 광고를 맡고 있지만, 자기를 기자로 소개할 정도는 아니라고 했다. 그녀는 어깨를 으쓱이며 불확실한 제스처로 사실 자기는 아무도 아니라고 생각한다고 말했다. 나는 그녀가 서른 살 이상은 되었을 거라 추정했다. 하지만 가끔, 특히 그녀가 손에 들고 있는 포크나 맥주잔을 잊어버리기라도 한 듯 나를 바라보며 미소를 머금을 때는 훨씬 젊어 보이기도 했다. 어쩌면 그녀가 나에게 관심을 많이 보여서이기도 했다. 물론 그녀는 앵글로색슨계는 아니었다. 적어도 눈이나, 금속성의 목소리는 아니었다. 턱과 나란히 오게 자른 단발머리와 눈썹은 꽤 숱이 많은 편으로, 약간 헝클어져 얼굴 양쪽으로 뻗쳐 있었다. 그래서 가끔은 그녀의 광대뼈를 가려 얼굴이 훨씬 갸름해 보였다. 그녀는 내가 어디 출신인지, 내가 어디서 사는지, 내 일이 어떤지, 내가 얼마나 오랫동안 마드리드에 머물 생각인지 물었다. 그녀는 꽤 진지한 표정으로 고개를 끄덕이며 내 말을 들었고, 담배를 피우는 예민한 여자처럼 별로 식욕이 없어 하는 모습으로 샐러드 접시를 포크로 콕콕 찌르기도 했다. 그녀는 매우 쉽게 표정이 바뀌었으며, 입술을 닦거나 음식이나 포크 끝을 바라볼 때면 1초 정도 곰곰이 생각에 잠겼다. 그러고는 눈동자의 초롱초롱한 빛이 사라졌다. 하지만 곧 머리를 한쪽으로 젖히고, 좀 전의 제스처는 사라져 버린 듯 다시 미소를 머금었다. 그녀는 성급함과 나른함, 무심함과 관심을 거의 동시에 드러냈다. 빈틈없이 자기 일을 처리하는 사려 깊은 여인과 뭐든 잘 놀라는 소녀의 이중적인 모습이었다. 그녀는 눈과 입술은 화장했지만, 선홍빛 짧은 손톱에는 매니큐어를 바르지 않았다. 그녀는 커피를 마시면서 내 이야기를 들으며, 약간 몸을 뒤로 젖힌 채 두 눈을 지그시 감고 내가 건네준 담배를 피웠다. 마치 우리 두 사람이 여러 언어로 나누는 대화 소리와 접시와 포크, 나이프 부딪치는 소리가 요란한 넓은 식당에 있지 않고, 단둘만이 침묵으로 에워싸여 있는 듯했다. 식사와 와인, 열기, 만난 지 채 30분도 되지 않은 그 여자의 모습과 시선이 소외당하고 추방당한 느낌을 완화시켜 주었다. 하지만 죽음이 임박해, 모든 사물들과 나 자신을 나쁘게 감염시킨 실질적인 본질에 대한 부족한 느낌은 완화시키지 못했다. 내가 그녀에게 뭔가를 얘기하면, 나 혼자 말할 때와 똑같은 목소리가 들렸다. 나에게 불을 달라며 몸을 앞으로 숙일 때 가슴 밖으로 보이는 수놓인 브래지어 끝과 그녀의 입술을 보면서, 그녀를 원하는 일은 매우 쉬울 것 같다는 생각이 들었다. 하지만 나는 그녀와 잘 수도 있다는 가능성으로 흥분하지도 않았고, 아직 키스도 해 보지 못한 여자가 어쩌면 나를 원할지도 모른다는 느낌이 들기 시작할 때처럼 가슴이 쿵쾅거리지도 않았다.

사진사가 그녀를 찾으러 오자, 그녀는 내게 손을 내밀며 작별인사를 건넸다. 악수하는 순간, 손가락이 가늘고 손바닥은 작고 따뜻하면서도 부드럽고 에너지가 흘러넘치는 손이 느껴졌다. 순간적으로 짧은 접촉이라도, 슈퍼에서 잔돈을 거슬러 주는 여자의 손에 닿는 거라도, 기차에 오르기 위해 도와준 낯선 여자와의 접촉이라도, 나는 아무 감동 없이 여자의 손을 만지지 못했다. 다른 사람의 몸이 솔직하면서도, 동시에 수줍을 정도로 가깝게 느껴지면서 순간적으로 후끈 달아올랐다. 마치 손바닥이 애정을 전하는 얇은 종이라도 되는 듯, 그 자체가 약속이자 결실인 외부 감정을 정확하게 전하지 못하는 즉각적인 암호라도 되는 것 같았다. 그녀는 자기가 들고 왔던 모든 소지품들, 즉 파일과 핸드백, 숄, 바바리를 열심히 주워 들었다. 그런데도 카세트를 깜빡하고 갔다가 다시 돌아와, 복사물들을 땅바닥에 떨어뜨렸다. 내가 그녀를 도와 복사물을 주웠는데, 그녀는 테이블 아래에서 각기 한 손에 종이 몇 장씩 들고 고양이처럼 엎드려 있는 우리를 보고 웃음을 터뜨렸다. 나는 그녀가 사진사 옆에서 멀어져 가는 모습을 바라보았다. 가죽 점퍼 차림에 머리를 하나로 묶은, 키가 상당히 크고 턱수염이 덥수룩한 남자였다. 나는 그들이 연인 사이인지, 기분 나빠 하며 거의 적대적으로 스스로에게 묻고 있는 나 자신이 놀라웠다. 나는 여자를 사랑하지 않아도 질투를 느꼈다. 약간 좋기만 해도, 금세 기분이 언짢아지면서 그 여자에게 가까이 오는 모든 남자를 경계하며 앙심을 품고 바라보기 시작했다. 나는 오후 섹션 동안에는 청중들 속에서도, 로비에서도, 카페테리아에서 그녀를 다시 보지 못했다. 멀리서 그녀와 비슷해 보이는 다른 금발 여자와 두세 번 혼동했을 뿐이었다. 이제 날이 어두워져, 나는 졸음을 못 이기고 비몽사몽하며 국회 의사당의 텅 빈 복도를 빠져나오면서 자고 싶은 욕구가 그녀를 만나고 싶은 욕구보다 훨씬 강하다고 생각했다. 하지만 그녀가 나와 같은 호텔에 묵고 있다고 말했었다. 일찍 돌아가 바에서 뭐든 가볍게 먹고 북유럽 시간에 맞춰 일찌감치 잠자리에 들기 진에 한잔하는 것도, 그녀와 함께 있고 싶어 하는 나의 속마음을 훤히 드러내 놓을 필요 없이 그녀를 찾는 방법이었다. 나는 호텔로 들어서서 리셉션 쪽 대리석 계단에 올라서는 순간 그녀의 웃음소리를 들었다. 그녀가 내 이름을 불렀고, 나는 정신을 다른 데 팔고 가는 척하다가 잠시 후 그녀를 알아보고 손을 흔들어 인사했다. 내가 보기에는, 내가 완벽하게 멍청해 보였다. 당연히 사진사는 그녀와 함께 있었다. 그는 혐오스러운 한쪽 팔을 그녀의 어깨 위에 두르고 있었으며, 자기는 담배를 피우지 않으면서도 그녀가 담배를 집어 들 때마다 서둘러 불을 붙여 주었다. 그리고 뚱뚱하고 동작이 큰 백발의 남자가 한 명 더 있었다. 옷깃에 여전히 포럼의 플라스틱 명찰이 그대로 달려 있었는데, 그는 워싱턴 어빙부터 어니스트 헤밍웨이까지 스페인을 다녀간 미국 여행객들을 훤히 꿰뚫고 있었다. 내가 도착했을 때 그들은 저녁 식사를 하고 있었다. 앨리슨이 그들에게 나를 소개해 주었고, 뚱보는 자기네와 합석하라며 권유했다. 나는 몇 분 만에 두 가지 사실을 알아냈다. 사진사가 호모이며, 그 사실이 어느 정도 나를 안심시켜 주었다. 그리고 그녀가 일하는 잡지사의 임원인지 감사인지 하는 뚱보는 그날 밤 내내 입을 다물 생각이 전혀 없다는 거였다. 적어도 자신의 엄청난 지식을 마지막 주석 한 줄까지 몽땅 쏟아 내기 전까지는 절대 입을 다물 의향이 없어 보였다. 그는 모르는 게 없었고, 안 가 본 데가 없었으며, 심지어 마히나에도 가 봤었다. 그는 내가 그곳 출신이라는 사실을 알고는 상당히 놀라워했다. 그는 스페인의 모든 국도들과 호텔들을 가 보았고, 모든 지역의 특산 음식들을 게걸스럽게 먹어 치웠고, 모든 부활절 행사와 산 페르민 축제, 기독교인과 무어인의 축제에 모두 참가해 봤다고 지치지도 않고 얘기했다. 하지만 아무것도 알지 못했고, 오염된 억양으로 두세 마디 하는 스페인 단어 이외에는 아무것도 배우지 못했다. 그는 혐오스럽고도 뻔뻔하게 자기의 두 번째, 세 번째, 네 번째 아내에 대해 말했고, 헤밍웨이를 마치 절친한 친구 사이라도 되는 듯, 모든 투우장의 바에서 서로 팔꿈치를 맞댄 사이라도 되는 듯, '아빠' 혹은 '노인'이라 불렀다. 그는 얼굴이 벌게져 헉헉거리며 와인을 들이켰고, 입을 벌린 채 크게 웃으며 내 등을 세게 내리쳤다. 나는 팔꿈치를 테이블 끝에 기대고, 정중하게 어쩌면 짜증 섞인 표정으로 미소를 머금고 있는 앨리슨을 바라보았다. 그녀는 거의 손도 대지 않은 접시를 앞에 두고 있었으며, 손톱에 매니큐어를 칠하지 않은 손으로 아주 가까이 담배를 든 채 턱을 괴고 있었다. 그녀는 순간 나를 바라보며, 나에게 용서를 빌듯 얼굴을 한쪽으로 젖히며 눈썹을 치켜 올렸다. 그리고 술에 취한 사진사는 뚱보의 미국식 당돌함을 재미있어 하며 웃겨 죽겠다는 표정을 지었다. 이제 뚱보는 시가를 씹는 시늉을 하며 복화술로 말하면서 헤밍웨이를 흉내 내고 있었다. 나는 그 작자가 절대 입을 다물지 않을 것이고, 나는 피곤하며 이미 많이 늦었고 내일 아침 일해야 하고, 아무것도 아닌 어처구니없는 미끼에 걸려들었고, 말들과 지체, 담배, 술잔으로 이뤄진 거미줄에 걸렸다고 절망에 잠겨 생각했다.

화를 내며 벌떡 일어나, 입만 살아 있는 그 작자에게 우리나라에 대한 멍청한 소리를 그만 늘어놓으라고, 우리는 소를 잡아 죽이는 잔인하고 이국적인 족속도 아니고, 우리가 민속 축제들을 줄기차게 여는 원주민 무리도 아니라고 말할 용기가 있었으면 하고 바랐다. 나는 가야 했지만, 양 팔꿈치를 테이블에 괸 채 가지도 못하고 있었다. 뚱보의 설명과 사기성 짙은 이야기들이 잠깐 침묵하는 틈을 타서, 나는 그들에게 잘 있으라는 인사를 하고, 앨리슨은 미소를 머금으며 작별 인사를 하고 그들과 함께 남아 있는 상상을 했다. 그 편이 훨씬 나았다. 현실 가능성이 전혀 없어 보이는 섹스에 대한 미련은 조용히 떨쳐 버리고 잠을 자는 게 훨씬 나았다. 나 혼자만의 상상이었다. 내가 펠릭스에게 그 말을 한다면, 그는 웃으면서 나의 열띤 상상이라고 했을 것이다. 그가 자주 사용하는 수식어들 중 하나였다. 나는 용기를 내서 술 한 잔씩 더 마시자는 제의를 거절하고, 시계를 보며 가겠다고 했다. 나 자신에게 화가 나고 분노도 일었지만 웃으면서 말했다. 내가 당황할 정도로 앨리슨이 자연스럽게 내 손 위에 자기 손을 포개며 조금 기다리라고 말하지 않았더라면, 그냥 일어나서 갔을 수도 있었다. 앨리슨은 얼른 손을 거둬들였지만, 내 손 위로 살짝 압력을 가했던 손바닥과 손가락의 부드러운 감촉이 따뜻한 파도가 넘실거리듯 온몸으로 퍼져 나갔다. 지난 새벽 이후 처음 느껴 보는 감촉이었다. 뚱보와 사진사는 아무것도 눈치채지 못한 것 같았고, 실제로도 그녀는 이제 나에게 눈길도 주지 않았다. 그녀는 다른 사람들의 너털웃음을 졸린 듯 관심을 보이며 바라보고 있었다. 하지만 은밀히 내 손을 잡았던 손은 여전히 테이블보 위에 은밀한 제물처럼 놓여 있었다. 그녀는 그 손을 뻗어 담배 한 개비를 집어 들었으며, 내가 라이터를 켜서 내밀었을 때는 그녀가 내 손목을 잡기도 했다. 가녀리고 예민한 손가락들이 작은 빵 부스러기나 담배 찌꺼기를 만지작거리고 있었다. 나만이 느끼고 있는 그 행동을 그녀는 전혀 눈치채지 못하고 있었다. 그녀가 나에게 기다리라고 했지만, 어쩌면 예의상 한 말일 수도 있었다. 나는 다시 의심이 들면서 초조해지기 시작했다. 우리 모두 함께 일어난다면, 함께 엘리베이터에 오를 테고, 그들의 방이 같은 층에 있을 가능성이 높았다. 예의 바르게 밤 인사를 한 후 손에 열쇠를 쥐고 혼자 복도를 걸으면서 속은 것 같으면서도 외롭다는 생각이 강하게 들 것 같았다. 거의 매일 밤 그렇듯, 또 헛물만 켠 밤이었다. 그리고 내일은 수면 부족과 두통, 일에 대한 권태, 절대 만족하지 못하고 여자들을 찾아 헤매는 일이 반복될 것이다. 정확히 말하자면, 극복하지 못하는 욕망 때문이 아니라, 상상하고 선별하는 단순한 버릇 때문이었다. 텅 비어 있는 방의 구차한 고독 속으로 아무도 없이 혼자서 돌아가는 것에 대한 두려움 때문이었다. 나는 믿을 수가 없었다. 하지만 뚱보가 웨이터를 불러, 우리 모두가 건네려는 돈을 손사래 치며 자기 지갑에서 신용 카드 한 장을 요란하게 꺼냈다. 그러니까 그는 그 호텔에 묵고 있지 않았다. 자기 방이 있다면 계산서에 사인만 하면 되었다. 하지만 사진사가 남아 있었다. 어쩌면 그는 나가지 않고 한잔 더 하자고 할 수도 있었다. 나는 죽어도 싫다고 나 자신에게 맹세했다. 그리고 두 사람이 훌쩍 떠나간다 해도, 내가 그녀와 뭘 할 수 있단 말인가. 나는 몇 초 만에 결심해야 했다. 우리가 엘리베이터에 오르고 나면 끝이었다. 나는 그녀에게 같이 가자고 권할 위인도 되지 못했다. 시간이 거의 다 되어 가고 있었는데, 몇 분 후에는 모두 돌이킬 수 없었다. 뚱보가 손을 흔들어, 나는 열렬하면서도 어처구니없이 솔직한 마음으로 그에게 마히나에 다시 오라고 초대했다. 심지어 부모님의 집 전화번호까지 건네주었다. 사진사는 하품을 하며 나에게 잘 있으라고 말했고, 그들은 앨리슨과도 작별 인사를 나눴다. 이제 몇 초 후면 우리 두 사람만 남을 테고, 내게는 그럴싸한 작전이 아직 서 있지 않았다. 뚱보는 미국인답게 열정적으로 흥분하며, 그녀를 집어삼킬 듯 북극곰처럼 덥석 껴안았다. 짧은 부츠를 신은 앨리슨의 발이 바닥에서 들어 올려졌다. 그녀는 자동문 안쪽에서 그들이 택시에 오르는 모습을 바라본 후 한 손으로 머리를 훑어 내리고는 양어깨를 나른하게 내려 놓으며, 그들이 가지 않을까 봐 걱정되었다고 말했다. 나는 그녀가 무척 피곤해한다고 생각했다. 그녀가 앵글로색슨계의 상냥한 무관심으로 내 입술에 절대 아무 의미도 없는 키스를 하며 작별 인사를 고할 것 같았다. 나는 늘 펠릭스에게 외국인들은 우리와 같지 않다고 말했다. 외국어를 배우게 되면, 가능한 한 스페인에 대한 열등감은 숨기고 싶었다. 외국인들의 습관을 모방하고, 그들의 시간대로 움직이고, 그들의 도시에서 사는 데 적응했다. 하지만 마찬가지다. 그래도 결국에는 그들을 이해하지 못한다. 절대 그들처럼 되지 못한다. 나는 그녀와 자지 않아도 상관없으며, 아무것도 잃을 게 없다고 결심했다. 그녀가 이미 싫다고 거절하기라도 한 듯, 나는 풀이 죽어 호텔 바에서 마지막으로 한잔 더 하자고 권했다. 그런데 그녀가 쉽게 응해서 너무나도 놀랐다. 하지만 우리가 다시 바로 돌아갔을 때는 웨이터가 이미 불을 끄고 있었다. 다시 용기를 내서 마드리드의 황량하고 적막한 거리로 나가자고 해야 하나? 이미 닫혀 있거나, 아니면 닫으려고 하는 바를 찾아 맥없이 헤매고 돌아다녀야 하나? 우리는 아무 말도 하지 않고 리셉션의 카운터로 가서 열쇠를 건네받았다. 우리가 엘리베이터 쪽을 향해 걸어가는 동안, 앨리슨은 자기 열쇠를 기계적으로 흔들었다. 나는 무슨 말이라도 하기 위해 용기를 내서, 뚱보가 아주 친절하기는 하지만 말이 지나치게 많다고 말했다. 스페인어로 하면 격한 표현이 될 수도 있는 말이 영어로 하면 완곡하게 들렸다. 그녀는 자기가 보기에는 혐오스러운 인간이라며, 그가 스페인에 대해 말한 것 중 하나를 예리할 정도로 정확하게 패러디해 우리 두 사람은 박장대소하며 웃었다. 그 웃음과 함께 엘리베이터에서 그녀에게 먼저 들어가라며 내가 한쪽 옆으로 비켜난 행동은, 그녀가 손가락으로 나를 붙잡은 행동이나 저녁 식사 하는 동안 그녀의 발이 우연히 내 발을 스쳤던 행동 못지않게 나의 사기를 북돋아 주었다. 그녀가 나에게 뭔가를 얘기했지만, 나는 제대로 귀를 기울이지 않았다. 우리는 가만히 서 있었다. 오히려 협상 결말에 이르기 위해, 연달아 바뀌는 빨간 숫자들을 바라보면서 엘리베이터의 거울을 사이에 두고 떨어져 있었다. 나는 그녀의 양 가슴과 가슴이 파인 부분을 바라보며, 그 가슴을 애무하고 키스하려면, 그리고 침이 잔뜩 묻은 그녀의 젖꼭지를 내 입으로 영광스럽게 깨물려면 단 한마디 말로 충분할지도 모른다는, 말도 되지 않는 생각을 했다. 나는 경직한 채 부끄러워하며 두 눈을 감고, 제발 내 흥분을 들키지 않게 해 달라고 빌며 이를 악물었다. 내가 먼저 내려야 했다. 문이 요란한 소리를 내며 열린 것 같았고, 우리 앞으로 카펫이 깔린 복도와 부두에 정박한 요트들이 그려진 수채화 한 편이 보였다. 이제는 내가 밖으로 나갈 수 있도록 앨리슨이 한쪽으로 비켜나야 할 차례였다. 가슴을 짓누르는 느낌과 위로 붕 뜬 느낌, 결정을 내리지 못하고 침묵만 지키며 흘러가는 1분, 1초에 대한 날카로운 의식만 느껴졌다. 나는 이미 복도 쪽으로 나와 있었고, 그녀는 유리벽에 기대어 있었다. 그녀의 금발이 위에서부터 내리비추는 환한 조명을 받아 반짝였다. 나는 별다른 생각 없이, 희망도 없이 그녀와 함께 더 있으면 좋겠다고 말했다. 문이 닫히기 일보 직전, 떨리는 바로 그 순간, 나는 얼른 손을 집어넣어 엄청난 재난뿐만 아니라, 망신당하는 일을 막았다. 그녀는 빨갛게 칠한 입술 위로 천천히 미소를 머금으며 고개를 한쪽으로 젖히고 좋다고 대답했다. 그러고는 어깨를 으쓱하며 엘리베이터에서 나왔다.

그렇게 해서, 드디어 내가 바라던 믿을 수 없는 일이 벌어지고 말았다. 나는 열쇠 구멍에 열쇠를 집어넣으면서 떨지 않으려고 노력했다. 우리 두 사람은 아직 중립적인 상황에 놓여 있지 않은 듯, 이제는 바짝 긴장해서 초조해하며 위선적으로 말했다. 그리고 텔레비전 위에 놓인 그라나다에서 가져온 세탁물 봉투를 본 순간, 내가 24시간 전에 죽을 뻔했었다는 사실이 번개처럼 떠올랐다. 나는 한가로운 분위기를 연출하며 노래 한 곡을 흥얼거리면서 미니바를 열었는데, 등 뒤에 있던 앨리슨이 얼른 그 노래를 알아듣고 나지막한 목소리로 후렴구를 따라 불렀다. *My Girl*. 나는 거품이 하얗게 이는 맥주 두 잔을 양손에 들고, 그녀 쪽을 돌아보았다. 그녀가 구두를 벗고 다리를 꼰 채 침대 위에 앉아 있었다. 그녀는 맥주를 한 모금 마시고, 입술에 묻은 거품을 닦아 냈다. 그러고는 엘리베이터에서 시작한 뚱보에 대한 무슨 이야기인가를 차분하게 마저 얘기했다. 나는 우리 두 사람 중 누군가 뭔가를 하지 않으면, 우리는 해가 뜰 때까지 예의 바르게 얘기만 나누다가 말 거라는 생각이 초조하게, 거의 섬뜩하게 들었다. 내가 그녀 옆에 앉았고, 그녀가 발바닥을 내 옆구리에 댔다. 그녀는 그림이라기보다는, 오히려 정체불명의 뭔가가 그려진 알록달록한 짧은 양말을 신고 있었다. 겉으로 봤을 때는 매니큐어를 칠하지 않은 짧은 손톱만큼이나 어울리지 않았다. 그녀는 한 손에 컵을 든 채 불편해하며, 나를 보지 않고 가만히 있었다. 다문 입술로 오티스 레딩의 노래를 계속 부르며 침대 위에서 살짝 몸을 흔들었다. 내가 그녀에게 키스하기 위해 몸을 숙이자 그녀의 안색이 변했다. 그러고는 갑자기 돌변했다. 그녀는 자기 혀를 내 입안에 밀어 넣고 격렬하게 요동친 후 내게서 떨어지더니, 머리를 뒤로 확 젖혔다. 얼굴선이 가늘어졌다. 그녀는 포기한 것 같기도 하고, 두려운 것 같기도 한 듯한 무방비 상태로 심각해지더니, 웃지 않고 나를 바라보았다. 그녀는 그대로 드러누웠고, 머리카락은 이제 더 이상 그녀의 이마와 광대뼈를 덮지 않았다. 나는 다른 여자의 얼굴을 발견한 느낌이었다. 좀 더 나이 들어 보이지만 훨씬 섹시했으며, 살짝 열린 입에 간절하면서도 운명적인 표정을 담고, 시선을 응시하고 있는 겁에 질린 모습이었다. 그녀가 어떻게 옷을 벗는지 바라보기 위해 고개를 들었을 때는, 침과 붉은 루주로 얼룩진 얼굴에 고통스러운 기대감으로 가득한 표정이 담겨 있었다. 이제 우리는 더 이상 말하지 않았다. 이제 우리는 말의 개입과 거짓말에 더 이상 귀 기울이지 않았다. 우리의 호흡 소리는 우리 사이에 놓여 있던 묘한 공기를 지체없이, 격렬하게, 부드럽지 않게 재촉했다. 우리에게는 과거도, 이름도, 체면도, 부끄러움도 없었다. 우리는 마드리드에도, 이 세상 어디에도 존재하지 않았고, 땀으로 뒤범벅되어 교미하고 있는 낯선 육체들의 경련 속에만 존재했다. 우리는 서로 상대방을 호흡했고, 내 혀는 그녀의 입과 코, 눈을 핥으면서, 그녀의 이는 나를 깨물고 있었다. 그러면서 그녀는 실신한 듯 양쪽 발로 내 등을 꽉 조이며 내 엉덩이를 감쌌다. 하지만 마지막에는 눈을 감지 않았다. 그녀는 두 눈을 똑바로 뜨고 있었는데, 간절한 염원과 놀라움이 담긴 그녀의 눈동자는 그림자밖에 볼 수 없는데도 계속 나를 응시하고 있었다. 나는 절망적으로 참고 있었으며, 내 기억의 한쪽 구석에서 트럭의 라이트와 도로의 흰색 라인이 어렴풋이 보였다. 하지만 나는 살아 있었고, 갑자기 나 자신을 바쳐 절정에 오르고 싶은 마음이 솟구쳤다. 나는 포기하고 싶지 않았다. 욕망이 끝나길 바라지 않았다. 그녀는 내 아래서 활처럼 몸이 휘어 있었으며, 나는 바다가 철썩이듯 파도를 때리면서 몸을 일으켰다. 그녀가 두 눈을 뜬 채 꿈을 꾸듯 신음을 토해 냈다. 하지만 그녀는 다시 무릎을 접어 허벅지로 내 엉덩이를 감싸며 다시 움직이기 시작했다. 느리게 원을 그리며 리듬을 타고 움직이기 시작했다. 나는 양 손바닥으로 베개를 짚은 채 그녀의 몸에서 떨어져 나왔다. 그러자 그녀는 내 배가 자기 배와 부딪치는 촉촉한 그림자를 바라보기 위해 고개를 들었다. 이마 양쪽으로 땀에 젖은 머리카락과 내가 처음으로 본 넓은 이마가 보였다. 그녀의 얼굴 모습이 달라 보였다. 목의 힘줄과 피부 위로 확실하게 돌출된 쇄골. 지금. 그녀가 탐욕스럽게 말했다. 지금, 지금. 그녀의 엉덩이뼈가 내 몸에 와서 부딪혔고, 그녀의 손가락이 내 등에 와서 박혔다. 나는 내 리듬에 맞춰 그녀를 길들이고 있었다. 그녀가 눈을 떴으며, 그녀의 두 눈은 아직 나를 바라보고 있었다. 나는 아무것도 모르는 삶의 고통을 보지 않기 위해 그녀의 목에 얼굴을 파묻었다. 나는 아무것도 알고 싶지 않았다. 지금. 그녀가 내 귀에 대고 속삭였다. 그녀가 내 이름을 말했다. 마누엘. 그리고 내 목소리 톤과는 아무 상관 없는 억양으로 내가 연거푸 그녀의 이름을 수없이 불렀을 때는, 어쩌면 나와 정확하게 똑같은, 나 자신이 고백하지 못한 절망적이고 힘든 부분과 정확하게 똑같은 낯선 여자와 하나가 되었다는 기쁨과 두려움이 느껴졌다. 내가 아직 죽어 있을 가능성도 있었다. 내 몸이 트럭 바퀴 밑에서 고철 더미가 되어 틀어박힌 피투성이 거적일 수도 있었다. 심지어 그때도 그 여자는 나와 함께 있을 것 같았다. 나를 껴안은 채, 몸을 벌린 채, 머리를 헝클어뜨린 채, 벌거벗은 채, 내 허벅지 사이로 무릎을 꿇은 채, 느낌과 고통으로 흥분한 채, 부끄러워하고 민망해하며, 입술에 묻은 곱실거리는 털을 떼기 위해 몸을 일으키면서. 그녀는 똑똑하지만 쉽게 상처를 받았고, 쉽게 몸을 내줄 것 같으면서도 몸이 꼭 닫혀 있었다. 털이 복슬거리는 시커먼 음부를 손으로 가리고 있었다. 내가 샤워실 커튼을 열어 뜨거운 수증기 사이에서 그녀를 다시 안았을 때, 그녀는 그 손으로 비누를 쥐고 있었다. 그녀는 다른 나라로, 나는 전혀 모르는 다른 삶으로 돌아가기 위해 동이 트기 전에 출발했다. 그랬다가 느닷없이 뉴욕의 한 호텔 커피숍에 다른 모습으로 나타났다. 그녀는 남성 정장에 짙은 초록색 바바리 차림이었는데, 곱슬머리가 넘실거리는 얼굴에 빨간 얼룩처럼 미소를 머금고 있었다. 하지만 지금, 뉴욕에서는 다른 여자였다. 나는 한평생 그녀를 바라보고 살 수 있으며, 그녀는 절대 몇 분 전과 똑같지 않을 것 같았다. 이제 그녀는 금발이 아니었으며, 마드리드 스페인어를 구사했고, 이름도 앨리슨이 아니었다. 그녀가 나를 속인 것은 아니었다. 그녀가 나를 비웃으며 항의했다. 우리가 만났을 때 나는 그녀의 이름을 묻지 않았고, 그녀는 그게 자기 이름이라고 절대 말하지 않았다고 했다.

제6장

그녀가 커튼을 젖히러 갔다. 그리고 그가 있는 곳으로 돌아왔을 때, 그가 한 발짝도 내딛지 못한 채 여전히 현관 앞에 서 있는 것을 보고 큰 소리로 웃었다. 그는 자기가 수도 없이 전화를 걸었던 곳에 몸소 와 있다는, 믿을 수 없는 사실에 적응하려는 듯했다. 그는 한 손에 모자를 든 채, 빨간색과 검은색 체크무늬 재킷 어깨 위의 눈을 털어 냈다. 추운 거리에 있다가 들어와서 난방 장치 때문에 숨이 막혔으며, 트렁크와 여행 가방이 그의 발치에 놓여 있었다. 그녀를 만난 순간, 자기는 그녀가 누군지 모르는데도 그녀를 사랑한다는 사실을 알고 깜짝 놀라서, 여전히 꼼짝도 못하고 계속 그곳에 있어야 할지 결정하지 못했다. 그는 두 달 전 우연히 하룻밤을 함께 보낸 앨리슨이란 금발 여자를 찾아 미국까지 온 거였다. 그런데 지금은 재회에 따른 어쩔 수 없는 놀라움과, 그 기간 내내 그에게 그녀의 확실한 얼굴을 보여 주려 하지 않았던 기억력의 정확성에 갑작스러운 변화가 첨가되었다. 그에게는 그녀의 머리카락과 입술 색깔에 대한 생생한 얼룩만 남아 있었다. 그리고 손바닥 끝에 와 닿은 따뜻하게 떨리던 느낌과 입천장에서 느껴지던 그녀의 배와 입에 대한 맛만 남아 있었다. 그 변화는 과거 속에, 어쩌면 그가 알던 다른 여자에 대한 거짓말 속에 들어 있었다. 적어도 처음에는 그녀가 자신을 감추려 했기 때문이 아니라, 그가 그녀를 보고 당시 자신의 욕망과 위안에 맞게 만들어 내고 싶어 했기 때문이었다. 그녀의 빨간 머리와 그에게는 진부해 보이는 너무나도 순수한 스페인어가 그를 당혹스럽게 했다. 하지만 그녀를 대하는 자신의 행동 자체가 더욱더 당혹스러웠다. 사랑의 증표가 되어 버린 잊고 있던 세부 사항들이, 그러니까 그녀의 손과, 아이러니하나 겸손으로 어깨를 들썩이는 몸짓, 자기 뜻으로 주변을 선택한 듯 그의 존재만으로 세상의 우위를 요구하지 않는 듯 다가오며 그를 부르면서도 버리는 듯한 그녀의 동작을 차곡차곡 쌓으면서도 녹아내릴 듯 바라보게 되는 자신의 애정 어린 눈길이 그를 더욱 당혹스럽게 했다.

그가 그녀에 대해 전혀 묻지 않았기 때문에, 그녀가 자신의 삶에 대해 거짓말한 건 아니었다. 그는 있지도 않은 뻔한 이유와 애매한 미스터리가 얼굴에 담긴 여자들을 문학적으로 사랑하는 데 익숙했기 때문에 그녀도, 자기 자신의 내면도 제대로 볼 줄 몰랐다. 그녀의 머리카락은 짙은 갈색과 빨간색의 중간 톤이었고, 이름은 나디아 갈라스였다. 앨리슨은 남편의 성을 기억하고 싶지 않았던 그녀가 몇 년 동안 사용한 이름이었다. 그녀는 몇 달 전 갑자기 변덕이 생겨, 아니면 다른 삶을 살아 보겠다는 결심에 대한 상징으로 머리를 금색으로 물들였다. 나는 당신을 기억했어요. 그래서 당신을 선택한 거예요. 그녀가 자랑스럽게 말했다. 그가 그녀를 보기 전에, 그녀가 먼저 그를 보았다. 마드리드에서 그날 아침 9시 10분 전에 그녀는 국회 의사당 공터에 있다가, 심각한 얼굴로 택시에서 내려 미친 사람처럼 급하게 자기 옆을 지나가는 그를 보았다. 하지만 그때 그를 기억해 낸 건 아니었다. 그건 불가능했다. 18년째 보지 못했으니까. 그가 잘생겨 보였기 때문에, 그리고 얼마 전부터인가 그녀가 남자들을 다시 눈여겨보기 시작하면서 적대감 없이 거울에 비친 자신의 모습을 바라보았기 때문에 그를 눈여겨 본 것이었다. 훨씬 나중에, 11시에, 당신이 카페테리아에서 내 옆에 앉았잖아요. 그녀는 자신의 부족한 시간 개념과 이상하게 잘 어울리는 정확한 말투로 말했다. 물론 당신은 나를 보지 못했어요. 당신은 정신 나간 사람 같았어요. 마치 당신 주변에 아무도 없고, 당신의 카페 라테와 오렌지 주스 잔, 토스트 반쪽만 존재하는 것 같았어요. 그때 당신은 짙은 양복과 재킷을 입고 옷깃에는 통역사 명찰을 달고 있었어요. 누구의 눈과도 마주치지 않고, 고무장갑을 끼고 물건들을 만지는 것 같았어요. 여느 남자들과 비슷한 모습이라 당신에게는 거의 관심이 없었지요. 당신은 유럽 공동 시장의 사무실에서 꽁꽁 얼어붙은 유럽 남자들처럼, 아니면 미국 대학에서 오래 교편을 잡은 스페인 남자들처럼, 벨기에 남자나 미국 교수와 똑같이 행동했어요. 당신은 등을 꼿꼿이 세운 뒤 고개를 푹 숙인 채 앉아서 포크와 나이프를 사용했고, 팔꿈치를 옆구리에 딱 붙인 채 커피를 마시고 있었어요. 당신한테 맹세해요. 그렇게 나를 쳐다보지는 말아요. 당신은 그들과 똑같이 먹었어요. 아주 빨리, 하지만 꽤 신경 써 가며 꼭꼭 씹어서 말이에요. 마치 그게 약간은 부끄러운 일이라, 오로지 건강상의 이유만으로 그러는 것처럼 말이에요. 당신은 토스트를 잘게 조각으로 잘라 얼른 입안에 집어넣었어요. 주스나 카페 라테를 홀짝거리며 마셨고, 종이 냅킨으로 입가를 닦아 냈지요. 그러면서 당신은 단 한순간도 주변을 둘러보지 않았어요. 웨이터도, 선반 위의 병도, 당신 앞에 있던 거울도 쳐다보지 않았어요. 나는 그 거울을 통해 당신의 얼굴을 정면에서 보고 있었는데 그제야 나는 당신을 알아보았어요, 거의 확실하게. 세월이 많이 흘렀지만 당신은 거의 변하지 않았어요. 내가 약간 주저했던 것은 당신의 행동과 당신의 앉아 있는 모습, 당신이 입고 있는 옷 때문이었어요. 약간 주름만 져 있을 뿐 너무나도 진지한 옷이었지요. 마치 국제적인 중간급 관료처럼 말이에요. 약간 모던하지만 신중해 보였어요. 검은색 구두와 검은색 양말. 그리고 나란히 모여 있는 발. 나는 모든 것을 주목해서 보았어요. 심지어 당신이 결혼반지를 끼고 있지 않으며, 당신 손이 내가 기억하고 있던 그대로라는 사실도 말이에요. 물론 지나치게 창백했지만. 새색시 손처럼 보이는 유부남들의 손을 내가 얼마나 증오하는지 당신은 모를 거예요. 그 손이 나를 만지면 구역질이 날 것 같아요. 내가 당신을 처음 만났을 때 당신의 손은 갈색이고 강했어요. 그 당시 나는 상당히 센티멘털했고, 내가 보기에는 그 손이 스페인 사람의 손인 것 같아 좋았어요. 당신은 자라다 만 것처럼 꽤 말랐었는데. 얼굴에는 여드름이 잔뜩 났고요. 눈을 덮은 앞머리와 그때 길게 길렀던 구레나룻. 당신한테는 정말 안 어울렸어요. 웬만해서는 누구한테도 어울리기 힘들지만. 하지만 당신 손은 이미 남자 손이었어요. 그리고 아주 어두운 당신 목소리도 그렇고. 오늘 아침 집에 도착해 자동 응답기에서 당신 목소리를 들었을 때도, 그 목소리가 그날 밤과 똑같이 울려 퍼졌어요.

무슨 밤? 마누엘이 묻는다. 그는 아직도 놀라움과 망각의 혼란 속에서 헤매고 있다. 내가 구레나룻을 기르고 여드름이 난 걸 당신이 언제 봤다는 거야. 하지만 그녀는 계속 미소를 머금은 채 대답하지 않는다. 광대뼈 위로 젖은 머리카락이 흘러내렸고, 그녀의 입술과 눈동자, 큰 웃음과 같은 그녀의 모든 모습에서 미소가 환하게 빛나고 있다. 그녀는 그의 유년 시절에 여러 목소리들이 말하던 갈라스 소령과 관계 있을 리 없다. 그녀는 자신의 밝은 계피색 피부와 윤기가 흐르는 빨간 단발머리를 더욱 돋보이게 하는 회색과 검은색의 스웨터를 입고 있었다. 머리가 두 달 전보다 훨씬 길고 곱슬거렸다. 하지만 최근에 여윈 것 같기도 했다. 이제 그녀의 외모는 전에 없던 고전적인 모습이 서려 있다. 마치 쾌활하면서도 차분한 모습이 회춘한 것 같았다. 그녀는 부츠를 벗고, 커튼을 젖히고, 블라인드의 손잡이를 돌리기 위해 소파 위로 뛰어 올라갔다. 그리고 그가 있는 곳으로 돌아왔다. 그때까지도 그는 꼼짝 않고 서 있었다. 현관 앞에서 재킷과 모자를 든 채 얼어붙어 있었고, 그의 머리는 북극 탐험가처럼 눈을 덮어서 새하얗다. 그는 전화기와 자동 응답기가 놓여 있는 테이블을 눈여겨보고, 삑 소리가 들린 후 점차 우울하게 들리는 메시지를 다시 들어 보기 위해 버튼을 눌렀다. 물론 무심한 척하는 목소리로 말하기는 했지만. 특히 마지막 메시지. 앨리슨, 나예요. 평소의 스토커. 오늘 오후 6시 반에 스페인으로 돌아가요. 전화할 수 있으면 마드리드에서 할게요. 그는 자기 목소리를 알아보지 못한다. 하지만 곧 그 목소리를 부끄러워한다. 특히 영어로 말하는 걸 들을 때면 더욱 부끄러웠다. 그는 그녀에게 테이프를 멈추라고, 더 이상 비웃지 말라고 얘기한다. 앨리슨이라는 이름이 아닌 그 여자가 그에게 가까이 다가와, 아직 두르고 있는 목도리 양끝을 양손으로 잡아당기자 그가 뒤쪽으로 몸을 뺀다. 당신 누구야? 그가 그녀에게 묻는다. 어떻게 나에 대해 그렇게 많이 알고 있지? 하지만 그녀는 대답하지 않는다. 계속 그의 궁금증을 유발하며 재미있어 한다. 마르토스를, 당신이 마히나를 얼마나 떠나고 싶어 했는지를 기억해 봐요. 그녀가 살짝 벌어진 붉은 입술로 숨을 내쉬며 그를 끌어당긴다. 그를 포옹하려는 게 아니라, 그를 복도 쪽으로 데려가기 위한 것이다. 그녀는 그를 뚫어져라 응시하면서도 웃지는 않는다. 그녀는 뒷걸음질 치며, 어둠에 잠긴 방문을 밀기 위해 목도리 끝을 놓는다. 그녀는 침대 발치까지 그를 데려가 침대에 앉더니, 단호한 동작으로, 손가락을 노련하게 움직여 재킷의 단추를 풀기 시작한다. 너무나도 약해 보이는 손가락이지만, 한때는 단호하고 아는 게 많았을 손가락이다. 그는 완전히 벗은 재킷을 어디에 둬야 할지 예의 바르게 찾는다. 하지만 그녀는 그의 손에서 재킷을 뺏어 바닥으로 집어던진다. 그는 남의 집에서는 한 번도 편안하게 있어 보지 못했기 때문에 주눅이 들고 긴장해서 아직 그대로 서 있다. 그는 주변을 두리번거리다가 옷장과 닫혀 있는 창문, 바닥에 놓여 있는 궤짝, 그리고 그 옆의 길쭉한 종이 통을 본다. 그는 자기가 스웨터 두 벌과 양말 두 켤레뿐만 아니라 파자마 바지까지 입고 있다는 사실을 그녀가 곧 알게 될 거라고 심각하게 생각하며 옷을 벗는다. 하지만 그렇게 절박하고 부끄러운 줄 모르는 욕망은, 체면과 서론을 벗어던진 그렇게 솔직한 절박함은 그 어느 여자에게서도 본 적이 없다. 드넓은 머리카락 그림자가 그녀의 얼굴을 에워싸고 있으며, 그녀는 침대 옆 작은 테이블의 불을 켜기 위해 손을 뒤쪽으로 뻗는다. 그녀의 얼굴이 다시 그때처럼 변한다. 그녀가 드러눕는 순간, 광대뼈가 훨씬 여위어 보인다. 그녀는 자기 앞에서 바닥에 무릎 꿇고 있는 그를 보기 위해, 더듬거리며 베개를 접어 목덜미 아래에 댄다. 그의 머리가 헝클어졌으며, 그의 눈에도 흥분과 조급한 눈빛이 서려 있다. 그는 양말을 벗고 발등과 발꿈치, 발바닥, 발가락을 만지작거린다. 그는 양다리를 벌린 채 서서 허리띠를 풀고, 바지와 팬티를 한꺼번에 벗고는 일어난다. 그는 그녀의 샅아구니에 눈이 멀어, 무릎을 꿇은 채 그녀 위로 올라탄다. 젖은 이마와 입 위로 머리카락이 흘러 내려와 있다. 그는 부드럽고도 거칠게 드러누우면서, 손가락으로 그녀를 열 수 있는 방법을 맹목적으로 찾는다. 하지만 그녀는 긴장한 채 결투에 도전하며, 다리를 꽉 다물이 오므리고 거부한다. 그러고는 그의 얼굴에서 머리카락을 떼어 주며 자기를 쳐다보게 한다. 그녀의 얼굴이 다시 바뀌었다. 마치 갑작스러운 고통을 기다리기라도 하는 듯, 아니면 조급함을 참지 못하는 듯 얼굴이 일그러진다. 그녀는 이를 악물었으며, 입술의 붉은색이 지워졌다. 그녀는 그의 이름을 말하며, 관자놀이를 애무하고, 손가락을 그의 머리카락에 파묻는다. 그녀는 아래쪽, 두 육체 사이의 빈 공간을 바라보며, 그에게 엉덩이를 앞쪽으로 내밀라고 강요하기 위해 무릎을 오므린다. 그녀가 그를 이끌고, 안내하고, 옭아매고, 물결치는 양 가슴으로 그를 조이고, 그의 이마에서 머리카락을 떼어 주고, 그의 고개를 들어 올리고, 그의 혈관 맥박을 느끼면서 옆 이마를 만진다. 그녀는 그가 자기를 더 이상 바라보지 않는 것을, 그가 눈을 감고 자기 목에 숨어 헐떡거리는 그림자로 바뀌는 것을 원치 않는다. 그녀는 두 달 전에 함께 있었던 남자를, 18년 전의 사춘기 소년을 알아보고 싶어 한다. 그녀는 그의 숨소리를 냄새 맡고, 그의 얼굴에서 뜨거운 입김과 까칠한 수염을 느낀다. 그는 그날 아침 면도를 하지 않았다. 그녀는 자기도 모르게 그 어떤 남자보다 확실하게 그를 소유하고, 그의 욕망 속에, 남자의 리드미컬하면서도 부드러운 격렬함 속에 자신을 떠맡긴다. 마치 그녀의 몸이 점점 더 천천히, 감동적으로 차분하게 움직이며, 물컹하고, 괴로워하고, 액체로 되어 있고, 둘로 나뉘어 있고, 망가지고, 그리고 다시 회복되어 기운을 차린 물체라도 되는 것 같았다.

마침내 그들은 움직이지 않았다. 그는 그녀 위에서, 아직 그녀 속에 들어간 채 그대로 누워 있다. 그녀에게서 떨어지지 않은 채.

그는 기운이 빠진 듯 차분하게, 조금씩 외부의 현실로 돌아오고 있다. 꿈에서 돌아오듯 아주 나른하게. 벽과 커튼, 창문의 불빛이 보였으며, 몇 분이라도 더 무의식 속에 머물러 있고 싶었다. 그는 부드럽게, 아주 느린 리듬으로 그녀 속으로 파고 들어갔다. 가라 앉았지만 만족감으로 완전히 꺼지지는 않은 욕망으로 그녀는 여 전히 기분이 좋았다. 욕망은 이제 고마움과 애정으로 바뀌어, 마 치 피부의 경계가 아직도 두 사람을 갈라놓지 않은 듯 두 사람을 깊숙이 전율시키는 짧은 경련이 일었다. 그는 그녀의 새 이름을, 진짜 이름을, 나디아를 불렀다. 그 이름을 말하는 순간에만 그녀 를 껴안고 있는 것 같았고, 진정으로 그녀의 얼굴을 보는 것 같았 다. 두려움과 고통이 없는 깨끗한 얼굴이었다. 행복하다는 확신으 로 새로워지거나, 회춘한 얼굴이었다. 그녀는 기분 좋은 미소를 머금고 있었는데, 그 미소 역시 그때 처음으로 보는 거였다. 그녀 의 입술은 거의 오므라들지 않았으며, 양쪽 입가와 잠들어 있는 누군가의 미소처럼 속눈썹이 지키고 있는 눈 위로 살짝 맺혔을 뿐 이었다. 그는 고요한 바다 깊이 몸을 내던진 수영 선수처럼 차분 하게 숨을 쉬고 있는 그녀의 모습에 이끌려 일어나, 가급적 움직 이지 않았다. 그는 조심스럽고 달콤하게 그녀의 옆구리를 애무했 다. 몸을 조금만 움직여도 그녀의 몸 밖으로 나올 수 있었다. 당신 은 내 포로야. 그가 베개 위로 그녀의 양 손목을 움켜쥐며 말했다. 하지만 나디아는 허벅지에 힘을 주며 그의 양다리를 휘어 감았다. 아니, 당신을 붙잡고 있는 사람은 나예요. 그리고 나는 당신을 놔 주지 않을 거예요. 이번에는 나한테서 도망치지 못할 거예요. 그들은 마치 오래전부터 아는 사이라도 되는 듯이, 다른 남자들이나 여자들이, 고독과 공포의 밤들이, 섬뜩한 낯선 얼굴로 돌변한 친근한 얼굴들이, 혐오와 조용한 고통의 시간들이 사라진 듯이, 한 시라도 빨리 서둘러 끝내고 눈을 감고 여기, 이 자리에서 죽은 것처럼 자고 싶은 마음이 없는 듯이, 모든 것이 너무나도 쉬웠다. 나디아는 생각에 잠겨, 아직은 감히 말을 하지 못한다. 이 침대에서, 바로 이 방에서, 그토록 불가능했던 일들을 벌 받을 거라 집착하면서, 불만과 죄책감의 세월에 짓눌려 살았었다. 그런데 느닷없이 가장 낯선 남자가 나를 가장 잘 알다니, 어디를 어떻게 만져야 내가 좋아하는지를 알다니, 어느 순간, 어떤 말로 내가 흥분하는지를 알다니. 마치 내 몸속에 들어와 있다가 내가 생각도 하지 못할 때, 그 몇 분 전에 욕구가 솟구치는 순간을 정확히 꿰뚫고, 그 말들을 귓속말로 하면서 말이야. 그녀는 그가 자기 위에서 무릎을 꿇은 채 몸을 일으키는 모습을 보았다. 그가 가지 못하도록 그녀는 양손으로 그의 얼굴을 붙잡고, 그의 이마를 애무하며 머리카락을 만져 주었다. 그녀는 그의 눈에서 놀라움과 확신, 기분 좋아 우쭐해지는 모습, 알고 싶어 조급해하는 마음을 알아보았다. 그는 그녀에게 등을 돌렸고, 그는 자기가 생각하는 것보다 훨씬 의지할 데가 없고 키가 커 보였다. 하지만 그것은 사실이 아니라고 생각했다. 그는 강하지만, 그것을 모를 뿐이었다. 그녀는 그가 화장실에서 소변 보는 소리와 얼굴을 씻기 위해 수도꼭지 트는 소리를 들었다. 몇 초 동안의 침묵이 그녀를 깜짝 놀라게 했다. 그의 큼지막한 맨발이 카펫 위에서 아무 소리도 내지 않았기 때문이다. 그는 다이닝 룸에서 담배를 찾고 있었고, 그녀의 오감은 매우 날카로워져 있었다. 그래서 그가 침실 문지방에 다시 모습을 드러내고 불붙인 담배를 그녀에게 건네주려고 다가오기도 전에, 그녀는 담배 냄새를 맡았다. 그는 입술 사이로 연기를 내뿜으며 그녀를 바라보고 있었다. 그녀는 램프의 희미한 불빛 아래 어딘지 진지하면서도 서글픈 모습이었다. 그녀는 양손으로 뒷덜미를 잡아 단발머리를 흐트러뜨리고는 양다리를 벌린 채 침대 옆에서 한 발을 흔들고 있었다. 입술은 허벅지 끝의, 털 그림자 사이에 있는 상처 자국처럼 빨갛게 부어 있었다. 그가 그녀에게 담배를 권했다 — 워낙 깔끔한 성격이라 그는 신경 써서 재떨이까지 가져왔다 — 하지만 그녀 옆에 앉지는 않았다. 그는 침대 위를 지나, 그녀의 발목과 발가락을 애무하면서 그녀의 다리를 조금 더 벌렸다. 그리고 그녀의 무릎과 허벅지 안쪽 부드러운 살에 키스하며, 살에 침 자국을 남겨 놓으며 천천히 위로 올라갔다. 그는 단호하면서도 천천히, 조심스럽게 털을 떼어 냈다. 그러고는 자기 자신에게 키스하는 것과 똑같이, 그녀에게 키스하기 시작했다. 혀를 깊숙이 집어넣어 둥글게, 위아래로 파도치듯 원을 그리면서 키스했다. 그는 코로 숨을 쉬었으며, 입술에서 털을 떼기 위해 뒤로 물러나 미소를 머금은 채 흥분해서, 땀에 젖은 얼굴로 그녀를 바라보았다. 그는 그녀가 두 눈을 지그시 감고 담배를 피우는 모습을 바라보았다. 그는 그녀를 후벼 파고 들어가며, 그녀의 냄새를 맡았다. 그녀의 분홍빛 살이 늘어졌다가 심장처럼 오므라들었다. 그는 두 눈을 감았고, 그녀는 입을 벌린 채 숨을 쉬었다. 그녀의 손에서 담배가 떨어졌다. 한편, 그의 두 손은 위로 올라가 그녀의 가슴을 애무했으며, 그녀의 양손은 아래로 내려갔다. 그의 양손이 그녀의 헝클어진 머리카락과 이마, 벌렁거리는 콧구멍을 애무하면서 그녀의 혀와 입이 벌어진 틈새를 찾았다. 땀에 젖은 배와 음부의 털은 거의 구별이 되지 않았다. 그의 양손이 점점 더 다급하면서도 빠르게 안쪽으로 빨려 들어갔다. 그녀는 사타구니가 아플 때까지 자신의 몸을 활짝 열었다. 그가 애무하고 있는 입술이, 그가 듣고 있는 숨소리와 말이, 그들을 점차 흥분시키며 그들의 몸을 더욱 격렬히 부딪치게 하는 혼미함이 두 사람 중 누구의 것인지 모를 정도로 부끄러움도 없이 자신을 떠맡겼다. 동시에 그들은 격렬하면서도 혼미해져, 자기네 몸을 휘어 감으며 사지에 윤활유를 쳐 주는 신음 소리와 땀, 분비물, 냄새에서 피난처를 잃지 않으려는 듯했다.

그들은 다시 키스를 하는 순간, 각기 상대방의 입에서 자신의 낯선 맛을 발견했다. 그들은 감히 눈을 쳐다보지 못했고, 부부처럼 세심하게 서로를 대했다. 마치 그들이 하는 행동 하나하나에 몇 년간 함께한 경험이 묻어 있는 것 같았다. 베개를 접는 방법과 옆으로 편히 누울 수 있도록 상대방에게 자리를 내주는 방법, 허벅지로 다리를 끌어안기 위해 무릎을 살짝 여는 방법, 이불깃을 어깨까지 끌어올리고 자기 허리를 안아 줄 손을 더듬어 찾는 조심스러움에서 알 수 있었다. 마누엘은 그녀의 목에 얼굴을 파묻고 곱슬머리 사이의 목덜미를 핥으며, 지금까지 제대로 눈여겨보지 않은 방을 흘낏 곁눈질로 살펴보았다. 그림이 걸려 있지 않은 하얀 벽, 내려진 커튼들, 4시 39분을 가리키고 있는 침대 옆 작은 테이블의 디지털시계. 그는 그 시간이 케네디 공항에 있는 모든 시계들에서도 작별과 서두름의 신호처럼 똑같이 반복되고 있을 거라고 생각했다. 마치 그의 일부분이 나디아를 만나지 못하기라도 한 듯 깜짝 놀라 시계를 바라보았다. 그러고는 멀찌감치에서 한참씩 떨어져 모습을 드러내는 항공사들의 터미널들을 바라보면서, 눈 내리는 잿빛 하늘 아래 택시를 타고 지나가며 공장들이 있는 황량한 벌판과 음침한 퀸스 동네를 보고 있었다. 그는 트렁크와 여행 가방을 들고 이베리아 항공사의 카운터로 다가가고 있다. 곧 전쟁 발발 가능성이 높아, 몇몇 생각 없는 사람들만 비행기에 올라탈 생각을 했기 때문에 복도와 에스컬레이터처럼 그곳도 거의 텅 비어 있다. 하지만 그는 그 비행기 표를 사용하지 않을 생각이다. 아무 데도 갈 곳이 없고, 늦게 도착할까 봐 서두르거나 걱정할 필요도 없다. 잠을 자기 위해 수면제가 필요 없던 시절처럼, 슬픔이라고는 찌꺼기조차 없는 농후하면서도 기분 좋은 피로감이 서서히 그를 압도해 왔다. 그는 가볍고 따뜻한 이불을 덮고 벌거벗은 채, 낯선 집에서 잘 알지도 못하는 여자의 등과 엉덩이를 꼭 껴안고 있다. 그 집은 두 시간 전에 도착한 순간부터 그녀처럼, 나디아처럼 포근하게 감싸 주는 분위기가 느껴졌다. 나디아는 그의 여자이면서도, 그가 그때까지 함께했던 그 어떤 여자보다 낯설고 새로웠다. 그녀는 그가 어느 누구에게도 얘기하지 않았던 일들을, 그가 기억조차 하지 못하는 일들을 알고 있었다. 그는 길에서부터 꾸준히, 멀찌감치 들려오는 소음과 자동차 소리를 들으며 뉴욕에 있지 않은 것 같다. 불과 몇 시간 전까지만 해도 이따금 렉싱턴 거리와 51번가에 멈춰 서면서 혼자 거닐었던 그 도시에 와 있지 않은 것 같다. 지금 그가 있는 곳에서 한 발자국 떨어진 곳이었다. 그런데 남극처럼, 안개가 자욱이 낀 미시간 호숫가처럼, 카펫이 깔린 홈스테드 호텔의 복도처럼 멀게만 느껴졌다. 나는 어디 있는지도, 당신이 누구인지도, 나 자신이 누군지도, 몇 시인지도, 낮인지 밤인지, 내일 내 인생이 어떻게 될지도 모른다. 하지만 상관없다. 나는 아무것도 알고 싶지 않다. 나는 당신을 꼭 끌어안은 채 당신이 말할 때까지 기다리고 싶다. 나는 두 눈을 감고 희망도, 슬픔도 느끼는 일 없이 잠들고 싶다. 그리고 깨어난 순간, 꿈을 꾼 게 아니었음을 확인하고 싶다. 나는 그 어느 때보다 지금 이렇게 영원히 멀리 떨어져 와 있는 기분을 느껴 본 적도 없고, 내 인생의 중심에서, 고독과 공허함 속에서, 내가 열네 살 때 길을 잃고 헤매고 싶었던 섬에서 지금처럼 이렇게 편히 쉬어 본 적도 없다. 마히 나는 밤 11시이고, 외할아버지와 외할머니는 소파에서 졸고 있고, 아버지는 내일이 토요일이라 4시에 일어나야 하기 때문에 두 시간 전에 이미 잠자리에 들었고, 어머니는 뜨개질을 하면서 텔레비전 영화를 보고 있거나, 아니면 돋보기를 쓰고 기도문을 외우듯 나지막한 목소리로 중얼거리며 책을 읽고 있을 것이다.

나디아는 그의 숨소리를 들으며, 그의 고른 입김을 목덜미에서 느끼며, 그를 깨우지 않기 위해 조심스럽게 그를 떼어 놓고 침대에 앉는다. 그녀는 손으로 머리카락을 잡아 귀 뒤로 넘긴 뒤 그의 잠든 모습을 바라보며 그의 양어깨를 덮어 준다. 그녀는 꽃무늬 실크 가운의 허리를 묶고 나서, 물 한잔 마시러 맨발로 부엌을 향한다. 안뜰에는 계속 눈이 내리고 있으며, 눈은 저 멀리 보이는 이스트 강과 대로들, 그리고 마천루들의 첨탑을 숨겨 주는 구름들과 똑같이 파란빛을 내뿜으며 해 질 녘의 도시를 침묵으로 잠재웠다. 그녀는 욕실 거울을 바라보며 미소를 머금는다. 그녀는 싫지 않은 표정으로 사랑에 지친 자신의 창백한 얼굴을 자세히 들여다보며, 타월 끝에 물을 적셔 루주와 정액 자국이 묻은 턱을 닦는다. 이를 닦는 동안 가운이 풀려 하얀 젖가슴이 출렁거린다. 그녀는 입술을 칠하고, 자기 자신을 슬며시 비웃듯 입술을 살짝 찡그린다. 그러고 나서 검지로 루주의 빨간 라인을 고치고 침실로 돌아간다. 아무 말 없이 그의 옆에 드러눕고 싶지만 그를 깨울까 봐 두려워한다. 그는 몸을 웅크린 채 베개를 끌어안고 잠들어 있다. 그녀는 잠든 사람을 생전 처음 구경하듯 바라본다. 그는 훨씬 젊어 보이는 편안한 얼굴로 꿈속에서 입맛을 다시고 있다. 그녀는 그의 옆에, 침대 한쪽 끝에 앉아, 그의 호흡과 몸 전체에서 흘러나오는 뜨거운 냄새를 맡아 본다. 하지만 그에게 키스하겠다고 결심하지는 않는다. 바닥에 흐트러진 그의 촌스러운 신발과 털양말 두 켤레, 무척 부끄러워하며 벗었던 파자마 바지가 그녀를 서글프게 한다. 그는 잠을 자면서 잠꼬대를 한다. 그녀가 알아듣지 못하는 단어 한두 개를 스페인어로 말한다. 그를 보고 있는 게 너무 좋아, 그녀는 자신의 애정과 결심을 경계하다. 하지만 첫날 밤, 마드리드에서도 똑같은 기분이었다. 그녀는 엘리베이터를 향해 걸어가면서, 어쩌면 그가 자기를 초대하지 않을지도 모른다고 심각하게 생각했었다. 때문에 그의 방에 들어가, 이제 앞으로 일어날 일이 어쩔 수 없다는 걸 알면서도 침대 위에서 부츠를 벗었다. 그녀가 그를 너무나도 원해, 놀랄 정도로, 아니면 실망할 정도로, 무방비 상태로 자신을 내줬다. 그녀로서는 낯선 남자와 잠을 자는 거고, 비겁함과 우려만이 아니라, 경험과 고통의 말 없는 협박이 두려워 입을 다물었기 때문에 어쩌면 비참한 우연일 수도 있었다. 그제야 그녀는 그때까지도 닫혀 있던 궤짝과 종이 통을 바라보고, 양로원 지하실과 장례식 이후 자기에게 사인을 강요했던 불친절한 여종업원을 떠올린다. 불과 이틀 전 일이었다. 그녀가 공동묘지에서 돌아와 눈이 내리기 시작했을 때는 이미 날이 어두워져 있었다. 그때 그녀는 축축하고 어두운 땅 밑에 방금 묻고 온 아버지를 생각하며, 자기가 아버지를 버리고 온 것 같은 죄책감을 느꼈다. 아버지가 죽음의 세계로 건너간 후 처음으로 맞는 밤이었다.

그녀는 플라스틱 커튼 뒤에 걸려 있는 아버지의 옷을 한참 동안 바라보았다. 누군가 그 옷을, 죽은 사람의 양복 두 벌과 파자마, 슬리퍼를 자선 단체에 기부할 수 있다고 그녀에게 알려 주었다. 그것은 불경스럽기도 했지만 한편으로는 안도가 되기도 했다. 사람들은 그녀에게 서류를 건네준 후에도 지하실까지 동행하며 차갑게 조의를 표했다. 그녀의 아버지가 여기에 들어왔을 때는 아무것도 가져오지 않았다며, 궤짝 하나와 쇠뚜껑이 달린 종이 통 이외에는 아무것도 가져오지 않았다고 알려 주었다. 그녀는 자기가 지난 2주 동안 묵었던 숙소로 그 짐들을 보내도록 조치를 취했다. 뉴저지 근교에 있는, 아버지가 죽어 가고 있는 곳에서 몇 블록 떨어진 곳이었다. 그녀는 그날 밤 당장 뉴욕으로 돌아갈 생각이었다. 하지만 그러자니 의리가 없어 보였다. 그녀는 나무 바닥과, 칠이 되어 있는 기둥들과 창틀이 있는 아버지의 방에서 묵었다. 그녀는 침대에 비스듬하게 누워 있었다. 눈물도 나오지 않았고, 아버지가 자기를 바라보며 미소 짓던 모습과 손가락으로 자기 손목을 지그시 누르던 모습을 떠올리며, 텅 빈 관에 혼자 갇혀 있을 시신을 상상하지 않으려고 노력했다. 아직도 그 느낌이 전해졌다. 그녀는 해 뜨기 조금 전에 잠깐 선잠이 들었다가 추워서 깨어났다. 그녀는 불도 끄지 않았고, 옷도 벗지 않았으며, 몇 초가 흐른 후에야 아버지가 돌아가셨다는 사실을 기억했다. 미국 공동묘지의 눈 내린 잔디 위로 스페인 이름 한 개와 간략한 날짜 두 개만 새겨진 작은 비석 한 개, 영인본 한 개와 반세기도 더 전에 받은 군인 증서 몇 장이 들어 있는 종이 통 한 개, 어쩌면 아버지가 열어 보지 않았을지도 모르는 사진들이 잔뜩 들어 있는 궤짝 한 개만 남아 있었다. 아버지는 그 궤짝을 보관하겠다고 약속했다는 단 한 가지 이유 때문에, 스페인에서 돌아올 때 가지고 왔다. 그녀는 아버지와 화해하며 그를 용서했고, 아버지를 생각하며 미소를 머금었다. 그녀는 자기를 절대 포기하지 않았던 아버지에게 고마움을 느꼈다. 이제는 아버지의 죽음으로 의지할 데 없이 혼자가 되었다. 그녀는 어릴 때처럼 아버지의 그림자에 기대어 아버지의 키를 감탄하며 바라보기 위해 고개를 들었다.

후회는 하지 않는다. 아버지가 돌아가신 지 이틀 만에 마누엘을 찾아 달려가고, 그의 잠든 모습을 바라보고, 지금 또다시 그를 원하고 있는 것 때문에 죄책감이 들지는 않는다. 그녀는 하마터면 그를 만나지 못할 뻔했다고, 뒤를 돌아보며 화들짝 놀란다. 그녀는 고통스러운 유혹에 넘어가 종이 통의 뚜껑을 열어 그 안에서 빨간 줄과 노란 줄, 보라색 줄로 묶여 있는 증서들을 꺼내지만 매듭은 풀지 않는다. 고인을 모독하는 듯한 기분이 들어, 그 증서들은 건드리지도 않고 그대로 다시 집어넣는다. 그러고 나서 그녀는 무릎 위에 폴란드 기병의 그림을 펼쳐 놓는다. 그녀와 아버지가 마히나의 집을 떠난 이후로는 그 그림을 보지 못했다. 그녀는 그들이 절대 가꾸지 않았던 정원과 덤불들 사이로 도망치던 고양이들을 떠올리며, 기병의 무덤덤하고 젊은 얼굴을 바라본다. 그녀는 기병의 얼굴에서 자기에게 늘 두려움을 안겨 주었던 얼음장같이 차가운 도전과 외로운 결심을 보았다. 이제 그녀는 그 얼굴이 아버지의 정신적인 자화상이었다는 것을 안다. 마치 그림이 유리로 덮여 있어, 그 위로 말을 타고 달려가는 남자의 모습과 그 뒤로 보이는 언덕이, 이미 죽었지만 아직도 힘이 있고 진지해 보이는 갈라스 소령의 얼굴과 오버랩되어 보이는 것 같았다. 그녀는 눈물로 뿌예진 침실의 빛과 그림을 바라보며 처음에는 자기도 모르게 울었다. 하지만 가슴을 내려치거나 목이 메는 비탄 서린 울음은 아니다. 눈이 내리듯 차분하게 꾸준히 흐르는, 동정과 충만함, 그리움이 깃든 눈물이다. 아무도 그녀를 보지 않으므로 지금은 마음껏 울 수 있다. 그녀는 티슈로 가만히 코와 눈을 닦고는, 조심스럽게

있는 힘껏 궤짝을 침실 밖으로 끌고 나간다. 거리는 이미 어두워
졌고, 소방차인지 경찰차인지 사이렌 소리가 들려온다. 그녀는 무
릎을 꿇고 앉아 뚜껑을 연다. 맨 먼저 눈에 띈 것은 겉표지가 까만
가죽으로 된 아주 큰 성서이다. 그 성서 갈피 사이로, 지난 세기에
찍은, 머리가 까맣고 광대뼈가 넓고 눈이 옆으로 길게 째진 여자
의 사진이 들어 있다. 한참 후에야 그녀는 매일 오후 마히나의 전
원주택으로 아버지를 찾아왔던 뚱뚱하고 유순해 보였던 남자가
아버지와 나누던 이야기들을 떠올린다. 라미로, 그 남자의 이름이
었다. 그녀는 사진이 들어 있던 페이지를 우연히 읽어 본다. "당신
의 눈을 내 앞에서 거두시오. 왜냐면 그 눈이 나를 이기기 때문이
오." 그녀는 몇몇 물건들이 사람들처럼 기나긴 운명에 떠밀려 정
처 없이 떠돌며 의리를 지킨다는 생각이 들었다. 자기 손이 닿기
전에 얼마나 많은 손들이 그 성서를 만지고 읽었을까. 그 궤짝은
이곳에 도착하기 전까지 얼마나 많은 곳들을 거쳤을까. 그 여자가
아직 살아서 젊었을 때, 누가 그 여자의 얼굴을 보고 그녀를 위해
솔로몬의 「아가」의 구절을 옮겨 적었을까. 사진사 라미로가 갈라
스 소령에게 이야기한 바에 따르면, 그 종이는 여자의 옷가슴 사
이에 숨겨져 있었다고 했다. 그녀는 다시 사진을 성서 갈피 안에
집어넣는다. 그리고 무슨 소리인가를 들었다. 마누엘의 목소리도,
그의 발소리도 아니다. 어쩌면 그의 숨소리가 바뀌었을 수도 있
다. 그녀는 예지력과 비슷한 날카로움으로 모든 소리를 감지한다.
그녀는 이내 소리의 냄새, 심지어 그의 피부 감촉과 넘실거리며
흐르는 그의 피도 분명하게 감지한다. 마치 몇 년 동안 그녀의 감

각들을 마비시켰던 베일을 집어던졌거나, 마취에서 깨어난 것 같다. 그녀는 침실 문턱에 서서, 팔짱을 끼고 가운이 풀린 채 고개를 숙이고 있다. 그녀는 손가락으로 머리를 뒤로 넘기고, 그가 그녀를 보기 전에 그를 바라보고 있다. 그가 벌거벗은 채 침대 끝에 앉아 있다. 게으름과 놀라움이 담긴 얼굴로 무릎 위에 기병의 그림을 펼쳐 놓고 있다. 그는 그녀가 들어오는 소리를 듣지 못했지만, 그녀에게 말 없는 절박한 질문을 던지며 고개를 치켜들었다. 그는 자신의 기억 속에서 헛되이 대답을 찾고 있었다. 그는 그녀에게 나는 아무것도 이해되지 않아, 나는 손 들었어, 내가 누군지 말해 줘, 라고 그녀에게 말하는 것 같았다.

제7장

　괜히 애쓰면서 절망하지 말아요. 나디아가 말했다. 당신은 기억하지 못해요. 당신은 그다음 날 월요일 밤에 내가 당신을 찾아 시장에 갔을 때도 기억하지 못했어요. 당신이 암말에 채소를 실은 후 몇 시에 배달해 주면 되겠느냐며 나에게 물었기 때문이에요. 나는 당신을 보고 싶은 마음이 굴뚝같았는데. 당신의 걷는 모습이 꽤 이상했어요. 나는 당신이 낡은 바지를 입고 밀짚모자를 쓰고 암말의 고삐를 잡은 채 차들 사이를 건너는 걸 보았어요. 나는 당신이 나를 보고 얼마나 놀란 표정을 지을까 상상하며, 인도에서 당신을 기다렸어요. 그런데 당신은 내 앞에 와서 나를 보고도 아무 말 하지 않았어요. 마치 나를 모르는 사람 같았어요. 당신은 그냥 고개를 푹 숙인 채 못 본 척 지나갔고, 나는 너무 놀라서 반응조차 보일 수 없었어요. 당신은 아무것도 기억하지 못했어요. 같은 사람인가 싶은 의심까지 들 정도였으니까요. 당신은 나를 한 번도 보지 못한 사람처럼 쳐다보았어요. 아니면 당신이 그날 일 때문에. 술 취한 것과 하시시, 당신이 한 얘기들이 쑥스러워서 그랬던지. 나는 한참 동안 당신 뒤를 따라갔어요. 심지어 내가 당신 이름을 부른 것 같기도 해요. 하지만 내가 비참하게 보였어요. 며칠 전에 호세 마누엘이 나를 여전히 사랑하고 있으며, 절대 나를 잊을 수는 없지만 나와 헤어질 수밖에 없다고 말했을 때 못지않게 비참하고 창피했어요. 언젠가 당신이 나와 헤어질 생각이라면, 제발 부탁이니까 그런 말은 하지 말아요. 이게 두 사람을 위해 좋은 일이라니, 이런 결정을 내리기까지 많이 괴로웠다느니, 아니면 나를 잊지 않을 거라느니, 어찌 됐든 우리 두 사람에게는 좋은 추억이었다느니, 그런 말은 절대 하지 말아요. 그냥 간단히 떠나겠다는 말만 하세요. 아무것도 설명하지 말고, 문밖으로 걸어 나가는데 2분 이상 시간을 끌지 말아요. 동정 어린 얼굴이나, 괴롭다거나 희생한다는 얼굴로 나를 바라보지 말아요. 그냥 나가서 다신 돌아오지 말아요. 다른 여자를 꾀든가, 아니면 수도사가 되든가, 아니면 당신 머리에 총을 한 방 쏴요. 하지만 더 이상은 내 앞에 나타나지 말아요. 나는 몇 년이 지나고 나서야 당신에게 있었던 일을 이해하게 되었어요. 바로 여기, 이 집에서 그걸 깨달았지요. 지난겨울 끔찍했던 어느 날 아침, 나는 숙취와 토하고 싶은 기분으로 괴로워하며 깨어났어요. 욕실로 갔는데, 내가 모르는 누군가가 그곳에 있는 거예요. 한 남자가 타월을 허리에 두르고, 벌거하면서 남편이 가져가지 않았던 면도 크림과 면도칼을 들고 차분하게 면도를 하고 있었어요. 자기 집에 있기라도 한 듯 방금 샤워를 마치고 아주 기분 좋게 말이에요. 그는 남자 향수 광고에 나오는 사람처럼 나를 보며 미소를 머금었어요. 나는 도무지 믿을 수가 없었어요. 소리 지르거나 경찰을 부르고 싶은 마음이 굴뚝같았지만 그 남자가 여기 있다면, 그건 내가 데려왔기 때문이잖아요. 그가 얼굴에 비누 거품을 잔뜩 묻히고 나에게 말했어요. 기분이 좀 나아졌냐며 물었지요. 나는 아무것도 이해하지 못한 채 시치미를 떼었어요. 그제야 지난밤의 일이 갑자기 생각났어요. 그 당시 나는 주말마다, 아들이 나와 함께 지내지 않을 때면 당신이 마드리드에서 만났던 사진사 소니와 함께 파티에 다녔어요. 혼자 소파에 앉아 벽만 멍하니 바라보지 않으려고 어디든지, 거의 아무하고나 다녔지요. 그리고 그 남자가 그곳에 있었어요. 나는 무슨 이유 때문인가 그와 함께 파티에 가기로 했고, 2번가에 있는 바에 동행했어요. 나는 욕실 문 앞에 서 있으면서 파도가 너울거리듯, 바람이 불듯 하나둘씩 떠올랐어요. 그가 보기에는 내가 황홀해하는 듯한 표정으로 바라보고 있었겠지요. 우리는 이스트 빌리지에서 함께 택시에 올랐어요. 칵테일이 효과를 보이기 시작했고, 그는 대마초 두세 모금을 빨았어요. 그리고 우리는 그곳에서 계속 술을 마셨어요. 그곳은 텅 비어 있었고, 작은 무대 위에서 한 커플이 노래를 부르던 게 떠올랐어요. 깔끔하고 상당히 애절한 히피들이었어요. 남자는 기타를 치고, 여자는 손바닥을 치며, *California Dreamin'* 을 부르고 있었어요. 마치 자기네 앞에 우드스턱에 매달린 관중들이 있기라도 한 듯 말이에요. 그들이 노래를 마쳤을 때 우리는 박수를 보냈어요. 그들은 허리를 구부려 인사했고, 우리는 끝까지 남아 있었어요. 그들이 안됐다는 생각이 들었거든요. 틀림없이 나중에 내가 가겠다는 말을 했을 거예요. 그러자 그가 데려다 주겠다고 했어요. 우리는 집에서 아주 가까운 곳에 있었어요. 하지만 결국, 우리 둘 중에 누가 먼저 물꼬를 텄는지는 모르겠어요. 문제는 아침 10시에 내가 숙취로 죽을 것처럼 고생하고 있었고, 기억나지 않는 뭔가 때문에 화를 내며 후회하고 있었다는 거예요. 그리고 그는 거들먹거리는 표정에 만족스럽다는 기분 나쁜 표정을 지으며 행복에 겨워하고, 다른 남자의 면도칼과 면도 거품으로 면도하면서 내 안부를 묻고 있었다는 거예요. 물론, 그가 새 면도칼을 꺼냈다는 건 나도 눈치챘어요. 비닐 껍데기가 수도꼭지 옆에 놓여 있었고, 그가 자기 콘돔을 가져온 게 분명했어요. 그가 떠나고 나서 침대 옆 작은 테이블에 놓인 포장지를 보았거든요. 나는 바퀴벌레라도 본 것 같은 느낌이었어요. 그러니까 그는 위생 관념이 철저한 바람둥이였던 거예요. 나는 그가 옷 입는 모습을 바라보았어요. 나 자신을 용서할 수가 없었어요. 그는 전날 밤 우리가 얘기했을 법한 일들을 언급했고, 나는 체면을 지키기 위해 기억나는 듯 행동했어요. 그는 떠나기 전에 명함 한 장을 남기며, 내 턱을 살짝 쳤어요. 그러니까 손가락 끝으로, 마치 내 기운을 북돋아 주려는 듯 말이에요. 대체 내가 어떤 얼굴을 하고 있었기에. 심지어 윙크까지 했어요. 그는 어찌 됐든 멋진 밤이었다고 말했어요. 뭐가 어찌 됐다는 건지. 하지만 적어도 그는 떠났어요. 그리고 나는 그 어느 때보다 고독이 그렇게 고마웠던 적이 없었어요. 나는 콘돔 껍데기를 쓰레기통에 버렸어요. 면도 거품 통과 면도칼도요. 재떨이도 깨끗이 비웠고요. 그리고 겨울인데도 창문을 활짝 열고, 침대 시트를 벗겨

전날 밤 입었던 옷과 함께 세탁기에 집어넣었어요. 바에서 묻혀 온 술 냄새와 담배 냄새가 옷에서 진동했거든요. 나는 아주 뜨거운 물을 받아 한 시간 정도 물속에 몸을 담갔어요. 많이 놀라기는 했지만 아무것도 기억나지 않는 게 고마웠어요. 전에도 몇 번 그런 적이 있기는 했지만 그런 적은, 하룻밤을 통째로 날려 버릴 정도는 아니었거든요. 그리고 그제야 당신이 떠올랐어요. 나는 절망에 빠질 때마다 당신을 떠올렸어요. 그리고 15년이나 16년 뒤늦게 당신에게 있었던 일을 이해하게 되었어요. 내가 당신에게 불공평했다고, 스스로를 질책하기까지 했어요. 당신이 보기에는 거짓말 같겠지만, 나는 그 이후 쭉 당신을 잊은 적이 없었어요. 나는 미국에서 살기도 했고, 스페인에서 살기도 했어요. 나는 네댓 명의 남자들을 사랑했고, 꽤 이상한 업종에서 일하기도 했어요. 나는 결혼도 했고, 이혼도 했고, 아이도 한 명 낳았어요. 다시 마히나에 가지는 않았지만, 그 누구보다 당신을 가장 많이 떠올렸어요. 심지어 우리 아버지보다 더 많이요. 내가 아버지를 만나러 갔을 때, 아버지는 내 금발을 보고 아주 심각한 표정을 지으며 말했어요. 나 죽기 전에 네 원래 머리 색깔을 보고 싶구나. 그래서 나는 그날 당장 오후에 숙소에 도착하자마자 머리를 탈색했어요. 다음 날 아침, 아버지가 나를 보며 지은 미소를 당신이 봤어야 했는데. 나는 아버지의 침대 머리를 올려 주고 목 아래쪽에 베개를 받쳐 준 후 아버지 옆에 앉았어요. 그러자 아버지는 아무 말 없이 내 머리를 쓰다듬어 주셨어요. 아버지는 여든일곱이었고, 그 나이에 비해 정신이 맑았어요. 아버지는 자신이 곧 죽을 거라는 걸 알고 있었지만 별로 개의치 않았어요. 아버지는 손자를 보고 싶어 했고, 나는 아이의 아버지 몰래 아들을 데리고 갔어요. 전남편 봅이 외할아버지의 고통이 아이에게 트라우마를 남겨 줄 수 있다고 생각했기 때문에 그를 속여야 했어요. 그래서 나는 아버지가 다 나았다고 그에게 전화했어요. 록펠러 센터의 아이스링크에서 그와 만나기로 약속했고, 나는 아들과 단둘만 남았을 때, 아이가 외할아버지를 만날 수 있도록 곧바로 택시를 타고 뉴저지로 향했어요. 아이는 내내 너무 좋아했어요. 간호사가 아이에게 교육적인 장난감 하나를 줬지만 아이는 본 척도 하지 않고, 내가 어릴 때 아버지가 들려주었던 스페인 옛날이야기들을 오후 내내 들었어요. 침대를 들어 올리는 밸브를 돌리면서 말이에요.

하지만 나는 늘 마찬가지예요. 말을 하려고 하면, 하려던 말의 흐름을 놓쳐 버려요. 나는 당신 같지 않아요. 당신은 쭉 말하는데 말이에요. 당신이 아무 말 없이 가만히 있으면, 나를 놀리는 것 같아요. 아니면 내가 당신에게 하는 이야기를 믿지 못하는 것 같든지. 나는 당신을 기억하고 있었어요. 나는 스페인에 가도 당신은 절대 다시 만나지 못할 거라 확신했어요. 심지어 당신을 찾으러 마히나에 갈 생각도 하지 못했어요. 그런데 당신은 가장 어처구니없는 상황에서 갑자기 짠 하고 나타났어요. 아니면 가장 고통스러운 상황이나 우리 집에서 내가 당신에게 틀어 줬던 캐럴 킹의 노래를 들을 때, 당신이 보이는 것 같았어요. 당신은 노래 가사를 모두 이해했기 때문에 꽤 감동받았어요. *You've Got a Friend*. 그것도 기억나지 않아요? 당신은 그 음악이 마르토스의 주크박스에 있다고 말했어요. 당신은 나에게 영어로, 마히나의 영어로 말했지요. 제법 빠르지만 귀에 거슬리는 영어였어요. 당신의 영어를 이해하려면 스페인어로 다시 생각해야 했어요. 당신이 노래 가사에서 베낀 문장들을 구사했거든요. 당신은 워낙 예의 발라서, 나에게 당신 손을 잡으라고 할 때는 비틀스의 노래 제목을 인용했어요. *I Wanna Hold Your Hand*. 우리는 반델비라 공원을 가고 있었어요. 당신은 나에게 기대서 걸었어요. 당신은 온몸을 부들부들 떨며 술 냄새를 내뿜고 있었어요. 조명을 밝힌 분수의 불빛이 당신 얼굴을 비추고 있었는데, 당신은 죽은 사람보다 더 창백했어요. 나는 당신이 쓰러지지 않도록 당신을 붙잡아 주었어요. 우리가 학교 앞 거리에서 만났을 때 당신이 나에게 기대지 않았더라면, 당신은 내 발밑에 그냥 쓰러졌을 거예요. 나는 당신이 비틀거리며 길을 건너는 것을 보았어요. 어두웠기 때문에 나는 당신이 당시 마히나에서 흔히 보는 술주정뱅이일 거라 생각했어요. 그래서 무서웠지요. 하지만 나는 멈춰 서서 당신을 알아봤어요. 당신이 누에바 거리를 건널 때나, 우리 집 근처에 있는 카르멘 단지에서 당신이 두 시간 동안 나에게 말했던 그 여자를 찾아 헤매고 다닐 때 봤던 여느 때와 마찬가지로 말이에요. 당신은 그 여자가 자기를 배신했다며 엉엉 울면서 손등으로 콧물을 닦았어요. 당신은 그녀를 무슨 탱고 가수처럼 말했어요. 당신 얼마나 웃겼는데. 하지만 나 역시 당신 못지않게 웃겼지요. 나 역시 사람들에게 무시받았으니까요. 내가 술을 마시지 않았던 건 그게 적절하지 않다고 생각해서가 아니라, 그때는, 지금도 마찬가지지만 알코올의 맛이나 술을 마셨을 때 방에 남는 냄새를 참지 못하기 때문이에요. 의지에 미치는 술의 영향과 기억에 미치는 폐해가 두려웠어요. 마히나의 집에서 아침에 일어나, 아버지의 잔에 남아 있는 코냑 냄새를 복도 끝에서부터 역겨워하며 맡았거든요. 경찰서에서 돌아와, 새벽 4시에 정원 울타리 옆에서 나를 기다리고 있던 아버지를 보았어요. 아버지를 껴안는 순간, 맨 먼저 느낀 것이 그의 입김에서 풍기는 알코올 냄새였어요. 그 후에는 술을 많이 마셔 보았고, 기억을 잃거나 병이 날 때까지 취하기도 했어요. 하지만 나는 기억하고 싶지도, 살고 싶지도 않았기 때문에 나 자신에게 벌을 내리듯 술을 마셨어요. 스페인에는 이런 말이 있잖아요. 죄 안에 죗값이 들어 있다고. 그 말은 마히나의 가게에서 쑥덕거리고 있던 여자들에게 처음으로 들었어요. 나는 봅이 술을 싫어한다는 그 딱한 가지 이유로 한동안 술을 열심히 마셨어요. 그는 술도 마시지 않고, 담배도 피우지 않아요. 식사 때는 커피나 생수를 마시지요. 우리가 헤어지기 얼마 전, 나는 그에게 한 문장을 말해 줬어요. 소니에 의하면, 보들레르의 말이래요. "물만 마시는 사람은 자기 주변 사람들에게 비밀을 가지고 있다." 그가 돌처럼 굳어졌어요. 경석(輕石)처럼요. 그는 내 말 때문에 자기 얼굴이 괴물처럼 바뀔까 봐 두려운 듯 아이를 곁눈질로 흘깃 바라보았어요. "누군가 비밀이 있다면 그건 당신이겠지." 그는 나에게 그 말을 한 후 신중하면서도 혐오스러운 소리를 내며 물을 한 모금 삼키고, 테이블보 위에 포크와 나이프를 내려놓았어요. 마치 부끄러운 고백을 받기 위해 결연히 준비라도 하려는 듯 말이에요. 한때나마 사랑했던 사람을 어쩌면 그렇게 증오할 수 있을지. 가장 가까운 사람이 가장 낯선 사람이라니, 그런 일이 어떻게 가능하지요. 나는 그를 바라보며 어떻게 그와 결혼할 수 있었는지 생각했어요. 그리고 더 최악은 어떻게 사랑에 빠져 그의 자식을 바란다고 굳게 믿을 정도로 나 자신을 속일 수 있었는지였어요. 하지만 정말 끔찍했어요. 내가 내 삶을 가지고 무슨 짓을 했는지, 그때는 내가 무슨 짓을 하려는 건지 몰랐어요. 두 달 전 스페인에서 돌아왔을 때, 그가 꽃을 들고 아이와 함께 공항에서 나를 기다리고 있었어요. 그는 두 번째 기회를 원했어요. 텔레비전 상담 프로에서 말하듯 우리의 결혼을 구하고 싶어 했어요. 그리고 나는 워낙 나약하거나 어리석어서, 당신이 아니었다면 그것이 또 다른 실수라는 것을 알면서도 받아들였을 거예요. 그는 무섭게 들이대며 협박하는 게 아니라, 아주 부드럽게, 아주 착하게, 아주 좋은 의도로 협박했어요. 당신이 원하지 않는다면 나 때문에는 하지 마, 라고 말했어요. 그리고 그는 나와 대화할 때마다 계속 그 말을 반복했어요. 우리 자식을 위해서라고. 그리고 나는 엄청난 죄책감에 휩싸여, 그토록 힘들게 내린 모든 결정을 수포로 만들었어요. 나는 조금씩 다시 살아나고 있었어요. 내 삶을 되찾아 가고 있었고요. 그와 함께 잃어버렸던 세월의 당혹감 속에서 벗어나고 있었어요. 나는 내 아들과 함께 혼자 사는 게 좋았어요. 하지만 금요일 오후마다 그가 아이를 데리러 와서 희생자의 표정으로 입도 떼지 않은 채 소파에 털썩 주저앉으면, 모두 예전으로 돌아가 버렸어요. 내가 거미줄에서 벗어나기 위해 계속 손으로 떼어 내는데도, 여전히 내 숨통을 조여 오는 거미줄에 다시 걸려든 느낌이고, 후회가 되었어요. 내가 굴복하지 않았다면, 그것은 그에 대한 집착이 아니라 순전히 나 자신에 대한 집착 때문이었어요. 내가 그에게 못된 짓을 하고 있으며, 그의 불행을 희생으로 나 혼자 멋대로 살아가고 있다는 질식할 것 같은 확신에 대한 집착 때문이었어요. 그가 나에게 물었어요. 내가 당신에게 무슨 짓을 했는지 말해 줘. 내가 무슨 잘못을 했는지 말해 줘. 그는 나에게 애원하다시피 매달렸어요. 그리고 나는 그에게 제대로 된 답변을 해 주지 못했어요. 잘못이나 실수는 그가 아니라, 나한테 있었기 때문이에요. 그는 자기 원칙과 성격대로 행동했을 뿐이에요. 그와 결혼하기로 했을 때, 나는 그가 어떤 사람이고, 왜 절대 그를 좋아할 수 없는지 정확히 알고 있었어요. 그가 나를 많이 사랑하고 굳게 믿어서, 나 역시 그를 사랑하고 있다고 거의 나 자신을 설득했어요. 그에게는 나를 미치게 하는 연인이 되지 못한 잘못이 없었어요. 우리는 서로를 원했어요. 하지만 미칠 듯이는 아니었어요. 그리고 그보다는 내가 욕구를 훨씬 중요하게 생각했고요. 그는 착하고, 매력 있고, 정직했어요. 우리는 우리의 의견과 취향 대부분을 공유했어요. 하지만 우리 사이엔 뭔가 맞지 않는 데가 있었어요. 나는 그걸 느꼈는데 그는 그러질 못했어요. 그리고 나는 너무 의리가 없거나 비겁해서, 그 사실을 그에게 알리지 못했어요. 이유 없는 불만이었어요. 그런데 그 불만은 세월이 흐르면서 더욱 은밀해지고 고통스러워졌어요. 비참하게 원망하는 기분이었어요. 그가 했으면 하는 뭔가 때문이 아니라,

그가 하지 않은 것에 대한 뭔가 때문에 그런 기분이 들었어요. 그의 말하는 모습이나 행동에서, 아주 사소한 것까지도 짜증이 났어요. 나를 기분 나쁘게 하려는 의도가 전혀 들어 있지 않은 사소한 버릇 같은 거지만, 결국 내게는 모욕처럼 다가왔어요. 가끔 나는 그를 속이기도 했어요. 하지만 밤늦게 집에 돌아오면, 그가 아이를 저녁 먹이고 있었어요. 그리고 내가 늦게 들어온 걸 변명하기 위해 둘러댄 거짓말을, 그가 너무나도 자연스럽게 믿는 것을 보면서 나는 부끄러워 죽을 것 같았어요. 그는 너무 완벽하고 행복해서, 내가 자기를 속이고 있다는 건 상상도 하지 못했어요. 하지만 누군가를 사랑하지 않는 게 범죄는 아니에요. 나의 유일한 죄는 지옥이 커져 가는 동안 아무렇지도 않은 듯 행동하며 조용히 입 다물고 있었던 거라는 걸 깨닫기까지 그 끔찍했던 몇 년이 걸렸다는 거예요. 매일 밤 잠자리에서의 침묵, 소파에 나란히 앉아 이따금 영화 얘기를 하면서도 서로 눈도 마주치지 않고 며칠씩 지내는 그 소름 끼쳤던 일상. 침대에서도, 이를 닦으러 갔다가 욕실에서 마주칠 때도 서로를 보지 않았어요. 마음속에서 암처럼 자라는 체념과 치명적인 운명과 같은 느낌이었어요. 겉모습은 바뀌지 않았기 때문에 살고 싶지 않은 마음이 더 치명적이었어요. 나쁜 일은 절대 일어나지 않았어요. 아무도 소리 지르지 않았고, 눈물도 없었고, 원망 섞인 비난도 없었어요. 침묵과, 필요해서 하는 말들만 있었을 뿐이에요. 그냥 파자마를 입고, 이를 닦고, 아이가 이불을 걷어찼는지 보기 위해 아이 방에 들어갔다가 자명종을 맞출 뿐이었어요. 그사이 다른 사람은 그림자처럼 움직이거나, 아니면 무슨 말인가를 하거나, 하품을 하며 침대에서 자기 자리에 누워 있지요. 심지어 불을 끄기 전에 미소를 머금으며 굿 나이트 키스까지도 했어요. 아니면 어둠 속에서 용기를 내어 욕구가 생긴 것처럼 굴 수도 있고요. 그러나 우리 두 사람은 아무 말 없이, 서로 얼굴도 보지 않고 헐떡거리다가 마침내 눈을 감고, 아무 말 하지 않아도 되고, 가만히 몸을 웅크린 채 이미 잠든 것처럼 숨을 쉴 수 있다는 것에 안도했지요.

나는 힘들 때마다 당신을 떠올렸어요. 당신이 열여덟 살이 되려면 여섯 달 남았다고 했으므로 나는 당신의 나이를 계산해 보고, 당신이 어떤 모습일까 혼자 되물어 보았어요. 뚱뚱할까? 대머리일까? 결혼은 했을까? 그날 밤 당신이 나에게 얘기했던 계획들은 모두 이뤘을까? 나는 그 시절의 내 계획을 생각해 보고, 당신도 그 계획들을 포기했을 거라 확신했어요. 당신은 짐 모리슨 노래의 한 소절을 나에게 들려주었어요. 우리는 세상을 원하며, 지금 당장 그것을 원한다. 당신은 마히나를 떠나 다시는 돌아오고 싶어 하지 않았어요. 당신은 내게 뉴욕이 어떤지, 밤에 대서양을 건너면서 어떤 기분이었는지 말해 달라고 했어요. 당신은 바다를 보지 못했고, 기차 여행도 한 번 해 보지 못했어요. 당신은 열일곱이었으며, 주도를 갈 때만 마히나를 떠나 봤고, 여자와 키스도 해 보지 못했어요. 내가 당신이 처음으로 키스한 여자였어요. 당신은 키스할 줄도 몰랐어요. 그냥 입을 꼭 다문 채 내 입을 짓누르며 아주 거칠게 숨만 내쉬었지요. 그렇게 나를 보지 말아요. 지금 당신한테 하고 있는 말은 사실이니까. 당신은 학교 앞 인도에서 나에게 다가왔을 때와 똑같은 걸음걸이로, 국회 의사당 복도를 따라 걸어왔어요. 그 거리의 이름까지도 기억나요. 라몬이카할 거리였어요. 당신이 나를 뚫어져라 쳐다봐서, 나는 아주 잠깐 당신도 나를 기억한다고 생각했어요. 하지만 내가 당신 앞에 왔을 때 당신은 눈을 피했어요. 그날 밤, 나를 보자 당신은 똑바로 걸으려고 했어요. 하지만 당신이 몸도 가누지 못할 정도라는 건 멀리서 봐도 한눈에 알 수 있었어요. 당신은 머리가 엉망으로 헝클어져 있었고, 눈동자가 많이 반짝였고, 입에 불 꺼진 담배를 물고 있었어요. 막 12시를 알리는 종소리가 들렸고, 거리에는 우리 말고 아무도 없었어요. 당신은 나와 똑같은 보폭으로 다가왔어요. 우리는 다른 때와 마찬가지로, 당신이 나에게 눈길도 주지 않은 채 거의 스치듯 지나칠 뻔했어요. 그런데 당신은 가만히 서 있었고, 나도 멈춰 섰어요. 나는 당신에게 말을 걸 생각도 하지 못했어요. 나는 당신이 가로등에 기대고 있는 걸 봤어요. 당신의 안색이 매우 창백해서 당신이 안됐다는 생각이 들었어요. 당신의 남방은 바지 밖으로 나와 있었고, 얼굴은 땀으로 번들거렸어요. 나는 아무 생각 없이 당신에게 다가가, 무슨 일이 있냐고 물었어요. 그리고 내 도움이 필요한지도 물었고요. 당신은 무슨 말인가를 하려 했고, 입에서 담배가 떨어졌어요. 나도 그날 밤 절망 상태였고, 당신의 모습에서 내 모습을 보았기 때문에 유감스럽다기보다는 동정심이 느껴졌어요. 당신이 내 눈을 쳐다본 건 그때가 처음이었어요. 하지만 당신이 본 건 내 얼굴이 아니었고, 내가 그곳에 있다는 것도 잘 몰랐어요. 나는 당신의 한쪽 팔을 내

어깨 위에 두르고 당신의 허리를 꽉 잡았어요. 당신은 많이 무거웠어요. 당신은 소름이 돋아 있었고, 제대로 서 있지도 못했어요. 술 냄새가 진동했지만, 반짝이는 눈동자와 입을 헤벌린 표정으로 당신이 하시시도 피웠다는 걸 알았어요. 당신은 말을 하려고 했지만 자꾸 혀가 꼬였고, 무슨 이름인가를 계속 반복해서 불렀어요. 나는 반델비라 공원까지 간신히 당신을 데려가서, 조명을 밝힌 분수 옆 벤치에 당신을 앉혔어요. 당신은 자기를 내버려 달라고 부탁했어요. 당신은 유리처럼 맑은 눈으로 나를 한참 동안 바라보며, 내가 누구냐고 영어로 물었어요. 당신은 양 팔꿈치로 무릎을 괴고 있었는데, 머리는 조금씩 땅 쪽으로 떨어졌어요. 당신이 토하려고 했어요. 나는 손수건을 분수 물에 적셔 당신 얼굴에 대 줬어요. 당신이 입을 벌린 채 손수건을 핥으며 내 양손도 핥았어요. 하지만 당신은 또다시 구역질을 했고, 나는 당신이 옷 위에 토하지 않도록 당신의 몸을 앞으로 숙이게 해서 고개를 붙잡아 주었어요. 당신은 꽤 한참 후에야 간신히 토했어요. 당신은 투덜대며 손수건을 잡고 있던 손으로, 나를 당신의 얼굴 쪽으로 잡아당겼어요. 마침내 당신은 고개를 푹 숙인 채 신음했고, 나는 계속 입가에 매달리는 침을 닦아 주었어요. 나는 당신의 고개를 들게 하고, 손수건을 다시 물에 적셔 당신의 얼굴을 닦아 주었어요. 그리고 더 이상 떨지 않을 때까지 당신을 꼭 껴안아 주었어요. 당신에게는 열쇠가 없고, 집으로 가는 길이 기억나지 않아 집에 갈 수가 없다고 했어요. 당신이 모르는 낯선 도시에서 잠을 깨기라도 한 듯, 당신은 주변을 두리번거리며 보았어요. 당신은 아주 나지막한 목소리로, 거의 헛소리하듯 쉬지 않고 말했어요. 내가 우리 집으로 가자고 하자, 당신이 고개를 많이 흔들며 싫다고 했어요. 당신은 너무 늦었다는 데 꽤 큰 부담을 느끼고 있었어요. 하지만 당신은 부모님의 잠을 깨울까 봐 집에도 갈 수 없었어요. 나는 당신이 일어서도록 도와주었어요. 이제 당신은 제대로 몸을 가눴어요. 나는 당신의 허리를 팔로 감싸 안았어요. 나는 당신이 나를 꼭 끌어안을 때의 힘이 좋았어요. 당신은 길에서 여자를 껴안아 본 적이 한 번도 없다고 했어요. 길에서든, 어디에서든 말이에요. 그러고는 한쪽 손을 활짝 펴서 내 엉덩이를 꽉잡았어요. 이제는 우리가 어디로 가는지도 묻지 않았어요. 당신은 아주 고분고분 따라왔어요. 당신은 술에 취해 엉망이었고, 하시시로 멍해 있었어요. 눈동자도 풀려 있었고, 당신이 보고 있는 장면과 노래들에서 억지로 짜 맞춘 이상한 영어로 나에게 말하는 내용을 꿈이라도 꾸는 듯 미소 짓고 있었어요. 당신은 무슨 말인가를 했다가도 금방 잊어버렸어요. 내 이름도 두세 번 물었고요. 당신은 그 이름이 꽤 마음에 드는 듯 몇 번 반복하고, 미하일 스트로고프의 애인도 나와 똑같은 이름이라고 했어요. 그러고는 곧이어 그 책을 이야기해 주기 시작했어요. 하지만 당신은 줄거리를 잊어버렸어요. 말들은 가늘게 이어지는 끈과 같아서, 멈추면 실이 끊어지면서 모든 기억들이 지워진다고 했어요. 그래서 당신은 그렇게 빨리, 힘들게 말하는 거였고, 이제는 더 이상 기억나지 않기 때문에 내가 이해하지 못한 무슨 말인가를 다시 해 보라는 건 무모한 짓이라고 했어요. 나는 당신을 우리 집으로 데려갔어요. 하지만 당신은 현관 안으로 들어오려고 하지 않았어요. 당신은 무척 쑥스러워했고, 또 다시 많이 늦었다는 것에 집착했어요. 나는 당신의 손을 잡고 함께 들어와 소파에 앉혀 두고 아버지의 방에 가 봤어요. 불은 이미 꺼져 있었지만, 틀림없이 그때까지 깨어 있었을 거예요. 내가 다이닝룸으로 돌아왔을 때 당신은 기병 그림을 보고 있었어요. 그러면서 그 기병이 미하일 스트로고프라고 말한 뒤 짐 모리슨의 *Riders on the Storm*이 생각난다고 했어요. 나는 캐럴 킹의 음반을 아주 나지막하게 틀고 커피를 준비했어요. 우리가 커피를 마시는 동안, 당신은 계속 얘기했어요. 당신의 삶 전체와 그날 밤 조금 전에 있었던 일들, 마히나를 떠나고 싶어 하는 마음을 말했어요. 당신은 내가 그 누구에게서도 보지 못했고, 나중에도 절대 보지 못할 순수함과 두려움, 공포, 자존심이 뒤섞인 말투로 말했어요. 당신은 아무것도 모르면서 모든 것을 알고 싶어 했어요. 당신은 아무 데도 가본 적이 없으면서 마치 그곳에서 막 돌아온 듯 당신이 가고 싶어 하는 도시들과 나라들에 대해 말했어요. 당신은 어떤 여자도 건드려 보지 못했으면서 지금과 마찬가지로 욕구 지향적인 모습이 두 눈에 어려 있었어요. 단지 보다 어설프게 숨겨져 있었을 뿐이지요. 당신은 이제 더 이상 내 눈길을 피하지 않았어요. 우리는 캐럴 킹을 들으며 소파에 앉아 있었어요. 그러다가 당신이 가만히 있었어요. 나는 당신이 침을 삼키고, 당신도 모르는 사이에 내 쪽으로 몸이 기울어 있다는 걸 알았어요. 하지만 당신은 키스를 줄 몰랐어요. 내가 당신의 입안으로 혀를 집어넣었어요. 그런데 당신은 입술을 벌릴 줄도 몰랐어요. 당신은 내 블라우스를 만지작거리면서도 감히 가슴은 꽉 움켜쥐지 못했어요. 그래서 당신이 내 가슴을 만지도록 내가 양손으로 당신을 붙잡아 부추겨 줘야 했어요. 그러면서 나는 내가 미쳤다고, 아버지가 갑자기 나올 수도 있다고 생각했어요. 하지만 그 순간에는 전혀 개의치 않았어요. 내가 느끼는 기분은 흥분이 아니었어요. 아주 차분한 달콤함이면서, 그와 동시에 기이함으로 가득 찬 감정이었어요. 그 시절 몇몇 노래를 들을 때 느꼈던 달콤함이었지요. 당신과 함께 있으면 억지로 꾸밀 의무도, 아무것도 두려워할 게 없을 것 같았어요. 당신은 나를 떼어 놓고 나를 보려고 했어요. 하지만 다시 몸 상태가 안 좋아졌어요. 하시시가 다시 기분 나쁘게 물결치듯 요동쳤고, 당신은 곧 나를 아주 멀찌감치에서 바라보는 것 같았어요. 당신은 입을 살짝 벌린 채 숨을 쉬면서 내 얼굴과 머리카락을 애무하며 안정을 찾기 시작했어요.

우리가 당신 집으로 가는 길에, 헤네랄오르두냐 광장을 지날 때는 새벽 4시가 넘어 있었어요. 우리는 서로 부둥켜안은 채 도시 전체를 가로질러 갔어요. 나는 당신의 어깨에 머리를 기댄 채 당신의 삶과 가족에 대해 계속 질문했어. 나는 당신이 들에서 하는 일 얘기를 해 달라고 했지만, 당신은 그것에 대해서는 말하고 싶어 하지 않았어요. 당신은 표정이 심각해지더니 다른 얘기를 했어요. 처마 끝에 괴물인지 새인지의 머리들이 달린 저택이 있는 골목에서 당신은 혼자 있게 내버려 달라고 했어요. 당신은 턱을 꽉 다문 채 입술을 깨물고 있었어요. 당신은 내게 키스도 하지 않았어요. 나를 보는 게 부끄러운 것 같았어요. 당신은 내게 등을 돌린 후 거의 벽에 달라붙다시피 하며 당신 집을 향해 걸어

갔어요. 비틀거리다가 넘어질 뻔하기도 했어요. 당신이 나에게 잘 가라고 인사할 때까지 나는 계속 기다리고 있었어요. 그게 전부였어요. 다음 날 당신은 나를 알아보지 못했어요. 나는 그날 밤을 기억했고, 그 일이 아주 오래전에 있었거나, 아니면 한바탕 꿈을 꾼 것 같았어요. 하지만 나는 그런 꿈은 한 번도 꾼 적이 없었어요. 아버지와 나는 7월 초에 마히나를 떠났어요. 아버지는 미국으로 돌아가고 싶어 했지만 나는 그러고 싶지 않았어요. 마드리드에서 나는 여행사에 취직했어요. 어머니가 나에게 몇천 달러를 남겨 줬어요. 그 당시 우리에게는 마드리드 생활이 뉴욕 생활보다 훨씬 저렴하게 들었어요. 하지만 아버지는 계속 있고 싶어 하지 않았어요. 아버지는 이제 스페인을 참지 못하겠다고, 너무 오래 있다가 돌아간다고 했어요. 아버지는 모든 일에 짜증을 냈고, 신문을 샀다가도 금세 쓰레기통에 던져 버렸어요. 그리고 내가 뉴스를 보려고 텔레비전을 틀면 밖으로 나가 버렸어요. 아버지는 자기가 고약한 노인으로 변하고 있다면서, 자기를 용서해 달라고 했어요. 그리고 이제 그가 1년 전과 똑같은 사람이 아니라는 건 사실이었어요. 하지만 나는 마음속으로 아버지가 나를 혼자 내버려 두고 싶어 한다는 걸 인정하고 싶지 않았어요. 카레로 블랑코가 암살되던 날, 우리는 처음으로 고함을 지르며 싸웠어요. 아버지는 내가 밖에 나가는 걸 허락하지 않았어요. 너는 하나도 배우지 않았다. 아버지가 내게 말했어요. 스페인에서 벌어지고 있는 일들을 모르겠니. 그 잔인한 놈들 중에 누군가 너에게 총을 쏠 수도 있다는 걸 모르겠니. 하지만 나는 남았고, 아버지는 떠났어요. 아버지는 퀸스의 집을 팔고 뉴저지에 있는 양로원으로 들어갔어요. 그곳에 아버지의 친구가 한 분 계셨어요. 공화파 소속의 다른 군인이었어요. 우리는 몇 년 동안 서로 만나지 않고 지냈어요. 나는 결혼식에 아버지를 초대하려고 봅과 함께 찾아갔었어요. 아버지는 그를 위아래로 한참 쳐다보다가 악수를 하고는, 잠깐 우리 둘만 따로 있게 해 달라고 그에게 부탁했어요. 아버지는 내가 또 실수를 저지르려 한다고 했어요. 아이가 태어나면서 아버지는 약간 풀어진 것 같았어요. 아니면 나의 어렸을 때가 기억나 마음이 약해졌든가요. 아버지는 나에게 가르쳐 줬던 것과 똑같은 놀이를 아이에게 가르쳐 주었고, 카예하 출판사의 이야기도 들려주었어요. 그런데 남편은 그 이야기들이 아이의 정서에 지나치게 잔인하다며 못마땅해했어요. 나는 나 자신에게 그랬던 것처럼, 아버지 앞에서도 시치미를 뗐어요. 하지만 우리 둘만 있으면, 아버지는 늘 내 생각을 꿰뚫어 보고 있다는 확신으로 나를 바라보다가 말했어요. 내가 너한테 실수라고 경고했잖니. 아버지는 당신이 얼마나 아픈지, 내가 알기를 바라지 않았어요. 지난달 양로원에서 전화가 걸려와, 아버지의 삶이 얼마 남지 않았다고 알려 줬어요. 그때부터 나는 아버지 곁에서 떨어지지 않았어요. 나는 아버지에게 당신 얘기를 했어요. 놀랍게도 당신을 마드리드에서 다시 만났다고 얘기했을 때는 미소까지 머금었어요. 그러고는 나에게 자세히 얘기해 달라고 했어요. 아버지는 우리가 함께 스페인에 갔을 때, 초창기 마드리드에서의 내 모습으로 다시 돌아간 것 같아 안심하고 죽을 수 있다고 했어요. 그때 우리는 팔짱을 끼고 벨라스케스 거리를 거닐었고, 레티로 공원 매점에서 아버지가 올리브기름과 식초에 절인 조개 요리와 베르무트를 사 줬었지요. 너는 네가 얼마나 많이 변했는지 모른다. 아버지가 말했어요. 너는 비쩍 여위어 말랐지. 히스테릭한 미국 여자들 같았어. 아버지는 나를 침대 옆에 앉히고, 몇 시간씩 이야기를 들려줬어요. 마지막 며칠 동안은 숨이 차서 거의 아무 말도 하지 못했어요. 아버지는 주무시다가 돌아가셨어요. 어느 날 밤 아버지를 주무시게 내버려 두었는데, 더는 깨어나지 않았어요. 간호사는 아버지가 두 눈을 감고 한 손은 가슴 위에 올려놓고, 다른 한 손은 침대 밖으로 떨어뜨린 채 돌아가셨다고 했어요. 장례가 끝난 후, 나는 그곳에서 이틀을 더 머물렀어요. 울지는 않았어요. 나는 아버지가 돌아가셨다는 게 도무지 믿어지지 않았어요. 아들이 없었다면, 이 세상에 내 핏줄을 가진 사람이 아무도 없다는 생각이 들었어요. 나는 마드리드의 한 성당에서 한 번 본 적이 있는 휠체어를 타고 있던 여자와 짙은 색 양복을 입은 남자, 약간 더 젊은 군인이 생각났어요. 하지만 그들은 나와는 아무 상관 없는 사람들이었어요. 그리고 아버지와도 마찬가지였고요. 적어도 내가 알고 있던 그 남자와는 말이에요. 이혼 증명서가 막 도착했고, 나는 다시 아버지의 성을 되찾았어요. 병원에서 건네준 서류에 나의 원래 성인 갈라스로 사인하면서 내가 얼마나 자긍심을 느꼈는지 당신은 모를 거예요. 당신이 국회 의사당 식당에서 나에게 앨리슨이라 불렀을 때, 내가 얼마나 놀랐다고요. 심지어는 화까지 났어요. 나는 당신에게 그건 내 이름이 아니라고 말할 뻔했어요. 하지만 그와 동시에 당신이 시치미를 떼고 내 옷깃에 달린 명찰을 주목했다는 게 기분이 좋았어요. 그리고 당신이 나를 놀래 준 걸 너무나도 만족해하는 것 같아 그냥 당신의 착각을 깨지 않기로 했어요. 당신이 여전히 나를 알아보지 못한 것과 마찬가지로, 내가 당신을 지켜보는 방법이었지요. 당신이 지난 세월을 어떻게 살았으며, 어떤 사람으로 바뀌었는지 알기 위해 나는 숨어 있기로 했어요. 당신에게 의심이 들어서였어요. 어떨 때는 옛날과 똑같은 사람이었지만, 어떨 때는 국제적인 사업가처럼 보이기도 했거든요. 그리고 가장 나쁜 건 시간이 얼마 없다는 점이었어요. 나는 다음 날 아침 미국으로 돌아가야 했거든요. 거짓된 상황이나 실망을 자초할 수는 없었어요. 하지만 나에게 나타난, 믿을 수 없는 기회를 그냥 놓치고 싶지도 않았어요. 그래서 나는 한순간 당신 호텔로 옮기기로 결심했어요. 그리고 내가 떨어뜨린 서류들을 줍기 위해 우리가 테이블 아래서 무릎을 꿇고 웃었을 때, 당신도 나를 마음에 들어 한다는 확신이 섰어요. 하지만 신중하게 처신해야 했어요. 당신이 너무 진지해 보여, 내가 지나치게 쉬운 여자처럼 보이면 당신이 나를 어떻게 생각할지 몰라 두려웠거든요. 나는 얼른 짐을 옮길 생각이었어요. 그리고 당신이 나에게 데이트를 청하지 않는다면, 오후 섹션이 끝났을 때 우연히 당신과 부딪칠 수 있는 방법을 찾아볼 생각이었어요. 하지만 모든 게 어긋나고 말았어요. 나는 교통 체증에 붙잡혀 있었고, 호텔에서는 내게 방을 주는 데 몇 시간이 걸렸어요. 국회 의사당까지 돌아갈 시간이 없었어요. 나는 체면을 버리고 당신에게 전화하기로 했어요. 하지만 늘 통화 중이었어요. 그래서 직접 당신을 찾아가기로 결심했어요. 하지만 가게들이 문 닫을 시간이고, 빈 택시는 단 한 대도 지나가지 않았어요. 호텔에서 기다리는 게 가장 합리적이라는 생각이 들었어요. 하지만 나에게는 인내심이 부족했고, 나는 간신히 택시를 잡아탔어요. 그런데 국회 의사당에 도착했을 때는 청소하는 아주머니들 말고는 아무도 없었어요. 다시 호텔로 돌아오려고 하는데, 카스테야나 거리가 꽉 막혀 있었어요. 나는 신경이 날카롭게 곤두섰고, 굼벵이처럼 기어가는 차들 때문에 돌아버릴 것 같았어요. 나는 계속 떠들어 대는 택시 기사의 입에 재갈이라도 물리고 싶은 심정이었어요. 당신 방으로 전화를 걸어 보았지만 당신은 없었어요. 목욕물을 받아 막 몸을 담갔을 때 전화벨이 울렸어요. 나는 대리석 위에서 나동그라졌고, 당신이 아닐 수도 있다는 생각은 할 겨를도 없었어요. 헤밍웨이에 대해 떠벌리던 그 위인이었어요. 그와 소니는 나를 찾아 마드리드 전체를 돌아다녔고, 나에게 저녁 식사에 초대하고 싶다고 했어요. 전화선으로 그의 목을 조르고 싶었어요. 나는 너무 피곤하다고 말했어요. 그래도 그는 상관없다며 호텔에서 저녁 식사를 할 거라고 했어요. 게다가 그가 나와 자고 싶어 한다는 막연한 희망과 마음이 느껴졌어요. 나는 막 이혼했겠다, 마드리드에 혼자 있겠다, 거기다 우연인지 그가 막대한 영향력을 미치는 잡지사에서 불안정한 일을 하고 있으니, 그렇게 생각할 수도 있었지요. 당신이 나타났을 때 당신에게 구원을 청해야겠다는 생각이 맨 먼저 들었어요. 나는 저녁 식사 때 당신이 그를 옆으로 흘낏 보는 걸 보고, 당신이 곧 나갈 거라고. 이제 금방 뛰쳐나갈 거라는 생각이 들었어요. 나는 테이블 아래서 당신의 발을 찾았어요. 그런데 너무 경황이 없어 그의 발과 부딪치고 말았어요. 그가 입을 다물고 나에게 미소를 보냈기 때문에 그나마 내가 눈치채서 다행이었어요. 심지어 아주 살짝 내게 윙크까지 했어요. 당신과 소니가 눈치채지 못하도록 잔을 들면서 말이에요.

지금 돌이켜 보면 모두 그렇게 일어날 수밖에 없었던 것 같아요. 하지만 그날 밤 당신을 놓칠 수도 있다는 생각을 하면 두려웠어요. 당신이 간다고 했을 때 나는 당신 손을 붙잡지 않을 뻔했어요. 그래서 당신이 나에게 함께 있어 달라고 하지 않았다면 무슨 일이 일어났을까, 나 자신에게 묻기도 했어요. 당신이 너무 피곤하거나, 아니면 나를 별로 좋아하지 않을 수도 있었어요. 그래서 당신이 호텔 밖으로 나가서 한잔하자고 하지 않았다면, 당신이 나를 좋아하지 않는다고 생각했을 거예요. 우리는 엘리베이터가 오기를 기다렸고, 당신은 열쇠로 장난을 치며 아무렇지도 않은 듯 불 켜진 화살표만 쳐다봤어요. 내가 당신에게 하는 말은 그다지 귀를 기울이지 않은 채 말이에요. 우리는 올라가기 시작했고, 내가 먼저 물꼬를 트기에는 용기가 부족했어요. 이렇듯 바르고 진지한 사람이 어떻게 생각할까. 그래서 문이 열렸을 때는 속이 뒤집히는 것 같았어요. 당신이 나에게 아무 말도 하지 않으면 내가 할 생각이었어요. 당신은 정말 침착했어요. 당신은 결정을 위해 마지막 순간까지 기다렸어요. 그런데 바로 그때 당신이 말을 꺼냈고,

곧바로 문이 닫혔어요. 나는 너무 긴장한 나머지 웃음을 터뜨렸고, 당신은 얼굴을 붉혔어요. 남자가 내 앞에서 얼굴을 붉히지 않은 지도 몇 년이 되었지요. 나는 바로 그 자리에서, 복도 한가운데서 당신을 끌어안고 당신의 얼굴에 키스를 한가득 퍼붓고 나서 나를 기억하지 못하느냐고 스페인어로 묻고 싶었어요. 하지만 당신 방에 들어갔을 때 얼마나 두려웠던지. 당신은 내가 들어가도록 자리를 비켜 주면서 내 허리에 손을 얹었어요. 그때 나는 너무 흥분해서 도망쳐 나가거나, 아니면 침대에 드러누워 서론도 없이 당신을 요구하고 싶은 유혹을 느꼈어요. 하지만 당신은 너무 천천히 행동했어요. 내가 당혹스러울 정도로 차분하게 말이에요. 당신의 담배, 당신의 맥주, 당신의 부드러운 영어 농담. 내가 편안하게 있으라고 말하는 방법이지요. 그 방에서 이미 여러 여자들에게 그랬던 것처럼 말이에요. 나는 질투로 화가 났어요. 불신도 생겼고요. 당신이 아침 식사 하는 걸 봤을 때 느꼈던 모습이 진짜 당신의 모습이 아닐까 두려웠어요. 당신이 나이프와 포크를 사용해 버터에 구운 크루아상을 자르듯, 그렇게 주도면밀하게 나를 대할까 봐 두려웠어요. 하지만 우리가 키스를 시작했을 때 당신이 얼마나 달라졌던지. 당신은 딴사람이 되어 있었어요. 당신은 경직되어 있지도 않았고, 신중하지도 않았어요. 마치 옷을 벗는 순간, 가면이나 갑옷을 벗어 내던진 것 같았어요. 당신은 쑥스러워하지도 않았어요. 하지만 그 누구보다 섬세했어요. 당신은 나를 두 동강 낼 듯 밀어 젖혔어요. 그러면서도 자상하게 살펴 주었지요. 내 얼굴을 보기 위해 머리카락을 떼어 주고, 내가 절정에 오르는 동안에는 미소를 지어 주었어요. 그리고 당신은 나와 하나가 되기 위해 거의 마지막 순간까지 기다렸어요. 하지만 그때조차 나는 당신이 눈을 감게 내버려 두지 않았어요. 당신은 그 순간 나를 어떻게 쳐다봐야 할지 몰랐고, 지금도 나를 어떻게 쳐다봐야 할지 몰라요. 그 시선은 나의 것이에요. 나 이외에는 아무도 그것을 보지 않았어요. 이제는 당신이 마히나의 그날 밤을 기억하지 못한다 해도 화나지 않아요. 그 기억은 나의 것이에요. 내가 기억하고 있고, 내가 당신에게 그 기억을 얘기해 줌으로써 당신이 존재하고 있다는 걸 안다는 게 좋아요.

제8장

　꼭꼭 닫혀 있는 집의 어둠과 침묵 속에서 두 목소리가 몸이나 손과 같이 뒤엉켜 있다. 꿈의 경계에서 점차 부드러워지며 귀 가까이에서 뜨겁게 울려 퍼지는 목소리들. 아직 세상에서 울리고 있는 마지막으로 남은 두 목소리인 듯 너무나도 외롭고 충직한 목소리들. 웃음으로 흥분한 목소리들. 모르고 있던 이야기를 좀 더 자세히 들려 달라고 청하는, 점차 느려지고 어두워지는 목소리들. 기쁨으로 충만한 나머지 기나긴 한탄이나 베개에 짓눌린 고함 소리에서 분리된 목소리들. 현명한 목소리들. 며칠 만에 적응한 목소리들. 뻔뻔하면서도 부끄러운 걸 아는 목소리들. 처음에는 입 다물고 있었던 것을, 행위와 욕망들을, 탐이 나는 육체 부위들을 이름으로 명명하는 방법을 터득해 가는 목소리들. 그것들을 명명함으로써 자기 것으로 만드는 목소리들. 서로의 이야기를 통해 늘어나는 말들을 덧붙여 가는 두 개의 목소리들. 그들은 각기 상대방에게 밝히는 순간, 자기 자신 앞에 모습을 드러내듯 나타난 미스터리의 경이로움과, 누군가 자기와 너무나도 닮은 사람이 있다는 경이로움에 감사한다. 그럼에도 불구하고 그들은 절대 범할 수 없는 자신의 내면에 절대 탐험할 수 없는 왕국을 숨겨 놓는다. 질문에는 쉴 틈도 없고, 시간의 흐름에는 틈새도 없다. 그들은 시간과 날짜의 숫자 개념을 잊었고, 아니면 계산하고 싶어 하지도 않는다. 천천히 게으름을 피우다가도 갑자기 흥분하며 조급해지는 것도 전혀 개의치 않는다. 그들은 말하고, 바라보고, 이야기를 듣고, 부드럽게 서로를 애무하다가 눈을 뜨고, 날이 저물었거나 날이 밝아 오고 있음을 깨닫는다. 그들은 노래 제목을 기억해 음반들 사이에서 그 곡들을 찾는다. 그들은 서로를 기다리며, 도시 골목골목을 찾아 헤매듯 불안하고 조급한 마음으로 아파트의 방들을 헤매며 서로를 쫓아다닌다. 정육면체로 닫혀 있는 공간이 그들에게는 세상의 크기와도 같다. 마치 바로 어제와, 이제 곧 헤어지게 될 미래 사이의 단 며칠간이 두 사람에게는 평생이라도 되는 것처럼. 그들의 목소리가 그들을 같은 편으로 만든다. 하지만 다이닝 룸에서 들려오는 발소리와 욕실 문 건너편 샤워실의 물 떨어지는 소리, 맥주 캔을 따는 순간 김빠지는 소리, 비누나 샤워 콜로뉴 냄새, 담배 냄새, 갓 뽑아낸 커피 냄새, 면도 크림 냄새, 다른 존재가 있다는 일상적이면서도 귀한 징후들, 열려 있는 궤짝과 사진들 근처 소파 옆에 내팽개쳐진 굽 높은 구두, 세면대 선반 위에 놓인 루주, 옷장의 여자 옷들 사이에 걸린 남자 재킷, 부엌 식탁에 놓인 먹다 남은 저포도주와 잔 두 개, 티슈에 묻은 붉은 루주 자국도 그들을 같은 편으로 만든다. 그들은 겨울이라는 핑계로 거리에도 나가지 않고, 불확실하고도 가까운 미래를 향해 자기네 임무를 완수하려 한다. 그들은 아무 말도 하지 않은 채 시간이 촉박해 올수록 더 시간을 끌며 휴전을 허용한다. 하룻밤 더, 하루 더, 몇 시간 더. 그들의 이야기에는 시작도 끝도 없고, 밀린 욕구를 해결하는 데는 한계도 없다. 그들은 말을 중단하고 날짜와 기억들, 사진들, 그들이 있었으면서도 서로 보지 못했던 장소들, 착각과 흥분들을 대조한다. 그들은 이야기의 흐름을 놓치고, 잠깐 멈춰야 할 정도로 중요한 이미지들이나 부수적인 느낌들을 발견한다. 그들은 이제 잠이 몰려와 불을 끈다. 그러다가도 젖꼭지가 스치거나, 발가락이 살짝 스치기만 해도 다시 깨어나 피곤함을 무릅쓰고 어둠 속에서 새로운 욕망과 집착 속으로 뛰어든다. 그들은 어둠 속에서 지쳤다가도 집요하게 다시 찾아 나선다. 그들은 땀범벅이 되어 아파하며 탈진한 상태로, 피부에서 가장 예민한 부위와 혀가 적셔 줄 수 있는 틈새와 주름들, 손가락으로 민감하면서도 부드럽게 알아낼 수 있는 성감대들, 눈동자가 지켜볼 수 있는 눈의 움직임, 이마와 손목의 푸른 혈관, 살짝 들어간 복사뼈로 혈관이 흘러가는 리듬을 알아내며 찾아 나선다.

그들은 며칠이 흘렀는지, 세상에서 어떤 일들이 벌어지고 있는지 전혀 모른다. 그들은 텔레비전을 켰다가도 얼른 꺼 버린다. 아주 먼 곳에서 전쟁이 일어나 뉴스와 심지어 광고들에서도 깃발들의 히스테리와 극단적인 애국주의가 흘러넘친다. 그건 그들이 리모컨으로 간단히 지워 버릴 수 있는 것들이다. 그들은 대참사에서 탈출한 도망자나 생존자들로서, 그들이 그 아파트 피신처에서 계속 은신해 있으면, 부당함과 분노를 잊으려고 노력하며 벌거벗은 채 서로를 꼭 끌어안고 있으면, 그들을 얼음장같이 차가운 바람에서 지켜 주고 거리의 소음을 차단시켜 주는 굳게 닫힌 문들과 유리창 그리고 커튼 뒤로 더욱 깊숙이 숨어 있으면, 전쟁의 손길은 그들에게 닿지 않을 것이다. 그들은 자기네 목소리 이외에는 더 이상 아무것도 듣지 않기 위해, 잊고 있던 것을 다시 알아내기 위해 대화를 나누며, 사진사 라미로의 경이로우면서도 무질서한 문서함을 정리해 보려고 노력한다. 흑백 사진들 속의 얼굴들, 혼령들의 집단처럼 펼쳐진 사진들이 연대순도 없이, 인생 순도 없이 엄청난 혼란 속에서 바닥에 쌓여 있다. 그리고 다이닝 룸의 식탁도 차지하고 있다. 그들은 자정에 램프 불빛 아래 그 사진들을 자세히 들여다보고 있다. 사진들은 꿈속의 보물들처럼 지칠 줄 모르고 증식되어 있다. 스튜디오에서 외롭게 포즈를 취하고 있는 마히나의 사람들, 눈이 부실 정도로 새하얀 벽 옆에 모여 있는 사람들, 누에바 거리를 팔짱 끼고 거니는 사람들, 장날 천막들 사이로 수줍게 고개를 내미는 거칠고 숭고한 얼굴들이 은밀하게 증식되어 있다. 가난으로 일찍 노화된 얼굴들로, 해독할 수 없는 케케묵은 행복으로 빛이 나는 딱딱하게 굳은 얼굴들이다. 플래시 불빛에 깜짝 놀라 턱을 높이 치켜들고 도전하는 얼굴들이다. 짙은 색깔의 재킷들, 비쩍 마른 종아리를 하얀 끈으로 묶은 대마 샌들들, 리본이나 꽃무늬 천 조각으로 묶은 곱실거리는 단발머리들. 놀라서 먼 곳을 바라보는 시선과 미소들. 딱딱한 에나멜 구두들과 높이 올라온 양말들. 꽃무늬 치마들을 꽉 졸라맨 넓적한 엉덩이들. 바닥이 코르크인 굽 높은 신발들. 꽤 젊은 얼굴들의 시뻘건 입술들과 고르지 못한 이들. 종 모양처럼 생긴 치마들. 봉긋솟아오른 가슴들과 끝이 뾰족한 구두들. 눌린 머리 아래로 쓸쓸해 보이는 이마들. 비바람에 거칠어진 툭 튀어나온 시커먼 광대뼈들. 일요일과 성금요일, 부활절 종교 행렬 때 입은 정장들. 성체식 때 입은 옷과 수가 놓인 융단 웨딩드레스들. 아직 뭐가 뭔지 모르는 희생자들의 눈동자들. 승자(勝者)들의 의기양양한 눈동자들. 둥근 안경과 아래턱이 끔찍하게 처진 신부들. 구석기 시대의 파시스트들. 비겁한 성격으로 살짝 긴장해 다른 이들과 구별되는 낯선 사람들. 인형 말 위에 올라가 있거나, 아니면 옷깃이 빳빳한 남색 교복을 입고 이마 위로 물에 젖은 짧은 앞머리를 살짝 내리고 가짜 서재 앞에 앉아 가짜 전화를 귀에 대고 있는 아이들. 낡은 옷들과 늙은 주먹을 쥔 진부함. 소매가 지나치게 짧은 처참한 단조로움. 끈으로 묶은 커다란 바지들. 두려움과 영양실조로 어색한 미소들. 오랜 세월의 차이뿐만 아니라, 반세기 동안 그 모든 얼굴들을 지켜보며 현상액 속에서 그 얼굴들이 떠오르는 과정을 지켜보면서 자기가 찍은 사진들을 한 장씩 더 현상해 따로 보관해 온 사람의 객관적인 동정심으로 인한 천편일률의 비슷함이 느껴진다. 그는 자기가 유일한 증인이며, 아무도 기억하고 싶어 하지 않는 그 삶들의 저장고라는 사실을 모르는 채 그렇게 했을 것이다. 그런데 그 삶들이 지금은 뉴욕의 이스트 52번가의 한 아파트에서 죽은 사람들이 비밀리에 한꺼번에 부활한 듯 모습을 드러내고 있다. 그리고 1991년 1월의 8일에서 열흘 동안, 닫혀 있는 창문들 뒤로 겨울바람과 도시의 폭포수 같은 교통 소음을 듣고 있는 한 여자와 남자의 감격에 겨운 눈들 앞에 모습을 드러내고 있다. 여자와 남자는 도시 밖으로 거의 고개도 내밀지 않은 채, 사진사 라미로의 궤짝 안에서 자기네는 절대 찾은 적이 없었지만 자기네도 모르는 사이에, 아니면 자기네가 원치 않는 동안 늘 자기네에게 속해 있었던 것을, 그들의 방황과 복잡한 상황에 대한 아주 오래된 이유들을 발견하고 있다.

그들에게는 날짜의 순서도, 시간의 흐름도 뒤죽박죽이 되었다. 그들의 삶과 그들 조상들의 삶을 포괄하고 있는 현재가 눈덩이처럼 불어나면서 시간이 뒤죽박죽되었다. 그리고 그들이 몇 년 동안 듣지 못했던 목소리들이 그들의 목소리를 강탈하고, 말과 잊고 지냈던 상황들을 되돌려 주고 있다. 그들보다 앞서 있었던 상황들이지만, 그들의 행동과 그들의 술에 취한 듯 몽롱한 애정, 의식과 욕망, 목소리와 노래들, 갑작스러운 기억들과 집요한 애무들의 틀을 다져 놓은 것들이다. 밤새도록 얘기하다가 아침 11시까지 늘어지게 자고 싶은 마음. 그들을 꿈속으로 밀어 넣는 기분 좋은 피로감. 담배나 늦은 저녁 식사. 마지막 한 잔을 찾아 택시를 타고 돌아다니는 탐험들. 유리창 너머로 보이는 허망한 밤의 도시와 눈 덮인 보도들. 황량한 거리들. 구름 한가운데로 환하게 불을 밝힌 가로등처럼 외롭게 높이 떠 있는 마천루들. 가장 어두침침한 골목에서 환하게 빛나고 있는 아무도 없는 과일 가게들. 그들은 자기네가 늘 말하고 있는 도시 마히나보다 훨씬 비사실적인 뉴욕을 바라보며 가고 있다. 마히나는 여섯 시간 후라는 미래에서는 절대 닿을 수 없는 도시이며, 두 사람 모두 이방인이었지만 부모님의 고향으로 연관되어 있는 과거에서도 절대 닿을 수 없는 도시이다. 그들은 손발이 꽁꽁 얼어붙은 채 아파트로 돌아와, 엘리베이터에서 이미 겨울옷들과 추위, 거리의 황량함을 벗어던진다. 당신이 열어요. 나디아가 말한다. 그녀는 아무 조건 없이 자신의 삶을, 수년간의 불행한 세월과 단 몇 분간의 짜릿한 행복으로 불행하면서도 찬란했고, 아름다우면서도 가혹한 처벌을 받았던 자신의 육체를 그에게 송두리째 넘겨준다는 표시처럼 열쇠를 건네준다. 그가 그녀를 포옹하는 순간, 그 순간 바로 그녀를 소유하게 된다. 하지만 그녀의 모든 과거도, 지금처럼 다른 남자들을 껴안고 몸을 떨었던 그녀도, 그제야 진정한 의미를 얻는 것처럼 들리는 말을 그들에게 했던 그녀를 한꺼번에 소유하게 된다. 몇 달 동안 마히나에서 살았던 소녀. 1974년 마드리드에 혼자 남겨진 여자. 자기 배 속에서 자식의 따뜻하면서도 묘한 박동을 느끼며 자식을 세상 밖으로 밀어내기 위해 생살이 찢겨 나간 여자. 마드리드의 한 호텔에서 단 하룻밤 동안 앨리슨이라 불렸던 금발 여자. 뉴욕 도랄 인의 카페테리아에 우연히, 그리고 영원히 모습을 드러낸 빨간 머리 여자. 센트럴 파크를 배경으로 찍은 사진에서 자주색 남방과 청바지를 입고 미소를 띠고 있는 여자. 눈의 표정과 입 모습에서 55년 전 마히나에서 사진을 찍었던 한 스페인 군인과 1984년에 태어난 금발 남자아이와 닮은 여자. 그는 그녀의 무의식적인 그림자로, 그녀의 또 다른 내가 될 때까지 그녀에게 몸을 맡긴다. 그리고 그제야 자기 자신을 완전히 소유했다는 느낌이 든다. 그는 벌거벗은 채, 불과 몇 달 전만 해도 다른 남자가 잤던 침대의 이불 아래 몸을 감싸고 있다. 자기 자리를 제대로 찾아왔다는 느낌이 그를 진정시켜주며, 그에게는 낯선 느낌이다. 자신의 일대기에서 가장 느긋하면서도 편안한 정점에 올라와 있는 느낌이다. 그는 나디아에게 자신의 삶을 얘기하고, 자기네 부모님과 외할아버지, 외할머니가 들려주었던 이야기를 들려준다. 그리고 그녀의 놀라움과 관심 속에서 알고 싶다는 자신의 욕구를, 다른 사람들의 이야기를 들으며 가장 깊이 숨어 있는 자신의 정체성을 발견하고 싶다는 오래된 욕망을 알아본다.

그가 눈을 뜬다. 그는 시계를 보지 않고, 창문으로 들어오는 애매한 빛으로 시간을 가늠해 보려고 한다. 그는 벽에 걸린 폴란드 기병의 그림을 보며, 그녀가 절대 잊어버리지 않아 존재할 수 있었던 자기 인생의 하룻밤을 억지로라도 기억해 보려고 노력한다. 그는 마히나의 골동품 가게 진열대 앞에 서 있거나, 아니면 벽과 가죽띠, 권총 한 자루를 앞에 두고 아무것도 없는 나무 책상에 팔을 괴고 있거나, 아니면 이미 자신의 기억에 속해 있지 않은 풍경을, 즉 과달키비르 계곡의 7월 해 질 녘과 강 건너편의 푸른 시에라 산맥을 바라보고 있는 갈라스 소령을 상상해 보려고 노력한다. 그는 잠든 나디아를 놔두고, 사진사 라미로의 궤짝을 다시 열어보기 위해 다이닝 룸으로 향한다. 그는 수많은 낯선 사람들의 얼굴들 사이에서 외할아버지와 외할머니, 부모님의 사진들을 찾아 연대기 순으로 정리해 보려고 한다. 마치 어릴 때 산 로렌소 광장의 집에 있던 금지된 방에 올라가 서랍들과 잘 개켜 놓은 옷들, 옷장 바닥을 뒤지는 기분이다. 그곳에는 돌격대 군복과 톱니 모양의 공화국 문장이 찍힌 지폐들이 한가득 들어 있는 양철통이 있었다. 레오노르 외할머니에게 들키지 않으려고, 덜컹거리는 돌바닥 위로 발소리가 들리지 않도록 조심조심 가서, 죽은 에트루리아 사람들의 얼굴을 한 조부모의 사진들과 제복, 웨딩드레스들을 다시 보는 것과 같다. 그는 마지못해 하는 일과 거리에서 노는 의무적인 삶과 상관없이, 위험과 무관하게, 외로움에 힘을 얻어, 박물관의 홀처럼 어둠에 잠긴 방들을 돌아다녔다. 그는 절대 사용하지 않은 가구들과 찬장의 유리창 위로 손도 대지 않은 그릇들 사이에서 방황하며 행복해했다. 그는 옷장을 열어, 자기는 아직 태어나지도 않았을 옛 시간의 케케묵은 짙은 냄새를 내뿜는 궤짝들의 뚜껑을 열고, 쇠 절구통과 찢어진 실크 양산, 어쩌면 어머니의 것일 수도 있는 아기 신발들, 배급표, 권총 모양의 가죽 케이스, 빈 향수병과 같은 신기한 물건들을 발견했다. 그리고 마누엘 외할아버지가 포로수용소에서부터 쓴 편지들을 펼쳐 보았고, 서랍들 안에 깔린 좀이 슬어 있는 신문들에서 히틀러의 죽음이나 한국 전쟁이라는 제목들을 읽기도 했다. 그는 사진들 속에서 외조부모의 젊은 시절과 부모님의 어린 모습을 깜짝 놀라며 발견한다. 그리고 세 살이나 네 살 때의 자기 모습도 본다. 둥근 얼굴과 비쩍 마른 다리, 눈을 덮은 앞머리, 줄무늬 모양의 티셔츠, 코르도베스 모자. 그는 엄청

커 보이는 인형 말 위에 앉아, 어쩌면 몇 초 후에는 울음으로 바뀌게 될 희미한 미소를 띠고 있다. 왜냐면 그는 말의 크기가 무서웠고, 그 말이 진짜라고 믿었기 때문이다. 그는 기억은 나지 않지만 그 사진을 보고 있다. 그는 언제인지 몰랐을 때부터 자기 눈을 일부 가리고 있는 비늘에서 벗어나듯, 망각에서 벗어난다. 그는 겨울 해 질 녘의 얼굴들과 마히나의 빛을 바라보며, 그와 동시에 자신의 기억 속에서도 똑같이 바라본다. 산 로렌소 광장과 전망대의 닿을 수 없는 현실, 과거와 현재, 자신의 삶, 우연이라는 보이지 않는 끈으로 지금 당혹스럽게 실체를 띠어 가는 자신의 이중적인 운명과 얽혀 있는 나디아와, 자기와 연관된 다른 사람들의 삶을 바라본다. 봐요, 이 사람이 의사인 돈 메리쿠리오일 거예요. 그리고 책상 위에 펼쳐져 있는 책이 바로 이 성서일 거예요. 7월 18일 밤에 시청 계단에서 부동자세를 취하고 있는 우리 아버지를 봐요. 외고조부인 페드로를 봐. 머리가 백발로, 계단에 앉아 개의 등을 쓰다듬고 있는 남자야. 사진사 라미로는 그 사진을 찍기 위해 창문 뒤에다가 카메라를 숨겨 놔야 했대. 그래서 여기 한쪽 구석에 굵은 막대기의 그림자가 보이는 거야. 마누엘 외할아버지와 레오노르 외할머니, 어머니를 봐. 어머니는 여기서 열한 살이나 열두 살 이상은 되지 않았을 것 같아. 당신이 어머니를 닮았네요. 나디아가 말한다. 잠깐. 꽤 진지해 보이는 이 사람은 누구지. 슬픈 얼굴을 하고 있는. 누구겠어요. 경찰서의 자기 집무실에 있는 플로렌시오 페레스 형사지. 그의 손 옆에 있는 이 물건을 잘 봐요. 몬세라트 수도원의 문진이에요. 그날 밤 이후로 다시는 그를 떠올리지 않았는데. 내가 체포되었을 때 그가 나를 구해 주었어요. 하지만 이 사진은 훨씬 전에 찍은 거네요. 결혼식 날 우리 어머니의 얼굴과 빌린 연미복을 입고 있는 우리 아버지를 봐. 눈이 당신 아버지를 닮았네요. 여기 10년 더 젊은 아버지를 봐. 사진사 라미로의 독일 오토바이를 타고 있어. 그의 옆에서 사이드카를 타고 있는 사람이 아버지의 사촌 라파엘이야. 그는 아는 얼굴들을 찾아 니디아에게 보여 주며, 낯선 사람들의 사진들은 성급하게 제쳐 놓고 그들의 삶을 들려준다. 가끔은 그들이 누군지 망설이기도 한다. 내가 보기에 이 사람은 라파엘 아저씨인 것 같아. 이 사진은 우리 아버지와 내가 레가네스에 찾아갔을 때 그 아들의 집 다이닝 룸에 걸려 있던 사진이야. 그리고 투우사가 된 날 마히나의 카르니세리토 옆에서 웃고 있는 이 사람은 로렌시토 케사다야. 봐, 얼마나 자랑스러워하는지. 어깨에 손을 두르고 있는 걸 봐. 내 친구 펠릭스와 그의 부모님을 봐. 일요일 아침이었어. 확실해. 오르두냐 장군의 동상 앞에서 말이야. 그의 아버지가 아직 서서 다니던, 젊었을 때야. 이제 다시는 일어나지 못할 침대에서 면도도 하지 않고 창백하게 누워 있지도 않은 이 사진을 보면 펠릭스가 얼마나 묘한 기분이 들까.

하지만 여기 누군가 빠져 있어요. 나디아가 말한다. 누군지 알아맞혀 봐요. 그녀는 가운이 풀려 허벅지를 드러내며 맨발인 채로 소파 위에 누워 있다. 그녀는 넓은 고무줄 끈으로 머리를 위로 올려 묶고, 화장도 하지 않은 맨얼굴로 무릎 위에 사진들을 잔뜩 올려놓고 있다. 그녀는 방금 일어난 섹시하면서도 게으른 모습으로, 밖에 나가지 않으면 가끔은 오전 내내 그러고 있다. 그가 빠져 있어요. 그녀가 말한다. 사진사 라미로. 그는 평생 사진을 찍으면서 그 사진의 카피를 모두 한 장씩 보관해 두었어요. 하지만 우리가 사진들을 모두 봤는데, 그가 나온 사진은 한 장도 없어요. 그는 자기 스튜디오에서, 카메라라는 물체 뒤에서뿐만 아니라, 거리에서, 술집에서, 마히나의 카페들에서 다른 사람들을 감시했어요. 그는 다른 사람들과 마주치는 순간 그들이 과거엔 어땠는지, 젊었을 때는 어땠는지 보았어요. 그리고 미래를 예지하는 전문가의 시선으로, 세월이 흐르면 그들이 어떤 모습으로 변해 있을지를 추측했어요. 성장과 노화에 대해 연속으로 이어진 에피소드들과, 얼굴의 느린 변화를 자연주의자처럼 연구하면서 말이에요. 그리고 거의 모든 삶들은 대략 비슷하고, 그 누구의 얼굴에서도 확실한 모습이 없으며, 물이나 모래 위에 비친 모습처럼 너무 쉽게 변하고 망가진다는 사실을 서글프게, 그리고 약간 두려워하며 발견했어요. 그래서 그는 자기 사진은 찍지 않았어요. 그리고 설령 찍었다 해도 보관하지 않았어요. 그는 스튜디오의 그림자에서, 고릿적 시절 카메라의 검은 비로드 천 뒤에서 모든 것을 관찰하면서도 주변부에 머물러 있기를 더 원했어요. 카사 데 라스 토레스의 벽에 생매장된 여자를 찍었던 그 카메라로 말이에요. 그 여자가 그의 이상형이었어요. 그가 우리 아버지한테 고백했었어요. 나디아가 말한다. 불쌍한 남자는 미쳤어요. 마치 그녀가 진짜 살아 있었고, 자기만 혼자 남겨지기라도 한 듯 그녀에 대해 말했어요. 신파조 포르노에 가까운 감상주의로 말이에요. 그녀가 떠올린다. 그녀는 오후에 몇 번이나 그들 모르게, 그들의 대화를 엿들었다. 그는 갈라스 소령이 자기 앞에 갖다 놓은 코냑 첫 잔을 들이켜며 소령에게 사진을 보여 주었다. 보십시오, 소령님. 소령님께서 여행한 나라들에서 이 같은 여자를 한 번이라도 본 적이 있었는지 말씀해 보십시오. 그 잘못된 사랑이 어땠을지 상상해 보십시오. 그녀를 잃어버린 후 내가 그녀의 가슴 깃에서 발견한 그 성서 구절을 썼을 그 남자의 심정은 어땠을까요. 당신의 가슴 위에 인장처럼 나를 새겨 놓으시오. 당신의 팔 위에 징조처럼. 나디아가 큰 소리로 읽는다. 그리고 마누엘은 부패되지 않은 여자의 눈과 광대뼈, 차분한 미소를 보며, 어릴 때 아주 오래되었던 공포를 떠올린다. 카사 데 라스 토레스의 굳게 닫혀 있는 대문과 처마 밑 홈통들을 떠올린다. 그는 돌벽이 자기 위로 무너질까 봐 두려워하며 그 홈통들을 바라봤었다. 골목길의 전등 아래서 큰 아이들이 미라의 이야기를 들려주었고, 그는 고딕 양식의 창문들을 뒤덮은 벽돌들을 할퀴고 있는 그녀를 상상했었다. 그리고 한번은 벽을 막은 묘 구덩이를 보기 위해 지하실로 내려가겠다는 목적으로 집 안에 몰래 숨어 들어간 개구쟁이들과 합류하기도 했다. 그때 관리인 여자가 분노한 귀신처럼 갑자기 나타나, 고래고래 소리를 지르며 악담을 퍼붓고 사람을 죽일 태세로 큼지막한 몽둥이를 휘둘렀었다. 결국 그녀는 미쳐 버렸어. 그가 나디아에게 말한다. 그녀는 카사 데 라스 토레스에서 쫓겨나 마히나 반대편 끝 쪽에서 살았어. 그렇지만 매일 밤마다 돌아왔어. 저택이 공사 중이라 대문 앞에는 생벽돌들이 아주 높이 쌓여 있었어. 그녀는 검은색 모(毛) 숄을 두르고 포소 거리를 내려왔어. 땅바닥을 쳐다보면서 무릎 위로 양손을 곱게 모으고 말이야. 그녀는 기도문인지 헛소리인지를 중얼거리면서, 우리 예수 그리스도가 사람의 모습으로 자기를 찾아와 갔다고 말했어. 예수는 아주 다정다감하며, 아주 깨끗하고, 특히 아주 남자답고, 키도 훤칠하게 크고, 죄인처럼 맨발에 하얀 튜닉을 입고 어깨까지 내려오는 갈색 단발머리를 하고, 「왕중왕」에서와 똑같이 부드럽고 짧은 턱수염을 길렀다고 했지. 해 질 무렵쯤, 아직 가로등에 불이 켜지지 않았을 때 광장 끝 쪽에서 그녀의 하얀 머리카락이 얼룩처럼 보였어. 그녀는 시치미를 떼며 옛 동네 사람들이 자기 얼굴을 알아보지 못하게 얼굴을 숨기고, 얼른 양손을 뻗어 생벽돌 한 장을 숄 안에 감추고 포소 거리로 다시 올라갔어. 새처럼 놀라서 총총걸음으로. 그녀는 생벽돌이 몸을 쓰지 못하는 짐승이나, 도둑맞을지 모르는 귀한 보물이라도 되는 것처럼, 아니면 그녀가 젊었을 때 죽은 아이의 미라가 된 시신이라도 되는 듯 가슴에 꼭 껴안고 갔어. 그녀는 아무한테도 인사하지 않았어. 그녀는 곧바로 알토사노의 어둠 속으로 사라져 버렸어. 우리는 그녀가 생벽돌을 어디에 쌓아두는지, 그걸 가지고 뭘 하려는지 전혀 알지 못했어. 하지만 그녀는 매일 해 질 녘이면 빠지지 않고 돌아왔어. 심지어 겨울이나 비가 내릴 때도 외투 하나 없이, 우산도 없이, 검은색 모 숄만 걸친 채, 헝클어졌거나 젖은 백발로 추위에 떨며 절규하듯 기도문을 중얼거리며 돌아왔어.

정말 까마득하게 많은 걸 잊고 있었군. 그는 생각한다. 그런데 지금은 물결치듯 모두 생생하게 떠오른다. 소리들은 너무나도 청아하고 냄새들은 너무나도 강렬하다. 사람들이 밟고 지나간 차가운 땅. 장작 연기. 폭풍우의 조짐을 알리며 포플러 나무 꼭대기를 뒤흔드는 9월 해 질 녘의 습기를 머금은 바람. 누군가 듣고 있을 옆집 라디오에서 계속 들려오는 단조로운 기도문. 성당의 종들. 헤네랄오르두냐 광장의 시계 종들. 병영에서 울려 퍼지는 나팔 소리와 들판을 떠난 젊은이들이 일하러 가는 제철소의 사이렌 소리. 말발굽 소리. 돌길 위를 걸어가는 소 발굽 소리. 철창을 두드리는 장님 도밍고 곤살레스의 지팡이 소리. 그는 바로 우리 옆집에 살았는데, 눈 주변에 소금 총을 맞아 생긴 상처들을 가리기 위해 알이 아주 큼지막하고 시커먼 안경을 쓰고 다녔다. 그는 늘 겁에 질려 있었다. 마누엘 외할아버지가 우리에게 말해 주었어. 그는 호주머니에 9구경 권총을 넣고 다녔으며 절대 잠을 자지 않았지. 자기를 장님으로 만든 남자가 언젠가 자기를 죽이러 반드시 돌아오겠다고 했기 때문이야. 누가 그를 장님으로 만들어 놨을까요. 나디아가 묻는다. 왜 그랬는지, 그건 아직 나한테 말해 주지 않았어요. 그는 팔랑헤 당원으로, 전쟁 처음 1년 동안은 다락방에서 숨어 지냈어. 발각되자 지붕을 넘어 도망쳤지. 2년 후 법무부 소령으로 승진해 다시 마히나에 모습을 드러낸 그는 거의 모든 군법 회의에서 검사 직을 수행했어. 도밍고 곤살레스에게 사형 선고를 두 번씩 받은 차모로 중위는 그를 백정이라고 불렀지. 그는 해 뜨기 전에 군복 차림으로 말을 타고 나가, 농장 들판들과 올리브 나무들 사이를 끊임없이 돌아다니다가, 오전 10시 정각이면 이미 법정에 와 있었어. 하지만 어느 날 그는 돌아오지 않았어. 그가 의식을 잃은 상태로 강 근처에 버려져 있는 걸 사람들이 발견했지. 얼굴은 피투성이가 되어 있었고, 말은 그의 옆에 있었어. 나중에 알고 보니, 적어도 마누엘 외할아버지는 그렇게 말했어. 2구경 엽총으로 무장한 남자가 길에서 불쑥 나타나 그의 가슴을 겨냥하며 말을 세우고, 너무 서두르지 마시오, 라고 그에게 말했대. 총을 버리고 양손을 높이 들고 내려와. 그리고 무서워 죽을 것 같았던 도밍고 곤살레스는 낯선 남자 앞에서 무릎을 꿇고 제발 자기를 죽이지 말아 달라고 애원했대. 그가 불쌍한 사람에게 최고 형벌을 내릴 때는 얼마나 용감했는데 말이야(마누엘 외할아버지는 이 표현을 무척 좋아하셨어). 걱정하지 마. 지금 당장은 너를 죽일 생각이 없으니까. 하지만 네가 죽는다는 게 얼마나 무서운지 알게 되었을 때 반드시 돌아와 너를 죽이겠다. 네가 생각하지도 못할 때 다시 돌아오겠다. 그 남자는 도밍고 곤살레스의 얼굴에 엽총을 들이대고 연달아 두 방을 쏘았어. 그리고 총탄의 소금이 도밍고 곤살레스의 눈을 멀게 해서, 그는 여생을 어둠 속에서 겁에 질린 채 살게 되었어. 그는 복수하기 위해 언젠가 돌아오겠다고 한 남자의 목소리와 발소리가 그 어둠 속에서 들린다고 믿었어. 그는 어떻게 되었을까. 마누엘은 따뜻한 이불 아래 나디아의 등과 벌거벗은 엉덩이에 몸을 바짝 붙이면서 그녀에게 말한다. 그는 그녀의 그림자와 하나가 되었고, 침실에는 자명종의 붉은 숫자 이외에는 환한 것이 아무것도 없다. 그들 한 사람 한 사람, 모두 어떻게 되었을까. 총을 쏜 남자는 어떻게 되었을까. 어쩌면 세월과 화해했거나, 아니면 마히나를 떠나 도밍고 곤살레스를 잊었을 수도 있다. 사진사 라미로는 어디 있을까. 물론 늙어 죽었거나, 마드리드의 한 여관방이나 양로원에서 혼자 살아갈 가능성이 가장 높다. 사람들은 사라져 버리면, 잊혀서 사진 한 장 증거로 남기지 못하면 어떻게 되는 걸까.

그는 불을 켜고 나디아에게 자기 쪽으로 돌아누우라고 말한다. 그녀의 얼굴에서 머리카락을 떼어 내고 이마를 드러내기 위해 머리를 뒤로 젖혀 준다. 그는 손가락으로 그녀의 턱과, 꿈속에서 기분 좋게 미소를 머금고 있는 입술을 어루만진다. 이제는 잊을 수 없는 그녀의 모습을 확실하고 자세히 외우고 싶어 한다. 그는 자신의 시선과 기억 안에, 나디아의 입술과 코, 턱 모양과 눈 색깔을 사진의 얇은 흰색 판지에 모습이 새겨지는 것처럼 똑같이 새겨 두려고 한다. 우리는 사라질 수 없어. 그가 그녀에게 말한다. 우리는 이 모든 사람처럼 사라질 수 없어. 그는 갑자기 두려워진다. 계속 그녀를 바라보며 그녀의 몸을 꼭 끌어안은 채 다시는 그녀와 헤어지고 싶지 않은 절박함에 사로잡힌다. 마치 그녀가 욕실에 가거나, 뭔가를 사러 내려갔을 때, 그가 눈을 감거나 혼자만 있어도 그녀가 이제 다시는 돌아오지 않을 것 같은, 사진사 라미로가 마드리드에서 그랬던 것처럼, 아니면 친구 도날드가 아프리카 수도의 근교에서 그랬던 것처럼, 그녀가 뉴욕의 군중들 사이로 사라져 버릴 것만 같았다. 우연히 사진 뒤편에 모습을 드러낸 이름 없는 낯선 사람들처럼. 그들은 비존재(非存在)를 향한 익명의 여행에서 잠시 잠깐 붙잡혀 있는데도, 그 누구의 의식에도 남아 있지 않은 세부적인 삶과 기억을 가지고 있다. 그는 계속 깨어 있고, 그녀가 잠들었을 때도 계속 그녀를 껴안고 있다. 그는 그녀를 돌봐 주면서도, 강하면서 상처받기 쉬운 그녀의 용기와 애정 속으로 확실하게 도망쳐 들어가 보호받고 싶은 두 가지 마음을 가지고 있다. 그는 그녀와 자기 자신이 자랑스럽기도 했고, 자기네가 슬픔의 매력 속으로 영원히, 확실하게 사라져 버릴까 봐 마음이 약해지고 비겁해지기도 했다. 그는 불을 끄고, 그녀가 입을 벌린 채 쌕쌕거리며 내쉬는 숨소리와 제대로 알아들을 수 없는 무슨 말인가를 중얼거리는 소리를 듣는다. 그녀는 꿈속에서 몸을 돌려 누우며 그를 더욱더 꼭 끌어안고, 이제는 차분하고 따뜻한 입김이 그의 얼굴을 스친다. 그는 아직 잠을 잘 수가 없다. 잠들고 싶지가 않다. 어둠이 가장 짙게 내리깔린 지역을 향해, 움직이지 않은 채 미끄러지기 시작하는 느낌이다. 그 어둠 속에서는 이제 자명종의 붉은 숫자도, 폴란드 기병이 타고 가는 말의 하얀 실루엣도 보이지 않는다. 먼저 그는 도시의 불빛들이 여전히 멀찌감치 내려다보이는 동시에 높이를 잃기 시작한 비행기를 밤새도록 타고 가는 것과 비슷한 기분을 느끼며 천천히 가라앉는다. 더듬더듬 계단을 내려가다가 계단 한 개가 빠져 있을 때처럼 갑자기 현기증을 느끼며 순식간에 꼬꾸라진다. 그는 자기가 잠들기 일보 직전이며, 심장이 아주 빨리 뛰고 있고, 나디아가 계속 자기 허리를 꼭 붙잡고 있다는 사실에 놀라워하며, 다시 부드럽게 위로 비상해, 저 끝에서 불빛들을 내려다본다. 서로 연결되었다가도 순식간에 지워지는 이미지들이다. 도시의 밤거리. 노란 안개 뒤에서 서치라이트의 조명을 받은 록펠러 센터 빌딩들. 폭풍우가 휘몰아치는 어느 날 밤 번개를 맞아 환하게 빛나는 부에노스아이레스의 어둠에 잠긴 마천루들. 고딕풍의 아치 건물 탑 위로 30층 높이에서 깜빡이는 「시카고 트리뷴」 신문사의 네온사인. 카피톨리오의 하얀 원형 지붕과 가로로 무한정 뻗어 있는 워싱턴이나 로스앤젤레스, 런던의 불빛들. 도시들이 순식간에 다른 도시들로 바뀌었고, 그는 절대 멈춰 서지 않고 그 도시들 위를 지나간다. 도시들은 멀리 뒤로 남고, 세상의 굴곡진 어둠 위로, 바다 끝으로, 유럽의 바닷가로, 나란히 줄지어 서 있는 올리브 나무들 사이로 사라졌다가 다시 반짝이며 나타나는 자동차들의 라이트로 반짝이는 산과 들판 너머로 다시 저 멀리서 불빛들이 금세 나타난다. 저 끝에, 언덕 꼭대기에 도시가 있다. 아직 완벽하게 어두워지지 않아 보랏빛으로 물든 하늘 아래 전망대의 하얀 집들 위로 반짝이는 불빛들. 목소리들과 노커들의 쇳소리가 울려 퍼지는, 포플러 나무 세 그루가 있는 광장. 그곳에서 숄 안에 생벽돌을 숨기고 백발 머리 여자가 지나간다. 그리고 그곳을 향해 2년간의 포로 생활을 마치고 집으로 돌아가는 남자 하나가 걸어간다. 그리고 그곳에서 아주 먼 곳으로 떠나 새로운 운명을 살아 보고 싶어 하는 청년 하나가 도망친다. 그 청년은 인생을 반쯤 산 후 나중에 그곳으로 돌아와, 굳게 닫혀 있는 집 앞에 서서 노커를 두드린다. 문이 열리고 현관 앞에는 아무도 없다. 부엌에도, 안뜰에도, 그가 어릴 때 보았던 가구들이, 절대 아무도 앉지 않았던 커버를 씌운 의자 여섯 개와 짙은 색깔의 나무 테이블과 아무도 자지 않았던 머리맡의 쇠 장식과 구리 테두리로 되어 있는 침대들, 아직도 죽은 사람들의 옷과 죽은 사람들이 쓴 편지들, 아직도 그대로 목숨이 붙어 있는 듯 미소를 머금은 사진들이 그대로 보관되어 있는 서랍장들, 모든 것이 그대로 있는 방들에는 아무도 없다. 그는 눈을 떴고, 나디아가 불을 켜고 그를 내려다보며, 무슨 꿈을 꾸었냐면서, 왜 그렇게 아니라고 격렬하게 소리 지르며 고개를 심하게 저었느냐며 묻는다. 하지만 그는 기억나지 않는다. 아직도 두려웠으며, 자기가 왜 그랬는지 모른다.

제9장

　나는 익숙하지 않다. 당신과 나 사이의 거리를 잴 줄도 모르고, 당신을 다시 만날 때까지 얼마나 많은 시간이 남아 있는지, 얼마나 많은 시간을 당신과 함께 보냈는지 계산이 되지 않는다. 백 년인지 열흘인지, 아니면 정확히 몇 시간인지, 우리가 몇 마디를 나눴는지, 내가 당신의 배 위에서, 당신의 입에서, 당신의 가슴 위에서 몇 번이나 방사했는지 모르겠다. 나는 당신이 다 죽어 가듯 두 눈을 뜬 채 신음하는 소리를 듣는다. 나는 아무것도 잊고 싶지 않다. 날들을 혼동하고 싶지도 않고, 우리가 주고받았던 각기 특별했던 포옹을 단 한 번의 포옹으로 요약하고 싶지도 않다. 왜냐면 요약한다는 것은 잃는 것이고, 나는 지금 당장 모든 말들과 모든 애무, 고통이나 우울함, 웃음, 빛의 변화가 당신의 얼굴에 새겨지는 모든 변화를 소유하고 싶다. 미소를 머금고 바라보는 각기 다른 당신의 모습과 당신의 모든 목소리 톤을 소유하고 싶다. 나는 그 모든 것을 계속 보고 싶다. 모두 정확하고 자세하게. 당신 집의 현관 모습과 현관의 거울, 엘리베이터의 금속성 광택, 부엌의 오 븐과 서랍 안에 보관된 포크와 나이프들, 싱크대 위의 찬장에 들 어 있는 접시와 컵들을 보고 싶다. 가구 배치와 욕실의 대나무 수 납함에 들어 있는 물건들 하나하나를 기억하고 싶다. 당신의 향수 병들, 티슈 통과 생리대들, 옷걸이에 걸린 꽃무늬 실크 가운, 당신 이 나갈 때 핸드백에 넣어 가지고 다니는 루주들과 파우더 케이스 들, 아이라인을 강조하기 위해 사용하는 마스카라와 아이라이너 를 바를 때 사용하는 작은 솔을 기억하고 싶다. 나는 그 며칠 동안 매일 당신이 입었던 옷과 구두를 잊고 싶지 않다. 그새 4월이 되 어 노천 카페에서 저녁 식사라도 할 수 있을 때 어느 날 밤 당신이 입었던 몸에 딱 달라붙은 빨간 정장과 빨간 구두를 보고 싶다. 우 리가 처음 만났을 때 입었던 짙은 초록색 바바리를, 확실하게 미 국 분위기가 나면서 너무나도 거짓말 같은 분위기를 풍기는 남성 용 정장과 넓고 헐렁한 넥타이를 보고 싶다. 당신의 모든 행동에 서 얼핏 드러나는 가벼운 부주의를, 당신이 가짜로 게으름을 피우 며 부엌과 음반들을 정리하는 모습과 당신이 시계도 보지 않고 시 간을 가늠하는 모습을 보고 싶다. 시간들이 당신의 리듬에 맞추거 나, 아니면 당신이 하는 모든 일에 평생을 바칠 준비가 되어 있는 듯한 모습을 보고 싶다. 그러니까 대화나 사랑, 입술을 칠하는 사 소한 행동, 나한테는 죽어라 보여 주려 하지 않았던 글들과 번역 들을 보고 싶다. 당신은 그 일을 하고 받는 돈만 중요하게 여기는 것처럼 보인다. 물론, 나는 그렇게 생각하지 않지만. 나는 내가 알 고, 사랑했던 어떤 여자들보다 당신에게 더 많은 관심을 갖고 주목하는 데 익숙해졌다. 그리고 나는 당신이 보이는 것과는 상당히 다르거나, 아니면 원래 당신이 아닌 모습을 보여 주려는 특별한 경향이 있다는 걸 발견했다. 그리고 당신은 2분 만에 이해하기 힘들 정도로 다른 사람이 되는 경향이 있다는 것도 발견했다. 나는 마드리드에서의 첫날 밤, 그것을 알았다. 우리가 키스를 시작했을 때 당신의 얼굴이 확 변했으니까. 그 순간까지는 절대 당신에게 고통이 미치지 않을 듯 꽤 젊어 보였다. 그런데 당신은 낯선 사람에게 무방비 상태로 자신을 떠맡기는, 상처받기 쉽고 외로운 여자로 변해 있었다. 당신은 부끄러움을 모르는 여자처럼 보이면서도, 부끄러움을 애써 감추려는 것 같았다. 당신은 자신의 용기를 본능적으로 숨기기 위해 약한 척 굴었다. 그래서 어쩌면 당신이 가장 나약할 때 가장 강하게 보이는 것 같다. 당신은 절망에 빠져 있으면서도 미소를 머금고 어깨를 으쓱한다. 당신은 절대 시계를 보지 않으면서, 어디에도 늦지 않는다. 하지만 당신은 그런 척하는 게 아니다. 나는 확신한다. 당신은 당신처럼 보이는 모든 물건들과 여자들이 될 수 있다. 당신은 앨리슨도 되고, 나디아도 된다. 나는 당신을 항상 알고 있었는데도, 당신에 대해서는 아무것도 모르고 있다. 나는 미래도 없고, 과거도 없는 단 하룻밤을 당신과 함께 보냈다. 그런데 평생을 함께 보낸 것 같다. 그리고 질투 때문에 화가 나 죽을 것 같다. 당신이 다른 남자들과 잤고, 당신이 나한테 보여 줬던 행동을 그들 중 누군가에게 그대로 했을 테니까. 그리고 나는 당신의 눈에서 첫 순간의 찬란함과 놀라움을, 모든 지혜와 또한 모든 순수함과 확신, 무서움, 신중함과 두려움을 보았다.

공항에서 당신은 나와 헤어지면서 다시는 못 만날 사람처럼 나를 꼭 끌어안았다. 그러면서도 몇 시간 후 다시 만날 사람처럼 차분하게 미소를 지어 보였다. 나는 망각이라는 어렴풋한 마모가 두렵다. 하지만 나는 당신을 기억하지 않는 방법을 모르겠다. 당신의 체취나, 내가 내 살갗을 만질 때 당신의 피부 감촉을 느끼지 않게 하는 방법을 모르겠다. 다시 나는 더욱 긴장하고, 더욱 부드러워지고, 더욱 예민해진다. 마치 당신이 내 손을 통해 나를 만지기라도 하는 것처럼. 연인들이 말하듯 나는 당신 게 아니다. 그런데 가끔 내가 당신과 정확하게 똑같이 행동할 때면 깜짝 놀랄 때가 많다. 내가 당신에게 배운 표현이나 단어를 사용할 때면, 당신이 바라보듯 내가 사물들을 바라볼 때면, 당신이 나에게 말한 뭔가를 떠올릴 때면, 그 추억이 내 거라는 생각이 들면서 깜짝 놀란다. 나도 모르는 사이에 나는 당신처럼 담배에 불을 붙이고 있거나, 스튜어디스에게 당신이 좋아하는 미국 맥주를 주문하고 있다. 그렇게 거의 모든 나의 제스처와 내가 읽는 신문 기사들, 라디오의 노래들, 내 옆을 지나가는 사람들을 바라보는 태도에 무의식적인 찬양이 들어 있다. 심지어 나는 아이들까지도 눈여겨보게 됐다. 예전에는 절대 쳐다보지도 않았는데. 나는 그 아이들이 당신의 아이보다 나이가 많을지, 어릴지, 어머니의 손을 잡고 심각한 표정으로 걸어갈 때면 그 아이들이 무슨 생각을 하고 있을지, 스스로에게 묻게 된다. 마치 아이들이 나를 두려워하거나, 아니면 나에게 도전장을 내밀듯 아주 큰 눈으로 나를 한참 동안 바라볼 때면 말이다. 그러면 나는 그 나이였을 때의 나 자신과 당신, 당신이 당신

아버지에 대해 들려주었던 말들을 떠올리게 된다. 갈라스 소령에 대해 이야기해 주는 마누엘 외할아버지나 차모로 중위의 이야기를 듣고 있는 듯한 착각이 들면서, 상상과 기억의 경계가 혼동된다. 나의 어린 시절 신화들에서 물려받은 그 성이 당신 성과 일치할 수도 있다는 게 불가능해 보인다. 내가 떠나려 할 때 당신이 나에게 건네준 사진 속의 여자가 그 소령의 딸이고, 그녀가 나를 사랑하며, 그리고 마지막 작별 인사를 나눈 후 지금 당장 귀신들이 나올 것 같은 복도와 존 F. 케네디 공항의 텅 빈 대기실에서 내가 그녀를 기억하고 있듯 그녀가 나를 기억하고 있다는 게 불가능해 보인다. 나는 출입국 심사대를 지나, 선글라스를 끼고 어깨 밑으로 권총을 차고 풍성한 남색 재킷을 입은 덩치 큰 공무원에게 심문당하고 체크당했다. 그러고는 검은 제복을 입고 검은색 야구 모자를 쓰고 기관총을 들고 군화를 신은 경비원이 나를 위아래로 훑으며 검사했다. 아마 그 사람은 틀림없이 내 머리 색깔과 눈 색깔을 마음에 들어 하지 않을 것이다. 나는 이미 국경을 넘었고, 이미 전쟁이 존재하지 않는 은신처 밖으로 나왔다. 나는 비행기 문까지 연결되는 고무바닥이 깔린 좁은 복도로 들어와, 당신의 부재라는 경계가 없는 지형 속으로 점점 더 깊이 들어왔다. 주변을 둘러보고, 며칠 만에 처음으로 당신의 얼굴을 발견하지 못했다. 나는 세상의 모습과 황량한 크기에 적응하지 못하고, 이제 내게서는 외로운 여행에 익숙한 여행자의 능숙함도 보이지 않는다. 나는 아직도 남아 있는 당신의 체취를 맡기 위해 내 입술로 손가락을 가져가 보고, 책 갈피들 사이에서 내가 가져온 사진들을 찾아 기체가 흔들리는 동안 천천히 사진들을 보고 있다. 거의 텅 비다시피 한 비행기가 활주로에서 속력을 내며 이륙을 시도하고 있다. 햇살이 따스한 겨울의 투명한 오후에 퀸스 공원의 작은 집들이 아래로 비스듬하게 펼쳐져 있다. 나는 움직임이 없는 바닷물 위로, 물안개에 휩싸인 푸른빛과 금속성의 반사광들을 쏟아 내는 맨해튼의 옆모습을 멀리서 바라보고 있다. 그러면서 지금 당신이 도시로 돌아가고 있으며, 당신이 나를 기억하고 있고, 마천루들 사이의 길들과 역들, 차들의 홍수 속에서 북적거리는 그 많은 사람들 가운데 어딘가에 당신이 계속 존재할 거라고 생각한다. 차들은 철교 아래를 통과해 터널로 들어가, 이스트 강가의 고속도로를 통해 남쪽으로 달려가고 있다. 어쩌면 당신은 내가 사진에서 당신의 모습을 보는 것 못지않게 또렷하게, 택시의 백미러를 통해 당신의 얼굴을 보고 있는지도 모르겠다. 아니면 내 얼굴을 떠올리거나, 아니면 당신의 아들을 만날 생각으로 초조해하며 아들을 생각하고 있거나. 당신은 나의 5천 미터 아래서 전속력으로 움직이고 있다. 그리고 매분마다 몇 킬로미터씩 거리가 벌어질지 모르겠다. 나는 움직이고 있다는 느낌조차 거의 없는데. 나는 비행기의 비좁은 의자에 비스듬히 앉아 안도의 한숨을 내쉬며, 방금 파릇파릇해진 나무들을 앞에 두고 센트럴 파크의 벤치에서 미소를 머금는 당신의 모습을 그리면서 첫 번째 담배를 피우고 있다. 나무들 뒤로는 하얀 구름들이 떠 있는 하늘 때문에 건물들의 푸르스름한 실루엣이 거의 보이지 않는다. 갈색인데, 어둠 속에서는 거의 새까맣게 보이는 당신의 머리카락이 밝은 햇빛 아래 다시 빨갛게 되었다. 그리고 당신은 뾰족한 턱 위로 고분고분하지 않은 대담한 미소를 머금고 있다. 하지만 나는 사진을 집어넣는다. 당신을 보려다가 사진이 닳는 건 싫다. 같은 노래를 너무 많이 들으면 노래의 영향력이 줄어들듯이. 누가 그 사진을 찍었을까. 그날 아침 센트럴 파크에서 당신은 누구에게 미소를 짓고 있었을까. 바로 그 순간, 나는 어디에 있었을까. 나 자신에게 물으면서 질투가 난다. 작년 4월에. 누가 알겠는가. 나는 아무것도 기억나지 않고, 별로 중요한 것도 없었다. 거의 텅 비어 있는 거대한 비행기가 대서양의 어둠 위를 날아가고 있고, 내가 나의 어린 시절과 우리 부모님의 젊은 시절 흑백 사진들을 보며 어젯밤 이 시간에, 마지막 밤에, 우리가 했던 일들을 떠올리려고 애쓸 때, 당신은 지금 이 순간 어디에 있는 걸까 생각하고 있다. 작별로 인한 극복하기 힘든 슬픔. 그때까지는 정체되어 있다가 어쩔 수 없이 작별이라는 경사로 기울어지는 시간. 기나긴 몇 분 동안의 침묵. 모든 것의 갑작스러운 비현실성. 마지막으로 뭔가를 하고 있다는 격렬한 분노. 마지막 남은 시간을 잠자며 꿈속에서 허비할 수 없다는 마음. 이제는 본능이 아니라 순수하고 완고하게 의지로 버티고 있는 욕망에 대한 집착. 매일 아침과 똑같이 아침을 준비하면서 마치 아무 일도 없었다는 듯, 마치 우리에게 아무 일도 일어나지 않는다는 듯, 신문에 실린 전쟁을 얘기하는 척하는 연기. 나는 다시 예민해졌다. 나는 일주일 조금 더 되는 시간에, 횡허케 어디론가 떠나 버리는 재주와 실재하지 않는 유목민 취향을 잃어버렸다. 나는 당신의 옷장에서 내 옷을 꺼내 입으면서 목이 막혔다. 내가 정신 나간 여행자라는 두려움이 또다시 나를 벌주고 있다. 나는 평소와 다름없이 모두 잃어버렸다. 여권과 신용 카드, 비행기 표 모두. 그것은 마치 가구들 아래에 숨어 있다가 도망치는 작은 동물들을 쫓아다니는 것과 같다. 이미 그 동물들과 현금과 여행자 수표 모두, 우리에 안전하게 가둬 놨다고 확신하고 있었는데 말이다. 그리고 당신은 커피를 마시고 신문을 뒤적이면서 나를 차분하고 진지하게 바라보고 있다. 아니면 나는 이제 잃어버렸다고 단념하고 있는데, 당신이 손에 내 여권을 들고 웃으면서 나타나거나.

당신의 차분함이 나를 진정시켜 준다. 조급함과 절망감으로부터 나를 편안하게 해 준다. 마치 당신이 당신의 존재 주변에 나까지 포함시킨 듯, 아이러니와 평온함이라는 따뜻한 공간을 구축해 놓은 듯하다. 그리고 지금 나는 당신에게서 멀리 떨어져 있지만, 여전히 그 공간 안에 들어 있는 것 같다. 나는 어두컴컴한 비행기 안에서 졸고 있다. 담요를 덮고 나란히 붙어 있는 좌석들 위에 드러누워, 사진사 라미로의 문서함에서 우리가 보았던 모든 얼굴들이 벽에 비치는 그림자들처럼 내 눈앞을 스치고 지나가는 걸 보고 있다. 이제는 나도 어디 있는지 모르는 마히나의 장소들을 비춰 주고 있다. 내가 어릴 때 살았던 대들보가 있는 천장이 높은 방. 기름과 습기 냄새가 배어 있던 창고와 술 창고들. 밤에 누군가의 발소리가 울려 퍼지던 골목길들. 나는 커다란 발차기 한 번으로 덜 어둡고 깊은 물 위로 비상하는 잠수부처럼 다시 현실로 돌아와, 가장 가까운 과거로, 뉴욕으로, 당신의 집 밖으로 튕겨 나왔다. 나는 언뜻 스치고 지나가는 꿈들로 변하는 순간 더욱 생생해지는 기억들에 흥분해, 두 눈을 감고 당신의 침대 끝에 앉아 있다. 내 다리 사이로 벌거벗은 채 웅크리고 있는 당신을 바라보며, 털이 보송보송 피어오르는 곳에 내 손가락을 집어넣고 있다. 당신은 고개를 들고 다시 몸을 숙이기 전에, 젖은 입술로 나에게 미소를 지어 보이고 있다. 당신은 드러누우며 허벅지를 벌리고, 나는 아주 천천히, 아니면 우리 두 사람을 관통해 흠칫 놀라게 하고 꼼짝 못하게 만드는 번개처럼 당신 안으로 들어가고 있다. 내 손 하나가 당신의 손을 흉내 내거나, 아니면 당신에게 이끌려 아주 부드럽고 조심스럽게 셔츠 밑이나 허리 아래로 들어가고 있다는 사실조차 깨닫지 못한다. 나는 잠이 확 깼다. 이내 불들이 켜졌고, 거의 듣는 사람이 아무도 없는데, 비음 섞인 기분 나쁜 목소리가 비행 시간이 두 시간 남았으며, 우리에게 아침 식사를 제공할 거라고 알리고 있다. 하지만 아침은 무슨 아침. 나는 사람들이 나를 자지 못하게 할 때의 분노를 느끼며 생각한다. 조금 전까지만 해도 자정이었는데, 내 시계의 시간은 순식간에 이제 아무 소용 없이 아침 6시를 가리키고 있다. 나는 이제 당신과 같은 대륙에 있지 않을 뿐만 아니라, 그것도 모자라 여섯 시간이나 뒤처져 살도록 강요당하고 있다. 그리고 전형적인 농장에서 닭들에게 모이를 주듯, 나에게 먹을 것을 주기 위해 불이 켜졌다. 나는 완전히 돌아왔고, 눈이 부실 정도로 환하고 잔인하고 어처구니없는 새벽이 나를 깨웠다. 아직도 졸린 부스스한 얼굴들. 화장 케이스를 들고 화장실로 향하며 잠이 덜 깬 채 좌석에 등을 기대고 서 있는 머리가 헝

큰어진 뚱뚱한 여자들. 나처럼 늘어지게 하품하는 면도하지 않은 남자들. 그들은 하얗게 밤을 새우고 여행 때문에 몰골이 말이 아니었으며, 창문의 플라스틱 블라인드를 올리는 순간 쏟아져 들어오는 새벽빛 때문에 당혹스러워하고 있다. 그렇게 큰 비행기 안에서 우리는 몇 명 되지 않기 때문에, 그리고 전시(戰時)에 유럽을 향하는 무모함을 공유했기 때문에 야간 비행에서 흔히 볼 수 있는 찡그린 표정이 오히려 친근해 보인다. 정말이지 당혹스럽고, 정말이지 가고 싶지 않고, 다시 스케줄과 의무에 얽매이고 싶지 않다. 신문들마다 따끈따끈하게 인쇄되어 나오고, 모든 라디오 방송과 텔레비전 뉴스들마다 각국 언어로 내뱉는 천편일률적인 공포가 확실하게 모습을 드러내고 있다. 나는 담배와 수면제 때문에 머리가 아프고, 입이 쓰다. 나는 비행기 꼬리 부분의 흔들림에 비틀거리며, 화장실 거울 앞에서 나 자신을 바라본다. 나는 이제 당신과 함께 있던 그 사람이 아니고, 15일 전에 미국을 향해 날아가던 그 사람으로 다시 돌아간 것 같다. 하지만 나는 굴복하지 않는다. 나는 여행 때마다 피곤에 절었는데, 이번에는 그러고 싶지도 않거니와 그렇게 할 수도 없다. 흔들리는 알루미늄과 플라스틱 캡슐 밖으로 나가는 순간 당신을 보기라도 하듯 나는 세수도 하고, 이도 닦고, 면도도 한다. 양손에 들린 비누 향과 내 얼굴에 닿은 향수 향이 나를 정신 들게 한다. 나는 당신을 위해 머리를 빗는다. 이제부터 나는 머리를 비상하게 굴리고, 내 의지를 모두 동원해 힘껏 사랑을 가꿔 가야 한다. 불 옆에서 지키고 있지 않으면 꺼질 수도 있는 성화(聖火)를 지키듯이. 멀리 떨어진 거리나 망각과 맞서서

가 아니라, 나 자신과 맞서서, 내 좌절과 맞서서, 내 용기의 나약함과 한곳에 뿌리내리지 못하고 떠도는 나의 역마살과 맞서서, 그토록 오랜 세월 경이로울 정도로 어리석었던 나 자신과 맞서서, 실패할 수밖에 없었던 수많은 사랑의 무기력과 맞서서 나는 사랑과, 사랑의 흥분과 자부심을 지켜 내야만 한다. 모든 게 거짓말이었다. 나는 중독되어 있었다. 나는 혼자 살고 싶지도 않았고, 무국적자가 되고 싶지도 않았고, 한밤중까지 열려 있는 바들을 돌아다니며 여자들을 찾거나, 아니면 텔레비전 앞에서 꾸벅꾸벅 졸며 마흔 살을 맞고 싶지도 않았다. 어쩌면 나는 당신을 놓칠 수도 있다. 아니면 다시는 당신을 만나지 못할 수도 있다. 아니면 15분 후에 비행기가 브뤼셀 공항의 활주로에서 불길에 휩싸일 수도 있다. 하지만 나는 상관없다. 도그, 엘로힘, 브라우센. 당신은 나를 가엾게 생각해야 한다. 내가 죽어야 한다면 미리 죽지 않고, 살아서 죽고 싶다. 내가 당신 곁에서 서른다섯을 맞이하고, 내 의식과 내 피 안에 나의 조상들이 남겨 준 모든 사랑과 고통, 삶에 대한 열정이 남아 있다는 게 어느 정도는 쓸모 있어야 한다. 나는 혼자가 아니다. 지금은 그걸 알겠다. 그리고 우리가 너무 욕심을 내서 외부 세계와 단절된다 해도 당신과 나 단둘만 남게 되는 것도 아니다. 나는 바로 이 순간 비행기 앞부분이 잠겨 있는 하얀 구름바다 밑을 지나다니는 수천만 개의 그림자들과 차곡차곡 쌓여 있거나 흩어져 있는 얼굴들 사이로 사라지는 그림자가 아니다. 나는 당신의 사진을 가방 안에 집어넣기 전에 바라보면서, 아무것도 남겨 두지 않았다는 것을 분명하게 확인한다. 안내 등이 켜지면서 안전벨트를 풀어도 된다는 허락이 떨어졌다. 나는 워크맨으로 당신이 나를 위해 녹음해 준 노래들을 들으며 공항 복도를 따라 걸어가고 있다. 나도 몰랐는데 우리 둘 다 좋아하는 노래들로, 당신이 나에게 말하지 않았더라면 내가 좋아하는지도 몰랐을 노래들이다. 대기실에는 여행객들이 없다. 텅 빈 리놀륨과 번쩍이는 광고판, 팔꿈치를 기관총에 기대고 승객들을 일일이 감시하는 무장 군인들과 경찰들만 쫙 깔려 있다. 전쟁이 그것밖에는 되지 않는 것 같다. 어딜 가든 존재하는 차가운 감시이고, 공간과 시간의 이상한 확장과도 같다. 그들은 아주 주의 깊게 여권을 살펴보고, 복도 구석구석에서 무장한 채 대기하고 있다. 그들은 아랍인처럼 보이는 승객 그룹은 한쪽으로 따로 떼어 놓았다. 비행 시간 스케줄을 알리는 판에서는 글자들이 도미노 칩처럼 탁탁 소리를 내고 있다. 비행기의 도착과 출발 게이트 앞에는 기다리는 사람들이 거의 아무도 없다. 바람에 휩쓸려 몇 초 만에 도시 이름들이 바뀐 것처럼, 카라치는 로스앤젤레스로, 마드리드는 델리로, 라바트는 모스크바로 바뀌었다. 뉴욕행 비행기가 곧 떠난다고 알리는 광고 옆으로 빨간 불빛이 깜빡거리고 있다. 나는 그 판들을 보고 있노라면 늘 뭔가에 홀린 것 같다. 마치 그 도시의 이름들을 통해 가상으로 모든 도시들을 여행하는 것 같다. 내가 어릴 때 조명이 들어오는 주파수를 잡기 위해 라디오 스위치를 돌리고 바늘을 움직이면, 소라 속에서 들려오는 바다의 파도 소리처럼 지지직거리며 요란한 소리가 나는 가운데, 안도라와 부쿠레슈티, 베오그라드, 아테네, 이스탄불, 외국 목소리들, 썰물처럼 밀려 들어오는 음악들이 나오는 것처럼 말이다. 세상 끝에서 전화를 걸어 자동 응답기에 난파 메시지를 알리는 목소리들. 불쌍한 도날드 페르난데스. 마누엘, 나야. 나이로비의 호텔에서 전화하는 거야. 앨리슨, 나는 민다나오 호텔의 유령이야. 나, 지금 뉴욕에 와 있어. 나는 브뤼셀의 내 오피스텔에 방금 도착했다. 나는 호주머니를 뒤져 간신히 열쇠를 찾은 다음 문을 열고, 트렁크와 가방 바로 옆에, 엉망인 현관 앞에, 내 발밑에 영혼을 떨어뜨려 놓는다. 현관에서는 먼지 냄새와 더러운 부엌 냄새, 닫혀 있는 집 안 냄새가 충직한 개처럼 나를 맞이한다. 나는 우편함에서 은행에서 보낸 편지들과 광고 팸플릿을 가지고 들어온다. 나는 엉망진창인 납골묘를 랜턴으로 둘러보는 고고학자처럼, 15일 전 내가 이곳에 남기고 떠난 얼어붙은 무질서를 발견한다. 그리고 그 무질서 안에서 이제 타인이 살았던 흔적들을 발견한다. 바로 나 자신이고, 최근래 나의 조상이고, 빈 맥주 캔도 치우지 않고, 재떨이도 비우지 않고, 마지막으로 아침 먹은 잔을 씻는 것도 신경 쓰지 않는 외로운 게으름뱅이이고, 오히려 자폐증 환자라 할 수 있다. 그런데 지금은 흙 색깔로 다져진 바닥을 가지고 있다. 당신은 정말 끝내주게 엉망이야, 라고 당신이 생각할 거다. 엉망인 침대 옆에 버려진 일요일 신문의 별책 부록과 먹다 남은 누런 위스키가 담긴 불투명하고 길쭉한 잔. 썩은 우유 냄새. 냉장고의 고무 냄새. 뚜껑이 열려 있어 세면대의 도자기 위로 흘러나온 치약. 혼자 사는데도 누구 하나 찾아오지 않는 사람의 약간 의심스러운 게으름. 이른 아침 방들의 습하고 기분 나쁜 추위. 돌아온 첫날 아침은 황량하고, 구름이 잔뜩 끼어 있고, 사람이 살기 힘든 아침이다. 아무것도 들지 않고 그냥 문을 꽝 닫고 나가, 가장 가까이 있는 하수구에 열쇠를 집어던지고, 뉴욕의 당신 전화번호를 눌러 새벽 2시에 당신을 깨우며 구조 요청을 하고 싶은 심정이다. 나는 지난달의 신문들을 한쪽으로 젖혀 놓으며, 지쳐서 예민해진 채 소파에 털썩 주저앉아, 부슬비와 잿빛을 풍기는 나지막한 하늘을 바라본다. 전화벨이 울리고, 기내식과 공항의 커피 때문에 더부룩해진 위가 화들짝 놀란다. 전화한 사람은 당신일 거다. 하지만 내 손이 전화기에 닿기도 전에 자동 응답기가 작동하기 시작한다. 급한 일로 나를 찾는 전화이다. 나는 꼼짝도 하지 않고, 꼭꼭 숨어 있기라도 한 듯 에이전시의 사장이 한숨을 참으며 말하는 소리를 듣고 있다. 화가 많이 난 것 같다. 살아 있는지 죽어 있는지 알려 주거나, 아니면 내가 칩거해 있는 수도원 주소를 알려 달라고 요구한다. 그녀는 나를 자기라고 불렀는데, 그 말은 나를 목졸라 죽이고 싶다는 의미이기도 하다. 아휴, 다행이다. 그녀가 전화를 끊었다. 나는 용기를 내서, 내가 없는 동안 이뤄졌을 협박 메시지들과 재난을 알리는 경고문들의 카탈로그를 들을 마음의 준비를 하고, 자동 응답기 테이프를 처음으로 돌려 본다. 영어와 프랑스어, 독일어, 스페인어의 목소리들. 조금 전까지만 해도 내게는 낯설거나 멀기만 했던 평소 사람들. 일상적인 친절한 모습을 보여 주며 주저하다가 나중에는 분노를 터뜨리는 에이전시의 여사장. 나에게 한잔하자고 권하는데 나는 기억도 나지 않는 어느 독일 여자. 평화를 위해 5개 국어로 선언서에 사인하자고 하는 누구. 이쯤에서 나는 가방을 풀기로 마음먹는다. 물론, 내가 유일하게 한 일은 당신 사진을 책 앞에 갖다 놓은 거지만. 적어도 당신은 그 사진 속에서 변하지 않고 그대로다. 파라다이스의 벤치에서처럼, 센트럴 파크에서 미소를 띠고 청바지와 가슴이 파인 빨간 남방을 입고 있다. 당신은 카메라를 찍는 누군가가 아니라 나를 보며 웃고 있다.

자동 응답기에서는 계속 목소리들이 흘러나오지만, 이제 나는 신경 쓰지 않는다. 나에게는 노아의 방주가 공포(公布)되든, 삼손이 블레셋 사람들과 같이 죽든지 말든지, 상관없다. 나는 트렁크에서 옷을 꺼내기 시작한다. 와이셔츠에서 당신의 향수를 맡아 본다. 가끔 당신은 침대에서 일어나 단추 한두 개만 잠그고 그 와이셔츠를 입었다. 아래쪽 음부의 윗부분을 살짝 드러내 놓고. 그리고 당신이 뭔가를 줍기 위해 몸을 숙이면 젖가슴 위가 벌어졌다. 또 경박한 말이군. 솔로몬의 「아가」에서 말하는 포도송이와 같이 하얗고 탱탱한 가슴 위로 말이다. 당신의 키는 야자수와 비슷하고, 당신의 가슴은 포도송이와 비슷하다. 나한테 이런 일이 일어나다니, 거짓말 같다. 나는 베개 위로 비스듬하게 누워 있고, 당신이 개신교 성서를 나에게 읽어 주고 있다. 돈 메르쿠리오가 유산으로 사진사 라미로에게 남겨 주고, 라미로가 당신 아버지에게, 그리고 당신 아버지가 당신에게, 아무것도 모르고 우리 두 사람에게 남겨 준 성서를 읽고 있다. 당신은 내 앞에서 벌거벗은 채 똑바로 있고, 나는 16세기 한 이단의 수도사가 우리에게 남겨 준 아름답고 음탕한 스페인 말로 당신을 숭배하고 있다. 틀림없이 카사 데 라스 토레스에서 생매장된 그 여자도 그 말을 들었을 것이다. 신발을 신은 당신의 발이 얼마나 아름다운지. 오, 왕자의 따님이여, 꽉 조이는 당신 허벅지가 팔찌와도 같군. 당신의 배꼽은 마실 것이 부족하지 않은 둥근 찻잔과도 같네. 당신의 배는 백합으로 에워싸인 밀밭과도 같고, 당신의 가슴은 노란 새끼 사슴 쌍둥이 두 마리와도 같네. 지금 이 추방은, 내 삶의 최악으로, 중립적인 말들로, 황량한 나날들로 가차 없이 돌아온 거다. 당신을 보지 못한 지 열 시간이 되었는데, 벌써 육체적으로도 당신의 부재를 견디지 못하는 것 같다. 엄청난 양의 물도 사랑을 끄지 못하고, 강물도 그 사랑을 뒤덮지 못할 것이다. 당신이 내게 읽어 주었다. 하지만 나는 두렵다. 당신은 대서양이라는 엄청난 물 건너편에 있고, 시간 차도 여섯 시간이나 된다. 나는 내 옷과 내 살갗에서 당신의 냄새를 찾고 있다. 그런데 이제는 거의 느끼지 못하겠다. 나는 당신에게 전화를 걸 생각이다. 당신의 전화번호를 누를 생각이다. 그러면 바다 밑에 깔린 전선이나, 지구의 궤도 위를 돌고 있는 위성이 당신의 목소리를 들을 수 있게 즉각적인 혜택을 허락해 줄 것이다. 당신이 자고 있다면 나는 당신을 깨울 것이다. 당신이 혼자 자는 게 낯설어 밤을 새웠다면, 당신이 나에게 입을 다물지 말라고 할 때처럼 당신의 귀에 대고 계속 속삭일 것이다. 나는 전화기 옆에 앉았다. 자동 응답기의 테이프는 아직도 멈추지 않았고, 지금은 스페인 목소리가 흘러나오고 있다. 마히나의 억양을 지닌 꽤 낯익은 목소리다. 나는 잠시 후 어머니의 목소리를 알아본다. 어머니가 전화기와 자동 응답기에 주눅이 들어 잠시 주저하는, 두려움에 가득한 목소리이다. 나는 메시지의 첫 부분을 놓쳐서 테이프를 멈추고 다시 되감았다. 심장이 더욱 빠르게 요동쳤다. 나는 다시 처음으로 돌아갔다. 잠깐의 침묵이 있고, 그러고 나서 신호음이 울렸다. 그러고는 어머니가 아주 이상한 톤으로 말하기 시작했다. 마치 너무나도 멀리 있는 것처럼 내 이름을 말하고 나선 잠깐 멈추더니, 한숨을 내쉬었다. 테이프가 스치고 지나가면서 가볍게 모터 돌아가는 소리가 들리는 동안, 내 주변에는 모든 것이 멈춰 섰다. 나는 곧 그 두려움의 형태를 알아보았다. 가장 오래되고 가장 순수한 형태다. 어머니가 나에게 말했다. 언제, 며칠 전이었는지는 모르겠다. 어제 레오노르 외할머니가 아주 위독해져서 병원에 모시고 갔는데, 방금 돌아가셔서 오늘 오후에 장례식을 치르는데 아무리 찾아도 내가 어디 있는지 모른다는 말이었다.

제10장

나는 지금에야 당신이 이해된다. 지금까지는 죽음이 내 인생에 들어오지 않았다. 내가 사랑하는 사람은 아직 죽음이 아무도 건드리지 않았다. 죽음은 항상 나와는 아주 멀리서, 현실의 가장 불확실한 주변에서 일어나는 상습적이고 추상적인 일이었다. 심지어 11월 그날 밤, 국도에서 죽을 뻔했을 때도 나는 아무것도 느끼지 못한 채 그냥 넋이 나가 있었다. 그리고 훨씬 나중에 떠올렸을 때는 죽음이 변덕스럽고 외롭다는 느낌은 들었지만, 날짜와 시간을 집요하게 따져 본 후 한참 나중에 알게 된, 이제 뭔가를 영원히 잃어버렸다는 그런 끔찍한 느낌은 아니었다. 그녀가 벽 쪽으로 돌아누워 보건소의 하얀 시트 아래 양다리를 오므리고 자는 듯 베개를 꽉 부둥켜안은 바로 그 순간, 나는 무엇을 하고, 무슨 생각을 하고 있었는지 따져 보았다. 어머니는 외할머니 곁에 있었고, 약간 시간이 흐른 다음에야 외할머니가 돌아가신 걸 알았다. 어머니는 소름이 돋듯, 돌연 꿈속으로 들어가듯 외할머니가 잠깐 몸을 부르르 떨었다고 했다. 그 이상은 없었다. 헛것도 보지 않았고, 신음 소리도 내지 않았다. 의사들은 외할머니의 심장이 아주 약하다고 했다. 87년 동안 작동하느라 닳고 닳아, 결국에는 아주 천천히 움직였던 것이다. 외할머니는 장님처럼 조심스럽게 벽을 잡고 거동했다. 정신은 맑았지만 나이 들면서 깔끔하지 못해 많이 속상해했다. 점심 식사 후 식탁에서 일어나려다가 어지러워했고, 왕진 온의사가 즉시 병원으로 모셔 가라고 했다. 하지만 외할머니는 전혀놀라는 기색도 보이지 않았다. 아니면 그렇게 보이지 않았든가. 외할머니는 어머니의 팔을 붙잡고 마지막으로 계단을 내려가, 마치 작별 인사를 하듯 모든 것을 둘러보았다. 그녀는 장례식장과결혼식장에 참석할 때 입는, 늘 똑같은 상복 차림이었다. 외할머니는 느리고 거동은 불편했지만 노망은 들지 않았다. 외할머니에게는 예전의 미모가 남아 있었다. 광대뼈와 턱은 옛날 그대로 완벽했고, 피부도 좋았다. 팔은 여전히 하얗고 부드러웠다. 예민하고 강한 손에는 닳아 빠진 상아와 같은 누런 얼룩 자국이 있었다. 내가 마지막으로 외할머니를 봤을 때, 외할머니는 그 손으로 내얼굴을 한참 쓰다듬었다. 그때 나는 외할머니와 작별 인사를 하고있었는데, 막연하게 다시는 외할머니를 보지 못할 수도 있다는 생각이 들었다. 왜 그렇게 빨리 가려고 하니. 온 지 얼마나 됐다고. 너는 이제 우리랑 얘기하고 싶어 하지도 않는구나. 네가 어릴 때엄지 공주 책을 읽어 달라고 얼마나 졸랐는데, 틀림없이 너는 기억도 못하겠지. 외할머니는 나를 당신 옆의 소파에 앉혀 놓고, 내손을 데워 주려는 듯 양손을 잡고 있는 걸 좋아했다. 너는 정말 말이 없구나. 외할머니가 그렇게 말했다. 그건 정말 네 외할아버지를 닮지 않았구나. 잘 보아라. 외할아버지가 얼마나 말이 많았는데, 지금은 잠자는 게 유일하게 하는 일이구나. 그런데도 눈도 제대로 붙이지 못한다며 늘 불만이란다. 외할머니는 테이블보 아래로 외할아버지를 꼬집었다. 하지만 마누엘, 일어나 봐요. 당신은 손자를 배웅할 생각도 하지 않는군요. 외할머니가 일어나 문까지 따라 나오겠다고 고집을 피웠다. 나는 택시를 타고 떠나면서 산로렌소 광장 모퉁이에 서 있는 외할머니를 보았다. 외할머니는 약간 헝클어진 백발로, 털 재킷을 어깨에 걸치고, 양손을 곱게 무릎 위로 모으고 있었다. 부어서 느리게 걷는 다리로 지탱하고 서 있었다. 외할머니는 내가 거의 보이지 않을 때까지 나를 바라보며 미소를 머금고 있었다. 백내장으로 한쪽 눈이 뿌연데도, 눈이 완전히 멀어 버릴까 봐 두려워 수술은 하지 않으려고 했다. 정말 안타까운 일이다. 외할머니가 말했다. 하느님은 왜 이 나이까지 우리를 살게 내버려 두시는지. 택시가 카사 데 라스 토레스의 골목을 돌았고, 나는 택시의 뒤 유리를 통해, 끔찍한 가족사진을 찍기 위해 포즈를 취하고 있는 듯 문 앞에 모인 그들을 보았다. 서로 기대고 서 있는 레오노르 외할머니와 마누엘 외할아버지, 그리고 역시 많이 늙은 부모님. 네 사람이 광장 모퉁이에 좌초된 채 서 있었다. 내가 도망치고 싶어 했던, 아주 오래전 굳게 닫혀 버린 시간의 저 건너편에서.

병원에서 외할머니는 여러 번 나를 찾았고, 어머니는 나와 연락이 닿아 내가 곧 마히나에 도착할 거라고 말했다. 하지만 외할머니는 그 말을 믿지 않았다. 외할머니를 속일 정도로, 어느 누구도 거짓말을 잘하거나 약삭빠르지 못했다. 외할머니는 마누엘 외할아버지가 하는 요란한 말을 절대 믿지 않았고, 동네 빨래터나 우물에 줄 서 있으면서 이웃 여자들이 쑤군대며 지어낸 얘기에도 신경 쓰지 않았다. 외할머니는 자기 아버지의 과묵하고 부드러운 성품과 열 달 만에 열병으로 죽은 아들, 마누엘 외할아버지를 찾아 감옥 담벼락을 기어 넘어간 후 죄수들을 잔뜩 태우고 라이트를 환하게 밝힌 채 늘어서 있던 트럭들 사이를 정신없이 뛰어다녔던 폭우 속의 그날 밤, 그리고 또 다른 날 밤을 매일 떠올렸다. 전쟁이 시작된 첫날 밤이었는데, 외할머니는 군인들을 태운 트럭들이 시청으로 향하는 것을 보며 헤네랄오르두냐 광장에 있었다. 그때 어머니는 여섯 살이었는데, 외할머니의 손을 놓치고 군중들 사이에서 사라져 버렸다. 외할머니는 비이성과 거짓말로부터 스스로를 지키기 위해, 자신의 총명함과 아이러니를 비밀 무기처럼 사용했다. 그래서 외할머니는 항상 내가 진실을 얘기하고 있는지 알기 위해, 아니면 내 생각을 알아맞히기 위해 내 눈을 들여다보는 걸로 충분했다. 그리고 지금까지도, 거짓말을 할 때마다 거짓말쟁이는 절름발이보다 먼저 붙잡힌다고 경고하는 외할머니의 목소리가 들리는 것 같다. 외할머니는 라디오 연속극을 들을 때, 그리고 나중에는 텔레비전에서 중남미 연속극을 볼 때 자신의 분노와 감정적인 확신을 그대로 드러냈다. 외할머니는 악당들을 보면 이성을 잃었다. 특히 콧수염 난 악당들이나 점이 난 악당들, 아니면 기름을 발라 머리를 뒤로 넘긴 악당들은 더욱 난리였다. 저놈 좀 봐라. 외할머니가 말했다. 암소가 머리를 핥아 놓은 것 같구나. 외할머니는 소리는 들려도 화면은 거의 구별하지 못했기 때문에 불안해하며 소파에서 몸을 뒤척였다. 노발대발하고, 그들에게 못된 놈들이라며 배신자라고 불렀다. 그리고 어머니가 그건 모두 거짓말이라고, 죄 없는 불쌍한 처녀는 진짜 임신한 게 아니라고, 아니면 돈을 훔쳤다는 부당한 혐의를 받은 계산원은 감옥에 가지 않을 거라고, 그리고 암살당한 사람들의 피가 가짜라고 아무리 말해도, 외할머니는 의심을 풀지 않았다. 외할머니를 설득시킬 방법은 없었다. 그리고 외할머니는 현실의 분명한 사실에는 절대 주목하지 않으면서도, 텔레비전에 나오는 것들이 어떨 때는 거짓이고, 어떨 때는 그렇지 않다는 것을 이해하지 못했다. 외할머니는 정말 눈부시게 빛나는 묘사를 하며 비교했다. 저 사람의 눈은 꼭 누에콩 꽃 같구나, 라고 말했다. 아니면 하얀 나귀의 얼굴이라든가, 교황 요한 23세처럼 입이 낡은 문처럼 축 늘어졌다거나, 담요가 찢어진 것처럼 입이 크다고 했다. 그리고 내가 화를 내면 외할머니는 나를 놀리며 야단쳤다. 애야, 그런 얼굴 하지 마라. 주둥이를 끈으로 묶어도 되겠다. 나는 지금 외할머니의 사진을 보고 있다. 내가 어릴 때 엉뚱한 경로로 우리 집까지 오게 된 사진들이고, 당신을 통해 사진사 라미로의 궤짝에서 우연히 되찾은 사진들이다. 나는 에이전시에 전화해 아프다고 둘러댄 뒤 15일 동안 휴가를 청했다. 직장을 잃을 수도 있지만 상관없다. 나는 아무것도 잃을 게 없다는 차분한 마음이 들었다. 낯선 느낌이었다. 나는 스페인행 비행기에 올라 차분하게 당신을 떠올리며, 외할머니의 삶을 요약하는 두 순간의 얼굴들을 보기 위해 센트럴 파크에서 찍은 당신의 사진은 한쪽으로 미뤄 두었다. 외할머니의 결혼식 날 사진이다. 진지하고 젊은 얼굴로, 마누엘 외할아버지보다 키는 크지 않지만 미모가 굉장했다. 짧은 머리에 얼굴이 넓적하고 앞머리에 머리띠를 하고 있었다. 아직도 돈 오토 체너의 사인이 담긴 사진이다. 그리고 나중에 마흔 살이 넘어 찍은 사진이 있다. 외할머니는 평생 입고 다닐 상복을 벌써부터 입고 있었으며, 머리를 틀어 올리고 자식들에게 둘러싸여 있었다. 아이들은 머리를 빡빡 밀었고, 무릎이 하나같이 앙상하고 휘었으며 반바지를 입고 있었다. 아이들은 산 로렌소 집의 문 앞에서 외할머니의 아버지인 페드로 외증조부 옆에 서 있었다. 그는 계단에 앉아 있었다. 어쩌면 자기를 찍고 있다는 걸 알면서 모르는 척 시치미를 떼고 있을 수도 있다.

나는 마드리드는 구경도 하지 않고 지나간다. 1월 말의 화창하고 추운 오후이다. 나는 공항에서 곧장 기차역으로 향한다. 마치 내가 아무 무게도 나가지 않는 듯, 그 순간 존재하지 않는 듯 너무나도 가볍다. 라디오에서 들려오는 전쟁 뉴스는 흘려듣고, 제대로 훑어보지도 않은 신문들은 옆으로 치워 버린다. 그것이 나와는 아무 상관 없다는 기분으로. 내 앞에 펼쳐진 도시도, 안내 방송도, 기차 소리도, 기차표를 사기 위해 차례를 기다리는 동안 내 주변에서 들리는 귀에 거슬리는 스페인 목소리들도 전혀 상관없는 기분이다. 억양하고는. 나는 항상 돌아올 때마다 그런 생각이 든다.

시골 말투처럼 투박하고 거칠다. 나는 어느 곳에도 발을 붙이지 못한다. 발바닥 아래로 세상의 견고함을 느끼지 못한다. 모든 게 순식간에 스쳐 지나가고, 어지러운 환상처럼 창문 너머에서 금세 뒤로 밀려난다. 마치 전광판에 올라온 목적지와 기차 시간표들이 미끄러져 사라지듯이. 나는 시계를 보며, 아직 시간이 있다고 생각한다. 그래서 담배를 사고, 카페의 바에서 커피도 한잔 마시고 샌드위치도 먹는다. 물론, 돈은 곧바로 지불한다. 혹시 달려 나가야 할지도 모르니까. 나는 담배를 절반만 피우고, 커피도 마시다 말고, 샌드위치는 거의 그대로 남겨 놓았다. 끝나지 않은 행위들. 매듭짓지 못한 결정들. 나는 신용 카드로 작동하는 공중전화를 보고 당신에게 전화를 걸어 볼까 생각한다. 지금 뉴욕은 아침 11시고, 당신의 삶은 이미 내 삶과는 전혀 다른 방향으로 흘러가고 있겠지. 어젯밤 — 아니, 당신에게 어젯밤이었을 때 — 당신은 아들을 데리러 갔다. 그리고 두 시간 전에 내가 브뤼셀에서 마드리드로 비행하는 동안, 당신은 아이의 손을 잡고 스쿨버스 정류장에 데려다 줬을 것이다. 그리고 지금은 며칠 전에 넘겨줬어야 할 번역을 서둘러 마치기 위해 집으로 돌아와 있을 것이다. 당신은 타자기 앞에 앉아, 머리카락이 얼굴 위로 흘러내리지 않도록 고무줄로 질끈 묶고, 무지하게 빠른 속도로 타자기를 치고 있을 것이다. 당신의 게으른 분위기 뒤에 조심스럽게 감춰 둔 게으름으로. 당신이 나를 떠올리기란 불가능하다. 그리고 당신이 지금 당장 나를 떠올린다 해도, 내가 어디에 있는지 모르기 때문에 우리는 두 비밀 왕국에 각기 나뉘어 있는 셈이다. 나는 그걸 참을 수가 없다.

자동 응답기로 당신 목소리라도 듣기 위해, 당신에게 전화를 걸기로 결심한다. 그런데 내가 탈 기차의 출발을 알리는 안내 방송이 흘러나오고 있다. 시간이 없다. 당신과 함께 있을 때는 분이나 시간이 슬픔으로 얼룩지지 않고 고분고분, 천천히 흘러갔는데, 지금은 도망치듯 흘러간다. 시간은 내게서 그냥 부서져 버린다. 금세라도 부서질 것 같은 판자 위에 있는 나를 끌고서 흘러간다. 나는 탈고 기차에 올라, 유리창을 바라보며 좌석을 옆으로 보고 앉는다. 터널을 통과할 때면 거울에 비친 내 얼굴을 보면서, 레일 위를 굴러가는 바퀴의 부드럽고 기계적인 반복에 몽롱해하며 레오노르 외할머니의 목소리와 얼굴을 아주 또렷하게 떠올린다. 마치 나에게 청진기를 들이민 듯, 외할머니의 죽음으로 인한 고통을 내 안에서 찾고 있다. 그런데도 나는 그 고통을 완벽하게 느끼지 못한다. 어쩌면 아주 오래전부터, 나도 모르게 외할머니를 살아 있는 사람처럼 생각하지 않아서 그럴 수도 있다. 외할머니는 내 유년 시절의 그림자였다. 늘 같은 자리에서 만날 수 있는 변하지 않는 인물이었다. 항상 검은색 가운을 입고, 화로가 들어 있는 테이블 위에 양손을 포개고 앉아 있었다. 잠깐씩 졸거나 텔레비전을 보면서 영원한 노년에 사로잡혀 있었다. 소파 한쪽 구석에서 늘 그렇게 있어 왔고, 살아왔던 것처럼. 시계 광장 가운데 있는 오르두냐 장군의 동상처럼. 그리고 나와 같은 청춘이나 감정, 욕구는 소유하지 않았던 것처럼.

나는 이제야 당신을 이해할 수 있다. 당신이 당신 아버지의 마지막 며칠을 나에게 들려주었을 때 나는 당신의 눈이 눈물로 반짝이는 걸 보았다. 당신은 말을 잇지 못한 채 침을 삼켰다. 그러고는 고개를 돌리며 종이 티슈로 코를 닦았다. 나는 지금에야 당신이 내게 했던 말을, 울음은 고통의 모습이 아니라 화해와 위로의 모습이라고 했던 말을 이해한다. 가슴과 목에서 눈으로 올라와 점점 더 격렬해지며 파도치는 듯한 울음을 이해한다. 나는 시치미를 떼고 눈물을 닦은 후 검표원에게 표를 보여 준다. 이제야 내가 외할머니의 삶과 죽음뿐만 아니라, 고마운 마음과 버려진 느낌까지 확실히 느끼게 되었는데, 정신을 분산시키고 싶지도, 외할머니에게서 멀어지고 싶지도 않다. 나는 당신이 내 곁에서 가고 있으며, 당신이 손가락으로 내 얼굴을 어루만지고, 내가 당신과 함께 울음이라는 뻔뻔한 행동에 나 자신을 떠맡긴다고 상상한다. 나는 눈을 떴고 밤이 되었다. 그리고 내 얼굴이 유리창에서 흔들린다. 마히나에 도착하려면 아주 조금 남았다. 당신과 헤어진 지 채 24시간도 지나지 않았는데, 레오노르 외할머니가 돌아가신 날부터 채 이틀밖에 지나지 않았는데. 어쩌면 추위가 부패된 외할머니의 아름다운 얼굴을 그대로 간직하고 있을 수도 있다. 외할머니는 두 눈을 꼭 감고 입을 약간 아래로 벌린 채, 어둠 속에서 꽁꽁 얼어붙어 누워 있다. 나는 본능적으로 고개를 흔들며 그런 생각을 거부했다. 외할머니는 이미 관 속에도 있지 않고, 어디에도 있지 않다. 무(無)의 달콤함 속에, 내 기억의 충직함 속에, 회색 세피아 빛 사진들 속에, 수없이 많은 우리 사촌들 중에 누군가가 찍은 세례식이나 결혼식의 비디오 화면 속에 존재할 뿐이다. 그 사진 속에서 외할머니는 방금 미장원을 다녀온 모습이었다. 외할머니는 당신 머리카락이 아직 건강하고, 손이 완벽한 걸 내심 자랑스러워했다. 외할머니는 옆에 앉은 내 여동생에게 나지막이 노래를 불러 줬었다. 외할머니가 젊었을 때 카니발이나 빨래터에서 불렀던 낯 뜨거운 노래들 중 한 곡이었다. 바람이여, 더 불어 다오. 남편은 탈곡장에 있고, 나는 수도사와 함께 배를 맞대고 있네. 그리고 복사 소년은 춤추고 있고. 나는 유리창 너머로 웃고 있는 나의 모습을 바라본다. 외할머니의 웃음을 떠올리며, 말년에 늙고 굼뜨고 거의 장님인 레오노르 외할머니의 모습은 정확히 그녀가 아니라는 사실을 새삼 발견한다. 외할머니 역시 절박한 욕구와 흥분으로 절정에 오를 때의 몽롱함을 나 못지않게 확실히 알았을 거라는 사실을 새삼 발견한다. 결혼식 사진에서 레오노르 외할머니와 마누엘 외할아버지는 우리보다 훨씬 아름답고 젊었다. 우리가 죽은 사람들보다 낫다고 생각하는 게 얼마나 어리석은 허영인지. 우리도 그들처럼 되어 가고 있는데, 우리는 눈앞에 있는 것도 보지 못한다. 우리가 낯선 미래 속에서 길을 잃고 헤매고 있을 때 어떤 슬픔이 우리를 기다리고 있을까. 그때는 기차에서 내릴 때 두려움 없이는 단 한 발짝도 내딛지 못할 텐데. 그때는 평소의 현실이 그림자로 변해 있고, 불가능한 웅덩이와 벽들이 우리를 에워싸고 있을 텐데.

차가운 공기가 얼굴에 와 닿고, 마이크에서는 역에서 1, 2분 정도만 정차했다가 곧 떠날 거라며 탈고 기차의 출발을 알린다. 다른 어느 곳과 달리, 그곳에서는 공기 중에 밤과 겨울 냄새가, 특히 마히나의 밤과 겨울 냄새가, 차분한 흙냄새와 올리브 나무의 축축한 장작 냄새가 난다. 당신도 그 냄새를 맡는다면 금세 알아볼 테니, 그 냄새가 더욱 좋아진다. 기차는 플랫폼 끝에 있는 초록 불과 빨간불이 깜빡이는 사이로 멀어지며, 마이크의 목소리는 올리브 나무들이 오목하고 깊이 팬 곳에서부터 멀어지고 있다. 아버지가 환한 복도에서 나를 보고 다가온다. 아버지가 놀란 내 얼굴을 보고 미소를 머금는다. 마드리드에서 통화했을 때는 아버지가 나를 데리러 역으로 나온다는 말을 하지 않았었다. 아버지는 가죽 깃이 달린 재킷과 몇 년 전 내가 입었던, 동안이 더욱 강조되어 보이는 터틀넥 스웨터를 입고 있다. 하얗고 튼튼한 머리카락이 투명해 보이고, 이제 머리 양옆으로는 온통 잿빛이다. 아버지는 평소와 다름없이 간략하면서도 거창하게 나를 끌어안는다. 하지만 이번에는 나를 조금 더 끌어안았고, 나와 떨어지면서 외할머니의 이름을 부르며 양쪽 눈가가 촉촉해진다. 아버지는 뭐라고 토를 달 수 없는 단호한 표정으로 내게서 여행 가방을 뺏어 든다. 왠지 그 가방이 아버지의 손에서는 덜 무거워 보인다. 아버지는 내가 더 여위었다고 말한다. 내가 어떻게 살고 있는지, 외국에서는 어떤 음식을 먹을지 누가 알겠느냐고 말한다. 아버지가 앞장서 입구 쪽 계단으로 내려가, 택시 정류장 옆에서 미소를 머금으며 나를 기다리고 있다. 아버지가 새로 장만한 트럭을 나에게 자랑하기 위해 역으로 마중 나왔다는 걸 깨닫는다. 그리고 내가 어릴 때 올리브 나무와 짐승들에게 무심했던 것처럼, 차에도 별 관심이 없어 새 트력을 눈여겨볼 거라 확신하지 않는다는 것도 깨닫는다. 하지만 내가 아버지에게 마음에 든다고 말했을 때는 거짓말한 게 아니다. 그리고 아버지가 트럭을 몰기가 얼마나 쉬워졌는지 설명하는 동안 예의 바르게 경청한 것도 연극이 아니다. 아버지가 한 번에 시동을 걸어, 부드럽고 노련하게 핸들을 돌리며 만족스러워하는 모습을 보는 게 좋다. 그리고 아버지가 신호등이 파란색으로 바뀌길 기다리며 주의 깊게 신호등을 바라보고, 마히나로 가기 위해 도로에서 빠르고 안전하게 오른쪽으로 커브를 트는 모습을 보는 것도 좋다. 마히나의 불빛들이 저 끝에서, 언덕 위에서 반짝이고 있다. 운전이 아버지를 회춘시켰다. 어쩌면 아버지가 쉰 살이 넘어 운전을 배워서 그럴 수도 있다. 트럭 안은 채소 냄새와 축축한 자루 냄새, 터진 올리브 열매 냄새가 난다. 아버지는 딱딱하게 굳은 등을 핸들 위로 숙인 채 국도의 하얀 선을 살피며 레오노르 외할머니의 죽음을 얘기한다. 외할머니는 아무 고통도 없이, 주무시는 것처럼 돌아가신 게 분명하단다. 장례식에 온 사람들이 너무 많아서 현관과 아래층 방에 다 들어설 수가 없을 정도였다. 나는 어릴 때 호기심을 느끼며 바라보았던 장례식장의 근엄한 소리와 짙은 색깔의 정장을 입은 남자들과 여자들로 꽉 들어찬 산 로렌소 광장, 문이 활짝 열리고 외삼촌들의 어깨 위로 관이 실려 나올 때 터져 나오는 통곡 소리에 산산조각이 난 거대한 침묵, 와이셔츠 깃에 에워싸여 딱딱하게 굳어 있는 표정에 실린 해묵은 진지함, 살짝 열려 있는 옆집 창문들, 산타 마리아 성당에서 느리게 울려 퍼지는 종소리를 상상해 본다. 그리고 미국에서, 너무나도 멀리 떨어져 있는 당신이 나에게 말하고 있다. 마치 달려올 것처럼. 아버지는 늘 내 삶과 일이 어떤지 설명해 달라고 한다. 그런데 나는 아버지에게 제대로 대답도 하지 못한다. 왜냐면 내가 사용하는 말들이 아버지가 자라면서 한 번도 나가 보지 못한 확실하게 물질적이고 절대 변하지 않는 신념들만 있는 세상이나, 그의 언어에 완전히 속해 있지 않기 때문이다. 아버지가 눈치가 있어 수긍하는 것 같기는 하지만, 마히나는 이제 밤인데 뉴욕은 낮이라는 말이나, 아니면 오늘 아침 브뤼셀에서 탄 비행기가 마드리드에 도착하기까지 두 시간밖에 걸리지 않았다는 말은 여전히 믿지 못한다. 내가 어릴 때, 아버지는 멜론 밭 오두막집을 떠받치는 기둥들과 비슷한 기둥들이 지평선 끝에서 하늘을 떠받치고 있다고 했다. 그리고 남서풍과 동풍은 땅 끝에 있는 산속 동굴 두 곳에서 불어오는 거라고 했다. 그래도 아버지는 결국 나를 이해하지 못하지만 이제는 많이 익숙해졌다. 물론 20년 전처럼 아직도 나를 야단치지만. 아버지는 내가 차도 없고, 결혼도 하지 않고, 서류와 돈을 자기처럼 지갑에 잘 보관하지 않고 호주머니에 아무렇게나 쑤셔 넣고 다니고, 내가 몇 년째 일하면서도 아파트 하나 제대로 장만하지 않은 걸 이상하게 생각한다. 나는 늘 하는 대답을 부드럽게 버릇처럼 반복하며, 창문 너머로 시커멓고 허망하게 늘어서 있는 올리브 나무들을 바라보며 담배를 피운다. 담배를 끊고, 저축한 돈을 마히나에서 좋은 집이나 들판의 농장에 투자해야 한다고 얘기하는 아버지의 말이 들려온다. 은행은 돈만 빨아먹고, 사람을 지치게 해서 결국에는 아무것도 남지 않게 한다고 말한다. 아버지는 문장들을 거듭 강조하며, 아주 진지하게 말하면서 나를 흘낏 쳐다보기 위해 도로에서 잠시 시선을 거둔다. 아버지는 나의 판단력을 미심쩍어 하다가 결국에는 못 미더워한다. 그리고 어쩌면 나에게 공부를 시키려고 자기 인생의 가장 야심 찬 목표를 포기한 게 잘못된 건 아닐까 의심하는 것 같기도 하다. 만약 그랬으면 우리는 아직 농장을 소유하고 있을 테고, 불빛이 반짝이는 창고와 암소들을 위한 알루미늄 구유와 전기로 젖 짜는 기계가 있을 테고, 나는 아버지에게 손자 두세 명은 안겨 주었을 테고, 아버지는 랜드로버와 경운기를 운전할 테고, 나는 올리브 수확한 걸 계산 맞추기 위해 비가 내리는 2월 밤에 아버지 앞에 앉아 있을 테고, 신혼여행을 제외하고는 마히나 밖으로 나가 보지 못했을 테고, 당신을 만나지 못했을 것이다.

우리는 도시로 접어들고 있다. 내 기억 속의 모습과 비슷해지는 데는 늘 시간이 걸린다. 지나치게 높은 건물들과 옷 가게, 욕실 인테리어 가게들의 조명이 환하게 밝혀진 쇼윈도들. 자동차와 올리브 열매를 잔뜩 실은 경운기와 랜드로버들이 끊임없이 교통의 흐름을 방해하고 있다. 산티아고 병원 앞 인도와 누에바 거리에는 짙은 색 스타킹과 겨울 외투를 입은 여자아이들이 떼 지어 모여 있다. 이곳에 마지막으로 왔을 때는 없었던 네온사인 간판이 달린 바에서 내가 뉴욕의 라디오에서 들었던 음악이 흘러나오고 있다. 내가 사춘기였을 때와 똑같은 모습으로, 똑같은 거리를 지나다녔던 부부들이 팔짱을 끼고 천천히 지나가고 있다. 턱을 치켜든 채 무거운 코트를 입은 남자들과 질긴 가죽처럼 차분한 모습에 금빛으로 머리를 물들인 마히나의 중산층 여자들, 유모차를 밀고 가는 일찍 철든 분위기를 풍기는 커플들, 쇼윈도들이 그 모든 것을 강렬하게 비춰 주고 있다. 예전에는 장이 서는 날 밤에만 번쩍거렸는데. 아버지의 트럭이 메소네스 거리와 헤네랄오르두냐 광장의 누런 시계탑, 아케이드 아래의 어두컴컴한 통로를 따라 아주 천천히 지나가고 있다. 그곳에는 이제 호주머니에 양손을 찌르고 입에 담배를 문 채 비가 그치거나 가뭄이 끝나길 기다리며 하늘을 멍하니 바라보는 촌뜨기들은 없다. 훨씬 뻔뻔했지만 덜 음침했던 나의 사춘기 시절과는 이미 많이 동떨어지고 당혹스러운 사춘기로 접어든 젊은이들이 무리 지어 몰려 있다. 내가 처음 그 도시를 떠났을 때도 그들은 태어나지 않았다. 그런데 지금은 아케이드 아래 똑같은 가판대에서 해바라기 씨 봉투와 낱담배를 사고 있다. 그리고 우리 친구들과 내가 일요일과 프랑코 시절 끔찍했던 성금요일 날, 비참한 해 질 녘에 지겨워하며 몸부림치면서 돌아다녔던 똑같은 거리들을 배회하고 있다. 그런 날에는 극장도 열지 않았고, 우리는 권태에 짓이겨지고, 비겁함에 후회하고, 성적인 죄책감에 시달리면서 입술을 빨갛게 칠한 이제 막 꽃을 피운 여자아이들을 바라보았다. 어쩌면 지금은 남편과 자식들까지 딸린 데다 엉덩이까지 펑퍼짐해져, 가죽 재킷을 입고 부스스한 단발머리를 한 그 여자들을 알아보지 못할 것이다.

나는 단 한 번도 있어 본 적이 없는 곳에서 온 것처럼, 처음으로 마히나로 돌아가는 기분이다. 나는 도주나 원한이 아니라, 당신에 게서 돌아온 것이다. 나는 내 기억만으로 도시를 바라보는 게 아 니다. 당신의 기억을 통해서도 보고 있다. 경찰서가 있는 거리의 전화 부스 옆에서 누군가를 기다리고 있는 듯한 가죽 재킷에 청바 지를 입은 머리 긴 여자아이가 옛날의 당신을 떠올리게 한다. 나 는 깃발이 걸려 있는 발코니의 불빛을 보며, 형사들이 당신을 체 포했던 날 밤 몬세라트 수도원의 문진을 만지작거리며 수줍어하 면서도 애정이 담긴 말투로 말하던 플로렌시오 페레스 부서장을 떠올린다. 아버지의 트럭은 라스트로를 지나 카바 공원으로 접어 들며, 도시는 점차 황량해지면서 어두워져 간다. 점점 더 내 기억 속의 모습과 비슷해져 가고 있다. 알토사노, 포소 거리의 골목, 문 이 굳게 닫힌 집들, 붉은 가로등이 야박하게 켜져 있는 산 로렌소 광장. 광장 가까이 다가가면서, 레오노르 외할머니의 죽음이 조금 씩 확실하게 다가온다. 트럭이 멈춰 서고, 아버지가 엔진과 운전 석의 라이트들을 끈다. 나는 잠시 꼼짝도 하지 않고 가만히 있다. 나는 카사 데 라스 토레스와 지붕들 위로 펼쳐진 밤하늘의 광채, 굳게 닫힌 현관문들, 어둠에 잠긴 창문들을 바라보고 있다. 어디 를 가도 여기처럼 밤이 짙고, 침묵이 순수한 곳은 없다. 아버지가 트럭 뒷문을 열고 내 가방을 꺼낸다. 그런데도 나는 24시간 여행 의 피로로 멍해져, 내가 머물고 있는 공간과 내가 살고 있는 시간 을 확신하지 못하며 계속 앉아 있다. 마치 이 순간을 기억하려는 듯, 아니면 내 미래의 어느 날 밤을 상상하며 가슴 아픈 사건의 서 곡을 알리는 바로 그 순간의 픽션을 붙잡아 두려는 듯, 꿈이 계속 진행되지 않도록, 두 눈을 감고 턱을 오므리고 앉아 있다.

　광장은 나무들이 베어지고 차들이 주차하면서부터 훨씬 작아
졌다. 바닥은 다진 흙이 아니라 시멘트 바닥이고, 인도 가장자리
에 있던 돌들도 없어졌다. 나는 우리 집 앞을 바라보며, 본능적으
로 노커의 금속성 소리가 들리기를 바란다. 하지만 아버지는 벨
을 눌렀고, 우리는 앞에 있으면서도 서로를 마주 보지 않은 채 말
없이 묵묵히 있다. 그때 안에서 '나가요'라는 목소리가 들리고,
부드러운 발소리와 함께 문 여는 소리가 들린다. 문 아래로 스며
나온 가느다란 빛줄기가 보인다. 어머니가 꽤 젊은 목소리로 누
구냐고 물으면서 문을 열어 준다. 처음에는 어머니를 감히 껴안
지 못한다. 안경 너머로 눈이 충혈되었고, 어깨는 넓지만 힘이 없
어 보였다. 어머니는 확실하게 나이 들어 보이는 상복으로 스웨
터와 치마를 입고 있었다. 어머니는 방금 전 누군가의 죽음에 참
석한 사람답게 겁에 질린 듯한 축 처진 분위기를 풍겼다. 아버지
가 어머니에게 입을 맞추며 다정하게 얘기하는 모습을 보았다.
나는 그런 모습은 전혀 보지 못했다. 아니면 눈치채지 못했던가.
우리 집 현관에서는 목소리들이 다르게 울려 퍼지고 있다. 특히
오늘 밤에는. 레오노르 외할머니의 부재로 집이 훨씬 횅한 것 같
다. 돌바닥과 벽에 걸린 합성 사진과 어느 가구점에선가 우연히
구입한 작은 그림들. 그러나 오래전부터 있었던 변화지만 나는
그 변화를 느끼지 못했고, 그것 때문에 내심 불편해하지도 않는
다. 나는 현관의 습한 돌바닥도, 지금 부엌이 있는 마구간 냄새도

잊어버렸다. 나는 천장을 올려다보고, 기둥에 건포도 송이와 햄들이 몇 년 동안 주렁주렁 매달려 있었는데도 그걸 처음으로 눈여겨본다. 하지만 어머니는 예순한 살이고, 검게 염색한 머리카락의 뿌리 쪽이 하얗게 세었다. 내가 한 번도 어머니를 눈여겨보지 않았다는 단 한 가지 이유로, 어머니가 늘 변하지 않고 젊음을 유지한다고 생각하고 있었음을 지금에야 깨달은 것 같다. 외할머니가 너를 얼마나 찾았는지 네가 알았더라면. 어머니가 갈라진 목소리로 말한다. 외할머니는 너를 다시는 보지 못한다는 것 때문에 슬퍼하셨다. 마누엘 외할아버지는 꺼진 텔레비전을 앞에 두고 소파에 앉아 있다. 남색 가운만 걸친 채 넓적한 검정 베레모를 쓰고 졸다가 누군가 왔다는 소리에 실눈을 뜬다. 나는 외할아버지의 양 뺨에 입을 맞추기 위해 몸을 숙이며, 그가 나를 알아보는지 모르겠다고 생각한다. 천천히 거동하는 외할아버지의 푸른 눈동자가 나한테 와서 멈추더니, 내 이름을 말한다. 축 늘어진 입으로 희미하게 미소를 짓더니 다시 고개를 가슴에 파묻지만, 눈은 감지 않는다. 넓적하고 무거운 몸이 소름이 돋았는지 부르르 떨며, 양손을 테이블보 아래로 집어넣는다. 그러고는 다시 나를 바라보며, 숨이 차서 그렁그렁하고 헐떡이면서도 상당히 날카로운 음처럼 울리는 동물이나 아이와 같은 신음을 낸다. 이제는 그 덩치를 어떻게 할 수가 없구나. 어머니가 외할아버지에게 이제 자러 갈 시간이라며 소파에서 일어나라고 한다. 외할아버지는 몸을 활처럼 구부려 양손으로 테이블 끝을 잡고 힘을 쓰느라 입술을 꽉 다문 채 시뻘게진다. 하지만 외할아버지는 딱딱한 쿠션에 다시 무겁게 주저앉아 한참 동안 가만히 있다. 분노도, 자포자기한 마음도 없는 표정으로. 나는 외할아버지에게 한쪽 손을 내밀고, 물에서 진흙 덩어리를 꺼내듯 외할아버지를 잡아당긴다. 외할아버지가 소파 등과 벽난로 선반을 붙잡으며 일어났고, 나는 할아버지에게 지팡이를 건네준다. 그의 몸집에 비해 지나치게 가느다란 지팡이다. 나는 등이 굽은 외할아버지의 몸이 지팡이 위로 쏟아져 부러질까 봐 걱정된다. 어머니가 외할아버지의 팔을 붙잡고, 절대 끝나지 않을 듯이 아주 느릿느릿 다이닝 룸과 현관을 지나간다. 그들은 계단을 하나둘 오르기 시작하고, 나는 위층에서 발을 질질 끌며 지나가는 발소리와 이틀 전까지만 해도 레오노르 외할머니가 주무셨을 침대의 용수철 위로 외할아버지의 몸이 무겁게 떨어지는 소리를 듣는다. 하지만 그전에 수돗물 소리가 들려왔고, 그 소리는 생각도 하고 싶지 않다. 지금 외할아버지를 씻기고 있는 거란다. 아버지가 시커멓고 큼지막한 갈라진 양손을 테이블 위로 모으며 내 앞에 앉아 설명한다. 이제는 참지 못하신단다. 사람들에게 당신을 화장실로 데려가 바지를 내려 달라고 하는 게 창피하신가 보다. 그래서 그냥 입은 채로 싸시는구나. 네 어머니가 기저귀를 채워 드린다. 그러나 의사가 처방해 준 아주 커다란 기저귀다. 한번 상상해 봐라. 아버지는 고개를 푹 숙인 채 잡고 있던 양손을 바라보며 한숨을 내쉰다. 아버지는 틀림없이 자기도 불사신이 아니며, 예순세 살이고, 노년이 음산하게 다가오고 있다고 생각하고 있을 것이다. 아버지는 자기가 잠을 아주 조금밖에 자지 않는다고, 시장에 가기 위해 새벽 4시에 일어나는 게 갈수록 힘들다고, 척추와 무릎 관절이 많이 아프다고 말한다. 아버지의 얼굴은 약간 부었고, 뺨이 붉었으며, 피로와 불면증으로 눈이 충혈되어 있었다. 이제 정년까지는 2년밖에 남지 않았다. 나는 그 점을 생각하면서도 인정하고 싶지 않다. 아버지가 자야 한다며 일어나 양해를 구한다. 나는 아버지에게 다가가 입을 맞추고 싶지만 아무것도 하지 않는다. 그냥 편히 주무시라는 말만 하고, 아버지의 등을 보는 순간 아버지가 여전히 튼튼하고 곧으며, 피곤해하지만 아직은 끄떡없다고 생각한다. 그 연령대의 다른 남자들보다 훨씬 젊다고 생각한다.

어머니가 꼭대기에 있는, 평생 내 방이었던 방에 침대를 준비해 주었다. 어머니는 내가 온다는 걸 알자마자 낡고 커다란 집의 추위를 줄여 보기 위해 화로를 침대 안에 넣어 두었다. 옛날 고릿적 겨울들의 깊은 추위까지 모두 전해 주는 쇠막대가 달린 높은 침대이다. 꿈이 나를 집어삼키듯 내 몸의 무게로 푹 꺼지는 양모 매트리스가 두 개나 깔린 침대이다. 발아래 양털이 깔려 있고, 화로가 있어도 지독하게 춥다. 잊어버리고 있었던 추위다. 돌바닥도 얼어붙게 하고, 고개와 어깨를 쏙 집어넣고 양손조차 이불 밖으로 꺼내지 못하게 하는 추위다. 깨끗한 면 이불도 딱딱하게 만들고, 처음 몇 분 동안은 꼼짝 못하고 무릎을 오그린 채 얼어붙은 발로 부들부들 떨며 가만히 있게 하는 추위다. 손님들은 절대 올라오지 않는 이 방은 20년 동안 변한 게 아무것도 없다. 하얗게 회칠한 벽. 천장 무게에 휘어진 기둥들. 마누엘 외할아버지의 부모님 사진이 놓여 있는 금 손잡이가 달린 커다란 서랍장. 덩치만 닮은 나이 들어 보이는 대머리 남자와, 우리 외할아버지와 입과 턱이 똑같이 닮은 얼굴에 검정 수가 놓인 정장을 목까지 채우고 있는 훨씬 젊은 여자의 사진이다. 그분의 이름도 우리 어머니와 똑같았다. 그녀는 네 번이나 남편을 잃었고, 18명의 자식을 낳았다. 그중에서 마누엘 외할아버지만 아직까지 유일하게 생존해 있다. 그녀의 머리는 로마 시대의 석고상 같았으며, 무관심하고 무뚝뚝한 뭔가에 빠져 있는 듯한 분위기에다. 왠지 모르게 가까운 것 같으면서도 멀게 느껴지게 하는 야릇한 분위기가 뒤섞여 있다. 나는 불을 끄고 난 후 그녀가 보이지 않아 안심한다. 이불 아래로 담요와 양털의 무게, 매트리스의 깊이가 느껴진다. 그리고 따뜻한 기운과 졸음이 나를 느리게 감싸 오는 것도 느껴진다. 새벽녘 당신의 축축한 배 위로 미끄러지며 당신에게서 몸을 뗄 때처럼, 내가 열네 살인가 열다섯 살 때 들판에서 끝도 없이 일만 하는 긴 하루를 마치고 불을 끄자마자 잠들었던 그때처럼, 나는 너무나도 피곤하다. 그 순간 나는 지금 떠오르는 이 장면을 상상한다. 어둠 속에서, 정적과 미열 속에서, 욕구와 졸음으로 만들어진 흐물거리는 물체와 같은 여자의 따듯하고 하얀 몸이 내 옆으로 이불을 뒤집어쓰고 들어와, 외로운 손으로 내 엉덩이를 만지작거리며 현명하거나 아니면 절망적으로 움직이고 있다고 상상한다. 그녀는 내가 선별해 정한 머리카락과 입술, 얼굴, 허벅지를 가지고 있다. 그녀는 나와 함께 그 은밀한 예술의 날렵함과 수수께끼를, 이불 위에 누런 죄책감의 흔적을 남겨 놓는 쾌락의 은밀한 흥분을 배웠다. 지금 내가 달콤한 무의식 속으로 빠져 들어가면서 만들어 낸 여자는 바로 당신이다. 그리고 그때처럼 내가 아주 자세하게 상상한 미래의 몸은 내가 그토록 오랫동안 기다려 왔고, 당신을 만나지 못했더라면 절대 완성되지 못했을 특징들과 재주, 부드러움, 냄새를 나에게 허락했다.

제11장

나는 절대 당신에게 말을 멈추지 않는다. 일이 벌어지는 대로, 일어나는 대로 당신에게 말하고 있다. 큰 소리로 전해지는 말처럼, 상상 속에서 들리는 말처럼 흘러나왔다가 금세 사라지는 기나긴 즉석 편지 한 통을 침묵 속에서 당신에게 쓰고 있다. 지금 나의 생각은 당신과 대화를 나누는 습관처럼 되어 버렸다. 나는 당신 집에 전화를 걸었다. 국제 연결 번호를 누르고, 수화기 속에서 멀리 떨어진 바다 소리와 같은 소리를 듣는다. 자동 응답기를 통해 당신의 목소리를 듣는 순간, 당신이 금발이고 이름이 앨리슨이고, 다시는 당신을 만나지 못할 거라 믿었던 때가 떠오른다. 나는 지금 마히나에 있다고 말하고, 부모님의 전화번호를 테이프에 남겨 두었다. 그리고 수화기를 내려놓으면서 심장이 미친 듯 뛰고 있다는 걸 알았다. 마히나에 전화하겠다고 결심할 때까지 몇 시간을 망설이다가, 결국에는 나의 고통스러운 영웅주의로부터 깍듯한 거절밖에는 아무 결과도 얻지 못할 때처럼.

레오노르 외할머니가 평화로이 운명하신 후 우리 집은 체념과 공허함, 어둠으로 지치고 힘든 모습만 남아 있다. 거의 아무도 기도하러 오지 않는, 불꽃이 너울거리는 예배당의 어둠과도 같다. 벽난로에는 불길이 타오르고, 외할아버지는 화로가 들어 있는 테이블보 아래로 양손을 집어넣고 꾸벅꾸벅 졸거나, 아니면 헤아릴 수 없는 표정으로 물끄러미 벽만 바라보고 있다. 그리고 가끔 외할아버지가 뭔가를 응시하면 할수록, 그의 눈동자는 유리처럼 투명해지면서 눈물이 뺨 위로 주르르 흘러내린다. 그러면 외할아버지는 거친 손등으로 한참 굼뜨게 눈물을 닦아 낸다. 우리는 나지막한 목소리로 얘기하고, 대문의 벨 소리나 전화벨 소리에도 소스라치게 놀란다. 상중(喪中)이라 텔레비전이나 라디오는 켜지 않고. 늦은 오후가 되면 검은 상복을 입은 어머니와 이모가 레오노르 외할머니의 넋을 기리기 위해 로사리오로 기도문을 외우며, 탄원 기도문으로 미사를 마친다. 콘수엘로 성모 마리아여, 그녀를 당신의 손으로 감싸 하늘로 데려가 주십시오. 나는 소리를 내지 않기 위해 그림자처럼 조심스럽게 집 안을 돌아다닌다. 내가 상상 속에서 당신하고만 대화를 나누면서부터 상대해 주지 않아 기분 나빠 하는 나의 옛 그림자처럼 돌아다닌다. 나는 불꽃의 노란빛과 자줏빛, 푸른빛에 넋을 잃고 불 앞에서 몇 시간씩 앉아 있다. 베어 낸 올리브 나무에서 아직도 향긋한 냄새를 풍기며 송진이 끓어오르는 모습을 보고 앉아 있다. 나중에는 그 연기가 기분 나쁘지 않게 옷에 배었다. 연기 냄새, 가난한 사람들의 냄새라고 외할머니는 말했었다. 가끔 손님들이 찾아와 조의를 표했다. 슬픈 얼굴과 한숨, 눈물을 보이며 그립다는 일상적인 말을 하고 한숨을 내쉬는 일이 반복되었다. 여자들은 두툼하고 뭉툭한 손으로 검은색 구식 핸드백을 무릎 위에 꽉 붙잡고 있다. 그녀들은 애도와 장례식에 많이 익숙해 있다. 어쩌면 그녀들 역시 어머니의 삶과 마찬가지로 갇혀 지내는 삶이다 보니, 장례식이 유일한 사교의 장이 될 수도 있다. 참 좋으신 분이었는데. 마지막까지 정신이 맑아서 모두 의식하셨지요. 그런데 심장이 고장 나는 바람에 하느님께서 데려가셨어요. 테이블 주변으로 어머니와 함께 앉아 있는 어두워 보이는 여자들. 나는 잊어버렸는데, 내가 어릴 때가 기억난다고 말하는 먼 친척들. 30년 전 내가 이해하지 못한 채 들었던 말들과 똑같은 말들. 어른들의 비밀 모임. 어린아이의 시선으로는 제대로 이해하지 못한 채 현실의 관점에서 감시한 수수께끼와 같은 어른들의 습관들. 그 시선에는 보이지 않는 뭔가가 들어 있었다. 옛날에, 이 다이닝 룸이 그냥 널찍한 부엌이었을 때, 폭풍우가 몰아치는 오전이면 남자들이 불가에 모여 앉아 이글거리는 불덩이에 돼지비계 조각과 돼지 귀를 구워 먹었다. 비가 내려 그날 올리브를 따러 가지 못한 패거리의 우두머리였던 마누엘 외할아버지가 그중에서 키도 가장 컸고, 그 누구보다 목소리도 컸다. 외할아버지는 주변을 잠잠하게 만들었고, 벽난로에서는 바람 소리와 빗소리, 탁탁거리는 불소리만 들려왔다. 그러면 외할아버지는 페르디세스 언덕이라는 마드리드 근교에서 적의 기관총을 맞고 쓰러졌던 돌격대 전 대위의 영웅적인 희생이나, 갈라스 소령이 시청 계단에 올라가 시장 앞에서 부동자세를 취한 후 그에게 했던 말을 이야기하기 시작했다. "마히나의 수비대는 공화국에 충성하고, 앞으로도 충성할 것입니다."

그러나 분명 종이 위에 쓴 것 같은데 모두 지워진 백지처럼 목소리들이 지워져 버린 것 같은 침묵이 나를 짓누르고 있다. 당신이 나에게 전화를 걸었는데 내가 없을 수도 있다는 가능성이 두려웠지만 나는 그것을 극복하고 거리로, 이제는 거의 아무도 살지 않는 텅 빈 광장으로, 나무들이 베어진 이후 겨울 아침의 잿빛 속에 너무나도 외로워 보이는 광장으로 나간다. 나는 포소 거리로 올라가고 있고, 문가로 고개를 내민 몇몇 이웃 여자들이 나를 알아보고 조의를 표한다. 나는 카바 공원에서부터 살바도르 뒤쪽까지 이어지는 전망대들을 둘러본다. 과달키비르 계곡을 휘감고 있는 밝은 초록빛과 부드러운 푸른빛, 잿빛을 띤 안개를 바라본다. 비가 내려 흐릿하게 보이는 마히나 산의 높은 실루엣과, 과수원들 사이로 내려와 올리브 나무들과 강까지 이어지는 하얀 길들, 연기 기둥들을 바라본다. 오르두냐 장군이 남쪽을 바라보는 것과 똑같이, 직선으로 북쪽을 바라보고 있는 로하스 나바레테 소위 동상 주변의 카바 공원에는 장미 나무들과 도금양 봉오리들이 있다. 25년 전 일요일 아침이면 연인들에게 점령당하는 곳이었다. 걸어 다니다 보면, 발밑으로 깨진 맥주병 파편들과 짓이겨진 주삿바늘들 밟히는 소리가 들린다. 첨탑의 십자가까지 덩굴이 뒤덮인 산 로렌소 성당의 종탑은 제대로 서 있는 것조차 불가능해 보였지만 아직까지 건재하다. 하지만 그라나다 문 옆에 있는 성벽 기둥에는 빈

병과 캔, 플라스틱 용기들이 잔뜩 쌓여 있다. 그리고 늘 소금기 섞인 담수가 솟구쳐 올라왔던 관 세 개 중 하나만 막혀 있지 않았다. 그나마 그 물줄기도 많이 약해져, 이끼와 해초들 사이에서 흔적도 없이 사라져 버렸다. 이곳은 코트리나의 오두막집이라 불리던, 외곽에 사는 머리가 헝클어지고 목소리가 찢어진 여자들이 빨래하러 오던 곳이었다. 나는 농장에서 돌아올 때면 암말을 타고 지나가다가, 높은 데서 여자들의 깊이 파인 가슴과 출렁거리는 하얀 가슴을 바라보며 흥분했었다. 이곳은 전쟁이 끝난 후 프랑코파의 무어인들이 빨래하러 왔다고 했다. 해 질 녘이면 그들이 오물들이 떨어진 더러운 돌바닥 위로 담요를 깔고 무릎을 꿇고 앉아, 산타마리아 성당의 종들이 울려 퍼지고, 병영에서 기도 시간을 알리는 나팔 소리가 울려 퍼지는 같은 시각에 소리를 질러 가며 자기네 신에게 기도를 드린다고 했다. 코트리나의 오두막집들은 이제 돌무더기 말고는 아무것도 남지 않았다. 창틀도 없는 창문들, 낡은 가구들, 절대 잘 살아 본 적은 없었지만 상상으로나마 가능하게 했던 고릿적 시절의 증거물들, 그러니까 엄청 큰 텔레비전의 껍데기, 파란 점들이 찍힌 플라스틱 드릴만 남아 있었다. 그리고 그 증거물들 위로 초가지붕이 무너져 내렸다. 이제는 돌길도 남아 있지 않다. 경운기 바퀴 자국만 남은 진흙 웅덩이와 파인 구멍들만 남아 있다. 1월 말의 구름 끼고 습한 아침에 나는 마히나의 마지막 골목 옆에 멈춰 서 있다. 밤이 되면 희미한 전구들마다 불이 켜질 것이고, 그 불은 그 누구를 위한 것도 아니다. 전망대로 향하는 길이 성벽 커브 길에서 좁아지고, 서쪽 방향으로 아치가 하나 있다.

그곳에서부터는 계곡 전체와 멀리 있는 산들까지 모두 내려다보였다. 제방과 농장들 너머로, 절벽 끝 쪽에 마히나가 세워져 있는 것 같다. 마히나의 서쪽 끝으로는 병영의 성벽들이 우뚝 솟아 있고, 그곳에서 나팔과 북 소리로 이뤄진 밴드 소리가 남서풍에 실려 온다.

나는 기억을 떠올리는 게 아니라, 눈으로 보고 있는 것 같다. 이곳에서는 20년 전에 꿈꾸었던 미래와 세상의 모습을 경계 지었던 푸른 선 너머까지 시간이 물결치듯 뻗어 있는 모습이 모두 내려다보였다. 나는 무너져 내린 농장 담들 사이를 걸어, 길 아래쪽으로 내려간다. 고통과 행복이, 그리고 마히나에서 마지막 겨울을 보냈을 때의 나 자신과 지금 나 자신의 감정이 구별되지 않는다. 어쩌면 상당 부분 낯선 열일곱 살짜리 소년을 떠올린 순간, 그 소년이 즉시 나를 만들어 냈던 것처럼 지금은 내가 그 소년을 만들어 내고 있는 건지도 모르겠다. 하지만 소년의 상상력은 그렇게까지 대단하지 않다. 30년 후 일어날 일은 아무것도 예언할 수 없다. 감히 그러지도 못하고. 하지만 지금의 나는 소년이 되고 싶어 했던 이방인이다. 그리고 언젠가 내가 이런 비슷한 귀환을 상상했었는지, 그리고 어찌 됐든 나에게 미래를 예언하는 능력이 있었는지 궁금해졌다. 페드로 외증조부가 사진을 찍으면 얼굴과 영혼을 빼앗긴다고 두려워했던 것처럼. 열일곱 살 소년은 지금의 이 길을 걸어가며 자기가 변할 거라고, 그리고 자기가 돌아왔을 때는 모두 변하지 않고 그대로일 거라고 예언했었다. 지금에야 나는 소년이 착각했음을 깨닫는다. 이제 나는 옛날의 내가 아니다. 그래서 나 자신에 대해 3인칭으로 말할 수 있는 것이다. 하지만 나는 다른 사람이 되었음에도 불구하고, 다행인지 불행인지는 몰라도 나는 외부 현실보다는 그렇게 많이 변하지 않았다. 거의 모든 농장들이 버려져 있다. 내가 우리 세대에서 유일하게 땅을 거부한 사람은 아니다. 담들은 무너져 내렸고, 도랑은 덤불로 덮여 있었다. 산기슭과 계곡으로는 푹 파여 들어간 침묵이 감돌았다. 온통 유리 종으로 뒤덮여 있는 것 같다. 그리고 그 침묵 속으로 아주 멀고도 희미한 소리들, 우물 웅덩이의 물소리, 강가 갈대밭의 바람 소리, 새의 휘파람 소리, 또는 올리브 나무 가지를 뒤흔드는 메마른 몽둥이 소리가 사라지지 않은 채 지나가고 있다. 차갑고 깨끗한 공기와 같은 침묵이 내 감각들을 날카롭게 만든다. 하지만 나는 그 침묵에 익숙하지 않으므로 그 침묵에 짓눌릴까 두렵다. 나는 아주 멀리 보고, 듣고, 냄새를 맡는다. 발밑으로 땅의 견고함이 느껴지고, 휴경지에서는 습기로 부패한 금빛 새싹 냄새, 젖은 풀 냄새, 짙은 흙덩어리 사이에 젖은 채 고여 있는 낙엽 냄새, 석류나무와 무화과나무들의 벗겨져 나간 부분의 냄새, 저수지의 해초 냄새, 후끈하게 달아오른 분뇨 냄새, 마구간 짐승들의 훈훈한 냄새가 난다. 나는 시금치 뿌리의 분홍색과 굳게 입을 다물고 있는 꽃양배추 이파리 속의 축축하고 현란한 하얀색, 손을 물들이는 올리브 열매 즙의 보랏빛을 보았다. 그리고 올리브 열매의 즙은 모닥불에서 구워지는 돼지비계 덩어리 냄새와 함마 자루 냄새, 스파르타 밧줄 냄새와 뒤섞였다.

나는 사물들의 속성에 대해 학교 백과사전에서 정확한 비율로 그려진 육체의 모습과 같은, 절대 의심의 여지가 없는 다른 세상에 대해 말하고 있는 것이다. 하지만 도망치고 싶은, 분노하는 마음이 없었다면 달콤한 귀환도 존재하지 않았을 것이고, 고마운 마음도 배신을 느낀 후에야 가능할 것이다. 길 한옆으로 아버지의 농장이 있다. 멀리서 보면 모두 똑같아 보인다. 오두막집과, 시멘트와 석면을 섞어 만든 곁채, 라파엘 아저씨가 번개에 맞아 죽은 나귀를 그토록 사랑스러운 마음으로 묶어 두었던 포플러 나무. 하지만 오솔길과 하수도들은 사라졌고, 오두막집의 지붕은 주저앉았고, 저수지의 물은 골풀과 덤불들로 온통 뒤덮여 전혀 보이지 않았다. 그때의 모습에서 유일하게 남아 있는 것은 시멘트 벽에 새겨진 아버지 이름의 이니셜뿐이다. 'F. M. V. 1966.' 수많은 세월이 흘러 이제 아무도 살아남은 사람이 없게 된 후, 배가 무인도에 도착해, 그 무인도의 나무껍질에 새겨 놓은 조난자들의 이름 이니셜을 보는 것 같다. 12월 어느 날 아침, 내가 상추를 뜯어 추워서 시뻘게진 손으로 자루를 붙잡고 있는 동안, 그 자루에 상추를 꽉꽉 채워 넣던 페페 아저씨와 라파엘 아저씨, 차모로 중위가 떠오른다. 라파엘 아저씨의 투박한 손과 여윈 뺨, 매부리코는 겨울이면 보랏빛을 띠었다. 페페 아저씨는 칠레 초산염 광고의 검은 기수가 그려진 비닐 자루를 꿰매서 우비를 만들었다. 그는 자신이 '프레시슬라스'라 부르는 가볍고 방수가 되는 재질을 감탄하며 비를 맞고 위풍당당하게 돌아다녔다. 일을 중단해야 할 정도로 비가 많이 내리는 날이면, 오두막집 불 옆에 모여 앉아 열렬한 진보

주의자인 페페 아저씨가 롤러와 작은 손잡이가 달린 조그마한 기계로 담배를 말며, 앞으로는 우리가 죽어라 고생하며 힘들게 하는 일들을 모두 기계가 하게 될 거라고 말했다. 그러면 라파엘 아저씨는 동생의 예언이 무모하지 않은 증거라도 되는 듯 담배 마는 기계를 바라보았고, 담배 피우는 고약한 습관에 대해 그들을 야단치느라 이미 질릴 대로 질린 차모로 중위는 세상에 기계들이 존재해도 착취하는 사람들과 착취당하는 사람들은 계속 존재할 거라며 진지하고도 회의적으로 말했다. 이제 오두막집 문은 초록색 페인트로 칠해져 자물쇠와 사슬이 단단하게 채워져 있다. 마치 그 안에 돌무더기 말고 무언가 더 들어 있기라도 한 듯. 어느 날, 내가 막 열한 살이 되려던 해의 크리스마스 방학 때, 우리 네 사람은 아버지가 점심 식사를 갖고 시장에서 돌아오기를 기다리고 있었다. 그런데 아버지가 너무 늦어져서 나는 배고픔에 양다리가 후들거릴 지경이었다. 무슨 일이 생겼나 봐. 라파엘 아저씨가 고개를 들어 아버지가 내려오지 않는 길 쪽을 바라보며 말했다. 성격상 웬만한 일에는 일절 동요하지 않는 페페 아저씨는 크리스마스를 축하하기 위해 몇 잔 하느라 좀 늦어질 수도 있다고 생각했다. 하지만 살바도르 탑의 시계가 오후 3시를 알리는 종소리가 들려왔고, 그때까지도 아버지는 오지 않았다. 나는 배가 고파 정신없이 길만 바라보았고, 내 마음속에서는 어른들이 늘 나에게 주입시켰던 불행에 대한 두려움이 점점 커져 갔다. 아버지가 죽을 수도 있었다. 아버지는 언제라도 발작을 일으킬 수 있고, 나는 아버지를 보지 못할 수도 있었다. 옛날에는 많은 사람들에게 그런 일이 있었다고 들었다. 어느 날 아침 일하러 나갔다가 다시는 돌아오지 못한 사람들도 있고, 한밤중에 대문 두드리는 소리가 들려 대충 바지 허리춤을 붙잡고 맨발로 문 열러 나갔다가 다시는 신발을 신을 기회조차 없었다고 했다. 나는 오두막집 문밖을 내다보며, 마히나의 길로 내려오는 채소 장수와 아버지를 아주 멀리서 혼동했다. 어쩌면 오늘과 꽤 비슷한 날일 수도 있었다. 남서풍이 간간이 불어 구름이 잔뜩 끼고 습해서, 갓 베어 낸 풀 냄새와 물에 젖은 나무껍질 냄새가 진동하는 날이었다. 시멘트 벽에 아버지의 이름 이니셜이 새겨져 있는 오두막집 귀퉁이에서부터(우리 아버지가 그 집을 다시 짓고, 저수지의 진흙과 해초들도 말끔히 치우고, 하수도도 다시 손보았다. 그러면서 세월이 흐른 후에는 시멘트와 석면을 섞어 곁채를 지어 그곳에 암소들을 기를 수 있는 엄청나게 넓고 현대적인 공간으로 바꿔 놓았다) 나는 드디어 길 끝에서 모습을 드러낸 아버지를 보았다. 나는 너무 반갑기도 하고, 배가 고파서 죽을 것만 같았다. 아버지가 오세요. 나는 다른 사람들에게 소리 지르고, 아버지를 맞으러 진흙투성이 산기슭으로 달려 올라갔다. 하지만 아버지에게 가까이 다가간 순간, 나는 공포와 놀라움을 느끼며 내가 이해할 수 없는 뭔가가 일어난 게 분명하다는 걸 알았다. 아버지는 들일할 때 입는 옷을 입지 않고, 도시로 나갈때 입는 옷을 입고 있었다. 검은색 구두와 바짓단 부분이 진흙투성이였고, 평소처럼 제대로 몸을 가누지도, 똑바로 걷지도 못했다. 아버지는 비틀거렸으며, 쓰러지지 않기 위해 내게 기대어 아주 이상한 목소리로 말하는데 혀도 꼬였고, 얼굴도 시뻘겠다. 나는 아버지의 눈빛도 알아보지 못하겠고, 외투는 앙어깨에 걸쳐 있었다. 입에서는 고약한 포도주와 아니스 술 냄새가 났으며, 베레모는 삐뚤어져 있고, 침으로 범벅된 다 꺼진 담배꽁초를 입에 물고 있었다. 나는 모르는 사람이었다. 나는 무서웠고, 내가 가장 확실하게 느낀 감정이 연민이라는 것을 그때는 잘 몰랐다. 나는 아버지에게서 멀리 도망쳤고, 도망치다가 페페 아저씨와 부딪혔다. 그가 아버지를 보고 깔깔거리며 웃었기 때문에, 나는 페페 아저씨를 증오했다. 조카, 도대체 이게 무슨 꼴이야. 나는 가슴으로 밀려드는 슬픔을 참을 수가 없었다. 나는 오솔길 아래쪽으로 달려가, 무화과나무 뒤에 숨어 오두막집을 바라보았다. 페페 아저씨가 아버지를 부축했고, 라파엘 아저씨와 차모로 중위가 문에 서서 아버지를 보고 있었다. 나는 부끄러움과 연민을 받아들일 수가 없었다. 마히나의 술집들에서 사방에 부딪히며 나오는 술주정뱅이처럼 독한 술을 마시고 혀가 꼬부라져 뭐라 중얼거리며 비틀거리는 남자가 내 아버지일 리 없었다. 나는 아버지를 보고 싶지 않았지만 눈길을 떼지 못했다. 나는 눈물을 흘리며 계속 아버지를 바라보았다. 아버지의 회색 외투가 땅바닥으로 떨어졌고, 차모로 중위가 흙과 거름을 털어 내며 외투를, 장사를 하거나 장례식에 참석할 때나 입는 외투를 주워 들었다. 아버지는 아파서 몸을 숙이듯 몸을 숙였다. 이제는 베레모도 쓰고 있지 않았다. 아버지는 포플러 나무에 기댔는데, 금세라도 쓰러질 것 같았다. 나는 얼른 뛰어가 아버지를 부축하고 싶었나. 하지만 아버지는 쓰러지지 않았다. 그때 나는 아버지의 얼굴을 볼 수가 없었다. 아버지가 있는 쪽을 향해 가거나, 아니면 두 눈을 감고 싶었다. 하지만 나는 벗겨진 무화과나무 가지 뒤에 숨어 꼼짝도 하지 않았다. 하얗고 누런 물체가 아버지의 입에서 마구 쏟아져 나왔다. 아버지는 신발에 오물이 튀지 않도록 발을 뒤로 뺐다. 페페 아저씨가 아버지의 어깨에 한쪽 팔을 둘렀고, 차모로 중위가 아버지의 얼굴을 닦아 주었다. 그들이 나를 불렀지만 나는 가까이 가지 않았다. 나는 아래쪽으로 내려와, 농장 가장 깊숙한 곳에 숨었다. 비가 세차게 내리기 시작했고, 나는 멀리서 그들이 내 이름을 부르는 소리를 들었다. 나는 추워 부들부들 떨면서 물웅덩이들이 생긴 오솔길을 미끄러지며 다시 올라갔다. 오두막집 굴뚝에서는 새하얀 연기가 흘러나왔고, 곁채에서 차모로 중위가 버림받아 성난 짐승을 부르듯 나를 불렀다. 나는 가까이 가지 않았다. 이리 와라. 그가 말했다. 네 아버지는 이제 괜찮다. 아무것도 아니야. 뭘 먹었는데 속이 좀 안 좋아서 그런 거다. 하지만 그가 내 어깨에 한쪽 손을 얹고 젖은 내 머리를 어루만져 준 걸 보면, 내가 그의 거짓말을 믿지 않는다는 것을 아는 듯싶었다. 그는 연기가 나는 어두침침하고, 따뜻하고, 어색한 내부로 나를 데리고 들어갔다. 불을 피워서 안은 환했다. 아버지는 목을 벽 쪽에 기댄 채 향포 의자에 앉아 있었다. 머리는 헝클어졌고, 불꽃의 붉은 빛에도 불구하고 아주 창백했다. 아버지가 가까이 오라고 손짓했다. 나는 본능적으로 뒤로 물러섰고, 나를 부드럽게 미는 차모로 중위가 뒤쪽에서 느껴졌다. 나는 얼굴이 달아올랐고, 목에 뭔가 걸린 것 같았다. 그날 밤 침대에 엎드려 몇 시간을 울고 나서야 풀릴 것 같은 뭔가가 목에 걸린 것 같았다. 걱정하지 마라. 아버지가 내게 말했다. 이제 다 끝났다. 나에게 키스해 주렴. 아버지의 입에서는 술과 담배 냄새가 났다.

마치 그 기억이 오랜 세월 나를 기다리고 있었던 것 같다. 시멘트 벽에 새겨진 이름의 이니셜과 농장의 황량한 모습처럼. 농장에는 이제 아버지의 노동과 꿈의 흔적이 전혀 남아 있지 않다. 나는 다시 도시 쪽으로 향하는 길을 따라 올라가기 시작했고, 갑자기 비가 내릴까 봐 걱정되어 발걸음을 재촉한다. 차가운 바람이 얼굴에 와 닿아 고개를 돌리고 싶은 유혹을 뿌리쳤다. 나는 점점 더 빨리 가고 있다. 일요일 오후에 얼른 씻은 뒤 깨끗한 옷으로 갈아입고, 친구들이나 마리나를 찾으러 나갔다가 당신과 마주쳤을 때처럼. 그때는 당신의 존재를 눈여겨보지도 않았는데. 살바도르 전망대의 돌난간에서 한 커플이 농장들이 있는 산기슭과 올리브 나무들이 있는 계곡 쪽을 바라보고 있다. 어깨에 카메라는 두르지 않았지만, 그들이 외지인이라는 건 한눈에 알 수 있다. 그들이 바라보는 풍경은 확실하게 가짜라는 생각이 든다. 그들은 사람들이 어떤 노동과 집착으로 그 풍경을 빚어냈는지 모르기 때문이다. 그들은 그림을 감상하듯 안개가 훑고 지나간 잿빛과 황토 빛만을 보았으며, 그곳에 어려 있는 노력과 인내, 풍요로움의 물질적인 흔적들은 알아보지 못했다. 산타 마리아 광장에 있는 어느 집의 창문 뒤에서 한 여자가 나를 바라보고 있다. 그녀는 호텔에 묵으면서 성당 사진을 찍는 외지인으로 나를 착각하는 것 같다.

하지만 이제는 돌아가야 할 시간이다. 어쩌면 당신에게서 전화가 왔을 수도 있다. 그런데 내가 몇 분이라도 늦으면, 당신과는 통화할 수가 없다. 나는 카이도스 광장을 올라갔고, 그곳에는 아카시아 나무들을 베어 낸 후 하얀 플라스틱 원이 달린 가로등이 설치되어 있다. 펠릭스가 오랫동안 살았던 산타 클라라 골목을 지나, 산 페드로 광장으로 나온다. 광장 한복판의 분수에서는 이제 물줄기가 올라오지 않는다. 예전에는 돌 잔에 물이 흘러넘쳤는데. 프린시팔 극장이 있던 골목에서 차들을 피하기 위해 잠시 벽에 기대고 서 있어야 했다. 어디선가 전화벨 소리가 들려왔고, 나는 심장이 내려앉는 기분이다. 당신이 전화한 걸 거야. 나는 확신했다. 당신이 나를 찾을 테고, 내가 산 로렌소 광장의 골목을 도는 바로 그 순간, 전화가 끊길 거야. 나는 우리 집 문 앞에 도착했고, 문을 여는 데 한참 시간이 걸렸다. 어머니의 부드러운 발소리와 이제 나가요, 라고 말하는 목소리가 들린다. 어릴 때 어떤 사람이 집에 들어가면서 '순수하신 아베 마리아'라고 말하던 기억이 떠오른다. 그러면 안에서는 '죄 없이 잉태하시어'라고 대답했다. 그 시절에는 날이 어두워진 다음에야 문을 잠갔다. 자, 얼른 들어오고 문을 닫아라. 외할머니가 나에게 말했었다. 바보가 몰래 숨어서 따라 들어오지 못하게 해라. 그러면 나는 어린 시절의 순진한 상상력을 발휘해, 대문의 어둠 속에 숨어 있는 마히나의 바보들 중 누군가를 보았고, 왜 바보들은 날이 어두워지면 대문으로 몰래 숨어 들어오는 건지, 혼자 속으로 물었다. 어머니가 문을 열어 주고, 바지 밑단과 구두에서 얼른 진흙을 알아보았다. 그러고는 나에게 어디 있다가 오는 거냐고 물으며, 차가운 내 얼굴을 만져 주었다. 나갈 때 옷을 단단히 입지 않았구나. 불가에 가서 몸을 덥혀라. 보아하니 당신은 전화를 하지 않은 것 같다. 당신이 전화했다면 나를 보자마자 그 말부터 했을 텐데. 나는 분노와 기다림으로 전화를 바라보며 다이닝 룸으로 들어간다. 마누엘 외할아버지는 내가 나가기 전에 있던 그 자세 그대로 있다. 이마 위에 베레모를 쓰고 소파에 앉아 가만히 있다. 양어깨를 축 늘어뜨린 채 대낮의 빛과 시간의 흐름과는 무관한 채 있다. 외할아버지가 나를 보고 미소를 지었다. 꿈에서 깨어나기라도 한 듯. 어쩌면 외할아버지가 나를 알아보지 못하거나, 아니면 다른 사람으로 착각했을 수도 있다. 우리 외삼촌들 중 한 명이나, 20년 전의 내 모습과 착각했을 수도 있다. 어머니는 거의 절박한 애원에 가깝게, 얼른 난로로 와서 앉으라고 말하며 내 무릎 위로 테이블보를 덮어 준다. 감기 걸리면 어떡하니. 어머니가 나를 어떻게 대해야 할지 안절부절못한다는 걸 안다. 어머니는 내가 원하는 걸 미리 간파하기 위해, 내 작은 동작까지 모두 눈여겨본다. 배가 고픈지, 따뜻한 우유 한 잔을 원하는지, 장작을 더 집어넣기를 원하는지, 아니면 난로의 불씨를 휘젓고 싶어 하는지, 음식을 마음에 들어 하는지 눈여겨본다. 내가 일어나려고 하면, 어머니는 들어가는 거냐고 묻는다. 나는 어머니에게 잠깐 내 옆으로 와서 앉으라 했고, 어머니는 레오노르 외할머니의 마지막 몇 시간을 내게 들려준다. 어머니는 외할머니 없이 살아가는 방법을 모른다. 외할머니의 부재에 익숙하지 않다. 부엌에 있을 때면 위층에서 외할머니의 발소리가 들리는 것 같구

나. 어머니가 내 손을 붙잡고 말한다. 나는 어머니의 손을 붙잡고 앰뷸런스를 타고 갔다. 우리가 병원에 도착했을 때 어머니는 내 손을 놓으려고 하지 않았다. 외할머니가 벽 쪽으로 돌아눕기 조금 전에 어머니에게 말했다. 내 딸아, 내가 너를 얼마나 사랑하는데, 너를 혼자 남겨 두려니 슬프구나. 죽은 사람의 얼굴이 아니었어. 어머니가 슬퍼하면서도 자랑스럽게 말한다. 얼굴도 자줏빛이 아니었고, 입도 일그러지지 않았단다. 주무시는 것 같았어. 외할머니가 너를 얼마나 찾았는지 모른단다. 내 손자가 지금쯤 얼마나 멀리 있을지 두고 봐야 해, 하고 외할머니가 말하셨다. 걔가 여행하는 걸 얼마나 좋아하는데. 어릴 때는 정말 겁쟁이였는데. 문 앞 계단에도 나가지 못했는데. 골목까지만 나가려 해도 내가 그 아이의 손을 붙잡고 데려다 줘야 했는데. 말도 얼마나 늦게 트였고. 그런데 지금은 얼마나 많은 외국 말들을 하고 다녀. 마누엘 외할아버지가 주름투성이인 늙은 짐승처럼 눈썹도 없는 눈을 무겁고도 더디게 천천히 뜬다. 어쩌면 외할아버지는 우리가 무슨 말을 하고 있는지 알지도 모른다. 어쩌면 의식도, 기억도 잊어버리지 않았는데, 자신의 초라한 고독과 자신이 무용지물이라는 수치심을 아무에게도 들키지 않으려고 숨기고 있는 건지도 모른다. 외할아버지는 입을 벌린 채 우리를 바라본다. 옛날에는 그렇게 우렁찼는데, 지금은 신음 소리보다 약간 큰 목소리로 한두 마디 내뱉는다. 어쩌면 외할머니의 이름일 수도 있다. 외할아버지는 얼굴 표정이 일그러지더니, 참을 수 없다는 표정으로 어린아이처럼 아파하며 울음을 터뜨린다. 점심 먹을 때면 어머니가 그의 목에 길고 하얀 천

을 둘러 준다. 외할아버지가 양손을 떨며 전부 흘리기 때문이다. 그러면 그때는 덩치 큰 바보 같다. 적어도 나는 동정심으로 그를 모욕하지 않기 위해 그에게서 시선을 거둔다. 너는 아무것도 먹지 않는구나. 아버지가 말한다. 외국인들이 네 위장을 망가뜨려 놓았어. 너는 쉬지 않고 담배만 피우는구나.

　수도원이나 우물과 같은 정적 속에서 전화벨이 울리고, 나는 목소리들의 부재와 멀리 동떨어져 있다는 생각에 골똘히 잠겨 있어, 전화를 건 사람이 당신일 수도 있다는 가능성을 떠올리지 못한다. 너한테 온 전화다. 아버지가 말한다. 당신의 목소리가 떠오르지 않는다. 나는 당신의 목소리를 듣는 기쁨을 잊어 가고 있었다. 나는 당신의 이름을 말하는데, 그 이름이 너무 낯설게 들린다. 나디아. 나는 당신과 얘기하고 있다는 확신을 갖기 위해 다시 불러본다. 나디아. 당신이 너무 가까이 있는 것처럼, 너무 또렷하게 들린다. 나는 찰나와 같은 짧은 순간에, 당신이 뉴욕이 아닌 이곳에, 마히나에 있다고, 방금 버스 정류장에 도착해, 전화 부스에서 전화를 거는 거라고 상상한다. 나는 흥분과 회의가 경솔하게 뒤섞인 채 당신 말을 들으며, 당신의 말이 나에게 향하고 있다는 것을 못내 못 믿어 한다. 하지만 당신이 확실하다. 당신 목소리에 섞인 금속성의 소리는 알아보지 못했지만, 앵글로색슨계의 영향을 약간 받은 마드리드의 억양으로 당신의 아이러니한 차분함, 순발력 있는 무모함을 알아볼 수 있다. 지금 뉴욕은 정오이고 눈이 멈추지 않고 내릴 것이다. 나는 전화기 옆에 앉아, 창문을 등지고 있는 당신의 모습을 상상한다. 얼굴 양쪽을 덮으며 어깨까지 내려온 붉은 단발머리를 상상한다. 나는 당신에게 어떤 옷을 입고 있느냐고 물으며, 아주 은밀하게 흥분한다. 당신 목소리가 잠들어 있던 욕망을 깨운다. 종아리 부분이 꽉 조이는 검은색 바지하고 당신이 잊어버리고 간 셔츠 한 벌. 당신이 서둘러 짐을 싸느라 절반은 남겨두고 떠났어요. 당신이 나를 비웃는다. 당신은 말이 없고, 당신이 나에게 무슨 말인가 해야 하고, 당신이 기억에 대한 세부 상황을 자세히 열거할 때처럼 말 한마디 한마디를 정확하게 계산해야 하기 때문에 당신이 갑자기 심각해졌다고 상상한다. 나는 당신의 목소리를 그렇게 가까이에서 들으면서도 당신이 세상 건너편에 있다는 걸 알기 때문에, 그리고 당신이 아무 말도 하지 않기 때문에 절망한다. 나는 당신이 전화를 끊었을까 봐 두렵다. 거기 계속 있는 거야. 내가 당신에게 묻는다. 오래는 아니더라도, 당신이 원한다면. 확실하지는 않지만 그 말이 당신의 대답이다. 말들이 가볍게 반사된 듯 울려 퍼진다. 그리고 당신은 그 말을 내뱉은 순간, 그 말이 강조될까 봐 두려워하기라도 하듯, 하찮은 일에 내 의견을 묻는 듯 말한다. 마드리드에서 몇 달 동안 일해 달라는데, 받아들일까 생각 중이에요. 내 아들도 스페인에서 얼마 동안 사는 게 괜찮을 것 같고요. 그리고 나는 뉴욕과 미국이 다시 지겨워졌어요. 당신 생각은 어때요. 이틀이 지나 서로 상대방의 감정을 불신하게 하는 마음이 6천 킬로미터나 떨어져 있는 우리 두 사람을 똑같이 마비시킨다. 나는 내 의지와 달리 당신의 중성적인 목소리를 흉내 내며, 나도 마드리드에 임시 정착할 생각이라고 말한다. 당신의 살 냄새와 반짝이는 눈, 입에서 느껴지는 맛, 다리가 꽉 끼는 검은색 바지와 맨발이 떠오르면서 욕구가 파도치듯 몰려온다. 나는 뻔뻔하게도 당신에게 오라고 한다. 한 달이나 8일 후가 아니라, 내일 당장, 지금 바로 오라고 한다. 대문의 벨이 울려서 나갔을 때, 모든 불가능에도 불구하고 당신이 와 있으면 좋겠다고 한다. 뉴욕의 호텔 카페에서 고개를 들었다가 차분한 미소를 머금고 나를 찾으며 문 앞에 서 있는 당신을 보았을 때처럼. 제때 도착할 거라는 사실을 절대 의심하지 않았다는 듯이, 우리에게 일어날 일을 절대 의심하지 않았다는 듯이 서 있는 당신을 보았을 때처럼.

제12장

　나는 시간과 날짜를 손꼽아 가며 세고 있다. 당신을 기다리며 시간의 권태로움에 익숙해지고 있다. 시간은 흐르는 것 같지 않지만, 정오부터 산 로렌소 광장의 아스팔트 위로 드리워지는 지붕들의 그림자가 늘어지는 것과 같은 속도로 당신의 도착을 향해 흘러가고 있다. 상복을 입은 어머니와 이모가 로사리오를 외우느라 아직 불을 켜지 않았다. 그렁거리는 랜드로버 엔진 소리와 올리브 열매를 가득 싣고 들판에서 돌아오는 트럭들의 소리가 들리는 것과 비례해 우리 집 방들의 어둠도 커져 간다. 그리고 그 속도가 느리다는 건 아무도 감지하지 못한다. 탑 위의 하늘은 매끄럽고 푸른빛인데, 거리에는 이미 어둠이 깔려, 해 질 녘의 풍경은 정적인 추위와 보랏빛 안개에 휩싸여 있다. 막판에 올리브 농장에서 걸어 돌아오는 몇몇 농사꾼들이 지나갔고, 나귀에 자루와 장작 다발들을 잔뜩 싣고 고삐를 잡고 걸어오는 남자도 있다. 하지만 이제는 아주 조금밖에 없다. 이제는 돌길 위로 사람들이 지나다니는 소리도, 수레들의 나무 바퀴 소리도, 동물들의 발굽 소리도 들리지 않고, 고무줄놀이를 하거나 장난치면서 민요를 부르는 여자아이들의 목소리도 울려 퍼지지 않는다. 아이, 나는 여기를 지나가는 게 너무 무서워. 미라가 나를 기다리고 있으면 어쩌지. 마소들이 물을 먹는 곳에서 암소 떼가 느릿느릿 올라오지도 않고, 그들에게 주문을 걸어 줄 사람도 아무도 남아 있지 않네. 음매, 음매, 흑인에게 덤벼라. 황인종에게 덤벼라. 백인은 안 돼. 너무 까칠하거든. 성당 종소리가 울려 퍼지기 시작했고, 종소리 사이로 헤네랄오르두냐 광장의 시계에서 시간을 알리는 아주 묵직한 종소리가 맑게 들려오기 시작한다. 동상은 같은 자리에 그대로 서 있고, 아케이드 아래 해바라기 씨와 낱담배를 파는 가판대들, 시계탑, 택시 정류장, 이제는 플로렌시오 페레스 부서장이 밖을 내다보지 않는 발코니에 깃발이 내걸린 경찰서도 그대로지만, 지금은 그곳을 안달루시아 광장이라 부른다. 플로렌시오 페레스 부서장은 작년 12월에 죽었다고 했다. 「싱글라두라」에서 로렌시토 케사다가 부고로 한 면을 전부 할애할 만한 위인이었다. 그 기사에서는 카르니세리토의 비참한 동상 아래 새겨진 작가 미상의 소네트의 작가가 부서장이었다고 16년 뒤늦게 설명하고 있다. 그 동상은 마히나 북쪽의 아파트 단지와 대로들의 교차로들 사이 잔디가 메마른 초라한 화단에서, 투우사의 명성만큼이나 퇴색해 있다. 나는 레오노르 외할머니의 무덤을 보러 공동묘지로 향하다가 그곳을 지나갔는데, 다른 도시에 와 있는 기분이었다. 거리들도 모르겠고, 친척들에게 들킬 염려 없이 담배를 피우기 위해 나와 내 친구들이 자주 가던 들판도 찾아봤는데, 인도가 없는 단지들과 차고, 카센터, 심지어 영어의 소유격을 사용해 들어오라고 청하는 간판들이 달린 위스키 파는 집들만 늘어서 있다. 단조롭고 지저분한 변두리의 모습이다. 국도 변에 있는 바와, 내가 기억하고 있는 한 줄로 늘어선 느릅나무들은 흔적도 없고, 황량한 집터들과 사막 한가운데 생벽돌로 지은 단독 주택들, 공장 쓰레기들, 시멘트와 석면을 섞어 벽돌을 쌓고 지붕을 얹은 조잡한 차고들만 있다.

그렇게 나도 모르게, 또는 내가 알고 싶어 하지 않은 채 종양처럼 자라고 있는 이 야만스러운 모습이 내 도시이고, 내 나라이고, 내 기억에 권위적으로 자리 잡은 유일한 집이고, 당신이 나를 만나기 위해 오기로 한 곳이다. 나는 모든 곳을 둘러보고 당신에게 얘기하면서 마구 화가 난다. 차들도 지나다닐 수 없는 지저분한 거리들. 쓰레기와 낡은 냉장고. 세탁기. 산산조각 난 텔레비전. 깨진 유리병. 구겨진 플라스틱 용기들이 방치되어 뒤덮여 있는 들판의 도로들. 촌스러움과 기름때, 거친 매너, 탐욕이 전염병처럼 퍼져 있다. 호화로운 가게들과 황폐한 정원들. 폐허가 된 집들의 대문 앞에 스프레이로 갈겨쓴 낙서들. 황량한 골목길의 음란한 비디오 클럽 간판들. 이제는 밤에 조명도 들어오지 않고 지붕들 위로 노랗고 파랗고 빨간 물줄기도 뿜어내지 않는 반델비라 공원 분수의 썩은 물 위에 둥둥 떠 있는 찌그러진 코카콜라 캔들. 예전에는 그 분수가 마히나 사람들의 놀라움이자 자랑이었으며, 지금도 몇몇 신문 가판대에 진열된 현대적인 컬러 포스터의 영광이기도 했다. 나는 하교 시간에 학교 앞 거리에서 사춘기 아이들 사이를 걸어간다. 그 아이들이 나의 진짜 나이와, 너무나 가까이 있는 듯한 착각을 불러일으키면서도 기억들이 얼마나 멀리 떨어져 있는 건지 실감 나게 했기 때문에 약간 두렵기도 하다. 나는 마르토스의 유리문 옆을 지나가지만, 감히 안으로 들어가지는 못한다. 거리에는 해가 쨍쨍했지만 안은 어두웠다. 주크박스가 있는 구석은 밖에서는 보이지 않았다. 바의 모습과 그 뒤의 늙고 창백한 얼굴만 보였다. 어쩌면 그 시절, 그 주인의 얼굴일 수도 있다. 옛날에 선원으로 화물선을 타고 세상을 돌아다녔고, 친구들과 내가 열정과 인생을 빚진 그 음반들을 먼 나라들에서 들여온 주인이었다. 나는 잠시 멈춰 섰다가 그냥 지나친다. 예전에는 너무나도 국제적이고, 소설에 등장하는 곳처럼 보였던 콘수엘로 호텔의 수직 간판이 보인다. 그런데 지금은 1960년대의 명성이 빛바랜 건물에 불과하다. 나는 라몬이카할 대로로 내려와, 카르멘 단지의 조용한 거리로 들어선다. 전원주택들이 그렇게 작았다는 게 거짓말 같다. 나는 당신의 시선과 내 시선으로 동시에 그 전원주택들을 바라본다. 마리나가 살았던 전원주택 울타리 옆에는 금빛 명패가 계속 달려 있다. 하지만 그 명패에는 그녀의 아버지 이름이 새겨져 있지 않다. 당신은 기억하지만 나는 기억하지 못하는 그 집을 찾아보았다. 고양이들이 겨울 햇살을 받으며 졸던 정원이 딸린 집을 찾아보았지만, 끝내 찾지 못했다. 이제 그 집은 없어졌거나 재건축한 것 같다. 쇠창살 사이로 주둥이와 발을 내밀며 짖어 대는 개들의 울음소리가 사방에서 들려온다. 그리고 보닛을 올리고 BMW의

엔진 위로 몸을 숙인 운동복을 입은 남자가 한참 동안 나를 바라보고 있다. 나를 주목하는 건 아니다. 아니, 어쩌면 나를 이방인으로 보는 것 같다. 그는 얼마 남지 않은 머리카락을 기름을 발라 이마에 붙여 놓았다. 암소가 혀로 핥고 지나간 듯 너무나 밋밋한 머리이고 배도 적당히 나왔다. 그는 고급 담배의 필터를 씹으며, 내가 어릴 때 변호사나 의사들에게서 느꼈던 너무나 위엄 있고 근엄한 모습으로 나를 바라보았다. 나는 그를 알아보았기 때문에, 한참 멀어져 갔다가 다시 돌아올 뻔했다. 그는 살레시아노스 학교의 교실에서 나보다 두세 줄 앞에 앉아 있던 아이였다. 그러니까 나와 동갑이었다. 하지만 그건 불가능하기 때문에 나는 깜짝 놀란다. 일찌감치 겉늙은 그 남자보다는 내가 훨씬 젊었다. 나는 처지기 시작하는 아래턱에 힘을 주거나 인상을 써 가며 거울을 쳐다본 적도 없고, 인생의 모든 불확신을 짊어지고 살아가는 것처럼 여전히 불안해하며 헤매고 돌아다닌다. 나는 집도 없고, 차도 없고, 몇 년 후 그것들을 소유하고 있을 자신도 없다. 몇 달 후면 몰라도. 하지만 그것도 시각적인 효과나 허영기 있는 유혹에 불과할 수 있다. 내가 뉴욕의 호텔 방에서 프리크 컬렉션의 벽에 걸려 있던 무리요의 자화상처럼 남아 있지 않았다면 그렇게 되었을 거라고 내 그림자가 경고하는 것 같다. 사람은 자기 얼굴이 진짜 어떻게 생겼는지 절대 알지 못한다. 40대 여배우의 지나치게 힘들게 산 얼굴을 뿌옇게 처리하기 위해 영화 카메라에 필터를 대듯 관용이라는 베일이 덧붙여진다.

멀찌감치 있는 욕실 용품 가게의 쇼윈도에서 나를 발견한다. 고개를 약간 옆으로 기울인 채 살인적인 바람으로부터 나를 지키기 위해 시카고에서 구입한 체크무늬 재킷의 호주머니에 양손을 찔러 넣은 채 걷고 있는 내가 보인다. 그와 함께 마누엘 외할아버지가 나에게 줬던 남색 군복을 입고 그 거리를 걸어 다녔던 시절이 떠오른다. 그때 나는 짐 모리슨이나 루 리드의 노래를 중얼거리면서, 내 영어 노트 필기가 필요할 때만 아는 척했던 여자아이를 찾아다녔다. 그리고 그때는 보지 못했던 다른 여자아이를 아주 가까이 스치고 지나가면서 모험가와 공산주의자의 분위기를 풍기고 다녔다. 지금쯤 그 여자는 맨해튼의 아파트에서 짐을 싸며, 여행 시간이 다 되어 가고 있음을 의식하며 이 방 저 방 돌아다니면서 한 걸음 한 걸음 거리를 좁혀 오고 있거나, 아니면 2번가에 있는 한국 채소 가게에 물건을 사러 내려갔을 수도 있다. 당신의 발걸음과 내 발걸음. 우리 두 사람은 다른 두 시간대를 흘러가는 두 개의 시계와도 같다. 뉴욕에서는 눈이 내리고, 마히나에서는 차가운 해가 맑게 떠 있다. 눈이 부실 정도로 깨끗하고 맑은 빛이다. 그 빛이 문양과 탑들이 달린 저택들과 돌 장식이 달린 하얀 집들의 망가진 아름다움을 찬양하고 있다. 그리고 내가 변하지 않을 거라 미뤄 짐작했던 이 도시를 망가뜨린 모욕의 크기도 속임수 없이 보여 주고 있다. 나는 남쪽 구역에서 다시 헤매며 돌아다니고 있다. 당신이 조만간 곧 보게 될 거라는 생각에, 나는 관심과 감탄을 갖고 모든 것을 바라보고 있다. 옛날에는 9월 13일로와 7월 18일로라 불렸는데, 지금은 '콘스티투시온'이라 부르는 대로에는 인도

밤나무들이 베어졌다. 왜 그렇게 나무들을 못살게 구는 건지. 내가 태어난 집의 아래층에는(맨 위층에 대들보 방의 시커먼 창문들이 보인다) 지금은 로니라는 펍이 들어서 있다. 제철소 근처의 거리들은 아스팔트가 깔려 있어 훨씬 넓어 보였고, 이제는 5월에 누에고치들이 먹고 자랄 여린 이파리를 제공하는 큼지막한 뽕나무들이 한 그루도 남아 있지 않다. 펠릭스가 여기에 오면, 푸엔테 데 라스 리사스 거리를 지나 옛날에는 절벽처럼 거대하게 보였는데, 지금은 하수 구멍에 불과한 제방에 오게 되면 무슨 생각을 할까. 중간쯤에 하수도와 연결되는 돌 아치가 있었고, 큰 아이들은 그곳에 사람을 통째로 집어삼키고 시체들을 소화하기 위해 어둠 속에서 두 눈을 뜬 채 잠을 자는 괴물이 산다며 우리를 겁주었다. 촉촉하고 기름진 농장에 씨를 뿌린 맑은 초록색 위로, 해가 푸른색 여린 수증기를 일으키고 있다. 그리고 그 수증기는 과달키비르의 안개처럼 낮에는 자취를 감춘다.

　당신이 오고 있는 중이다. 내 발길이 닿는 어느 곳이든, 나는 당신이 도착할 시간에 가까이 다가서고 있다. 내가 어떤 행동을 하든, 그것은 서곡을 알리는 것이다. 당신이 한시바삐 올 수 있도록 그 행동은 과거 안으로 재빨리 사라져 가고 있다. 그리고 며칠 있으면 내가 당신과 함께 있게 되므로 마히나까지도 미래를 약속하는 도시가 되어 버렸다. 당신은 혼자 올 것이다. 그래도 당신은 내가 마드리드에서 기다리는 것을 바라지 않았다. 당신은 아직까지도 '파바'라 부르는 버스를 타고 오후에 도착할 것이다. 당신이 아버지와 함께 이곳에 처음 왔을 때처럼. 그리고 나는 있는 대로 예민해져, 채 불도 붙이지 않은 담배들을 버리면서 터미널 복도에서 당신을 기다리고 있을 것이다. 그리고 당신을 곧 보게 될 거라는 확신은 버스가 나타나지 않고 늦어지는 일분일초마다 조금씩 사라져 갈 것이다. 당신이 버스를 놓쳤다거나, 내가 시간이나 장소를 착각했다고 생각할 것이다. 나는 기운을 내기 위해 술집에서 위스키 한 잔을 주문하고, 나도 모르는 사이에 버스가 도착할지 모른다는 두려움 때문에 채 두 모금도 마시지 못할 것이다. 가방과 트렁크를 잔뜩 든 여행자들이 빠져나오는데, 그들 사이에서 당신을 얼른 발견하지 못하면 내 양다리의 힘이 쫙 빠질 것이다. 처음에는 사진과 기억 속의 모습이 거의 닮지 않은 당신의 얼굴을 보고 놀랄 것이다. 산타 마리아 광장에서 택시를 타러 내려가는 동안 나는 당신 목소리와 당신 존재의 현실감에 익숙해질 것이다. 오히려 우리는 서로 어색해할 것이다. 당신은 시차와 기나긴 여행의 피로 때문에 그때까지도 멍해 있을 것이다. 당신은 택시에서 내리며 손가락으로 머리를 빗어 내리고, 피곤하고 환한 미소로 호텔 발코니와 계단을 바라볼 것이다. 그중 한 발코니가 내가 당신을 위해 미리 예약해 둔 방이다. 내가 리셉션 직원 앞에서 당신 이름과 내 이름을 말하고, 그 직원이 아무렇지도 않게 아주 가까운 날짜를 기입해 넣는 것을 보는 순간, 내 욕구와 우리의 만남이 상상일 수도 있다는 불확실성은 모두 사라지고, 실제로 일어나는 일들의 객관성으로 진입했다는 생각이 들었다. 이제 당신의 도착을 아는 사람은 나뿐만이 아니다. 내가 여자들을 만나면서 상상으로 만들어 냈던 것처럼 나는 당신을 만들어 내지 않았다. 당신의 이름과 도착 날짜를 당신을 한 번도 본 적이 없는 누군가가 큰 목소리로 말하며 컴퓨터에 입력해 넣었다. 나는 방으로 올라가 보았다. 천장에 시커먼 대들보가 있는 크고 하얀 방이다. 나는 발코니를 열어 보고, 당신이 보게 될 풍경을, 어쩌면 당신은 기억하지 못할 풍경을 바라보았다. 살바도르의 현판과 총안(銃眼)들이 있는 탑, 구릿빛 구근 모양의 원형 지붕, 알카사르 동네의 지붕들, 그리고 저 너머, 바다 수평선만큼이나 멀리 떨어져 있는 시에라 산의 정상들을 보았다. 마음이 조급했다. 당신이 도착할 때까지 여기서 꿈쩍도 하지 않고 침대에 드러누워, 당신을 꼭 껴안고 있는 꿈을 꾸다가 두 눈을 뜨는 순간 당신이 내 눈앞에 있으면 좋겠다. 뉴욕에서 열쇠 구멍에서 돌아가는 열쇠 소리가 내 잠을 깨웠을 때처럼. 당신 발소리가 들려왔고, 당신은 침실 문 앞에 추운 얼굴로, 입술을 칠한 채 양손에 커다란 종이봉투를 들고 나타났다. 당신은 절대 게으름에 굴복하지 않는 사람답게 새벽에 일찍 일어나고 부지런하다. 온몸을 바늘로 찌르듯 흥분된다. 당신은 아직 보지 못한 중립적인 이 장소가 잠시 후면, 내 인생에서 가장 기억에 남을 방이 될 것이다. 욕실에 가거나, 아니면 실크 가운을 찾기 위해 양어깨 위로 헝클어진 머리를 늘어뜨리고 일어났을 때 벌거벗은 당신 몸이 침대 앞 거울에 비칠 것이다. 지금은 깨끗한 크리스털 재떨이와 스탠드만 있는 침대 옆 작은 테이블에는 당신의 담배와 손목시계, 루주가 놓일 것이고, 카펫을 깐 바닥과 지금은 너무나도 위엄 있고 점잖은 분위기를 풍기는 안락의자엔 옷이 마구 내팽개쳐져 있을 것이다. 아직 일어나지도 않은 일들을 느닷없이 기억할 수 있다는 확신이 든다. 예전에 있었던 일들 하나하나가 그 어느 것과도 완전히 똑같지 않은 것처럼. 놀라움은 습관과, 발견은 확인과 동맹을 맺을 것이다. 그리고 나는 내가 아는 당신의 모든 얼굴들을 보게 될 것이다. 그리고 내가 생각도 하지 못한 얼굴들도 보게 될 것이다. 그리고 우리가 마음을 가라앉히고, 지쳐 서로를 돌아보게 되면 그때는 드디어 헤어진 뒤의 서로를 알아보게 될 것이다.

  나는 미래에서 과거로 건너간다. 마히나를 돌아다니며 기다리고 있는 지금의 현재가 나를 다른 곳으로 데려다 주는 회전문과 같다. 1초도 안 되는 시간에, 한 발자국 떨어진 곳으로 나를 데려다 준다. 나는 미래의 당신 존재에 미리 흥분하며 호텔 문을 나선다. 그리고 몇 미터 떨어진 곳에서, 양로원 거리가 있는 곳에서, 목도리와 모피 외투를 두르고 한 줄로 늘어서 햇볕을 쬐고 있는 노인들을 바라본다. 나는 그들이 반세기 전의 폭풍우와 수확에 대한 이야기를 나누는 목소리를 들으며, 노화에 휘둘린 모습과 추위에 질린 얼굴들을 바라본다. 나에게는 익숙한 얼굴들이다. 내가 아는 그들은 거의 모두 건강하고 민첩했었다. 그리고 내가 기억하는 모습과, 이 도시에서만 시간에 대한 확실한 강박 관념을 갖고 의식할 수 있기 때문에 볼 수 있는 모습을 끊임없이 비교하게 된다. 이곳에서는 아무도 낯설지 않다. 그리고 내가 정처 없이 산책하는 길들도 모두 내 인생의 한 에피소드와 연관되어 있는 추억이 어린 길들이다. 버스를 타고 가다 로스 카이도스 광장에서 내려 시청 문 앞에 보초를 서고 있는 경관에게 손짓하며 가까이 가고 있는, 긴 귀마개를 하고 표정이 굼뜨고 덩치가 크고 뚱뚱한 남자가 귀머거리에 벙어리인 마티아스이다. 그가 나의 상상력과 당신과 나눴던 대화 밖에서 실제로 존재한다는 게 이상하다. 시장 가는 길에 한 걸음 내딛을 때마다 얘기를 나누며 멈춰 서는 굼뜬 노인 둘이 내 쪽으로 다가오고 있다. 그런데 그중 한 명이, 키가 훨씬 작고 건장한 노인이, 우단 재킷에 목까지 단추를 채운 와이셔츠를 입고 넓은 베레모를 쓰고 돋보기안경을 쓴 노인이 차모로 중위이다. 여전히 교육자 같은 분위기를 풍기며 옆구리에는 파란 고무 파일을 끼고 있다. 그 안에는 신문에서 오린 스크랩이나, 우리 아버지의 농장에 다닐 때부터 쓰려고 생각해 두었던 비망록을 타자로 쳐서 옮긴 글이 들어 있을 것이다. 여전히 그는 절대 꺾이지 않는 위엄이 어린 건장한 모습이다. 그는 그게 엄격한 무정부주의 덕분이라며 자랑스럽게 말할 것이다. 술 대신 신선한 물을 마셔라. 그가 우리에게 말했다. 술집 대신 도서관이나 학교에 다니고. 그는 시대의 부패를 말하며 검지를 들어 제스처를 취하면서 나를 보지 못한 채 지나쳤다. 그가 늘 내 안부를 묻는다고 아버지한테 얘기를 들었지만, 갑자기 쑥스러운 마음이 들어 그에게 다가가지 못했다. 정말 대단한 놈일세, 자네 아들. 그가 아버지에게 말했다. 그놈이 어릴 때부터 밭에서 일만 하기에는 왠지 아깝다는 생각이 들었지. 그들이 자기네는 절대 누리지 못한 것을 부러워할 때면 가슴이 찡하다. 학식과 책, 여행, 그들은 손에 넣을 수 없었던 귀한 보물과도 같은 말들의 사용. 그들은 실수할까 두려워, 그 말들은 발음도 제대로 하지 못했다. 어쩌면 그 말들에 대한 불신 때문일 수도 있다. 그 말들이 자기네 주인의 우월성을 확인하기 위해 자주 사용되며 거짓말을 조장하기 때문일 수도 있다. 나는 마히나의 말들을 듣고 있다. 채소를 기르는 농사꾼들과 올리브 농사를 짓는 농사꾼들의 말. 부모님에게 배운 말들. 그리고 그들이 명명하는 물건들이 이제는 거의 존재하지 않기 때문에 그 말들도 이제 곧 사라질 거라는 사실을 깨닫는다. 이제는 트라간티아 아주머니나, 카사 데 라스 토레스의 미라에 놀라던 산 로렌소 동네 아이들이 남아 있지 않기 때문에, 고무줄놀이를 하면서 부르는 민요와 아이들이 놀면서 부르는 무시무시한 노래들은 사라져 버렸다. 나는 그 말들 속에서도 외지인이고 이방인이다. 나는 그들이 물려준 말들과 그들이 나와 얘기하기 위해 가르쳐 준 억양도 잊어버렸다. 그리고 내가 나중에 배운 말들도 내 것으로 만들지 못했다. 나는 그 말들 속에서, 그 말들로 먹고산다. 하지만 그 말들은 나와 아무 상관 없고, 나를 설명할 수도 없다. 어쩌면 열다섯 살 때 도망치고 싶었던 도시에서 나와 마주친 사람들의 맑고 차가운 시선처럼, 그 말들이 나를 거부하는 건지도 모른다. 나는 부모님의 집과 마히나의 거리에서, 말〔言〕들의 왕국에서 살고 있다는 생각이 든다. 그리고 다시 그 말들에 점령당한 기분이다. 아주 오랫동안 아무도 살지 않는 집에 방금 도착한 사람들의 목소리와 발소리가 과장되게 울려 퍼지는 것처럼. 가게나 이발소 안에 울려 퍼지는 목소리들. 땅바닥에서 동전을 줍기 위해 몸을 숙인 것처럼 우연히 주운 아름답거나 거친 말들. 나를 라미로 사진사의 사진들에 되돌려 준 시선과 얼굴들. 나와 펠릭스가 푸엔테 데 라스 리사스 거리의 계단에 앉아 영화나 라디오 연속극 얘기를 열심히 했던 것처럼, 어느덧 먼 옛날이 된 그때의 당신과 나를 뉴욕에서 얘기하던 때로 되돌려 준 시선과 얼굴들. 호기심을 갖고 지나다니는 고릿적 시절의 사람들을 바라보는 창틀 뒤의 얼굴들. 해 질 녘의 종교 행렬처럼 누에바 거리를 느릿느릿 지나다니는 세월로 인해 거칠어지거나 망가진 얼굴들. 마히나의 집 안의 편안함과 우쭐한 권태로 흐물흐물해지고 늘어진 얼굴들. 안경 너머로 투박하고 촌스러운 모습을 간직하고 있는 마약 중독자들의 창백한 표정들. 내가 어머니의 손을 잡고 약을 사러 가면 이미 판매대 뒤에 와 있던 약국 청년들의 얼굴들. 지난 몇 년간 밀려 들어온 근대화의 잘못으로 텅 비어, 고리타분해진 옷감과 옷을 파는 가게의 점원들의 투박한 얼굴과 신부처럼 부드러운 손들. '시스테마 메트리코'에서 유성처럼 나와서, 나를 알기라도 하는 듯 지나가며 인사를 건네는 로렌시토 케사다. 그는 역동적이고 뉴스에 굶주린 사람이다. 살 오른 뺨이 살짝 떨리며, 두세 개의 신문들을 옆구리에 끼고, 손에는 작은 카세트를 들고 있다. 어쩌면 플로렌시오 페레스의 돌아온 탕아를 인터뷰하러 가는 길인지도 모른다. 오늘 아침 「싱글라두라」에 익명으로 실린 글에 의하면, 이제 그는 유명한 가수가 되었고, 자신의 작은 조국에서 며칠 보내기 위해 이곳에 왔다고 한다. 그 글에서는 투우계에서 고인이 된 카르니세리토가 성공을 거두었던 것처럼, 모든 역경을 딛고 대중음악계에서 당당한 승리를 거둔 우리의 동향인에게 지방 전체가 열렬한 환영을 보낸다고 했다. 나는 펠릭스에게 보내기 위해 그 신문을 보관해 두었다. 어쩌면 그가 로렌시토 케사다의 글을 좋아하는 독자일 수도 있다. 나는 헤네랄오르두냐 광장의 아케이드 아래에서 옛날 친구 후아니토에게서 담배한 갑을 산다. 그는 자질구레한 군것질거리가 진열된 좌판 옆에 앉아 있으며, 나를 전혀 기억하지 못하는 것 같다. 그는 손바닥 위에 동전들을 올려놓고 한참 바라보며 눈살을 찌푸린다. 나에게 돌려줘야 할 거스름돈을 계산하기 위해 정신을 집중하느라 거의 고통스러운 표정을 짓고 있다. 그의 눈은 커다랗고 순진한 바보의 눈이다. 입가에 침이 고여 축축했고, 윗입술 위로는 약간 시커먼 수염이 드문드문 나 있다. 그는 담배 주는 것을 잊어버렸거나, 아니면 내가 달라고 한 상표를 기억하지 못하고 있다. 그리고 내가 다시 언급하자 그가 놀란 눈을 천천히 뜬다. 그는 우리가 공유했던 어린 시절의 공포에서부터 나를 바라보면서도 알아보지 못하기 때문에, 나는 연민과 정에 휩싸이지 않으려고 그의 시선을 피한다.

나는 당신을 기다리며 허공에 붕 떠서 살고 있다. 내가 당신에게 얘기하고 있다고, 내가 당신과 함께 가고 있다고 상상하면서 도시를 거닐고 있다. 나는 아무것도 하지 않는다. 마르틴이나 세라노를 찾아가겠다는 생각도 하지 않는다. 나는 공중전화 부스에서 당신에게 전화를 걸며, 우리를 위해 예약한 방이 어떻게 생겼는지 자세히 설명하느라 엄청난 요금을 낸다. 나는 20년 전의 겨울처럼, 해 질 녘이면 고지식한 슬픔으로 비탄에 잠긴다. 늦게 일어나 불 옆에서 아침 식사를 하고, 부모님과 마누엘 외할아버지의 침묵 속에서 점심을 먹고, 목적도 없이 위층에 있는 방들을 둘러본다. 레오노르 외할머니의 방에는 절대 들어가지 않는다. 헛간에 처박힌 옷장 안에서 내가 학교 다닐 때 사용했던 교과서들과 반항과 불행으로 일관된 비참한 심정을 털어놓았던 노트들을 발견했지만 들춰 보고 싶지도 않다. 자정에 전화벨이 울리고, 나는 당신의 목소리를 듣는다. 나는 욕망으로 죽을 것만 같다. 내일 이 시간이면 당신은 비행기에 오를 것이다. 당신은 마드리드에 집을 구한 후 아이를 데리러 돌아갈 것이다. 나는 당신과 함께 그 집에서 살고 싶다는 말을 감히 하지 못한다. 불을 껐는데도 잠이 오지 않는다. 돌아가신 외할머니를 생각한다. 돌아가시는 그 순간, 어떤 기분이었을지를 생각한다. 어쩌면 공포나 이상한 기분이 아니라, 슬픔이나 위안을 느꼈을지도 모른다. 당신이 올 때까지 남은 이틀을 어떻게 살 수 있을지 모르겠다. 불면 속에서, 나는 잊고 있던 우리집의 소리를 듣고 있다. 나무 벌레 소리, 지붕 위의 바람 소리, 머리 위에서 누군가 걸어 다니는 소리와 정확하게 똑같은 대들보가 삐거덕거리는 소리. 광장 시계에서 새벽 4시를 알리는 종소리가 울려 퍼지고, 마누엘 외할아버지는 자면서도 쿨럭거리며 신음하고 있다. 아버지는 일어나 무겁게 계단을 내려가고, 채소를 구매하러 도매 시장에 가기 위해 트럭에 시동을 건다. 당신이 벌써 마히나에 도착했는데, 내가 일상적인 착각으로 당신을 만나지 못하는 꿈을 꾼다. 나는 깨어나는 순간, 블라인드 사이로 들어오는 햇빛을 보며, 5월에는 제비들이 발코니의 빈터에 둥지를 튼다는 사실을 떠올린다. 나는 부엌으로 내려가고, 어머니가 싱크대 위에 몸을 숙인 채 간신히 울음을 참으며 양어깨를 들썩인다. 마지막으로 머리를 염색한 게 꽤 오래되었는지, 뿌리 끝이 하얗다. 어머니가 내 볼에 입을 맞추며 잘 잤는지 물어본다. 나는 당신 얘기를 아직은 꺼내지 못한 채, 백수나 퇴직자처럼 거리로 나가 햇볕을 쬐며 돌아다닌다. 당신은 잠자고 있을 것이며, 당신이 눈을 뜨면 오늘이 여행을 떠나는 날이라 생각할 것이다. 기다림이 절박한 성욕으로 바뀐다. 나는 중독자처럼 당신이 그립다. 당신 없이 살 수 없다는 사실을 새삼 발견하며 놀라워한다. 당신이 나의 입에 키스해 준다면 당신의 사랑은 와인보다 더욱 달콤할 것이다. 당신이 나에게 성서를 읽어 주었다. 나는 레알 골목을 지나가다 창살 뒤에서 한 얼굴을 본다. 넓고 창백한 낯익은 얼굴로, 그 얼굴이 먼저 나를 바라보고 있었다. 입술 옆에 점이 있고, 가운데 가르마를 똑바로 타서 이마가 양쪽으로 나뉘고 머리카락이 새까만 얼굴이지만, 절대 불가능한 얼굴이다. 광대뼈 옆으로 검은 머리가 돌돌 말려 있고, 목에는 스카풀라가 걸려 있다. 나는 무심코 지나쳐 갔다가 다시 돌아온다. 창문 너머로 보면서도 도무지 믿어지지 않는다. 별 볼일 없는 그림들과 낡은 가구들, 냄비와 구리 절구통들에 그녀가 에워싸여 있었다. 창문이 아니라, 골동품 가게의 쇼윈도였다. 하지만 나는 순간적으로 그 여자가 진짜 살아 있는 줄 알았다. 골동품 가게의 쇼윈도 구석, 어둠 속에, 절반쯤 몸을 숨긴 채 40년 전 카사 데 라스 토레스의 지하실에서 발견되었던 부패하지 않은 미라가, 사진사 라미로의 이성을 잃게 만들고 솔로몬의 「아가」의 시구가 적힌 종이를 가슴속에 감추고 있던 그 미라가 거기에 있었다.

하지만 그럴 리 없어요. 내가 당신에게 이 이야기를 하면 당신은 나를 사기꾼으로 몰 것이다. 나는 가게 문을 밀고 안으로 들어간다. 딸랑거리는 소리가 울리는데도 누구 하나 나와 보지 않는다. 죽어서 70년이 지난 다음 찍은 사진에서 당신과 내가 보았던 그 여자가 유리 벽감 비슷한 벽에 기댄 채 꼿꼿하게 앉아 있다. 그 벽감에는 작은 금빛 열쇠 구멍과 추시계의 열쇠와 비슷한 열쇠가 달려 있다. 나는 몽유병 환자처럼 과감하게 열쇠를 돌려 본다. 가게 안에는 누군가 더 있다. 나는 유리문을 열었고, 미라는 움츠러든 몸으로 아주 위엄 있게, 맑은 눈으로 나를 바라보았다. 석고상이라는 걸 아는 순간, 더 큰 슬픔과 두려움을 안겨 주는 옛날 성당의 불쌍한 성상(聖像)처럼 왠지 불길한 느낌이 든다. 어수선한 가게 안에서 누군가 등 뒤로 다가온다. 나는 뒤를 돌아보지도 않고 오른손을 뻗는다. 미라는 어린 여자아이보다 크지 않았다. 드레스 밑으로 삐져나온 끝이 뾰족한 구두가 땅바닥에서 몇 센티미터 위로 떠 있었다. 나는 그녀의 얼굴을 만져 보고, 내 손가락이 그 위로 미끄러진다. 밀랍으로 만든 거다. 그래서 그렇게 빛이 났던 것이다. 그리고 그녀의 눈동자는 확실히 유리로 되어 있다. 가게 주인이 내 옆으로 온다. 40대 정도의 남자로, 한눈에 봐도 탐욕과 호의, 친절한 관심이 뒤섞인 표정이다. "정말이지, 깊은 첫인상을 남기지요? 저도 맨 처음 봤을 때 그랬습니다. 가게 문을 열 때면 불을 켜기도 전에 눈부터 보여요. 어둠 속에서는 고양이의 눈과 같습니다. 그러고 나서 익숙해지지요. 물론 정까지 들게 된다고 말씀드린다면 좀 이상하게 보일 수도 있지만 말입니다. 사업은 사업이니까요. 하지만 이걸 팔 생각을 하면 별로 내키지 않습니다. 보물이거든요. 제 말을 믿으십시오. 희귀해서 더욱 가치 있는 물건입니다. 19세기 밀랍 양식으로 만든 거지요. 물론 손님에게는 말할 필요도 없겠지만요. 손님이 물건을 볼 줄 안다는 확신이 듭니다. 내 생각에, 마히나에 관광차 오신 거지요? 제가 늘 하는 말이 있습니다. 우리가 이곳에 가지고 있는 보물들은 외지에서 온 사람들만 알아본다고요." 나는 그의 말을 듣고 있지 않았다. 나는 미라를, 밀랍 인형을 계속 바라보고 있다. 돌돌 말린 자연스러운 머리카락과 나를, 허공을 응시하는 듯한 푸른 유리로 되어 있는 눈동자, 무릎 위에 가지런히 모여 있는 작은 손, 예수 그리스도의 스카풀라를 보고 있다. 그 뒤로 콧수염과 카이저수염을 기른 신사의 초상화가 들어 있는지 확인해 보고 싶은 마음이 든다. 하지만 감히 그녀를 다시 만질 수는 없다. 내 손가락 끝에 밀랍의 차가움과 약간 끈적거리는 부드러움이, 중립적인 느낌이 남아 있다. 죽은 난쟁이를 바라보는 느낌이다. 너무 아름답지만, 인형 눈처럼 멍한 눈과 말아 올린 가짜 머리를 하고 박물관의 유리함 같은 함 속에 갇혀 있는 게 오히려 비참하고 혐오스러워 보인다. 나는 무슨 말이라도 하기 위해 가격을 물어본다. 골동품 가게 주인은 잠시 생각한 후 터무니없는 가격을 부른다. 나는 생각하는 척하며, 밀랍 여인의 정체에 관심을 보인다. 하지만 그는 아무것도 아는 게 없다. 그가 나에게 말한다. 철거되는 집의 가구와 그림들을 감정하기 위해 불려 갔다가, 옷장 안에서 그 벽감을 발견하고 깜짝 놀랐단다. 상상해 보십시오. 그가 나에게 말한다. 먼지와 낡은 가구와 흔히 볼 수 있는 별 볼일 없는 그림들밖에 없는, 전깃불도 들어오지 않는 집이었습니다. 그래도 책은 많았습니다. 서랍 안에 보관된 책들도 있었고, 무지하게 큰 19세기 해부학 책도 있었어요. 원하신다면 보여 드릴 수도 있습니다. 제가 여기 가지고 있습니다. 심지어 고무관과 작은 뿔 나팔 모양이 달린 아주 원시적인 청진기도 있었어요. 그건 의사가 사 갔습니다. 골동품에 아주 관심이 많은, 저와 절친한 사이지요. 즉, 능력 있는 취향이 고급스러운 사람이라는 말이지요. 그러니까, 말씀드렸듯이, 저는 사람들에게 열쇠를 받아 그 집에 혼자 들어갔습니다. 꽤 큰 집이었지요. 나는 가구와 그림들을 제대로 보기 위해, 그리고 먼지에 질식당하지 않기 위해 발코니를 모두 열어 두었습니다. 그러고 나서 안방처럼 보이는 방으로 들어갔습니다. 문이 양쪽에서 여는 거였는데, 안에는 천개가 달린 침대와 높이가 꽤 높은 옷장이 있었습니다. 하지만 그 방에는 창문이 없어, 랜턴을 켰습니다. 그런데 그때 바람이 불어와 옷장 문이 스르르 열렸다는 말씀을 드리지요. 그리고 그곳에서 그녀를 보았습니다. 심장 마비가 일어나는 줄 알았습니다. 초자연적인 현상을 있는 그대로 믿어서가 아닙니다. 하지만 직업상 아주 오래된 집에 가게 되면 가끔 물건들이 얘기하는 소리가 들릴 때가 있습니다. 그래서 나는 그 자리에서 얼어붙었습니다. 맹세합니다. 나는 유령이나 시신일 수 있다고 생각했습니다. 그래서 열쇠를 집어던지고, 달려 나가고 싶은 마음이 굴뚝같았습니다. 그나마 제가 바탕이 이성적인 사람이어서 천만다행이었습니다. 그래서 나는 랜턴을 다시 비춰 보았습니다. 그러고는 밀랍 인형이라는 걸 발견하고 안심했습니다. 하지만 그렇게 많이 안심이 되었던 건 아닙니다. 나는 그 집에서 뭔가 묘한 기운이, 뭔가 있는 듯한 오라가 느껴졌거든요. 여기가 고향인 어떤 작가가 글에 실었듯이 말입니다. 여기 마히나에서는 모두 로렌시토라고 부르지만 로렌소 케사다라는 사람입니다. 지방 신문에 '저 너머 세상'이라는 제목의 UFO학과 초(超)심리학 분야의 아주 흥미로운 섹션을 맡고 있습니다. 물론, 그에게 인형을 보러 오라고 알렸습니다만 아직 오지 않았습니다. 그 사람이 얼마나 바쁜지 모르실 겁니다. 그는 볼펜과 카세트를 들고 늘 여기저기, '시스테마 메트리코'와 「싱글라두라」를 오가지요. 제 생각에는 잠잘 시간도 없을 것 같습니다. 그게 신문사에선 월급을 주지 않거든요. 하지만 그는 전혀 개의치 않습니다. 그가 나에게 이렇게 말했습니다. 기예르모, 언론은 내 소명일세. 내 글에서 내가 마히나에게 바치는 존경심과 내 독자들의 의리만 있으면 됐지, 뭘 더 바라겠나.

레오노르 외할머니라면 골동품 가게 주인은 혀를 입안에 집어넣지 못하는 위인이구나, 라고 말했을 것이다. 수다스러운 사람을 보면 불안하고 조급해지는 나의 성격은 외할머니에게 물려받은 것이다. 그는 옛날에 그 집이 누구의 소유였는지 정확히 알지 못했다. 아주 유명한 의사였다는 말만 들었을 뿐 그 의사가 누군지는 몰랐다. 사실 그는 자기를 가장 확실한 마히나의 자식이라 생각하지만, 그는 여기 사람이 아니었다. 20년 전 이 도시로 와서, 이곳에서 죽을 생각을 하고 있다. 그는 마히나의 도자기 예술과 부활절을 열심히 홍보한다. 그러고는 이 세상에서 유일한 것이라면서, 내가 밀랍 인형에 관심을 보이니 깎아 줄 수 있다며 지나가는 말로 슬쩍 얘기한다. 하지만 누가 당신에게 열쇠를 주었습니까, 라는 질문은 그가 숨을 쉬기 위해 잠시 말을 멈췄을 때를 이용해 간신히 물어본 거다. 누가 그 모든 걸 팔았습니까. 젊은 부부. 주인은 갑자기 말을 피하며 기분 나쁜 내색으로 대답한다. 그제야 그는 내가 아무것도 살 생각이 없다는 걸 안 것이다. 젊은 부부가 그 집을 물려받았고, 그 집을 어떻게 처분할지 몰랐습니다. 좋아요, 사실, 그들은 알고 있었습니다. 가구점에 팔면 된다는 걸요. 두 사람 중 여자에게 결정권이 있다는 건 한눈에 알 수 있었습니다. 우리말로 하자면 그녀가 칼의 손잡이를 쥐고 있었지요. 그녀가 이 고장에서 아주 유명한 남자의 딸인지, 며느리입니다. 그가 오랫동안 택시 기사를 했답니다. 생각이 나려고 하니까 잠깐 기다려 봐요. 훌리안. 사람들이 그렇게 불렀습니다. 택시 기사 훌리안. 손님보다 키가 크고, 덩치도 꽤 큰 사람이었습니다. 나이가 꽤 많을 겁니다. 내 말인데, 당연히 세월이 그냥 비껴가지 않았겠지요. 아들과 며느리인지, 딸과 사위인지 하는 그들은 그에게서 벗어나고 싶어 하는 것 같았습니다. 그래서 유산을 받자마자, 그가 죽기도 전에 유언 집행 경비를 아끼려고 요양소로 보냈습니다. 들어가면 죽을 때까지 있는, 수녀들이 돌보는 그런 곳 말입니다. 요즘은 양로원이라 부르지요. 그 불쌍한 사람이 아직 죽지 않았다면, 계속 그곳에 있을 겁니다. 골동품 가게 주인은 고개를 끄덕이며 한숨을 내쉰 후, 작은 열쇠로 벽감 문을 닫고 과시하듯 호주머니에 집어넣는다. 그러고는 내 눈을 쳐다보지도 않은 채 양해를 구한다고 말한다. 문의 종소리가 울리자, 그는 기분 나쁜 내색을 드러내 보이며 확실하게 외지인으로 보이는 부부 쪽을 향해 부리나케 다가간다.

제13장

나는 한꺼번에 두 공간에서, 동시에 두 시간대에서 사는 것 같다. 걷기 시작하는 순간 동시에 두 방향으로, 두 개의 속도로 움직이고 있다. 이미 미스터리하게 움직이기 시작했고, 내일 밤이면 당신이 내 앞에 있을 것이다. 당신은 아직 집에서 나오지 않았지만, 이미 오고 있는 중이다. 당신도 나와 마찬가지로 곧 떠나게 될 여행을 서두르고 있다. 나는 전화를 바라보며, 뉴욕의 정오에 아파트에서 혼자 있을 당신을 상상한다. 당신은 짐을 다 챙긴 후, 가방에 여권과 비행기 티켓이 잘 들어 있는지 확인한다. 어쩌면 인스턴트 음식을 준비하고 있는지도 모른다. 나는 당신의 도착을 확인하기 위해, 또 당신 가까이 내 존재를 드러내기 위해 당신의 번호를 누른다. 첫 번째 벨이 울렸고, 당신은 부엌에서 그 벨 소리를 듣는다. 그동안 나는 부모님의 집 현관 문 앞에 앉아 있다. 당신은 다이닝 룸으로 들어서면서 두 번째 벨 소리를 듣는다. 당신은 전화벨 소리를 들으면 긴장된다고 했다. 그리고 전화벨이 울리면 당신에게 전화를 건 사람이 나일 가능성이 높기 때문에 당신은 긴장하기 시작한다. 나는 세 번째 벨이 울리는 소리를 들으면서 조급해진다. 막판에 당신이 여행을 포기하고, 나를 상대하지 않기 위해 집을 나가버렸을지 누가 알겠는가. 그런데 뜻밖에 당신이 전화를 받는다. 나는 당신의 이름을 말하지만, 나에게 영어로 답하는 목소리는 당신의 목소리가 아니다. 내가 너무 예민해져서 번호를 착각했는지도 모른다. 어린아이의 목소리였다. 전화기를 내려놓으려는 순간, 당신 아들의 목소리라는 걸 안다. 당신이 보기에는 말도 안 되겠지만, 나는 당신 아들과 말하는 게 조금은 두렵다. 아이는 내가 누구인지 묻는다. 친구. 당신을 몰래 만나기라도 하는 듯, 나는 멋쩍은 기분으로 대답한다. 아이가 당신을 소리쳐 부른다 ― 당신이 누군가의 어머니라는 게 너무 이상하다 ― 그리고 아이가 전화기에서 멀어지자 나는 한결 마음을 놓으며 심호흡을 한다. 나는 당신의 발소리를 듣는다. 당신이 아이에게 스페인어로 무슨 말인가를 하고, 나를 깜짝 놀라게 하는 말투로 말한다. 평소보다 훨씬 나지막하고, 훨씬 깍듯하고 차갑게. 끝에 남자 목소리가 들리는 것 같다. 그러고는 문 닫히는 소리가 들리고, 당신의 말투는 평소의 투명하고 따뜻한 톤을 되찾는다. 당신은 오고 싶어 죽을 것 같다고 한다. 봅이 아이를 데리러 와서, 당신을 케네디 국제공항까지 차로 데려다 준다고 했다고 말한다. 당신은 거절했고, 나는 다른 남자가 주체하지 못하는 소유욕으로 당신 집 안에서 돌아다니고 있다는 게 질투가 난다. 그가 그 집에서 며칠이 아닌, 몇 년을 살았으니, 결국 따지고 보면 그 집에 그가 나보다 훨씬 익숙하겠지. 당신이 나를 놀리고,

당신의 웃음에서 애정과 흥분이 느껴진다. 내가 전화기를 내려놓으려 할 때, 당신은 24시간 안에 할 수 있는 낯 뜨거운 제안을 했고, 그 순간 질투와 두려움은 사라져 버린다. 서로 욕구를 느끼고 있다는 확신이 그런 감정을 없애 주었다. 누구랑 그렇게 얘기한 거니. 나중에 어머니가 나에게 묻는다. 내 눈과 얼굴에서 좋다는 감정이 감춰지지 않은 것이다. 그 표정은 레오노르 외할머니에게 물려받은 것이다. 그래서 어머니는 그 표정을 보는 순간, 알아보았다. 우리 두 사람이 외할머니에게 배운 말들 속에 외할머니의 존재와 영향이 남아 있기라도 한 것처럼. 그리고 외할머니의 이름을 거론하지 않고도 그녀를 기릴 수 있는 것처럼.

밤에, 아주 늦게, 어머니는 외할아버지를 재운 후 텔레비전을 끄고, 테이블을 닦고, 화로를 뒤적이고 나서, 교과서와 줄 쳐진 노트 한 권을 꺼내, 내일 성인 학교에 가져갈 숙제를 연필로 느릿느릿 쓰고 있다. 글씨체가 크고 삐뚤빼뚤하며, 어린애처럼 자신감이 없다. 어머니는 입술을 깨물며 고무지우개로 지운다. 그러고는 종이를 깨끗이 하기 위해 종이 위를 입으로 분다. 어머니는 전쟁 때문에 학업을 중단한 후 55년이 지나서야 다시 책상에 앉아 칠판을 바라보았다. 내 나이에 덧셈과 뺄셈을 배우고, 받아쓰기를 하다니. 어머니는 약간 민망해하면서도 만족해하며 말한다. 지금은 뜨개질을 하는 대신, 스탠드 옆에서 글을 읽기 위해 돋보기를 쓰고, 책에서 나오는 단어들을 더듬더듬 중얼거린다. 나는 화로의 열기를 느끼며 그녀 앞에 앉아 있고, 시간은 멈추지 않는다. 시간이 작별을 향해 열심히 도망치듯, 지금은 당신의 도착을 향해 황급히 달려가고 있다. 52번가에서 당신은 당신 아들을, 당신과 똑같은 미소와 시선을 가진 사진에 있던 금발 아이를 껴안고 키스하고 있다. 어느 외떨어진 마히나 거리에서 나는 양로원 입구 앞에 멈춰 서, 놋쇠 벨을 누르고 있다. 벨 소리가 성당의 종소리와 똑같이 안마당으로 울려 퍼진다. 당신은 우리가 그토록 여러 번 서로를 애무했던 엘리베이터를 타고 올라가, 현관 한쪽 구석에 이미 싸 놓은 트렁크와 가방을 바라보고 있다. 그리고 오늘 밤에는 당신이 잠들지 않을 침대와 폴란드 기병의 그림을 바라보고 있다. 이미 떠나고 그곳에 없는 듯, 당신은 그 모든 것을 바라보고 있다. 당신은 애니멀스나 미겔 데 몰리나의 음반을 틀고 소파에 앉아 편안하게 담배 한 대를 피우며 노래를 듣고 있다. 털 스웨터와 청바지를 입고 있지만 수녀 분위기를 풍기는 나이 많은 여자가 서리가 하얗게 내린 유리문을 열어 주고, 나는 조금 전에 전화한 사람이라고 그녀에게 말한다. 양로원 복도에는 병원과 노인 냄새가, 클로로포름과 오줌 냄새가 난다. 레오노르 외할머니는 땅 밑의 어둠 속에서도 백발과 손톱이 계속 자라고 있다. 당신은 맥주 한 잔을 마시고 부엌에서 간단히 점심을 먹은 후 유리창 너머로 눈이나, 오후 2시의 공허한 빛을 바라보고 있다. 당신은 당신 아들의 아버지가 마치 끔찍한 재난을 사랑스럽게 예언하듯 당신과 헤어질 때 짓던 약간 서글퍼 하며 원망하는 표정이 남긴 얼굴을 떠올리고 있다. 남자처럼 생기 뚱뚱한 여자가 ― 청바지를 입은 수녀일 수도 있다 ― 내가 훌리안의 가족인지 묻고,

나는 그렇다고, 먼 친척이라고 대답한다. 그녀가 어깨를 움츠리며 말한다. 이상하군. 그분이 이곳에 온 이후로 처음 오신 손님이에요. 물론 그분은 아무 불평도 하지 않지만요. 제발 모든 노인네들이 그분처럼 사람을 힘들게 하지 않으면 좋을 텐데. 당신이 나를 어떻게 그리워하는지, 그리워하는 당신의 방법이 나와 비슷한지, 당신이 잠자리에 들면서 두 눈을 감고, 내가 당신 위로 몸을 숙이고 당신의 허벅지 위로 올라가 부드럽게 엉덩이를 애무하는 손길이 당신의 손이 아니라 나의 손이라고 상상하는지 알면 좋겠다. 수녀가 축소형으로 노인네들, 불쌍한 사람들, 틀어박혀 지내는 사람들이라고 중얼거리면서 나에게 문을 열어 준 방문 앞에는 줄 친 종이 위에 손으로 대충 갈겨쓴 '휴식과 공동생활 공간' 이라고 적혀 있다. 그리고 그 건너편에서는 목소리가 왁자지껄하게 들려오고, 도미노 게임 소리와 카드를 치는 능숙한 손놀림이 들려온다. 그리고 음악 소리와 텔레비전 프로그램의 박수 소리가 그 모든 소리를 압도한다. 불쌍한 사람들이 귀가 먹어, 볼륨을 그렇게 높이지 않을 수가 없다. 하지만 텔레비전을 보고 있는 사람은 거의 아무도 없다. 적어도 남자들은 거의 아무도 보고 있지 않다. 여자들은 뜨개질을 하거나, 아니면 배 위에 양손을 올려놓고 컬러 화면이 반짝이는 선반을 향해 늙은 얼굴을 올려다보고 있다. 어쩌면 당신도 나처럼 두려움을 느끼고 있을지 모른다. 당신을 내맡기는 것에 대한 두려움. 모든 것을 깨부쉈다가 실패할지도 모른다는 두려움. 당신이 나를 만나기 전에 저질렀던 실수를 나와 함께 어쩔 수 없이 다시 반복할지도 모른다는 두려움. 운이 없다거나 남자들이 배신했다고 아무리 핑계를 대도, 자신의 고통이나 지문처럼 자기 안에 가지고 사는 실수에 대한 두려움.

자, 여기 계십니다. 수녀가 가리킨다. 아주 착한 분인데, 온 지 얼마 되지 않아 아직 공동생활에 적응하지 못했어요. 모든 사람에게 늘 일어나는 일이에요. 사람들은 자신이 다른 사람들처럼 늙는다는 걸 인정하고 싶어 하지 않아요. 그래서 침묵으로 항의하지요. 택시 기사 훌리안은 포마이카 테이블 위로 신문을 펼쳐 놓고, 그 앞에 혼자 앉아 있다. 의사를 만나러 주도에 갈 때마다 그가 항상 우리를 데려다 줬었다. 그는 무뚝뚝하면서도 늠름했던 옛날 모습 그대로이다. 각이 진 대머리에, 검은 안경테가 머리의 일부인 것 같았다. 나는 그에게 인사를 건네고, 수녀는 엄마처럼 다정하게 그의 어깨를 다독인다. 그러자 그가 증오 어린 눈길로 그녀를 노려본다. 내가 부모님과 외조부모가 누구인지 말하자, 그가 얼른 안색을 바꾸며 자기 앞에 놓인 의자를 가리킨다. 당연히 기억나지. 네 아버지가 네 손을 잡고 우유를 팔러 다닐 때의 어린 모습이 눈앞에 선하구나. 정말 두고 봐야 해. 시간이 얼마나 빨리 흘러갔는지. 대관람차처럼 누구는 위로 올라가고, 누구는 아래로 내려가고 말이다. 그는 젊었을 때 마누엘 외할아버지와 아주 친했었다. 그는 돌격대의 운전기사로 서류를 내려다가, 돈 메르쿠리오를 혼자 내버려 둘 수 없어 신청하지 않았다. 네 외할아버지는 허당이었디. 그가 웃으며 나에게 말하다. 네 외할아버지가 「페페 마르체나」를 불렀다 하면 당해 낼 사람이 없었지. 그리고 여자들한테 얼마나 인기가 좋았다고. 미안하구나. 물론 고인이 된 레오노르가 마히나에서 가장 미인이었지만 말이다. 그녀가 양팔에 항아리를 들고 우물가에 나타날 때를 봤어야 하는데. 신부까지도 그녀에게 수작을 걸었다니까. 물론 이런 말은 듣기 거북하겠지만, 우리 모두 어떻게 끝났는지 너도 봤잖니. 우리를 광주리 하나에 몰아 담아 햇볕을 쬐러 내보내잖니. 그래도 네 외할아버지는 팔자가 좋아, 집의 온기를 잃지 않았다. 나는 그에게 담배 한 대를 건네지만, 그는 우울해하며 거절한다. 이제는 피우지 않는다, 그가 말한다. 내가 얼마나 좋아했는데. 돌아가신 돈 메르쿠리오가 늘 당신의 군것질거리를 나에게 선물하셨다. 하지만 내 못된 습관은 나무라셨단다. 훌리안, 그가 눈앞에 선하군, 담배는 아메리카 발견 중에서 최악일세. 나는 그의 말을 이해하지 못했지만 그의 말이 옳다고 생각한다. 사실, 그는 거물이고, 명사이고, 마히나 최초의 의사셨단다. 약과 처방전으로 사람을 어지럽게 만드는 보험금이나 타 먹는 그런 돌팔이들과는 달랐다. 그리고 그는 절대 가난한 사람들에게는 돈을 받지 않았단다. 세상에, 내가 그를 마차에 태우고 예전의 빈민가와 코트리나 거리를 얼마나 자주 다녔었는데. 사람들이 집에서 달려 나와 그의 손에 입을 맞췄단다. 마치 성자와도 같았어. 그리고 사실 그러기도 했지. 물론 길거리에서 뛰어 노는 장난꾸러기 아이들은 그에게 노래를 만들어 붙여 주었지만. 틀림없이 너도 어릴 때 들어 봤을 거다. 그가 죽은 이후에도 그 노래는 아주 오랫동안 계속 불렸지. 그리고 그가 죽기 직전에 종부 성사를 청했다고 하는 신부들의 말은 믿지 마라. 신부들은 여기 있는 수녀들처럼, 육식조처럼 그에게 다가왔다. 하지만 그가 누군데, 절대 아무에게나 호락호락하지 않았지. 그는 의사들조차 원하지 않았다. 그 누구도 아닌 바로 나만, 끝까지 당신 옆에 남아 있기를 허락하셨지. 그는 늘 가지고 있던 엄청나게 큰 성서의 몇 구절을 나에게 읽어 달라고 청했단다. 그 성서는 나중에 사진사 라미로에게 유산으로 물려줬지. 그리고 나는 그가 어린아이처럼, 새처럼 덩치가 줄어들었을 때도 계속 책을 읽어 드렸단다. 이불 밑에서는 그의 몸이 거의 느껴지지도 않을 정도였다. 훌리안의 눈에서 눈물이 흘러내리고, 그는 눈물을 들이마시며 닦아 낸다. 그리고 손수건으로 코를 훔친다. 그러고 나서 안경알도 닦은 뒤, 뼈만 앙상하게 남은 얼굴 위로 다시 쓴다. 그러고는 다시 내 얼굴을 보더니, 내가 몇 시간 전에 전화를 걸어 물어보고 싶다고 했던 것을 분명하게 기억해 낸다. 자, 어서 말해 봐라. 나에게 무슨 말을 듣고 싶은 건지. 내가 쉬지 않고 말을 해서 네가 현기증이 나지 않았는지 모르겠구나. 나는 망설인다. 그가 불신하거나, 움츠러들지 않게 단어와 말투를 각별히 주의해서 선별해야 한다. 돈 메르쿠리오에 대해 말씀해 주십시오. 내가 그에게 말한다. 그리고 우리 외조부모님과 어머님께서 사셨던 집, 바로 앞집인 카사 데 라스 토레스에서 발견된 그 미라에 대해서도요. 그때 어르신들이 하시는 말씀을 들은 적이 있습니다. 그리고 사진사 라미로가 찍은 사진도 보았고요. 그리고 다른 사람들을 통해 돈 메르쿠리오가 그에게 한 이야기도 알고 있습니다. 히지만 나는 아무것도 이해되지 않습니다. 오늘 아침 골동품 가게에서 그 미라를 봤거든요. 한데 그것은 부패하지 않은 시신이 아니라, 밀랍으로 만든 인형이었어요. 훌리안이 고개를 끄덕이더니 미소를 머금고 나지막하게 중얼거린다. 그러니까 미라도 팔아 치워 버렸군. 망할 놈들. 그는 이제 나를 다르게 바라본다. 어쩌면 덜 호의적이거나, 아니면 더 관심을 갖고 바라본다. 그런데 너는 왜 그런 이야기를 듣고 싶어 하는 거지. 그가 궁금해하며 묻는다. 마치 내가 그에게 설명하지 않은 이유를 알고 있기라도 하듯. 아무 이유도 없습니다. 내가 말한다. 그냥 알고 싶어서입니다. 제가 어릴 때 마누엘 외할아버지와 어머니가 미라에 대해 많은 이야기를 들려주셨습니다. 그리고 산 로렌소 광장의 아이들은 미라에 대한 무시무시한 노래들을 불렀고요. 심지어 한번은 제 악몽에 나타난 적도 있습니다. 그런데 지금 그것을 보니, 옷장 안에 보관되었던 밀랍 인형에 불과하다는 사실이 믿어지지 않아서입니다. 훌리안은 내 말을 듣고, 안심하는 것 같다. 심지어 약간 실망하는 것 같기도 하다. 목소리들과 텔레비전의 박수 소리가 방 안을 뒤흔들고, 도미노 칩을 탁탁 내려놓는 소리와 뒤섞이기도 한다. 처음에는 훌리안이 작게 말해서, 그의 말을 이해하기가 힘들었다. 그는 돈 메르쿠리오가 죽기 몇 주 전에, 사진사 라미로와 나눴던 대화 내용을 내가 알고 있다는 걸 놀라워한다. 하지만 누가 나한테 얘기해 줬는지는 묻지 않는다. 어찌 됐든 라미로의 증언은 그에게 별다른 신빙성이 없었다. 라미로가 착하기는 하지만 약간 멍청했다고, 돈 오토 체너처럼 늘 정신 줄을 놓은 것 같았다고 말한다. 그가 무슨 말이든 믿었기 때문에, 돈 메르쿠리오는 자기를 더 이상 귀찮게 하지 않도록 싸구려 소설 같은 이야기를 지어내 그를 속이는 데 그다지 애를 먹지 않았다고 한다. 카니발인 화요일 날 밤에 복면을 쓴 사람들, 말들이 끄는 마차, 하녀의 방에서 아이를 낳은 귀부인, 사산한 아이. 그 어느 것도 사실이 아니었다. 훌리안이 나의 놀라움을 비웃는다. 내가 그 꾸며 낸 이야기를 들으면서, 나 역시 사진사 라미로의 어리석은 믿음에 전염되었다고 생각하는 듯싶다. 유일한 진실은 네가 가짜라고 생각하는 거다. 바로 미라 말이다. 오늘 아침 네가 본 것은 우리가 카사 데 라스 토레스의 지하실에서 발견한 미라는 아니다. 그것은 정교한 모사품에 불과하다. 그리고 그걸 만들도록 주문한 사람은 바로 돈 메르쿠리오였다. 그 당시, 무덤에 세우는 동상과 비석을 제작하는 싸구려 성상 조각가가 아니라, 얼마 후 꽤 유명해진 예술가한테 맡긴 거다. 그 예술가가 전쟁 중에 불에 탄 거의 모든 부활절 성상들을 다시 조각했단다. 에우헤니오 우트레라라고, 네가 그를 아는지는 모르겠다. 카이도스 광장에 있는 기념비도 그가 제작한 거다. 산 페드로 광장 뒤에 작업실이 있었단다. 돈 메르쿠리오는 그 당시 돈으로는 엄청난 액수를 지불하고, 영원히 비밀을 간직해 달라고 당부했다. 훌리안은 자기 얘기에 혼자 흥분해서 계속 말한다. 돈 메르쿠리오가 독수리눈으로 한참 동안 예술가를 멍하니 바라보다가 말했단다. 내 말을 이해하게. 영원히일세. 내가 죽고 당신이 죽을 때까지 영원히. 그리고 우트레라는 겁에 질려 영원히 입을 다물겠다고 맹세했다. 제 걱정은 하지 마십시오, 돈 메르쿠리오. 우리가 한 말은 절대 이 방 밖으로 나가지 않을 것입니다. 내 생각에는 돈 메르쿠리오가 죽어서도 자기를 계속 감시할까 봐 두려워했던 것 같다.

　나는 단 한마디도 놓치지 않기 위해 훌리안 쪽으로 몸을 기울인다. 질문들이 두서없이 떠올라 순서대로 질문할 수가 없다. 이제 나는 주변에 있는 다른 노인들의 목소리도, 요란한 텔레비전 소리도 들리지 않는다. 화로가 들어 있는 테이블에서 마누엘 외할아버지의 이야기를 들을 때처럼, 나는 그 남자 앞에 앉아 있다. 그리고 시계추 소리도, 시계 종소리도 들리지 않는다. 그의 목소리가 연상시키는 꿈의 단편 조각들 못지않게 생생한 장면들과 그의 얼굴밖에 보이지 않는다. 하지만 돈 메르쿠리오가 미라를 훔쳤다면, 무슨 이유로 미라를 훔친 것일까. 그리고 그 미라를 가지고 무엇을 했단 말인가. 왜 모조품을 하나 더 만들 생각을 한 것일까. 훌리안은 의치를 낀 입천장을 혀로 찬 다음, 입술을 훔쳐 내고 딱딱한 턱을 찡그리며 손가락으로 하얀 수염을 만지작거린다. 두고 봐야 한다니까. 그가 말한다. 그렇게 오랜 세월이 흐른 후 네가 나에게 물으러 오다니. 돈 메르쿠리오가 아니었다. 그가 나에게 명령을 내렸기 때문에 카사 데 라스 토레스에서 미라를 훔친 사람은 바로 나였다. 물론, 우리는 말들을, 베로니카와 바르톨로메의 발굽을 비로드 천으로 감쌌다. 그리고 새벽 4시에 아무 소리도 내지 않고 마차를 몰아 포소 거리로 내려갔다. 돈 메르쿠리오는 마차 안에서 커튼을 내린 채 나를 기다리고 있었다. 그사이 나는 반쯤 허물어진 울타리를 뛰어넘어, 집 안으로 숨어 들어갔다. 미라를 아주 조심스럽게 들어 올리게, 훌리안. 돈 메르쿠리오가 당부했다. 의자랑 전부. 망가지지 않도록 조심하게. 나는 그녀를 안아서 가지고 나올 때 지하실을 밝히기 위해 광부들이 사용하는 랜턴이 달린 모자를 쓰고 있었다. 하지만 지하실 계단으로 내려가려다가, 얼마나 자지러지게 놀랐는지 너는 모를 거다. 나는 빛 한 줄기를 보았고, 누군가 올라오는 소리가 들려왔다. 나는 관리인 여자일 거라 생각하고, 그녀가 소들에게 휘두르는 몽둥이를 들고 고함을 치며 쫓아올 거라 생각했다. 하지만 입구 쪽에 나타난 사람은 다름 아닌 사진사 라미로였다. 그가 술에 취한 듯 걸어오더니 내 옆을 지나갔다. 그의 랜턴 불빛이 내 발을 비췄는데도, 그는 나를 보지 못했다. 그렇게 나는 지하실로 내려가, 의자와 다른 것까지 몽땅 미라와 함께 들쳐 업고 나왔다. 솜털처럼 가벼웠다. 나는 광부 모자의 불빛을 비추며 그녀를 그곳에서 꺼냈고, 다시 담을 넘으려다가 하마터면 꼬꾸라질 뻔했다. 그 시절에는 내가 민첩해서 천만다행이었지. 나는 그녀를 마차 안에다가, 돈 메르쿠리오의 바로 옆자리에 앉혔다. 마치 두 사람이 말을 하는 것 같았다. 그렇게 우리는 누구한테도 들키지 않고 무사히 집으로 돌아왔다. 돈 메르쿠리오. 내가 미라를 중풍 환자처럼 양팔로 안고 그에게 말했다. 미라를 어디다 둘까요. 우선 당장은 내 방에 갖다 놓게나, 훌리안. 그리고 시간을 두고 적당한 장소를 찾아보자고. 그는 무안했는지, 시치미를 떼고 싶어 했다. 내 나이에 이런 정신 나간 짓을 하다니, 훌리안. 그가 나에게 말했다. 하지만 그가 너무나도 이상해 보였다. 그 어느 때보다 나이 들어 보였지만 아이처럼 보였던 거다. 노망이라 부르는 거였다. 그의 몸이 차가워졌기 때문에 나는 따뜻한 우유 한 잔을 데우고 불을 피웠단다. 그가 나에게 각별히 조심하라고 주의를 주었다. 미라에 불똥이 튀어 부싯돌처럼 순식간에 타지 않도록 말이다. 불쌍한 돈 메르쿠리오. 내가 담요로 무릎을 덮어 주었는데도, 그는 여전히 추워서 벌벌 떨었다. 그가 나에게 성서를 달라고 했다. 그는 성서를 들 힘도 없었단다. 그는 촉촉하게 젖은 눈으로 미라를 바라보며, 코끝에 반짝이는 콧물을 훔쳤다. 나를 판단하려 하지 말게, 훌리안. 그가 나에게 그런 말을 했단다. 우리가 20대였을 때 나는 이 여자를 아주 많이 사랑했었네. 그리고 바로 어제 아침까지 그녀에 대해 전혀 모르고 있었네. 그 장면을 상상해 봐라. 새벽녘에, 석유램프와 장작불의 불빛 아래, 무릎 위에 담요를 덮고 눈물을 흘리며 꽤 야한 성서를 읽고 있는 거의 백 살이 다 된 노인을 말이다. 그 성서는 우리의 성서가 아니라 개신교의 성서였다. 그리고 거의 살아 있는 것처럼 보이는 미라의 눈이 장작불의 불빛에 비칠 때면 그녀가 우리 두 사람을 바라보고 있는 것 같았다. 나는 뭘 했냐고? 그게, 그러니까 나는 돈 메르쿠리오가 시킨 일을 하고 있었다. 문을 모두 걸어 잠그고, 소름이 돋지 않도록 가급적 그녀의 눈은 쳐다보지 않으면서 이름이 아게다인 그 여자를 먼지떨이개로 깨끗이 털어 내고, 돈 메르쿠리오의 이야기를 들으면서 장작불을 휘저으며 난로를 따뜻하게 잘 살리고 있었지. 그가 나에게 카사 데 라스 토레스에 도둑처럼 숨어 들어가 시신을 훔치라고 한 것처럼, 그가 나에게 훌리안, 우물에 몸을 던지게나, 라고 했어도 나는 몸을 내던졌을 걸세. 나에게는 그가 아버지이고, 할아버지이고, 조언자이고, 스승이고, 그 모든 것을 합친 거라는 게 보이지 않니. 그가 울먹이는 소리를 내며 코를 풀고 나면, 그는 심장을 혹사시키지 않게 말을 멈춰야 했네. 그럼 내가 그에게 말했지. 돈 메르쿠리오, 자 이제 그만 주무십시오. 벌써 날이 밝아 오고 있습니다. 하지만 그는 신경도 쓰지 않았네. 훌리안, 계속 얘기하게 내버려 두게. 극단적인 보수주의자인 그녀의 남편이 농지와 성지 등을 돌아보러 다닐 때, 이 여자가 나에게 귓속말로 속삭이던 내용을 떠올리게 내버려 두게. 나는 가족의 주치의라는 명목으로 단둘이 방에 남아 있었네. 그녀는 속옷 차림이고 말일세, 훌리안, 나는 한 번도 본 적이 없는 아주 백옥같이 부드러운 피부였지. 돌돌 말아 올린 머리를 풀면 양어깨 위로 머리카락이 떨어졌지. 나를 진찰해 주세요, 박사님. 그녀가 내 귀를 깨물며 말했네. 아주 큼지막하고 나쁜 뭔가가 나를 불태우고 있어요. 우리는 좋아 죽을 것만 같았네. 훌리안, 우리는 온몸이 타올랐네. 우리는 고통이 심할수록 더욱 즐겼지. 나는 거리를 걸어가는데 양다리가 후들거렸네. 나는 폐병 환자가 될까 봐 두려워서 정력을 기르기 위해 우유와 날달걀을 들이마셨지. 그리고 우리는 최소한 하루에 한 번이라도 서로를 육체적으로 끌어안지 않으면 모르핀 중독자처럼 진땀을 흘리며 불면증에 시달렸네. 나는 카사 데 라스 토레스에 왕진 가면, 나를 기다리는 그녀와 그녀의 남편이 있는 응접실 문을 여는 순간, 사냥개의 후각보다 더 날카로운 후각으로 그녀의 냄새를 맡았네. 내 말을 이해하게, 훌리안. 화장비누 냄새도, 장미를 우려낸 물의 냄새도, 얼굴에 바르는 쌀가루 냄새도 아닐세. 나를 본 순간 그녀의 허벅지 사이를 촉촉하게 적셔 오는 액체의 냄새였네.

수녀가 내 말을 들으면 망측하다고 하겠군. 훌리안이 가까이 있는 테이블들을 곁눈질로 흘낏 바라보며 말한다. 그는 다른 사람들이 받아들이고 있는 노화와 유치한 장난을 약간 경멸하듯 바라본다. 하지만 그렇게 생각하지는 마라. 나도 돈 메르쿠리오가 하는 얘기를 들으면서 얼굴을 붉혔단다. 그때는 서른 살이었지만, 지금 열네 살짜리 사내놈이 여자를 아는 것보다 더 아는 게 없었으니까. 그러니까 우리는 워낙 우중충한 삶을 살았단다. 기껏해야 아가씨 집이나 들락거렸다. 내 말 이해하지. 그러니까 창녀촌 말이다. 그래서 돈 메르쿠리오가 열을 띠며 말하는 소리는 나에게 영화나, 아니면 전쟁 전에 광장 아케이드 아래서 빌려 보던 야한 소설들에 나오는 얘기처럼 들렸단다. 그리고 부러웠다. 그럼, 당연히 부러웠지. 나는 여든 살이나 되었는데도 아직 그런 일을 겪어보지 못했으니. 입김만으로도 당장 부서질 것 같은 노인이 젊은 시절에 내가 평생 누린 것보다 훨씬 많은 것을 누렸다는데. 그는 성서를 읽고 기억을 떠올렸다. 엄청난 말들이었다. 내가 기억력이 좋지 않아 그 말을 반복할 수 없다는 게 정말 안타깝구나. 그녀의 남편이 없을 때면 그가 그녀에게 성서를 읽어 주었다고 했다. 그녀의 젖가슴이 포도송이이고, 배꼽이 잔이고, 배가 밀 한 줌, 뭐 그런 얘기를 말이다. 그가 책을 덮으면 그들은 서로를 바라보며 미칠 것처럼 굴었단다. 그가 나에게 말해 준 거다. 하인들이나 남편에게 들키지 않기 위해 한번은 그들이 옷장 안에 숨어야 했는데, 거의 숨 막혀 죽을 뻔했다는구나. 하지만 그들은 결국 들통이 났고, 돈 메르쿠리오가 더 이상 말해 주지 않았으니, 어떻게 들통이 났냐고 나에게 묻지는 마라. 당시 그는 그녀의 임신 사실을 이미 알고 있었다는 말만 했다. 그는 하마터면 목을 잘릴 뻔했었다. 그는 바다 너머 필리핀까지 도망가야 했다. 그리고 나중에는 쿠바까지 갔었지. 그 당시 전쟁이 있었을 때 그는 얼마나 되는지는 모르겠지만 수천 명의 군인들에게 말라리아를 치료해 주었다. 그리고 그들과 함께 아바나를 떠나는 마지막 증기선을 타고 스페인으로 돌아왔다. 그는 카디스에서 하선했지만 마히나로 돌아올 시간이 없었다. 그리고 맥을 못 추는 심장을 안고 산 로렌소 광장에 도착했을 때는, 이미 너도 상상할 수 있겠지. 그는 관리인 여자 이외에는 아무도 사는 사람이 없는 카사 데 라스 토레스를 보았다. 너도 알고 있는 관리인 여자의 어머니였다. 그리고 그녀와 남편이 어디로 갔는지는 아무도 알지 못했고, 이미 오랜 세월이 흘렀기 때문에 그들을 기억하는 사람도 없었단다. 돈 메르쿠리오는 사방에 수소문하고 다녔다. 누군가 부인이 폐가 약해 남편이 기후 때문에 그녀의 몸이 상하지 않도록 그녀를 데리고 마히나를 떠났다고 얘기했기 때문에 그는 스페인의 요양소란 요양소는 모두 뒤지고 다녔다. 심지어 스위스에 있는 최고 요양소들에도 프랑스와 독일어로 편지를 썼다. 기억을 절반쯤 잃어버린 늙은 산파를 통해 그가 유일하게 알아낸 거라곤 그의 애인이 아들을 낳았는데, 태어나자마자 고아원에 버렸다는 것뿐이었다. 내 삶이 어땠을지 보게, 훌리안. 그날 밤 그가 나에게 말했다. 평소처럼 장식 어구를 잔뜩 사용해서 말이다. 처음에는 솔로몬의 「아가」의 첫 장을 인용하고, 나중에는 비참한 연재소설을 인용하면서 말이다……

　그가 아들을 찾아냈냐고? 아들을 찾아냈다고는 말할 수 있다. 돈 메르쿠리오는 뭔가 하겠다고 마음먹으면 그 어느 것도, 그 누구도 가로막을 수 없었거든. 하지만 나에게는 누군지 말해 주지 않았다. 그냥 아들이 마히나에 살고 있는데, 아버지를 만나고 싶어 하지 않는다는 것만 말해 주었다. 그 시절치고는 이상한 일이었지. 나는 계속 그에게 물었지만, 그는 파리를 쫓아내듯 손사래를 치며 단숨에 잘라 버렸다. 그가 나에게 가까이 오라고 했다. 지금도 그가 눈앞에 선하구나. 비로드 모자를 쓰고 있었고, 미라보다 훨씬 누렇게 떠 있었다. 그가 나에게 말했지. 훌리안, 죽기 전에 자네에게 할 말이 있네. 젊은 시절 나에게 아들이 있었지만 나는 그 아들을 잃어버렸네. 그리고 그 아들이 나를 보려고도 하지 않고, 나에게서 어떤 혜택도 받으려 하지 않는다고 해서 아들을 원망하지는 않네. 하지만 나는 늙어서 다른 아들을 만났네. 바로 자네일세. 그렇게 나는 치욕과 가난으로 운명 짓는 누군가를 낳은 상처의 일부를 자네와 함께 치유하려고 하네. 그는 나에게 이렇게 똑같이 말했단다. 요즘 텔레비전에 나오는 옛날 영화에서도 사람들은 이제 이렇게 말하지 않지. 그리고 그 시절에도, 내가 젊었던 시절에도 그렇게 말하지는 않았단다. 나는 돈 메르쿠리오가 하는 얘기의 절반도 이해하지 못했다. 그리고 우리가 미라를 훔친 이후로는 더더욱 그를 이해하기 힘들었지. 그는 건강을 위해 나가던 산책도 그만두었다. 햇빛과 자유로운 공기, 그리고 더위까지도 미라에 안 좋았기 때문에 그는 문이란 문은 항상 걸어 잠그고 살아야 했다. 그래서 돈 메르쿠리오는 내가 장작불을 피우는 것도, 테이블 아래에 화로를 피우는 것도 허락하지 않았다. 불쌍한 분이 담요를 둘둘 말고 추위에 떨었단다. 그를 보는 게 얼마나 애처로웠는데. 그는 하루가 다르게 기운이 달렸고 말이 없어졌다. 미라가, 아게다가 이집트 미라처럼 조금씩 망가지기 시작한다는 걸 알았을 때까지는 말이다. 미라의 얼굴에 균열이 가기 시작했고, 곱슬머리가 떨어져 나가기 시작했다. 그때 그가 나에게 조각가인 우트레라를 불러오라고 했다. 그는 누군가 중병에 걸려 집에서 의사를 기다리듯 애타게 그를 기다렸다. 그리고 조각가는 그곳에서, 며칠인지는 확실히 모르겠지만 며칠 동안 밤낮으로 일했다. 돈 메르쿠리오는 그를 재우지도 않았단다. 조각가가 그녀를 얼마나 똑같이 빼닮게 만들었는지. 성당에 예치하는 성모 마리아나 성상처럼 만들었다. 마치 사람에게 말을 걸 것같이 진짜처럼 생긴 성상 말이다. 그리고 불쌍한 아게다는 이제 알아볼 수도 없을 정도가 되었기 때문에, 뉴스에서 말하듯 시간 앞에서는 장사가 없었다. 너도 상상할 수 있을 거다. 돈 메르쿠리오는 그녀를 보러 들어가지도 않았다. 그녀에게서는 모든 게 떨어져 나갔다. 암을 앓는 사람처럼 군더더기 하나 없이 대머리가 되었고, 코도 떨어져 나갔다. 정말 안타까운 일이었지. 내가 처음에 정성껏 돌보다가 나중에는 정까지 들었는데 말이다. 내가 손으로 옷을 스치면 목구멍이 꽉 막힐 정도로 재 같은 게 손바닥 가득 묻었단다. 탈곡기의 먼지처럼 말이다. 우트레라가 일을 마치자 그는 그 방으로 다시 들어갔다. 그리고 그때부터는 그곳에서 움직이지 않았다. 어떤 날 밤에는 잠자리에 들려고도 하지 않았다. 그는 돋보기를 들고 성서를 읽었으며, 화로의 불씨에 더 많은 재를 끼얹으라고 늘 나에게 주의를 주었다. 더위가 새로운 아게다를 손상시키지 않도록 말이다. 그리고 나에게는 옛날 아게다를 어떻게 처분했는지 묻지도 않았다. 사실 그녀에게서는 남은 것도 별로 없었다. 그걸 떠올리기조차 부끄럽구나. 나는 가능한 한 모두 빗자루로 쓸어 자루에 담아, 뒷마당에 모닥불을 피웠다. 그리고 연기가 올라가는 동안 그녀를 위해 주기도문을 외워 주었다. 무엇보다도 예의상 그랬다. 나도 그때는 이미 돈 메르쿠리오 못지않게 무신론자였거든……

어느새 우리 둘만 남아 있다. 사막처럼 황량한 응접실에서는, 그때까지 켜져 있던 텔레비전 소리가 더 크게 들려왔고, 돌바닥 위로 고무 슬리퍼를 질질 끄는 늙은 노인을 가운을 걸친 백발 머리 여자가 부축해 가고 있다. 노인은 턱과 양손을 계속 떨고 있는데, 그의 얼굴이 낯설지만은 않다. 하지만 그가 누구인지, 그가 옛날에 어떤 모습이었는지, 예전에 어디서 그를 봤는지는 기억하고 싶지 않다. 학교에서 수업이 끝날 때 울리는 것과 같은 종소리가 울려 퍼진다. 저녁 시간이다. 훌리안이 역겨움과 체념이 섞인 표정으로 말한다. 인스턴트 수프에 프라이팬에 구운 햄, 냉동 크로켓이 나온단다. 그가 나에게 미안하다며 양해를 구한다. 여기선 말하는 습관을 잃어버려, 시간 가는 줄을 모른다고, 여기서는 아직 숨만 붙어 있는 죽은 사람들만 산다고. 그리고 그중 절반은 걷지도 못한다고 말한다. 그가 일어나려는 동작을 취해 내가 한 손을 내밀자, 뿌리친다. 그가 간신히 일어난다. 그는 나보다 키는 훨씬 크지만 걷는 게 이상했다. 등이 구부정해서 무릎을 지나치게 많이 벌리고 걸었다. 그가 내 일에 대해 묻는다. 내가 외국에 좋은 직장이 있으며, 내가 장관보다 더 많은 외국어를 할 줄 안다는 얘기를 들었다고 말한다. 그는 병영 못지않게 끔찍한 냄새가 풍겨 나오는 식당 문 앞에서 나와 헤어질 때 내 손을 힘주어 꽉 잡으며, 마누엘 외할아버지에게 안부를 전해 달라고 한다. 택시 기사, 마부 훌리안이 안부를 전하더라고 해라. 나는 그에게 어쩌면 외할아버지가 기억하지 못하실 거라고 설명한다. 그러자 그가 고개를 갸우뚱하더니, 틀림없이 기억할 거다. 너는 내 말만 전해라, 그러면 적어도 미소라도 머금을 테니 두고 봐라. 우리가 함께 플라멩코 술집들을 얼마나 어울려 다녔는데. 그가 내게서 등을 돌리고, 그의 뒤로 문이 앞뒤로 흔들리며 닫힌다. 흰색 테두리를 두른 반투명 유리문이 다시 열리면서, 복도 가운데로 걸어가는 그가 언뜻 보인다. 키가 상당히 크며, 목덜미가 넓적하고 머리카락이 없다. 양팔이 몸에서 분리된 채 힘없이 매달려 있는 것 같다. 그는 몸통보다 더 부실한 양다리를 벌린 채 걷는다. 한 줄로 늘어선 늙은 얼굴들이, 끔찍할 정도로 추한 얼굴들이 김이 모락모락 피어오르는 수프 사이로 나를 바라보고 있다. 그리고 확성기에서는 기타 반주의 찬송가가 울려 퍼지고 있다. 복도 벽, 목욕탕 타일 위로 단발머리에 상냥한 얼굴을 한 그리스도와 함께 시구가 적힌 날이 밝아

오는 풍경의 포스터들이 붙어 있다. 나는 노망든 여자가 관절염이 있는 손가락으로 로사리오를 꼭 쥔 채 돌리고 있는 벤치 옆을 지나간다. 나는 한시바삐 이곳을 떠나고 싶다. 이 냄새를 계속 맡고 싶지도 않고, 멀리서 기타와 함께 들려오는 부드러운 노래와 그 목소리들도, 코펠 접시들 위로 부딪치는 포크와 나이프 소리도, 외롭고 느릿느릿하게 돌바닥 위를 끄는 발소리도 듣고 싶지 않다. 나는 시계를 본다. 밤 9시다. 뉴욕은 오후 3시이다. 당신이 비행기에 오르려면 아직도 견딜 수 없는 몇 시간이 흘러야 한다. 그리고 당신이 마드리드에 도착해 마히나행 버스에 오르려면, 또다시 영원과도 같은 시간이 흘러야 하고.

나는 거리로 나왔고, 추위와 소음, 바에서 들려오는 목소리들, 젊은 얼굴들, 쇼윈도의 불빛들이 고마웠다. 내가 평소보다 훨씬 서둘러 걷고 있다는 게 느껴진다. 나는 양로원에서 도망치고 있었던 것이다. 나는 주변을 둘러보고, 내가 그곳에 남겨 두고 온 것들이 그곳에서는 전혀 존재하는 것 같지 않았다. 그 남자들과 여자들은 이 세상 사람이 아니었다. 그들은 문둥병 환자처럼, 무심한 외국으로 망명을 떠난 사람들처럼 숨어 살고 있다. 그들은 두 세대 전까지만 해도 자기네 것이었던 그 도시에서 쫓겨났다. 그들이 밖으로 나온다 해도, 이제는 그 도시를 알아볼 수도, 횡단보도를 제대로 건널 수도 없다. 그들은 사전에 죽은 자들과 공모했으며, 살아 있는 사람들보다는 죽은 사람들을 더 많이 닮았다. 나는 그들의 목소리를 듣지만 그들에게 붙잡히고 싶지는 않다. 이제야 나는 기억이나 다른 사람들의 거짓말, 심지어 자기 자신의 거짓말에 지나치게 깊이 파고든다는 게 얼마나 위험한 일인지 깨닫는다. 어릴 때 산 후안 날 밤, 트라간티아 아주머니가 노래 부르는 걸 들으면 혼이 나가 그 여자를 따라가기 때문에 큰일 난다고 했다. 나는 갑자기 당신의 목소리 이외에는, 아무 목소리도 듣고 싶지 않고, 당신 이외에는 어떤 조국도 가지고 싶지 않고, 지난 몇 달 이외에는 더 이상 다른 과거도 갖고 싶지 않다. 나는 쇼윈도에서 빨간 가발을 쓴 마네킹의 플라스틱 허벅지에 꽉 끼는 검정 드레스를 보며, 앞으로 다가올 5월의 온화한 날 밤의 당신 모습을 상상하며 흥분한다. 나는 당신의 이름을 부른다. 당신의 얼굴을 떠올리려 했을 때처럼 당신의 이름을 생각한다. 큰 목소리로 당신의 이름을 연거푸 계속 불러 본다. 나디아. 나디아 앨리슨. 나디아 갈라스. 그리고 한 음절 한 음절 발음하면서 당신 입의 향취를, 촉촉한 당신 입술을, 내 얼굴을 핥는 당신의 혀를 느낀다. 내가 당신 위로 올라가 눈이 멀어, 이제는 내가 누군지, 당신이 누군지 모를 때, 우리의 모습과 이름의 특징, 심지어 의식에 대한 우리 삶의 무게까지 잃어버리는 바로 그 순간을 느낀다. 그러면 우리는 땀범벅이 되어 이를 악물고 서로의 몸에 부딪치며 짝짓기에만 미친 듯이 열중하는 암컷과 수컷밖에 되지 않는다. 밀었다 당기는 애정 싸움과 인간 언어의 소리와는 상관없이 원시적인 거친 소리만 질러 대며, 키스는 깨무는 게 되고, 애무는 할퀴는 게 되어 버린다. 동공은 확장되고 얼굴은 일그러져 신음 소리와 비명 소리만 질러 대며, 상대방의 시선을 피하거나, 아니면 강렬하게 서로를 바라보게 된다.

그리고 그 시선에는 어쩌면 죽을지도 모른다는 놀라움이 약간 뒤섞여 있을 수 있다. 하지만 몇 분 후 천천히 되살아나 조금씩 호흡과 언어 사용, 미소 짓는 능력을 되찾게 된다. 주문에 걸린 느낌이 들기도 하고, 약간 부끄럽기도 하면서. 왜냐면 우리는 생각보다 훨씬 멀리 가 버렸고, 열에 들뜬 헛소리 속에 모든 변명과 도덕성, 신중하고 깍듯한 사랑을 버려두고 왔기 때문이다. 우리가 인간을 제물로 바치는 의식과 비슷하게 우리 자신을 제물로 바치고, 희생물로 내놓고, 서로를 핥고 마셨기 때문에 우리는 두려우면서도 자랑스럽다. 당신이 지금 나를 본다면, 내 바지의 지퍼 쪽으로 시선을 내린다면 아마 나를 비웃을 것이다. 레스토랑에 갔을 때 당신이 구두를 벗어 내 발을 애무하고, 내가 당신에게 아직 일어나지 말라고, 내 손을 만지지 말라고 했을 때처럼. 나 혼자, 마히나에서, 누에바 거리에서, 1월 말에 벌써 여름 유행을 알리는 쇼윈도들에서 여자 옷을 바라보면서 정말이지 쑥스럽다. 여름은 당신과 내가 아직 알지 못하는 미스터리로 기대가 되는 계절이다. 재킷 단이 낯 뜨거운 부위를 가려 주니 그나마 다행이다. 젊은 시절 돈 메르쿠리오가 카사 데 라스 토레스에 들어갔을 때도 아마 이랬을 것이다. 물론, 연미복이나 망토가 가려 줬겠지만. 내가 당신에게 이 모든 얘기를 하는 모습을 상상해 봐. 나는 훌리안의 얘기를 들으면서, 당신에게 그 얘기를 들려주고 있었다. 바로 내 옆에서 당신을 보았다. 나는 당신을 자랑스러워하고 있었다. 당신은 얼굴에 내려온 머리를 젖히면서 테이블에 팔을 괸 채 아주 열심히 듣고 있었다. 당신은 6천 킬로미터나 떨어져 있지만 아주 가까이 있는 듯 생생했다. 당신은 내일 밤 내 팔짱을 끼고 헤네랄오르두냐 광장을 내려가고 있을 것이다. 당신은 만사가 귀찮고 피곤해 얼른 방으로 돌아가고 싶어 조급해할 것이다. 그리고 훌리안이 내게 들려준 이야기를, 반세기 전 돈 메르쿠리오가 그에게 들려준 이야기를, 우리 어머니가 페드로 외증조부에 대해 내게 들려준 이야기를 내가 당신에게 계속 들려주는 동안, 나는 당신에게 와서 머무는 사람들의 시선을 은근히 자랑스러워하며 지켜볼 것이다. 수많은 세월 동안 무수히 많은 목소리들이 있었지만, 그 어느 목소리도 나에게 진실을 말해 주지는 않았다. 하지만 어쩌면 그 점에 있어서는 그 목소리들이 우리의 목소리와 닮은 것 같다. 그리고 그 목소리들이 침묵을 지킨 게 훨씬 중요할 수도 있다. 욕망이나 꿈이 아니라, 그냥 잊고 지나쳤는데 그 결과가 아주 세세하게 지속되는 행동이나 비밀을 우연히 알게 되는 게 더 중요할 수도 있다. 나는 포소 거리의 내 발소리와 병영의 취침나팔 소리, 11시를 알리는 종소리를 듣고 있다. 그리고 산 로렌소 광장의 골목에서 불빛을 보고 있다. 당신은 이제 공항으로 향하고 있을 것이다. 택시가 이스트 리버 강가를 지나 북쪽으로 달리고 있을 것이다. 어쩌면 교통 체증 때문에 서 있을 수도 있다. 하지만 당신은 그런 것에 전혀 불안해하지 않는다. 나라면 손톱을 깨물고 있을 테지만. 나는 그 생각만으로도 초조해지는데, 당신은 차분하게 차창을 내다보며 루주를 바르고 신문을 읽거나, 아니면 택시 기사와 얘기를 나누고 있을 것이다. 당신은 올 수 있다고 확신하며, 비행기를 놓칠 가능성은 조금도 염두에 두지 않는다. 당신은 너무 느긋해서 마지막 순간까지 면세점을 유유히 돌아다닐지도 모른다. 그러다가 당신이 비행기에 오르는 마지막 승객이 될 수도 있다. 하마터면 일어날 수도 있었지만 일어나지 않은 참사를 다행스러워하며 미소를 머금으면서. 찰나와 같은 순간에, 간발의 차이로, 기적적으로 나비를 향해 몸을 숙여 날아오는 총알을 피한 멍청하고 근시안적인 만화 주인공처럼. 우리 집 다이닝 룸에서는 어머니가 텔레비전 영화를 보며 뜨개질을 하고 있고, 마누엘 외할아버지는 잠이 들었는지, 아니면 화로의 열기에 취해 젊은 시절의 추억을 꿈꾸는 척하고 있다. 그 꿈은 눈을 뜨는 순간 잊어버리게 되고, 자기는 어디에 있는지도 모를 것이다. 1만 미터 고도에서 대서양의 밤바다 위를 날고 있는, 절반이 텅 비어 있는 비행기에서 붉은 머리에 졸음이 잔뜩 어린 밤색 눈을 가진 여자가 둥그런 창문 테두리에 머리를 기대고 있다. 창밖으로는 어둠 이외에 아무것도 보이지 않으며, 마드리드에 도착하려면 몇 시간이 남았는지 계산하고 있다. 나는 마차를 끌었던 훌리안이 양로원 침대에 누워 입을 벌린 채 숨을 내쉬며 거칠게 코를 고는 소리와 노망이 들어 귀에 거슬리게 우는 소리, 환자나 다 죽어 가는 사람이 고통으로 헐떡거리는 소리를 듣고 있다. 훌리안은 오늘 밤 자기를 찾아온 젊은 남자를 생각하며, 마히나의 골목길과 카사 데 라스 토레스 앞에서 울려 퍼지던 말발굽 소리와 돈 메르쿠리오의 마차 바퀴 소리를 떠올리고 있을 것이다. 레알 거리와 골목을 접한 쇠창살이 달린 가게의 커다란 창문 뒤에서는 가로등 불빛이 밀랍 인형의 눈동자에 아주 희미하게 반사된다. 뉴욕의 한 박물관에서는 경비들이 피곤해하며 조명

등을 끄면서 렘브란트의 그림을 어둠 속에 잠재운다. 그 그림에선 질주하는 백마의 실루엣과 타타르족 모자를 쓴 기병의 창백한 얼굴이 거의 보이지 않는다. 총알을 맞은 구리 동상이 남쪽을 향해 살짝 몸을 숙이고 있는 마히나의 헤네랄오르두냐 광장에는 경찰서 발코니의 한 곳에 계속 전깃불이 켜져 있다. 시계 종소리가 무겁게 울려 퍼지고, 아직 잠들지 못한 누군가는 그 시계 소리를 제대로 세지 못하고 있다. 텅 빈 냉장고의 모터 소리가 요란하게 돌아가는 브뤼셀의 한 아파트에서는 절반쯤 마시다 만 맥주 캔과 한 달 전의 날짜가 찍혀 펼쳐진 신문을 지저분한 새벽빛이 밝혀 주고 있다. 맨해튼의 한 침실 벽, 한구석에 처박혀 있는 궤짝 안에는 수천 장의 흑백 사진들과 16세기에 이단으로 몰려 도망 다니던 한 성직자가 스페인어로 번역해 1869년에 마드리드에서 출판한 성서 한 권이 들어 있다. 검정 가죽으로 양장해, 가장자리가 벌레 먹은 성서이다. 뉴저지의 한 공동묘지의 얼어붙은 잔디 2미터 아래에는 갈라스 소령의 시신이 빳빳하게 굳은 채 누워서 썩어 가고 있다. 그리고 세상 건너편 끝인 나이로비의 한 사무실 파일에는 몇 달 전 공동묘지에 매장된 도날드 페르난데스라는 이름의 서른네 살 콜롬비아 남자의 사진과 지문이 문서로 보관되어 있다. 기다리다 지친 마지막 날 밤을 견디기 위해, 외로운 연인들이 이중으로 괴로운 밤을 견디기 위해, 누군가는 수면제 두 알을 물 한 잔과 들이켜고 눈을 감는다. 그러곤 어릴 때 들었던 벌레가 갉아 먹는 소리와 똑같이 멀리서 들려오는 닭 우는 소리와 개들이 짖어 대는 소리를 듣는다. 그는 비행기 엔진 소리를 들으면서 잠이 들었다고 믿는다. 한 층 아래에서는 예순한 살의 여자가 코를 고는 남편 옆에서 잠 못 들어 하며, 어머니의 죽음 때문에 고통을 느끼는 건 의무이자 당연한 의리라고 생각한다.

내가 바로 당신에게 말을 걸고, 당신을 기억하는 사람이다. 나는 눈에 햇살을 받으며 깨어나, 바로 오늘 당신이 올 거라 생각하고, 당신이 우울한 버스 터미널에서 졸린 눈으로 어리둥절해하며 벌써 기다리고 있을 거라 생각한다. 당신은 여행용 옷을, 검은색 점퍼와 꼭 끼는 바지를 입고 끝이 뾰족한 짧은 부츠를 신고 있다. 내가 바로 당신이 도착하기 한 시간 전에, 모든 불확신을 피하기 위해 당신을 기다리러 가서 시간표를 확인하고 직원에게 애타게 물어본 사람이다. 도무지 용서할 수 없는 10분이 연착되어 터미널로 막 들어온 버스 창문 뒤로 당신이 직원을 찾는 모습을 보고 담배를 집어던진 사람이다. 그는 심장이 덜컥 내려앉은 기분일 것이다. 그는 형체를 알 수 없는 승객들 사이에서 당신 쪽으로 다가가 당신의 헝클어진 단발머리와 차분한 행복을 보는 순간, 당신이 이미 그 사람을 알아본 순간, 미소를 머금을 것이고, 기쁜 마음으로 미친 듯이 당신을 꼭 끌어안기 1분 전에 나지막하게 말할 것이다. 도그, 우에이드, 브라우센, 엘로힘. 당신이 누군가가 아니든, 어디에 존재하지 않든 간에, 동물들과 벌레들의 신이시여, 대양들과 전멸한 수많은 인간들을 다스리시는 분이시여, 아이러니와 파괴와 우연의 경솔한 주인님이시여, 당신은 제 모든 욕망에 딱 맞게 그녀를 만드셨습니다. 당신이 그녀의 얼굴과 그녀의 허리와 그녀의 손과 종아리, 그녀의 발을 만드셨습니다. 당신이 저를 잉태하셨고, 제가 남자가 되어 그녀를 필요로 하고 그녀를 만날 수 있도록 당신이 하루하루 저를 구원해 주셨습니다. 어느 날 아침, 정확한 시간에, 마드리드의 일정한 장소에 당신이 그녀를 데려다 주셨습니다. 그리고 나중에 그녀가 뉴욕의 한 호텔 커피숍에 나타날 수 있도록 제게 그 특권을 베푸셨습니다. 이제 제가 그녀를 잃지 않도록 해 주십시오. 두려움이나 실망하는 버릇을 없애 주십시오. 그녀를 세상에 데려오기 위해 그녀의 조상들을 지켜 주셨듯이 저를 위해 그녀를 지켜 주십시오. 그리고 7월의 어느 날 밤, 당신은 비탄에 잠긴 그녀 아버지의 마음에 용기를 불어넣어, 20년 후 저를 위해 그녀가 태어날 수 있도록 그 유일한 목적으로 망명을 떠나 보내셨습니다. 그런데도 당신이 제게서 그녀를 빼앗아 가실 거라면, 느린 몰락도, 거짓말도 허락하지 마십시오. 증오든 권태든, 그 느낌이 들자마자 저를 곧바로 죽여 주십시오. 그녀 없이 혼자 남아, 개처럼 고통받게 해 주십시오. 하지만 그녀의 곁에서 편히 망가지게는 해 주지 마십시오. 두 사람 누구에게도 협상이나 위로, 미래의 삶이 없도록 해 주십시오. 저희 손이 쐐기풀이 되어, 저희는 유리 눈이 박힌 두 개의 밀랍 인형처럼 상대방을 바라봐야 합니다. 하지만 가능하다면, 저희에게 절대 만족이라는 특권을 허락하지 마십시오. 저희의 눈을 밝게 해 주시고, 저희의 눈을 멀게 해 주십시오. 저희를 위해, 저희 삶에서 난생처음 도망치고 싶지 않을 미래를 내려 주십시오. 제가 아직 태어나지 않았던 때를 기억합니다. 저는 완전한 제가 되는 게 두렵습니다. 마히나의 버스 터미널 복도에서 마드리드발 버스의 도착을 알리고 있다. 나는 지금 당장 간절히 원하는 당신의 날씬한 몸을 끌어안기 위해 시간을 단축시키고 있다. 당신이 어깨에 가방을 둘러메고 한 손에 트렁크를 든 채 나에게 다가오고 있다. 당신이 벌거벗은 어깨 위로 머리를 풀어뜨린 채 호텔 방의 침대 앞에 서 있다. 나는 아무것도 기억나지 않는다. 날이 어두워지기 시작했는지, 내가 마히나에서, 뉴욕에서, 아니면 마드리드에서 당신과 함께 있는 건지 모르겠다고, 나디아가 말한다. 하지만 두 사람은 감사한 마음과 욕망 이외에는 아무것도 느끼지 않기 때문에 상관없다.

끝

445 "추로스": churros. 막대 모양의 튀김 요리.

584 "회색 말들": 무장 경찰의 별명. 복장이 회색이었다.

601 "타키투스": Publius Cornelius Tacitus (?55~?120). 고대 로마의 역사가.

620 "루이사 페르난다": 유명한 사르수엘라의 제목.

622 "타파스": tapas. 스페인 요리의 후식.

647 "그러지 마": 바예인클란의 희곡「보헤미아의 빛」의 한 구절.

역사와 개인사의 접점을 찾아서

권미선(경희대 스페인어과 교수)

    스페인은 1975년 프랑코의 죽음과 함께 오랜 독재의 터널을 빠져나와 사회·정치·문화적으로 많은 변화를 겪었으며, 소설 분야에서도 전환기 이후 많은 변화가 있었다. 1980년대 후반부터 활동을 시작한 안토니오 무뇨스 몰리나(Antonio Muñoz Molina)는 그 시대의 스페인 사회를 반영한 많은 소설 작품들을 발표하며 왕성한 활동을 벌였다. 『행복한 사람(*Beatus ille*)』(1986)을 시작으로 『리스본의 겨울(*El invierno en Lisboa*)』(1987), 『다른 삶들(*Las otras vidas*)』(1988), 『어둠의 왕자(*Beltenebros*)』(1989), 『폴란드 기병(*El jinete polaco*)』(1991), 『비밀의 주인(*El dueño del secreto*)』(1994), 『전투적인 열정(*Ardor guerrero*)』(1995), 『만월(*Plenilunio*)』(1997), 『달의 바람(*El viento de la Luna*)』(2006), 『일기장의 나날들(*Dias de diario*)』(2007) 등 다수의 작품들이 있다. 작가는 1991년 스페인의 권위 있는 문학상인 플라네타상을 수상한 『폴란드 기병』으로 뛰어난 작품성을 인정받아

39세의 나이에 스페인 한림원 회원이 되었으며, 이 작품은 1990년대 이후 전환기의 문학에서 벗어난 새로운 소설 세대의 대표 작품으로 평가받고 있다.

『폴란드 기병』은 주인공 마누엘과 나디아의 개인사를 바탕으로, '1898년 스페인의 대재앙'부터 거슬러 올라가 스페인 내전 발발과 이후 프랑코 독재 기간, 프랑코 사후 민주화 이행기와 같은 집단적인 역사를 덧입힘으로써 스페인 현대사 전체를 조명하고 있다. 동시 통역사인 주인공 마누엘은 직업 때문에도 한곳에 정착하지 못하고 유목민과 같은 떠돌이 삶을 살아가던 중, 사춘기 시절 방황할 때 하룻밤 만났던 나디아를 성인이 되어 다시 만나 사랑하게 되면서 자신의 잃어버렸던 과거를 되찾고 정체성을 회복해 간다. 때문에 대부분의 내용이 과거의 회상이라는 커다란 서사 틀 속에 전개되며, 산발적으로 출몰하는 여러 등장인물들의 과거 기억을 통해 스페인 내전이 스페인 사회에 의미하는 집단적 기억과 그 이후 전환기 사회를 통한 개인적 기억을 얘기한다. 주인공 마누엘은 마히나라는 스페인 하엔 지방의 작은 도시와 자기 가족에서 벗어나는 게 인생의 목표였지만 성인이 되어 전 세계를 떠돌면서 자신의 정신적 방황과 뿌리 뽑힘, 상실감을 경험한 후 마히나로 돌아와 자기 정체성을 찾는다. 그 외 이 작품은 한 사건을 바라보는 각기 다른 등장인물들의 반복과 부연, 열거 등을 통해 퍼즐처럼 짜 맞춰 가는 집단적 기억인 '역사'와 개인적 기억인 '서사'의 차이를 드러낸다. 이 작품은 유년 시절 여러 목소리들의 집단적 기억을 얘기하는 제1부 「목소리들의 왕국(El reino de las voces)」과 마누엘과 나디아의 기억을 통한 개인적 기억인 제2부「폭우 속의 기병(Jinete en la tormenta)」, 역사와 개인사가 만나 정체성을 회복하는 제3부「폴란드 기병(El jinete polaco)」으로 구성되어 있다.

제1부「목소리들의 왕국」은 주인공 마누엘과 그의 주변 인물들, 즉 외증조부를 비롯해 외할아버지, 아버지 세대를 거쳐 내려오는 스페인의 비극적 역사를 얘기하면서, 그와 동시에 마히나라는 하엔 지방의 마히나 산맥 사이에 있는 작은 도시의 역사와 전설을 얘기하며 스페인 내전이라는 집단적 역사의 전후(前後) 상황을 얘기한다. 외증조부인 페드로 엑스포시토는 '1898년 스페인의 대재앙'을 상징하는 쿠바 전쟁을 대표하는 인물이다. 외증조부인 페드로 엑스포시토는 태어나면서 고아원에 버려진 사생아로 쿠바 전쟁에 참여했으며, 자신의 과거를 철저히 베일에 숨기고 침묵 속에 사는 신비한 인물로 등장한다. 훗날 스페인-미국 전쟁으로 번진 쿠바 전쟁(1895~1898)은 스페인이란 구제국과 미국이란 신제국 간의 대립뿐만 아니라, 19세기를 마감하고 보다 잔인하고 폭력적인 20세기로 접어드는 역사의 전환기에서 결정적인 시점이었다. 이 전쟁을 계기로 1492년부터 대제국을 이루고 있던 스페인은 1898년에 유럽의 약소 국가로 전락하고 말았고, 1898년이란 해는 스페인 국민들에게 씻을 수 없는 집단적인 상처를 남겨 주었다. 이렇듯 참혹한 역사적 현실 앞에서 스페인 국민은 절망감과 환멸, 무력감에 휩싸였다. 스페인 국민들은 이 사건을 '1898년

스페인의 대재앙'이라 부르며 자성의 목소리를 높였다. 가치관의 혼란으로 말미암아 스페인 국민은 공동체 의식의 위기를 경험하게 되었고, 거기서 비롯된 정신적·물질적 해체 현상이 사회 각 분야에서 일어나게 되었다. 주인공의 외증조부인 페드로 엑스포시토는 이러한 19세기 말 20세기 초 스페인의 무능력과 환멸 의식을 상징하는 인물로 대변될 수 있다.「목소리들의 왕국」에서 말 많고 허세와 과장이 심한 주인공의 외할아버지인 마누엘과 대비되는 외증조부는 침묵 속에서 과거에 대한 망각화 작업을 통해 오히려 기억을 되찾아 가며, 자기 세대의 생존자들을 묵묵히 지켜본다. 과거의 아픔을 들춰내면 또 다른 비극이 되풀이될지 모른다는 두려움에 외증조부는 과거에 대한 규명보다는 침묵을 택한 것이다. 과거의 무게에서 벗어나고자 하는 이러한 침묵은 과거의 상처가 아직 아물지 않고 잠복해 있으면서 그들의 발목을 잡기 때문이다. 침묵으로 일관된 과거는 카사 데 라스 토레스에서 발견된 부패하지 않은 여자 미라와 맥을 같이하며 작품 결말까지 계속 긴장의 끈을 놓지 않게 한다. 외증조부를 가장 많이 닮은 주인공 마누엘은 결말 부분에 가서 지극히 평범하고 가난한 자기 집안의 숨겨진 내력과 마히나에서 가장 유명한 전설 사이의 연관성을 발견하고 자기 정체성을 회복해 미래에 대한 희망을 드러내며, 작품 초반의 외증조부의 침묵은 결말 부분에 가서 밝혀질 집안의 비밀을 미스터리하게 이끌어 주는 견인차 역할을 한다.

　마누엘 외할아버지는 1936년에 발발한 스페인 내전을 대표하는 인물로서 공화파 성향의 신의 있는 남자이다. 그는 자기 의무를 다한 것 이외에는 아무 잘못이 없다고 생각하지만, 결국 그것은 신의가 아닌 무모한 희생이었고, 훗날 아내와 딸에게 폭력을 휘두르는 허풍 심한 그의 성격과 연결되면서 신념의 대결로 인해 민족적 비극으로 번진 스페인 내전의 무모한 희생과 폭력성을 간접적으로 상징한다. 그리고 이러한 패배자들의 기억은 침묵과 공백으로 일관되어야 했다. 전쟁에서 패한 공화 진영은 스페인 국내에서는 자기네 기억을 드러낼 수 없었고, 국가 권력에 의해 침묵을 강요당한 그들의 경험은 개인의 기억 속에 가둬야 했다. 전쟁이 끝난 후 고향으로 돌아간 공화 진영 사람들은 정부의 탄압 속에서 감시를 받았다. 주인공은 아버지의 밭에서 일을 도와주며, 외할아버지 세대인 라파엘 아저씨와 페페 아저씨, 차모로 중위로부터 스페인 내전 이야기와 스페인 내전 당시 마히나의 영웅이 되었던 갈라스 소령에 대한 이야기를 전해 들으며, 아버지 세대의 삶을 들여다본다. 공화 진영의 영웅이었던 갈라스 소령은 결국 망명을 택해 미국으로 떠나고, 그를 모셨던 차모로 중위는 경찰의 감시를 받으며 마히나에서 침묵의 세월을 살아간다.

주인공의 아버지는 1939년 스페인 내전 종식 이후의 세대를 대표하며, 무방비 상태인 어린 나이에 혹독한 내전을 몸소 체험한 가장 불우한 세대로 전후 혹독한 현실에 내팽개쳐진 채 극한 상황으로 내몰렸다. 그 세대들은 미래에 대한 꿈도 빼앗기고 삶의 터전도, 교육의 기회도 잃은 채 생계 유지만을 위한 암담한 현실과 맞부딪쳐 가며 묵묵히 살아갔다. 내전의 피해자인 그들은 국가로부터 아무런 보상도 받지 못하고 오히려 교육의 기회마저 박탈당한 채 가난한 패배자로, 열등한 존재로 불행을 키우며 살아가는 세대이며, 주인공의 아버지와 그의 세대가 이를 대표한다. 주인공 마누엘은 1975년 프랑코의 죽음 이후 민주화 이행기를 대표하는 세대로, 독재 후 사회·문화·정치적으로 많은 변화를 겪는 스페인의 혼란과 무질서를 상징한다. 1975년 11월 프랑코의 사망 이후 스페인에서는 독재 체제 청산과 민주주의로의 이행이 시작되었다. 하지만 그 과정이 당시 독재 체제의 붕괴나 단절이 아니라 군부 등 독재 추종자들이 여전히 유력한 세력으로 존속하는 상황에서 진행되었기 때문에 그 과정은 '타협에 의한 과거와의 단절'이었다. 정치가들과 스페인 국민들은 과거 독재의 고통과 상처를 언급하기를 꺼려 했는데, 그것은 내전이라는 민족적 비극이 되풀이될지도 모른다는 두려움에 따른 침묵이었다. 오랜 독재가 끝난 후 민주화 이행기 동안 스페인은 사회·문화·정치적으로 많은 변화를 겪으면서 새롭게 부는 자유의 바람 때문에 혼돈과 무질서가 야기되기도 했다. 때문에 스페인 국민들은 프랑코 시대의 안정적인 치안과 경제 성장을 그리워하며, 새로운 민주주의의 도래와 함께 불어닥친 불경기와 실업, 무질서로 위기의식을 느끼며 점차 냉소적인 소비문화를 지향하게 되었다. 동시 통역사라는 직업 때문에 전 세계를 떠도는 주인공 마누엘은 이러한 민주화 이행기의 문화적 갈등과 정체성의 혼란을 잘 대변해 주고 있다. 작가의 분신이기도 한 마누엘은 프랑코의 억압 속에서 이상적인 세상을 그려 냈지만, 프랑코 사후에도 스페인의 민주주의가 그전과 달리 별반 차이를 드러내지 못하고 오히려 실망감을 안기는 세태를 목격

하는 그 시대 지성인들의 꿈과 좌절을 대변하기도 했다.

제2부 「폭우 속의 기병」은 짐 모리슨의 노래인 *Riders on the Storm*으로 마누엘이 사춘기 방황 시절 즐겨 듣던 노래였다. 마누엘은 노랫말처럼 폭우가 몰아치는 날 밤, 말을 타고 질주하는 기병을 동경하며 혼자 마히나를 도망쳐 머나먼 다른 나라로 가는 상상을 하면서 무미건조한 사춘기 시절을 달랜다. 이렇듯 기억은 개인에게 역사적 거대 서사의 상징성을 지닐 수 있지만 대개의 경우는 사소하고 주변적이기도 하다. 제1부 「목소리들의 왕국」이 스페인 내전 전후의 상황에 대한 집단적인 기억을 다루고 스페인 내전이라는 역사적 사건의 폭력과 파괴, 이념적 갈등과 화해, 증오를 드러냈다면, 제2부는 그러한 거대 서사의 바탕을 이루고 있는 도시 문명 속에서 고립되고 단절되고 파편화된 주인공 마누엘과 그의 기억에 있는 공백을 메워 줌으로써 단절된 기억을 되찾아 정체성을 회복하도록 도와주는 나디아의 개인사에 대한 이야기이다.

프랑코 사후 민주화 이행기를 살아가는 불확실한 시대에는 이러한 개인의 파편화된 삶을 가치 있는 주체적 존재 방식으로 보았고, 살아온 내력과 미래 지향점이 각기 다른 개인들의 삶을 서로 확인하고 인정하려 했다. 각기 자라 온 환경과 처지가 다른 마누엘과 나디아는 상대방의 삶을 확인하는 과정에서 자신의 과거를 되돌아보고 정체성을 회복해 가는 과정을 통해 개인적인 상처와 그 상처의 치유 과정을 그려 낸다. 작가의 분신으로 등장하는 마누엘은 자신의 과거 기억을 바탕으로 내전의 비극과 이데올로기의 허상을 보여 주고 있다. 그러나 스페인 내전과 프랑코 사후의 스페인 사회에 대한 비판과 폭로에 그치지 않고, 내전이 끝난 후에도 계속 개인들의 삶에 그늘을 드리우고 악몽처럼 지배하는 과거의 기억과 감정을 얘기하며, 그 과거의 공유로 확인되는 운명 공동체로서의 자기 정체성 확인과 치유 가능한 희망 찬 미래를 얘기한다.

그리고 딸 나디아의 목소리를 통해 전해지는 갈라스 소령은 엘리트 군인 집안의 후손으로 앞길이 창창했지만 자기 신념을 저버리지 않은 결과로 아내와 아들, 가족을 모두 잃고 미국으로 망명을 떠나 외로움을 달래며 살다가 사랑하지 않는 여자와 원치 않는 결혼에 이르러 딸 나디아를 얻게 된다. 그러나 나디아는 갈라스의 존재 이유가 되고, 아버지는 딸에게 자기 정체성을 가르치기 위해 미국에서도 스페인을 잊지 않고 교육시키다가 마히나로 함께 돌아온다. 갈라스 소령은 주인공 마누엘이 어린 시절부터 동네 어른들에게 마히나의 영웅으로 수없이 전해 듣던 전설적이고 독보적인 인물이었다. 갈라스 소령의 삶은 주인공 마누엘이 닮고 싶은 영웅의 모습으로 마누엘의 성격 형성에 큰 영향을 주었다. 갈라스 소령은 젊은 시절 마히나로 부임해 온 첫날, 거리를 거닐다가 우연히 렘브란트의 「폴란드 기병」 영인본을 구매하게 되며, 그 그림은 갈라스의 그림자가 되어 그가 가는 곳마다 함께 따라다닌다. 그림 「폴란드 기병」은 갈라스와 마히나, 갈라스와 나디아, 나디아와 마누엘, 마누엘과 갈라스를 이어 주는 연결 고리가 되며, 제3부 「폴란드 기병」에서는 집단적 역사와 개인적 역사의 만남의 매

개체 역할을 해 준다.

　제3부 「폴란드 기병」에서 렘브란트의 그림 「폴란드 기병」은 열
일곱 살 주인공이 첫사랑의 실연을 달래며 술에 취해 비틀거리다
가 우연히 나디아를 만나 그녀의 집에 가서 본 그림이었다. 술에
취한 마누엘은 자신이 그토록 동경하던 갈라스 소령의 집에 와
있다는 사실도 모른 채 그림을 보게 되고, 그 순간 짐 모리슨의
폭우 속의 기병들을 떠올리며, 자신의 삶 전체와 그날 밤 첫사랑
마리나와 있었던 일, 마히나를 떠나 먼 곳으로 가고 싶은 마음을
그날 처음 만난 나디아에게 털어놓고, 나디아는 마누엘이 첫 키
스한 여자가 된다. 하룻밤의 짧은 인연이었지만 나디아는 평생
마누엘의 모습을 가슴에 간직한 채 살아가고, 마누엘은 필름이
끊긴 그날 밤의 기억을 완전히 망각한다. 이후 그들은 각기 자신
의 꿈과 미래를 펼치며 성년이 되었다가, 우연히 국제회의 장소
에서 만난다. 그때 나디아는 금발로 염색하고 전남편의 성(姓)인
앨리슨을 사용하고 있었다. 나디아는 첫눈에 마누엘을 알아보지
만, 마누엘은 그녀를 전혀 알아보지 못한다. 마누엘은 그녀가 어
린 시절의 나디아라는 사실을 전혀 모르는 채 금발의 앨리슨을
찾아 뉴욕으로 갔다가 박물관에서 우연히 렘브란트의 그림 「폴란
드 기병」을 보고 낯설지 않은 아련한 기억을 떠올리며 자기가 살
면서 보았던 그림들 중에 가장 묘한 그림이라 생각하여 그림에서
눈을 떼지 못한다.
　나디아는 「폴란드 기병」에서 자기 아버지의 자화상을 떠올리

고, 마누엘은 잃어버린 유년 시절을 떠올린다. 하지만 마누엘에게 그 그림은 뭔가 생각날 듯하면서도 생각나지 않는, 뭔가 중요한 기억이 도사리고 있을 것 같은 신비스러운 분위기로 다가온다. 결국 마누엘은 나디아의 아파트에 걸린 그 그림을 통해, 사춘기에서 성년기로 접어드는 결정적인 시점에 있었던 중요한 연결 고리가 되는 그날 밤의 기억을 되찾고, 사진사 라미로가 갈라스 소령에게 맡겨 놓았던 사진들을 보며 젊은 시절의 자기 부모님과 외조부모, 외증조부, 마히나의 사람들에 대한 옛 기억을 떠올린다. 그리고 도망치고자 했던 그 시절이 자신에게 얼마나 소중했었는지를 생각하며 자신의 아팠던 상처를 치유한다.

이렇듯 기억은 인물들의 자아의식의 형성과 보전을 위해 필수불가결한 요소이기 때문에 주인공 마누엘처럼 기억의 불안과 부재를 경험한다는 것은 언제나 답답하고 불가해한 일이다. 기억은 저장을 통해 가슴 깊은 곳에 꼭꼭 숨어 있고, 이렇게 숨겨진 기억은 스스로 알아볼 수 있지만, 어떻게 저장되었는지 모를 수도 있다. 그리고 기억을 하기 위해서는 파편처럼 흩어져 있던 산발적인 기억들을 한곳으로 모아 떠올려야 하는데, 그러한 기억을 떠올리는 과정이 바로 『폴란드 기병』인 셈이다. 바로 존재의 근거가 과거를 상기하는 기억에 있고, 과거의 기억은 현재 삶의 출발점이 되기 때문이다. 그런데 『폴란드 기병』에서는 산발적으로 흩어져 있는 이러한 기억들을 형상화하는 것이 바로 사진사 라미로의 사진들이다. 스페인의 대표 포스트모던 작가답게 안토니오 무뇨스 몰리나는 글쓰기(서사)뿐만 아니라 음악과 그림, 사진 등 여러 감각적 이미지를 통해 산발적이면서도 지속적으로 끊임없이 반복하며 출몰하는 기억의 모습들을 다양하게 표현했다. 특히 『폴란드 기병』에서 사진은 흩어져 있던 과거를 불러 모아 나열하는 역할을 한다. 이렇듯 논리적 인과나 사건의 연쇄를 거의 따르지 않고 흩어져 있던 사진들은 함축적인 이미지를 표현하며 놀라운 유기적 구조를 이뤄 주인공 마누엘의 가족사와 마히나의 역사, 스페인의 역사를 재현하고 있다.

판본 소개

    스페인 바르셀로나의 플라네타(Planeta) 출판사에서 1991년 12월에 6쇄로 출판된 판본을 원본으로 번역했다. 초판은 1991년 11월에 출판되었으며 스페인에서 가장 권위 있는 문학상 중의 하나인 플라네타상을 1991년에 수상했다. 당시 심사자들은 알베르토 블레쿠아(Alberto Blecua), 리카르도 페르난데스 데 라 레게라(Ricardo Fernández de la Reguera), 호세 마누엘 라라(José Manuel Lara), 안토니오 프리에토(Antonio Prieto), 카를로스 푸졸(Carlos Pujol), 마르틴 데 리케르(Martín de Riquer), 호세 마리아 발베르데(José María Valverde)였다.

1956   스페인 안달루시아 지방의 하엔에서 출생. 그라나다 대
        학에서 예술사를 전공하고, 마드리드 대학에서 언론학을
        공부함.

1982   마릴레나 비코와 결혼. 이혼할 때까지 세 자녀를 두었음.

1984   그라나다 시청에서 공무원으로 근무(~1988). 일간지인
        「이데알」에 연재한 칼럼들을 모아 『도시의 로빈슨(*El
        Robinsón urbano*)』 출간.

1986   10여 년에 걸쳐 집필한 첫 장편 소설 『행복한 사람
        (*Beatus ille*)』 출간. 이카로스 문학상 수상. 이 소설은 마
        히나를 배경으로 하며, 마히나는 훗날 여러 작품들에도
        등장한다. 주인공 미나야는 스페인 내전 중 사망한 시인
        인 하신토 솔라나에 대한 박사 논문을 준비하기 위해 마
        히나로 돌아오지만 시인의 격정적인 삶은 그를 전혀 다
        른 세계로 이끈다.

1987	『리스본의 겨울(*El invierno en Lisboa*)』 출간. 일약 유명 작가의 반열에 오름.
1988	『다른 삶들(*Las otras vidas*)』 출간. 『리스본의 겨울』로 비평상과 스페인 국민상 소설 부문 수상.
1989	『어둠의 왕자(*Beltenebros*)』 출간. 스페인 내전 이후의 마드리드를 배경으로 정치적 색채를 띤 사랑과 음모에 대한 소설.
1991	『폴란드 기병(*El jinete polaco*)』 출간. 프랑코 사후 최대 성공작이라는 평가를 받음. 플라네타상 수상. 『리스본의 겨울』과 『어둠의 왕자』가 영화화됨.
1992	『폴란드 기병』으로 스페인 국민상 소설 부문을 두 번째로 수상. 마릴레나와 이혼.
1994	『비밀의 주인(*El dueño del secreto*)』 출간. 작가이자 저널리스트인 엘비라 린도와 결혼.
1995	『전투적인 열정(*Ardor guerrero*)』 출간. 스페인 한림원의 정회원으로 선출.
1997	에우스카디 데 플라타상 수상. 『만월(*Plenilunio*)』 출간.
1998	『만월』로 프랑스 페미나상 외국 소설 부문과 엘르상, 크리솔상 수상.
1999	『만월』이 영화화됨. 단역으로 출연.
2001	아내인 엘비라 원작의 코미디 영화 「열린 하늘(El cielo abierto)」에 단역으로 출연.
2003	마리아노 데 카바야상, 곤살레스루아노상 수상.

2004   뉴욕 세르반테스 문화원 원장(~2006).

2006   『달의 바람(*El viento de la Luna*)』 출간.

2007   『일기장의 나날들(*Dias de diario*)』 출간. 하엔 대학에서
        명예박사 학위를 받음.

2009   『시간들의 밤(*La noche de los tiempos*)』 출간.

새롭게 을유세계문학전집을 펴내며

을유문화사는 이미 지난 1959년부터 국내 최초로 세계문학전집을 출간한 바 있습니다. 이번에 을유세계문학전집을 완전히 새롭게 마련하게 된 것은 우리가 직면한 문화적 상황에 적극적으로 대응하기 위해서입니다. 새로운 을유세계문학전집은 세계문학의 역할이 그 어느 때보다 중요해졌다는 인식에서 출발했습니다. 오늘날 세계에서 타자에 대한 이해는 우리의 안전과 행복에 직결되고 있습니다. 세계문학은 지구상의 다양한 문화들이 평등하게 소통하고, 이질적인 구성원들이 평화롭게 공존할 수 있는 문화적인 힘을 길러 줍니다.

을유세계문학전집은 세계문학을 통해 우리가 이런 힘을 길러 나가야 한다는 믿음으로 만들어졌습니다. 지난 5년간 이를 준비하기 위해 많은 노력을 기울였습니다. 세계 각국의 다양한 삶의 방식과 문화적 성취가 살아 있는 작품들, 새로운 번역이 필요한 고전들과 새롭게 소개해야 할 우리 시대의 작품들을 선정했습니다. 우리나라 최고의 역자들이 이들 작품 속 한 문장 한 문장의 숨결을 생생히 전하기 위해 심혈을 기울였습니다. 또한 역자들은 단순히 번역만 한 것이 아니라 다른 작품의 번역을 꼼꼼히 검토해 주었습니다. 을유세계문학전집은 번역된 작품 하나하나가 정본(定本)으로 인정받고 대우받을 수 있도록 최선을 다했습니다. 세계문학이 여러 경계를 넘어 우리 사회 안에서 주어진 소임을 하게 되기를 바라며 을유세계문학전집을 내놓습니다.

을유세계문학전집 편집위원단
신정환 (한국외대 스페인어통번역학과 교수)
최윤영 (서울대 독문과 교수)
박종소 (서울대 노문과 교수)
김월회 (서울대 중문과 교수)
신광현 (서울대 영문과 교수)